羅立剛注譯

新譯
蘇洵文選

三民書局 印行

國家圖書館出版品預行編目資料

新譯蘇洵文選／羅立剛注譯. ——初版一刷. ——臺北市：三民，2006
面；　公分. ——(古籍今注新譯叢書)
ISBN 957-14-4336-0　(精裝)
ISBN 957-14-4337-9　(平裝)

845.15　　95003046

三民網路書店　http://www.sanmin.com.tw

注譯者　羅立剛
發行人　劉振強
著作財產權人　三民書局股份有限公司
臺北市復興北路386號
發行所　三民書局股份有限公司
地址／臺北市復興北路386號
電話／(02)25006600
郵撥／0009998-5
印刷所　三民書局股份有限公司
門市部　復北店／臺北市復興北路386號
重南店／臺北市重慶南路一段61號
初版一刷　2006年5月
編　號　S 032810
基本定價　捌　元
行政院新聞局登記證局版臺業字第〇二〇〇號

ISBN 957-14-4337-9　(平裝)

刊印古籍今注新譯叢書緣起

劉振強

人類歷史發展，每至偏執一端，往而不返的關頭，總有一股新興的反本運動繼起，要求回顧過往的源頭，從中汲取新生的創造力量。孔子所謂的述而不作，溫故知新，以及西方文藝復興所強調的再生精神，都體現了創造源頭這股日新不竭的力量。古典之所以重要，古籍之所以不可不讀，正在這層尋本與啟示的意義上。處於現代世界而倡言讀古書，並不是迷信傳統，更不是故步自封；而是當我們愈懂得聆聽來自根源的聲音，我們就愈懂得如何向歷史追問，也就愈能夠清醒正對當世的苦厄。要擴大心量，冥契古今心靈，會通宇宙精神，不能不由學會讀古書這一層根本的工夫做起。

基於這樣的想法，本局自草創以來，即懷著注譯傳統重要典籍的理想，由第一部的四書做起，希望藉由文字障礙的掃除，幫助有心的讀者，打開禁錮於古老話語中的豐沛寶藏。我們工作的原則是「兼取諸家，直注明解」。一方面熔鑄眾說，擇善而從；一方面也力求明白可喻，達到學術普及化的要求。叢書自陸續出刊以來，頗受各界的喜愛，使我們得到很大的鼓勵，也有信心繼續推廣這項工作。隨著海峽兩岸的交流，我們注譯的成員，也由臺灣各大學的教授，擴及大陸各有專長的學者。陣容的充實，使我們有更多的資源，整理更多樣化的古籍。兼採經、史、子、集四部的要典，重拾對通才器識的重視，將是我們進一步工作的目標。

古籍的注譯，固然是一件繁難的工作，但其實也只是整個工作的開端而已，最後的完成與意義的賦予，全賴讀者的閱讀與自得自證。我們期望這項工作能有助於為世界文化的未來匯流，注入一股源頭活水；也希望各界博雅君子不吝指正，讓我們的步伐能夠更堅穩地走下去。

新譯蘇洵文選 目次

衡論（十一篇）

六經論（六篇）

導讀

蘇洵（西元一〇〇九—一〇六六年），字明允，眉州眉山（今四川眉山）人。年輕時不喜「聲律記問」之學，幾次參加科舉考試，都落第而返。後廢學遊蕩，年二十七始發憤苦讀，廣泛涉獵諸子百家，「得以大肆其力於文章」（〈上田樞密書〉），學業大進。仁宗嘉祐元年（西元一〇五六年），蘇洵攜二子蘇軾、蘇轍進京，以文章謁見歐陽修等權臣，得到歐陽修的讚譽獎掖。蘇家父子三人，一時名動京師。時歐陽修知貢舉，擢蘇軾兄弟於高第，學風亦為之一變。嘉祐三年，朝廷特召試於舍人院，以病辭。嘉祐五年八月，始命祕書省試校書郎，後又以文安縣主簿身分，與姚闢同修《太常因革禮》，完稿上奏，未及回復即亡故。朝廷「賜其家縑銀二百，子軾辭所賜，求贈官，特贈光祿寺丞，敕有司具舟載其喪歸蜀。」（《宋史》本傳）歐陽修為撰〈墓誌銘〉，張方平為撰〈墓表〉，曾鞏為撰〈哀詞〉。

蘇洵生平，並不複雜，入仕亦不曾顯，又由於他曾「盡燒曩時所為文數百篇」，故今存文集《嘉祐集》中文字並不很多，在「唐宋八大家」中，應該是存文最少者，於宋代散文名家之中，存文也不能算多。但是，其文風精悍，筆墨犀利，分析透徹，思想深邃，無論是在「八大家」中，還是在整個唐宋文壇，都有不可替代之價值。而且，其人思想駁雜，不能盡歸諸正統儒學範疇之中。儒、道、法、兵等各家思想，在他的文章中都可以找到一些影子。明人茅坤於《唐宋八大家文鈔·蘇文公文鈔引》中謂：「蘇文公崛起蜀徼，其學本申、韓，而其行文雜出於荀卿、孟軻及《戰國策》諸家，不敢遽謂得古人六藝者之遺。然其鑱畫之議，幽悄之思，博大之識，奇崛之氣，非近代儒生所及。要之，韓、歐而下與諸名家相為表裏。及其二子繼響，嘉祐之文，西漢同風矣。」評價堪稱準確。

下面，我們即從四個方面作些簡要介紹。

一、蘇洵的經學思想

宋代乃儒學昌明時代。起自中唐的「古文運動」，究其實質，乃儒學復興運動。宋儒承唐人而下，容攝佛老二教思想，使唐宋新儒學日趨豐富完善。一批大儒如邵雍、二程兄弟、張載等，更以復興儒學為己任，弘揚儒學，不遺餘力。前人所謂「唐宋八大家」，其中六位宋代「大家」，生逢其時，遂以文載道、明道，闡明儒學思想，多所發明。蘇門父子三人，並列「八大家」之中，其於經學，亦不能無言。蘇老泉身為大蘇、小蘇之父，其思想對子輩的影響之大，可想而知。故不可不加以注意，更何況其經學思想確實別具特色。

蘇洵的經學思想，集中體現在他所撰的〈六經論〉中。此外尚有〈太玄論〉上、中、下三篇及〈總例〉共四篇，〈洪範論〉敘、上、中、下、後序共五篇，又有〈嚳妃論〉、〈三子知聖人汙論〉、〈利者義之和論〉等數篇。

披閱蘇洵論經文字，不難看出老蘇對儒學經典的解讀，全從聖人之「權」、「謀」切入。《衡論・遠慮》開篇即稱：「聖人之道，有經，有權，有機。」其人解經，不重「經」而偏重「權」、「機」。〈三子知聖人汙論〉一篇，盛讚孔聖之哲思境界高深莫測，子貢等人也只不過初識皮毛，儼然自己深得儒家經典奧義。但是，他自己探求那高深之境界，所獲乃聖人之「權」、「謀」。整部〈六經論〉，皆從不同側面論證聖人如何使權用謀：《易》乃聖人神聖其權、使人推尊其權之術；《禮》乃聖人建構社會秩序所用權謀之「末技」；《樂》乃聖人得自於天地之間、使權用謀的「至神之機」；《詩》乃聖人變通其權以求達到維護秩序的手段；《書》乃上古三代聖人使權用謀使風俗變易的載記文字；《春秋》乃孔聖使權用謀之明證。這樣的經學思想，往好裏說，堪稱十分獨特；往壞裏講，乃離經叛道之言，壞人心術之始。所以宋代大儒朱熹曾批評道：「看老蘇〈六經論〉，則是聖人全是以術欺天下。」（《朱子文集大全・雜著十》）明人茅坤則云：「蘇氏父子兄弟於經術甚疏，故論六經處大都渺茫不根。特其行文縱橫，往往空中布景，絕處逢生，令人有凌虛御風之態。」（《唐宋八大家文鈔》）至於〈利者義之和論〉，闡明「義」、「利」關係，斥「徒義」之不可取，主張以「利」和「義」，致舉湯、武謀取天下大「利」為例證明己說；〈書論〉開篇即拋出「風俗之變，聖人為之也。聖人因風俗之變而用其權」的觀點。如此言論，在正統衛道者眼裏，不啻污聖之言，實為狂簡之語！

追根究底，蘇洵的這種經學思想，並非全然「不根」之辭，只是其「根」與唐末以來興盛的孟子學說迥異，另有其源：源自先秦荀子「性惡」之說。眾所周知，先秦時荀子主「性惡」之議，孟子持「性善」之說。李唐以前，荀子王霸之術昌盛，入唐之後，特別是中唐以後，孟子心性之理獨熾。宋代儒學承中唐而來，推尊《孟子》，「性善」之說遂成學術主流。蘇洵遠處僻蜀，治學日短，故其著書立言，猶尊荀子「性惡」之議，與當時主流思潮有異。在〈易論〉中，他明確指出：「民之苦勞而樂逸也，若水之走下」，「人之好生也甚於逸，而惡死也甚於勞。」〈詩論〉中更說：「人之嗜欲，好之有甚於生；而憤憾怨怒，有不顧其死。」此類觀點，皆具明顯的荀子思想的印跡。所以歐陽修曾如此評價其文：「子之〈六經論〉，荀卿子之文也。」（蘇洵〈上歐陽內翰第二書〉）論得十分準確。蘇洵對此評價，並不完全認同，有意回護。在〈上歐陽內翰第一書〉中，他述自己治學過程：

取《論語》、《孟子》、韓子及其他聖人、賢人之文，而兀然端坐，終日以讀之者七八年。

似乎其問學過程跟川外諸儒並無二致，但〈上歐陽內翰第二書〉中，他卻在論「道統」承傳時說：

自孔子沒，百有餘年而孟子生；孟子之後，數十年而至荀卿子；荀卿子後，乃稍闊遠，二百餘年而揚雄稱於世；揚雄之死，不得其繼千有餘年，而後屬之韓愈氏；韓愈氏沒三百年矣，不知天下之將誰與也？

所列之荀卿子、揚雄，在正統宋儒那裏，已少提及。據此可以窺知，其儒學思想，不僅有荀子學說之底色，且兼及揚雄以來西蜀學術之背景。

從我們今天破除儒學「仁」、「義」政教內涵來分析，可以肯定，蘇洵的經學思想在兩個方面顯出突出特色：其一，帶有濃重的實用主義的色彩。他從人性本惡出發解讀儒學經典，雖然未必真能揭示儒學思想之本質，但他對人性的論述，卻是質樸實在的，全然沒有那種虛玄「天理」的成分。以此經學思想為本，他針對現實問題所提出的解決之道，無論是否可能從根本上解決問題，卻都是實實在在的，至少是可以操作的。其二，這種源自「性惡」的經學闡釋，在以孟子「性善」說為主的宋代儒學思想體系中，雖然不是主流，特色卻十分明顯。當作者用這種思想去審視、分析、評判現實時，尤能鞭辟入裏、擊中要害、迭出新見、醒人耳目。更何況那些新穎的思想與作者雄辯恣肆的文風結合在一起，所產生之感發人心的藝術效果，極大地提高了其散文的藝術魅力。凡此，都使得蘇洵的經學思想發人深思，在經學史上具有獨特的地位。

二、蘇洵的軍事思想

趙匡胤收拾五代十國分崩離析政局，建立北宋，初步形成統一局面。但契丹東北雄踞，虎視中原；元昊西北叛亂，建立西夏。少數民族政權的存在，使宋廷常有邊防之虞。宋朝懲於唐末武人飛揚跋扈尾大不掉之弊病，遂行重文輕武之政，將兵權集中於皇帝之手，樞密院使，多委命文臣。這就在客觀上刺激了宋代文士對軍事的關注，多有論兵之言。蘇洵其人，倜儻有用世之志，對時局本來關心，加上他本人又長期生活於西蜀一帶。蜀中先前曾有王小波、李順之起義，蘇洵生活的時代又曾有廣西儂智高將亂蜀之紛擾。因此，蘇洵著書為文，一個突出的內容，即談兵論謀。通過閱讀這些文字，我們可以很清晰地看出其軍事思想。

蘇洵的軍事思想，首先是他主張嚴肅軍紀，從嚴治軍。北宋定都開封，地勢開闊，無高山大河可憑守備，乃野戰之地，常需大量禁軍輪戍，加上遼與西夏常起邊隙，政府便廣招軍卒，造成嚴重的冗兵問題，消耗大量財政。及至邊陲有警，其人多不堪任用；國家無事，軍卒反擾民滋事。〈上韓樞密書〉中蘇洵集中揭露了這一弊政痼疾：

> 往年詔天下繕完城池，西川之事，洵實親見。凡郡縣之富民，舉而籍其名，得錢數百萬，以為酒食饋餉之費。杵聲未絕，城輒隨壞，如此者數年而後定。卒事，官吏相賀，卒徒相矜，若戰勝凱旋而待賞者。比來京師，遊阡陌間，其曹往往偶語，無所諱忌。聞之土人，方春時，尤不忍聞。蓋時五六月矣，會京師憂大水，鋤耰畚築，列於兩河之壖，縣官日費千萬，傳呼勞問之聲不絕者數十里，猶且睊睊狼顧，莫肯效用。

針對這一現象，蘇洵提出嚴肅軍紀的主張。〈上皇帝書〉中，他主張廢棄五代以來「姑息天下而安反側」的赦賞之政，另行嚴肅軍紀之法。在給時任樞密使的韓琦上書時，他正面主張以嚴刑誅殺來樹立威信：

> 夫天子推深仁以結其心，太尉厲威武以振其墮。彼其思天子之深仁，則畏而不至於怨；思太尉之威武，則愛而不至於驕。

據葉夢得《避暑錄話》載：

> 韓魏公（韓琦）至和中還朝為樞密使時，軍政久弛，士卒驕惰，欲稍裁制，恐其忤怨而生變，方陰圖以計為之。會明允（蘇洵）自蜀來，乃探公意，遽為書顯載其說，且聲言教公先誅斬。公覽之大駭，謝不敢再見，微以各歐文忠。

無論是否陰窺韓琦用意，其人主張嚴肅軍政之意，是始終如一的，而其文字對北宋冗兵弊政的揭露也是十分深刻的。

蘇洵軍事思想之精華，集中體現於反映其軍事思想的〈權書〉、〈審敵〉等著作中。〈審敵〉一篇，分析北宋與契丹之軍事形勢，提出應對之策，十分中肯。茅坤評其文：「揣料匈奴脅制中國之狀，極盡事理，非當時熟視而輕算者，安能道此？」（見《唐宋八大家文鈔》）在〈上皇帝書〉中，他又主張「敵國有事，相待以將；無事，相觀以使」，於〈送石昌言使北引〉中，再次分析敵情，希望石昌言利用出使機會，偵察敵情虛實，不辱使命。所有這些，首先說明蘇洵在分析軍情、作戰略思考時，是實事求是，極具針對性的。

〈權書〉十篇，乃其戰術思想的總匯。「大抵兵謀、權利、機變之言也」（《聞見後錄》引王安石語）。其人論戰，首重〈心術〉，以智謀相尚。〈法制〉一篇，排演行軍布陣之法，「非八陣五花、六韜三略爛熟胸中，不能道片語隻字。」（《三蘇文範》引羅汝芳語）。〈強弱〉一篇，辯證看待戰鬥力之強弱，主張排兵佈陣巧於安排，以達到克敵制勝的最終目的。〈攻守〉一篇，論「正」、「奇」、「伏」謀之靈活運用。「強弱之權，攻守三道。言兵者多知此三道，而證據詳明，如畫圖之易曉。」（《評注蘇老泉集》引儲欣語）〈用間〉一篇，論間謀短長利害，刺骨寒心。其他如〈孫武〉指孫子用兵之失，〈子貢〉論子貢智謀之淺，〈六國〉論勝負之數，〈項籍〉論智之明暗，〈高祖〉談智之小大，或就歷史成敗之跡論其得失，或架空立論指點江山，都能做到指陣的確，論不虛發，令人信服。披覽全文，可知其人於演布軍陣頗有心得，其戰術思想，極為辯證，實為戰爭一般規律與原則的提煉。

但是，必須看到，〈權書〉雖着重探究用兵之道與制敵之術，乃蘇洵之兵書，一般皆視為孫武之餘智，其實不然。〈權書敘〉中，蘇洵對此曾作過簡短而明確的辨析：

> 〈權書〉，兵書也，而所以用仁濟義之術也。吾疾夫世之人不究本末，而妄以我為孫武之徒也。夫孫氏之言兵，為常言也。而我以此書為不得已而言之之書也。故仁義不得已，而後吾〈權書〉用焉。然則權者，為仁義之窮而作也。

由此可知，蘇洵首先承認〈權書〉乃「兵書」這一事實，但是，他特別指出〈權書〉又與兵書在本質上有異，兵謀為表，仁義其裏，是「所以用仁濟義之術也」。從而把〈權書〉跟作為兵書之「常言」的《孫子兵法》區別開。也就是說，蘇洵〈權書〉所論兵謀，有一個根本性的目的——「用仁濟義」：

所談之兵，乃仁義之師；價值指向，在推行王道，而一般兵書，則以戰勝敵手為終極旨歸。用兵之「權」，在蘇洵乃「仁義之窮」之工具，一般兵書，其所言之「權」，則既是手段，又為目的。蘇洵此種軍事思想之綱領，除在〈權書敘〉裏有如上表述外，他處亦多次提及，如〈權書・心術〉篇，首先就講：「凡兵上義；不義，雖利勿動。」〈上韓樞密書〉中，他更清晰表示兵乃「不仁之器」，只有在「天下之未安，盜賊之未殄，然後有以施其不義之心，用其不仁之器，而試其殺人之事」，以「不仁之器加之於不仁，而殺人之事施之於當殺」。〈權書・用間〉篇中，他不取孫武所論之「五間」，以為「五間」若運用不當，將受無窮遺害，因而單標「上智之間」，認為那樣才是「無用間之名與用間之勞，而得用間之實」的最好間計。並說：

兵雖詭道，而本於正者，終亦必勝。故五間者，非明君賢將之所上。

所有這些，都表明：蘇洵無論是在戰略上還是在戰術上，都是以「仁」、「義」貫穿始終的。對此，我們在解讀蘇洵時必須特別注意，因為其人思想雖很駁雜，但無論如何他終歸是位儒士，其人思想仍以儒學價值觀為其根源。

三、蘇洵的吏治思想

老蘇年輕時倜儻不群，壯遊西南，年已壯始大發憤，折節讀書。雖飽學多識，卻仕途偃蹇，困躓顛跛。至年近五十，始於仁宗嘉祐元年，於二子學成舉試京師之時，攜二子遍謁當權諸儒，激揚聲譽，始名動京師。但望干謁求進卻並不順利，兩年之後，朝廷始召試舍人院，他又以病辭。又兩年，始以歐陽修、趙抃薦，朝廷授祕書省試校書郎。第二年七月，再授霸州文安縣主簿，編纂禮書。守官五年，未見升遷，抱憾而卒。老蘇身負「宰相才」（《評注蘇老泉集》引儲欣語），欲行兼濟志，雖無奔競之實，確存仕宦之志。欲之而不與之，則所思必深，所析必透，所言必切。觀老蘇著書，其揭露當時吏治之弊，可謂淋漓盡致，用意尤深，感慨亦多。

首先，蘇洵對官吏執法犯法的行為深惡痛絕，主張嚴加懲治。〈衡論・申法〉篇中，他以相當的篇幅揭露當時官吏公然違法的五種行徑，認為「法明禁之，而人明犯之，是不有天子之法也，衰世之事也」，主張「其必先治此五者，而後詰吏胥之姦可也」，置懲治官僚違法，於整頓吏治之首。〈衡論・重遠〉篇中，他又從朝廷必須重視僻遠地區之政治的角度，揭示了奸吏不僅苛求賦斂，致使「疲弊之民不任」，而且還會直接激起民眾犯上作亂，主張邊遠地區官吏的任用，應該使「贓吏、冗流勿措其間」，唯其如此，才能使「民雖在千里外，無異於處畿甸中矣」。〈幾策・審勢〉一篇中，他更是直接建議皇帝澄清吏治，用不測之賞與不測之刑調動天下士眾。

其次，他極力主張肅清吏治，清除冗吏。蘇洵的這一吏治思想，集中體現在他那篇〈上皇帝書〉中。該書總結當時十條必治之政弊，發表自己的意見並提出解決方案。十條中有八件與吏治相關，可以說，整篇〈上皇帝書〉洋洋灑灑數千言，中心意思只有一個：革新吏治。第一件：嚴格吏治，削除冗員，任用賢能。乃蘇洵直接表述自己任人唯能的用人思想。第二件：剷除特權階層，廢除任子之風，意在闡明剷除產生冗員之根源，乃是對任人唯能的進一步說明。第三件：嚴考在職官吏政績，獎功懲過，實為嚴肅吏治之必要措施。第四件：儆大官吏之不法，樹立朝廷威望，是提出懲治不法官吏的具體措施。第五件：恢復並改革武舉，重武強國，乃言任用武官之道。第六件：信任兩制大臣，使其各盡所能，乃是建言高層官吏任用之道。第七件：嚴格科舉，杜絕僥倖之心。用意在於杜絕冗官氾濫，實是其任人唯能的進一步闡釋。第八件，慎任使者，出使不辱使命，可謂是其重用能吏的一個突出表現。身為一介布衣書生，能對當時吏治之種種弊端指劃如此清晰，對肅清吏治有如此宏觀而成熟的思考，一方面可見其人思想之活躍、目光之敏銳、思考之深入，同時，也足以表明其人強烈而迫切的用世之志，當然，其言也確實反映出北宋吏治的矛盾。

再次，他還主張理順官吏上下級的關係，形成約束機制。〈上皇帝書〉第三條，他建議改革考績之法，朝廷以專職人員司職其事，只對大吏要員進行考核，以少總多，「其下守令丞尉不容復有所依違」，使職司知有所懲勸，真正達到考核官吏的目的。第四條更主張重視與百姓最為接近的縣令，讓他們在上司面前：

可恭遜卑抑，不敢抗而已，不至於通名贊拜，趨走其下風。所以全士大夫之節，且以儆大吏之不法者。

用意就在要用小官吏對大官僚形成制約機制，從而最終達到肅清吏治的目的。

〈衡論・重遠〉篇中，他特別指出：

若夫庸陋選軟，不才而無過者，漕刑雖賢明，其勢不得易置，此猶弊車躄馬而求僕夫之善御也。委權於大吏，使治小官，權責分明，便於管理。表面上看，是以上治下，其實質卻仍是以下吏對上吏形成制約，理順上下級關係，達到肅清吏治的目的。這些主張，雖然其具體操作性尚有待商榷，但能如此立論，尤能見出其對吏治的憂心、關心、熱心。

值得注意的是，蘇洵的吏治思想雖然較為全面，但從根本上講，卻不能說沒有缺失與矛盾。如他在〈上皇帝書〉中，一方面指出官吏們「上下相蒙，請託公行。蒞官六七考，求舉主五六人，此誰不能者」的事實，一方面又在提議改革課考之法時，建議：

臣愚以為可使朝臣議定職司考課之法，而於御史臺別立考課之司。中丞舉其大綱，而屬官之中，選強明者一人，以專治其事。

兩種言論，分置兩處，各得其宜，但若彼此關聯起來，卻不難看出其矛盾之處。試想：既然官場已然「上下相蒙，請託公行」，那麼，將官吏課考重責任於一人，豈不更要助長此種風氣？一旦御史失職，則其弊必然更甚！同篇文章第七條中，他主張對那些通過科考入仕者：

館閣臺省，非舉不入。彼果不才者也，其安以入為？彼果才者也，其何患無所舉？

既看到了舉薦存在著「請託公行」之弊端，又以是否有舉作為能不能入館閣臺省的條件，豈不前後矛盾？

再如，他一方面極力主張削減冗員，但在〈上韓丞相書〉中談到自己仕進時卻說：

今洵幸為諸公所知，似不甚淺，而相公尤為有意。至於一官，則反覆遲疑不決者累歲。嗟夫！豈天下之官以洵故冗邪？

這顯然是在對人、對己之間取兩種標準。諸如此類，都可以看出其思想的齟齬缺失。究其實質，此類矛盾，並非蘇洵思慮不周，乃是其思想從根本上講，主張人治而非法治。〈上皇帝書〉的第六條中，他曾明確表示：

臣聞法不足以制天下，以法而制天下，法之所不及，天下斯欺之矣。且法必有所不及也。先王知其有所不及，是故存其大略，而濟之以至誠。

正因如此，所以他在〈衡論・議法〉篇中稱：

古者以仁義行法律，後世以法律行仁義。

在〈申法〉篇中又講：

古之法若方書，論其大概，而增損劑量則以屬醫者，使之視人之疾，而參以己意。今之法若鬻屨，既為其大者，又為其次者，又為其小者，以求合天下之足。

對比這兩段文字，可以看出蘇洵是希望「以仁義行法律」的，也就是說，蘇洵從根本上是主張以人治濟法治的。理解了這一點，不僅可以弄清楚蘇洵吏治思想之所以會有矛盾，還可以明白：蘇洵的思想雖然駁雜，但其最終底色，依然不離儒學之「仁」、「義」本質。

四、蘇洵的人才思想

作為一位迫切希望得到認可與賞識的布衣之士，蘇洵在他的論著之中，曾多次表述其人才觀。披覽《嘉祐集》中相關篇章，可以發現，蘇洵人才思想的核心內容，是對「能」的認同與讚賞，跟其吏治思想中的任人唯能思想是一致的。〈衡論・廣士〉篇中，蘇洵開篇即提出：

古之取士，取於盜賊，取於夷狄。古之人非以盜賊、夷狄之事可為也，以賢之所在而已矣。

只要是「賢」，不論出身、經歷，皆得任用，而「無擇於勢」。他所謂的「賢」，並非指「賢德」，而是指「賢能」。因為他這種重「能」的人才思想，曾被表述為重「能」輕「德」。〈衡論・養才〉篇中，作者指出：

道與德可勉以進也，才不可強揠以進也。今有二人焉，一人善揖讓，一人善騎射，則人未有不以揖讓賢於騎射矣。然而揖讓者，未必善騎射；而騎射者，捨其弓以揖讓於其間，則未必失容。何哉？才難強而道易勉也。吾觀世之用人，好以可勉強之道與德，而加之不可勉強之才之上，而曰我貴賢賤能。是以道與德未足以化人，而才有遺焉。

〈廣士〉篇中，他又說：

天下之能繩趨而尺步，華言而華服者衆也，朝廷之政，郡國之事，非特如此而可治也。彼雖不能繩趨而尺步，華言而華服；然而其才果可用於此，則居此位可也。

從這些論述中不難看出，蘇洵對人之才能是相當重視的。這種能力，不是聲律記問之類的科考功夫，而是「朝廷之政，郡國之事」，即實實在在的吏能。

蘇洵認為，這種「能」，不是科舉考試所能發現的，因此，他對科考收納人才的政策頗不以為然：

夫人固有才智奇絕，而不能為章句名數聲律之學者，又有不幸而不為者。苟一之以進士、制策，是使奇才絕智有時而窮也。（〈衡論・廣士〉）

科舉考試，不僅不能招納人才，反而成為抑制奇才的工具。

〈上皇帝書〉中，他把這種思想表述為：科考只不過是國家暫時發現人才的一個途徑：「特以為姑收之而已。」更重要的，還應該「將試之為政，而觀其悠久，則必有大異不然者」，也就是要用實際政績對官吏進行考察。並且因而向朝廷建議，在科考錄取之士當中：「三人之中，苟優與一官，足以報其一日之長。」類似的言論，在他跟朋友的書信中，多有發揮，這裏不再贅引。

蘇洵那種重「能」的思想，首先表現在發現人才時以「能」為標準，因此，蘇洵主張在網羅人才時，首先要最大限度地收羅人才，不要使天下有遺才。在〈上文丞相書〉中，蘇洵是這樣表達他的思想的：

且夫張弓而射之，一不失容，此不肖者或能焉，而聖人豈以為此足以盡人之才？蓋將為此名以收天下之士，而後觀其臨事，而黜其不肖。故曰：始不可制，制之在末。於此有人求金於沙，斂而揚之，惟其揚之也精，是以責金於揚，而斂則無擇焉。不然，金與沙礫皆不錄而已矣。故欲求盡天下之賢俊，莫若略其始；欲求責實於天下之官，莫若精其終。

很顯然，這個人才思路，是先廣納賢能，然後用具體政績進行考核和篩選。結合他的吏治思想，可以看得更加清楚。

在論述如何任用人才時，蘇洵特別強調要注意收納任用兩類人才：其一，從小吏當中發現人才。蘇洵認為這些人豐富的吏治經驗是非常寶貴和不可替代的。唯其如此，才能使天下無遺才，如〈廣士〉中所言：

使吏胥之人，得出為長吏，是使一介之才無所逃也。進士、制策網之於上，此又網之於下，而曰天下有遺才者，吾不信也。

其二是要對「奇才」採取特殊的政策，而不得以尋常法律去加以約束，如〈養才〉所示：

任之以權，尊之以爵，厚之以祿，重之以恩，責之以措置天下之務，而易其平居自縱之心，而聲色耳目之欲又已極於外。

蘇洵的這種「奇才」思想，是很值得注意的。他所謂的「奇才」，既是倜儻不群之士，更是吏能超凡之人。所以，他特別注重國家對「奇才」的任用，甚至到了以國家社稷相託的程度。〈上皇帝書〉中，他向皇上建議革新武舉：

權略之外，便於弓馬，可以出入險阻，勇而有謀者，不過取一二人，待以不次之位，試以守邊之任。文有制科，武有武舉，陛下欲得將相，於此乎取之，十人之中，豈無一二？斯亦足以濟矣。

在〈權書·六國〉中，他更表達了「以賂秦之地封天下之謀臣，以事秦之心禮天下之奇才」的思想。在討論現實人才問題時，他更把「奇才」未能出現或者未盡其用歸於「上之人之過」：「奇傑無尺寸之柄，位一命之爵，食斗升之祿者過半，彼又安得不越法逾禮而自快邪？」凡此可見其對「奇才」的重視。

但是，如何才能使真正的奇才傑出於眾人之上？蘇洵並沒有形成一整套很好的發現機制。在〈衡論·養才〉篇中，他只能是作出這樣的交代：

然而奇傑之所為，必挺然出於眾人之上，苟指其已成之功以曉天下，俾得以贖其過；而其未有功者，則委之以難治之事，而責其成績，則天下之人不敢自謂奇傑，而真奇傑者出矣。

用「難治之事」去考核人才，不失為好的辦法，但是，「難治之事」的標準為何？考核的標準為何？卻並沒有說明。雖然在〈上皇帝書〉中，他曾對考核官吏實際上導致「天下之吏，務為可稱，用意過當，生事以為己功，漸不可長」的憂慮加以辯說，但是，那也只不過停留在「今天下少惰矣，宜有以激發其心，使踴躍於功名，以變其俗」而已，並沒有很好地展開，也沒有實實在在的建議。

應該看到，蘇洵的人才觀，有其合理之處，但是，他那種人才思想是建立在人治而非法治基礎上的，他所謂的奇才，從根本上講，並沒有一個客觀的標準。

所可注意的是，蘇洵的這種「奇才」思想，一定程度上有其自身寫照的意味。考察蘇洵生平，這種人才觀，可以說跟他個人的經歷很有關係。他少喜遊蕩，年已壯猶不知書，卻縱橫有大志，在西蜀一帶頗有聲譽。「豈惟西南之秀，乃天下之奇才耳。」（雷簡夫〈上張文定書〉）所以便以「奇才」自任，其後父子三人東遊京師，更著士望，所著之書，亦受褒獎，尤能激發其狂狷意態，成其以「奇才」自矜的資本。故其人能不就科考於前，辭詔試舍人院於後，同時卻頻頻上書權要，甚至在〈上王長安書〉中大談士節之可貴，於〈上韓舍人書〉中又云：

> 漸不喜承迎將逢，拜伏拳跽。王公大人苟能無以此求之，使得從容坐隅，時出其所學，或亦有足觀者。

其所作所為，無非欲證明自己即為「奇才」，應該得到「奇才」具有的社會地位，獲得社會認同。瞭解這些背景，也許對理解蘇洵的人才思想會有一些幫助。

總而言之，蘇洵的思想雖然駁雜，卻相當精彩。除上面所述之外，蘇洵還有「其去不追，而其來不拒」之言，表現出達觀放曠的一面。〈仲兄文甫字說〉中，他曾表達了風水相遭而成天地間之至文的觀點，認為人工雕刻之文，雖極秀美，卻非上品，只有「無營而文生」，才是天下之至文，可以說是他追求自然美的文藝思想總綱，似乎折射出幾分道家思想影響下的隱逸心態。幾篇〈史論〉，又表現出卓絕的史識，一定程度上演繹了唐代劉知幾「六經皆史」的觀點。凡此種種，無不向我們說明其人思想的複雜與多樣。

蘇洵的文章，雖然總量上並不很多，但內容豐富，題材廣泛，手法多樣，色彩斑斕。〈仲兄文甫字說〉中，他以「至文」相期，但是，用這種「至文」去衡量其文章時，又不難看出，其具體表現又是千差萬別、各具形態的，就跟他所描述的風水相遭而呈現出來的種種形態一樣。

蘇洵的文章，最主要的是論說文。他的論說文，格調高古，論辯說理，氣勢如虹，既有先秦論說文之典範《孟子》的那種雄放恣肆，又能運抑揚頓挫之筆勢，使文章起伏波折，十分耐讀。在寫作方法上，他往往對所論述的問題進行條分縷析，注意從各個方面進行辯難，分析十分透徹，不給人任何懷疑的餘地。具體組織篇章時，他又能突破單篇散文的局限，用一組散文來闡明論點，每篇都從不同的側面來討論。如他所著的〈六經論〉，論證《易》、《禮》、《樂》、《詩》、《書》、《春秋》等六部儒家經典，始終緊緊圍繞聖人如何使權用謀作論述，每篇文章從一個側面展開，於行文當中彼此照應，形成一個整體，充分論證了作者的觀點。近人高步瀛在《唐宋文舉要》中曾這樣評論：

老蘇〈六經論〉，亦自成一家言，其議一貫。〈樂論〉一篇，全從〈禮論〉生出。

論說是相當精到的。其他如〈權書〉、〈衡論〉等，莫不如此。雖然其中每一篇文章都分論不同的內容，各具中心，但是，〈權書敘〉、〈衡論敘〉二文，卻如總綱凡例，將其「權」、「衡」思想綰合於一處，對寫作的目的、原則以及思想的精髓，作很好的交代。這就表明，作者是很自覺地在利用這種分合自如的論述方式在進行寫作。這種以一組文章來論述一個中心的寫法，在古人的作品當中，並不多見，而運用得如此得心應手，如此成功，更可以說是鳳毛麟角。

蘇洵的文風質樸簡練，卻絕不少華采風神；縱橫捭闔，結構卻不鬆散。誠如他在〈上田樞密書〉中所說：

詩人之優柔，騷人之精深，孟、韓之溫淳，遷、固之雄剛，孫、吳之簡切，投之所嚮，無不如意。

他思路開闊，思維縝密，又精於布局，對於論點的提出，或開門見山，或隱於論述中間，或置於篇末，都能視具體情況而定。論證時注重將比喻、對比、引證、駁論等多種論證方法進行靈活運用，使文章轉折多姿，窮極變化；同時注意前後照應，如引繩穿珠，要散則散，想收即收，開闔十分自如，充分體現出作者高超的語言駕馭能力。他雖不喜聲律記問之類注重形式的學問，但其文章卻大量地運用排偶句，一定程度上吸取了駢文音調和諧、形式整齊的長處。這使他的散文音韻流動，又不失對稱美感，駢散相間，氣勢更盛。凡此種種，都使蘇洵的文章顯得純熟耐讀。

蘇洵文集存文雖不算多，然其一生著述卻較豐富，除《太常因革禮》一百卷外，另有《謚法》三卷，《易傳》十卷（未完稿，後由其子蘇軾續成）。他的文集，與之同時的歐陽修、曾鞏、張方平等，都稱有二十卷。南宋時人卻只著錄十五卷。元人修《宋史》，於其本傳稱「有文集二十卷」，而〈藝文志〉中所載則為十五卷，表明其人文集在南宋時已有散佚或被刪節，本傳之言乃照抄歐陽修等人之語，〈藝文志〉所載則為當時流行刊本所存。今傳世二十卷本，皆後人重新整理而成，並非原貌。其一為明人黃燦、黃煒兄弟於所傳十五卷本之外，「竭一時耳目之力，爬羅剔抉」，重新整理而成。其二為清康熙間邵仁泓輯刊《蘇老泉先生集》，依前人十六卷刊本析出四卷而成。若再細加考證，無論明代黃氏兄弟所據之十五卷本，還是康熙間邵仁泓所據之十六卷本，皆非宋元舊本，而是後人輯成之物。明嘉靖壬辰張鏜翻刻澧南王公家藏本《嘉祐集》十五卷，已有人稱「非《通考》十五卷之舊」了。清初蔡士英再刊，四庫館臣通過比勘徐學乾傳是樓十六卷本《嘉祐新集》，得出結論：「中間闕漏如是，恐亦未必晁（公武）、陳（振孫）著錄之舊也。」至於十六卷本，一為明刊《蘇老泉先生全集》，一為徐氏所藏《嘉祐新集》。前者有清初徐釚〈藏書題序〉，後者雖較為晚出，但其末題有「紹興十七年四月晦日婺州學雕」字樣。兩相比較，十六卷本應該說比十五卷本更接近原貌，更有價值。除此之外，國家圖書館（原北京圖書館）還藏有北宋麻沙本《類編增廣老蘇先生大全文集》八卷，但已失四卷，並非完帙，一些重要篇章皆不見收錄，唯所收詩歌較今本多十九篇，可補蘇洵行實，有相當價值。今人整理《嘉祐集》，有曾棗莊、金成禮二先生所著《嘉祐集箋注》（上海古籍出版社西元一九九三年版），曾、金所依底本為明刊十六卷《蘇老泉先生全集》，可稱善本。此次編選注譯，即主要參考該箋注本，前後篇目，亦依其秩序，編年、注釋，多借鑑已有之研究成果，在此謹致謝忱。

此稿撰成，得到了業師王水照先生的大力支持與鼓勵。初稿撰成後，先生曾審讀部分書稿。進一步修改時，我又將之一分為二，分別交袁銘、高靜二君校閱一過，糾正了不少錯誤之處。高靜君更利用寒假通閱全稿，是正錯訛，使趨完善。業師於古稀之年，猶筆耕不輟，袁、高二君風華正茂，方從我問學。師訓難忘，後生可畏，志此以自勵。

羅立剛

乙酉春日於撫秋齋

幾策

審勢❶

【題解】本文大致作於宋仁宗至和（西元一〇五四—一〇五五年）年間，與下文〈審敵〉大致同時。趙宋立國後，外為強敵所制，內興奢靡之風，積貧積弱，國力不盛。對此，懷有良知的知識分子都為之憂慮。蘇洵此篇從天下大勢起筆，歷數前代得失，指陳當時利弊，並針對性地提出了用威勢振弱政的對策。雖然其立論的前提未必完全合理，但其分析國勢卻堪稱仔細詳明，特別是指陳趙宋政治之失，可謂入木三分。全文以經世致用為目的，論不虛發，博通古今，往返馳驟，不失為一篇優秀的策論。其人強烈的現世關懷之情，也是溢紙而出。

治天下者定所上❷。所上一定，至於萬千年而不變，使民之耳目純於一❸，而子孫有所守，易以為治。故三代聖人❹，其後世遠者至七八百年❺。夫豈惟其民之不忘其功以至於是❻？蓋其子孫得其祖宗之法而為據依❼，可以永久。夏之上忠，商之上質，周之上文❽，視天下之所宜上而固執之❾。以此而始，以此而終，不朝文而暮質，以自潰亂⑩。故聖人者出，必先定一代之所上。周之世，蓋有周公為之制禮⑪，而天下遂上文。後世有賈誼者說漢文帝，亦欲先定制度，而其說不果用⑫。今者天下幸方治安，子孫萬世帝王之計，不可不預定於此時。然萬世帝王之計，常先定所上，使其子孫可以安坐而守其舊。至於政弊，然後變其小節，而其大體卒不可革易⑬。故享世長遠，而民不苟簡⑭。

【章旨】此章開宗明義提出論點：治天下者定所上。並以三代為例，陳述所「上」的重要性：享世長遠，民不苟簡。

【注釋】❶審勢　審度天下時勢。❷上　通「尚」。崇尚的意思。❸耳目純於一　即進行專一的思想教育與統治。古代儒、法、道諸家都強調要以專一的思想教育百姓，只是他們各自強調的內容不同：儒家強調用禮，法家強調用法，老莊則強調用道（即自然）。❹三代聖人　上古三代時統治天下的聖人。三代，指遠古的夏、商、周三朝，當時的統治者如夏禹、商湯、周文王及武王等，被後世儒家稱為行王道的聖人。❺遠者至七八百年　傳國久遠的長達七八百年。據《史記》載，周朝歷三十七王，共八百六十七年。❻夫豈惟句　難道是追隨聖人的百姓們不忘記他們的豐功偉績，才至於那麼久遠嗎。❼蓋其子孫句　應該是聖人的後代子孫繼承其祖宗的法則作為統治的依據。其子孫，聖人們的後世子孫。祖宗之法，先世聖王們定下的法則，即上文中所指的「所上（尚）」。❽上文　崇尚人文禮樂的統治。《史記・高祖本紀》有：「夏之尚忠，忠之敝，小人以野，故殷人承之以敬；敬之敝，小人以鬼，故周人承之以文。」❾固執之　堅定不移地推行忠、質、文等統治政策。❿潰亂　混淆；混亂不清。⓫周公為之制禮　周公制定禮樂，乃儒家佳話。說見《禮記・明堂位》：「武王崩，成王幼弱，周公踐天子之位以治天下。六年朝諸侯於明堂，制禮作樂，頒度量，而天下服。」⓬後世有三句　西漢時賈誼為文帝所召，為太中大夫時，曾草具儀法，「改正朔、服色、制度，定官名，興禮樂」，但為眾臣所嫉而不得行。賈誼，雒陽（今洛陽）人。曾得漢文帝寵信，但其說不行。著有《新書》。⓭大體卒不可革易　國家的大政方針卻終究是不能改變的。⓮故享世長遠二句　所以統治天下的時間很長久，而百姓對他們也不敢有所輕慢。苟簡，苟且或簡慢，此指對統治者的輕慢。

【語譯】治理天下的人必須確定主流意識。主流意識一確定，就長時間地保持下去不作變更，使百姓的思想集中於此，後世子孫便有以守成，國家就容易統治了。所以，三代聖人們的後代傳國久遠長達七八百年之久。難道是因為百姓不忘懷聖人的豐功偉績，以至於傳位久遠？其實是因為聖人的子孫以祖先的制度為依據，才保證了國祚長遠。夏朝崇尚忠，商代崇尚質，周代崇尚文，是審知天下風氣轉換所在而確定相應的主流意識，然後堅定地進行引導。由此開始，從此結束，而不是朝「文」夕「質」，以至於自我淆亂。所以，聖人出世，一定要先確定一代的主流意識形態。

周代，有周公為之制定禮樂制度，於是天下都崇尚「文」。後世有個賈誼出來諫說漢文帝，也想先定立規程制度，可是他的方案最終卻沒有能夠推行下去。現在天下有幸剛剛平定下來，子子孫孫得以萬世為帝王的大計，不可以不預先在這個時候確定下來。可是，萬世為帝王的大計，往往要先確定所尚，使子子孫孫都可以安定天下，坐享其成。直到政治上出現弊端，然後才改變一些細小的部分，至於大政方針卻終究不得更改。如此，才能長久統治天下，老百姓也不至於對統治者有所輕慢。

今也考之於朝野之間，以觀國家之所上者，而愚❶猶有惑也。何則？天下之勢有強弱，聖人審其勢而應之以權❷。勢強矣，強甚而不已則折；勢弱矣，弱甚而不已則屈。聖人權之，而使其甚不至於折與屈者，威與惠❸也。夫強甚者，威竭而不振；弱甚者，惠褻而下不以為德❹。故處弱者利用威，而處強者利用惠。乘強之威以行惠❺，則惠尊；乘弱之惠以養威，則威發而天下震慄。故威與惠者，所以裁節天下強弱之勢也❻。

然而不知強弱之勢者，有殺人之威而下不懼，有生人之惠而下不喜❼。何者？威竭而惠褻故也。故有天下者，必先審知天下之勢，而後可與言用威惠。不先審知其勢，而徒曰我能用威，我能用惠者，末也。故有強而益之以威，弱而益之以惠，以至於折與屈者，是可悼也❽。譬之一人之身，將欲乳藥餌石以養其生，必先審觀其性之為陰、其性之為陽，而投之以藥石❾。藥石之陽而投之陰，藥石之陰而投之陽，故陰不至於涸，而陽不至於亢❿。苟不能先審觀己之為陰與己之為陽，而以陰攻陰，以陽攻陽，則陰者固死於陰⓫，而陽者固死於陽，不可救也。是以善養身者，先審其陰陽；而善制天下者⓬，先審其強弱以為之謀。

【章　旨】此章辯明用威與用惠為裁節天下強弱之勢的手段，強調要行之有效，還必須因地制宜，對症下藥，強則用惠，弱則用威。

【注　釋】❶愚　作者謙稱。❷審其勢而應之以權　考慮具體形勢，相應地以不同的權變策略去應對。權，古人指雖有違於正道，但有較好實際效果的謀略。❸威與惠　威勢和恩惠，也就是強權政治與懷柔政策。❹惠褻句　恩惠被輕慢而下面的百姓感覺不到德政，意思是一味懷柔卻沒有受到應有的尊重。褻，輕慢；不莊重。下，指代天下百姓。❺乘強之威以行惠　藉著強盛的威勢推行懷柔政策。❻故威與惠者二句　所以說強權政治和懷柔政策是用來調節天下強弱之勢的手段。蘇洵此語，出自陸贄〈收河中後請罷兵狀〉：「夫君之大柄在威與惠，二者兼行，廢一不可。」❼有生人句　有使別人保住性命的恩德，可別人並不為此高興感激。❽是可悼也　那是很讓人痛心的。是，指代上文所說憑藉強權政治進一步實行武力統治，在脆弱的政局下卻推行懷柔政策，致使國家崩潰，社稷為他人所奪。❾將欲乳藥三句　中醫認為人的健康取決於其體內陰陽的調和，陰陽失調則出現病痛。治病用藥時，先辨明病之陰陽，然後才對症下藥，以陰攻陽，以陽攻陰，否則，陰性病錯用陰性藥，陽性病卻用陽性藥，不僅不能治病，反而會加重病情。❿陰不至於涸二句　（使用陰陽藥性不同的藥石治病，）使體內重濁的陰氣不致凝固，浮灼的陽氣不致上沖。⓫陰者固死於陰　屬陰性的病，就一定會因陰性的藥石致死。⓬善制天下者　善於統治天下的君主。

【語　譯】現在，分析朝野上下推行的政策，來觀察我國所崇尚的風俗，我有些弄不明白。為什麼？天下的形勢，有強有弱，聖人把握變化的大勢，用相應的權謀作出應變。統治之勢強勁，強勁過了頭卻不停止，就會脆折；統治之勢太弱，弱得太厲害卻不停止，就會彎曲變形。聖人為之謀劃，使統治之勢不至於太過而出現脆折或者變形的手段，是樹立威信或恩寵眷顧。勢太強了，用盡威力也無濟於事；勢太弱了，恩惠被輕慢，底下的人還不覺得受了恩德。所以處弱勢時應該樹立威信，處強勢時應該充分施以恩惠。乘著勢強之威去推布恩澤，恩澤就會受到尊重；乘著勢弱之恩寵來培養威信，那麼，威信樹立後，天下都會為之震動。所以說，樹立威信和恩寵眷顧，是用來調節天下強弱之勢的方法。

如此說來，不懂得強弱之勢的人，縱然有處決人的威力，下面的人也不懼怕；有讓人活命的恩德，下面的人也不會高興。為什麼？因為威力用盡而恩德又被輕慢了。所以，統治天下的人，一定要事先審視天下的大勢，然後才談得上是樹立威信還是施以恩德。不先審知天下大勢，卻平白無故地說我能用樹威信的方法，我能用施布恩澤的方法，那是行不通的。所以，國勢強盛卻更加強調刑威，國勢衰弱卻更強調廣布德澤，最終導致脆折或者彎曲變形，那真是可悲啊。以人的身體來比喻，想要用吸食藥石滋補來養生長壽，一定要先審知體性是陰呢，還是體性是陽，然後才對症下藥。陽性的藥石用來滋養陰性的體性，陰性的藥石用來滋養陽性的體性，如此才會使體內陰性的成分不至於枯竭，而陽性的成分也不至於向上沖行。假如不能先審知自己身體是陰性還是陽性，卻以陰性補藥攻陰性體質，用陽性補藥攻陽性體質，那麼，陰性體質就會因為陰性補藥而受損，陽性體質也會因為陽性補藥而摧折，那就無可救藥了。所以說，會調養身體的人，要預先審知體性與藥性的陰陽；而善於統治天下的人，也要先審知天下大勢的強弱才能謀劃統治的方法。

昔者周有天下，諸侯太盛❶。當其盛時，大者已有地五百里，而畿內❷反不過千里，其勢為弱。秦有天下，散為郡縣，聚為京師，守令無大權柄❸，伸縮進退無不在我❹，其勢為強。然方其成、康在上❺，諸侯無小大莫不臣伏❻，弱之勢未見於外。及其後世失德，而諸侯禽奔獸遁，各固其國以相侵攘❼，而其上之人❽卒不悟，區區守姑息之道❾，而望其能以制服強國❿，是謂以弱政濟弱勢，故周之天下卒斃於弱⓫。秦自孝公，其勢固已駸駸⓬焉日趨於強大。及其子孫已併天下⓭，而亦不悟，專任法制以斬撻⓮平民。是謂以強政濟強勢，故秦之天下卒斃於強。周拘於惠而不知權⓯，秦勇於威而不知本⓰，二者皆不審天下之勢也。

【章　旨】此章以周、秦強弱為例，指出未能因勢利導，導致敗亡。

【注　釋】❶諸侯太盛　各諸侯國的勢力太強大。❷畿內　古稱天子所領之地為畿內。畿，京郊。❸守令無大權柄　秦朝加強中央集權，改變周代諸侯分封制，代之以郡縣制，各郡縣長官都由皇帝任命，直接對皇帝負責，並由皇帝隨時撤換。在這種制度下，郡縣長官的權力與周朝的諸侯相比，就大為削弱了。❹我　此指皇帝。❺成康在上　成王、康王統治天下。成，周武王之後的成王誦。康，周康王釗。成、康二王統治時期是西周強盛之時，據說「天下安寧，刑錯四十餘年不用」。❻諸侯無小大句　天下諸侯無論大小，沒有哪一位不臣服的。❼各固其國以相侵攘　各諸侯國都加強在其封地的統治，並且相互侵略。❽上之人　指周天子。❾區區守姑息之道　僅僅是死守姑息懷柔政策。❿而望其能句　卻指望用它（姑息之道）來制服強悍的諸侯。⓫卒斃於弱　最終因為國勢太弱而衰亡。⓬駸駸　疾速。⓭併天下　統一天下。併，吞併；佔有。⓮斬撻　處死和鞭撻，代指殘暴的統治。⓯周拘於惠句　周朝統治者一味拘泥於懷柔政策，卻不知道進行權變。⓰本　治理國家的根本方法，即儒家所說的王道，此處是與「權」相對而言。

【語譯】從前，周朝統治天下，各諸侯國太強盛了。在周朝最興盛時，大諸侯已有五百里的封地，而京城四周天子直接統治的地方方圓反而不過千餘里，其國勢顯得太弱。秦朝統一天下，把天下行政單位分散成郡縣，權力聚集在皇帝所在的都城，各地的太守和縣令沒有大的權力，其行為舉止沒有不由中央控制的，其國勢可謂強盛。可是，在成王、康王為天子時，天下諸侯無論大小，沒有不臣服的，衰弱的國勢還沒有顯現出來。等到後代失去仁德，各地諸侯也作鳥獸散，各自固守他們的封地，彼此侵襲，可上面的天子卻始終沒有弄清楚原因，僅僅是死守著姑息懷柔的國策，還指望用那種方法去控制強盛的諸侯國，這可以說是用弱政治理弱勢，所以周朝最終因為國勢太弱而敗亡。秦國自秦孝公以來，其國勢就已經日逾一日地強盛起來，等到他的後世子孫已經併吞天下了，卻也因為不懂得因勢利導，專門執行法治，用嚴刑統治百姓。這是用強政來應對強勢，所以秦朝的統治最終因為統治太嚴酷而衰亡。周朝是拘泥於恩德卻不懂得權變，秦朝竟敢行暴政卻不懂得王道的施政之本，二者都是沒有能審知天下大勢所趨啊。

吾宋制治❶，有縣令，有郡守，有轉運使❷，以大系小，絲牽繩聯，總合於上。雖其地在萬里外，方數千里，擁兵百萬，而天子一呼於殿陛間❸，三尺豎子馳傳捧詔❹，召而歸之京師，則解印趨走❺，惟恐不及。如此之勢，秦之所恃以強之勢也。勢強矣，然天下之病，常病於弱。噫！有可強之勢如秦而反陷於弱者，何也？習於惠而怯於威也，惠太甚而威不勝❻也。夫其所以習於惠而惠太甚者，賞數而加於無功❼也；怯於威而威不勝者，刑弛而兵不振❽也。由賞與刑與兵之不得其道，是以有弱之實著於外焉。何謂弱之實？曰官吏曠惰，職廢不舉，而敗官之罰，不加嚴也❾。多贖數赦❿，不問有罪，而典刑之禁，不能行也；冗兵驕狂，負力幸賞，而維持姑息之恩不敢節也⓫；將帥覆軍，匹馬不返，而敗軍之責不加重也；羌胡強盛，陵壓中國⓬，而邀金繒、增幣帛之恥不為怒也。若此類者，大弱之實也。久而不治，則又將有大於此，而遂浸微浸消⓭，釋然而潰，以至於不可救止者乘之矣。

然愚以為弱在於政，不在於勢，是謂以弱政敗強勢⓮。今夫一輿薪之火，眾人之所憚而不敢犯者也。舉而投之河，則何熱之能為⓯？是以負強秦之勢，而溺於弱周之弊，而天下不知其強焉者以此也。

【章旨】此章分析趙宋國勢，認為雖有秦之強勢，卻溺弱周之弊，究其原因，在於弱政敗強勢。

【注釋】❶制治　制定的政治制度。治，統治天下的方法。❷轉運使　官名，唐置，宋沿用，掌一路或數路軍需糧餉，後又兼軍事、刑名、巡視地方等務，為府州以上行政長官，權任甚重。❸殿陛間　代指朝廷。殿，宮殿。陛，殿前的石階。❹三尺豎子句　年幼的小孩子驅車（到郡縣）傳達皇帝的詔令。三尺，形容幼小。豎子，童子。❺解印趨走　解去官印，來到皇帝面前。解印，卸任；趨走。覲見皇帝時快步前行。❻惠太甚而威不勝　古代統治者的權術往往是恩威並施，這裏說恩惠太過分，威勢便不能起作用。❼賞數而加於無功　多次給沒有功績的人行賞，即無功而授之以祿的意思。數，多次；一再。❽刑弛而兵不振　刑罰廢弛，軍威不振。❾官吏曠惰四句　北宋時冗官閒職甚多，而朝廷為籠絡士子，對官吏的過錯也是該懲罰卻不懲罰，致使吏治不振，積冗難除。❿多贖數赦　多次以金錢贖罪或被赦免，這裏主要指刑法不嚴。⓫冗兵驕狂三句　宋朝兵制，全國的軍隊分為中央禁軍和地方州郡廂軍兩種，以禁軍為主，但其兵源不純，常有亡命之徒混跡其中，軍中甚至有人犯刑作亂，「縱之白日掠人美女，街使不能禁」。政府因仗其維持統治，也姑息養奸，禁之不嚴。⓬羌胡強盛二句　外族強盛，嚴重威脅着朝廷。羌胡，此指西夏和契丹。北宋真宗景德元年（西元一〇〇四年），契丹入侵，宋與之訂立澶淵之盟，每年送給契丹絹二十萬匹，銀十萬兩。仁宗慶曆二年（西元一〇四二年），西夏入侵，契丹乘之，宋又增加給契丹的絹、銀，更輸銀絹以和西夏。⓭浸微浸消　逐漸被侵蝕消滅。⓮以弱政敗強勢　因為統治手段的軟弱，使強盛的國勢受到損壞。⓯何熱之能為　還能產生什麼熱量呢。

【語譯】 我大宋制定行政管理制度，設置縣令、郡守、轉運使，各級政府上級管下級，牢牢地聯繫在一起，最後集中到皇帝那裏。雖然轄地在千萬里之外，方圓達數千里之廣，擁有百萬兵眾，可是天子在朝廷裏一聲令下，派個小孩子驅車去宣詔，召他到京城裏來，必然是解去官印，急忙跑來，生怕來晚了。這種政治局面，是秦朝所依憑的強盛的國勢。國勢很強了，可是天下的弊病，卻往往呈現出弱勢的弊端。唉，有像秦朝那樣堪稱強盛的國勢，卻反而陷於弱勢，是什麼原因呢？習慣於接受恩澤卻害怕受威勢的壓迫，恩澤太過了以至於威勢不能與之相匹配。之所以會習慣於接受恩惠致使恩惠太過，是因為賞賜太多並且無功者也受獎賞；之所以會怯於用威而威勢又不能起相應的作用，是因為刑律鬆弛而軍威又不振興的緣故。由於賞賜與刑罰與軍事行動沒有得到很好的運用，所以才會有弱勢明顯彰示出來。什麼是弱勢的實情呢？諸如：官吏懈怠鬆散，玩忽職守，可是對敗壞吏治的行為的處理，卻不嚴格。多次用重金贖罪或多次被赦免罪行，卻不查清罪行性質，以至於刑律處罰，都不能很好地貫徹。沒有戰鬥力的冗兵驕橫狂縱，仗著武力邀功請賞，卻抱著姑息的態度施以恩惠而不去嚴加管制。戰將出征全軍覆滅，匹馬不還，可是對損兵折將的事件卻不加追究。遼與西夏兵強氣盛，陵壓中國，可是對敵國要求增加金銀、繒帛的凌辱行徑卻不敢憤怒。凡此等等，都是國勢大弱的表現。長此以往不進行治理，那又將會比現在更加嚴重，經過慢慢的不斷的滋漲，必將導致最終的崩潰，只能產生不可收拾的結局。

可是，我覺得弱在政策，不在國勢，這可以稱之為是弱政敗壞了強勢。現在有一車柴著了火，大家都因為害怕而不敢接近。把整個車子都推到河裏去，那麼，哪裏還會產生什麼熱量？所以，憑藉著強秦般的國勢，卻陷入了弱周的弊病狀態，致使天下人都不知道強勢所在，正是由於這個原因。

雖然，政之弱，非若勢弱之難治也。借如❶弱周之勢，必變易其諸侯，而後強可能也。天下之諸侯固未易變易，此又非一日之故也。若夫弱政，則用威而已矣，可以朝改而夕定也。夫齊，古之強國也；而威王，又齊之賢王也。當其即位，委政不治，諸侯並侵，而人不知其國之為強國也。一旦發怒，裂萬家，封即墨大夫，召烹阿大夫與常譽阿大夫者，而發兵擊趙、魏、衛，趙、魏、衛盡走請和，而齊國人人震懼，不敢飾非者❷。彼誠知其政之弱，而能用其威以濟其弱也。況今以天子之尊，藉郡縣之勢，言脫於口而四方響應，其所以用威之資固已完具❸。且有天下者患不為，焉有欲為而不可者？今誠能一留意於用威，一賞罰，一號令，一舉動，無不一切出於威，嚴用刑法而不赦有罪，力行果斷而不牽於眾人之是非，用不測❹之刑，用不測之賞，而使天下之人視之如風雨雷電，遽然而至，截然而下，不知其所從發而不可逃遁。朝廷如此，然後平民益務檢慎❺，而姦民猾吏亦當恐恐然懼刑法之及其身而斂其手足，不敢輒犯法❻，此之謂強政。政強矣，為之數年，而天下之勢可以復強。愚故曰：乘弱之惠以養威，則威發而天下震慄。然則以當今之勢，求所謂萬世為帝王而其大體卒不可革易者，其上威而已矣。

【章　旨】此章提出解決問題的方案：用威以強政。並以齊威王為例證，說明用威可行，並具體謀劃用威之策。

【注　釋】❶借如　假如；假設。❷不敢飾非者　據《史記・田敬仲完世家》載，齊威王初繼位時，將國家大事交給手下的卿大夫，自己不用心治理，幾年之後，外有諸侯侵襲，國內百姓也難以治理。於是威王召即墨（地名）大夫，大加封賞，烹殺阿（地名）大夫及所有依附他的人。並且派兵西擊趙、魏、衛，大敗之，以割佔他人土地為和解條件。齊民振奮，齊國於是大治。❸用威之資固已完具　執行強權政治的條件本來已經完全具備了。資，資本。此指各種條件。❹不測　出乎意料；想像不到。❺益務檢慎　行為舉止更加檢點、謹慎。❻輒犯法　輕易地就觸犯法律。

【語　譯】雖說如此，弱政並不像弱勢那樣難以治理。假如是像周代那樣的弱勢，一定要撤換各諸侯國的國君，然後才有可能勢強。天下諸侯國君肯定是不容易撤換的，而那又不是一兩天就導致的結果。至於弱政，則樹立威信就可以了，可以說是早晨更改晚上就能見效的。齊國，是古代的強國；而齊威王，更是齊國君主中的賢能者。在他即位時，他把政事放在一邊不去治理，諸侯國紛紛侵襲，沒有人認為齊國是一個強國。一旦威王發憤，分封有萬戶人家的封地給即墨大夫，召集阿大夫以及依附他的人一起烹殺，又發兵攻打趙、魏、衛等國，使趙、魏、衛三國紛紛敗逃並請求講和，使所有齊國人都為之震驚，不敢遮掩錯誤。那威王是真的知道他的統治太虛弱無力了，所以能用威勢去補救弱政。何況現在統治者有天子之尊，有控制天下郡縣的強勢，話一出口就四方響應，所以運用威勢的條件應該說早就具備了。再說擁有天下的國君，就擔心他無所作為，哪裏有想有所作為卻做不到的？現在果真能稍微留意用威，統一賞罰標準，統一號令，步調一致，一切政策無一不為樹立威望，嚴格執行法律，不赦免罪犯，處事果斷，不為眾人的是非言論所牽制，用些出乎意料的懲罰之罰，用些意想不到的獎賞，使天下百姓看著像風雨雷電那樣，突然間出現，突然間降臨，不知道究竟是從什麼地方來的，而且無可迴避。在朝廷裏如此嚴格執行，那麼天下百姓就會更加收斂謹慎，而那些奸民猾吏，也自然會因為膽顫心驚怕刑法降臨到自己頭上而有所收斂，不敢輕易觸犯法律，這就是所謂的強政。政治強盛了，推行幾年，天下之勢也就可以恢復到強盛。所以我說：借弱勢的受惠思想來樹立威望，那麼威力一表現出來，就會天下震驚。既然如此，那麼就現在的形勢來看，想達到世代為帝王的目的而制定穩固不變的大政方針，也就是推行強權罷了。

或曰❶：當今之勢，事誠無便於上威者。然孰知夫萬世之間，其政之變而必曰威邪？愚應之曰：威者，君之所恃以為君也。一日而無威，是無君也。久而政弊，變其小節，而參之以惠，使不至若秦之甚，可也。舉而棄之，過矣。或者又曰：王者「任德不任刑❷」。任刑，霸者之事❸，非所宜言。此又非所謂知理者也。夫湯、武皆王也❹，桓、文皆霸也❺。武王乘紂之暴，出民於炮烙斬刖之地❻，苟又遂多殺人、多刑人以為治，則民之心去矣，故其治一出於禮義❼。彼湯則不然，桀之德固無以異紂❽，然其刑不若紂暴之甚也，而天下之民化其風，淫惰不事法度。《書》曰：「有眾率怠弗協❾。」而又諸侯昆吾氏首為亂❿，於是誅鋤強梗、怠惰、不法之人，以定紛亂。故《記》曰：商人「先罰而後賞⓫。」至於桓、文之事，則又非皆任刑也。桓公用管仲，仲之書好言刑⓬，故桓公之治常任刑。文公長者，其佐狐、趙、先、魏皆不說以刑法⓭，其治亦未嘗以刑為本，而號亦為霸。而謂湯非王而文非霸也，得乎？故用刑不必霸，而用德不必王，各觀其勢之何所宜用而已。然則今之勢，何為不可用刑？用刑何為不曰王道？彼不先審天下之勢，而欲應天下之務，難矣！

【章旨】此章駁斥用威之疑以及「任德不任刑」的謬論，通過對刑、德的辨析，指出王者並非全任德，霸者未必盡用刑，用刑用德，全在審「勢」。

【注釋】❶或曰　有人說。乃作者虛設的條件。❷任德不任刑　語出董仲舒〈對策〉：「陽常居大夏而以生育長養為事，陰常居大冬而積於空虛不用之處，以此見天之任德不任刑也。」儒家強調行王道的君主，以德行教育百姓，而不用刑法去懲罰他們。❸任刑二句　用嚴酷的刑罰統治百姓，是行霸道的君主所做的事。古代儒家認「以力假仁者霸」，而「以德行仁者王」，將德與力、王與霸相對。❹湯武皆王也　商湯和周武王，儒家推之為行王道君主的典型。❺桓文皆霸也　齊桓公、晉文公都是霸主。桓、文，春秋五霸中齊桓公和晉文公的合稱。儒家以春秋五霸為行霸道的典型，故《孟子．梁惠王上》中有「仲尼之徒，無道桓文之事者」的說法。❻武王乘紂之暴二句　史傳商朝最後的君主紂王無道，十分殘暴，用嚴酷的刑罰懲治百姓，因而周武王率各路諸侯革殷商之命而建立周朝。炮烙斬刖，泛指商紂的酷刑。炮烙，以炭燒銅柱，令犯人行其上，中途即墜火中而亡。斬刖，斬去犯人的小腿。❼其治一出於禮義　周武王的統治政策全部以禮義作為中心。❽桀之德固無以異紂　夏桀的德行跟商紂本質上沒有什麼差別。古人講道德，以之為虛位，不同的人對它的理解不同，也就賦予它不同的內容，所以有吉德，有凶德。《左傳》文公十八年中有「孝敬忠信為吉德，盜賊藏奸為凶德」的話。此處的「德」，是指桀、紂的凶德。❾有眾率怠弗協　語出《尚書·湯誓》。意思是所有的人都渙散懈怠，不能和睦相處。❿昆吾氏首為亂　由昆吾氏首先發難。昆吾氏，夏、商時部落名，封地在今河南濮陽。夏朝衰微，昆吾氏曾發動叛亂，後為商湯所滅。⓫先罰而後賞　先嚴刑懲罰，然後才嘉獎。古人法天道一年之中生殺之理，一般春夏行賞而秋冬行刑。《左傳》襄公二十六年有「賞以春夏，罰以秋冬」之說。但成湯之時，因為有懲於當時民情怠惰，所以先罰。蘇洵引此以說明威、惠要視實際民情而定，一味以德行為尚，則弱政之弊難除。⓬桓公用管仲二句　齊桓公任用管仲，管仲的《管子》一書喜歡談用刑的內容。管仲，春秋時齊人，名夷吾，字仲，齊桓公任以為相，佐桓公富國強兵，通貨積財，為春秋五霸之一。《管子》，舊題管仲所著，其中多記管仲言行，多述刑名賞罰，歷代皆視為法家著作。近人考證認為是偽作。⓭文公長者二句　晉文公是位長者，他的臣佐像狐偃、趙衰、先軫、魏犨都不喜歡法律刑罰之事。文公，即晉文公，名重耳，春秋五霸之一，史載他年少即好士，曾流亡多年，後得到秦穆公的幫助返回晉國為君主。在位期間能尊周室，不忘舊臣，「修政施惠百姓」，與楚國交戰，遵守「退避三舍」的諾言。蘇洵因此稱他為「長者」。狐趙先魏，即狐偃、趙衰、先軫、魏犨等晉文公重耳的臣佐。不說，不喜歡。說，通「悅」。

【語譯】有人會問：現在的形勢，確實沒有比尚威更好的了。但誰能保證長遠至於萬世，政策的變化都一定要以尚威為根本呢？我的回答是：威望，是國君憑藉著保持國君地位的東西。一天沒有君威，就是沒有國君。時間一長，政策必然出現弊端，改變其細微之處，參用恩惠的方法，使君威不至於像秦朝那麼過分，就可以了。全部拋棄君威，就太過分了。或許又會有這樣的言論：行王道的人「推行德政不重刑法」。用刑律，是行霸道之君的事，不應該講這樣的話。這又不是明理人的話了。商湯、周武王，都是行王道的人，齊桓公、晉文公，都是霸主。武王乘著商紂王大行暴政之時，把老百姓從炮烙、斬刖這類酷刑中解救出來，假如再延續酷刑去濫殺無辜、嚴刑重罰進行治理，那麼，就必然會失去民心，所以他用禮義進行統治。那商湯就不一樣了，夏桀的凶德本來跟商紂沒有什麼本質差別，但是他的刑律卻不像商紂那樣殘暴，而且天下百姓也都受其影響，荒淫無度無所事事，無視國法。《尚書》上說：「民眾懈怠，不能和諧相處。」而諸侯國中昆吾氏又首先發亂，於是商湯便剷除強硬、怠惰、不法之人，平定叛亂。所以《禮記》說：商代是「先罰而後賞。」至於齊桓公、晉文公的事，又並不是全都使用刑律了。桓公任用管仲，管仲的著作喜歡談論嚴刑，所以齊桓公的統治常常重視刑律；晉文公是個長者，他的臣佐如狐偃、趙衰、魏犨都對嚴刑沒有興趣，文公的政策也並不以嚴刑為本，卻也被稱霸主。如說商湯不是聖王而晉文公不是霸主，可以嗎？所以說用刑法統治並不一定是霸主，而行德政的也不一定都是聖王，各自審視當時的形勢應該如何進行統治罷了。既然如此，那麼現在的形勢，為什麼就不能夠用刑律來樹起君威呢？用了刑律為什麼就不能說是行王道呢？這些人不先審知天下大勢，卻想應對天下的事務，那就很難有所作為了。

【研析】本文談論審知天下大勢，以確定國家的大政方針。文章開門見山提出論點：「治天下者定所上」。作者認為國家治與不治，最根本的一點就在於統治者是否為天下百姓樹立了崇尚的目標，是否確立了主流意識形態，是否用正確的政綱引導百姓。只有確定了這樣的前提，統治者才有可能審時度勢，制定相應的強權政策或懷柔政策，恩威並施，達到鞏固統治的目的。在隨後的文章裏，作者不僅從理論上對其觀點進行闡述，而且還以歷史上周、秦等朝的成敗為例，論證了其觀點的正確。緊接著即切入實際，從賞、罰、兵等三個方面，剖析北宋政弊：官員無功受賞，國家刑罰廢弛，部隊軍威不振。作者把宋朝未得所「上」歸結為有秦之強勢卻溺於周之弱勢，並指出根本原因不在「勢」弱，而在政弱，在於朝廷一味懷柔推恩而沒能振威嚴懲，也就是國家未因勢利導，針對性地用一種強權政治突出所「上」。有鑑於此，作者主張用不測之刑，不測之賞，定所「上」為「尚威」，用嚴刑賞罰來驅使天下百姓，加強統治。應該說，無論是分析宋朝政弊還是提出解決問題的方案，蘇洵之論，都是深入而切實的，尤其是對宋朝的對外軟弱政策，可謂有振聾發聵的意義。但是，在那個積貧積弱的歷史時期，在那個尚性理之學、貶事功之言的時代，這樣的話一般是不會受到應有的重視的，所以，作者為了申述其觀點的正確，還針對性地對「王者『任德不任刑』」的錯誤觀點進行深入批判。實際上是對那種代表性的迂腐的「王道」思想的無情批駁。作為一個積極關心時事的知識分子，老蘇此篇策論，也確實切中要害，提出的對策也確實可行。因此，前人評價蘇洵的這篇策論：「於宋煞是對症之藥，惜乎當時之不能用也。」（明茅坤《唐宋八大家文鈔》引王遵岩語）可謂探得本文要旨。

重「勢」論「權」，乃先秦法家之言。老蘇著書，多從此處落筆，在宋代道學昌明之時，其獨特的價值與魅力，是不容忽視的。在這篇策論中，其思想本色未變，特別是他提出的解決問題的方案，多為參權用謀之法，是很有代表性的。某種意義上講，其後「蜀學」與「洛學」對抗，其學術特色明顯表現出對先秦諸子學說的尊重與容攝，跟洛學的純以儒學為根基，大有不同。「蜀學」的這種風格，與蘇洵此時打下的基礎應該說是頗有關係的。

審敵❶

【題解】與〈審勢〉重談國家內政不同，本篇所重在如何展開外交。北宋受契丹、西夏威脅，外患日重。對統治者不審知形勢，一味輸銀求和的政策，蘇洵心存異議，故〈審勢〉中強調嚴刑樹威以整肅內政，這裏又詳細分析敵對雙方的形勢，以「賂」敵為憂，指出匈奴受賂之後，多年不彰其形，是「大欲」不只在邊境，故主張「不賂」以絕其欲，同時積極準備，一旦敵方於「聲」、「形」之後加之以「實」，不顧其國內動盪，悍然來犯，則一舉戰而勝之。聯繫當時歷史，蘇洵此論，並非危言聳聽，而其所提出之方略，也確有可行之處，只可惜未被採納，致使幾世之後，應驗其言，北宋為代遼而起之金所滅，令人扼腕！

中國內也，四夷外也❷。憂在內者，本也；憂在外者，末也。夫天下無內憂，必有外懼❸。本既固矣，盍釋其末以息肩乎❹？曰：未也。古者夷狄憂在外，今者夷狄憂在內。釋其末可也，而愚不識方今夷狄之憂為末也。古者，夷狄之勢，大弱則臣，小弱則遁；大盛則侵，小盛則掠。吾兵良而食足，將賢而士勇，則患不及中原，如是而曰外憂可也。今之蠻夷，姑無望其臣與遁❺，求其志止於侵掠而不可得也。北胡驕恣為日久矣，歲邀金繒以數十萬計❻。曩者，幸吾有西羌之變❼，出不遜語以撼中國❽，天子不忍使邊民重困於鋒鏑❾，是以虜日益驕，而賄日益增，迨今凡數十百萬而猶慊然未滿其欲⑩，視中國如外府。然則其勢又將不止數十百萬也。夫賄益多，則賦斂不得不重；賦斂重，則民不得不殘⑪。故雖名為息民⑫，而其實愛其死而殘其生⑬也；名為外憂，而其實憂在內也。外憂之不去，聖人猶且恥之；內憂而不為之計，愚不知天下之所以久安而無變也。

【章旨】此章分析當時形勢，謂契丹與西夏日益驕橫難制，與宋朝分庭抗禮，已非外患，而成內憂，必須圖之，不可姑息。

【注釋】❶審敵　考察分析敵情。❷中國內也二句　先人有以中國為天下中心的觀念，故以中國為中心，為內；以他國為邊，為外。《公羊傳》成公十五年有「《春秋》內其國而外諸夏，內諸夏而外夷狄」之說，為蘇洵所本。下文說契丹「視中國如外府」，即由此而來，意即契丹以自己為內，以中國為外是無理的。❸夫天下無內憂二句　語本《左傳》成公十六年「唯聖人能外內無患，自非聖人，外寧必有內憂，盍釋楚以為外懼乎？」❹盍釋其末句　為什麼不放下末（外憂）不管呢。末，此指外憂，即四夷的侵擾。息肩，休息；棄置不管。❺姑無望其臣與遁　姑且不說指望他們稱臣或者逃遁。姑，姑且。❻北胡驕恣二句　北胡，對北方少數民族的蔑稱，此指契丹。「歲邀金繒」之事，指北宋與遼簽訂和約，規定每年向遼輸送大量的貨幣和絲織品。❼幸吾有西羌之變　對我國有西夏作亂幸災樂禍。西羌之變，指西夏元昊擁兵立國事。❽出不遜語以撼中國　以強硬的語言威脅北宋統治者。西夏元昊作亂之際，契丹王也派使臣至京師索要土地：「曷若以晉陽舊附之地，關南元割之縣，俱歸當國，用康黎人？」仁宗聞言，遂遣富弼使遼，「歲增金帛二十萬」。❾鋒鏑　刀箭，借代戰爭。鏑，箭頭。❿迨今句　到如今每年送給他們數十、數百萬的錢財，他們還像兇神惡煞一般，一副不滿的樣子。迨，到。慊然，惡狠狠。慊，恨。⓫殘　受到傷害；敗壞。⓬息民　與民休息，使百姓過平安的日子。⓭愛其死而殘其生　愛憐百姓，不讓他們去死，卻用沉重的賦稅使他們生活艱苦。愛，愛護。殘，傷害。此處皆作動詞。

【語譯】中國為內，四夷為外。憂患在內，是根本上的；憂患在外，是末節上的。天下沒有內憂，必有外患。

內本既已牢固，為什麼要放棄細枝末節上的問題不管不顧呢？應該說：不可如此。古時候夷狄之憂在境外，現在夷狄之患在境內。放棄那細枝末節的外患是可以的，但我不認為如今夷狄所造成的外患是小問題。古時候，夷狄外族的政治局勢是：十分勢弱就稱臣，略顯勢弱就逃跑；國力大盛就入侵，國力略盛就掠奪。我方如果部隊精良軍需充足，將領賢能士兵勇敢，那麼外患就不會波及到中原，像那種情況稱之為外患，是可以的。現在的蠻夷之族，姑且不說指望它稱臣或者逃跑，指望它的欲望只在於侵掠邊境都不符合實際。北方的契丹驕橫恣肆已經不是一天兩天了，每年輸送給它的歲幣和絲織物都數以十萬計。早先，我國有西夏作亂，契丹幸災樂禍，出言不遜，使國內振動，天子不忍心讓邊地百姓再次遭受戰爭之苦，以至於敵虜越來越驕橫，而輸送的財物也一天天增加，到如今差不多已有好幾百萬了，敵虜還是惡狠狠的，不能滿足其貪欲，反把中國看得像是附屬之國。既然如此，看那架勢肯定不是幾百萬就能了事的。賄輸之數越多，勢必徵收的賦稅也不得不加重；加重賦稅，那麼，百姓就不得不受到傷害。所以說雖然名義上是與民休息，而實際上則是愛惜他們的生命卻傷害了他們的生活；名義為外患，而事實上是內憂。外患不去，聖人尚且以之為恥；內憂還不積極謀劃解決，我不知道天下憑什麼會長治久安而不生變故。

古者，匈奴之強，不過冒頓❶。當暴秦刻剝❷，劉、項戰奪之後，中國溘然❸矣。以今度之，彼宜遂入踐中原，如決大河，潰蟻壤。然卒不能越其疆以有五尺寸之地，何則？中原之強，固百倍於匈奴，雖積衰新造❹，而猶足以制之也。五代之際，中原無君，石晉苟一時之利，以子行事匈奴，割幽、燕之地以資其強大。孺子繼立，大臣外叛，匈奴掃境來寇，兵不血刃而京師不守，天下被其禍❺。匈奴自是始有輕中原之心，以為可得而取矣。及吾宋景德中大舉來寇，章聖皇帝一戰而卻之，遂與之盟以和❻。夫人之情，勝則狃❼，狃則敗，敗則懲，懲則勝。匈奴狃石晉之勝，而有景德之敗；懲景德之敗，而愚未知其所勝，甚可懼也。

【章　旨】此章以歷史上匈奴與中原的戰和關係，指出其懲於宋朝景德之敗，必有異圖，深為可懼。

【注　釋】❶冒頓　秦漢之際的匈奴單于，曾統一北方，並收復秦將蒙恬所奪匈奴地域，漢初還經常南侵，直到武帝時才大破之。❷刻剝　殘酷剝削。❸溘然　衰朽不振的樣子。溘，掩蓋。❹積衰新造　多年衰萎，剛剛建立新的統一政權。❺石晉苟一時之利八句　石晉，指五代時建立後晉的石敬瑭。石敬瑭為篡後唐自立，曾借助契丹勢力，篡位成功後，割北方燕雲十六州給契丹，並自稱兒皇帝。他死後，其子繼位，為契丹所滅。契丹勢力遂進一步向南擴張。❻及吾宋景德中三句　指宋遼澶淵之盟。景德，真宗年號。章聖皇帝，宋真宗。❼狃　貪。

【語　譯】自古以來，匈奴最強盛，是冒頓單于統治的時候。當時中國剛經過殘暴的秦朝統治，緊接著又是劉邦、項羽之間的楚漢戰爭。中國元氣大傷，衰朽不振。用現在的情況去衡量，匈奴人應該就此入侵中原，如大河決堤，蟻穴潰敗一般。可是，敵人終究沒有能夠跨越邊境線奪得一尺一寸土地，為什麼呢？中原強大，本來就百倍於匈奴，雖然國力大損，王朝新建，卻仍然可以控制得住局勢。五代的時候，中原分裂，無一統天下的君王，後晉石敬瑭貪求一時的便宜，用兒子對父親的禮節來侍奉匈奴，割讓幽、燕等地以增強對方的國勢。他的兒子繼位，大臣向外叛逃，匈奴入侵，橫掃後晉全境，兵不血刃而後晉國都失守，整個中國遭受匈奴之禍。匈奴從那以後就有了輕視中原的想法，認為可以得到並統治它。等到我宋朝景德年間，大舉入侵，章聖皇帝一戰即打敗了它，就此跟它簽訂和約。人之常情，獲勝了就會起貪心，有了貪心就會導致失敗，失敗了就會總結教訓，吸取教訓才會獲勝。匈奴因為後晉時候的勝利而激起貪欲，於是導致景德年間的失敗；吸取景德年間失敗的教訓，但我卻不知道它將在哪裏獲勝，這是最值得深憂的。

雖然，數十年之間，能以無大變者，何也？匈奴之謀必曰：我百戰而勝人，人雖屈而我亦勞❶。馳一介入中國，以形凌之❷，以勢邀之，歲得金錢數十百萬。如此數十歲，我益數百千萬，而中國損數百千萬；吾日以富，中國日以貧，然後足以有為❸也。天生北狄，謂之犬戎❹，投骨於地，狺然而爭者，犬之常也。今則不然，邊境之上，豈無可乘之釁❺？使之來寇，大足以奪一郡，小亦足以殺掠數千人，而彼不以動其心者，此其志非小也。將以蓄其銳而伺吾隙，以伸其所大欲，故不忍以小利而敗其遠謀。古人有言曰：「為虺弗摧，為蛇奈何❻？」匈奴之勢，日長炎炎❼。今也柔而養之，以冀其卒無大變，其亦惑矣❽。且今中國之所以竭生民之力，以奉其所欲，而猶恐恐焉懼一物之不稱其意者，非謂中國之力不足以支其怒❾也。然以愚度之，當今中國雖萬萬無有❿如石晉可乘之勢者，匈奴之力雖足以犯邊，然今十數年間，吾可以必無犯邊之憂，何也？非畏吾也，其志不止犯邊也。其志不止犯邊，而力又未足以成其所欲為，則其心惟恐吾之一旦絕其好，以失吾之厚賂也。然而驕傲不肯少屈者，何也？其意曰邀之而後固也⓫。鷙鳥⓬將擊，必匿其形。昔者冒頓欲攻漢，漢使至，輒匿其壯士健馬⓭。故《兵法》曰：「詞卑者進也，詞強者退也⓮。」今匈奴之君臣，莫不張形勢以誇我⓯，此其志不欲戰明矣。闔廬之入楚也，因唐、蔡⑯；句踐之入吳也，因齊、晉⑰。匈奴誠欲與吾戰耶？曩者陝西有元昊之叛⑱，河朔有王則之變⑲，嶺南有智高之亂⑳，此亦可乘之勢矣，然終以不動，則其志之不欲戰又明矣。吁！彼不欲戰，而我遂不與戰，則彼既得其志矣。《兵法》㉑曰：「用其所欲，行其所能，廢其所不能。於敵反是。」今無乃與此異乎？

【章旨】此章分析匈奴之長期以來未輕舉妄動，說明其有「大欲」，而不止於侵犯邊境。進一步提醒北宋統治者要深以為憂。

【注釋】❶人雖屈而我亦勞　敵人雖然被屈服了，我方也因力戰而勞苦不堪。屈，被屈服；被戰勝。❷以形凌之　以強盛的外在氣勢欺凌宋朝統治者。凌，欺壓；欺凌。❸有為　有所作為，暗示圖謀吞併中原之意。❹犬戎　中國古代北方的少數民族。為匈奴族的前身。故下文中，蘇洵由「犬」字而生發出「投骨於地猘然而爭」之論。❺可乘之釁　即可乘之機。釁，縫隙。❻為虺弗摧二句　這是伍子胥諫吳王夫差不要讓越國強大起來的話。意思是如不趁其弱小時剷除，待其強盛之後，就很難對付了。虺，小蛇。❼日長炎炎　日光很強烈。比喻匈奴的氣勢日盛。語出《國語》：「越王好信以愛民，四方歸之，年穀時熟，日長炎炎。」❽今也三句　如今以懷柔政策滋長其驕縱之氣焰，希望它不進行大的叛亂侵擾，是十分糊塗的做法。❾支其怒　平息它的憤怒，指對付契丹的入侵。❿萬萬無有　完全沒有，絲毫不可能。⓫邀之而後固也　威脅之後才能夠鞏固（在北宋統治者心目中的地位）。⓬鷙鳥　一種兇猛的鳥。⓭昔者冒頓三句　據《史記・劉敬叔孫通列傳》載，漢高祖在打擊匈奴前，曾多次派使臣如劉敬等到匈奴去探其虛實，匈奴單于冒頓在每次漢使來時，都將其壯士、肥馬盡數藏匿，只讓漢使看到一些老弱士兵和畜馬。於是劉敬等使臣都建議高祖進擊匈奴，結果高祖輕進，軍至平城，為匈奴精兵所困，七天之後才得解圍。⓮詞卑者進也二句　語出《孫子・行軍》：「辭卑而益備者進也，辭強而進驅者退也。」詞卑，語氣很軟。詞強，語氣很硬。⓯誇我　在我們面前耀武揚威。我，指宋朝。⓰闔廬之入楚也二句　據《史記・吳太伯世家》載：吳王闔廬將攻楚，問伍子胥、孫武道：「你們以前說不能進攻楚國，現在怎麼樣？」二人回答：「如今楚國的大將子常貪得無厭，唐、蔡等地都很怨恨，如果真要攻打楚國，必須先跟唐、蔡等國結盟才行。」於是闔廬大興兵馬，與唐、蔡相約伐楚。⑰句踐之入吳也二句　據《史記・仲尼弟子列傳》載：田常準備在齊國作亂，就先以進攻魯國為藉口。孔子的學生子貢遊說於齊、吳、越、晉等國，以求制止齊國。他對越王句踐說：「如果您跟隨吳王出兵，以大量珍寶及卑微的言辭取悅他，那麼，吳王必定會進攻齊國。如果吳國戰敗，則是大王您的福氣；如果戰勝了，吳王必定會進一步進攻晉國。那時我再遊說晉君攻打吳國，吳國一定會被削弱。吳國的精兵都用來對付晉國了，大王乘機襲擊，一定獲利！」後來果然如子貢所言，吳兵被晉國打敗，越國乘勢攻打吳國，吳王回師對越作戰，三戰皆敗，越國滅吳。⑱元昊之叛　指西夏元昊叛宋立國事。⑲河朔有王則之變　宋仁宗慶曆七年（西元一〇四七年）十一月，貝州王則據城反叛，號稱東平郡王。朝廷派文彥博擊殺之。⑳嶺南有智高之亂　宋仁宗皇祐元年（西元一〇四九年），知廣源州儂智高起兵據安德州，號稱南天國。宋朝共花四年時間才平定這次叛亂。㉑兵法　指《司馬法》，古兵書名。據《史記・司馬穰苴列傳》，齊威王使大夫論古《司馬兵法》，而將穰苴用兵之策附於其中，後人所謂司馬法即指此。

【語譯】既然如此，那麼，幾十年之間，能夠沒有大的變故，是為什麼呢？匈奴肯定這麼盤算：我全力出擊，戰勝對方，敵方雖然被戰勝了，我方也損失慘重。派一個人到中國，用強盛的外在威脅凌壓，在氣勢上脅迫，每年可以得到數百萬金錢財物。這樣，幾十年後，我增加幾千萬的財力，中原則損失幾千萬的財力；我一天天富有起來，宋朝一天天貧困下去，然後就足以有所作為了。天生北狄，稱之為犬戎，丟根骨頭在地上，狂叫著去搶，是狗的天性。現在卻不是這樣，邊境之上，難道就沒有一點可乘之機？假使來侵襲，大舉進攻，可以奪取一個州郡，小規模作戰，也完全可能殺掠幾千邊民，可是對方卻不為這些動心，說明它的志向不小。想養精蓄銳以等待我方暴露可乘之機，以便滿足它巨大的貪欲，所以才不願意因為貪圖小利而壞了它長遠的陰謀。古人曾經說過：「在蛇還小的時候，不打死牠，等長成大蛇了，怎麼辦呢？」匈奴的國勢，一天天地強大起來。現在用懷柔政策去安撫它，指望它最終不要有大的變故，這真是糊塗啊。再說現在全中國竭盡全力去滿足它的貪欲，還心驚膽顫地怕某個方面不合它的心意，不是說竭中國之力，都不足以平息它的憤怒。

雖然如此，可是憑我的判斷，現在的宋朝絕對沒有像後晉時候那樣的可乘之機，匈奴的國力雖然足以侵犯邊境，但最近幾十年以來，我們卻沒有邊境受侵擾的煩心事，為什麼？不是怕我們，是它的心志不僅僅是侵犯邊境。它的心志不僅僅是為了侵犯邊境，可是，它的國力又不足以成就它想做的事，那麼，它就會擔心一旦與我方斷絕友好往來，失去我國輸送的豐厚財物。可是，又一貫驕橫傲慢不肯稍微屈從我方意見，為什麼呢？它的如意算盤是：脅迫淩壓以便鞏固盟約。兇猛的鷙鳥出擊，一定先藏身形。從前冒頓單于想攻擊漢朝，每當漢朝的使者到後，匈奴人就把它的壯士健馬全都藏匿起來。所以《兵法》中說：「言辭卑讓的人，試圖進攻；言辭強硬的人，是要退讓。」現在匈奴的君臣，沒有不用武力形勢在我們面前炫耀的，這明顯表明它是不想開戰的。闔廬入侵楚國，先跟唐、蔡等國結盟聯合；句踐侵入吳國，是乘著齊、晉與吳作戰的機會。匈奴確實想與我方開戰嗎？早些時候西夏元昊叛亂，河朔間有王則的變亂，嶺南有儂智高的禍亂，那些都是可乘之機，可是敵人終究沒有採取行動，表明它是沒打算開戰的。唉！對方不想開戰，我方就不跟他作戰，那就正好遂了它的心願了。《兵法》上講：「用我想用的，做我想做的，廢除我不能辦到的事，對敵人而言，就完全反過來。」現在不是跟這個原則相違背嗎？

且匈奴之力，既未足以伸其所大欲，而奪一郡，殺掠數千人之利，彼又不以動其心，則我勿賂而已。勿賂而彼以為辭❶，則對曰：爾何功於吾？歲欲吾賂，吾有戰而已，賂不可得也。雖然，天下之人必曰：此愚人之計也。天下孰不知賂之為害，而無賂之為利？顧勢不可耳。愚以為不然。當今夷狄之勢，如漢七國之勢。昔者高祖急於滅項籍，故舉數千里之地以王諸將。項籍死，天下定，而諸將之地因遂不可削。當是時，非劉氏而王者八國❷，高祖懼其且為變❸，故大封吳、楚、齊、趙同姓之國以制之。既而信、越、布、綰皆誅死，而吳、楚、齊、趙之強反無以制。當是時，諸侯王雖名為臣，而其實莫不有帝制之心。膠東、膠西、濟南又從而和之，於是擅爵人，赦死罪，戴黃屋，刺客公行，匕首交於京師❹。罪至章也❺，勢至逼也。然當時之人，猶且徜徉容與❻，若不足慮，月不圖歲，朝不計夕，循循而摩之，煦煦而吹之❼，幸而無大變，以及於孝景之世。有謀臣曰鼂錯❽，始議削諸侯地以損其權。天下皆曰：諸侯必且反。錯曰：「固也。削亦反，不削亦反。削之則反疾而禍小，不削則反遲而禍大。吾懼其不及今反也。」天下皆曰鼂錯愚。吁！七國之禍❾，期於不免❿。與其發於遠而禍大，不若發於近而禍小。以小禍易大禍，雖三尺童子皆知其當然。而其所以不與錯者，彼皆不知其勢將有遠禍；與知其勢將有遠禍，而度己不及見，謂可以寄之後人，以苟免吾身者也。然則錯為一身謀⓫則愚，而為天下謀則智。人君又安可捨天下之謀，而用一身之謀哉！

今日匈奴之強不減於七國，而天下之人又用當時之議，因循維持以至於今，方且以為無事。而愚以為天下之大計，不如勿賂。勿賂則變疾而禍小，賂之則變遲而禍大。畏其疾也，不若畏其大；樂其遲也，不若樂其小。天下之勢，如坐弊船之中，駸駸乎將入於深淵，不及其尚淺也舍之，而求所以自生之道，而以濡足為解⑫者，是固夫覆溺⑬之道也。聖人除患於未萌，然後能轉而為福。今也不幸養之以至此，而近憂小患又憚而不決，則是遠憂大患終不可去也。赤壁之戰，惟周瑜、呂蒙知其勝⑭；伐吳之役，惟羊祜、張華以為是⑮。然則宏遠深切之謀，固不能合庸人之意，此鼂錯所以為愚也⑯。

【章旨】此章以漢代七國之禍與匈奴之禍進行對照，指出無論賂與不賂，其為禍皆必然之事，不賂則為禍速而為害小，賂則為禍緩而為害大。兩相比較，不如不賂。

【注釋】❶勿賂而彼以為辭　不輸送歲幣、金繒等物，契丹必然以此來斥責。賂，指宋朝向契丹輸送的金銀財物。❷非劉氏而王者八國　漢高祖劉邦為了籠絡諸大將助他擊敗項羽，曾分封他們為王，共八人：淮南王英布、燕王臧荼、盧綰、趙王張耳、梁王彭越、韓王信、衡山王吳芮、齊王韓信等。劉邦統一全國後，又擔心這些異姓王會叛亂，遂大封同姓為王，以削弱其勢力，並不失時機地剪除異己。❸且為變　將會發動叛亂。且，將。❹於是擅爵人五句　異姓王被剪滅後，同姓諸侯遂越發驕橫。文帝時，淮南王劉長自以為是高祖劉邦最小的兒子，與王室最親，多有犯上之處，曾賜人爵位，赦免死罪，且為黃屋乘輿，出入擬於天子，甚至自袖椎椎殺辟陽侯審食其。蘇洵所舉即指此。擅爵人，隨便以爵祿賜人。❺罪至章也　罪行已經十分明顯了。章，通「彰」。顯著。❻倘佯容與　從容不迫。倘佯，徘徊。容與，從容。❼煦煦而吹之　意思是盡情享受眼前的歡樂。煦，溫暖。❽鼂錯　漢潁川人。景帝時為御史大夫，議請削諸侯以尊京師，結果造成吳楚等七個諸侯國叛亂，景帝只好殺鼂錯以求平亂。❾七國之禍　即漢景帝時的七國之亂。七國，吳王濞、楚王戊、趙王遂、膠西王卬、濟南王辟光、菑川王賢、膠東王雄渠等漢代七個與天子同姓的諸侯國。在鼂錯提出削藩王的建議後，七國發動以誅「賊臣」為名的叛亂。

景帝殺鼂錯以撫，七國仍不止。後景帝派大將竇嬰、周亞夫討平之。❿期於不免　估計不可避免。期，估計；預料。⓫一身謀　為自己個人打算。⓬濡足為解　此謂過河先用腳探視水之深淺，剛剛溼了腳就不加警惕，而至於鬆懈。解，即「懈」。懈怠。⓭覆溺　滅亡。⓮周瑜呂蒙知其勝　漢獻帝建安十三年（西元二〇八年），曹操率大軍南征，吳國的大臣都十分畏懼，認為只有投降。只有周瑜、魯肅主張迎戰曹操。吳主孫權聽二人之言，與劉備結成聯盟，在赤壁與曹軍大戰，曹操戰敗北還，天下得以三分。⓯伐吳之役二句　晉武帝時，尚書左僕射羊祜上疏言伐吳之計，眾人都不以為然，只有杜預、張華贊成。一年後，武帝再派張華向羊祜問伐吳策略，在張華的贊成下，終於興兵伐吳。羊祜，字叔子，南城（今山東費縣西南）人。魏末任相國從事中郎，晉封鉅平侯，都督荊州諸軍事，死後南州人為之罷市以弔。張華，字茂先，范陽方城（今河北固安）人。官至司空，封廣武縣侯。⓰此鼂錯所以為愚也　這就是為什麼鼂錯被認為愚蠢的原因。

【語譯】再說匈奴的國力，既然不足以成就它巨大的貪欲，可是奪取一郡，掠殺數千邊地軍民的小利，它又不為之動心，那麼我就用不着輸送銀絹去賄賂它。不輸送財物，對方肯定會嚴辭指責，那麼就對它講：你對我有什麼功德？每年都要我的財物，有本事戰場上見，財物是不給的。雖然如此，天下人肯定會說：這是傻子出的主意。天下人誰不知道輸送財物有害，不送財物是有利的？只是局勢不允許罷了。我認為不是這樣。現在契丹的架勢，跟漢朝七國的態勢差不多。從前高祖急於消滅項籍，所以拿數千里的土地分封給諸位將領。項籍被消滅了，天下大定，那些將領的封地因此難以削除。在那時，不姓劉而稱王的人有八個諸侯國，高祖擔心這些人將引發叛亂，所以大封吳、楚、齊、趙等同姓諸侯國來挾制他們。後來韓信、彭越、黥布、盧綰等人都被誅殺，而吳、楚、齊、趙等強大的諸侯國反而無法挾制了。那時，諸侯王雖然名義上稱臣，可實際上沒有一個不是想稱帝的。膠東、膠西、濟南等諸侯國隨從並附會它們，在那種情況下（諸侯們）隨便給人封爵，赦免死囚犯，起居配用天子的黃色儀制，手下刺客公然行動，紛紛帶着兇器到京城。罪行已很明顯了，形勢已很緊迫了。然而那時的人，還從從容容，像沒有什麼值得擔心似的，得過且過，能過一月就不作一年的打算，朝不計夕，得過且過地混日子，貪圖眼前的享樂生活，僥倖到孝景帝時還沒有發生大的變故。有謀臣叫鼂錯的出來，才開始討論削減諸侯的封地以削弱其權力。天下人都說：諸侯國肯定會反叛。鼂錯說：「肯定的。削減封地會反叛，不削減封地也會反叛。削減的話反叛來得早，禍患就小，不削減的話反叛來得遲，禍害就大。我擔心的是它們不在現在反叛呢。」天下都說鼂錯是傻子。唉！七國的禍害，料到是不可避免了。與其讓它遲來而為大禍，不如讓它早來而為小禍。以小禍換大禍，縱然是三歲兒童也知道理所當然。可是天下人都不贊同鼂錯，要麼他們不知道在那種情況下會在將來出現大禍害，要麼考慮到將來可能會有大禍，但估計自己不一定會親身經歷，想把禍害留給後人，以求苟活免禍，不對自己造成傷害。如此看來，鼂錯為自己打算的話，是愚笨的，可是為天下人打算，則是聰明的。一國之君又怎麼可以捨棄天下國家之謀慮，卻採用保全自身的謀略呢！

現在匈奴強盛不亞於七國，可是天下的人又採取了當時人的策略，因循維持直到現在，正覺得太平無事。可我認為從天下大計考慮，不如不送財物去賄賂。不送財物，那麼變亂立刻爆發而為禍會小些，賂送錢財，那麼變亂就會來得慢而為禍就會大。怕禍亂來得快，不如擔心禍亂太大；樂於接受晚來的大禍害，不如接受小的禍害。天下之勢，就像坐在破船當中，馬上就要划向深淵了，不在淺水區棄船，去尋求生存之道，卻因為水淺只淹到腳背而放鬆警惕，那肯定是自取滅亡之道了。聖人在隱患未萌之時就將它消除，然後可能轉禍為福。現在很不幸已經把敵人供養到這種地步了，還擔心馬上要來的小禍亂而恐懼猶豫，那樣的話，將來的大禍患就終將不能消除。赤壁之戰，只有周瑜、呂蒙預料可以獲勝；征伐東吳的戰役，只有羊祜、張華認為可行。既然如此，那麼，長久而深遠的計畫，本來就不可能跟庸俗之輩的想法一致，這是鼂錯之所以被認為愚蠢的原因。

雖然，錯之謀猶有遺憾。何者？錯知七國必反，而不為備反之計，山東[1]變起，而關內騷動。今者匈奴之禍，又不若七國之難制。七國反，中原半為敵國；

匈奴叛，中國以全制其後，此又易為謀也。然則謀之奈何？曰：匈奴之計不過三：一曰聲，二曰形，三曰實。匈奴謂中國怯久矣，以吾為終不敢與之抗。且其心常欲固前好而得厚賂，以養其力。今也遽絕之，彼必曰戰而勝，不如坐而得賂之為利也。華人❷怯，吾可以先聲脅之，彼將復賂我。於是宣言於遠近：我將以某日圍某所，以某日攻某所。如此謂之聲。命邊郡休士卒、偃旗鼓，寂然若不聞其聲。聲既不能動，則彼之計將出於形：除道翦棘❸，多為疑兵以臨吾城，如此謂之形。深溝固壘❹，清野以待，寂然若不見其形。形又不能動，則技止此矣，將遂練兵秣馬，以出於實。實而與之戰，破之易爾。彼之計必先出於聲與形，而後出於實者，出於聲與形，期我懼而以重賂請和也❺；出於實，不得已而與我戰，以幸一時之勝也。夫勇者可以施之於怯，不可以施之於智。今夫叫呼跳踉❻以氣先者，世之所謂善鬥者也。雖然，蓄全力以待之，則未始不勝。彼叫呼者，聲也；跳踉者，形也。無以待之，則聲與形者亦足以乘人於卒❼；不然，徒自弊其力於無用之地，是以不能勝也。韓許公❽節度宣武軍，李師古❾忌公嚴整，使來告曰：「吾將假道伐滑。」公曰：「爾能越吾界為盜邪？有以相待，無為虛言！」滑帥告急，公使謂曰：「吾在此，公安無恐。」或告除道翦棘，兵且至矣。公曰：「兵來不除道也。」師古詐窮，遷延以遁⑩。愚故曰：彼計出於聲與形而不能動，則技止此矣。與之戰，破之易耳。方今匈奴之君有內難，新立⑪，意其必易與⑫。鄰國之難，霸王之資也。且天與不取，將受其弊⑬。賈誼曰：「大國之王，幼弱未壯，漢之所置傅相，方握其事。數年之後，大抵皆冠，血氣方剛，漢之傅相以病而賜罷，當是之時而欲為安，雖堯舜不能。」⑭嗚呼！是七國之勢也。

【章　旨】此章分析敵我形勢，提出應對策略，不賂則其必以聲、形、實相逼，我以靜制動，不為其聲、其形所惑，待敵真正出動，則戰而勝之。

【注　釋】❶山東　秦漢時指崤山以東。這裏代指發動叛亂的山東七國，由於漢朝天子居關中（即下句中之「關內」），叛亂七國都在崤山以東，所以這麼代稱。❷華人　代指中原軍民。❸除道翦棘　開闢道路，斬除荊棘。準備作戰的意思。❹深溝固壘　深挖護城河，加固防禦堡壘，轉移人口、物資等，嚴陣以待。即堅壁清野之意。❺期我懼而以重賂請和也　指望我們害怕它（進攻），並且再用豐厚的賄賂請求和談。期，指望；希望。❻跳踉　跳躍作勢。❼卒　通「猝」。倉猝。❽韓許公　韓弘，匡城（今河北長垣西南）人，累官宣武節度使。唐憲宗用兵淮西，封為許國公。❾李師古　唐隴西郡王李納子，襲為節度使，進同中書門下平章事。❿師古詐窮二句　唐憲宗死後，「李師古作言起事，屯兵於曹，以嚇滑（地名）帥，且告假道。」而韓許公不為所嚇，並說：「如果你敢越過我的守界去作盜賊，我就在這裏等著你，不要只說空話。」可是滑帥被嚇不過，向韓許公告急。韓許公說：「我在這裏，你不用怕。」又有人告訴韓許公說，李師古開始開闢進軍的道路了。韓許公說：「真要出兵的話，是不會開闢道路的。」仍不理會。李師古見騙不了他，只好率軍退去。⓫方今二句　指北宋至和二年，遼興宗耶律宗真死，皇太子耶律洪基繼位。⓬易與　容易擊敗，容易圖謀。⓭天與不取二句　意思是上天給予的機會，卻不很好地利用，一定會受到懲罰。⓮賈誼曰十一句　語本於《漢書‧賈誼傳》。

【語　譯】雖然如此，鼂錯的計畫還是有缺陷的。是什麼？鼂錯預料到七國肯定會叛亂，卻沒有制定防備反叛的計畫。崤山以東諸侯變亂爆發，函谷關內為之震動。現在匈奴這股禍水，又不像七國那麼難以控制。七國反叛，中原地區有一半成了敵方的地盤；匈奴叛亂，中國用全部國力與之抗衡，這又容易對付了。既然如此，那麼，如何對付呢？回答是：匈奴的詭計，不出以下三種：一為聲，一為形，一為實。匈奴認為中國害怕它已經很久了，認為我方終究不敢與它抗衡。再加上它心裏總是指望著鞏固以前的和約並獲得財物重賂，以便培養其國力。現在突然拒絕它，它肯定會覺得：戰而勝之，不如坐享輸送的財物更為有利。中原軍民膽怯，我可以先發話去威脅，他們將會又給我賂送財物。於是遠近通告：我方將在某一天圍困某地，在某一天圍攻某處。諸如此類，就是它們的「聲」謀詭計。下令邊境郡縣休養士卒，偃旗息鼓，靜悄悄的像沒有聽到它的話一樣。語言威脅不起作用，它將擺出進攻架勢的詭計：開闢戰道，清除荊棘，派許多疑兵逼近我方城池，諸如此類，就是它們的「形」謀。我方深挖防護溝，鞏固堡壘，堅壁清野，靜悄悄的像沒有看到它那些鬼把戲一樣。行動上的威脅不起作用，那麼，它的詭計也就到此為止了，必然就會秣馬厲兵，真的出兵作戰。真要打仗就跟它打，擊破它也是容易的。它的詭計必定先用語言和行動表現出來，然後才用真出兵表現出來。用語言和行動表現出來，是指望我方害怕了，用更多的賂輸財物向它求和；真的出兵作戰，是萬不得已與我一戰，以求僥倖取得一時的勝利。勇猛可以用來對付膽怯者，不能用來對付機智的人。現在大呼小叫先用氣勢壓別人的人，是世上所謂善鬥之人。雖說如此，養精蓄銳，全力以赴去對付它，那麼，未必不可能獲勝。它大呼小叫，是用聲音嚇唬；跳躍作勢，是用行動嚇唬。完全不應對，那麼，這種聲形嚇唬也足以在突然之間攻人不備；否則，那就是在毫無用處的地方白白浪費力氣，所以不可能指望獲勝。唐代韓許公韓弘為宣武節度使，李師古顧忌他治軍嚴整，派使者去說：「我想借道去攻打滑帥。」韓弘說：「你想穿過我的轄區去偷襲別人嗎？我就等著你來，不要空口說白話。」滑帥派人告急，韓弘派人對他說：「有我在，您就放心吧，用不著擔驚受怕。」有人報告說李師古的部隊已經在修築兵道，翦除荊棘，馬上就要來了。韓許公說：「部隊來襲，是不會清理兵道的。」李師古詐技已窮，只得無奈地率軍退去。所以我說：它用聲、形之類的詭計嚇不住我們，那麼，詐技也就用完了。跟它作戰，打敗它也是容易的事。現在匈奴國君面對國內的禍亂，新君剛即位，估計肯定容易對付。鄰國有難，是成就霸王大業的好時機。況且上天所賜不去收取，必將遭受禍殃。賈誼說：「大國的君王，年幼弱小不到壯年，漢代因此設置太傅和丞相掌握國家大事。幾年之間，國君差不多行冠禮成年，血氣方剛，漢室的太傅丞相因為老病而被罷免。這個時候諸侯國想保全安寧，縱然是堯舜也不可能辦到。」唉！就是七國那時候的形勢啊。

【研　析】本文與〈審勢〉內容相互補充。文章先分析敵情，指出宋代外患已成內憂的嚴峻形勢。夷狄之患，自古都視為外患，為末，而作者開門見山，卻突破往古陳見，一新讀者耳目，將嚴重的問題暴露在最前面，製造懸念，引人入勝。

接下來重點分析敵情，著意指出北宋對契丹政策之失，陳述作者的政見，將問題進一步推向深層，揭示問題的嚴重性：契丹、北宋對峙，宋朝統治者只圖懷柔苟安，每年都向契丹輸送數以十萬計的金、繒，這勢必加重宋朝百姓的負擔。長此以往，敵國越來越富強，宋朝將越來越困窘，國力必將大降。國困民窮，必然難以抵擋驕橫之敵的進攻。進而分析契丹暫不以侵地掠民為意，正是想通過軍事威脅使宋朝屈服，用歲幣之輸使宋朝國力下降，心存滅亡宋朝的「大欲」！通過對敵方「大欲」的揭露，擊碎宋人眼前的美夢，將注意力引向危險的將來。問題的嚴重後果，可以說是血淋淋地擺在宋人也擺在了讀者的面前。

行文至此，已縱橫馳筆多時，將問題的嚴重及其可怕的後果都盡情渲染之後，作者再順勢提出與敵開戰的最終主張。為了說明其觀點，作者先對敵情進行詳盡的分析：我方斷絕對敵歲幣金銀之輸，並且不被敵人出之於聲、出之於形等虛張的聲勢所恐嚇。如果敵人膽敢出兵相侵，則正可乘其王位初易，內政不穩之機，積極備戰，一舉戰而勝之。為了證明自己觀點的正確，作者還以漢代七國之亂為例，申述在禍患遲早必然爆發的情況下，晚來不如早來，受大災不如受小禍的道理，打消掉那些懵懂無知之輩和苟且偷安之眾的僥倖心理欲求。

全篇文勢宛曲，議論精明，如長江大河，奔洩而下，中間卻有許多回護斡旋，極具抑揚頓挫之妙。蘇洵此論，對於積貧積弱，只知懷柔的宋朝宗室，不啻為一劑良藥，只可惜未被採納，令人扼腕。

權書

權書敘

【題解】蘇洵的〈權書〉，是其論兵之著。文章大致作於仁宗皇祐年間。敘，即序。蘇洵的父親名序，因避諱而改稱「敘」。〈權書〉共十篇，前五篇討論作戰用兵的一般原則，後五篇主要分析歷史上著名軍事人物指揮作戰的得失。這篇序文，乃其總綱。兵法自古有鬼謀之稱，兵乃不仁之器，所以蘇洵在強調無論仁義與否，「權」都不可或缺的同時，特別表明「權」之所以不可或缺，是為了補「仁義」之不足，是在仁義無法推行的情況下，不得已而用之。這就將其所論的全部兵謀，都納入到仁義的範疇之內，為其兵家之言披上了儒家的外衣。故而此敘雖篇幅短小，卻是〈權書〉的宗旨與結穴之處，對我們理解蘇洵的思想，有著十分重要的意義。

人有言曰：儒者不言兵❶。仁義之兵，無術而自勝❷。使仁義之兵無術而自勝也。則武王何用乎太公❸？而牧野之戰❹，「四伐、五伐、六伐、七伐，乃止齊焉❺」，又何用也？

【章　旨】此章從反面為筆駁斥儒者不言兵之論，實是言「權」不可少，無論仁義與否皆然。

【注　釋】❶儒者不言兵　奉行仁義的儒士是不談權謀詭計之類兵家之事的。桓譚《新論・王霸》中有「孔氏門人，五尺童子不言五霸之事者，惡其違仁義而尚權詐也」的話，為蘇洵此語所本。❷仁義之兵二句　講仁義的軍隊，不用奇謀詭計，就可以獲得勝利。語本《荀子・議兵》：「仁人之兵，不可詐也。」❸太公　即姜太公，以封地姓呂，名呂尚，號太公望，佐武王滅紂。據《漢書・藝文志》載，姜太公有兵謀之著共二百三十七篇，其中「謀」八十一篇，「言」七十一篇，「兵」八十五篇。武王號為行王道之君，所統領的攻紂軍隊號為仁義之師，而軍中統帥姜太公卻有兵謀之書行世，所以蘇洵有此一問。❹牧野之戰　武王率諸侯攻紂，在牧野與商軍作戰，紂王軍隊陣前起義，助武王擊敗商紂，商朝就此覆亡。牧野，地名，在今河南淇縣。❺四伐五伐三句　語出《尚書・牧誓》。原文為：「夫子勖哉，不愆於四伐五伐，六伐七伐乃止齊焉。」是武王鼓勵將士們英勇殺敵的話。伐，擊刺，即戰鬥。

【語　譯】有人這樣說：儒學之士，不講兵事。仁義之師，不用詭謀，自然可以獲勝。假使仁義之師無詭謀就能獲勝的話，那麼，武王為什麼要用姜太公？而且，牧野之戰時，「四伐、五伐，六伐、七伐，然後才能停止」那樣的動員令，又有什麼用呢？

〈權書〉，兵書也，而所以用仁濟義之術❶也。吾疾夫世之人不究本末，而妄以我為孫武❷之徒也。夫孫氏之言兵，為常言❸也。而我以此書為不得已而言之之書也。故仁義不得已，而後吾〈權書〉用焉❹。然則權者，為仁義之窮❺而作也。

【章　旨】此章辨明所著〈權書〉與孫武之類兵法的區別在於：〈權書〉不是為詭謀而詭謀，而是為了補仁義之不足，在仁義無法發揮作用的時侯，用「權」以濟之。

【注　釋】❶用仁濟義之術　用來推行仁、義的方法。蘇洵認為自己〈權書〉中所講謀略的最終目的都是為了推行仁政，所以這麼說。❷孫武　又稱孫武子，春秋時齊人。孫武曾以所著兵書謁見吳王闔廬，被任命為將領，助吳王向西擊破強楚，向北威脅齊、晉等國。《漢書・藝文志》載，孫武有《孫子兵法》八十二篇，今存十三篇。❸常言　不變的定則；普遍的規律。❹故仁義不得已二句　所以在仁義無法推行的情況下，然後我所著的〈權書〉就可以發揮作用了。不得已，行不通；沒有辦法。這裏主要是指如果遼和西夏不能以仁義安撫的話，就用〈權書〉所說的用兵之計去對付。❺仁義之窮　仁和義不能達到目的，行不通。窮，行不通；達不到目的。

【語　譯】〈權書〉，是兵書，但也是用來推行仁義的手段。我擔心世上的人不深究事情的本末，卻妄自臆斷，說我是孫武子那樣的人。孫武子談兵論陣，把行軍布陣作為最終目的來談，可是我的著作卻是為了應付萬不得已的情況才寫的。因此，如果仁義不能推行，然後我所著的〈權書〉就有實用價值了。既然如此，所謂「權」，就是為仁義不能發揮作用時準備的。

【研　析】本敘點明寫作〈權書〉的宗旨。重「權」的思想，可以說是貫穿於蘇洵所有文章的一條主線，無論是對聖人所著的經書，還是天子統治萬民之術，蘇洵認為都離不開「權」。而他對「權」的理解，最集中地體現在這段簡短的文字當中。

作者一破陳言，認為「權」有助於推行仁義，他寫作〈權書〉，是為了「濟仁義之窮」，目的仍然是為了推行仁義。這跟作者在〈幾策〉中分析治理天下的根本方法，討論該如何對付驕逸的契丹、西夏等思路是一致的。所不同的是，〈幾策〉中作者主要從總體原則上立論，〈權書〉中則具體從用兵謀略上闡述，二者之間可視為戰略與戰術的關係。而這篇敘言，可以說是其戰術思想的總體概括。作者這種將權變與仁義相結合的觀點，體現了他不囿於一般仁義道德的狹隘涵義，力圖以權變機智補仁義之不足的治世思想，同時，也讓我們看到其思想的駁雜、豐富與獨特性。與作者大致同時的曾鞏在〈蘇明允哀詞〉中說他：「好為策謀，務一出己見，不肯躡故跡。頗喜言兵，慨然有志於功名者也。」（見《元豐類稿》）論斷是相當準確的。

心術❶

【題解】本篇論述將兵之道。趙宋立國，懲於唐代武人割據的歷史教訓，所以推行重文輕武的國策，軍中常用文人為將。而當時少數民族割據政權又有相當勢力，故宋廷外患不斷，這就直接刺激了有為的文士們對兵策、戰略的關心。作為有強烈用世之心的文士，蘇洵也對率兵作戰之道提出了自己的看法。從整體上看，其所論雖不乏書生之見，但其中某些意見卻是中肯的、實用的，特別是像本篇對作戰原則的探討，無疑是頗具參考價值的。因為，作者不同於一般的儒士只從仁義出發，而能重視戰爭指揮者的心術謀略，揭示作為「鬼謀」的兵法的深刻內涵。這對只以儒術應試入仕的官員，無疑是有相當啟發作用的。

為將之道，當先治心，泰山崩於前而色不變，麋鹿興於左而目不瞬❷，然後可以制利害❸，可以待敵。

【章旨】此章論述為將之道，當以心術為主，唯其如此，才有可能指揮若定，決勝千里。

【注釋】❶心術　此處主要是指把握將士們心理的方法。《管子．心術》中有「心之在體，君之位也」的話，蘇洵本此提出「為將之道，當先治心」的論點。❷泰山二句　意思是內心鎮定自若，不為外物所役，即使是泰山崩倒或麋鹿出現之類可驚可喜之事，也不為之動心。❸可以制利害　可以從容應對變故之意，即無論遇到什麼利害衝突，都能正確對待。

【語譯】為將之道，應當從調治心性開始，只有泰山崩於前而不為之色變，麋鹿興於左而不為之目瞬，然後才可以正確對待利害關係，可以對敵作戰。

凡兵上義❶；不義，雖利勿動。非一動之為害，而他日將有所不可措手足❷也。夫惟義可以怒士。士以義怒，可與百戰。

【章旨】此章申述作為心術根本內涵的，是仁義。一切謀略，皆本於此，方可立於不敗之地。

【注釋】❶凡兵上義　作戰必須以正義為第一要義。意即軍隊必須為正義而戰。《孫臏兵法・將義》中有「義者，兵之首也」的說法，為蘇洵此語所本。❷不可措手足　不能夠安置下手和腳，無法應付的意思。

【語譯】大凡軍事行動，都以義為本。不義之戰，即便有利可圖，也不可輕舉妄動。不是一次軍事行動就會導致危害，而是日後將會出現無法收拾的局面。只有正義，可以激勵士氣。士兵們義憤填膺，可保百戰不殆。

凡戰之道，未戰養其財，將戰養其力，既戰養其氣，既勝養其心❶。謹烽燧❷，嚴斥堠❸，使耕者無所顧忌，所以養其財；豐犒而優游之❹，所以養其力；小勝益急❺，小挫益厲，所以養其氣；用人不盡其所欲為，所以養其心。故士常蓄其怒、懷其欲而不盡。怒不盡則有餘勇，欲不盡則有餘貪，故雖并天下而士不厭兵❻。此黃帝❼之所以七十戰而兵不殆也。不養其心，一戰而勝，不可用矣。

【章旨】此章闡明養將士之原則：平時養其財，將戰養其力，已戰養其氣，既勝養其心。

【注釋】❶既勝養其心　戰鬥勝利之後，注重蓄養士兵的鬥志。此處「其」與前面三句中的「其」都是指作戰的軍隊。❷烽燧　即烽火。古代邊境上用來報告戰警的兩種信號，白天點煙為烽，夜間燃火為燧。❸斥堠　哨兵；偵察兵。❹豐犒而優游

之　用豐厚的犒勞，使士卒從容優游。即養兵千日，用兵一時之意。❺小勝益急　獲得比較小的勝利後，心裏就會渴望更大的勝利。急，心急。❻故雖并天下句　因此，即使統一了天下，士兵們仍然不會對戰爭感到厭倦。意思是憑藉武力得了天下，軍隊還能始終保持旺盛的戰鬥力。❼黃帝　遠古黃河流域的部落首領，曾率部落多次征戰周邊，最後統一黃河流域，被後世尊為中華民族的始祖。

【語　譯】帶兵作戰的原則：平時儲備軍需財物，戰前培養士卒的戰鬥力，戰後蓄養軍人的士氣，徹底勝利後，休養士卒的身心。小心留意邊境上的消息，嚴守邊哨，讓屯田兵卒沒有後顧之憂，這樣來儲蓄軍需；用豐厚的犒勞，使士卒從容優游，這樣來培養軍隊的戰鬥力；用小勝利去激起豪情，小挫折去磨礪鬥志，那樣培養士氣；使用人才，卻不完全滿足他的要求，那樣去培養他的心志。如此，就使士兵們一直胸含其怒、懷其所欲，不能完全釋放。胸含其怒，就會有餘勇不盡；懷其所欲，就會有餘貪難止，所以，即使併吞了天下，士卒們還不會有厭戰情緒。這正是黃帝之所以打了七十多仗，士兵卻還不疲怠的原因。不養其心，打贏一場戰爭，就不能再打了。

凡將欲智而嚴，凡士欲愚❶。智則不可測，嚴則不可犯，故士皆委己而聽命❷，夫安得不愚？夫惟士愚，而後可與之皆死。

【章　旨】此章指出養將與養卒之不同權謀：將養其智，士卒養其愚。

【注　釋】❶凡將二句　大凡將帥，必須有智謀而且能治軍嚴厲；一般的士兵，則應該使他們愚昧無知。杜牧所注《孫子》中有「使軍士非將軍之令其他皆不知，如聾如瞽也」的話，為蘇洵此論所本。❷故士皆委己句　所以士兵們都把自己的生命託付給將領。意思是士兵們完全聽從將領的指揮。

【語　譯】凡是指揮戰爭的將領，希望他機智過人而且治軍嚴厲；大凡普通士卒，則希望他們愚蠢無知。機智過人，用兵就神不可測；治軍嚴肅，軍隊就不可侵犯，因而士卒們就都會死心踏地，服從命令，如此一來怎麼會不愚蠢呢？只有士卒愚昧無知，然後才可能跟隨將軍出生入死。

凡兵之動，知敵之主，知敵之將，而後可以動於險❶。鄧艾縋兵於穴中，非劉禪之庸，則百萬之師可以坐縛❷。彼固有所侮而動也❸。故古之賢將，能以兵嘗敵❹，而又以敵自嘗，故去就可以決❺。

【章旨】此章論部隊行動的基本原則：必須熟諳敵方之主與敵方之將，然後可以歷險作戰。

【注釋】❶凡兵之動四句　凡是出動軍隊，應該事先探知敵國君主和主將的謀略、性格等各方面情況，然後才能出奇兵制勝。動於險，即使部隊歷險作戰。❷鄧艾三句　魏景元四年（西元二六三年），司馬昭派鄧艾率四萬軍卒西攻蜀漢。鄧艾親率奇兵從陽平出發，翻越從來無人走過的崇山峻嶺，直指江油，守城蜀將望風而逃，蜀漢後主劉禪束手就縛，西蜀滅亡。鄧艾，字士載，義陽棘陽（在今河南新野境內）人。三國時仕魏，因戰功封鎮西將軍。蘇洵這裏是由鄧艾滅蜀這一歷史事實引發議論，認為如果劉禪不是庸主，則鄧艾即使以百萬大軍深入蜀中，也會被俘，成敗之勢自然不同。❸彼固有所侮而動也　他（鄧艾）一定是看出蜀中有可輕慢之處，才敢出兵入險的。侮，輕慢。❹以兵嘗敵　用一定的兵力去試探敵人的虛實。嘗，試。❺去就可以決　是避開敵軍，還是與敵軍作戰，就可以決定下來了。

【語譯】部隊採取行動，應該先探明敵方的主帥、將領的情況，然後才能採取奇險的作戰方案。鄧艾縋放士卒於懸崖洞穴，長途奔襲攻蜀，如果不是劉禪那樣的庸主，縱然是百萬雄師，也只能束手就擒。鄧艾肯定是看出了蜀國的破綻，才採取那種行動的。所以，古代賢能的將領，既能用部隊去試探敵人，又善於利用敵方對我的誘惑，於是，可以作出決斷，是對敵作戰，還是避其鋒芒。

凡主將之道，知理而後可以舉兵，知勢而後可以加兵，知節而後可以用兵。知理則不屈，知勢則不沮，知節則不窮❶。見小利不動，見小患不避。小利小患，不足以辱吾技❷也，夫然後可以支大利大患❸。夫惟養技而自愛者，無敵於天下❹。故一忍可以支百勇，一靜可以制百動。

【章旨】此章論帶兵打仗的主將之道：必須知理、知勢、知節。

【注釋】❶知節則不窮　能懂得戰鬥的節奏規律，就會有無窮的戰鬥力。❷不足以辱吾技　（小利小患）不值得去爭取，以至於辱沒我軍的用兵大計。❸可以支大利大患　（我方的用兵策略）可以用來獲取大的勝利，避免大的失敗。❹夫惟養技而自愛二句　只有那些擅於運籌作戰計畫，並且珍愛自己作戰部署的人，才能無敵於天下。養技，此指充分醞釀作戰計畫。自愛，此指重視作戰目的而不輕易使用致勝謀略的心理。

【語譯】大凡作為一軍主將，必須堅守這些原則：懂得戰爭的性質，然後才能調遣部隊；審知敵我形勢，然後可以帶兵赴戰場；掌握戰鬥的節奏規律，然後可以指揮戰役。懂得戰爭的性質，才不至於失敗；審知形勢的發展，才不至於沮喪；審知戰鬥的節奏，才不至於技窮。看到點點小利，不為所動；小有禍患，也不迴避。知道小利小患，不值得打亂我的整個戰鬥部署，然後可以獲得大的勝利，避免大的失敗。只有保持整個戰略部署，不自亂陣腳，才會天下無敵。所以說，蓄勢待發，可以應付一切粗魯；按兵不動，可以應對各種佯動。

兵有長短，敵我一也。敢問吾之所長❶，吾出而用之，彼將不與吾校❷；吾之所短，吾蔽而置之，彼將強與吾角，奈何？曰：吾之所短，吾抗而暴之❸，使之疑而卻❹；吾之所長，吾陰而養之，使之狎而墮其中❺。此用長短之術也。

【章　旨】此章闡述靈活運用精銳部隊和戰鬥力較弱部隊的原則。

【注　釋】❶敢問吾之所長　如果敵方膽敢試探我方精銳兵力所在。敢問，假如問；如果探詢。長，此指軍隊的優勢所在，即精兵強將之所在。❷校　較量；作戰。❸吾抗而暴之　我方把對我不利之處暴露出來，與敵人相抗爭，以作誘敵之計。❹疑而卻　因為心存疑慮而退卻。❺狎而墮其中　使敵人因為輕視我軍的精銳而落入我軍強大戰鬥力的包圍之中。狎，輕侮。

【語　譯】部隊戰鬥力有強有弱，敵方跟我方一樣。敵方膽敢試探我方精銳所在，我方精銳出動，與之對陣，敵方必將避而不戰；我方弱旅，我把它隱蔽起來不出動，敵方勢必強行與我弱旅作戰，怎麼辦？回答是：我方的弱旅，我乾脆特別暴露出來，使敵方疑心而退卻；我方的精銳，我暗地裏讓它養精蓄銳，使敵方輕率出擊，陷入我方優勢兵力包圍之中。這是戰術上用強旅弱旅的方法。

善用兵者，使之無所顧、有所恃❶。無所顧，則知死之不足惜；有所恃，則知不至於必敗。尺箠❷當猛虎，奮呼而操擊；徒手遇蜥蜴，變色而卻步，人之情也。知此者，可以將矣。袒裼❸而按劍，則烏獲❹不敢逼；冠冑衣甲，據兵而寢，則童子彎弓殺之矣❺。故善用兵者以形固❻。夫能以形固，則力有餘矣。

【章　旨】此章論述戰場上用無所顧忌和有所憑藉來激發士卒的勇氣，提高戰鬥力的原則。

【注　釋】❶無所顧有所恃　沒有什麼顧忌，卻有所憑藉。恃，依賴；憑藉。❷尺箠　長僅尺許的馬鞭。箠，馬鞭。❸袒裼即袒裼裸裎，赤裸著身體。袒，脫去衣服，露出上身。裼，脫去外衣露出內衣或身體。❹烏獲　戰國時秦國有名的力士，據稱能力舉千鈞。❺冠冑衣甲三句　意謂如果粗心大意不加防備，即使全副武裝，也會被弱小的敵人乘機擊敗。❻以形固　以優良的裝備，嚴明的軍紀等外在可恃之物，來鞏固軍心。

【語　譯】善於帶兵的人，要讓士兵無所顧忌同時又有所憑藉。無所顧忌，就會明白死不足惜；有所憑藉，就會知道不至於一定失敗。手持短鞭面對猛虎，會奮起大叫去搏鬥；徒手遇見蜥蜴，會臉色大變而退卻，都是人之常情。懂得這個道理，就可以做統帥了。赤膊上陣，手按寶劍，那麼，烏獲也不敢進逼；盔甲整齊，手持武器卻安臥不備，那麼，連小孩子也可能用弓箭將之射殺。所以，善於帶兵打仗的人，會建構起一些堅固的外形架勢。能夠構築起堅固的外形架勢，就會戰鬥力十分充沛。

【研　析】本文論述為將帶兵之道。作者善於抓住主要矛盾，將治心列為指揮作戰的首要問題，認為將領指揮作戰，以善治心術為最要；心術是為將之要，而「義」乃心術之本，只有正義之師，才能百戰不殆。這與作者在〈權書敘〉中所說的兵乃「用仁濟義」的觀點是一致的。

作者主張在「義」的前提下，將領們才能用「術」，所以，在論述尚「義」之後，文章即具體論述指揮作戰的一些基本原則：如何正確分析敵勢，明辨敵情；如何統率將士，合理排兵布陣；如何審知動靜，決定進退，掌握戰爭的主動權，取得戰爭的勝利；如何處理將士的心智；如何恰當運用精銳與弱旅，如何鼓舞士氣，提升戰鬥力等等。全文一段一理，各不相連，如分兵布陣，自成系統，由戰爭的性質開始，繼而談戰道、將道、兵道、陣道以及養兵之道，完全是按照戰爭發展的前後作為邏輯線索進行描述的，所以顯得先後不紊，條理十分清晰。對此，吳楚材、吳調侯《古文觀止》論得十分精彩：「由治心而養士，由養士而審勢，由審勢而出奇，由出奇而守備。段落鮮明，井井有序，文之善變化者也。」從寫作方法來看，本篇文風絕似《孫子》、《老子》，語言錘煉簡切，而涵義豐贍；議論簡明扼要，卻入木三分，不僅體現出論者深刻的思想，同時也體現出作者深厚的文字功底。

法制

【題解】法制，此指統帥軍隊的方法。本文主要是論述作戰中克敵制勝的方法，與前篇〈心術〉相比，前篇重在戰略原則，此篇則重在戰術手段，分工是相當明晰的。全篇先後論述了制將、制軍、制眾用寡、涉險、攻戰、防守等各種戰術的原則方法，最後結以靜而自觀、謹察勿動的觀敵審勢原則，以統攝全文，綰合種種戰法，使行軍作戰「法制」明白如畫。身為一介書生，能對兵陣如此諳熟，實在令人驚歎。

將戰，必審知其將之賢愚：與賢將戰，則持之❶；與愚將戰，則乘之。持之，則容有所伺而為之謀❷；乘之，則一舉而奪其氣。雖然，非愚將，勿乘。乘之不動，其禍在我。分兵而迭進，所以持之也；并力而一戰，所以乘之也。

【章旨】此章論述審知敵將的原則：敵方為賢將，則分兵迭進，伺其隙以圖之；敵方為愚將，則一戰而乘之。

【注釋】❶與賢將戰二句　與賢能的敵將作戰，就要與之相持。持之，相持；打持久戰。❷持之二句　與賢能的敵將對峙，或許能有所窺伺，並因而找到取勝之道。伺，觀察；伺機而動。為之謀，（窺察後）作出相應的對策。

【語譯】即將出戰，一定要先分析敵將是賢是愚：與賢能的敵將作戰，就與之相持；與愚昧的敵將作戰，就乘其不備出擊。與之相持，有可能等到可乘之機，圖謀制勝；乘其不備出擊，就一戰奪其士氣而勝之。雖說如此，不是愚蠢的敵將，千萬不能指望乘其不備出擊。乘其不備出擊，對方不為所動，我方就會遭殃。分散兵力，層層推進，是與敵人相持的方法；集中主力進行決戰，是乘勢強力出擊的方法。

古之善軍者❶，以刑使人❷，以賞使人，以怒使人，而其中必有以義附者焉❸。不以戰，不以掠，而以備急難，故越有君子六千人❹。韓之戰，秦之鬥士倍於晉，而出穆公於淖者，赦食馬者也❺。

【章旨】此章論述治軍的原則：本之於仁義，運之於嚴刑、重賞、怒激。

【注釋】❶善軍者　善於統軍作戰的人。❷以刑使人　以嚴明的軍紀統率軍隊。❸而其中句　蘇洵認為兵法權謀是濟仁義之窮之術，所以認為「義」是用兵作戰的根本。❹越有君子六千人　越國有六千名忠心耿耿的士兵。據《國語・吳語》載：越王句踐討伐吳國，將軍隊分為左右二支（軍），「以其私卒君子六千人為中軍」。❺韓之戰四句　據《史記・秦本紀》載，魯僖公十五年（西元前六四五年），秦穆公與晉君戰於韓原（今山西河津、萬泉之間），晉軍失利潰退，穆公率軍追擊，晉君戰馬陷入深泥之中，急不得脫，於是晉軍重振旗鼓，揮師再戰。後來，秦穆公反為晉軍所困，幸得岐下野人（百姓）救助才脫險境。在這之前，岐下野人曾因誤食秦穆公良馬而被官員抓起來法辦。秦穆公知道了，說：「我不想因為畜牲害人的性命。」赦免了那些人的罪過，並賜給他們酒肉，然後全部放回。所以岐下野人見穆公有難，紛紛來救。蘇洵這裏說出穆公於淖，是誤記，岐下野人是解穆公出險境而非救他出深泥。

【語譯】古時善於統軍作戰的人，用嚴刑來統帥部隊，用重賞來統帥士卒，用憤怒來激勵軍情。可這當中必定要附載仁義作為根本。（戰士心中附以仁義）不是為了作戰，不是為了劫掠，而是為了備急難，所以，越國軍中有六千忠勇之士。秦晉韓之戰，秦國的戰士是晉國的一倍，可是，從泥淖中把秦穆公救出來的，是那些他赦免食其良馬的岐下百姓。

兵或寡而易危，或眾而易叛。莫難於用眾❶，莫危於用寡。治眾者法欲繁，繁則士難以動；治寡者法欲簡，簡則士易以察。不然，則士不任戰矣❷。惟眾而繁，雖勞不害為強❸。

【章旨】此章敘述用眾與用寡的原則：率眾法宜繁，使之難動；用寡法欲簡，使之易察。

【注釋】❶用眾　指揮眾多的部隊。❷則士不任戰矣　那麼將士們就不能作戰了。任，勝任。❸雖勞不害為強　雖然指揮起來勞神費力，卻不會影響部隊強大的戰鬥力。

【語譯】部隊太少，容易陷於孤危；太多，容易產生叛亂。沒有比指揮烏合之眾更難的了，沒有比士兵太少更危險的了。統帥眾多士卒，軍法應該詳明細緻，詳明細緻，士卒就不容易輕舉妄動；統帥很少的士兵，軍法應該簡潔明瞭，簡潔明瞭，士兵們就容易領會。不然，士兵們就會失去戰鬥力了。士兵眾多而軍法詳細，雖說勞神，卻不會影響強大的戰鬥力。

以眾入險阻，必分軍而疏行。夫險阻必有伏，伏必有約，軍分則伏不知所擊，而其約攜矣❶。險阻懼蹙，疏行以紓士氣❷。

【章旨】此章為部隊涉險行軍的原則：分兵疏行，士氣不蹙，破敵伏兵奸計。

【注釋】❶而其約攜矣　那麼敵人伏兵相約進攻的計謀就失去效用了。攜，離。此為離散無用的意思。❷疏行以紓士氣　用分散行軍的方法，使士兵們的緊張心理得以緩解。紓，舒緩。

【語譯】率領眾多的士兵進入險阻之地，一定要分散部隊，拉開行軍間隔。險阻的地方，必然有伏兵，設伏兵，必定要有約定伏擊的信號。部隊分散，埋伏的敵軍就不知道應該打擊哪支部隊，約定的信號也就失效了。險阻之處，士兵們心情緊張，拉開行軍間隔，士兵們緊張的心情就會緩解。

兵莫危於攻，莫難於守，客主之勢然也。故城有二不可守：兵少不足以實城，城小不足以容兵。夫惟賢將能以寡為眾，以小為大。當敵之衝❶，人莫不守。我以疑兵，彼愕不進，雖告之曰此無人，彼不信也。度彼所襲，潛兵以備，彼不我測，謂我有餘，夫何患兵少？偃旗仆鼓❷，寂若無氣。嚴戢兵士❸，敢譁者斬，時令老弱登埤❹示怯，乘懈突擊，其眾可走❺，夫何患城小？

【章旨】此章論防守的原則：虛實互用，以虛為實，化實為虛，使敵莫測，為我所制。

【注釋】❶衝　要衝；險要之地。❷偃旗仆鼓　放倒軍旗，不擊軍鼓。偷偷進軍的意思。❸嚴戢兵士　嚴格地約束士兵。❹埤　矮牆。這裏指城牆或營壘的護牆。❺其眾可走　即「可走其眾」。可以使敵人受挫逃竄。

【語譯】作戰，最危險的是進攻，最難的是防守，這是由戰爭主動權與非主動權所在的形勢決定的。所以，有兩種城池絕不能守：守軍太少，無法充實城防；城池太小，不能容納所有的守軍。只有賢能的將領才能調配少數兵力達到多數兵力的效果，把小城池布防得像大城池。正當敵人的要衝，沒有人不防守的。我設下疑兵，敵方必然驚愕不敢前進，即使告訴它說：這裏沒有守軍，它也不會相信。估計敵人會來偷襲，暗中設伏以待，敵方沒有料到我軍設伏，就可以說我方兵力有餘，哪裏還擔心兵力不足？偃旗息鼓，寂然無聲。嚴令士兵，出聲者斬，時不時派老弱士兵登上城牆裝出怯弱的樣子，乘敵人鬆懈之時突然襲擊，眾多的敵軍都可以被趕跑，哪裏會擔心城池太小呢？

背城而戰，陣欲方欲踞❶，欲密欲緩。夫方而踞，密而緩，則士心固，固則不懾。背城而戰，欲其不懾。面城而戰，陣欲直欲銳，欲疏欲速。夫直而銳，疏而速，則士心危，危則致死。面城而戰，欲其致死。

【章旨】此章述進攻城池的原則：守城以方陣固軍心，固則臨危不懼；攻城以縱陣危士心，危則勇往直前。

【注釋】❶踞 蹲或坐，此指兵陣的厚實。

【語譯】背靠城池作戰，戰陣應該方正，應該厚實，戰隊應該密集，推進應該緩慢。戰陣方正厚實，隊伍密集，推進穩緩，軍心必然穩固，軍心穩固，士兵就不會恐懼。背靠城池作戰，就是要士兵不恐懼。面對城池作戰，戰陣應該縱陣編排、應該具尖銳之勢，隊伍應該分散，推進應該迅速。縱陣勢銳，戰陣分散，推進迅速，士兵內心就會有危急感，有危急感就會拼死出擊。面對城池作戰，就是要拼死出擊。

夫能靜而自觀者❶，可以用人矣。吾何為則怒，吾何為則喜，吾何為則勇，吾何為則怯？夫人豈異於我？天下之人，孰不能自觀其一身？是以知此理者，途之人皆可以將❷。

平居與人言，一語不循故，猶且⿰目咢而忌❸。敵以形形我❹，恬而不怪，亦已固矣。是故智者視敵有無故之形，必謹察之勿動❺。疑形二：可疑於心，則疑而為之謀，心固得其實也；可疑於目，勿疑，彼敵疑我也❻。是故心疑以謀應，目疑以靜應。彼誠欲有所為❼邪，不使吾得之目矣。

【章　旨】此章論述審察敵情的原則：靜而自觀，謹察勿動。有疑，則心疑以謀應，目疑以靜應。

【注　釋】❶能靜而自觀者　能夠沉靜地進行自我反省的人。❷途之人皆可以將　隨便什麼人都可以作將領。途之人，道路上所見之人；陌生人。即任何人。❸⿰目咢而忌　驚愕並有所顧忌。⿰目咢，通「愕」。❹敵以形形我　敵人把他們的陣勢有意顯示給我方看。第一個「形」為名詞，指陣形。第二個「形」為動詞，即顯形，顯示出來。❺謹察之勿動　謹慎地偵察敵情，不輕舉妄動。❻可疑於目三句　看上去很可疑，那麼就不要去懷疑它，因為那是敵人迷惑我軍的詭計。❼欲有所為　想要有所作為，此指圖謀向我軍進攻。

【語　譯】能夠平靜地自我審視的人，可以指揮別人。我為什麼發怒，我為什麼高興，我為什麼勇往直前，我為什麼膽怯害怕？別人難道會跟我有什麼不同？天下的人，誰不知道自我審視？所以說明白了這個道理，隨便什麼人都可以統兵打仗了。

平常生活中跟別人交談，有一句話超出常規，猶自驚愕而且有所顧忌。敵方把陣形暴露給我看，覺得平平常常，沒有什麼奇怪之處，應該說它是準備充分了。所以，機智的將領看到敵方有超出常態的軍事形態，一定要謹慎地觀察，按兵不動。可疑的情形有兩種：可能在內心懷疑，那麼，就從可疑處進行謀劃應對，心裏弄清楚了，疑團也就解開了。可能是看上去值得懷疑，那就用不著懷疑，是敵方故意在迷惑我方。所以，心裏有懷疑，就用謀略去應對；看上去可疑，就用靜觀其變應對。敵方如果真想有所圖謀，絕不可能讓我一眼就看出來的。

【研 析】本文針對行軍打仗必會遇到的幾種情況，進行原則上的分析，提出相應的對策。

文章首論制敵將之法，作者分敵將為賢、愚二類，提出相持、乘隙兩種對付方法。次論統率軍卒之法，主張將領對待士卒要有「刑」、「賞」、「怒」之別，而在這背後必須有「義」為其根本保證。三論統率寡、眾之法，強調統眾須繁，御寡求簡，各得其宜。四論逾越險阻之法，指出率部歷險，須分軍疏行，破伏敵奸計。五論攻守之法，重視出奇制勝，以少勝多。六論守城之法，主張因背城、面城不同，分兵布陣各別，守城宜方陣密緩，攻城宜縱陣疏快，視具體情況而定。七論自省之法，主張靜以自觀。八論審察敵情虛實之法，有疑於心則應以謀，有疑於目則應以靜。這八種克敵制勝的方法，基本上概括了戰術大要。雖然論述得十分簡略，基本上是一些原則要素，某些戰術似乎也太過死板機械，但作為起於鄙蜀的一介書生，蘇洵能有如此識見，可見其於兵書確有心得。羅汝芳曾評論此文：「非八陣五花，六韜三略爛熟胸中，不能道片語隻字。」(《三蘇文範》)

從行文來看，本文一段一計，彼此之間甚少關聯，但通觀全篇則可看出，文章是按照作戰前後經過為序進行排列的，由「將戰」而「善軍」而「任戰」而「入險阻」而「攻」而「守」。如此結構，使全篇顯得井井有條。最後強調審觀敵我情勢的原則，仿佛「法制」亦有「心術」統攝(「心術」則以「仁義」為本，所以，其論兵結穴處仍如其〈權書敘〉所言是以權謀濟仁義之窮)，作為對全篇戰術的總體要求，把戰術層面上的原則，上升到戰略眼光心胸培養的高度，從而避免了按圖索驥式的機械呆板，也使文章層次分明，結構完整。讀完全篇，也如臨敵對陣：前面各段論各種戰術，如分出之奇兵；結尾兩段論分兵原則，如主帥在帳，運籌帷幄。而各段指陳作戰部署，布局井然，猶如嚴肅治軍，充分體現出蘇洵散文凝煉有序的特色。明人茅坤只以為：「與前篇并孫武之餘智。老泉之兵略，亦可概見矣。」(《唐宋八大家文鈔》)看來是沒有賞到此篇精華。

強弱

【題解】本篇論述如何分配戰鬥力的原則。一支軍隊，不可能全為精銳之士，不可能每人都持有精良的武器，這是肯定的。如何用好精銳，跟如何用好弱旅同樣重要。作者從征戰的實際出發，以戰爭的最後勝利為目標，指出：要犧牲弱旅、局部的利益，去換取全面的最後的勝利。這樣的計謀，雖然不無道理，但兵乃鬼謀，敵方強弱，不可能輕易讓我方知道。所以說，強弱左右，只能依具體情況而定，並無一定規律。但以優勢兵力從敵人薄弱環節突破，卻不能不說是一個根本性的原則。

知有所甚愛，知有所不足愛，可以用兵矣。故夫善將者，以其所不足愛者，養其所甚愛者。

【章旨】此章提出論點：擅長帶兵打仗的人，必須懂得如何用好弱旅與精兵。

【語譯】知道什麼值得珍惜，哪些在所不惜，才可以帶兵打仗。所以，優秀的指揮官，為了保護精銳，犧牲弱旅也在所不惜。

士之不能皆銳，馬之不能皆良，器械之不能皆利，固也，處之而已矣❶。兵之有上、中、下也，是兵之有三權也❷。孫臏❸有言曰：「以君下駟❹與彼上駟，取君上駟與彼中駟，取君中駟與彼下駟。」此兵說❺也，非馬說也。下之不足以與其上也，吾既知之矣，吾既棄之矣。中之不足以與吾上，下之不足以與吾中，吾不既再勝❻矣乎？得之多於棄也，吾斯從之矣。彼其上之不得其中、下之援也，乃能獨完耶？故曰：兵之有上、中、下也，是兵之有三權也。三權也者，以一致三者也。

【章旨】此章論述應該合理運用部隊的戰鬥力，在上、中、下「三權」當中，如孫臏賽馬一般，各個擊破，不惜用弱旅去牽制強敵，同時集中優勢兵力對付敵方非精銳，最終全殲強敵。

【注釋】❶固也二句　(士兵不精銳、馬匹不精良、器械不銳利等)肯定不能改變，只能正確對待了。❷兵之有三權也　(軍隊戰鬥力分上、中、下三類)是用兵布陣三種權謀的根本原因所在。❸孫臏　孫武的後代，曾跟龐涓一起學習兵法。龐涓為魏惠王大將時，忌妒孫臏的才能在己之上，將之誘至魏國，臏其雙足(臏，古代剔去犯人膝蓋骨的一種酷刑)，因稱孫臏。後來，孫臏找機會見到齊國的使者，使者認為他很有才能，就將他偷載回國，為齊所用。孫臏初到齊國時，大將田忌以賓客之禮待他。當時齊王與諸大臣賽馬，孫臏分析齊王將馬分成上、中、下三等，就建議田忌用下等馬跟齊王的上等馬比賽，用上等馬、中等馬跟齊王的中等馬、下等馬比賽，這樣就能獲得兩次勝利，從而最終戰勝齊王。蘇洵引言即指此。❹駟　古代一車套四馬，因稱四馬一車為「駟」，這裏泛稱馬。❺兵說　作戰的道理。❻再勝　兩次獲勝。

【語譯】士兵不可能個個能征善戰，馬匹不可能全部精良，武器不可能全都鋒利，那是肯定的，只能正確對待了。部隊戰鬥力有上、中、下之分，是兵力部署三大權變的根本原則。孫臏曾經說：「用您的下等馬與他的上等馬比賽，用您的上等馬跟他的中等馬比賽，用您的中等馬跟他的下等馬比賽。」這是用兵之策，不僅僅是賽馬的方法。弱旅不足以抵擋敵方精兵，我早就明白，我本來就打算放棄了。敵方中等戰鬥力的部隊不足以戰勝我的精銳之師，弱旅不足以抵擋我中等戰鬥力的部隊，我不就已經在兩大戰場上獲勝了嗎？獲益大於損失，我當然會採納這種戰術。敵方精銳，失去了中等戰鬥力、弱旅的支援，還能夠獨自保全嗎？所以說：戰鬥力分上、中、下，是兵力部署三大權謀的根本原則。這三大權謀，最終目的就是用一支弱旅換取全面的勝利。

管仲曰：「攻堅則瑕者堅；攻瑕則堅者瑕。」❶嗚呼！不從其瑕而攻之，天下皆強敵也。漢高帝之憂在項籍耳，雖然，親以其兵而與之角者，蓋無幾也。隨何取九江，韓信取魏、取代、取趙、取齊，然後高帝起而取項籍❷。夫不汲汲於其憂之所在，而彷徨乎其不足恤之地，彼蓋所以孤項氏也。秦之憂在六國，蜀最僻，最小，最先取；楚最強，最後取，非其憂在蜀也❸。諸葛孔明一出其兵，乃與魏氏角，其亡宜也❹。取天下，取一國，取一陣，皆如是也。

【章旨】此章以史例證明，無論取天下還是一次戰陣，都必須先取弱敵以孤立強敵，才能最終戰而勝之。

【注釋】❶管仲曰三句　語本《管子・制分》篇。意思是如果所攻擊的敵人本來很強大，卻能使它在受攻擊後變得脆弱，那就說明我軍戰鬥力強盛；如果所攻擊的敵人本來不強，卻讓它在受到攻擊後變得強大起來，那就說明我軍戰鬥力太弱。❷漢高帝之憂七句　秦朝滅亡後，項籍憑藉軍事實力，分封諸侯，劉邦不從其封，挑起楚漢之爭。西元前二〇五年，劉邦與項羽在彭城作戰，漢軍大敗。漢王派隨何（即蕭何）遊說九江王黥布背楚助漢，也被楚軍擊破。後來劉邦改變戰略，以韓信為左丞相，俘虜魏王，北伐擊代，擒代相夏說，又引軍擊趙，擒趙王歇，致使燕國望風而靡，於是楚國勢單力孤，終於在西元前二〇二年，劉邦約各路諸侯共擊楚軍，戰而勝之。項籍戰敗，被迫於垓下自刎。事見《史記・高祖本紀》及〈淮陰侯列傳〉。❸秦之憂七句　意謂不以強敵作為最先攻擊的對象，而先擊弱敵，各個擊破，最後與強敵決戰。據《史記・秦本紀》及〈秦始皇本紀〉載，秦滅蜀在西元前三一六年，滅楚在西元前二二四年，相距九十二年，在此之後一年滅燕，又一年後滅齊。蘇洵文中所說，不盡與史實相合。❹諸葛孔明三句　諸葛孔明，即諸葛亮，字孔明，漢末琅琊（今山東沂南）人。隨叔父西依劉表，不為所用，乃躬耕於南陽。後由徐庶推薦給劉備，佐劉備定荊州，後入蜀取代劉璋建立蜀漢。蜀漢建立後，諸葛亮曾多次出兵祁山，與魏軍作戰，後於五丈原軍中病故，蜀漢也終為魏國所滅。蘇洵這裏的意思是說魏國為蜀漢勁敵，諸葛亮不應先出兵相擊，而應以弱敵為先，將之孤立，然後擊破。諸葛亮未能如此，每次出兵都與強敵對陣，蜀漢亡國也就是理所當然的了。

【語譯】管仲說：「攻打強大的敵人，使它脆弱，說明我軍戰鬥力強大；攻打弱敵，反而使它顯得強大起來了，說明我軍戰鬥力太弱。」唉！不從薄弱環節突破，滿天下都是強敵。漢高祖的心腹大患，是項籍，雖然如此，親自帶兵與他拼殺，卻沒有幾次。隨何攻戰九江，韓信攻下魏、代、趙、齊等地，然後高祖出兵擊敗項籍。不急於消滅心腹大患，而在不值得擔心的地方周旋迂迴，是為了孤立項籍。秦朝的心腹大患在六國，蜀國最偏遠，最小，卻最先攻取；楚國最強大，卻最後攻打，並不是把蜀國當作心腹大患。諸葛亮一出兵，就跟強大的魏國作戰，滅亡是理所當然的事。統一天下，攻佔一國，打贏一次戰役，都是這個道理。

范蠡曰：「凡陣之道，設右以為牝，益左以為牡。」❶春秋時楚伐隋，季梁曰：「楚人上左，君必左，無與王遇。且攻其右，右無良焉，必敗。偏敗，眾乃攜。」❷蓋一陣之間，必有牝牡左右，要當以吾強攻其弱耳。唐太宗曰：「吾自興兵，習觀行陣形勢。每戰，視敵強其左，吾亦強吾左；弱其右，吾亦弱吾右。使弱常遇強，強常遇弱。敵犯吾弱，追奔不過數十百步，吾擊敵弱，常突出自背反攻之，以是必勝。」❸後之庸將，既不能處其強弱以敗，而又曰：吾兵有老弱雜其間，非舉軍精銳，以故不能勝。不知老弱之兵，兵家固亦不可無。無之，是無以耗敵之強兵而全吾之銳鋒，敗可俟矣❹。

【章旨】此章指出戰陣之中，亦應巧妙運用強弱之理，以我之精銳擊弱敵，以弱旅耗敵精銳，以期獲得整個戰爭的最後勝利。

【注釋】❶范蠡曰四句　語本《國語．越語》。意思是古人分兵布陣，重視強弱相濟。范蠡，春秋時楚人，仕越為大夫，佐越王句踐滅吳。後來，因為覺得句踐可以同患難，但不可以同榮樂，於是離開越國去了齊國，住於陶，稱朱公，經商致富，號陶朱公。牝，雌性。牡，雄性。古人以牝牡代表雌雄陰陽，以牝陰為弱，牡陽為強，又因尚左，故布陣時多在左軍設精兵強將，在右軍布置羸弱兵卒。❷春秋時十句　《左傳》桓公八年載：楚君與隋侯戰，隋大夫季梁曾向隋侯獻策：楚人尚左，楚君必在左營，應該避免與其強軍相遇；相反，楚軍的右營一定沒有良將健卒，應該去攻取楚人的右營，這樣就會擊潰它。如果楚君右營失利，大軍分離，必定全線崩潰。但是隋侯沒有聽他的話，終為楚軍所敗。❸唐太宗曰十五句　語見《冊府元龜》卷四三。唐太宗此語也是講兩軍對峙時，用自己的左軍攻擊敵人的右軍，以強擊弱，以自己的弱卒與敵人的精銳周旋。交戰之中，等自己的精兵擊潰弱敵後，再從後面掩殺敵人的精兵，戰而勝之。❹敗可俟矣　（沒有弱卒來消耗敵人的強兵）失敗也就為期不遠了。俟，等待。指時間很短。

【語譯】范蠡說：「大凡排兵布陣，都在右邊部署弱旅，在左邊增派強大的兵力。」春秋時，楚國討伐隋國，隋國的季梁說：「楚國以左邊為尊，楚國君王肯定在戰陣的左邊，不要跟它的國君衝突。攻打楚國右陣，右陣沒有精兵良將，肯定會失敗。偏師失利，就會最終全線崩潰。」戰陣的部署，一般都分左右強弱，目的是要用己一方的精兵去攻打敵方的薄弱環節。唐太宗說：「我自領兵打仗以來，認真研究排兵布陣的方法。每次打仗，我看到敵方在左邊部署強兵，我也在左邊部署強兵；敵方在右方部署弱旅，我也在右邊部署弱旅。常常讓弱旅去跟強敵周旋，用優勢兵力去對付敵方的弱旅。敵方凌犯我之弱旅，追趕我方不過數十百步。我攻擊敵方弱旅，往往在擊潰之後，突然從強敵背後殺出攻擊追我弱旅之敵，這麼作戰，必定勝利。」後來那些庸碌無為的將領，本來因為沒有處理好強弱的關係導致失敗，反而還說：我方部隊中，夾雜著老弱士卒，並不是全軍都是精銳之士，所以沒能取勝。不知道老弱之兵，對兵家而言本來就是不可缺少的。沒有弱旅，就無法消耗敵方精兵以保全我方的精銳，失敗可以講是說到就到。

故智者輕棄吾弱，而使敵輕用其強，忘其小喪❶，而志於大得，夫固要其終而已矣。

【章旨】此章得出結論：要獲得整個戰爭的勝利，就必須輕棄己弱，使敵輕用其強。

【注釋】❶忘其小喪　不計較小的損失。忘，忘記；不計較。

【語譯】所以，聰明的將領，會輕易放棄己方的弱旅，使敵方輕易調用其精銳，不計小敗，而專志於大勝利，目的只有一個，那就是整個戰爭的最後勝利。

【研析】本篇討論作戰中用強與用弱的關係。文章從孫臏為田忌獻賽馬之策生發開去，分析歷史上漢高祖、諸葛亮、唐太宗等人在戰鬥中運用強弱的得失。作者主張在作戰中必須注意強弱相濟，以羸弱兵卒牽制敵人的精兵強將，用自己勇猛的兵將攻擊敵方的弱旅，回頭再來剿殺悍敵，一舉戰而勝之，以較小的損失獲得較大的勝利。推而廣之，攻打一個國家，統一天下的戰爭，也都應該遵守這樣的原則。

作者能具體針對用兵作戰的事實，分析軍隊戰鬥力的強弱，主張合理分兵布陣，變弱為強。這對指揮作戰的將領們來說，無疑是難得的金玉良言。當然，作者此說雖然不無道理，但兵乃詐道，一切都因時、因地、因人、因勢而異，不可膠柱鼓瑟。若每次作戰都如蘇洵所言，恐怕也容易為敵人所乘，反為所敗。再說，敵方弱旅究竟在何處，古時尚有牝牡左右可以窺伺，在現代戰爭中則很難作如此判斷。因此，在如何用強用弱的前面，還有一個如何審知窺伺敵方強弱的問題。所以明人茅坤評論此文：「大略祖孫武子三駟中議論。三駟者，射千金之法，非大將謀國之全也。」（《唐宋八大家文鈔》）可謂指出本文得失之所在了。

從文章結構來看，本篇先提出論點，繼而從統一天下、攻打諸侯國和具體戰陣部署三個層次舉例加以說明，最後總結出結論，採用的是由大到小的結撰方式，結構是相當完整的。論述過程中，作者不僅從歷史上的成敗，作正反兩方面的對比，以增強說服力，而且還十分注意引用名人名言，使例證顯得十分可信。跟作者其他將虛作有議論風發的文章相比，這樣的文章，不僅說服力毫不遜色，而且更經得起推敲。另外，全篇語言簡潔明瞭，舉歷史例證證明觀點，也是要言不繁，點到為止。前面觀點的提出與後面結論的闡明，也都能做到要言不繁，簡明扼要，語壯氣盛，如軍中將領之號令，頗能振動人心。

攻守

【題　解】戰爭中雙方對陣，無非攻守。應該說，攻有攻法，守有守道，但蘇洵此文，卻概括攻守都必須遵守的原則：攻敵所不守，守敵所不攻。全文大旨，是強調不要硬攻強守，而應出奇制勝。這種以使權用謀為核心的戰術思想，作為兵書，蘇洵如此立論，是有他的理由的，一定程度上也是可行的。但若從攻守規律的全面性上分析，卻不能不說重奇謀太過而輕正面攻守太甚，也是不夠全面的。畢竟戰爭的決勝因素，還在實力，還在戰爭的性質。就像他在〈法制〉中所說的那樣：「乘之不動，其禍在我。」片面追求出奇制勝，一旦為敵方識破，則必然招致失敗。

古之善攻者，不盡兵❶以攻堅城；善守者，不盡兵以守敵衝。夫盡兵以攻堅城，則鈍兵費糧❷而緩於成功；盡兵以守敵衝，則兵不分，而彼間行襲我無備。故攻敵所不守，守敵所不攻❸。

【章　旨】此章總括攻守的原則：攻敵所不守，守敵所不攻，避免強攻死守，消耗巨大而功效甚微。

【注　釋】❶盡兵　用盡所有的兵力。❷鈍兵費糧　士氣挫鈍，浪費軍需。❸攻敵所不守二句　語出《孫子・虛實》：「攻而必取者，攻其所不守也；守而必固者，守其所不攻也。」

【語　譯】古代善於進攻的人，不會用全部的兵力去攻打防守堅固的城池；善於防守的人，不會用全部的兵力去抵禦敵方進攻的要衝。如果用全部的兵力去攻打防守堅固的城池，就會使士氣受損，浪費軍需而很難成功；

用所有的兵力去抵禦敵方的要衝，就會使兵力得不到合理的分配，敵人很有可能會抄小路襲擊我於無備狀態。所以，要進攻敵人沒有防守的地方，要防守敵人不可能攻破的地方。

攻者有三道焉，守者有三道焉。三道：一曰正，二曰奇，三曰伏。坦坦之路，車轂擊，人肩摩❶，出亦此，入亦此，我所必攻，彼所必守者，曰正道❷。大兵攻其南，銳兵出其北；大兵攻其東，銳兵出其西者，曰奇道❸。大山峻谷，中盤絕徑，潛師其間，不鳴金，不撾鼓，突出乎平川以衝敵人腹心者，曰伏道❹。故兵出於正道，勝敗未可知也；出於奇道，十出而五勝矣；出於伏道，十出而十勝矣。何則？正道之城，堅城也；正道之兵，精兵也。奇道之城，不必堅也；奇道之兵，不必精也。伏道則無城也，無兵也❺。攻正道而不知奇道與伏道焉者，其將木偶人是也。守正道而不知奇道與伏道焉者，其將亦木偶人是也。

今夫盜之於人，抉門斬關❻而入者有焉，他戶之不扃鍵❼而入者有焉，乘壞垣坎牆，跐而入❽者有焉。抉門斬關，而主人不知察，幾希矣；他戶之不扃鍵，而主人不知察，太半❾矣；乘壞垣坎牆，跐而主人不知察，皆是矣。為主人者宜無曰門之固，而他戶牆隙之不恤❿焉。夫正道之兵，抉門之盜也；奇道之兵，他戶之盜也；伏道之兵，乘垣之盜也。

【章旨】此章具體說明戰爭攻守之中何謂「正」、「奇」、「伏」三道，並以行盜為喻，闡明攻守原則：三「道」互用，出奇制勝。

【注釋】❶車轂擊二句　車轂與車轂相撞擊，人與人肩相摩擦，形容人車眾多，往來頻繁。這裏主要是指軍隊必須出入的要衝大道。轂，車輪的中心部分。❷正道　此指正面作戰。❸大兵攻其南五句　用大部隊攻打敵人的南面，精銳之士卻從它的北面進攻；用大部隊攻打敵人的東面，精銳部隊卻從它的西面突擊，這就叫奇道。總括起來即指聲東擊西的作戰方案。❹大山峻谷七句　指用暗中偷襲的戰術。絕徑，十分險要的道路。撾，擊鼓。❺伏道二句　暗中偷襲，敵人毫無防備，就如同沒有城池，沒有敵軍守衛一般。❻抉門斬關　撬開門鎖。抉，挖；撬。關，門鎖。❼扃鍵　門鎖。扃，從外面關閉門戶的門閂。鍵，門閂。❽跐而入　偷偷地溜入。跐，腳趾。此處引申為躡手躡腳。❾太半　大半。❿不恤　不顧慮。

【語譯】進攻有三種方式，防守也有三種方式。這三種方式一稱為正，二稱為奇，三稱為伏。平坦的大道，車輛的輪子相互碰撞，行人摩肩接踵，出必由此，入必由此，我方必定要攻打，敵方必定要防守，這樣的地方就叫正道。主力部隊攻打敵方南面，精銳部隊突襲敵方北面；主力部隊攻打敵方東面，精銳部隊突襲敵方西面，這叫奇道。高山峽谷，山中盤繞著小路，派部隊潛入其中，不吹軍號，不擂戰鼓，突然從山中衝出來直接攻打敵陣的中心部位，這叫伏擊。使用正面作戰的方法，誰勝誰敗，難以預料；使用聲東擊西的奇兵作戰，十次出擊，五次可以獲勝；用伏兵偷襲的方法出擊，十次出擊十次獲勝。為什麼呢？正面攻打的城池，都是防守堅固的城池；正面對抗的部隊，都是精兵良將。聲東擊西攻擊的城池，不一定是堅固的城池；奇襲之兵，面對的不一定會是精兵。伏擊則簡直就不會面對城防，不可能遇上敵兵了。進行正面進攻卻不懂得用奇襲和伏擊的方法，那樣的將領就跟木偶一樣。進行正面防守卻不懂得用奇襲和伏擊的方法，那樣的將領也是木頭人一個。

現在有強盜要偷別人的東西，有的是突門斷門進去，有的是趁別人門沒鎖溜進去，還有的是爬壞朽的牆壁進去。由大門口破門而入，屋主人卻沒有覺察到，很少見；別人沒有鎖門溜進去，而主人沒有察覺到，大概有一大半；爬壞牆斷壁進去而主人沒有察覺，百分之百如此。屋主們不要說門很堅固，就不用擔心家裏牆壁是不是有裂縫。正面作戰，就像從大門闖入的盜賊；奇襲作戰，就像溜進沒鎖門的人家的蟊賊；伏擊作戰，就像爬牆頭的竊兒。

所謂正道者，若秦之函谷❶，吳之長江，蜀之劍閣❷是也。昔者六國嘗攻函谷矣，而秦將敗之❸。曹操嘗攻長江矣，而周瑜走之❹。鍾會嘗攻劍閣矣，而姜維拒之❺。何則？其為之守備者素❻也。劉濞反，攻大梁，田祿伯請以五萬人別循江淮，收淮南、長沙以與濞會武關❼。岑彭攻公孫述，自江州泝都江，破侯丹兵，徑拔武陽，繞出延岑軍後，疾以精騎赴廣都，距成都不數十里❽。李愬攻蔡，蔡悉精卒以抗李光顏而不備愬，愬自文成破張柴，疾馳二百里，夜半到蔡，黎明擒元濟❾。此用奇道也。漢武攻南越，唐蒙請發夜郎兵，浮船牂牁江，道番禺城下，以出越人不意❿。鄧艾攻蜀，自陰平由景谷攀木緣磴，魚貫而進，至江油而降馬邈，至綿竹而斬諸葛瞻，遂降劉禪⓫。田令孜守潼關，關之左有谷曰禁而不知之備，林言、尚讓入之，夾攻關而關兵潰⓬。此用伏道也。

吾觀古之善用兵者，一陣之間，尚猶有正兵、奇兵、伏兵三者以取勝，況守一國、攻一國，而社稷之安危繫焉者，其可以不知此三道而欲使之將耶？

【章旨】此章以歷史上戰事為例，說明「正」、「奇」、「伏」三道在戰爭中的應用，進而指出，無論是一次戰役，還是攻、守一個國家，抑或是統治天下，都不能缺少攻守之「三道」。

【注釋】❶函谷　即函谷關，在今河南靈寶境內，春秋戰國時為秦國東關。❷劍閣　蜀地一棧道名，在今四川劍閣東北大劍山、小劍山之間，相傳為三國時諸葛亮所建造，是川陝間主要通道，也是歷史上軍事戍守要衝。❸昔者六國二句　據《史記・楚世家》載，楚懷王十一年（西元前三一八年），蘇秦倡約縱之說，聯合崤山以東齊、楚、燕、韓、趙、魏等國，以楚懷王為約縱長，西擊強秦，秦國出兵守其東關函谷，六國之師反而畏怯退縮，各自回其本土，約縱散而諸侯疲，為秦滅六國埋下禍根。❹曹操二句　指漢末三國時，東吳孫權聯合劉備抗擊曹操的赤壁之戰。❺鍾會二句　據《三國志・蜀書・姜維傳》載，魏元帝景元四年（西元二六三年），司馬昭派鍾會、鄧艾出兵西蜀，鍾會破關口後，蜀將姜維憑險布兵，鍾會竟不能克。❻素　常；從不間斷；始終不懈。❼劉濞反四句　據《史記・吳王濞列傳》載：漢孝景帝三年（西元一五四年），吳王濞以誅鼂錯為名，聯合七個劉姓諸侯作亂，發兵進攻大梁。當時大將田祿伯曾請以五萬精兵由南邊入武關與劉濞會合，不為劉濞所聽而罷，最後八王之亂被景帝派大將周亞夫等平定。大梁，地名，戰國時魏都，在今河南開封境內。❽岑彭七句　事見《後漢書・岑彭傳》。岑彭，東漢時南陽棘陽人，初附更始帝，後為光武所用，任命為廷尉，行大將軍事。當時，公孫述割據蜀川稱帝。光武十一年（西元三五年），岑彭受命討伐公孫述。岑彭領兵破荊門、下江州（今四川江北），直指墊江（今四川忠縣）。之後，岑彭以輔威將軍臧宮與公孫述的將領延岑對峙，自己親率精兵浮嘉陵江而下，由都江（今岷江）溯上，晝夜行軍，長驅二千餘里，徑拔武陽（今四川彭山東），繞出延岑軍後，擊破公孫述。❾李愬攻蔡六句　據《舊唐書・李愬傳》載：吳元濟襲其父位為蔡州刺史，盤據一方，不聽唐朝號令。唐朝派李光顏為忠武軍節度使討伐，吳元濟以精兵擋之。唐將李愬乘虛雪夜急馳蔡州吳元濟老巢，黎明時分擒元濟於驚愕之中。李愬，字元直，唐元和中為唐鄧節度使。吳元濟，唐後期蔡州刺史吳少陽子。❿漢武五句　據《史記・西南夷列傳》載，漢武帝建元六年（西元前一三五年），武帝派唐蒙進攻南越，唐蒙上書建議放棄從長沙、豫章等正面進攻的計畫，用夜郎的軍隊出兵牂牁江，出其不意直攻南越中心，戰而勝之。⓫鄧艾攻蜀六句　魏兵攻蜀，鍾會為姜維所阻，鄧艾出奇兵越絕嶺，直插蜀漢腹心，迫使劉禪投降。⓬田令孜四句　唐末黃巢起義攻潼關時，唐朝派田令孜總督神策軍及關內各諸侯兵馬共十五萬守關。但田令孜只知正面守關，對關旁尚可出入的禁谷未能設防，黃巢派大將林言、尚讓統軍從禁谷入，與黃巢夾擊守關部隊，終於擊潰田令孜所部，攻入長安。潼關，關名，在今陝西臨潼境內。以面臨潼水得名，是歷史上著名的軍事要塞。

【語　譯】所謂的正道，就是像秦國的函谷關、東吳的長江、蜀國的劍閣這些地方。歷史上，山東（崤山以東的）六國攻打函谷關，卻為秦將所敗。曹操曾攻向長江，東吳周瑜卻把他趕跑了。鍾會曾攻打劍閣，卻為姜維所阻。為什麼？這些地方的防守一直沒有鬆懈過。劉濞造反，攻打大梁，田祿伯請求用五萬人的軍隊另外沿著江淮一線，攻破淮南、長沙等城，與劉濞在武關一帶會合。岑彭攻打公孫述，從江州逆流而上到都江，擊敗侯丹，直接攻取武陽，繞到延岑軍隊的背後出擊，迅速派精銳騎兵直赴廣都，攻到了離成都不足幾十里的地方。李愬攻打蔡州，蔡州吳元濟把所有的精兵都用來抵抗李光顏，卻沒有防備李愬。李愬從文成攻破張柴，急行軍二百里，半夜到達蔡州，黎明的時候就捉住了吳元濟。這都是用奇襲作戰。漢武帝攻打南越，唐蒙請求派夜郎一帶的部隊，乘船沿著牂牁江進發，取道番禺城，打了南越人一個措手不及。鄧艾攻打蜀國，從陰平出發，闢山開路，翻越景谷絕境，魚貫前進，直指江油，守將馬邈不戰而降，到綿竹，斬了守將諸葛瞻的首級，最終迫使劉禪投降。田令孜攻打潼關，潼關的左面有個山谷叫禁谷，他卻不知道設防，敵將林言、尚讓軍入其中，與黃巢夾攻潼關，擊潰守軍。這都是用伏擊的戰例。

我覺得古代善於用兵的人，一次排兵布陣，尚且用正面出擊、奇襲、伏擊三種兵法去謀取勝利，何況是守衛一個國家、攻打一個國家，那種關係到國家安危的大戰役，怎麼可以不熟諳此三法，卻貿然任命將帥呢？

【研　析】本篇討論作戰中進攻與防守的一些基本原則和方法。作者將攻守之法分為正、奇、伏三類，不主張攻堅城、守要衝，卻強調「攻敵所不守，守敵所不攻」，崇尚奇正相兼，尤其重視用奇兵、伏兵攻敵不備，克敵制勝。

作者巧於論證，將攻守之道與為盜之法相類比，深入淺出，闡明正、奇、伏三種攻守之法的辯證關係，明白如畫。明瞭三種攻守之道後，作者又用歷史上正道攻守慘遭失敗，奇道、伏道攻守獲勝的戰例為證，從正反兩個方面作辨析論證，進一步說明無論是一次分兵布陣的戰鬥，還是守一國、攻一國的戰役，都必須將正、奇、伏三種攻守方法結合起來，才能保證勝利。就文章論辯的成功來看，這樣指陳的確的論證，無疑是令人信服的。但作者在具體展開論證的時候，卻筆走偏鋒，只論用奇制勝而不談正面攻守之重要性，難免給人獨重奇謀偷襲的感覺；而且，聯繫戰爭實際，則不難發現，雖然他所舉皆為歷史上著名的用奇制勝的戰例。但是，首先，這些戰例多在奇襲攻擊，而少有用奇防守；其次，歷史上用奇失敗而正面對抗獲勝的實例也比比皆是。〈用間〉一篇中，他也曾專門談到只用詐謀鬼道失敗的沉重代價。顯然只重奇謀伏擊，是帶有一定片面性的。只是閱讀其文時，只見辯難之辭，卻少顧所言之理，只見文章波瀾起伏，卻少研其中要義，以致多為其能言善辯所打動，而忽略了其論理的全面與深入與否。人言蘇門父子能言善辯，強無作有，壞人心術，不能說全無道理。

全文多方辯難，抉幽發微，論證詳明，指陳的確。引證和比喻論證的結合運用，使說理充分而且透徹，若只玩味其文，幾難發現其破綻與不足。

用間

【題解】《孫子・用間》一文中，分用間為五大類：「因間」、「內間」、「反間」、「死間」、「生間」，在這「五間」之外，孫武還指出商、周之興，是用「上智為間」，把用間提升到超越智謀的更高層次。蘇洵此篇具體分析孫武所謂的「上智之間」，指出「五間」只停留在「用間」的技術層面，是五種方法，本於詐謀，若不成功，則反受其害。只有「上智之間」才是「用間」的本源所在，聖君賢相，以仁義為本，以正統詐，使既無用間之名，無用間之勞，卻能獲用間之利。與蘇洵其他諸篇重「權」重「謀」相比，此篇可謂歸本之論。所以明人楊慎在《三蘇文範》中說：「此篇議論甚正，筆仗甚爽，末引高祖、淮陰事，見上智之間，巧心妙手，可愛可誦。」

孫武既言五間❶，則又有曰：「商之興也，伊摯在夏；周之興也，呂牙在商。故明君賢將能以上智為間者，必成大功。此兵之要，三軍所恃而動也。」❷

【章旨】此章提出論點：依據孫武之言，只有上智之間，才能成就大功。

【注釋】❶五間　見《孫子・用間》。該文中孫武分用間為五大類：用敵人的同鄉或同國者為間（間諜），即「因間」；用敵國失職官員為間，即「內間」；誘惑敵國間諜為我所用，即「反間」；用自己的假情報誆騙敵人，敵人中計殺死間諜，即自己的「死間」；選擇有賢才、智謀的人到敵營去窺探敵情，然後安全返回，即「生間」。❷則又有曰九句　引文見《孫子・用間》。蘇洵所謂「上智」為間，是以「有義附焉」為準而言的。伊摯，伊尹，摯為其名，尹乃其官。伊尹為商湯相，助湯滅夏桀。呂牙，即姜尚。呂氏，名望，又稱子牙。周初人，相傳曾垂釣於渭水，周文王出獵遇之，與之談天下大事，頗能稱心，大悅，同載而歸，並說「吾太公望子久矣」等話，因號「太公望」。

【語譯】孫武已經論述了五種用間的方法，進而又說：「商興起時，伊摯在有夏；周興起時，呂牙在商。所以，明君賢將能用上等智慧來達到離間的效果，就一定會取得巨大的成功。這是用兵的要領，三軍賴以行動的最後憑藉。」

按《書》：伊尹適夏，醜夏歸亳❶。《史》：太公嘗事紂，去之歸周❷。所謂在夏在商誠矣；然以為間，何也？湯、文王固使人間夏、商邪？伊、呂固與人為間邪？桀、紂固待間而後可伐邪？是雖甚庸，亦知不然矣❸。

然則武意天下存亡寄於一人❹。伊尹之在夏也，湯必曰：桀雖暴，一旦用伊尹，則民心復安，吾何病焉❺。及其歸亳也，湯必曰：桀得伊尹不能用，必亡矣，吾不可以安視民病❻。遂與天下共亡之❼。呂牙之在商也，文王必曰：紂雖虐，一旦用呂牙，則天祿必復❽，吾何憂焉。及其歸周也，文王必曰：紂得呂牙不能用，必亡矣，吾不可以久過天命❾。遂命武王與天下共亡之。然則夏、商之存亡，待伊、呂用否而決。

【章旨】此章分析孫武「上智之間」的真實內涵：以天下存亡寄於一位賢能者，以此贏得天下民心，達到用間難以達到的效果。

【注　釋】❶按書三句　據《尚書・商書序》載，伊尹曾經離開亳到有夏，後來對有夏失望，再回到亳，為商湯所用，助其滅夏。亳，商湯時的都城。❷太公嘗事紂二句　據《史記・齊太公世家》載：姜尚在未遇文王前，曾事商紂，見紂王無道，棄之而去，遊說諸侯間，亦不為所用，最終歸於文王。❸是雖甚庸二句　這種想法，即使是十分庸陋的人，也知道不可能。是，代詞。指上文「湯、文王固使人間夏、商邪」至「桀、紂固待間而後可伐邪」三句。❹然則句　既然如此，那麼孫武的意思就是將天下興亡的大事，完全歸之於一位賢能之士。武意，孫武的意思；孫武認為。❺吾何病焉　我為什麼還要恨他呢。病，以之為憾；以之為恨。❻安視民病　心安理得地看著百姓生活在困苦之中。安視，漠然視之；泰然處之。病，困苦。❼遂與天下共亡之　於是就跟天下人一起去滅亡它（夏朝）。❽天祿必復　上天所授的國運必定會恢復，即國運再次昌泰的意思。祿，本指官吏的供給。天祿指天授國運。❾不可以久遏天命　不能夠長時間違背上天的旨意。意即要順應上天之命，滅亡商紂，取而代之。遏，阻止；不順從。天命，古人以天為神，凡人力所不及者，皆認為是天意所在，是天命的表現。

【語　譯】按《尚書》所記：伊尹到夏國，因為對夏朝失望，又回到亳。《史記》載：姜太公曾事商紂，後來才離開他歸附西周。所謂在夏在商的事，確實有過。可是說這裏有離間的成分，何以見得呢？商湯、周文王難道派人去離間夏朝、商紂了？伊尹、呂牙難道曾經給人當過間諜？夏桀、商紂，一定要等到離間之後，才可以去討伐？這些想法，即使是庸碌之輩，也知道決非如此的。

既然如此，那麼，孫武的意思是天下存亡繫於某人的用與不用了。伊尹在夏朝，商湯肯定說：夏桀雖然殘暴，一旦任用伊尹，那麼，民心會再度歸附，我有什麼可擔憂的。等到伊尹再回到亳，商湯肯定又說：夏桀有伊尹那樣的賢臣，卻不能任用，必將滅亡，我不能坐視百姓陷於痛苦之中。於是跟天下諸侯一起滅亡夏桀。呂牙在商時，文王肯定說：紂王雖然暴虐，一旦任用呂牙那樣的賢臣，那麼，天運國祚將再次昌泰，我有什麼好擔憂的。等到呂牙歸附西周了，文王肯定說：商紂得到呂牙卻不能很好地任用，必定亡國，我不可以長期阻遏違背上天的旨意。於是便命令武王與天下諸侯一齊滅亡商紂。如此看來，那麼，夏、商的存亡，就由伊尹、呂牙是否受重用決定了。

今夫問將之賢者，必曰：能逆知❶敵國之勝敗。問其所以知之之道，必曰：不愛千金，故能使人為之出萬死以間敵國❷；或曰：能因敵國之使而探其陰計❸。嗚呼！其亦勞矣。伊、呂一歸，而夏、商之國為決亡。使湯、武無用間之名與用間之勞，而得用間之實，此非上智，其誰能之？

【章旨】此章得出結論：商代的伊尹、周朝的姜尚，都是用「上智之間」的典型例子：無用間之名與用間之勞，而得用間之實，乃「用間」的至境。

【注釋】❶逆知　預料到。逆，預料。❷出萬死以間敵國　將生死置之度外，到敵國去行間計。❸因敵國之使而探其陰計　乘敵我之間的使臣往來，刺探對方的陰謀詭計。敵國之使，彼此敵對國家之間互派的使臣。

【語譯】現在，問一問怎樣才能稱得上是賢能的將領，回答肯定是：能預料敵國的勝敗。再追問之所以那麼認為的理由。肯定回答：不惜重金，所以能使人不辭萬死到敵國去行離間之計。或者回答：能趁敵國間的使臣往來以刺探對方的陰謀詭計。唉！也太累了吧。伊、呂一歸附，夏朝、商朝就注定了滅亡，使商湯、周武王沒有用離間計的名聲和用離間計的勞苦，卻得了用離間計的實惠，若不是上等智慧者，誰能做到？

夫兵雖詭道❶，而本於正者，終亦必勝。今五間之用，其歸於詐，成則為利，敗則為禍。且與人為詐，人亦將且詐我。故能以間勝者，亦或以間敗。吾間不忠❷，反為敵用，一敗也；不得敵之實，而得敵之所偽示者以為信❸，二敗也；受吾財而不能得敵之陰計，懼而以偽告我，三敗也。夫用心於正，一振而群綱舉❹；用心於詐，百補而千穴敗❺。智於此，不足恃也。

【章　旨】此章指出「五間」的局限性：歸於詐謀，所以成則為利，敗則為禍，可以因之而勝，也可能因之致敗。

【注　釋】❶詭道　陰謀詭計。❷吾間不忠　我方的間諜不忠誠。❸得敵之所偽示者以為信　獲得敵方故意顯露出來的假情報，認為它是真的。示，顯露。❹夫用心於正二句　意思是如果是正義的戰爭，那麼，戰爭中的各種矛盾都會向有利的方面轉化。蘇洵所謂正，就是他所指出的「以義附」於兵，即正義的戰爭。綱，提綱的繩子，此指戰爭中的主要矛盾或矛盾的主要方面。❺百補而千穴敗　多次彌補又多次出現漏洞，防不勝防的意思。敗，潰敗；坍塌。

【語　譯】用兵雖然是詭道，卻只有以正義為根本，才會最終獲勝。現在運用五間，最終都歸於詐謀，成功了就獲利，失敗了必遭禍殃。再說向別人使詐，別人也可以向我施詐。所以能用間諜獲勝的人，也可能因為用間而失敗。我方間諜不忠誠，反而被敵方所用，這是一種致敗的情況；我方間諜沒有查到敵方的實情，卻只獲得敵方故意顯露的假象，以假亂真，這是致敗的第二種情況；接受我方重金卻沒有查到敵方的陰謀詭計，害怕處分而以假情報相告，這是致敗的第三種情況。用心正大光明，一下子就能抓住各種主要矛盾；用心奸詐，千瘡百孔，終是無法彌補。智力限於此等詐謀，是靠不住的。

故五間者，非明君賢將之所上。明君賢將之所上者，上智之間也。是以淮陰、曲逆，義不事楚，而高祖擒籍之計定❶；左車、周叔不用於趙、魏，而淮陰進兵之謀決❷。嗚呼！是亦間也。

【章　旨】此章得出結論：只有上智之間，才能立於不敗之地，所以明君賢將，崇尚上智之間。

【注　釋】❶是以淮陰曲逆三句　淮陰，指淮陰侯韓信，後為呂后所殺。曲逆，曲逆侯陳平，後來位至丞相。據《史記・淮陰侯列傳》和〈陳丞相世家〉載，韓信、陳平二人在歸漢之前，都曾為項籍所用。韓信為項羽中郎將，數次獻計都不為所用，最後背楚歸漢，因蕭何推薦，劉邦拜他為上將軍，助劉邦先定三秦，然後舉兵攻魏、破趙、定燕、取齊，使楚勢孤力單，最終為劉漢所滅。陳平歸漢之前也曾助項羽定殷，後來殷地被漢擊破，項羽要殺定殷者，陳平懼怕獲罪，歸漢，並以反間計使項羽斥去其謀士范增。❷左車周叔二句　據《漢書》載，楚漢相爭，高祖於彭城失利，齊、趙、魏等諸侯均反漢和楚。高祖使韓信帶兵擊魏前，韓信曾問酈生魏國大將是不是周叔，酈生告訴他不是周叔，而是柏直。韓信認為柏直是不知好歹的小子，於是率兵擊魏，虜魏王豹。魏破，韓信與張耳想東下井陘共同攻擊趙國。趙廣武君左車向其統帥陳餘建議，利用井陘之險來對抗韓信等人，深溝高壘以圖堅守，同時出奇兵從小道深入，切斷其輜重軍餉，使之不戰而疲。陳餘不用廣武君之策，認為仁義之師不用詐謀奇計。韓信聽到這一消息，大喜，這才敢出兵，最終斬殺陳餘，滅亡趙國。

【語　譯】所以那五種間計，不是明君賢將所崇尚的。明君賢將所崇尚的，是上智之間。因此淮陰侯韓信、曲逆侯陳平，出於正義，不與楚霸王共事，漢高祖捉拿項籍的計畫就可以確定下來了。廣武君左車的計謀不被趙王採納，周叔不被魏王重用，淮陰侯韓信出兵進擊的計畫才確定下來。唉！這也是用間啊。

【研　析】離間計是兵家常用之克敵制勝術。在《孫子・用間》一文中，孫武即將用間方法進行過歸納。本文辨析《孫子・用間》，指出在其五間之外，還有「上智之間」：國君推行仁義之政，興仁義之師，不戰即屈人之兵、亡人之國，雖無用間之名、無用間之勞，卻有用間之實。在明晰了「上智之間」的概念後，文章進而分析它跟孫武「五間」的區別：「上智之間」本於正義，無任何後患，不像五間本於詐術，雖能一時得利，卻難免無窮後患。隨後，文章以上古時伊尹離夏佐商、呂牙離商佐周，致使夏、商亡國的史實，闡明「上智之間」較五間為優的道理。由此，作者提出「上智之間」關乎國家社稷存亡，主張明君賢將應崇尚上智之間，而不應該執著於平常「五間」。這樣，通過對「上智之間」正名、求實、述用，把本來內涵幽隱難明的上智之間，揭示明白，很好地闡明了孫武的用間思想。

文章以「用間」為標題，但一開始即能刪去枝蔓，不斤斤於孫武所論之「五間」，而是緊緊抓住「五間」之外的「上智之間」，用一般人難於理解的伊尹、呂牙為例，引出論題，展開討論，可謂別開生面。在接下來的論述中，作深入辨析，先辨五間與上智之間之別，是明「上智之間」之理；次引述商周史實，是明「上智之間」之利；再列舉用「間」使詐致敗的情形，是不用「上智之間」之害；最後挑明「明君賢將」所尚，是強調「上智之間」之優。可見，整個論述，始終緊緊扣住「間」與「義」的關係展開，表面上看似是在談用「間」之法，實則處處體現出論者對「間」之根本為「義」的強調。所以，初讀此文時，往往被其縱橫馳騁於往古來今的精到點評所吸引，對作者潛藏於其背後的「義」之本意，卻少有留意，並由此對全篇中心難以把握。但仔細研讀之後，卻不難看到在作者凝鍊的筆墨背後所蘊含的真正用意，並由此感佩其人論辯手段之高明，論辯語言之精練以及論辯過程之周密。明人袁宏道評之：「其一貫之脈，次序起伏之法，尤不可測識。」（見《三蘇文範》）可謂是對此深有體會之言。

孫武

【題　解】孫武，中國古代著名的軍事家，所著《孫子兵法》，為歷代兵家所重，甚至傳入西方，為西方軍事家所信奉。對於這樣一個著名的軍事家，面對其流傳甚廣、影響甚深的著作，蘇洵卻提出了與眾不同的看法。本文基於「言不窮」並不代表「用不窮」，指出帶兵打仗，重要的是「用不窮」，而不是「言不窮」。《孫子兵法》雖然已到「言不窮」的境地，但若按照孫武所著，驗證其所為，他也是有重大失誤的。文章通過揭示孫武言行之間的矛盾，不僅暴露了孫武言兵盡善盡美卻不能完全付諸行動的失誤，同時，也對重言輕行的軍事指揮現象作了否定。這種言論，應該說也是針對北宋以文臣帶兵打仗，多只會紙上談兵，難有實際作為的現實而發的。這樣的論述，可以清楚地看出，作者重「用」輕「言」的軍事思想。推而廣之，可以明白為什麼蘇洵所著文章，幾乎都求實用，少有虛文，特別是求實用的文章，全都以言簡意賅見特色。可見重「用」的思想，正是作者思想的內核。

求之而不窮者，天下奇才也。天下之士，與之言兵而曰我不能者幾人？求之於言而不窮者幾人？言不窮矣，求之於用而不窮者幾人？嗚呼！至於用而不窮者，吾未之見也。

【章　旨】此章感歎論兵之士，能言而不能實用，自古皆然；能用之無窮，自古少見。作者用意在以能言不能用為由，引出下面孫武言兵無窮而用兵計窮的論題。

【語譯】刨根問底卻不理屈詞窮的人，才是天下的奇才。天下之士，跟他們談論兵法，說自己沒有這方面才能的，有幾個？言談之中能滔滔不絕地講解的人，有幾個？談起來口若懸河、無窮無盡，向他求教實際運用而不技窮的，能有幾個？唉！能夠在實際運用中應變無窮的人，我還沒有見過呢。

《孫武》十三篇，兵家舉以為師。然以吾評之，其言兵之雄乎！今其書論奇權密機，出入神鬼❶，自古以兵著書者罕所及❷。以是而揣其為人，必謂有應敵無窮之才❸。不知武用兵乃不能必克，與書所言遠甚。吳王闔廬之入郢❹也，武為將軍。及秦、楚交敗其兵，越王入踐其國，外禍內患，一旦迭發，吳王奔走，自救不暇❺，武殊無一謀以弭斯亂❻。

【章旨】此章以歷史事實為例，證明孫武著兵書十三篇，而其用兵未必如書所言之神。

【注釋】❶出入神鬼　出入於鬼神之間，神妙莫測的意思。❷以兵著書者罕所及　寫軍事著作的人，很少有趕得上他的。以兵著書，以戰爭作為研究對象寫成的書。❸以是二句　依照書上所言來揣測孫武，一定會認為他這個人有無窮無盡的應敵之計。❹吳王闔廬之入郢　西元前五〇六年，吳王闔廬以孫武為將軍，率唐、蔡之兵西擊強楚，一度攻入楚都郢。❺及秦楚六句　事載《左傳》定公四年。吳王闔廬西擊楚，越國乘吳國國內兵力空虛，突然襲擊，侵入吳國。在吳、楚前線，吳軍雖攻入楚都，但楚大夫申包胥從秦國請來救兵，秦、楚共擊吳國，吳軍大敗。吳王闔廬之弟夫概又偷偷回國，自立為王。闔廬聞知，急忙引兵返吳，攻擊夫概。「奔走」、「不暇」等語即指此。❻武殊句　孫武竟然沒有拿出妙策來消除那些禍亂。殊，竟；竟然。弭其亂，消除那些禍亂，主要指消除上文所述的多種「外禍內患」。弭，消除。

【語譯】《孫子兵法》十三篇，兵家都奉為師法的寶典。可是讓我來評價，那些言論也只不過是談論兵法的雄辯之辭罷了！現在看他的書，談論奇謀密計，出神入化，自古以來的兵法著作，沒有能趕得上他的。憑這一點來推測孫武那個人，一定會認為他有無窮無盡的應敵才能。不知道孫武用兵並不是戰無不勝，跟他在兵書上所講的相差甚遠。吳王闔廬攻入楚國郢都，孫武被任命為將軍。等到秦、楚聯合打敗吳軍，越王率軍攻入吳國境內，內憂外患，一下子總爆發，吳王四處奔忙，自顧不暇，孫武卻沒有一計能夠平定那種混亂的局面。

若按武之書以責武之失，凡有三焉。〈九地〉曰：「威加於敵，則交不得合。」❶而武使秦得聽包胥之言，出兵救楚，無忌吳之心。斯不威之甚，其失一也。〈作戰〉曰：「久暴師則鈍兵挫銳，屈力殫貨，則諸侯乘其弊而起❷。」且武以九年冬伐楚，至十年秋始還，可謂久暴矣，越人能無乘間入國乎？其失二也。又曰：「殺敵者，怒也❸。」今武縱子胥、伯嚭鞭平王屍❹，復一夫之私忿以激怒敵，此司馬戌、子西、子期所以必死仇吳也❺。句踐不頹舊冢而吳服❻，田單譎燕掘墓而齊奮❼，知謀與武遠矣❽。武不達此，其失三也。然始吳能以入郢，乃因胥、嚭、唐、蔡之怒，及乘楚瓦之不仁❾，武之功蓋亦鮮耳❿。夫以武自為書，尚不能自用以取敗北，況區區祖其故智餘論者，而能將乎？

【章旨】此章對照孫武所著兵書，指出：在實際指揮吳軍作戰中，孫武有三大失誤，與其所著兵書相左，而當時吳國軍事上的勝利，卻又與孫武無關。

【注釋】❶九地三句　〈九地〉篇中講：「用威勢壓制敵對的一方，使它無法跟其他勢力結成外交聯盟。」九地，《孫子兵法》十三篇中的一篇。❷久暴師三句　使軍隊長時間地暴露在外（行軍或作戰），就會降低戰鬥力，挫敗士兵的銳氣。士氣不振且軍需不足，別的諸侯們就會乘機偷襲得手。❸殺敵者二句　英勇殺敵，是因為戰士們怒火中燒。語見《孫子兵法・作戰》。蘇洵這裏是指下文所講孫武讓伍員等人掘墓鞭屍，激怒楚國軍民，致使他們奮起殺敵，趕走吳軍。❹子胥伯嚭鞭平王屍事見《史記・吳太伯世家》。子胥，即伍員，楚大夫伍奢之子。楚平王聽信讒言，囚禁伍奢，並想誘其二子共殺之。伍員事先得知消息，逃亡到吳國，替吳公子光雇人刺殺其仇家。公子光繼位為吳王（即闔廬）後，遂用伍員為行人，參與謀劃國事。伯嚭，楚臣伯州之孫。楚王殺死伯州後，伯嚭亡奔吳，吳王任之以大夫之職。伍員、伯嚭二人在吳王西擊楚國時，隨軍攻入郢都，在楚王出逃後，掘開已故楚平王的墓穴，鞭打其屍骨，以洩私憤。❺此司馬戌句　這就是為什麼司馬戌、子西、子期等人跟吳國有不共戴天之仇的原因。司馬戌、子西、子期等，皆為楚臣。在吳軍攻入楚國郢都後，出死力助楚昭王復國。❻句踐句　句踐，春秋時越國君王，曾與吳王爭霸，失敗亡國，以身為吳王臣，妻為吳王妾，後被放歸故國。句踐歸國後，不忘前恥，臥薪嚐膽，勵精圖治，終於擊敗吳軍，迫使吳王夫差自殺。夫差死後，句踐以禮安葬，然後回軍，吳國民心安定，吳國遂亡。不頹舊塚，指不讓敵國君王的墳墓受到破壞，意思是不人為地傷害敵國君主的尊嚴。❼田單句　田單，戰國時齊人。據《史記・田單列傳》載：齊湣王四十年（西元前二八四年），燕約秦及三晉共擊齊，下齊七十餘城，齊王出奔。田單所守之城也被攻破，他逃到即墨，正逢即墨大夫戰敗逃亡，城中眾人共同推舉田單為首領，組織人馬抵擋燕軍。田單受命後，以反間計使燕國撤了大將樂毅的兵權，並且揚言說，燕軍將割去俘虜的鼻子，掘開所攻佔之地的墳墓來侮辱死者，以此激起即墨城中所有人的鬥志，最終擊敗燕軍，收復齊國的失地。❽知謀與武遠矣　智謀跟孫武相距很遠。遠，此指孫武的智謀與句踐、田單等相差甚遠。❾楚瓦之不仁　楚瓦，楚公子子貞之孫，官令尹，為人極度貪婪，因此激怒原本附庸於楚的唐、蔡等國，使它們反楚和吳，並隨吳伐楚。❿武之功蓋亦鮮耳　孫武的功勞是很少的。鮮，小；少。

【語譯】如果按照孫武書中之言指責他的失誤，大概有三個。〈九地〉篇中說：「威懾敵人，使它們的聯合計畫不能成功。」但是，孫武卻使得秦國聽從了申包胥的話，出兵救楚，絲毫沒有忌憚吳國之心，可以說一點也沒有威懾到敵人，這是他的一大失誤。〈作戰〉篇中說：「如果使軍隊長期在外行軍作戰，就會士氣受挫，戰鬥力受損，戰鬥力下降而且軍需補給不足，那麼，諸侯就會乘機發難。」孫武在吳王闔廬九年冬天發兵攻楚，到第二年秋天才收兵返回，可以說部隊在外行動太久了，越國怎能不趁此機會入侵呢？這是他的第二大失誤。孫武又說：「士兵奮勇殺敵，是因為被激怒了。」可現在孫武卻縱容伍子胥、伯嚭鞭抽平王的屍首，為報私仇卻激怒了敵人，這正是司馬戌、子西、子期等人恨死吳國的原因。句踐不毀壞吳君祖墳，降服了吳國。田單欺騙說燕國侵略者將掘人祖墓，使齊國人奮起抗戰，他們的智謀比孫武高明得多了。孫武沒有做到這一點，這是他的第三大失誤。再說，吳國當初能夠侵入郢都，是乘著伍子胥、伯嚭以及屬國唐、蔡對楚王的憤怒之情，再加上楚國國內楚瓦為富不仁也給了吳國可乘之機，至於孫武的功勞，可以說是很少的。孫武自著兵法，卻沒有自己用好，以致失敗，更何況那些依照他的兵法去用兵打仗的人，怎麼能夠統率全軍呢？

且吳起❶與武，一體之人也，皆著書言兵，世稱之曰「孫吳」。然而吳起之言兵也，輕法制，草略無所統紀，不若武之書，詞約而意盡，天下之兵說❷皆歸其中。然吳起始用於魯，破齊；及入魏，又能制秦兵；入楚，楚復霸。而武之所為反如是❸，書之不足信也，固矣。

【章旨】此章用吳起與孫武作對比，指出吳起所著之兵書雖不如孫武詞約意盡，但其實際運用卻遠勝孫武，從而說明書不足信。

【注釋】❶吳起　戰國時衛人，曾為魯將，攻齊，大破之。後入魏，魏文侯任命他率軍攻秦，拔秦五城。文侯卒，入楚，楚悼王任命他做丞相，助悼王南平百越，北併陳、蔡，西伐強秦，使楚國再次稱霸諸侯。據傳吳起著有《吳起兵法》，今已佚。蘇洵因為吳起跟孫武都有兵法著作，所以將他們歸於一類（即「一體」）。❷兵說　兵法；行軍打仗的學問。❸反如是　跟這

（指吳起的功績）相反。

【語譯】再說吳起跟孫武，本質上是一類人，都著有兵書，世人合稱他們為「孫吳」。但是，吳起講兵法，不重陣法形制，言辭簡略缺少完整的系統結構，不像孫武的書，言簡意賅，將天下的兵法都納入其中。但吳起一被魯國任用，就打敗了齊國；等他到了魏國，又能夠克制秦軍；後來他到楚國，楚國就重新稱霸。可是，孫武的作為卻跟吳起相反，他的書不足信，是理所當然的啊。

今夫外御一隸，內治一妾，是賤丈夫亦能❶，夫豈必有人而教之？及夫御三軍之眾，闔營而自固❷，或且有亂，然則是三軍之眾惑之也❸。故善將者，視三軍之眾與視一隸一妾無加焉，故其心常若有餘❹。夫以一人之心，當三軍之眾，而其中恢恢然猶有餘地❺，此韓信之所以「多多而益善❻」也。故夫用兵，豈有異術❼哉？能物視其眾❽而已矣。

【章旨】此章在書不足信的前提下，指出兵謀乃平常之道，並無異術，只要能物視其眾，以平常心相待，即為用兵的上乘之境。

【注釋】❶是賤丈夫亦能　這種事（指上面所說的御一隸、治一妾）是庸庸碌碌的男人都能夠做到的。是，代詞，指御一隸、治一妾這件事。❷闔營而自固　關閉軍營以求自我保全。闔，關閉。❸然則是三軍之眾惑之也　這是因為三軍中兵卒眾多，使他們（將領們）迷惑糊塗了。❹心常若有餘　（將帥們）心力常有餘裕，不會因為過度操勞，致使思緒混亂，想不出對敵之策。❺恢恢然猶有餘地　語本《莊子・養生主》。從容寬綽，有剩餘的精力（來應付各種意外情況）。❻多多而益善　事見《史記・淮陰侯列傳》。漢高祖劉邦曾經跟韓信討論各位將領才能的大小，並且問：像我這樣，能統率多少人？韓信回答：

陛下最多不過統率十萬。高祖又問：那麼，你怎麼樣呢？韓信答道：臣多多而益善耳。❼異術　奇特的方法。❽物視其眾　像看待物體一樣，即將數量眾多的三軍視為一物，役眾如寡，以使「其心常若有餘」。

【語　譯】現在，在正室之外使喚一個奴僕，在居室之內管好一個小妾，是庸庸碌碌的男人都能夠做好的事，難道還要有人教他嗎？等到讓他去統率三軍將士，關上營門以求自我保全，都或許會有亂子，這就說明，是三軍士卒眾多使他感到不知所措了。因此，善於統軍的人，把全軍將士看得跟一個奴僕、一個小妾沒有什麼兩樣，以至於他能心力有餘。以一個人的心力，面對三軍眾多將士，卻能夠心有餘力，從容不迫，這就是韓信所謂的「多多而益善」。所以說，用兵之道，哪裏有什麼奇計妙術？無非是把眾多將校看成簡單物體罷了。

【研　析】本文探討孫武用兵的失誤，實際是〈心術〉、〈攻守〉等篇謀略的進一步闡發。文章用《孫子》一書中所論之理，跟孫武的實際指揮作戰相對照，以《孫子》中〈九地〉、〈作戰〉兩篇中所言謀略，來檢驗孫武實際指揮吳軍作戰在三方面導致失敗的重大失誤，揭示出其言、行兩方面的巨大差距。從而說明：孫武之著雖能窮盡兵法之理，卻未能很好地用於實際軍事指揮之中。這種用「以子之矛，攻子之盾」的方式來否定其實際指揮能力，叫人不得不信，效果十分明顯。進而，作者又從孫武言勝行不勝，言行未能統一，得出言不足信的結論，並推導出祖其故智必然致敗的結論。這就充分地論證了作者所要強調的觀點：帶兵打仗，不僅要「求之於言」，而且更重要的是必須「求之於用」。

緊接著，作者再深入一步，通過孫武與吳起的對比，指出孫武所論用兵之道，出入鬼神，自古以來著兵書的人，很少能與他匹敵，但跟與其「一體之人」的兵家吳起對比起來看，吳起的兵書雖然不如孫武之著詞約意盡，可是在實際指揮作戰中，卻能破齊、制秦、霸楚，取得驕人的戰績，與孫武剛好相反。通過這樣的對比，不僅再次強調了「書之不足信也，固矣」，而且借吳起兵謀「求之於用」的實效，反襯孫武只能「求之於言」，著成千古兵書，卻未必有功於實用。

有了這樣的鋪墊，作者進而主張實事求是，具體問題具體分析，兵雖重權謀，但根本的一點，是不能因為所統帥兵卒的多寡而自迷心智，自亂陣腳，以一人之心當三軍之眾，才能從容不迫，保持心力有餘，以應付突發事件。有了這種超越「謀」的軍事思想，就完全可以應對自如，至於行軍法制、戰陣進退等，也就並不重要了。所謂「物視其眾」，就是抓住主要矛盾和矛盾的主要方面。孫武失誤的根本點，就在於未能「物視其眾」，以致吳王奔走不暇，自己卻無力勘亂。通過這樣的論述，將孫武的失誤，從其言行不一的表面現象提升到思維方式缺陷的深度進行分析，突出了作者重視實踐而輕視陳言，主張因時、因地、因人制宜的軍事態度和人生觀。

子貢

【題解】子貢，名端木賜，衛人，孔子弟子，少孔子三十一歲。為人利言能辯，孔子常詘其辯。當齊國田常欲攻魯時，孔子曾派他出遊諸侯加以制止。通過子貢的努力，最終使魯國得以保全。但是，蘇洵認為，子貢所採取的措施，雖然短時間裏可能獲得成功，卻難以持久，隨著時間的推移，副作用也不斷顯現出來。本篇通過分析當時的形勢，指出子貢若能以「信」為本，以「信」統其「智」，而不是一味遊說諸侯，只需勸止齊的附屬國暗中與魯聯合，以待其亂，便可以獲得更大的勝利，也能達到更好的效果。作者主張「信」、「智」相互結合，才能成就功業，「徒智」固不可取，只講「信」而忽略「智」也是錯誤的。這樣的主張，顯然是十分切合實際的。

君子之道，智信難❶。信者，所以正其智也❷，而智常至於不正。智者，所以通其信也❸，而信常至於不通。是故君子慎之也。世之儒者曰：徒智可以成也❹？人見乎徒智之可以成也，則舉而棄乎信。吾則曰：徒智可以成也，而不可以繼也❺。

【章旨】此章辨明智信關係，提出自己的論點：在用智謀與講誠信之間，謀取平衡點，是很難的事，徒智雖說可能成功，卻不可能長久。

【注釋】❶智信難　智信之間存在矛盾，智和信同時做到，是很難的。❷信者二句　忠誠信義，是用來矯正智謀權變之不足的。❸智者二句　智謀權變，是用來變通忠誠信義所不足的。❹徒智可以成也　單憑智謀權變就可以獲得成功。❺而不可以繼也　卻不可能維持長久。繼，繼續；接下去；持續下去。

【語譯】作為君子，如何處理智謀與誠信的關係，很難。誠信，是用來矯正智謀的，可是智謀常常很難被矯正。智謀，是用來變通誠信的，可是誠信往往不那麼容易獲得變通處理。因此，君子必須謹慎地對待智信關係。世上有些儒生說：僅憑智謀，可以成功嗎？人們看見單憑智謀就能成功，那就都放棄誠信了。我卻說：僅憑智謀，可能取得一時的成功，但不能憑它取得持久的成功。

子貢之亂齊，滅吳，存魯也❶，吾悲之。彼子貢者，遊說之士，苟以邀一時之功，而不以可繼為事❷，故不見其禍。使夫王公大人而計出於此❸，則吾未見其不旋踵❹而敗也。吾聞之：王者之兵❺，計萬世而動；霸者之兵，計子孫而舉；強國之兵，計終身而發：求可繼也。子貢之兵，是明日❻不可用也。

【章旨】此章指出子貢以徒智亂齊、滅吳、存魯，雖然在一定程度上獲得成功，但只能是暫時的，不可能持久，並用王者、霸者、強國等所遵循的普遍規律說明子貢之計不可用。

【注釋】❶子貢之亂齊三句　據《史記．仲尼弟子列傳》載：田常將亂齊，先以進攻魯國為藉口。子貢遊說於齊、吳、越、晉等國，以求制止齊國。他對越王句踐說：如果您跟隨吳王出兵，以大量珍寶及卑微的言辭取悅他，那麼，吳王必定會進攻齊國。如果吳國戰敗，則是大王您的福氣；如果戰勝了，吳王必定會進一步進攻晉國。那時我再說動晉君攻打吳國，吳國一定會被削弱。吳國的精兵都用來對付晉國了，大王乘機襲擊，一定獲利！後來果然如子貢所言，吳軍為晉軍所敗，越國乘勢攻襲吳國，吳王回師對越作戰，三戰皆敗，越國滅吳。❷不以可繼為事　沒有考慮到這樣做的長遠效用。❸使夫句　假使大臣用這種計策的話。使，假使；如果。王公大人，王公大臣，指國家重臣。❹旋踵　一轉腳後跟（的時間），形容時間很短。踵，腳後跟。❺王者之兵　行王道的君王的軍隊。兵，指軍隊。❻明日　第二天。

【語譯】子貢禍亂齊國、滅亡吳國、保全魯國的謀略，我為之深感痛心。那子貢，只是個說客而已，做事情只圖一時成功，卻不求長久的功效，所以看不見那麼做的隱患。假使王公大臣們都跟他那樣去謀劃，那麼，我看他們沒有哪個不馬上失敗的。我聽說：王者之師，為萬世基業而動；霸者之軍，為子孫功業而舉；強國之兵，為一生功業而發：為的是求可以持久。子貢用兵，是晚一天都不能用了。

故子貢之出也，吾以為魯可存也，而齊可無亂，吳可無滅。何也？田常之將篡也，憚高、國、鮑、晏，故使移兵伐魯。為賜❶計者，莫若抵高、國、鮑、晏弔之❷，彼必愕而問焉，則對曰：田常遣子之兵伐魯，吾竊哀子之將亡也❸。彼必詰其故，則對曰：齊之有田氏，猶人之養虎也。子之於齊，猶肘股之於身也。田氏之欲肉齊❹久矣，然未敢逞志❺者，懼肘股之捍也。今子出伐魯，肘股去矣，田氏孰懼哉？吾見身將磔裂❻，而肘股隨之，所以弔也。彼必懼而咨計於我❼。因教之曰：子悉甲趨魯❽，壓境而止❾，吾請為子潛約魯侯❿，以待田氏之變，帥其兵從子入討之⓫。彼懼田氏之禍，其勢不得不聽。歸以約魯侯，魯侯懼齊伐，其勢亦不得不聽。因使練兵蒐乘以俟齊釁⓬，誅亂臣而定新主，齊必德魯，數世之利也。

【章旨】此章提出較子貢更優的遊說方案，不僅可以存魯，而且不至亂齊、亡吳，實是指責子貢之失。

【注釋】❶賜　子貢名端木賜，端木為姓，賜為名。❷莫若抵高國鮑晏弔之　不如到高、國、鮑、晏等國那裏去弔慰它們。❸吾竊哀子之將亡也　我私下裏痛惜你們將要亡國了。竊，私下；暗暗地。❹肉齊　以齊國為肉，意即想要佔有齊國。❺逞志　滿足欲望。❻磔裂　分裂。磔，古代一種將犯人肢體分裂開的酷刑。❼彼必懼而咨計於我　他們肯定很害怕並向我（子貢等說客）請教應對之策。咨，諮詢；請教。❽悉甲趨魯　率領所有的部隊開赴魯國。悉，全部。甲，甲兵，代指軍隊。趨，快步走。此指調動軍隊。❾壓境而止　逼臨邊境線停止下來。❿潛約魯侯　暗地裏跟魯侯相約。⓫帥其兵從子入討之　統率魯國軍隊跟你們（高、國、鮑、晏等）一起攻擊田常之軍，討伐他。⓬因使練兵蒐乘以俟齊釁　就讓（魯國）操練士兵，備齊戰車，等待齊國出現可乘之機。俟，等候。釁，縫隙；裂縫，指可乘之機。

【語譯】所以，子貢出去遊說，我以為魯國可以保全，齊國不至內亂，吳國也可以不被滅亡。為什麼？田常要篡權，顧忌高、國、鮑、晏四國，因此指派它們移兵攻打魯國。如果替子貢設計，不如到這些國家去弔慰它們，它們必定感到驚愕而且尋問究竟，就對它們說：田常派你們統軍攻打魯國，我私底下為你們即將覆亡感到悲哀。它們必定詰問其中的原委，就回答：齊國有個田常，就像人養了隻老虎。你們跟齊國的關係，就像手足跟人身體的關係一樣。田常妄圖吃掉齊國已經很久了，之所以不敢逞其異志，是害怕手腳保衛身體。如今你們出兵去攻打魯國，手腳離開了身體，田常還害怕什麼？我看身體將被磔裂，手腳也將跟著滅亡，所以來弔慰。這些國家一定會很恐懼，並且問計於我。趁機開導它們說：你們調動全部的軍隊去往魯國，逼近邊境時停下來，（然後）請允許我替你們向魯侯傳達協約，等待田常兵變時，率領魯國的軍隊跟你們攻擊齊軍，討伐田常。這些國家害怕田常為禍，迫於形勢，不得不聽從此計。回到魯國再與魯侯協商，魯侯畏懼齊國入侵，迫於形勢，也不得不聽從此計。趁這個機會，讓魯國操練士兵、備齊戰車，靜等齊國的破綻，誅滅叛亂的臣子，定立新的國君，齊國必定誠服魯國，那才是數世都可獲益的功業哩。

吾觀仲尼以為齊人不與田常者半，故請哀公討之❶。今誠以魯之眾，從高、國、鮑、晏之師，加齊之半，可以轘❷田常於都市，其勢甚便，其成功甚大，惜乎賜之不出於此也。

【章　旨】此章引孔子之言為證，並進而分析當時形勢，證明己計的可行性。

【注　釋】❶仲尼二句　事載《孔子家語》：孔子聽說陳恆（即田常）弒其君，即沐浴三天，然後上朝去見魯哀公，請他發兵討伐田常。魯哀公以魯國多年來一直被齊國削弱為由，不肯出兵。孔子於是勸諫道：陳恆殺了他的國君，齊國的百姓有一半不支持他，如果統領魯國眾多的士兵，再加上齊國一半的百姓，完全可以擊敗他。❷轘　古代以車碾裂人體的一種酷刑。

【語　譯】我注意到得，孔子斷定有半數的齊國人不擁護田常，所以才請求魯哀公去討伐田常。現在，如果真能以魯國全部的軍隊，外帶高、國、鮑、晏等國的將士，再加上齊國的一半百姓，都可以在國都的刑場當眾把田常處以磔裂之刑了。那種形勢，是非常有利的，成就的功業也很大。可惜啊，子貢沒有那樣做。

齊哀王舉兵誅呂氏，呂氏以灌嬰為將拒之，至滎陽，嬰使使諭齊及諸侯連和，以待呂氏變，共誅之❶。今田氏之勢，何以異此？有魯以為齊，有高、國、鮑、晏以為灌嬰❷，惜乎賜之不出於此也！

【章　旨】此章以漢代誅滅諸呂叛亂的歷史事件與田常作亂之事進行類比，通過當時所採取的措施，證明自己提出的方案是正確的，再次對子貢未用此謀表示可惜。

【注 釋】❶齊哀王六句 據《史記．呂后本紀》載：呂后專權，其親信呂產、呂祿等諸呂權勢頗大。呂后崩，諸呂執掌國家大事，想乘機作亂，但懼怕劉邦舊臣如周勃、灌嬰等人，不敢輕舉妄動。劉氏諸侯王之一的劉章得知這一消息，叫人去告訴他的哥哥齊哀王，讓他發兵討伐諸呂。齊王發兵後，相國呂產命令灌嬰統率部隊征伐，灌嬰率兵開到滎陽，屯兵不進，並與齊王等劉姓諸侯聯合，專等諸呂叛亂，然後共同討伐。❷有魯二句 有魯國充當齊哀王的角色，有高、國、鮑、晏等充當灌嬰的角色。意即與漢初剷除諸呂相對照，魯國的地位相當於齊哀王，其他各國的地位相當於灌嬰。

【語 譯】齊哀王發兵攻打呂氏，呂氏以灌嬰為將軍去討伐，兵到滎陽，灌嬰派遣使者通告齊哀王及各路諸侯，與他們聯合起來，等待呂氏叛亂，一同去誅滅。如今田常事件的形勢，與這有什麼不同的？把魯國看作齊哀王，把高、國、鮑、晏看作灌嬰，可惜啊，子貢沒有那樣做！

【研 析】《史記．仲尼弟子列傳》載：齊國大臣田常想要叛亂，因為懼怕高、國、鮑、晏等附屬國不聽從他的命令，於是就想派它們率兵攻打魯國，以便削弱它們的力量，自己乘機在齊國發亂。孔子得知這一消息，即派弟子子貢去遊說諸侯，制止田常。子貢遊說於齊、吳、越、晉等國，使它們彼此牽制，相互爭鬥，最終達到了存魯的目的。

本文從信、智關係著眼，認為逞一時之智，可以成功，但不能持久。子貢亂齊、滅吳、存魯，只知用智，卻不以義為根本，雖然能暫時獲益，卻非長治久安之計。在分析子貢之失後，作者正面提出信、智並用，可致「數世之利」的存魯妙計：遊說於高、國、鮑、晏等國，使它們與魯國聯合，共擊田常。文章的最後，作者還用孔子的話以及漢初誅滅呂產、呂祿等叛亂的歷史事實，證明自己的計策完全可以行得通。作者不囿於陳見，敢於提出自己的新見，或破或立，層層深入，議論風生，可見其識力非同尋常。

初看此文，似乎有所論游離於觀點之外的感覺：首先，作者提出信智難得找到平衡點，而作為「君子」，必須小心謹慎地對待。但是，接下來的論述，卻集中到了子貢用智之失以及自己用智之勝，並未談到智與信的關係。其次，就他所提出的解決方案來分析，主要仍然是遊說諸侯以聯合各方達到消滅田常的目的，雖然結果可能會較子貢為勝，但整個遊說過程中，卻基本上都是縱橫家故智，很難一下子看出其中「信」的成分。

但是，仔細分析，卻不難看出，作者所提出的解決方案，雖然也是用「智」的，可是這個「智」的背後，卻沒有任何「霸」的成分，也就是說，並沒有因為此「智」而打破諸侯國之間的平衡格局。另外，雖然這個「智」也動用了軍隊，可是軍隊並沒有真正相互殺伐，而是以軍隊去平定田常的叛亂。由此兩點，決定了蘇洵之「智」是以「信」為根本的，他所提出的解決問題的方案，是在尋求一種「智」、「信」的平衡。這也就決定了，其智謀是「君子之道」，為平定叛亂而動的魯國等軍隊，也是「王者之兵」，其所成就的功業，也是「計萬世而動」的大功，與子貢「明日而不可用」之「智」是完全不同性質的。明白了這些深層的意思，作者論證的過程以及其中引而未發的議論，也就十分顯豁了。這種側鋒用筆的論證方法，用力甚少而論理甚透，而且還在一定程度上刺激了讀者的思考與參與，對增強論證的效果，是很有好處的。當然，借鑑此種論述方式，前提條件除了要對所論問題有深透的理解外，還必須要有十分高超的駕馭語言的能力，否則，浪費筆墨且又失去論證中心。畫虎不成反類犬，東施效顰，反而不美了。

六國

【題解】戰國後期，經過諸侯兼併，形成以關中秦國與山東六國七雄並峙的局面。雖然不能說七國都有統一中國的機會，但秦、楚二國最為強盛，應該說是都有機會的。為什麼秦國能在極短的時間裏最終統一中國？對此，一直是後世史家的熱門話題。蘇洵此文從「弊在賂秦」的角度申述六國破滅的原因，可謂是中的之論，醒人耳目。考以北宋史實，趙宋與遼、西夏對峙，自「澶淵之盟」後，每年都歲輸銀絹，以屈辱妥協求安寧，頗有賂之之跡。蘇洵此論，雖論六國形勢，實寓諷諭之意，他對六國形勢的分析，也可以說是對時局的委婉進言；其以封謀臣、禮奇才為六國謀劃，實是向宋廷進廣納賢才之策。文章於最後乾脆挑明：若以天下之大而從六國故事，為敵人積威所劫，則較六國等而下之。進諫之意破紙而出，體現出蘇洵一貫強烈的現世關懷精神。

六國破滅，非兵不利，戰不善，弊在賂秦❶。賂秦而力虧，破滅之道也。

【章旨】此章提出論點：山東六國的滅亡，不在戰場上失利，而是「弊在賂秦」。

【注釋】❶弊在賂秦　弊病在於向秦國行賄。賂秦，此指割讓土地給秦國以求暫時安寧的行為。

【語譯】山東六國先後滅亡，不在於部隊沒有戰鬥力，作戰方法有問題，弊端在於向秦國行賄求和。賄賂秦國求和削弱了自己的國力，是國家破敗滅亡的根源。

或曰：六國互喪，率賂秦耶❶？曰：不賂者以賂者喪。蓋失強援，不能獨完，故曰：弊在賂秦也。

【章旨】此章辨明賂與不賂的關係，重申六國之所以滅亡，根本上講是在「賂秦」。

【注釋】❶六國互喪二句　六個諸侯國先後都滅亡了，難道全是因為賂秦嗎？秦於始皇十七年（西元前二三〇年）滅韓，十九年滅趙（趙公子為代王，直到始皇二十五年才亡國），二十二年滅魏，二十四年滅楚，二十五年滅燕，二十六年滅齊，最終結束了戰國紛爭的局面。互喪，一個接一個地亡國。率，全部。

【語譯】有人說：六個諸侯國先後都亡國了，全都因為賄賂求和？回答：不賄賂求和者因為賄賂求和者而亡。因為失去了強勁的支援，不可能獨自保全，所以說：弊端在於賂秦求和。

秦以攻取❶之外，小則獲邑❷，大則得城。較秦之所得❸，與戰勝而得者，其實百倍；諸侯之所亡，與戰敗而亡者，其實亦百倍。則秦之所大欲❹，諸侯之所大患，固不在戰❺矣。思厥先祖父暴霜露、斬荊棘，以有尺寸之地❻。子孫視之不甚惜，舉以予人，如棄草芥❼。今日割五城，明日割十城，然後得一夕安寢。起視四境，而秦兵又至矣。然則諸侯之地有限，暴秦之欲無厭❽，奉之彌繁❾，侵之愈急，故不戰而強弱勝負已判❿矣。至於顛覆⓫，理固宜然。古人云：「以地事秦，猶抱薪救火，薪不盡，火不滅。」⓬此言得之。

【章　旨】此章指出「賂秦」諸國，如抱薪救火，不僅沒有滿足秦國的欲望，反而招致亡國之禍。

【注　釋】❶攻取　以戰爭的方式獲得（土地）。❷邑　小城。❸較秦之所得　比較起秦國（接收各國的賄賂）所得到的。❹大欲　大的欲望，此指吞併天下，一統宇內的雄心。❺固不在戰　本來就不由戰場上的勝負決定。固，本來；完全。❻思厥先祖父二句　回想六國君主的先輩們當初披荊斬棘，艱苦創業，一點一點地獲取土地。厥，其；他們。此指六國的君主們。暴霜露斬荊棘，暴露在曠野之中，斬除擋道的荊棘去開闢新天地。即不辭艱苦，創業立國的意思。❼草芥　輕微而無價值的東西。芥，小草。❽無厭　沒有飽滿。厭，饜；吃飽。❾彌繁　越多。彌，越；更加。繁，多。❿判　分明；清楚。⓫顛覆　顛倒傾覆。亡國之意。⓬古人云五句　語本《史記．魏世家》，魏安釐王四年（西元前二七三年），魏敗於秦，遂割地以求和。蘇代（蘇秦之弟，力主約縱以抗強秦）諫魏王不能以地事秦，說了這一段話。

【語　譯】秦國除戰爭入侵奪取以外，小則受賄小的城池，大則受賄大的城市。分析一下秦國受賄所得，與戰勝掠奪所得，其實超過百倍；諸侯國因賂秦失去的土地，比戰敗失去的土地，其實也有百倍之差。那麼，秦國最大的願望，諸侯國最大的禍患，本來就不在戰爭了。想想當初諸侯國的祖先，餐風露宿，披荊斬棘，才得到小塊的土地。子孫們對待它們卻一點也不知珍惜，送給別人，就像丟根小草一樣，今天割讓五座城池，明天割讓十座城池，然後才換得一夕的安寧。第二天早晨起來一看，秦人又兵臨城下了。如此一來，諸侯國的土地有限，殘暴秦國的貪欲卻沒有止境，奉送的越多，侵略也越急迫，所以，用不著打仗，孰強孰弱，誰勝誰負，早已判然分明了。終至最後滅亡，也是理所當然。古人說：「拿土地來事奉秦國，就好像是抱柴草去救火，柴草不用完，火也不會滅。」這話擊中要害了。

齊人未嘗賂秦，終繼五國遷滅，何哉？與嬴❶而不助五國也。五國既喪，齊亦不免矣。燕、趙之君，始有遠略❷，能守其土，義不賂秦。是故燕雖小國而後亡，斯用兵之效也。至丹以荊卿為計，始速禍焉❸。趙嘗五戰於秦，二敗而三勝❹。後秦擊趙者再，李牧連卻之❺。洎牧以讒誅，邯鄲為郡❻，惜其用武而不終也。且燕、趙處秦革滅殆盡❼之際，可謂智力孤危❽，戰敗而亡，誠不得已。向使❾三國各愛其地，齊人勿附於秦，刺客不行，良將猶在，則勝負之數，存亡之理❿，當與秦相較，或未易量。

【章旨】 此章分析沒有直接「賂秦」諸國之所以滅亡的原因：或與秦連橫而不互救，或用武不終，或以刺客致禍，最後都因失去強援，勢孤被滅。

【注釋】 ❶與嬴　投靠嬴姓的秦國。❷燕趙之君二句　燕國和趙國的君主，最初有長久的打算和計畫。遠略，指下文所舉不屈於秦而與之戰的行動。❸至丹二句　指荊軻刺秦王事。西元前二二七年，燕太子丹派勇士荊軻以獻地圖為名行刺秦王，惜未成功，荊軻被殺，隨後秦國大舉進攻，滅亡燕國。始速禍，才迅速地招致秦國進攻的大禍。❹趙嘗五戰於秦二句　此語據蘇秦話而來，蘇秦遊說燕文侯時曾說：「秦趙五戰，秦再（二次。下面「秦擊趙者再」中之「再」也是此意）勝而趙三勝。」這只是大概言之，實際上趙秦之戰不止五次，趙也不止失敗二次。❺後秦擊趙二句　據《史記・趙世家》載，趙幽繆王三年（西元前二三三年），秦兵攻趙，趙將李牧與之戰於肥下（在今河北南部），擊退秦軍。第二年，秦兵再犯，李牧再次將之擊退。李牧，趙末良將，曾多次抗秦立功。❻洎牧以讒誅二句　據《史記・李將軍列傳》載，西元前二二九年，秦將王翦攻趙，趙將李牧領兵連敗秦軍。秦國於是用反間計買通趙王寵臣郭開。郭開在趙王面前誣陷李牧謀反，趙王輕信郭開，派人去奪取李牧兵權。李牧不肯讓權，被殺。李牧死後，趙軍被秦軍擊敗，趙國遂亡。秦滅趙後，在其首都設置邯鄲郡，以治其地。洎，即「及」。等到。郡，古代行政單位，秦以前在縣以下，秦時改為以郡轄縣。❼革滅殆盡　消滅其他諸侯國已經差不多的時候。革滅，消滅；滅亡。殆，差不多；幾乎。❽智力孤危　勢單力孤，計無所出。智，指對付秦國的計謀。力，指軍事力量。❾向使　如果當初。向，以前。使，假使；如果。❿勝負之數二句　即勝敗存亡的天理命運。數，定數，即天命。理，即天理。

【語譯】齊國沒有向秦賄賂求和，最終還是在五國之後滅亡了，為什麼？因為與秦國結盟卻不幫助其他五個諸侯國。五個諸侯國全滅亡了，齊國也不可能倖免。燕國、趙國的君主，最初的時候很有長遠的打算，能保守其國土，堅持正義，不向秦國賄賂求和，所以，燕國雖小，卻後來才亡國，這是用兵抵抗的效果。到太子丹用荊軻作刺秦之計，才立即招來禍患。趙國曾與秦國大戰五次，兩次失敗三次勝利。後來秦國又有兩次攻打趙國，趙將李牧兩次將之擊退。等到李牧因為讒言被殺，趙都邯鄲也就成了秦國的一個郡縣，可惜的是用武力抵抗沒有堅持到底。再說，燕國、趙國處在秦國已經幾乎將諸侯國消滅殆盡的時候，可以說是勢單力孤，戰敗亡國，確實是萬不得已。假使魏國等三個國家各自愛惜它們的國土，齊國不依附秦國，刺客荊軻不去，李牧那樣的良將還健在，那麼，勝敗存亡的天理運數，應該說還可以跟秦國較量一下，也許還不好估量哩。

嗚呼！以賂秦之地封天下之謀臣，以事秦之心禮天下之奇才，并力西嚮，則吾恐秦人食之不得下咽❶也。悲夫，有如此之勢，而為秦人積威之所劫❷，日削月割，以趨於亡。為國者❸無使為積威之所劫哉！

【章旨】此章提出封謀臣、禮奇士的治國主張，強調「為國者無使為積威之所劫」，隱含弦外之音。

【注釋】❶秦人食之不得下咽　秦國人連吃飯都（因擔心六國的進攻）會食不甘味。❷為秦人積威之所劫　被秦國長期以來的威勢所挾制。積威，久積的威勢。劫，脅迫；挾制。❸為國者　治理國家的人。指皇帝。

【語譯】唉！用賄賂秦國求和的土地分封天下的謀士，用侍奉秦國的心思去禮遇天下的奇才，齊心協力對付西面的秦國，那麼，我怕秦國人連吃飯都難以下嚥了。可悲啊！有那麼好的形勢，卻被秦國長期的威勢所脅迫，天天割地，月月賠城，導致最終滅亡。治理國家的人，不可以被長期的威勢所脅迫啊！

夫六國與秦皆諸侯，其勢弱於秦，而猶有可以不賂而勝之之勢。苟以天下之大，下而從六國破亡之故事❶，是又在六國下矣❷。

【章旨】此章感慨若在國力較敵方為強的前提下，猶不斷賂之，則較六國更等而下之，給北宋統治者敲響警鐘。

【注釋】❶故事　過去的事，即六國因賂秦而招致亡國之事。❷是又在六國下矣　那樣的話，就又較六國等而下之了。是，指上面所說的擁有偌大的天下國家，卻步六國敗亡之後塵一事。下，不如；比不上。

【語譯】山東六國跟秦國都是諸侯國，他們的國勢不如秦國，可是還有不賄賂秦國，戰而勝之的大好局面。假如擁有天下之大，卻低級地步了六國滅亡的後塵，那又比六國更加等而下之了。

【研析】六國，指戰國時韓、趙、魏、楚、燕、齊六個山東諸侯國。戰國後期，主要是這六個諸侯國跟關中的秦國相抗衡，本來蘇秦曾遊說山東諸侯約縱以抗強秦，但約縱各國並未能真正團結一心，所以抗秦事業以失敗告終。此後，蘇秦派到秦國去的張儀說動關中的秦國採取連橫的對外政策，趁六國疲憊之際，各個擊破，先後滅亡了那六個諸侯國，最終統一中國。

對於六國滅亡的原因，後世總結的很多。本文一反前人戰敗亡國之論，將六國滅亡的原因，歸結於紛紛用土地賄賂秦國，卻沒有互相幫助，共同抵抗秦國的入侵，這才使秦國有了各個擊破的機會，並導致相繼亡國。如此立論，新人耳目。

同時作者的論述也相當精彩。文章開門見山提出論點，指出六國破滅的根本原因在於賂秦，斷然否定了戰敗亡國的說法。為了說明論點，作者將賂秦亡國分成兩種情況：直接賂秦亡國；不賂失援致敗。緊接著就用六國賂秦之地百倍於戰敗所失之地的事實，論證以地賂秦之可恥；用燕、趙兩國力孤難支，最終戰敗而亡的歷史事實，歎賂秦失援之可悲。文末，作者再正面提出封謀士、禮奇才以抗強秦的主張。文章所論雖在六國，立意卻在現實，乃借古諷今故技，最後針對宋朝統治者對遼、西夏一味懷柔以求苟安的時弊，呼籲不可被強敵積威所劫，重蹈六國覆轍。這樣，通過對賂與不賂的辯證關係的闡發，有力地證明了自己的觀點，末尾再由評古轉向論今，如豹尾橫掃，勢重千鈞，將「賂」字的古今內涵，揭示得淋漓盡致，也把寫作目的，坦然呈現，十分醒人眼目。

全文借古諷今，文辭樸直剴切，分析絲絲入扣，結構謹嚴，雄辯恣肆，是蘇洵論辯文的代表。蘇氏父子三人都有〈六國〉史論，探討戰國末期山東六國亡於強秦的原因。相互參讀，可以發現蘇洵此篇分析鞭辟入裏，言簡意賅，是三篇之中最具力度者。

項籍

【題解】秦末天下大亂，項籍崛起於草莽之間，卻能在極短的時間裏控制天下諸侯，號稱西楚霸王，可謂一世之雄。但是，在楚漢爭霸戰鬥中，他卻痛失大好形勢，最後兵敗垓下，自刎身亡。對於這樣一個歷史上叱咤風雲的人物，後人頗有爭論，但結論都在他有勇無謀。蘇洵此篇，結論雖未出此窠臼，但論述卻獨闢蹊徑，在肯定其無謀致敗之後，進而指出其更大的失誤在於「量」小：制定作戰計畫時，因為量小而與秦將交力，讓劉邦搶佔先機；分封諸侯後，因為量小而失天下之「守」，讓劉邦得以據關中為根據地，再次佔得先機。無謀加上量小，決定了他縱有奪取天下之才幹，也無濟於事，最終只能是失敗身死。蘇洵此文能在前人論述的基礎上翻進一層，把對問題的分析引向深入，無疑是難能可貴的。

吾嘗論項籍有取天下之才，而無取天下之慮❶；曹操有取天下之慮，而無取天下之量❷；劉備有取天下之量，而無取天下之才❸。故三人者，終其身無成焉。

且夫不有所棄，不可以得天下之勢；不有所忍，不可以盡天下之利❹。是故地有所不取，城有所不攻，勝有所不就，敗有所不避；其來不喜，其去不怒；肆天下之所為而徐制其後，乃克有濟❺。

【章旨】此章分別從才、慮、量三個方面衡量項籍、曹操、劉備，指出他們之所以不能一統天下的原因，在於未明「勢」、「利」。

【注釋】❶無取天下之慮　沒有奪取天下的謀略。項籍，字羽，下相（今江蘇宿縣西南）人。秦二世元年（西元前二〇九年），項籍從叔父項梁起兵抗秦，擊破秦軍主力，威震諸侯。秦亡，分封諸侯，自立為西楚霸王。後與劉邦爭天下失敗，自殺於垓下。史載項籍「力能扛鼎，才氣過人」，但有勇無謀，因而蘇洵這麼說。❷量　氣量。據〈曹瞞（曹操小名）傳〉載，曹操持法甚嚴，他手下的將領誰的計謀超過他，他都會找藉口將之除掉，而且對朋友間的舊怨也不放過，蘇洵因此說他氣量太小，不足以一統天下。❸劉備二句　史傳劉備繼漢正統，有仁德之心。此處蘇洵指出劉備去荊州而守西蜀，不敢與魏、吳爭霸於川外，又因東吳殺其大將關羽而興兵伐吳，因此說他才智不足，不可能奪得天下。❹不有所忍二句　不能忍耐，就不可能獲得天下大利。盡天下之利，窮盡普天下的利益，指奪取天下。❺肆天下二句　意思是說，任憑天下群雄各盡其能（即各方面矛盾相互衝突）之後，再漸次施展自己的雄圖，才能成功。肆，聽憑；放任。克，能。濟，成功。

【語譯】我曾經持有這樣的論斷：項籍有奪取天下的才能，卻沒有奪取天下的謀略；曹操有奪取天下的謀略，卻沒有奪取天下的氣量；劉備有奪取天下的氣量，卻沒有奪取天下的才能。所以，這三個人，一生都沒能統一天下。

應該說，如果不是有所放棄，就不可能形成奪取天下的局勢；不有所忍讓，就不可能收盡天下的厚利。所以，有些地盤，可以不取；有些城池，可以不攻；有些勝仗，可以不打；有些失敗，可以不避；獲取天下的局勢來了不為之喜，大好局面去了不為之怒，等到各方力量拼比之後，再漸次收拾殘局，才能大有收穫。

嗚呼！項籍有百戰百勝之才，而死於垓下❶，無惑也。吾觀其戰於鉅鹿❷也，見其慮之不長，量之不大，未嘗不怪其死於垓下之晚也。方籍之渡河，沛公始整兵嚮關❸，籍於此時若急引軍趨秦，及其鋒而用之❹，可以據咸陽❺，制天下❻。

不知出此，而區區與秦將爭一旦之命。既全鉅鹿，而猶徘徊河南、新安間❼，至函谷，則沛公入咸陽數月矣。夫秦人既已安沛公而仇籍❽，則其勢不得強而臣❾。故籍雖遷沛公漢中，而卒都彭城，使沛公得還定三秦❿，則天下之勢在漢不在楚。楚雖百戰百勝，尚何益哉？故曰：兆垓下之死者，鉅鹿之戰也⓫。

【章　旨】此章具體分析項籍之失，在於「慮之不長，量之不大」，垓下滅亡的徵兆，早在其叱咤風雲的鉅鹿之戰時，就已顯示出來了。

【注　釋】❶垓下　地名，在今安徽靈璧南沱河北岸。秦末楚漢爭霸時，項籍最後在此地被劉邦率諸侯包圍，突圍不成，自殺於烏江岸邊。❷戰於鉅鹿　秦二世三年（西元前二〇七年）秦將章邯擊破項梁軍後，認為楚軍不足擔憂，於是渡漳河進擊趙國。趙王歇和陳餘、張耳等都逃亡到鉅鹿城。章邯派部將王離、涉間圍困鉅鹿，自己紮營於其南以呼應。諸侯軍見秦軍勢盛，都不敢輕進。楚懷王派宋義為上將軍，項籍為次將，率軍北救趙。楚軍至安陽，宋義懼怕秦軍，駐營觀望四十多天，不敢與秦軍交戰，只是會友飲宴而已。項籍有意與秦軍作戰，乘朝請的機會在帳中殺死宋義，眾將恐懼，共立項籍為假上將軍（代理上將軍）。項籍得權，率楚軍渡過漳河，破釜沉舟，與秦軍大戰於鉅鹿，破秦救趙，從此項籍威名震懾諸侯。❸方籍之渡河二句　據《史記・高祖本紀》載，楚懷王派宋義、項籍北上救趙時，同時派劉邦西略地入關，以為呼應。懷王在諸將出發前，與之約定，誰先攻佔咸陽，誰就在那裏做諸侯王。在項籍渡河與章邯大戰之時，劉邦已經從高陽、陳留、南陽、武關一線西入秦地，駐軍灞上，秦王子嬰降於劉邦。❹及其鋒而用之　用盡他全部的兵力。及，即「極」。盡。鋒，刀鋒。此處指兵力。❺據咸陽　佔領咸陽。據，佔有。咸陽，秦都城。❻制天下　控制天下（諸侯）。❼既全二句　項籍在鉅鹿大破秦軍後，又與章邯軍相持不下。秦二世遣人責備章邯，章邯派人回朝申辯，又為權相趙高所阻。章邯無計可施，想投降項籍，被項籍擊敗。在此之後，項籍並未及時趕至咸陽，而是引兵至新安，坑秦降卒二十餘萬人，待他再引兵入關，劉邦已入咸陽多時了。❽夫秦人句　秦地的百姓已經安心於沛公的統治，並且很仇視項籍。安沛公，此指安心於沛公的統治。❾不得強而臣不能用強迫的手段使人臣服。沛公劉邦入咸陽之後，封秦府庫財寶，還軍灞上，廢秦苛刑，與秦父老約法三章，無所侵犯。項籍入關後，西屠咸陽，殺秦降王子嬰，火燒秦宮，掠其財貨婦女東歸。因而秦人對劉、項態度截然不同。❿故籍三句　項籍火燒咸陽後，見其殘破不堪，思欲東歸。遂尊懷王為義帝，立諸將為侯王。自己引兵東歸，統轄九郡，都於彭城。項籍因為擔心漢王有稱霸天下之心，便故意將他封為漢王，統轄巴、蜀、漢中等地，三分秦故地給秦朝降將，用來阻塞漢王東進之路。後來漢王於西元前二〇六年用韓信計，從故道返漢中，定三秦，開始與項籍爭霸天下。⓫兆垓下二句　兆示垓下敗亡的，是鉅鹿之戰，意思是鉅鹿之戰就已經顯示項羽垓下滅亡的徵兆。兆，兆示；顯示出跡象。

【語譯】 唉！項籍有百戰百勝的才能，卻死在垓下，是沒有什麼好疑惑的。我分析他在鉅鹿作戰的情形，就看出他不能從長遠考慮問題，氣量不大，未嘗不為他死於垓下太晚而感到奇怪。在項籍剛渡河的時候，沛公開始整頓兵馬攻向函谷關，項籍如果在那個時候帶領楚軍快速奔向秦國，拼盡全力進攻，就可以佔據咸陽，控制天下。不知道用這樣的謀略，卻無謂地跟秦將為爭些蠅頭小利拼殺不已。既然已經保全了鉅鹿，卻還在河南、新安之間徘徊猶豫，等到他進函谷關時，沛公已佔領咸陽幾個月了。秦地百姓已經擁護沛公並且仇視項籍，在那種形勢下已不可能強迫他們臣服了。所以，項籍雖然改變懷王陳命，以沛公為漢中的諸侯王，自己最終也只是定都彭城，使沛公有機會還定三秦，如此，則天下大勢已傾向漢王而不在楚霸王了。楚霸王縱然百戰百勝，又有什麼好處？所以說：垓下兵敗身死，徵兆在鉅鹿之戰就已經顯示出來了。

或曰：雖然，籍必能入秦乎？曰：項梁死，章邯謂楚不足慮，故移兵伐趙，有輕楚心，而良將勁兵盡於鉅鹿❶。籍誠能以必死之士❷，擊其輕敵寡弱之師，入之易耳❸。且亡秦之守關，與沛公之守，善否可知也❹。沛公之攻關，與籍之攻，善否又可知也。以秦之守而沛公攻入之，沛公之守而籍攻入之，然則亡秦之守，籍不能入哉？

或曰：秦可入矣，如救趙何❺？曰：虎方捕鹿，羆據其穴❻，搏其子，虎安得不置鹿而返❼？返則碎於羆明矣。軍志所謂「攻其必救」也❽。使籍入關，王離、涉間必釋趙自救。籍據關逆擊其前，趙與諸侯救者十餘壁躡其後❾，覆之必矣❿。是籍一舉解趙之圍，而收功於秦也。戰國時，魏伐趙，齊救之，田忌引兵疾走大梁，因存趙而破魏⓫。彼宋義號知兵，殊不達此，屯安陽不進，而曰待秦敝⓬。吾恐秦未敝，而沛公先據關矣。籍與義俱失焉。

【章旨】此章針對兩種疑問作出解釋，通過劉邦、項籍、秦軍力量的對比和兵法中圍魏救趙的故事，排除了項籍是否能入秦和如何救趙的問題，有力地支持了論點。

【注釋】❶盡於鉅鹿　全都部署在鉅鹿城周圍。❷必死之士　勇敢不怕死的士卒，相當於今之所謂敢死隊。必死，一定死；心懷死志。❸入之易耳　攻入函谷關是很容易的。之，指函谷關。❹善否可知也　孰好孰壞，是可想而知的。善否，善或不善。❺如救趙何　對解救趙國這件事，又該怎麼辦呢。即怎麼解救趙國的意思。❻羆據其穴　熊瞎子卻佔了牠的巢穴。羆，棕熊。據，佔據。❼置鹿而返　放下鹿，返回去（救其子）。❽軍志所謂攻其必救也　語本《孫子·虛實》。原文為：「我欲戰，敵雖高壘深溝，不得不與我戰者，攻其所必救也。」❾趙與諸侯句　趙國以及前來相救的十餘路諸侯軍在其後追擊。諸侯救者，來營救的諸侯。壁，壁壘；古時軍營的圍牆，此處借代軍隊。躡，追隨。❿覆之必矣　顛覆它是肯定的。覆之，滅亡它。⓫戰國時五句　據《史記·孫子吳起列傳》載，魏以龐涓領軍進攻趙國，趙向齊求救，齊君任田忌為將，以孫臏為軍師，統兵解救。孫臏見魏國大軍在外，國內空虛，建議田忌直逼魏都大梁。魏軍得知自己都城吃緊，急忙從趙國回軍自救，與齊戰於桂陵，被齊軍擊敗，龐涓身死，這就是歷史上有名的圍魏救趙之計。⓬秦敝　秦國的內亂。敝，破爛，此指內亂等潰敗之事。

【語　譯】有人說：雖然如此，項籍一定能夠攻入秦國嗎？回答：項梁死後，章邯認為楚國不足為憂，所以移師討伐趙國，有輕視楚軍之意，把精兵良將都調到了鉅鹿。項籍果真能調集敢死之士，出擊那些輕敵的弱小秦軍，攻入秦地應該是很容易的事。況且行將滅亡的秦軍守關，與沛公軍隊守關，誰可能守得更好，也可想而知。沛公攻函谷關，跟項籍攻函谷關，誰能攻得更強有力，也是可想而知的事。由秦軍把守而沛公能攻進去，由沛公把守而項籍能攻進去，那麼，行將滅亡的秦軍守關，項籍就攻不進去了？

也許有人會問：秦國可以攻進去，怎麼處理救趙一事呢？回答：虎正在捕殺鹿，熊卻佔了牠的巢穴，搏殺幼小的虎仔，老虎怎麼可能不棄鹿回救呢？回救肯定被熊咬碎，也是明擺著的事。兵法上說「攻其必救」就是這個道理。假使項籍入函谷關，王離、涉間肯定會捨棄趙國之圍，返兵自救。項籍佔據函谷關迎頭痛擊，趙國跟其他救趙的諸侯十餘路人馬從後面殺過來，徹底消滅他們，是不成問題的。這樣，項籍就既可以一舉解救趙國之圍，又可以獲得滅秦之利。戰國時候，魏國侵入趙國，齊國去救援，田忌帶兵迅速奔向魏都大梁，從而保全趙國而且還擊破魏軍。那個宋義號稱熟知兵法，卻一點也不懂這個道理，屯兵安陽，不敢前進，還說要等秦軍內亂。我擔心秦軍還沒有內亂，而沛公已經搶先佔據函谷關了。項籍跟宋義都失策了。

是故古之取天下者，常先圖所守❶。諸葛孔明棄荊州而就西蜀❷，吾知其無能為也。且彼未嘗見大險也，彼以為劍門者，可以不亡也❸。吾嘗觀蜀之險，其守不可出，其出不可繼❹，兢兢而自完猶且不給❺，而何足以制中原哉？若夫秦、漢之故都，沃土千里，洪河大山❻，真可以控天下，又烏事夫不可以措足如劍門者，而後曰險哉❼？

今夫富人必居四通五達之都❽，使其財布出於天下，然後可以收天下之利。有小丈夫者，得一金，櫝而藏諸家，拒戶而守之。嗚呼！是求不失也，非求富也。大盜至，劫而取之，又焉知其果不失也❾？

【章　旨】此章通過對西蜀地理的分析，以及富人與小丈夫的對比，指出不先圖所守，就不可能有所作為。實際上是批評項籍氣量狹小，不建都於沃野千里的關中，而都於彭城，全失併吞天下的霸氣，乃小丈夫之行徑。

【注　釋】❶先圖所守　先計畫好可以堅守之地，即先找到穩固的根據地。❷諸葛孔明句　孫劉聯軍火燒赤壁，擊敗曹操後，劉備本來據有荊州，又取代劉璋據有西蜀，於是他便令關羽守荊州，自己遷至川蜀。後來關羽大意失荊州，敗走麥城，荊州為東吳佔有，西蜀就只有憑藉蜀中山河之險自守，無力與魏、吳爭天下了。蘇洵因為劉備三顧茅廬時，諸葛孔明就曾擬定西入川蜀，三分天下的計畫，所以據此提出不同的意見。棄，放棄。就，靠近。❸彼以為二句　那諸葛孔明認為劍門關十分險要，藉此可以保證西蜀不會亡國。劍門，關名，在今四川劍門，地勢雄峻，是由陝入蜀的咽喉之地。❹其出不可繼　兵出了它（劍門關）就不能再派後續部隊緊隨。❺兢兢而自完猶且不給　小心謹慎地自我保全都不一定成功。不給，供應不上；不能成功。❻若夫秦漢三句　秦都咸陽，漢都長安，都佔有關中沃野。有函谷關，東西崤山的險要，又有華山、終南山以及黃河、渭水可憑藉；盡得山河險要，進可攻，退可守。不像西蜀，偏居西南一角，「守不可出，出不可繼」。❼又烏事二句　又何必要憑藉像劍門那樣連手腳都放不下的狹小之地，認為它十分險要，可依託呢。❽四通五達之都　通達四方的大都市。四通五達，即成語四通八達之意。❾有小丈夫者十句　此段用《莊子・胠篋》中意。櫝，匣子。此處作動詞用，裝入木匣的意思。

【語　譯】所以說，自古以來取天下的英雄，往往先圖劃好應該固守的根據地。諸葛孔明放棄荊州而西去川蜀，我就知道他不可能有什麼作為了。他沒有見過大的險要，只覺得憑藉劍門，可以不至於亡國。我曾經觀察蜀國的險要河山，守住這裏，不能出去，出去之後，不能增派後援，兢兢業業地自求保全都很難，哪裏還能指望挾制中原呢？至於說秦、漢故都所在之地，沃野千里，高山大川，真有控制天下之勢，又哪裏用得著把那連手足都放不下的劍門當作險要呢？

現在，富有之人肯定居住在四通八達的大都市裏，把他的錢財投到全國各地，然後可以從天下各地獲利。有那麼一個小丈夫，有了一個金元寶，就用小木箱子藏在家裏，關起門窗來死守著。唉！這是想不丟失金元寶，不是想致富。大盜來了，連箱子一起劫走，又怎麼可能保證不會丟失呢？

【研析】秦朝末年，由陳勝、吳廣兩位戍卒首先發難起義，引起各地豪傑風起雲湧，奮力亡秦。在眾多的諸侯中，楚人項籍傑然突出，成為其中的領袖。《史記·項羽本紀》中，司馬遷說他「三年遂將五諸侯滅秦，分裂天下而封王侯，政由羽出，號為霸王」，可謂一世之雄。本文從才能與謀略的大小切入，認為項籍雖然有奪取天下的才能，卻缺乏統治天下的謀略，對前人的論點作了深入的剖析和補充。

文章先「破」：鉅鹿之戰，不與沛公相爭，去圖謀關中作為自己控制天下的根據地，卻與秦將因為趙國爭鬥於一時，說明項籍慮事不周，缺乏長遠而深入的打算；鉅鹿之戰勝利，不直入函谷，卻徘徊於河南、新安之間處理鉅鹿之戰的遺留問題，說明項籍有勇無謀，缺乏把握時機的意識。後「立」：入關亡秦，既能達到解除趙國被圍之困，破除劉邦入關的詭計，又能得關中沃野作為根據地，攻守自如。不以關中為根據地，卻在分封諸侯後，都於彭城，等於將辛苦打下的天下拱手送與他人。文章通過分析項籍在把握天下大勢方面的失誤，將才能、謀略這一中心問題凸顯了出來：欲圖天下，得「守」最要，只知奪天下，不知守天下，只能是莽夫作為，不可能成就偉業。隨後文章寓破於立，以蜀漢政權為例，通過分析諸葛亮、劉備以不可措手足之劍門為守，與秦、漢兩代以高山大川為守進行對比，側證項籍失慮於守，進一步強調得守之重要。項籍不圖所守，乃「小丈夫」所為，較蜀漢更等而下之。如此立論，闊佔地步，命意高遠，使整個論述既有縱橫開闔之勢，又顯得嚴謹細緻。

全篇議論精嚴，行文流暢，具體論述中，不僅正面充分說理，而且注意駁難疑義，立論與駁論相互補充，使論證格外充分有力。特別是辨析項籍能否入關，以及如何救趙等問題，分析可謂絲絲入扣，論證充分有力，動人心弦，縱然起項籍於地下，也不可能置一辯辭。當然，這樣的識見，只能是總結歷史經驗時旁人冷眼才能看出，所謂當局者迷，項籍雖是有勇無謀，其謀士范增卻並非少智之人，不可能不識當時權變。史料中未見范增有如蘇洵之論，或許當時情勢尚有所不得已，也未可知。所以茅坤在《唐宋八大家文鈔》中說：「蘇氏父子往往按事後成敗立說，而非其至。然其文特雄，近《戰國策》。」無論其論歷史成敗如何，其論辯藝術之精湛，卻是應該充分肯定的。

高祖

【題解】漢高祖劉邦雖然最終戰勝項籍統一天下，但其為人卻一直存在爭議。司馬遷在《史記》中即以「互見法」，於多處暴露其人格上的缺陷。與剛愎自用的項籍相比，劉邦雖然給人廣納善言的印象，但其氣魄膽識，顯然不如項籍。其人一生成功的關鍵何在，如何公正評價其功過，也一直是後世談論的重要話題之一。本文論高祖之成功，不從其生前戰事得失落筆，而從其為後世子孫打算著眼，從其回答呂后一問展開討論，指出戰勝敵手，運籌帷幄，皆非其所長，但在為子孫謀劃方面，他卻有著非常人可比的智謀。這種避實就虛，看似尊重歷史，實則演繹歷史的筆法，雖不能說與史實全合，卻往往能醒人耳目，迭出新見。作為論辯文章，其特色是明顯的，其雄辯的文風，也是值得肯定的。

漢高祖挾數用術，以制一時之利害，不如陳平❶；揣摩天下之勢，舉指搖目以劫制項羽，不如張良❷。微❸此二人，則天下不歸漢，而高帝乃木彊之人而止耳❹。然天下已定，後世子孫之計，陳平、張良智之所不及，則高帝常先為之規畫處置，以中後世之所為❺，曉然如日見其事而為之者❻。蓋高帝之智，明於大而暗於小，至於此而後見也。

【章旨】此章用漢高祖與陳平、張良進行對比，指出劉邦雖然在挾數用術和指揮作戰方面不如二位大臣，但在為後世子孫謀劃方面，卻有獨特之處，非二臣所及。

【注　釋】❶漢高祖三句　漢高祖在運謀用計分析時局利害方面，比不上陳平。劉邦在秦末天下大亂時起兵於沛，諸侯紛爭時，他乘項籍與秦將章邯鉅鹿交戰的機會，率部直入咸陽，降秦王子嬰，與關中父老約法三章，獲得擁戴。秦亡後，劉邦在與項籍爭霸的戰爭中最後成功，建立漢朝，稱為高祖。挾數用術，即挾用術數，運用各種謀略計策。挾，掌握。術數，權謀；策略。制，通「致」。考慮；把握。陳平，漢陽武（今河南原武）人。初從項羽，後投劉邦，因功封曲逆侯。❷揣摩三句　（漢高祖）在考慮天下形勢，運用計謀策略對付項羽方面，不如張良。張良，字子房，相傳為城父（今安徽亳縣）人。曾約勇士擊秦始皇於博浪沙，不中，逃亡到下邳，折節從鬼谷子學兵法。陳涉起義後，張良聚徒歸附劉邦，常以奇計佐劉邦戰勝項羽。高祖曾說：運籌帷幄，決勝於千里之外，我比不上張良！蘇洵語本此。揣摩，分析；思考。舉指搖目，形容談論分析對敵策略時自若的神情。劫制，控制。❸微　無；沒有。❹木彊之人而止耳　只不過是木彊不知權謀的人罷了。木彊，質木少文。即十分質樸的意思。❺以中後世之所為　往往切中後來所發生的事情。中，應；符合。❻曉然句　清清楚楚，就像親眼見到過一樣。

【語　譯】漢高祖劉邦在運用權謀術數，把握一時之間的利害關係方面，不如陳平；在考慮天下形勢，運用計謀策略對付項羽方面，不如張良。沒有那兩個人，那麼，天下不可能屬劉漢，漢高祖也只不過是個質木少文的人罷了。可是，天下大勢已定，在為後世子孫打算，陳平、張良智力所不及的地方，漢高祖卻常常事先進行周密的謀劃處理，與後世發生的事完全吻合，明明白白，就像他親眼看到過才去想法子應對一樣。大概漢高祖的智慧，大事明白，小事糊塗，從這裏可以看得出來了。

帝嘗語呂后曰：「周勃厚重少文，然安劉氏必勃也，可令為太尉。」❶方是時，劉氏既安矣，勃又將誰安邪❷？故吾之意曰：高帝之以太尉屬勃也，知有呂氏之禍❸也。

【章　旨】此章提出論點：劉邦預知有呂氏之禍，所以在其生前預作安排，以周勃為太尉。

【注　釋】❶帝嘗語四句　據《史記・高祖本紀》載，呂后曾問劉邦，等你百歲（死的隱語）以後，蕭何丞相已死，可令誰來代替？劉邦說：曹參堪任。呂后又問其他大臣的人選，劉邦說：周勃重厚少文，可是保證劉氏安然居有天下，一定少不了周勃，可以讓他做太尉。周勃，沛人，從劉邦起兵，以軍功為將軍，封絳侯。❷勃又將誰安邪　又用得著周勃去安定誰呢，意思是劉氏統一天下，用不著周勃去保證安全。❸呂氏之禍　據《史記・呂后本紀》載，劉邦死後，惠帝早亡，呂后臨朝稱制，分封同姓呂產、呂祿等諸呂為王侯。後來呂后本人病得厲害了，擔心大臣為劉氏抱不平而造反，遂令呂祿居北軍，呂產居南軍，身為太尉的周勃卻不允許進入軍中主持兵政。呂后死，呂祿、呂產等人想趁機作亂，周勃用陳平的計策，將他們全部誅殺。

【語　譯】高祖曾對呂后說：「周勃為人純樸厚道，不裝腔作勢，但能安定劉氏江山的，一定就是此人，可以授予他太尉的官職。」那時，劉氏江山已經穩固，周勃又將去安定誰呢？因此我的意思是說：高祖任命周勃為太尉，是預見到呂氏一族將會作亂。

雖然，其不去呂后❶，何也？勢不可也。昔者武王沒，成王幼，而三監叛❷。帝意百歲後，將相大臣及諸侯王有武庚祿父者❸，而無有以制之也。獨計以為家有主母，而豪奴悍婢不敢與弱子抗。呂后佐帝定天下，為大臣素所畏服❹，獨此可以鎮壓其邪心，以待嗣子之壯。故不去呂后者，為惠帝計也❺。

【章　旨】此章分析為什麼劉邦為後世子孫安排，明知有呂氏之禍，卻又不除去的原因，就在於要利用呂后的權威，懾服功臣，使之相互制衡。

【注釋】❶去呂后　廢除呂后或奪去呂后的權力。❷昔者三句　指周公東征事。武王滅商後，封武庚於邶地為王，管叔封鄘，蔡叔封衛，以監視殷民，是為三監。武王崩，成王年幼，周公攝政。管叔、蔡叔不相信周公，認為他將據天下為己有，就聯合武庚發動叛亂，後為周公平定。❸武庚祿父者　武庚，紂王之子，名祿父。此指叛亂的人。❹呂后佐帝二句　呂后名雉，字娥姁，為人剛毅，幹練多能。高祖爭奪天下時就一直隨其左右，高祖誅殺大臣，多以呂后為謀，故高祖之臣皆懼怕她。❺為惠帝計也　是為惠帝作打算啊。惠帝，漢高祖劉邦子，名盈。計，打算。

【語譯】雖然如此，他不剷除呂后，是為什麼？是形勢不允許。從前，武王去世，成王年幼，導致三監叛亂。高祖意識到自己百年之後，將相大臣及諸侯王中可能會有武庚祿父那樣的叛亂之輩，卻沒有人能挾制得住他們，只能指望家有主母，不聽話的粗豪強悍的奴僕和婢女才不敢跟弱小的主子過不去。呂后輔佐高祖打天下，向來為大臣們所忌憚，只有這個人物才可以鎮得住那些犯上作亂的邪心，以便等繼承王位的幼帝長大。所以說，不削除呂后的大權，是在為惠帝打算啊。

呂后既不可去，故削其黨以損其權❶，使雖有變而天下不搖。是故以樊噲之功，一旦遂欲斬之而無疑❷。嗚呼！彼豈獨於噲不仁耶？且噲與帝偕起❸，拔城陷陣，功不為少矣。方亞父嗾項莊時，微噲誚讓羽，則漢之為漢，未可知也❹。一旦人有惡噲欲滅戚氏❺者，時噲出伐燕，立命平、勃即斬之。夫噲之罪未形也，惡之者誠偽未必也❻，且高帝之不以一女子斬天下之功臣，亦明矣。彼其娶於呂氏，呂氏之族若產、祿輩，皆庸才不足恤，獨噲豪健，諸將所不能制，後世之患，無大於此矣。夫高帝之視呂后也，猶醫者之視堇❼也，使其毒可以治病，而無至於殺人而已矣。樊噲死，則呂氏之毒將不至於殺人，高帝以為是足以死而無憂❽矣。彼平、勃者，遺其憂者也❾。噲之死於惠之六年也，天也❿。使其尚在，則呂祿不可紿⓫，太尉不得入北軍矣。

【章旨】此章分析高祖既利用呂后又挾制呂后，且削其黨羽以損其權，使其變而不致動搖劉氏江山，從而達到最終保全惠帝和劉漢王朝的目的。

【注釋】❶削其黨以損其權　削翦她（指呂后）的黨羽，以便遏制其過大的權力。❷是故二句　樊噲，沛人，秦末隨沛公起兵，以軍功封賢成君，後封為舞陽侯。樊噲妻呂嬃，為呂后妹。高祖病重時，有人妒嫉樊噲與呂后結為同黨，就在高祖面前誣陷樊噲，說他將在高祖死後殺死高祖寵妃戚氏和趙王如意。高祖聞之大怒，立即派陳平到軍中去就地處死樊噲。陳平因為懼怕呂后懷恨自己，便將樊噲帶回長安。等他們到長安時，劉邦已死，呂后旋即將樊噲釋放。❸偕起　一同起義。偕，同。❹方亞父四句　亞父，范增，初隨項梁起兵，後為項羽謀士，項羽尊之為亞父。西元前二〇六年，項羽聽說劉邦已經佔領關中，親率四十萬大軍進駐鴻門（今陝西臨潼東）相威脅，並與范增定計請劉邦赴宴，欲於宴席上殺之。宴中，范增令項莊舞劍，想乘機擊殺劉邦。樊噲在帳外聽說形勢嚴峻，撞入帳中，呵責項羽，並與項莊對舞，以護衛劉邦，使其脫險。漢之為漢，漢朝能成為漢朝，即漢朝能夠建立起來。微，無；沒有。誚讓，責備。❺戚氏　戚夫人，高祖妾，生趙王如意。高祖死，呂后毒死如意，截斷戚夫人手足，挖眼熏耳，飲以啞藥，置於廁中，稱「人彘」。❻惡之者句　妒忌樊噲的人的話是真是假還沒有得到核實。誠偽未必，真假沒有確定。❼堇　木槿，草本植物，有毒，可入藥。❽足以死而無憂　完全可以無牽無掛地死去。❾彼平勃者二句　那陳平、周勃的行為，是高祖沒有考慮到的。此句意思是說陳平和周勃沒有在軍中殺死樊噲，而是將他帶回長安，是高祖預先所未想到的。遺其憂，考慮不周密。遺，疏漏；遺漏。憂，考慮。❿天也　是天命的緣故。天，天命。⓫呂祿不可紿　呂后崩，諸呂想擾亂關中，周勃用陳平計，派酈寄和劉揭到北軍中，騙呂祿回其封地，將上將軍的軍權交給周勃，周勃因此進入北軍，並行使軍權誅殺諸呂。紿，欺騙。

【語譯】呂后既然不能剷除，所以要削翦她的黨羽，從而減損她的權力，以便在發生變亂時也不致動搖劉漢江山。因此，憑樊噲那樣的大功臣，一旦想要斬除他就絕不猶豫。唉！難道高祖偏偏對樊噲不講仁義？再說樊噲跟高祖一同起事，攻城掠地，衝鋒陷陣，功勞絕對不小。當初范增指使項莊舞劍暗圖高祖時，如果沒有樊噲怒斥項羽，那麼漢朝能不能建立，還說不準呢。一旦有人誣陷樊噲，說他要殺皇上的寵姬戚氏，那時樊噲正為漢朝領兵伐燕，高祖竟立即下令陳平、周勃將他就地正法。樊噲的罪行並沒有顯示出來，告他的人所言是真是假，還沒有搞清楚，再說，高祖絕不會因為一個女子而斬殺幫他打天下的功臣，也是明擺著的事。樊噲娶呂氏為妻，呂氏家族中像呂產、呂祿那些人，都是不值得擔心的無能之輩，只有樊噲勇猛剛健，沒有一個將領可以控制得了他，後世的憂患，再也沒有比這更大的了！高祖對呂后，就像醫生對待堇藥一樣，既要用藥的功效治病，又不能讓它的毒性達到殺人的程度。樊噲一死，那麼呂氏集團的毒性就不至於害人性命了，高祖以為那樣就可以安然死去而無所憂慮了。那陳平、周勃的行為（沒有當場殺死樊噲），是高祖謀劃時所沒有想到的。樊噲死於漢惠帝六年，是天意啊。如果他活到呂氏作亂時，那麼，呂祿等人就沒法欺騙，周勃也無法進入北軍去奪取軍權了。

或謂噲於帝最親，使之尚在，未必與產、祿叛。夫韓信、黥布、盧綰皆南面稱孤，而綰又最為親幸，然及高祖之未崩也，皆相繼以逆誅❶。誰謂百歲之後，椎埋屠狗之人❷，見其親戚乘勢為帝王而不欣然從之邪？吾故曰：彼平、勃者，遺其憂者也。

【章旨】此章駁斥樊噲未必會隨諸呂叛亂的言論，進一步申述其論點的正確。

【注　釋】❶夫韓信四句　韓信等人皆為高祖舊臣，因戰功封王侯，天下大定後，劉邦懼其叛亂，又一一誅殺之。孤，侯王。

❷椎埋屠狗之人　指樊噲。樊噲在起兵之前，以屠狗為業。椎埋，椎殺人然後埋掉。

【語　譯】也許有人會說：樊噲跟高祖最親密，假使他還活著，未必就跟呂產、呂祿一起叛亂。韓信、黥布、盧綰都南面稱王，其中盧綰跟高祖最為親密，可是在高祖還沒有去世時，都相繼因為謀反被誅滅。誰敢保證高祖去世之後，那個殺人屠狗的樊噲，看到他的親戚乘勢奪取王位，不會欣然相從？所以我說：那陳平、周勃的行為，是高祖謀劃時所沒有預料到的。

【研　析】本文與上篇〈項籍〉論項籍有勇無謀而且量小相對照，意在論述漢高祖劉邦的深謀遠慮非常人所及。

全文可分三大段：第一大段提出論點。作者認為劉邦運用計謀不如陳平，把握天下局勢不如張良，但他擅長為後世子孫打算，是明於大而暗於小，意在說明劉邦善於深謀遠慮。第二、三、四段為第二大段，是就論點展開的論證。作者以史為證，指出劉邦知道有呂氏之禍，卻不剷除呂后，而是任用老成持重的周勃為太尉，目的就是充分利用呂后與大臣之間的矛盾，使之產生制衡作用，既使大臣無法危害年幼的惠帝，又使呂后也無法陷害惠帝，讓他們彼此牽制，直到年幼的惠帝長大成人，主持大局。文章通過分析高祖對呂后問話的應答，揭示其中所蘊含的深意，證明劉邦所慮之周詳與長遠。最後一段為第三大段，是對文章的進一步展開。劉邦在臨死前命令周勃、陳平剪除樊噲，但陳平等並沒有照他的話去做，而是把樊噲押回了長安。高祖沒來得及處理此事就死了。高祖究竟準備如何處理樊噲，已是歷史懸案。若按蘇洵的說法，高祖是因為擔心樊噲跟隨諸呂作亂，所以堅決要除掉他。但歷史事實是，樊噲沒有被高祖誅殺，也沒有作亂。深謀遠慮的高祖，似乎在任用陳平、周勃和對樊噲的處理上，都存在著失算之處。如何解決這個矛盾以自圓其說？蘇洵從高祖慮有所「遺」和「天也」兩個方面作出了解釋。這就把可能駁倒其論點的漏洞全給堵死了，使其論點辯證而周詳。

當然，高祖是否真如文章所分析的那樣為惠帝深謀遠慮，尚有待進一步分析。茅坤在《唐宋八大家文鈔》

中評此文：「雖非當漢成敗確論，而行文卻自縱橫可愛。」又曰：「愚謂高帝死而呂后獨任陳平，未必不由不斬噲一著，且噲不死，其助祿、產之叛亦未必。觀其譙羽鴻門與排闥而諫，噲亦似有氣岸而能守正者，豈可以屠狗之雄而逆其詐哉？蘇氏父子兄弟往往以事後成敗摭拾人得失，類如此。」對蘇洵之論是很好的補充。但作者善於剪裁歷史，將無作有，化虛為實，且言之鑿鑿，論得絲絲入扣，不容人不信其說。若依文風觀之，可謂文風峻偉，如決江河而下，這種論辯為文的方法，是很值得我們學習的。

衡論

衡論敘

【題解】〈衡論〉是〈權書〉的姊妹篇。創作時間據〈權書敘〉之言可知其上限在皇祐三、四年（西元一〇五一、一〇五二年），下限在嘉祐元年（西元一〇五六年），與〈權書〉相前後。「敘」即「序」，蘇洵因避父諱而改。除〈衡論敘〉外，〈衡論〉共分十篇，主要論述治國之大政綱要，乃蘇洵經世文章之代表。〈衡論敘〉與〈權書敘〉相呼應，主要是講作者撰寫這組文章的原則和最終目的。「權」指秤錘，「衡」為秤桿。按照常識，有了秤錘，萬物輕重皆可稱量，所以說它的實用價值可以無窮無盡。但以秤稱物，重量幾何皆反映於秤桿刻度上，卻不可能在秤錘；無秤桿只剩秤錘，就會毫無實用價值，故有「權」必須有「衡」，憑「衡」方能驗「權」之效用。

事有可以盡告人者，有可告人以其端而不可盡者。盡以告人❶，其難在告；告人以其端，其難在用❷。

今夫衡之有刻❸也，於此為銖❹，於此為石，求之而不得，曰是❺非善衡焉，可也；曰權罪者❻，非也。

始吾作〈權書〉，以為其用可以至於無窮，而亦可以至於無用❼，於是又作〈衡論〉十篇。嗚呼！從吾說而不見其成，乃今可以罪我❽焉耳。

【注釋】❶盡以告人　全部告訴別人，詳細地解釋給別人聽。❷告人以其端二句　只告訴別人一個開頭，困難在於實用。❸衡之有刻　秤上都有刻度。衡，測量物體重量的工具，即秤。刻，衡上用以表明分量多少的刻度。❹銖與「石」同為古代的重量單位。《漢書》載一百粒黍的重量為一銖，是極小的單位；石，一百二十斤為一石，是極大的重量單位。❺是　代詞，指代上面所說對銖、石求之不得的情況。❻曰權罪者　說是秤錘的過錯。權，稱量，此處用為名詞，指稱量所用之秤錘。❼始吾作權書三句　在〈權書〉中，蘇洵講明他作〈權書〉的目的是要濟仁義之窮，也就是說在仁義行不通時，用〈權書〉所言策略權謀，若仁義能行得通，則沒有必要用〈權書〉，所以他這裏如是說。❽乃今可以罪我　現在就可以來責備我了。乃今，如今；現在。罪我，以我為有罪；責備我。

【語譯】有些事情，可以詳盡地告訴別人；有些事情，只能說個開頭卻不能全面展開。詳盡地告訴別人，難在如何說清楚；只說個開頭，難在如何運用。

現在，秤桿上有刻度，標明哪裏是銖，哪裏是石。找不到那些刻度，說它不是好秤，可以；說秤本來有問題，就錯了。

當初我寫〈權書〉，最初的動機，是覺得它的功用可能發揮到極致，但也可能完全沒有用處，所以又寫下十篇〈衡論〉。嘿！按我說的去做，卻不見其成，現在就可以當面責備我了。

【研析】蘇洵的〈權書〉言謀略術數，重點在論兵和歷史人物的成敗，探討戰陣之間無窮之權變計謀與治國安邦之韜略。〈衡論〉則從政治上尋根溯源，以驗〈權書〉謀略之功效。從此敘文可以看出，作者認為〈權書〉之難在如何運用，〈衡論〉之難在窮盡事理，二者一為方法，一為原則，就好像一是秤錘，一是秤桿。有道器之別，必須相互補充，方能準確把握大政時局，有裨於世。

本敘從「權」、「衡」字源出發，辨析二者關係，言語簡切明當，雖只短短百餘字，卻於平易論述之中，使人感受到作者思慮之周、之詳。而其用世抱負及自負自得之意，亦從結尾感歎中透露出來。

遠慮

【題解】遠慮，即深謀遠慮之意。按《周易・繫辭下傳》：「幾（機）者動之微，吉凶之先見者也。」知機，就是指有先見之明，而欲察「動之微」於「先見」之時，必「遠慮」以瞻事物運動變化之規律。作者強調只有遠慮，才能運籌帷幄，長治久安。欲達此目的，君主必須與心腹之臣同心同德，透析時局，高瞻遠矚，未至太平能化險為夷，到太平盛世，更能使國運昌盛。這樣的議論，雖然只就治國方略、原則上立論，卻也十分切合宋朝實際，特別是「宰相避嫌畏譏且不暇，何暇盡心以憂社稷？數遷數易，視相府如傳舍」的話，確實是擊中北宋弱政之要害語，十分剴切，發人深省。而「陳勝、吳廣，秦民之湯、武也」的斷語，能出自一位下層文士之口，在當時也是十分難能可貴的。

聖人之道，有經，有權，有機❶；是以有民，有群臣，而又有腹心之臣。曰經者，天下之民舉知之可也；曰權者，民不得而知矣，群臣知之可也；曰機者，雖群臣亦不得而知矣，腹心之臣知之可也。夫使聖人而無權，則無以成天下之務❷；無機，則無以濟萬世之功❸。然皆非天下之民所宜知❹。而機者，又群臣所不得聞。群臣不得聞，誰與議？不議不濟❺。然則所謂腹心之臣者，不可一日無也。

【章　旨】此章總論聖人治國之道，將之分成「經」、「權」、「機」三個層面，突出「機」之重要，為下面展開論述作鋪墊。

【注　釋】❶聖人之道四句　聖人的統治之道，有不變的方針，有權變之謀略，有機巧之術算。蘇洵以計謀權變為仁義的具體運用，所以認為聖人不僅宗經（指仁義禮樂），而且也講權（權謀）和機（機巧變詐）。❷則無以成天下之務　那麼就不能夠承擔起治理天下的重任。❸濟萬世之功　成就子孫萬代江山永保的宏偉業績。江山永固是古代君權思想的反映。❹然皆句　可是這些（「權」和「機」）都不是天下老百姓所應該知道的。宜，應當。❺不議不濟　沒有磋商討論，就辦不成事。

【語　譯】聖人治理天下，有不變的常道，有變通的權術，有祕密的機巧，所以就有民眾、群臣、心腹大臣的區別。那些常道，是普天下百姓都可以知道的東西；那稱作權謀術變的，是老百姓不能知道，只有眾位大臣才可以知道的；那稱作祕密機巧的，即使是眾臣也不能知道，只有心腹大臣才可以知道。假如聖人沒有權變之術，就不可能成就統治天下的宏偉業績；沒有機謀智巧之變，就不可能鑄成萬世莫毀之豐功偉業。可是，這些都不是天下百姓所能知道的。至於說機巧，又是眾大臣都不應該知道的了。眾大臣都不能讓他們知道，跟誰商量呢？不商議又不能成事。這麼說來，心腹之臣真可以說是一日都不能少哩。

後世見三代取天下以仁義，而守之以禮樂也，則曰：聖人無機❶。夫取天下與守天下，無機不能，顧三代聖人之機，不若後世之詐❷，故後世不得見耳。有機也，是以有腹心之臣。禹有益❸，湯有伊尹，武王有太公望。是三臣者，聞天下之所不聞，知群臣之所不知。禹與湯、武倡其機於上，而三臣共和之於下❹，以成萬世之功。下而至於桓、文，有管仲、狐偃❺為之謀主；闔廬有伍員；句踐有范蠡、大夫種❻。高祖之起也，大將任韓信、黥布、彭越，裨將任曹參、樊噲、滕公、灌嬰，遊說諸侯任酈生、陸賈、樅公，至於奇機密謀，群臣所不與者，惟留侯、酇侯二人❼。唐太宗之臣多奇才，而委之深、任之密者，亦不過曰房、杜❽。

【章旨】此章騁論歷史上成功之「聖人」皆有心腹之臣為之輔弼，論「機」之必有，腹心之臣之必不可少。

【注釋】❶後世四句　後世看到三代時候都是以仁義為本奪取天下，用禮樂制度來統治天下的，就說：聖人的統治是沒有機巧的。三代，指遠古時期的夏、商、周三個朝代。儒家認為那時統治者行仁義，開國君主如夏禹、商湯、周初的文王、武王等，治理國家皆以仁義為本，大行王道，周初的周公又制禮作樂以教化百姓，使之文質彬彬，上下有序，鞏固了周王朝的統治。❷詐　欺詐；欺騙。此處主要指統治者帶有欺騙性的權變之術。❸禹有益　大禹有伯益為心腹之臣。禹，大禹，傳說為夏朝的締造者，因治水有功，受舜禪讓為天子。益，伯益，據傳善於畜牧和狩獵，助禹治水有功，為禹臣佐。❹共和之於下　（伯益、伊尹、太公等三臣）在下面呼應，支持君主的意見。和，應和；支持。伯益等三人分別在三個不同的朝代，因此不可能一齊支持（「共和」），蘇洵如此敘述是為了表達的簡便。❺狐偃　晉文公重耳舅父，亦稱舅犯，曾隨重耳流亡十九年，後助其歸國復位，被任命為上軍之佐，幫助晉文公改革內政，使之強大。狐偃曾隨晉文公參加晉楚城濮之役，大敗楚軍。❻大夫種　越大夫文種。句踐與吳王爭鬥失敗，將越國政務交給大夫文種，文種不負所望，勵精圖治，使越國迅速強大起來，最終擊敗吳國，稱霸一時。❼高祖之起也七句　韓信，淮陰人，助劉邦打敗項羽，後為呂后所殺。黥布，即英布，六（今安徽六安）人。因犯刑被黥面，故稱黥布。本為項羽將，後歸漢，封淮南王。彭越，昌邑（今山東金鄉西北）人，字仲，秦末聚徒起兵，後受齊王田榮將軍印，進擊項羽。又隨劉邦圍垓下，破楚，封梁王，終以罪誅。曹參，沛人，從劉邦起兵，助其擊項羽，還定三秦，數立戰功。蕭何死，代為丞相。樊噲，沛人，以功封舞陽侯。滕公，夏侯嬰，秦末補縣吏，後隨劉邦起兵，為漢朝創建立下了汗馬功勞，封滕公。灌嬰，睢陽人，本以販繒為生，後從劉邦起兵，以軍功得封地，號潁陰侯。酈生，即酈食其，秦末陳留高陽人，曾勸陳留令反秦。劉邦攻陳留時，酈生殺令以迎，後常為劉邦當說客，漢三年（西元前二〇四年）

酈生說齊王歸漢，一下子為劉邦贏得七十餘座城池。陸賈，楚人，號為「有口辯士」，曾用張良計遊說秦將，使劉邦有機會襲取武關。後往說南越王，使稱臣從漢約。樅公，亦劉邦臣，劉邦為漢王時任命他為御史大夫。留侯，張良，本為韓人，字子房。為劉邦劃策，定天下，封留侯。酇侯，蕭何，從劉邦起義，多次立功。劉邦為漢王時，任命為丞相。高祖得天下後，以其功勳最高，封為酇侯。❽唐太宗之臣三句　唐太宗，李世民，隋末隨其父李淵起兵，為秦王。後殺兄弟繼承父位，是為太宗，統治時期出現「貞觀之治」的太平景象，史稱明君。委之深任之密，即「委任之深密」的重組，指委以重大事務。房，即房玄齡，名喬，齊州臨淄（今山東臨淄）人。杜，即杜如晦，字克明，京兆杜陵（今西安市附近）人。房、杜二人為唐朝開國名臣，房玄齡多智謀，杜如晦能斷大事，當時有「房謀杜斷」之稱。

【語譯】後世只知道三代時是以仁義取天下，並以禮樂制度守天下，就說：三代聖人治理天下，不用機巧。取天下、守天下，不用機巧是不可能的，只是三代聖人所用的機巧，不像後世那麼奸詐，後世無從知曉罷了。

有機巧密謀，所以有心腹大臣。大禹有伯益，商湯有伊尹，武王有太公望。這三位心腹大臣，聽到天下人都沒有聽到的密謀，知道群臣們都無從知道的密計。大禹跟商湯、武王在上面提出他們的機巧祕密，三位心腹大臣在下面紛紛支持響應，這才成就了萬世不滅的大功業。往後至於齊桓公、晉文公，又有管仲、狐偃作為他們君王的謀臣；吳王闔廬有伍員，越王句踐有范蠡、大夫文種。漢高祖崛起之時，任命韓信、黥布、彭越為大將，任命曹參、樊噲、滕公、灌嬰為裨將，任命酈生、陸賈、樅公為遊說諸侯的臣子，至於奇機密謀，眾位大臣都不得參與，只有留侯張良、酇侯蕭何二人。唐太宗的臣子，多懷有奇才，可是委任以深計密謀的人，也只不過房玄齡、杜如晦二人而已。

夫君子為善之心，與小人為惡之心，一也。君子有機以成其善，小人有機以成其惡。有機也，雖惡亦或濟；無機也，雖善亦不克。是故腹心之臣，不可以一日無也。司馬氏，魏之賊也，有賈充之徒為之腹心之臣以濟❶；陳勝、吳廣，秦民之湯、武也❷，無腹心之臣以不克❸。何則？無腹心之臣者，無機也，有機而泄也❹。夫無機與有機而泄者，譬如虎豹食人而不知設陷穽，設陷穽而不知以物覆其上者也。

【章旨】此章分析「無機」、「有機而泄」兩種情況，論證無論濟善還是濟惡，都不能無「機」。

【注釋】❶司馬氏三句　司馬氏集團，是竊取魏王室的盜賊，因為有賈充這類人作為他們的心腹之臣，所以就成功了。司馬氏，指曹魏時司馬懿、司馬師、司馬昭等人，司馬氏先後把持曹魏大政，最終由司馬炎廢魏稱帝，另建晉朝。賈充，字公閭，平陽襄陵（今山西襄汾東北）人。曾參與司馬炎代魏自立的密謀，指使成濟殺魏帝曹髦。❷陳勝吳廣二句　陳勝、吳廣，是秦末百姓眼中的商湯、周武王。陳勝吳廣，二人皆為秦末百姓，在被征戍守漁陽途中殺死軍差起義，陳勝自立為將軍，吳廣為都尉，短時間裏所向披靡，聚眾數萬，是滅亡殘暴秦朝的首發軔者，後為秦將章邯所敗，被殺。因其革暴秦之命，故此處蘇洵將二人比成出民於水火的商湯和周武王。❸無腹心之臣以不克　因為沒有心腹之臣就不能成功。❹無機也二句　完全沒有密謀，有密謀卻早早洩露出去。

【語譯】君子為善之心，與小人作惡之意，本質上是一樣的。君子成就其善舉，靠機謀；小人做成惡事，也靠機謀。有機謀，即使是惡行，也能做成；沒有機謀，縱為善事，也難成功。所以說心腹之臣，一天也不能少哩。司馬氏，是魏的國賊，有賈充之類的人做他們的心腹之臣，就成功了。陳勝、吳廣，是秦末百姓眼中的商湯、周武王，因為沒有心腹之臣的輔佐，就失敗了。為什麼呢？沒有心腹之臣，就不會有機謀，即使有機謀也早早地洩露出去了。沒有機謀和有機謀卻洩露出去，就好像明知老虎吃人，卻不用陷阱去收拾牠，設下陷阱，卻不懂得在上面覆上遮蓋物一樣。

或曰：機者，創業之君所假以濟❶耳；守成之世，其奚事機而安用夫腹心之臣❷？嗚呼！守成之世，能遂熙然❸如太古之世矣乎？未也！吾未見機之可去也。且夫天下之變，常伏於燕安❹。田文所謂「主少國危，大臣未附」❺，如此等事，何世無之？當是之時，而無腹心之臣，可為寒心哉❻！昔者，高祖之末，天下既定矣，而又以周勃遺孝惠、孝文❼。武帝之末，天下既治矣，而又以霍光遺孝昭、孝宣❽。蓋天下雖有泰山之勢❾，而聖人常以累卵❿為心，故雖守成之世，而腹心之臣不可去也。

傳曰：「百官總己以聽於冢宰。」⓫彼冢宰者，非腹心之臣，天子安能舉天下之事委之三年，而不置疑於其間⓬邪？又曰：「五載一巡狩⓭。」彼無腹心之臣，五載一出，捐千里之畿，而誰與守邪？今夫一家之中，必有宗老⓮；一介之士，必有密友。以開心胸，以濟緩急。奈何⓯天子而無腹心之臣乎？

【章旨】此章駁斥創業之君需心腹之臣，而守成之君無需心腹之臣的錯誤認識，並以古史為鑑，論證心腹之臣一日不可少，自古皆然。

【注釋】❶假以濟　假之以濟，憑藉它（指「機」）取得成功。❷其奚事句　哪裏還用得上心腹之臣呢。奚事、安用，都是疑問語詞。奚事，何必從事；哪裏用得上。❸熙然　悠然閒適的樣子。熙，和樂。❹燕安　安逸；閒適。燕，通「宴」。安逸。❺田文所謂二句　田文即孟嘗君，戰國四公子之一。吳起曾與他爭誰更有能力，孟嘗君說自己統率三軍，治理百官的能力都不如吳起，但在國君年紀尚幼，大臣心存異議，百姓猶豫躑躕，民心思動之時，自己可以擔當治國的重任，而吳起不能。吳起見他分析得有道理，才承認自己不如他。❻可為寒心哉　可能會因為（沒有腹心之臣）而深深地擔憂。寒心，因失望、恐懼而驚心或痛心。❼而又以周勃遺孝惠孝文　把周勃留著輔佐孝惠帝和孝文帝。《史記・高祖本紀》載：高祖曾答呂后問，說：「周勃重厚少文，然安劉氏者必勃也。可令為太尉。」後來漢惠帝時，周勃奪呂氏權，迎代王即位，為漢文帝，果如高祖所言。❽武帝之末三句　武帝末年的時候，天下已經大治了，卻又把霍光留著輔佐孝昭帝和孝宣帝。霍光，字子孟，河東平陽（今山西臨汾西南）人，霍去病異母弟，武帝時為奉都尉。武帝死，太子年幼，遺詔令霍光與桑弘羊輔政。昭帝享壽不永，霍光迎立昌邑王劉賀為帝，因其荒誕而廢。再迎立宣帝，霍光盡力相輔，政績斐然。❾泰山之勢　像泰山那樣穩固的形勢。❿累卵　以雞蛋相累。比喻危險異常。⓫傳曰二句　原文見《尚書・商書・伊訓》。冢宰，古代百官之首，掌邦國之制，統領百官。據《論語・憲問》載，古時在君王死後，一時國無首領，其最初三年，所有官吏都必須聽從冢宰的命令。⓬不置疑於其間　對冢宰不起疑心。⓭五載一巡狩　語出《尚書・虞書・舜典》，古時有天子每五年到各諸侯國去視察一次的制度。⓮宗老　家中主持禮樂的家臣。⓯奈何　憑什麼；為什麼。

【語譯】也許有人會說：奇謀密機，創業之君憑藉它來助其成功而已，對於守成之世的君主而言，哪裏要用機謀，又何必任用心腹大臣？唉！守成之世，能像上古時候那樣祥和安寧？不可能的！我看機謀是不能少啊。況且天下的變亂，往往就隱伏在表面上國泰民安的時候。孟嘗君田文所謂「君主年少，國政未安，大臣未附」，像那種事，哪朝哪代沒有？在那個時候，沒有心腹大臣，真是讓人擔驚受怕啊！從前，漢高祖末年，天下已經安定太平了，他卻還是把周勃留著輔佐孝惠帝、孝文帝。漢武帝末年，天下已然大治，他還是把霍光留著輔佐孝昭帝和孝宣帝。因為天下縱然有泰山不倒之勢，聖人也總是居安思危，所以，雖然是守成之世，心腹大臣也是絕對不能少的。

《尚書》稱：「文武百官都必須聽從冢宰的指揮。」那冢宰之臣，如果不是心腹，天子怎麼能把天下大事都委託給他，由他處理三年，卻不產生任何懷疑？又稱：「（天子）每五年一次出巡四方。」天子如果沒有心腹大臣，每五年出巡一次，遠離方圓千里的京畿，誰替他守備？如今是一位大夫之家，必有宗老，一介之士，必有密友。可以開豁心胸，可以在緊急時相助。作為一國之君的天子，怎能沒有心腹大臣呢？

近世之君抗然於上❶，而使宰相眇然於下，上下不接，而其志不通矣❷。臣視君如天之遼然而不可親❸，而君亦如天之視人，泊然❹無愛之之心也。是以社稷之憂，彼不以為憂；社稷之喜，彼不以為喜。君憂不辱，君辱不死❺。一人譽之則用之，一人毀之則舍之。宰相避嫌畏譏且不暇，何暇盡心以憂社稷？數遷數易，視相府如傳舍❻。百官泛泛於下，而天子惸惸於上，一旦有卒然之憂❼，吾未見其不顛沛而殞越❽也。

聖人之任腹心之臣也，尊之如父師，愛之如兄弟，握手入臥內，同起居寢食，知無不言，言無不盡，百人譽之不加密❾，百人毀之不加疏，尊其爵，厚其祿，重其權❿，而後可以議天下之機，慮天下之變。太祖之用趙中令也，得其道矣⓫。近者，寇萊公亦誠其人，然與之權輕，故終以見逐，而天下幾有不測之變⓬。然則其必使之可以生人殺人⓭而後可也。

【章　旨】此章論述應該如何任用心腹之臣，以古今對照，指出當朝不任用心腹之弊、之失，讚揚古代聖人用心腹之利、之得。

【注　釋】❶抗然於上　高高在上。抗，高聳。❷其志不通矣　他們（君臣們）之間的想法沒有得到溝通。志，指思想、意見。❸遼然而不可親　十分遙遠，難以接近。親，親近。❹泊然　淡然冷漠。❺君憂不辱二句　語本《吳越春秋》。原文為「主憂臣辱，主辱臣死」之句，意思是君主憂心不解，就是對臣下的羞辱；君主受到侮辱，則臣下應因之以死相報。此處蘇洵反用其意，說明「當今」君臣關係的淡漠。❻傳舍　古時供往來行人休止住宿的地方。如今之旅館。❼百官三句　文武百官在下面無所事事，天子在上面孤孤單單，一旦國家倉猝之間發生變故，我看沒有不出現國勢傾危、人民流離失所的慘狀的。泛泛，眾多的樣子。惸惸，孤獨的樣子。卒然之憂，倉猝難以對付的事情。卒，通「猝」。憂，此指叛亂等使統治者憂心難釋的事。❽殞越　殞落，引申為死亡。❾百人譽之不加密　上百人稱譽他，也不因此對他更加親密。密，親密；尊重。❿尊其爵三句　使其爵位尊貴，使其爵祿豐厚，使其權力加重。此三句中「尊」、「厚」、「重」都用作動詞。⓫太祖二句　太祖皇帝任用趙中令，很得任用心腹大臣之道。趙中令，趙普。據《宋史·趙普傳》載：趙普原為五代後周時歸德節度使掌書記，陳橋兵變時，趙普助趙匡胤稱帝有功，被任命為右諫議大夫，後為門下侍郎，平章事。趙普處事沉毅果斷，獨專朝政十年，深得太祖倚重。⓬近者五句　寇萊公，即寇準，字平仲，華州下邽（今陝西渭南）人。宋真宗景德元年，寇準以畢士安薦為同平章事，恰逢契丹入侵，寇準力排眾議，促真宗親征挫敵，訂立宋遼「澶淵之盟」。後為人所讒，兩度罷相。⓭生人殺人　使人活下來或者使人死去，借指握有重權。

【語　譯】近代的君主，高高在上，卻讓宰相無足輕重地待在下面。上下之間相互不接觸，意見難得溝通。臣子視君，像上蒼那樣遙遠不可親近；君主也像從天上看人間一樣，淡然冷漠，沒有愛憐之意。所以國家社稷的大憂患，宰相不以之為憂；國家社稷的大喜事，宰相也不以之為喜。國君憂懷難排，宰相不以之為恥辱；國君受侮辱，宰相也無死節之志。有一個人稱譽了就任用，有一個人讒毀了就罷免。宰相避免嫌疑、畏懼讒譏都自顧不暇，哪裏還有心思為社稷百姓著想？動不動就遷謫，動不動就換人，宰相府就像旅館一樣。文武百官在下面無所事事，天子在上面孤處獨立，一旦國家倉猝之間出現變故，我還沒見過不顛沛奔竄甚至亡國喪命的。

聖人任用心腹大臣，像父親師長那樣尊敬他們，像親兄弟那樣愛護他們，把臂入內，同起同居，同寢同食，知無不言，言無不盡，上百人稱譽他們也不會更加親密，上百人讒毀他們也不會更加疏遠。賜以尊爵，厚其俸祿，授以重權，然後才可以跟他們商討天下的機密謀略，分析天下的運勢變化。太祖用趙普，可以說得用心腹之道。近代的寇準，也是心腹之臣，只是授權太輕，所以最終還是被逐出朝廷，以至於宋朝的江山也差點遭遇不測。可見，只有給他們生殺予奪的大權，才能辦成大事。

【研析】深謀遠慮，是治理國家者必備的素質。此文縱論天下大勢，以國家社稷之長治久安為目標，論證君臣相得以及腹心之臣不可替代的重要性。作為一介書生，蘇洵能胸懷天下，透析時局政弊並總結歷史經驗教訓，洞達治理，提出「遠慮」的思想，確實可以窺見其用世之志與治世之謀。

為了證明其觀點，作者從三個方面進行論證：首先，從正面立論：創業之時，賴心腹大臣助國君成功；太平之世，得心腹之臣替君王治國。無論為善行惡，無機不成。這是從用「機」的角度，論證了心腹之臣不可一日而少的重要性。其次，從反面落筆，駁斥只以心腹密謀創業，無需賴其守成的錯誤觀點。這一部分重點是進行歷史經驗教訓的總結，其中以陳勝、吳廣為「秦民之湯、武」的觀點，頗為新穎，難能可貴。通過對比，得出「無機」、「有機而泄」不可取的結論。最後，從歷史現象的分析切入現實，以後世君臣關係的反常與「聖人」的任用心腹，進行對照，指出皇帝不信任宰臣，宰臣「視相府如傳舍（旅館）」，上下不相接，意見難溝通，以致國運多舛的時弊。行文之中，借趙普、寇準的成敗經歷，隱然可見作者是有感於慶曆中范仲淹等推行新政，未及成功即被罷免一事而發的議論。

縱觀全文，作者論證的邏輯架構是：自古聖人皆賴「機」立功，這可以說是「遠慮」的充分條件；無「機」洩「機」不可取，這可以說是「遠慮」的必要條件；用「機」不當危國家，這可以說是「遠慮」的應有之義。因此，雖然全篇所論在「機」，但綰合處卻在「遠慮」：「機」乃「遠慮」之根本，「遠慮」為用「機」之目標。二者相互依存，彼此關聯。弄清二者的這種關係，就可以發現，此文從「機」切入，初看似乎離題偏題，仔細琢磨卻可以感覺到行文論證的單刀直入之妙。

從寫作方法上講，本篇談古論今，旁徵博引，立論駁論彼此照應，可謂議論風發，縱橫馳驟，開闔自如，「文如怒馬，奔逸絕塵而不可羈制，大略老蘇之文，有此一段奇逸奮迅之氣，故讀之往往令人心掉。」（茅坤《唐宋八大家文鈔》）可謂中的之評。

御將

【題　解】趙宋立國後，有懲於晚唐五代武將擁兵自重尾大不掉之弊，在初步統一天下後，太祖趙匡胤即採用「杯酒釋兵權」之策，將軍權全部收歸皇帝所有，又採取措施使兵將互不相知，以避免武人擁兵跋扈，難以節制。如此一來，雖然加強了中央集權，卻極大地削弱了軍隊的戰鬥力，使宋軍在與契丹、西夏作戰中，常遭敗績。軍權集中，君主應該如何御將，成為一個十分突出的問題。本篇即著重探討君主御將之法，指出對不同類型的將領應採取各異的駕馭方法。所可注意的是，蘇洵除重點論述才將、賢將外，還兼論「大奸劇惡」之將與「不肖」之將，主張前者殺之，後者棄之。則其概括將才，不僅全面，而且也深刻地反映出北宋冗兵濫將的政弊。聯繫其〈上皇帝書〉和〈上韓樞密書〉可以更深切地感受到這一點。

人君御臣，相易而將難❶。將有二：有賢將，有才將；而御才將尤難。御相以禮，御將以術❷，御賢將之術以信，御才將之術以智。不以禮，不以信，是不為❸也。不以術，不以智，是不能❹也。故曰：御將難，而御才將尤難。

【章　旨】本章對將才進行分類，主張對不同類型的將領，「制之以術」，以達到人盡其才的目的。

【注　釋】❶人君二句　國君駕馭群臣，宰相比較容易，將領比較困難。❷御將以術　駕馭將領要講究策略。術，方法；策略。❸不為　能做得到卻不做。❹不能　沒有能力。

【語　譯】君主駕馭群臣，宰相容易，將領難。將領分二種，有賢將，有才將。駕馭才將尤其難。控制宰相，用禮；駕馭將軍，用術。駕馭賢將，用誠信；駕馭才將，用智慧。不用禮、信御人，叫無所作為。不講方法，不用智慧，叫沒有能力。所以說：駕馭將軍難，駕馭才將尤其難。

六畜，其初皆獸也，彼虎豹能搏、能噬，而馬亦能蹄，牛亦能觸❶。先王知能搏能噬者不可以人力制❷，故殺之；殺之不能❸，驅之而後已。蹄者可馭以羈紲❹，觸者可拘以楅衡❺，故先王不忍棄其材而廢天下之用。如曰是能蹄，是能觸，當與虎豹并殺而同驅，則是天下無騏驎❻，終無以服乘邪。

先王之選才也，自非大姦劇惡如虎豹之不可以變其搏噬者，未有不欲制之以術，而全其才以適於用❼。況為將者，又不可責以廉隅細謹，顧其才何如耳❽。漢之衛、霍、趙充國，唐之李靖、李勣，賢將也❾；漢之韓信、黥布、彭越，唐之薛萬徹、侯君集、盛彥師，才將也❿。賢將既不多有，得才者而任之可也。苟又曰是難御，則是不肖者而後可也⓫。結以重恩，示以赤心，美田宅，豐飲饌，歌童舞女，以極其口腹耳目之欲，而折之以威⓬，此先王之所以御才將也。

【章旨】此章以六畜為喻，提出御賢將與才將的方法，特別強調應該籠絡才將之心，使之為我所用。

【注釋】❶觸　以角觸物，引申為撞。❷不可以人力制　不能夠憑藉個人的力量去加以制服。制，制服。❸殺之不能　不能殺光牠。❹羈紲　拘束；約束。羈，馬籠頭，此處作動詞，用馬籠頭套。紲，繩索，此處作動詞，用繩索束縛。❺楅衡縛在牛角上以防其觸人的橫木。❻騏驎　即麒麟。古代傳說中的仁獸，雄為麒，雌為麟，其身如麇，牛尾，狼蹄，一角。蘇洵以其形狀如牛等動物，所以說只有馴服牛等動物才有仁獸麒麟出現。❼全其才以適於用　保全其才幹使之適於運用。❽又不可二句　又不能在個人品行方面求全責備，只看他的才能如何罷了。廉隅細謹，個人品行方面的細枝末節。廉隅，棱角。引申為人行為、品性的不苟。顧，考慮；認識到。❾漢之衛霍三句　漢代的衛青、霍去病、趙充國，唐代的李靖、李勣，都是賢將。衛，衛青。霍，霍去病。二人為漢武帝時名將，均以外戚入禁軍。衛青，字仲卿，河東平陽（今山西臨汾西南）人，以軍功至大將軍，曾先後七次帶兵出擊匈奴。霍去病，河東平陽人，以軍功至驃騎將軍，先後六次出擊匈奴，邊功甚偉。趙充國，字翁孫，隴西上邽（今甘肅天水）人，曾從貳師將軍出擊匈奴，勇敢善戰。宣帝時封營平侯，將四萬人屯邊，與西域各國周旋，便宜從事，安定國家。李靖，本名藥師，京兆三原（今屬陝西）人，唐太宗時歷任兵部尚書、尚書右僕射，先後擊敗東突厥、吐谷渾，封衛國公。李勣，字懋功，本姓徐，曹州離狐（今河北東明東南）人。歸順唐朝後從秦王李世民平竇建德、俘王世充，破劉黑闥、徐圓朗。衛青等諸將皆行為檢慎，風儀可觀，故蘇洵稱之為賢將。❿漢之韓信三句　漢代的韓信、黥布、彭越，唐代的薛萬徹、侯君集、盛彥師，都是才將。韓信、黥布、彭越三人見前〈遠慮〉注。薛萬徹，本敦煌人，後遷雍州咸陽。隋末從李淵起事，以軍功不斷升遷，又娶丹陽公主，拜駙馬都尉。侯君集，豳州三水人。初隨秦王李世民征戰，太宗繼位後封潞國公。盛彥師，宋州虞城人，以戰功封葛國公，拜武衛將軍。此三將中，薛、侯二人後因謀反伏誅。盛彥師平亂時為賊所俘，被賜死。⓫則是不肖者而後可也　那麼就只有那些無能的不肖將領可供挑選了。⓬折之以威　以威勢使他們（將領們）折服。

【語譯】六畜，最初都是野獸，那些虎豹能抓能咬，馬也能踢，牛也會用角撞。先王知道，用人力無法制服能抓能咬的動物，就捕殺牠們；殺不完，就把牠們驅趕走才算了事。能踢的可以用籠頭韁繩制服，用角撞的就用橫木縛角來拘束，所以先王不願廢棄這些畜生的才能以致使天下人無法用畜力。如果說，能用蹄子踢、能用角撞，應當跟虎豹一樣殺掉或者驅趕走，那麼，天下就不可能有麒麟出現了，最終民眾也就沒有馬牛可供利用了。

先王選拔人才，只要不是像虎豹那樣抓咬本性難改的大奸劇惡，就沒有不想用辦法制服，保全其才能並加以利用的。再說，對於那些將領，又不能在細枝末節上求全責備，只要考慮其才能如何就可以了。漢代的衛青、霍去病、趙充國，唐代的李靖、李勣，可稱賢將；漢代的韓信、黥布、彭越，唐代的薛萬徹、侯君集、盛彥師，堪稱才將。賢將不常見，發現才將並加以任用就可以了。假如說那樣的將領難以駕馭，那就只有無能之輩可供差使了。以重恩相結交，坦誠相待，給他良田美宅，錦衣玉食，歌伎舞女，充分滿足他們的口腹之欲，並以威勢摧折他們的心志，都是先王用來駕馭才將的好辦法。

近之論者或曰：將之所以畢智竭慮、犯霜露、蹈白刃而不辭者，冀賞耳❶。為國家者，不如勿先賞以邀其成功❷。或曰：賞所以使人，不先賞，人不為我用。是皆一隅之說❸，非通論也。將之才固有小大：傑然於庸將之中者❹，才小者也；傑然於才將之中者，才大者也。才小志亦小，才大志亦大，人君當觀其才之大小，而為之制御之術，以稱其志❺。一隅之說，不可用也。

夫養騏驥者，豐其芻粒❻，潔其羈絡❼，居之新閑❽，浴之清泉，而後責之千里❾。彼騏驥者，其志常在千里也，夫豈以一飽而廢其志哉？至於養鷹則不然，獲一雉，飼以一雀；獲一兔，飼以一鼠。彼知不盡力於擊搏，則其勢無所得食，故然後為我用。才大者，騏驥也，不先賞之，是養騏驥者飢之而責其千里，不可得也；才小者，鷹也，先賞之，是養鷹者飽之而求其擊搏，亦不可得也。是故先賞之說，可施之才大者；不先賞之說，可施之才小者；兼而用之可也。

【章　旨】此章駁斥不具體分析將之才志大小，一概以不賞以邀其功的錯誤想法，並以騏驥和鷹為喻，主張別將之才志以區別對待，或先賞或否。

【注　釋】❶犯霜露二句　冒著風霜雨露，出生入死而不推辭，是希望得到皇帝的賞賜。❷不如句　不如不要事先就賞賜，以便激勵將領們努力爭功。邀，激勵。❸一隅之說　偏見。隅，角落；靠邊的地方。比喻不全面的看法。❹傑然於庸將之中者　在才能平庸的將領中特別突出。傑，傑出；特別突出。❺為之制御二句　國君應該考慮將領們才能的大小，並相應地制定各種控制和使用他們的策略，使他們能夠盡其才志。制御，控制駕馭。❻夫養騏驥者二句　蓄養騏驥的人，都給牠豐厚的草料。騏驥，良馬的一種。豐其芻粒，使牠的草料十分豐富。芻，餵牲口用的草。❼潔其羈絡　使牠（指騏驥）的韁繩和籠頭都很潔淨。❽居之新閑　居住在新的馬棚裏。閑，馬棚。❾責之千里　委以日行千里的重任。責，要求做成某件事或行事達到某一標準。

【語　譯】近來有人這樣議論：將軍們之所以殫精竭慮，餐風宿露，出生入死，不辭勞苦，無非是想求得賞賜。治理國家的君王，不如先不賞賜，以敦促他們立下功績來邀功請賞。有人又這麼說：只有重賞才能指使別人，不先賞賜，別人就不為我所用。這兩種意見都很片面，並非通達之論。將領的才能有大有小，在平庸將領之中的傑出者，只是才小之將；在才將當中特別突出者，才是才大之將。才能小志向也小，才能大志向也大，國君應該審視其才能的大小，然後確定用什麼辦法駕馭他們，使之與其志向相符。那些偏頗之見，是不能採用的。

養騏驥的人，給牠的飼料很豐富，籠頭理得很乾淨，馬棚整理如新，用清泉給牠洗澡，然後才要求牠日行千里。那千里馬，志向本來就是日行千里，怎麼可能因為一次吃飽了就放棄遠大志向呢？至於養鷹就不同了，抓了一隻雉，餵牠一隻麻雀；抓到一隻兔，餵牠一隻老鼠。那鷹知道如果不盡力氣搏擊，就不可能獲得食物，然後才會為我賣命。才大的，是騏驥，如不先賞賜，就像是讓千里馬餓著，卻要求牠日行千里，那是不可能的；才小的，是老鷹，先賞賜給牠，就像是把鷹餵飽了還想讓牠去搏擊獵物，同樣是不可能的。因此，先行賞賜的說法，可以用在有大才的將領身上；不先賞賜的說法，可以用在只有小才的將領身上：這兩種辦法兼用並行才好。

昔者，漢高祖一見韓信而授以上將，解衣衣之，推食哺之❶。一見黥布，而以為淮南王，供具飲食如王者❷；一見彭越，而以為相國❸。當是時，三人者未有功於漢也。厥後❹追項籍垓下，與信約期而不至，捐數千里之地以畀之，如棄敝屣❺。項氏未滅，天下未定，而三人者，已極富貴矣。何則？高帝知三人者之志大，不極於富貴，則不為我用。雖極於富貴而不滅項氏，不定天下，則其志不已也。至於樊噲、滕公、灌嬰之徒則不然，拔一城，陷一陣，而後增數級之爵，否則，終歲不遷也。項氏已滅，天下已定，樊噲、滕公、灌嬰之徒，計百戰之功，而後爵之通侯❻。夫豈高帝至此而嗇哉？知其才小而志小，雖不先賞，不怨；而先賞之，則彼將泰然自滿❼，而不復以立功為事故也。

噫！方韓信之立於齊，蒯通❽、武涉之說未去也。當此之時而奪之王，漢其殆哉❾。夫人豈不欲三分天下而自立者？而彼則曰：「漢王不奪我齊也。」故齊不捐，則韓信不懷❿；韓信不懷，則天下非漢之有。嗚呼！高帝可謂知大計矣。

【章旨】此章以漢高祖御眾將為例，證明應對才志大小不同的將領區別對待。

【注　釋】❶漢高祖一見三句　韓信投漢，初不受重用，遂想棄之他投。在他離去時，蕭何星夜將之追回，諫劉邦拜他為上將。一見而授以上將，指此。解衣衣之，脫下衣服來給他穿。語出《史記・淮陰侯列傳》：項羽與劉邦爭霸時，見韓信勢力很大，就派武涉說韓信反漢與楚。韓信聽後說：漢王授我上將印，給我數萬兵士，脫下衣服給我穿，把他自己的食物推讓給我吃，對我言聽計從，所以我才有今天，我不忍背叛他！❷一見黥布三句　據《史記・黥布列傳》載：楚漢相爭時，劉邦使隨何（即蕭何）說黥布叛楚歸漢，黥布歸來時，劉邦召黥布入見，「方踞床洗」。黥布見此情景，十分惱火，後悔不該來。等他回到為他準備的住所，見裏面帳幔飲食跟劉邦自己的一樣，於是大喜過望。❸一見彭越二句　據《史記・魏豹彭越列傳》載：彭越率領他的士兵三萬餘人歸漢，漢王拜他為魏相國。❹厥後　其後；後來。厥，其。❺捐數千里二句　割出上千里的地盤給他，就像丟掉破鞋子一樣。畀之，給他（指韓信）。敝屣，破鞋子。屣，鞋子。❻爵之通侯　授給他們通侯的爵位。通侯，即徹侯，秦朝廢棄古代五等封爵制度，立爵自一級公士起，至二十級徹侯止。徹侯爵位通於皇帝，最為尊貴。漢因秦制，因避漢武帝劉徹諱改稱通侯。❼泰然自滿　即驕傲自滿。❽蒯通　漢范陽人，本名徹，史書中因避漢武帝諱改稱通。蒯通於楚漢之際以善辯著稱，有權謀。韓信曾用其計定齊。在項羽派武涉說韓信背漢助楚時，蒯通也認為當時天下權勢在韓信，助漢則漢勝，與楚則漢亡，不如兩方面都不投靠，三分天下。但韓信終因劉邦待他不薄，又自以為於漢功高，不願背棄劉邦，還說「漢王不奪我齊」之類的話。於是蒯通遁去。❾當此之時二句　在楚漢大局未定，天下事勢決定於韓信的取捨時，如果奪去韓信齊王的爵位，那麼漢朝就危險了。❿故齊二句　因此說不把韓信封為齊王（以滿足他的欲望），韓信也就不會歸順漢王。捐，給予。懷，招來。

【語　譯】從前，漢高祖一見到韓信，就授以上將之職，脫下自己的衣服給他穿，把自己的美食推讓給他吃。一見到黥布，就任命他為淮南王，衣食器用，跟自己一樣。一見到彭越，就任命他為魏相國。那個時候，這三個人還未給漢王立下任何功勞。後來，追擊項羽到垓下，高祖跟韓信約定聯合攻擊，韓信卻沒有來，於是劃出千里之地給他，就像扔破鞋一樣。項羽沒被消滅，天下未安定，這三個人已經富貴至極了。為什麼？漢高祖知道這三個人胸懷大志，不富貴至極，是不可能為我所用的。可縱然富貴至極，項羽不滅亡，天下不安定，這些人的志願就不能說完全實現。至於樊噲、滕公、灌嬰那些人就不同了，拔掉敵方一座城池，攻陷敵軍一個陣營，然後才得以增加幾級爵位，否則，一年到頭都不升遷。項羽被消滅了，天下已定，樊噲、滕公、灌嬰那些人，按他們身經百戰的功績，然後才獲得通侯的爵位。難道是高祖在他們那裏就特別吝嗇嗎？知道這些人才弱志小，不先賞賜他們，不會抱怨；一旦先賞賜他們，這些人就會自鳴得意，驕傲自滿，不再想著為國立功了啊。

哎！在把韓信立為齊王時，蒯通、武涉說辭的影響還沒有消除，那個時候如果奪了他齊王的稱號，漢朝可就危險了。哪個人不願意三分天下，獨自稱王？可韓信卻說：「漢王不奪我齊也。」所以說不把齊地給韓信，他就不會歸附漢朝；韓信不歸附漢朝，天下就不會歸漢朝。啊！高祖可以說是懂得天下大計的人啦。

【研　析】本篇探討君主任用將領的策略。為了闡明自己的觀點，作者先把將領分為賢、才二類，認為對待賢能的將領應注重禮節，駕御有才幹的將領則要運用智謀。考慮到天下賢將不可多得，所以作者把主要關注點集中到如何任用才將上。對於才將，作者認為應因其才志的大小而區別對待，才能使之各盡其能：對於大奸劇惡之人，因為不能為我所用，故殺之；對於庸才，因為無所作為，故棄之。除去這兩類不可用之將領後，剩下可用的將領，作者又因其才之大小進行分類：志大者先行重賞，使他們能一展抱負；志小者論功行賞，不助其滋長驕傲自滿情緒。

通過這樣的分析，先解決用什麼將不用什麼將的問題，再解決如何用將的問題，如層層剝繭，將「御將之道」闡述明白，邏輯推理是十分嚴密的。行文之中，作者又隨時注意引用歷史成敗的事實以佐證其觀點，一步一步地從一般到特殊，從抽象原則到具體事件，層層深入，達到鞭辟入裏的功效。明人楊慎在《三蘇文範》中評：「此篇有格局，一步進一步，不似他篇，各為片段。」可謂悟得此篇之妙。聯繫北宋當時的實際情形，可以看出，作者是有意指責當時朝廷「賞數加於無功」的時弊，希望統治者能正確區分將才，區別對待，使他們各盡其能，為帝王所用。

全篇議論弘博，筆調清揚，用「六畜」、「麒麟」、「鷹」等作比，喻天子任將之道，貼切精闢而富於情趣，不僅使行文簡略，而且喻意深刻，頗能打動人心。雖說是一味說理，卻絲毫不顯得枯燥。

任相

【題解】宋代重文輕武，相權甚重，但為了防止宰相權重傾朝，宋帝在加重御史權重的同時，又用頻繁調換宰相的方法，不使權力過分集中。高層權力的迅速轉移，往往造成效率不彰的弱政之弊。本文論證任用宰相的重要性，指出任相與御將不同，宰相為六卿之首，統領天下百官，位顯權重，必須以「禮」相約，責之以重任，視為心腹，才能使宰相竭誠盡忠，報效君恩。否則，君主高高在上，視宰相與群臣無異，宰相也就不以社稷為務，上下相失，與古人尊相重禮的任相之道相違背，結果只能令人「太息」而已。如此論說任相之道，可謂深得治道，只是在「家天下」的時代，只怕難以執行！

古之善觀人之國者，觀其相何如人而已❶。議者常曰：將與相均❷。將特一大有司耳，非相侔❸也。國有征伐❹，而後將權重；有征伐無征伐，相皆不可一日輕。相賢邪，則群有司皆賢，而將亦賢矣；將賢邪，相雖不賢，將不可易也❺。故曰：將特一大有司耳，非相侔也。

【章旨】此章提出論點，駁斥將與相同樣重要的錯誤觀點，認為相重於將。

【注釋】❶觀其相何如人而已　只看一看（那個國家）用什麼人做丞相就知道了。❷將與相均　將軍和丞相同樣重要。均，平等。此指將、相二者對國家的重要性是一樣的。❸非相侔　跟丞相是不能等同視之的。相，丞相。侔，等同。❹征伐　戰爭。❺將不可易也　將領是不能來代替丞相的，也可理解成將軍是不能用來調換丞相的。

【語譯】古代善於觀察他國形勢的人，只要看用什麼人做宰相就知道了。有人常常這麼議論：將軍跟宰相同樣重要。將軍只不過是一個大官罷了，根本不能跟宰相比。國家有事征戰，將軍才會重權在握；不管有沒有征戰，宰相可都是一天也輕視不得的。宰相有才能呢，那麼眾大臣就都會賢明能幹，將軍也會賢能；將軍賢能，宰相若非賢能之士，將軍卻無法替代他。所以說：將軍只是一個大官罷了，根本不如宰相重要。

任相之道與任將不同，為將者大概多才而或頑鈍無恥❶，非皆節廉好禮不可犯者❷也，故不必優以禮貌❸。而其有不羈不法之事，則亦不可以常法御❹。何則？豪縱不趨約束❺者，亦將之常態也。武帝視大將軍，往往踞廁❻；而李廣利破大宛，侵殺士卒之罪，則寢而不問❼，此任將之道也。

若夫相，必節廉好禮者為也，又非豪縱不趨約束者為也，故接之以禮而重責之❽。古者相見於天子，天子為之離席起立；在道為之下輿；有病親問；不幸而死，親弔：待之如此其厚❾。然其有罪，亦不私❿也。天地大變，天下大過，而相以不起聞矣；相不勝任，策書至，而布衣出府免矣；相有他失，而棧車牝馬歸以思過矣⓫。夫接之以禮，然後可以重其責而使無怨言；責之重，然後接之以禮而不為過。禮薄而責重，彼將曰：主上遇我以何禮，而重我以此責也，甚矣⓬。責輕而禮重，彼將遂弛然不肯自飭⓭。故禮以維其心⓮，而重責以勉其怠⓯，而後為相者莫不盡忠於朝廷，而不恤其私。

【章　旨】此章指出任相必以禮，突出丞相不可替代的重要性，並為下面任相權責並重作鋪墊。

【注　釋】❶為將者句　武將們往往很有才能卻頑愚不知廉恥。而或，或者。頑鈍無恥，愚笨粗陋，沒有羞恥心。❷節廉好禮不可犯者　喜好禮義，品行廉潔，有大志節，凜然威儀使人不敢冒犯。❸不必優以禮貌　不一定太注重以禮貌相待。❹以常法御　用一般的法律去約束。❺豪縱不趨約束　豪逸放縱，不受控制。趨，趨向，此指接受。❻武帝視大將軍二句　大將軍指衛青。衛青為侍中，漢武帝常常蹲踞床旁邊接見他。蘇洵意思是指武帝對大將軍衛青不以常禮相待。❼而李廣利三句　李廣利，中山（今河北定縣）人，武帝寵姬李氏同族。太初元年（西元前一〇四年），武帝拜他為貳師將軍，統兵討伐大宛，奪其良馬。李廣利出師四年，最後只奪得上等良馬數十匹，所統士卒卻因將領貪酷，很多被折磨致死。漢武帝因為是行軍萬里，將士難以統領，也就不計較李廣利的過錯。寢，壓下；遮掩起來。❽重責之　以重大的事情委託給他（指丞相）。責，要求；督促。❾古者七句　據《太平御覽》引《漢儀制》：古時朝臣見丞相等三公，都要下拜；天子在朝堂上見了丞相，要從皇位上站起來；在道路上見了，要為之下車；丞相有病，皇帝要親自去看望；丞相死去，皇帝要賜給棺木，為他找好墓地等等。蘇洵這裏所說，是就漢制而言。輿，此指皇帝的車駕。❿不私　不私下包庇；不徇私枉法。⓫天地大變八句　據《漢書》載，古時對丞相委以重任，若天下有大的變故，皇帝就派人去譏責丞相，並免其職為庶人；若有其他過錯，使者就讓丞相坐著棧車牝馬，歸田思過。天地大變，主要指日蝕、山崩等，古人迷信地認為這些自然災異是丞相的罪過造成的。不起，臥病不起。布衣出府，罷免丞相之職，貶為布衣（一般平民）趕出相府。⓬甚矣　太過分了。意思是說皇帝對丞相不以禮相待，卻又委以重任，丞相就會認為皇帝太過分。⓭弛然不肯自飭　鬆弛懈怠，不願意自我約束或反省。弛然，鬆弛的樣子。飭，整治；告誡。⓮維其心　籠絡（丞相），使他們保持忠心不變。⓯勉其怠　始終勤勉不懈怠。

【語　譯】任命宰相和任命將軍的方法不同，做將軍的基本上是富有才智，但有時頑固駑鈍不知羞恥，不都是節儉廉潔好尚禮義不可以冒犯的人，所以不必特別以禮相待。對於他們所做的違法亂紀之事，也不可以用一般的法律去約束。為什麼呢？因為豪縱不受約束，是將領們普遍的生活狀態。漢武帝接見大將軍衛青時，往往在非正規的場合，也不求整潔；李廣利攻破大宛，殘害了不少士兵，武帝也是按下不問，那是任用將軍的法子。

至於宰相，就一定要由節廉尚禮的人擔任，而不是讓豪縱不受約束的人去擔任，所以要用周全的禮數去對待並委以重任。古代宰相去見皇帝，皇帝要為之離席起立；在路上遇見了，要為之下車；宰相生病，皇帝要親自探問；不幸去世，要親自弔喪：對待宰相的禮數是相當隆重的。可是，一旦宰相犯罪，也不徇私枉法。天地間有大的事故災害發生，有大的失誤出現，就要責問宰相是否盡職；宰相不能勝職，就下詔撤職，貶為平民，趕出相府；宰相有其他失職之處，就用簡陋的馬車送他回家反思自己的過錯。待宰相以禮，然後才能以重任相責，使他沒有怨言；以重任相責，然後再用盛禮相待，他就不會覺得有什麼過分。禮數不周，卻委以重任，那他就會問：皇上是用什麼禮數來待我的？卻給我這麼重的責任，太過分了吧。責任太輕禮數甚隆，那麼，宰相就會鬆懈不知自勵。所以說，用禮數來籠絡其心，用重任來勉其不怠，那麼，做宰相的就沒有誰會不對朝廷盡忠了，也就不會徇私情了。

吾觀賈誼書，至所謂「長太息」者❶，常反覆讀，不能已。以為誼生文帝時，文帝遇將相大臣不為無禮，獨周勃一下獄，誼遂發此❷。使誼生於近世，見其所以遇宰相者❸，則當復何如也？

夫湯、武之德，三尺豎子皆知其為聖人，而猶有伊尹、太公者為師友焉❹。伊尹、太公非賢於湯、武也，而二聖人者，特不顧以師友之❺，以明有尊也。噫！近世之君姑勿責於此❻，天子御坐❼，見宰相而起者有之乎？無矣。在輿❽而下者有之乎？亦無矣。天子坐殿上，宰相與百官趨走於下，掌儀之官名而呼之，若郡守召胥吏耳。雖臣子為此亦不為過❾，然尊尊貴貴之道，不若是褻也❿。

【章　旨】此章借賈誼感喟天子失禮於宰相，作今昔對比，指出近世待宰相失禮的不正常現象。

【注　釋】❶吾觀二句　賈誼書，指西漢賈誼所著的《新書》。長太息，指賈誼的〈治安策疏〉，其中有「臣竊惟事勢，可為痛哭者一，可為流涕者二，可為長太息者六」的話。❷獨周勃二句　惟獨在周勃受冤下獄時，賈誼就發出種種議論。據《漢書・賈誼傳》載：文帝三年（西元前一七七年），周勃被免官回其封地，有人說他準備謀反，於是文帝將他逮回長安，下獄審問。後來證明周勃並無謀反一事，才將他放回。賈誼有感於此而作〈治安策疏〉。❸所以遇宰相者　用來對待宰相的禮數、方式。❹夫湯武之德三句　三尺豎子，幼小的兒童，未明世事的小孩子。伊尹、太公望等人，皆見〈用間〉注文。據《史記・殷本紀》載，商湯向伊尹請教「王道」，然後將國政都託付給他。武王以太公望為師，委以國政，所以蘇洵這麼說。❺以師友之　以老師和朋友的禮數看待他們（指伊尹和太公望）。此處「師友」作動詞用。❻姑勿責於此　姑且不用這（即以丞相為師友）來責讓、檢驗皇帝們的行為。❼天子御坐　天子端坐在龍座上。❽輿　此指天子的車輦。❾雖臣子為此亦不為過　雖說因為是臣子，天子那麼做（指像郡守對待下屬一樣）也沒有什麼過分的地方。❿然尊尊貴貴二句　但是尊重應該尊重的，寶貴應該寶貴的這個道理，卻不應該被褻瀆。意思是，天子待宰相如郡守待下吏，有辱宰相的權位，不是天子對待宰相的正道。

【語　譯】我讀賈誼的文章，到所謂「長太息」的地方，常反覆品味，不能自已。覺得賈誼生在漢文帝的時候，漢文帝對待將軍、丞相和眾大臣，都不能說禮數不周，惟獨周勃一下監獄，賈誼就發出那樣的感歎。假使賈誼生在近世，眼見現在宰相們所受到的待遇，又當如何？

　　商湯、周武王的賢德，連小孩子都知道他們是聖人，卻仍然有伊尹、太公望那些人作為他們的良師益友。伊尹、太公望比不上商湯、武王那樣賢能，可是兩位聖人，卻不管這些而以他們為良師益友，就是要明示天下他們尊重宰相這個身分。唉！近代的君王，姑且不要用尊重宰相去要求了，皇帝端坐於朝堂之上，看見宰相，有起來迎接的嗎？沒有。在車輦上，有下車輦的嗎？也沒有。天子坐在大殿上，宰相與百官在殿下快步趨進，掌管朝儀的官員叫著他們的名字點名，就像郡守叫小吏一樣。雖然大臣們認為這樣做也不為過，可是尊敬重視值得尊敬重視的人，這個道理是不容如此褻瀆的。

夫既不能接之以禮，則其罪之❶也，吾法將亦不得用❷。何者？不果於用禮而果於用刑❸，則其心不服。故法曰：有某罪，而加之以某刑。及其免相也，既曰有某罪，而刑不加焉，不過削之以官而出之大藩鎮，此其弊皆始於不為之禮❹。賈誼曰：「中罪而自弛，大罪而自裁。」❺夫人不我誅，而安忍棄其身？此必有大愧於其君❻。故人君者，必有以愧其臣，故其臣有所不為。武帝嘗以不冠見平津侯❼，故當天下多事，朝廷憂懼之際，使石慶❽得容於其間而無怪焉。然則必其待之如禮，而後可以責之如法❾也。

且吾聞之，待以禮而彼不自效以報其上❿，重其責而彼不自勉以全其身，安其祿位、成其功名者，天下無有也。彼人主傲然於上，不禮宰相，以自尊大者，孰若使宰相自效以報其上之為利？宰相利其君之不責而豐其私⓫者，孰若自勉以全其身，安其祿位、成其功名之為福⓬？吾又未見去利而就害、遠福而求禍者也。

【章　旨】此章申述待相不以禮，於國多有害，結穴處點明：待相以禮，才能上下相接，得任相之道。

【注　釋】❶罪之　懲罰他（指丞相）。罪，此處作動詞，認為有罪，因有罪而懲罰。❷吾法將亦不得用　國家法律也不能很好地加到他們頭上。吾，指皇帝，此處擬帝王口吻而言，故用第一人稱。❸不果於句　不真正以禮相待，卻要真的用刑法來懲罰。果，當真；真正。❹其弊皆始於不為之禮　這種弊病都來源於最初沒有以禮相待。不為之禮，即不為之以禮，不以恭敬的禮儀去對待丞相。❺賈誼曰三句　語本〈治安策疏〉，意思是（丞相等大臣）知道自己犯了中等的罪行，就自我廢弛而死，犯了大罪，就自殺以謝罪。弛，廢弛。裁，自裁；自殺。❻夫人不我誅三句　別人（皇帝）不殺我，誰會忍心自棄其身，那（自裁的話）必定是感到非常愧對君主。我誅，即誅我，此指因犯罪而被正法。大愧於其君，十分對不起他們（指丞相）的君王。大愧，非常慚愧。❼平津侯　公孫弘，字季，西漢菑川（今山東壽光）人，年六十才被徵詔，能曲意迎合武帝，武帝待之甚厚，常常不戴帽子接見他。公孫弘後來做了丞相，封平津侯。❽石慶　武帝時曾任丞相，當時漢朝大肆開邊，國中大事基本上由桑弘羊、王溫舒等人處理。身為丞相的石慶，為人謹慎，無重大謀略，但能調解各方面的矛盾，在相位九年，雖有人譏嘲，卻也無害。❾責之如法　按法律去要求他。❿自效以報其上　自願效力以報答帝王對自己的知遇之恩。⓫不責而豐其私　不給予重任卻使他們有豪華舒適的個人生活。⓬孰若自勉二句　意思是身為人臣，就應該勤勉國事，保全自身，以功成名就為最大幸福。

【語　譯】既然不能對宰相以禮相待，那麼，責罰宰相時，國法也不能完全適用。為什麼呢？不能嚴格地以禮相待，卻要嚴格地以刑法追究責任，那麼，宰相心裏就會不服。按照法律：犯了某罪，就得做相應的處罰。等到罷免宰相的職務，就既說他犯有某某罪行，卻又不用相應的刑罰處置，只不過降職任命到大州郡去做地方官，這些弊病都肇始於當初沒有以禮相待。賈誼說：「（丞相）犯了中等的罪，就自己廢弛等死；犯了大罪，就應該自殺。」別人不殺我，自己怎麼忍心自棄生命？一定是有非常愧對國君的地方。所以做君主的，肯定是有愧對宰相的地方，宰相才會因此不為他賣命。漢武帝曾經不戴冠冕接見平津侯，所以當天下事端多發，朝廷憂心惶恐之際，才讓石慶之流得以心安理得地待在相位上，也沒有人覺得奇怪。既然如此，那麼一定要按禮數對待宰相，然後才能按律法去追究他們的責任哩。

再說我也曾聽說過：以禮相待，宰相卻不思努力效忠皇上，委以重責，宰相卻不勤勉自勵以保其身望，以便守住俸祿爵位、成就功名的人，天底下沒有那種人。皇帝傲慢地高高在上，不禮遇宰相，以尊貴者自居，哪裏比得上讓宰相奮力報效君王更為有利？宰相貪圖君主不以重任相託卻讓他過豪奢的生活，哪裏比得上勤勉自勵保全其身分和名譽，守住祿位並獲得事業成功更為人生大幸？我也從沒見過棄利求害、遠福求禍的人哩。

【研析】在〈審勢〉一文中，作者曾指出北宋積弱的根源在於統治者「習於惠而怯於威也，惠太甚而威不勝也」；待臣下之禮褻，而懲冗員之刑弛。本文可以說是對〈審勢〉所得結論的進一步闡述，具體討論君主應該如何任相。

文章承上篇〈御將〉而來，首先論證御將、任相的不同，任相如何，直接關係到國家的安危，任將如何，則只不過是國家一個行政部門的得失而已。為了說明任相的重要，作者從「禮」切入，指出禮是維繫君臣關係的紐帶。任相之道與御將不同，關鍵就在用「禮」不同：宰相必須「節廉好禮」，將領們的行為則往往與禮不合，因此，君主對丞相必須待之以禮，對將領則不一定求盡合禮數。這就把將、相之道區別開來了。中間進一步闡述任相之道：不僅要待之以禮，同時還必須委以重任，禮、責相屬，權利相當；用盛禮籠絡丞相之心，以重責使他們自勵不懈。討論的雖是任相之術，但重相之意，卻見於字裏行間。最後指陳當世輕相之失：古時君王聖賢，尚能以師友之禮尊重丞相；今世君王不能待相以禮，視如胥吏，未能責以重任，致使其「弛然不肯自飭」，國君未能優禮宰相於前，宰相不願自勵以報君恩於後，上下不能相接，彼此未得相通，任相之道全失，效君之忠盡去。討論的雖是任相之失，實際上卻從另一個側面強調重相之意。

北宋統治者恪守趙匡胤重用文臣、摧抑武將的陳規，對文臣仍心存忌憚，不能委以重任。文中揭示任相之誤，考以史實及〈遠慮〉篇中所舉例證，可以感到作者是有感於寇準、范仲淹等人罷相而發。文章以古證今，分析絲絲入扣，論辯明晰有力，強調重用宰相以利國家，可謂是給北宋統治者開出了一帖醫治弱政之弊的良方。儲欣在《評注蘇老泉集》中評云：「慷慨不及賈生，讀之亦復可感。」聯繫賈誼為周勃鳴不平的史實，則其所謂「慷慨」，看來是有感於寇準、范仲淹等人任相事而發的。

重遠

【題解】重遠即重視遠方的政局。中國古代社會，王權集中，遠近親疏，分別頗嚴。此文卻一反常態，認為遠方之政實國家安危所繫，不應輕視。從國家長治久安看，其拱衛京畿，重要性更顯突出。老蘇生於僻遠眉州，少不好學，與諸子遨遊，於邊政之弊，頗有瞭解，所以能有「重遠」之慮。一介布衣有此看法，可謂卓識。聯繫宋朝史實，北有契丹虎視，西則西夏覬覦，吐蕃、交趾時見反狀，外患皆在遠方。蘇洵此論，不僅有重遠地統治之意，更有鞏固國防之意。只是所提出的解決之道局限於慎擇官吏，使漕刑自舉其人而任之，皆非經國大略。文章分析問題雖深中時弊，但解決之法卻未免膚淺，思之不免有虎頭蛇尾之憾。

武王不泄邇，不忘遠❶，仁矣乎？曰：非仁也，勢也❷。天下之勢猶一身：一身之中，手足病於外，則腹心為之深思靜慮於內，而求其所以療之之術；腹心病於內，則手足為之奔掉❸於外，而求其所以療之之物。腹心手足之相救，非待仁而後然。吾故曰：武王之不泄邇，不忘遠，非仁也，勢也。

勢如此其急，而古之君獨武王然者，何也？人皆知一身之勢，而武王知天下之勢也。夫不知一身之勢者，一身危；而不知天下之勢者，天下不危乎哉？秦之保關中，自以為子孫萬世帝王之業，而陳勝、吳廣乃楚人也❹。由此觀之，天下之勢，遠近如一。

【章旨】此章以武王為例，以人體為喻，論述無論遠近內外，其重要性都是一樣的，破除重近輕遠之政治偏見，提出論點，見重遠之意。

【注釋】❶武王不泄邇二句　語本《孟子・離婁下》，意思是武王關心天下，不因其遠近有所區別。《史記・周本紀》載武王伐紂成功返回鎬京後，日夜難眠。周公旦問他為什麼憂心如此，武王說自己憂心遠近天下之事。❷勢也　時勢。此指天下大勢。蘇洵論天下大事很重視局勢，因此〈幾策〉第一篇即為〈審勢〉。❸奔掉　奔走；奔波。掉，擺動。❹秦之保關中三句　秦王嬴政統一天下後，以關中為根據地，指望就此可以永保自己子子孫孫萬代都做皇帝，所以自稱始皇帝，號秦始皇。結果在秦二世胡亥時，楚地的陳勝、吳廣即率領征戍之眾反秦，使天下大亂，最終滅亡秦朝。

【語譯】周武王治國，不放鬆近郊的治理，也不忘懷遠方的政治，是因為仁義嗎？回答：不是仁義，是形勢所迫。整個天下，就好比一個人的身體：在一個人身體之中，一旦外露的手足得了病，那麼，裏面的臟腑頭腦就會因此深思靜慮，考慮如何治療的辦法；內臟出了毛病，那麼，手足就會在外面不停地為之奔忙，去找能夠治療的藥物。腹心與手足彼此互救，用不著考慮仁義不仁義都會那樣去做。所以我說：武王治國，不放鬆近郊，也不忘懷遠方的政治，不是因為仁義，而是因為形勢。

形勢如此急迫，可是自古以來的君王，唯獨武王那麼做，是什麼原因？一般人只懂得身體勢必互救的常識，武王卻知道天下勢必互救的大道理。不懂得身體內外協調，勢必危害身體；可是，不知道天下遠近互救的大勢，天下就不危險了嗎？秦朝守住關中，自以為有了子孫萬世為帝王之業的資本，可陳勝、吳廣卻以楚人身分把它滅亡了。由此可見，天下大勢，政無遠近，都同等重要。

然以吾言之，近之可憂，未若遠之可憂之深❶也。近之官吏賢邪，民譽之歌之❷；不賢邪，譏之謗之。譽歌譏謗者眾，則必傳，傳則必達於朝廷，是官吏之賢否易知也。一夫不獲其所，訴之刺史❸，刺史不問，裹糧走京師❹，緩不過旬月，撾鼓叫號❺，而有司不得不省矣。是民有冤易訴也。吏之賢否易知，而民之冤易訴，亂何從始邪❻？

遠方之民，雖使盜跖❼為之郡守，檮杌饕餮❽為之縣令，郡縣之民，群嘲而聚罵者雖千百為輩，朝廷不知也。白日執人於市❾，誣以殺人，雖其兄弟妻子聞之，亦不過訴之刺史。不幸而刺史又抑之❿，則死且無告矣。彼見郡守縣令據案執筆，吏卒旁列，箠械滿前，駭然⓫而喪膽矣，則其謂京師天子所居者當復如何？而又行數千里，費且百萬，富者尚或難之⓬，而貧者又何能乎？故其民常多怨而易動⓭。吾故曰：近之可憂，未若遠之可憂之深也。

【章　旨】此章從民情上達的角度，分析「重遠」的重要性：近地民情易於上達，僻遠之地則民情難以上達，揭示重遠之旨。

【注　釋】❶可憂之深　深以為憂，令人更加擔憂的意思。❷譽之歌之　讚揚他們、歌頌他們。❸刺史　官名，秦朝時最先設立，監督各郡，漢、魏、晉時權限大小有所變動，隋以後一般指一州的行政長官。❹裹糧走京師　帶上糧食到京城去（訴冤告狀）。裹，包起來。京師，京城；首都。❺撾鼓叫號　擂鼓鳴冤。撾，擊；打。❻亂何從始邪　變亂從哪裏開始呢。意思是不可能有什麼變亂。亂，主要指被統治者發動起義等使統治混亂的事件。❼盜跖　相傳為春秋末期柳下屯（今山東西部）

人，本名跖，稱盜跖，是指他聚眾為盜而言。❽檮杌饕餮　古代四凶中的兩種，此處指兇狠貪婪的人。❾白日執人於市　光天化日之下在鬧市之中逮捕平民。❿抑之　壓制他們（受冤者）。⓫駭然　驚駭恐怖的樣子。⓬難之　即「以之為難」。難以辦到。⓭易動　容易暴動。動，此指百姓造反的行為。

【語譯】不過，照我的看法，近處的政治憂患，遠比不上僻遠之地的政治憂患深重。近處的官吏，賢能，人民讚譽他，歌頌他；不肖，百姓就貶斥他，聲討他。讚譽也好，譏諷也罷，多了，就一定會傳開去，傳開了，就一定能夠傳到朝廷上去，這麼一來，官吏是否賢能，就很容易知道了。一個百姓沒有受到公正的待遇，就到州郡長官那裏去申訴，州郡長官不受理，帶上糧食就上京城，最慢也不過十天半月，擊鼓鳴冤，司法部門就不得不受理。這樣，老百姓一有冤情，就容易申訴。官吏是否賢能很容易知道，老百姓很容易上訴冤情，怎麼還會出什麼禍亂呢？

僻遠地區的百姓，即使是讓盜跖當郡守，檮杌饕餮之類的兇人為縣令，縱然郡縣裏譏嘲並聚集起來咒罵他們的百姓已經千百成群，朝廷也不可能知道。白天在市井逮捕無辜者，誣陷他是殺人犯，即使這人的兄弟、妻子、兒女聽說了，也不過是到州郡長官那裏去申訴。萬一州郡長官又壓制他們的話，那可就冤死了也無處申冤啦。老百姓看到郡守、縣令升堂問案，手握生死大權，吏卒站列兩旁，刑具擺滿面前，早已驚懼膽喪了，哪裏還敢想像京師天子升堂會是什麼樣子？再說，（到京師申冤）還要行走上千里路，費用超過百萬，有錢的富人都會覺得困難，沒有錢的老百姓怎麼能行呢？所以，這些地方的百姓往往就積怨難申並且容易發生暴動。所以我說：近處政治的憂患，遠遠比不上遠方政治的憂患那麼深重。

國家分十八路❶，河朔、陝右、廣南、川峽實為要區❷。河朔、陝右，二虜之防❸，而中國之所恃以安❹。廣南、川峽，貨財之源，而河朔、陝右之所恃以全[5]，其勢之輕重如何哉？曩者北胡驕恣，西寇悖叛，河朔、陝右尤所加恤[6]，一郡守、一縣令，未嘗不擇。至於廣南、川峽，則例以為遠官，審官差除，取具臨時[7]。竄謫量移[8]，往往而至。凡朝廷稍所優異者[9]，不復官之廣南、川峽。而其人亦以廣南、川峽之官為失職庸人，無所歸，故常聚於此。嗚呼！知河朔、陝右之可重，而不知河朔、陝右之所恃以全之地之不可輕，是欲富其倉而蕪其田，倉不可得而富也[10]。

矧其地控制南夷、氐蠻，最為要害[11]。土之所產，又極富夥[12]，明珠大貝，紈錦布帛[13]，皆極精好，陸負水載[14]，出境而其利百倍。然而關譏、門徵、僦雇之費[15]，非百姓私力所能辦[16]，故貪官專其利，而齊民[17]受其病。不招權，不鬻獄者[18]，世俗遂指以為廉吏矣；而招權鬻獄者又豈盡無？嗚呼！吏不能皆廉，而廉者又止如此，是斯民[19]不得一日安也。

方今賦取日重，科斂日煩，疲弊之民不任[20]，官吏復有所規求於其間[21]矣。淳化中，李順竊發於蜀，州郡數十望風奔潰[22]。近者智高亂廣南，乘勝取九城如反掌[23]。國家設城池，養士卒，蓄器械，儲米粟以為戰守備[24]；而凶豎[25]一起，若涉無人之地者，吏不肖也。

【章　旨】此章分析當時遠近政治大勢，以輕廣南、川峽造成的惡果為例，證明其說。

【注　釋】❶國家分十八路　北宋時在全國劃分了十八個行政區劃，每一區域為一路。路，古代的行政區劃單位。❷要區　（在經濟、政治、軍事等方面的）重要地區。❸二虜之防　是防範二虜的地方。二虜，指契丹和西夏兩個威脅北宋統治的少數民族政權。❹而中國句　況且是保證廣大中原安全的屏障。中國，此指中原一帶北宋統治的中心區域。所恃，所依靠；所依賴。❺廣南川峽三句　意思是廣南、川峽等地乃河朔、陝右等重要地區的堅實後盾。如果廣南、川峽治理不好，國家財貨缺乏，河朔等地也就難以保全了。❻加恤　多加考慮；慎重考慮。❼審官差除二句　考察並任免官員，都是臨時決定（沒有認真考慮）。審官，宋太宗曾在中書省設吏房置磨勘京朝官院，後改為審官院，此指審官院審核官吏的行動。差除，選授官吏。❽竄謫量移　竄謫，貶謫官吏到邊遠之地。量移，對被貶謫官吏考察其表現，將之移置到較近的地方。❾稍所優異者　稍微有些特別才幹的官吏。❿倉不可得而富也　倉庫不可能豐富起來，難以致富的意思。⓫矧其地二句　況且（廣南、川峽）等地又是扼守南方部落和抵抗氐族入侵最為重要的地帶。矧，況且。⓬富夥　豐富。夥，多。⓭紈錦布帛　此指精美的絲織物。紈，很細的絲織品。錦，有彩色花紋的絲織品。⓮陸負水載　水陸運輸。陸負，陸地運輸。水載，水上船載運輸。⓯關譏門徵僦雇之費　各種各樣的稅收費用。關譏，古時的一種集市稅。譏，即「察」。官吏在集市稽察異服異言者以懲罰。門徵，到官府去納稅。僦雇，即租賃船隻運輸。⓰私力所能辦　靠私人的財力就能夠辦得成的。私力，單個家庭的力量。⓱齊民　一般百姓。齊，等；差不多，引申指一般。⓲不招權二句　不玩弄權術，不借訴訟辦案收取賄賂。⓳斯民　那裏的百姓，指官吏們弄權鬻獄之地的百姓。⓴疲弊之民不任　貧困的百姓們難以承受。任，勝任；承受下來。㉑規求於其間　以各種名義巧取豪奪。規求，謀劃；打主意。㉒淳化中三句　宋太宗淳化四年（西元九九三年），四川青城人李順及其姐夫王小波聚眾發亂，一度攻克成都，二年後失敗。望風奔潰，即望風而逃。奔，逃竄。潰，潰敗。㉓近者智高亂廣南二句　智高，壯族人，於仁宗皇祐元年（西元一〇四九年）起兵，佔據安德州立國，號南天國，朝廷前後用了五年時間才將其平定。反掌，比喻事情容易辦成。㉔以為戰守備　為戰爭作準備。㉕凶豎　兇狠的豎子，對反抗統治的起義領袖的詆毀。

【語　譯】全國分為十八路，河朔、陝右、廣南、川峽其實是最重要的地方。河朔、陝右，防守二虜，最為關鍵，全國要憑藉它們才能保障安全。廣南、川峽，是國家的財政來源，是河朔、陝右的物資保證，在這種形勢下，它們的重要性究竟如何呢？以前，北面的契丹驕縱滋事，西夏背叛朝廷，河朔、陝右一帶深以為憂，任命一個郡守、一個縣令，都要仔細挑選。至於廣南、川峽，則被習慣性地認為是僻遠地方的官位，調派官員，都是臨時決定的。貶謫或經考察可略事升遷的官吏，常常被派到那裏。凡是朝廷中略微覺得有前途的官員，就都不派往廣南、川峽一帶去任職。官吏們也都把廣南、川峽地方的官吏，看作是失職平庸之輩，因為沒有其他地方可以去了，所以才常常聚到那裏。哎！知道河朔、陝右很重要，卻不知道支撐保全河朔、陝右的地方也不應輕視，就像是想糧倉富足，卻讓田地荒蕪一樣，倉庫是不可能富足起來的啊。

再說，這些地方控制南夷、氐蠻，是最為關鍵的所在。土特產又極為豐富，珍珠海貝，綾羅綢緞，都是上等精品，水陸交通都很方便，進行出境貿易，還會有十分豐厚的利潤。只不過，國家的關稅、地方稅、雇工等費用，都不是普通老百姓私人所能解決的，因此貪官污吏們就專門牟取其中的暴利，老百姓就深受其害。不貪權牟利，不借訴訟辦案收取賄賂，老百姓就誇他們是清明廉潔的官了。可是以權謀私、在訴訟中受賄枉斷的，怎麼可能完全沒有？哎！官吏不可能全都廉明，所謂的廉潔官吏也不過如此，如此一來，老百姓就一天也不得安寧了。

如今，賦稅一天天加重，科斂也越來越頻繁，貧困的老百姓都難以負擔了，官吏們還乘機從中搜刮民脂民膏。淳化中，李順在四川偷偷地發動暴動，周圍數十個州郡一聽到風聲，就崩潰失守了。最近，儂智高在廣南作亂，乘勝連奪九城，易如反掌。國家修築城牆和護城河，豢養將士，積蓄兵器，儲備軍糧，是為了作戰和守備的需要；可是那些百姓一造反，就像入無人之境，那是因為這些地方的官吏失職啊。

今夫以一身任一方之責者，莫若漕刑❶。廣南、川峽既為天下要區，而其中之郡縣又有為廣南、川峽之要區者，其牧宰❷之賢否，實一方所以安危❸。幸而賢則已❹，其戕民黷貨，的然有罪可誅者❺，漕刑固亦得以舉劾。若夫庸陋選耎，不才而無過者❻，漕刑雖賢明，其勢不得易置❼，此猶弊車躄馬而求僕夫之善御也❽。郡縣有敗事❾，不以責漕刑則不可；責之，則彼必曰：敗事者某所，治某所者，某人也。吾將何所歸罪？故莫若使漕刑自舉其人而任之。他日有敗事，則謂之曰：爾謂此人堪此職❿也；今不堪此職，是爾欺我也。責有所任，罪無所逃。然而擇之不得其人者蓋寡矣⓫。其餘郡縣，雖非一方之所以安危者，亦當詔審官，俾勿輕授⓬。贓吏、冗流勿措其間⓭，則民雖在千里外，無異於處畿甸⓮中矣。

【章　旨】此章針對前面分析的問題，提出解決的方案：重視僻遠之地如廣南、川峽等地官吏的選調，給這些地方的轉運使一定的任免權，以便權責相當，職責分明，以除其弊。

【注　釋】❶漕刑　即漕司，宋代所置諸路轉運使。司職催徵科糧、出納金穀、辦理貢物等，並為各路（宋代行政單位）之監司，權力很大。❷牧宰　舊時州官稱牧，縣官稱宰。代指郡縣長官。❸所以安危　關係一方的安危。❹幸而賢則已　（所任用的州郡長官）幸好是賢能的人也就罷了。❺戕民黷貨二句　那種殘害百姓貪污受賄，罪行昭彰可按律處死的人。戕，殺害。黷貨，貪污受賄。的然，的的確確。❻若夫庸陋二句　如果選用平庸軟弱沒有才能，但也沒有什麼過失的人（做州縣長官）。❼易置　改變人選。依上下文的意思是說：如果朝廷選用了無能卻也無過之人，那麼即使漕刑很賢明，也沒有藉口更換別人。易，變易；更換。❽僕夫之善御也　擅長駕御馬車的馬夫。❾敗事　指有人造反一類的事。敗，毀壞，主要是指擾亂封建統治秩序犯上作亂之事。❿堪此職　勝任其所任之職。⓫然而擇之句　這麼一來，選任州郡長官出現失誤，所選之官不能勝任其職的情況就會很少了。寡，少。⓬亦當詔審官二句　也應該下詔給審察官吏人選的官員，讓他們不要輕易委任官員。⓭贓吏冗流勿措其間　貪贓枉法或者平庸無能的官吏，不讓他們混跡於清正廉明的官員之中。措，放置。⓮畿甸　京城四周。古制規定王的領地方圓千里為畿，畿內距王城五百里為甸。後泛指京城附近的地區。

【語譯】現在，一個人獨當一面承擔重大責任的，莫過於漕刑。廣南、川峽既然是天下的重要地區，其中的郡縣，又有是廣南、川峽一帶的要害之所在，這裏的官員是否賢能，實在是一方安危之關鍵。幸而是賢臣也就罷了，如果是些戕害老百姓、貪贓枉法、罪行昭彰依律當斬的，漕刑本來就有檢舉彈劾的大權可用。假如官員昏庸固陋，軟弱無能，沒有才幹，卻又沒有犯什麼大錯，漕刑雖然賢明，那種情勢下也就不可能隨便撤換了。這就好像本來是弊車駑馬，卻找了一個很有駕御技術的馬夫。郡縣治理有失誤，不責怪漕刑不行；責怪他，那他肯定會說：出事的是某地，治理那裏的是某官，怎麼責怪起我來了呢？所以說不如讓漕刑自己舉薦候選人來任命。今後如有什麼失誤，就對他說：你說這個人堪當此任；現在他難當重任，是你欺騙我。責任明確，罪不可掩。這樣的話，挑選出來的官吏不得其人的情況，就少了。其他的郡縣，雖然不是一方安危的關鍵所在，也要下詔責令審察官吏的官員認真考核，不要輕易授官。貪贓的官吏、無能的庸官，不要混入其中，那麼，老百姓雖然遠在千里以外的僻地，也就好像身在京城附近一樣了哩。

【研析】重遠即重視遠方之政。作者認為要達到使國家長治久安的目的，就必須尤其重視遠離朝廷的僻遠之地的政局。在論述方法上，作者運用先抑後揚的手法，先從武王不忘懷遠方之政起筆，闡明為政之道必須遠近如一，將遠近政治的重要性提到相同的高度進行描述。實則將重遠之意暗寓其中，是抑筆。隨後論證近寃易曉，遠禍難知，所以更需關注遠方之政，正面提出重遠的為政主張，是揚筆。但是，這種重遠之意，還停留在歷史的層面、理論的層面。作為一個關心現實的儒士，蘇洵發言為文都以現實政治為終極關懷，所以，在重遠之意已明，作者又將其理運用於現實當中，縱論天下政局。聯繫當時天下態勢，作者指出廣南、川峽等地，雖地處偏僻，但物產富饒，實為國家社稷安危之所繫。朝廷因其僻遠而生輕視之意，致使官吏招權鬻獄，民情思動，這對國家實在不利。若從用筆抑揚作分析的話，與其指劃天下大勢的縱橫開闔相比，前面的理論闡述，又可以統稱為抑筆了。作者正是通過這樣的抑揚頓挫的運筆，將重遠的利害，作層層推進，一一曉諭明白的。

針對這樣的局面，作者建議謹慎選拔、任用遠方州郡的要員，委以重責；讓他們自己任命下屬，權、責相屬，從而達到澄清吏治的目的。這樣的主張，明人茅坤曾評曰：「并切今世情事。」（《唐宋八大家文鈔》）現在看來，不僅為趙宋對症之藥，於明代亦有借鑑意義，直到今天，仍有現實意義。當然，宋代地方漕司掌管用人大權，實際上權力已相當集中，若再以國家要害之地的官吏任免權相授，則勢必有尾大不掉之虞，國家大權縱然不像唐朝後期那樣落入藩鎮武人之手，也勢必集中到地方政府那裏，對中央集權是不利的，故而此術也不可取。總而言之，全文雖然觀點鮮明，論辯有力，邏輯嚴密，結構緊湊，氣盛辭強，縱橫捭闔之中，自饒興味。正是這種論辯的氣勢，掩蓋了其解決問題之道的皮相膚淺。故而朱熹謂「蘇學」壞人心術，看來跟這種文風也有一些關係。

廣士

【題解】廣士，即廣泛招納天下奇士，主要論述國家選才、任才的根本原則。唐宋以來，科舉取士成為國家發現人才的一條重要途徑，也曾產生過積極的作用，但在具體實施過程中，也產生了不少弊病。〈上皇帝書〉中，蘇洵曾提出減少科考取士次數、控制及第者入仕名額、嚴格磨勘考核制度以發現真正人才等方案。本文可以說是其人才思想的進一步展示，作者主張國家應不拘一格選拔人才，不可只重科考一途，科舉考試也不應只考虛文，而應重視實際才幹，還應於官吏之中發現有特別能力的人才，用非常手段加以任用。這些想法與建議，無疑都是很合理的，只是在當時那個時代，卻未必能夠實行。蘇洵除年輕時曾應科舉，後遂不願屈就科試。考其生活的時代，朝中蔭補（因祖蔭得以補官）之政最濫，最多。可見作者是痛感其弊，故先後為文窮究其害。

古之取士，取於盜賊，取於夷狄。古之人非以盜賊、夷狄之事可為也，以賢之所在而已矣❶。夫賢之所在，貴而貴取焉，賤而賤取焉。是以盜賊下人❷，夷狄異類❸，雖奴隸之所恥，而往往登之朝廷，坐之郡國，而不以為怍❹；而繩趨尺步❺，華言華服❻者，往往反擯棄不用。何則？天下之能繩趨而尺步，華言而華服者眾也，朝廷之政，郡國之事，非特如此而可治也。彼雖不能繩趨而尺步，華言而華服；然而其才果可用於此，則居此位可也。

古者，天下之國，大而多士大夫者，不過曰齊與秦也。而管夷吾相齊，賢也，而舉二盜焉❼；穆公霸秦，賢也，而舉由余焉❽。是其能果於是非，而不牽於眾人之議也❾，未聞有以用盜賊、夷狄而鄙之者也。今有人非盜賊、非夷狄，而猶不獲用，吾不知其何故也。

【章旨】此章以古代任賢用能的事例，表明其不拘一格任用人才的觀點。

【注釋】❶古之人二句　意思是古時任用人才，不論盜賊、夷狄，只管是否有賢能。夷狄，古時對少數民族的蔑稱。❷盜賊下人　盜賊那樣的下賤人。下人，下等人；賤類。❸夷狄異類　夷、狄等異族人。異類，古人對漢族之外少數民族的蔑稱。舊時華夏族為主體的漢族統治中原，所以常以異類稱其他民族。❹坐之郡國二句　鎮守州郡，不感到慚愧。怍，慚愧。❺繩趨尺步　行為舉止合乎規範，即循規蹈矩的意思。❻華言華服　說漢語，穿漢服。指代漢族人。❼而管夷吾相齊三句　管夷吾，管仲，助齊桓公稱霸諸侯。管仲曾遇到過兩個強盜，將他們抓來推薦給齊桓公，說這兩個人本來是難得的人才，只是交友不慎，才將他們帶壞了，做出犯法的事。❽穆公霸秦三句　據《史記・秦本紀》載：由余本為晉人，因事逃亡入戎，在戎為官，後又被秦穆公重用，助穆公滅戎十二國。❾不牽於眾人之議也　不受眾人議論的牽制。

【語譯】古代選拔任用人才，有從盜賊中選，有從外邦少數民族中選。古人並不是覺得盜賊、夷狄的行為是正當的，只不過因為其中也有賢能之士罷了。只要有賢才，是富貴的就取用富貴者，是貧賤的就取用貧賤者。所以像盜賊那樣的下等人，像夷狄那樣的異族，縱然連奴僕們都瞧不起，卻往往被提拔入朝為官，或端坐郡國廳堂之上，一點也不覺得慚愧；反而是那些遵守規矩禮儀、講漢語穿漢服的人，常常被摒棄不用。為什麼呢？天底下能舉止循規蹈矩、講漢語穿漢服的人多的是；可朝廷的政務，州郡的大事，不是靠這一套就能治理好的。那些人雖然不能中規中矩，講漢話穿漢服，可是他們的才華確實能勝任那個崗位，就任命他到那個崗位了。

古時候，諸侯國當中，國力強盛且擁有眾多士大夫的，不過是齊國和秦國。管仲做齊國的丞相，很賢能，卻推薦了兩個盜賊；穆公使秦國稱霸諸侯，很賢能，卻舉薦了由余。這說明他們能夠果斷地進行是非判斷，而不被眾人的議論所牽制，也沒有聽說有因為他們用了盜賊、夷狄而被人瞧不起的事。如今，有既不是盜賊也不是夷狄的賢人，卻仍然沒有獲得任用，我不知道這是什麼原因。

夫古之用人，無擇於勢❶，布衣寒士而賢則用之，公卿之子弟而賢則用之，武夫健卒而賢則用之，巫醫方技❷而賢則用之，胥史賤吏而賢則用之。今也，布衣寒士持方尺之紙，書聲病剽竊之文❸，而至享萬鍾之祿❹；卿大夫之子弟飽食於家，一出而驅高車，駕大馬，以為民上❺；武夫健卒有灑掃之力，奔走之舊，久乃領藩郡，執兵柄❻；巫醫方技一言之中，大臣且舉以為吏❼；若此者，皆非賢也，皆非功也，是今之所以進之之塗多於古也。而胥史賤吏，獨棄而不錄，使老死於敲榜趨走❽，而賢與功者不獲一施❾，吾甚惑也。不知胥吏之賢，優而養之❿，則儒生武士或所不若⓫。

【章　旨】 此章作古今對比，證明當時用人之途雖多於古，但所取之人並非賢能之士，真正賢能者的進身之途反較古為窄。

【注釋】❶無擇於勢　不注重家族權勢等外在因素。勢，此指一個人的出身、社會地位等。❷巫醫方技　巫師、醫生以及從事星相占卜的人，古人認為這些都是卑賤的職業。巫，古時從事降神招鬼之類活動的人。方技，古時對星、相、卜、醫等活動的統稱，這裏指從事此類活動的人。❸書聲病剽竊之文　作一些講究聲韻格律、擬古仿古的詩文，這裏主要指唯求形式華美卻無補世教的空洞文章。聲病，詩文格律方面的要求。南北朝時沈約等人為追求詩歌美聽的效果，根據漢字四聲的規律，規定了八種作詩時必須注意避免的不恰當搭配，稱四聲八病，唐人沿用其說並作改進，以避免聲病的辭賦為善。剽竊之文，指模仿古人或他人的文章。❹萬鍾之祿　優厚俸祿。萬鍾，形容其多。鍾，古量器名。❺民上　凌駕於一般百姓之上。❻武夫健卒四句　習武強健之人因為有為他們（在位有勢之官僚）辛苦服役的苦勞，又有往日奔走門庭的舊交，時間久了就得以出領藩郡，掌管那裏的兵權。灑掃之力，為官僚打掃家室庭院的苦力，意指為官僚的家臣奴僕。奔走之舊，為大官僚往來奔走辦事的舊交情。執兵柄，掌握兵權。這幾句意思是指責當時對武將的選擇不正常，而是臣僚們任用私人，以他們曾役使的壯漢充任。❼巫醫方技二句　巫醫方士或許只因一句話言中了，就有大臣舉薦他做了朝廷大吏。宋朝時皇帝多信道教，對道術很迷信，常常有所謂得道之人因為治好皇室人員疾病或者預言準確而得官，所以蘇洵這麼說。❽老死於敲榜趨走　發布文榜，到處奔走辦事，忙碌一生，直到老死。❾不獲一施　一點也沒有施展的機會。❿優而養之　即「優養之」。優待的意思。⓫或所不若　或許有人還不如他們（胥吏）。

【語譯】古時候選用人才，不憑權勢。布衣寒士，如果賢明，就任用；公卿大夫的子弟，如果賢明，就任用；武士、強健的士卒，如果賢明，就任用；巫師、醫生、手藝人，如果賢明，就任用；小官賤吏，如果賢明，就任用。現在呢，布衣寒士手持尺許見方的考卷，寫些講究聲律、東拼西湊的文章，就可以獲得高官厚祿；卿大夫的子弟們，在家裏飽食終日，一出門就驅高車、駕大馬，凌駕於百姓之上；武夫健卒們因為侍候過達官貴人，有奔走門庭效勞的舊交情，時間久了，也能謀得鎮守藩郡的官職，執掌兵權；巫醫方術之士有一句話說得中意了，大臣們就推薦他們做官。諸如此類，都不是因為賢能，也不是因為立過大功，這就使得今天的任人途徑比古人顯得多了。可是，衙門小吏，反而被拋棄不予錄用，讓他們直到老死都在那裏發布文告、奉命奔走辦差，施展賢才、建立功勳，一點都沒有機會。這讓我感到很納悶。不知道衙門小吏的賢才，進行得當的培養，他們的能力或許比儒生武士們還要強哩。

昔者漢有天下，平津侯、樂安侯輩皆號為儒宗，而卒不能為漢立不世大功❶；而其卓絕雋偉❷，震耀四海者，乃其賢人之出於吏胥中者耳。夫趙廣漢❸，河間之郡吏也；尹翁歸❹，河東之獄吏也；張敞❺，太守之卒史也；王尊❻，涿郡之書佐也。是皆雄雋明博❼，出之可以為將，而內之可以為相者也，而皆出於吏胥中者，有以也❽。

夫吏胥之人，少而習法律，長而習獄訟，老奸大豪畏憚懾伏❾，吏之情狀、變化、出入，無不諳究❿。因而官之，則豪民猾吏之弊，表裏毫末畢見於外，無所逃遁。而又上之人擇之以才，遇之以禮，而其志復自知得自奮於公卿⓫，故終不肯自棄於惡以賈罪戾⓬，而敗其終身之利。故當此時，士君子皆優為之⓭。而其間自縱於大惡者⓮，大約亦不過幾人，而其尤賢者，乃至成功如是。

今之吏胥則不然，始而入之不擇也，終而遇之以犬彘也⓯。長吏一怒，不問罪否，袒而笞之⓰，喜而接之，乃反與交手為市⓱。其人常曰：長吏待我以犬彘，我何望而不為犬彘哉？是以平民不能自棄為犬彘之行，不肯為吏矣，況士君子而肯俛首為之乎？然欲使之謹飾可用如兩漢，亦不過擇之以才，待之以禮，恕其小過，而棄絕其大惡之不可貰忍者⑱，而後察其賢有功而爵之、祿之、貴之，勿棄之於冗流之間。則彼有冀於功名⑲，自尊其身，不敢匄奪⑳，而奇才絕智㉑出矣。

【章旨】此章援古為例，證明小吏中有傑出之士賢能超過儒士武夫，並指出今天用吏不當之失。

【注釋】❶昔者三句　平津侯，即公孫弘，見〈任相〉注。樂安侯，匡衡，字稚圭，東海涿（今屬北京市）人，以經學名世。漢元帝建昭年間（西元前三八－前三四年）為丞相。匡衡為相跟公孫弘一樣，為人謹慎，後封樂安侯。《漢書》中評論他們：「其蘊藉可也，然皆持祿保位，被阿諛之譏。」蘇洵因他們身居相位卻不能大有作為，所以這樣說。❷卓絕雋偉　才能傑出的意思。❸趙廣漢　字子都，涿郡蠡吾（今河北博野西南）人，初為郡吏。漢宣帝時被任命為潁川太守，不避豪強，誅殺原氏、褚氏。遷為京兆尹後，仍能從嚴執法，不避權貴。❹尹翁歸　字子況，河東平陽（今山西臨汾）人，初為獄小吏。漢宣帝時任東海太守，能懲治豪民黠吏，使所治之地大為太平。❺張敞　字子高，河東平陽人。初補太守卒吏，遷太僕丞。漢宣帝時任太中大夫，幾經周折，為冀州刺史。張敞為人直言敢諫，為吏頗有政績。❻王尊　字子贛，高陽（今河南杞縣西）人。初為太守府給事，補書佐，後累官至京兆尹，遷東郡太守。❼雄雋明博　胸懷大志，才能突出，能明斷事理且廣博多識。❽有以也　是有原因的。以，緣由。❾畏憚懾伏　因為恐懼害怕而服從他們。❿諳究　深入瞭解；探究。⓫自奮於公卿　自我奮鬥，以便躋身於公卿之列。⓬自棄於惡以賈罪戾　自暴自棄犯下貪財鬻獄等惡罪，致使自己也走上犯罪的道路。惡，指枉法犯罪。賈罪戾，招致罪過。罪戾，罪過。⓭士君子皆優為之　士君子都自勵有為。⓮自縱於大惡者　自我放縱，以至於犯下大罪的人。⓯遇之以犬彘也　對待他們像對待豬狗一樣。彘，豬。⓰袒而笞之　剝去他們的衣服，鞭打他們。袒，脫去或敞開上衣。笞，用鞭、杖等物打。⓱交手為市　在公共場合相互禮讓。交手，拱手作禮。⓲大惡之不可貰忍者　罪大惡極、不可赦免或者容忍的人（小吏）。貰，赦免；寬恕。⓳有冀於功名　希望獲得功名利祿。⓴匄奪　奪取。匄，給予。奪，奪取。此處為偏義複詞，主要是奪的意思，指喪失志向。㉑奇才絕智　奇傑無比的才能和智慧。

【語譯】從前漢朝統治天下，平津侯、樂安侯等人當時號稱「儒宗」，可最終都沒能為漢朝立下非凡的大功；

而那些卓絕超群、才智出眾、聲名遠揚、威震四海的人，卻是那些出身於衙門小吏之中的賢明者。趙廣漢，是河間郡的郡吏；尹翁歸，是河東郡的獄吏；張敞，是太守的小卒；王尊，是涿郡的書佐。這些人，都是些才藝超群、賢明通達，出可為將帥，入可任宰相的人，他們都出自小吏之中，是有原因的。

擔任官衙小吏的這些人，年輕時就熟悉法令刑律，年長時又通曉訴訟案件，那些老奸巨猾的豪強們因為懼怕而不得不服貼，他們對於官場的情況、政策的轉變、經濟的出入，沒有不熟悉的。所以他們做了官，那些豪強之民、狡猾奸吏的欺詐勾當，明裏暗裏的小伎倆全都在他們的眼皮底下，無處逃遁。再說上級官員選擇他們是因為他們的才幹，待他們又以優厚的禮遇，而且他們那些人又都暗自立志要奮發努力去獲得公卿的地位，所以始終不肯自暴自棄，走上邪惡犯罪的路給自己找麻煩，毀掉自己一生的功名利祿。所以在這種情勢下，有學問品行好的人都會有所作為。縱然他們當中有自甘墮落犯罪受罰的，大概也不過少數幾個人，可那些特別賢能的人，就會成就像上面所舉的人那樣的大功績。

現在做小吏卻不是那樣，開始進衙門時就沒有選擇過，進了衙門之後又像豬狗一樣對待他們。長官一發怒，不問是否有罪，就脫下他們的衣服鞭打一頓，高興了就與他們交接，在公共場合跟他們相互禮讓。這些人常常說：長官像豬狗一樣對待我們，我們哪裏能指望不做豬狗呢？所以平民百姓都不願自暴自棄，去當這豬狗之差，不去做小吏，更何況德才兼備的士君子，豈肯低頭去做小吏？雖然如此，要想讓他們做事謹慎、自我修飾，像兩漢時那樣堪任用，也不過就是以才能為標準對他們進行選擇、禮貌地對待他們、寬恕他們的小過錯、開除掉他們中罪不可恕之徒，然後考察他們的才能和功績，給他們爵位、俸祿，使他們顯貴起來，而不是丟在閒散冗官之中。那麼，他們因為對功名抱有希望，就會自愛自重，不敢輕易放棄，聰明才智也就會表現出來了。

夫人固有才智奇絕，而不能為章句名數聲律之學者❶，又有不幸而不為者。

苟一之以進士、制策，是使奇才絕智有時而窮也。使吏胥之人，得出為長吏，是使一介之才無所逃也。進士、制策網之於上❷，此又網之於下，而曰天下有遺才者，吾不信也。

【章旨】此章針對前面列出的問題，提出解決的方案：進士、制策與吏胥選拔相互補充，才可能野無遺賢。

【注釋】❶章句名數句　津津於考據古文、講求名數、聲韻等無補於世的學問的人。章句，即章句之學，指專門研究古文章節、句讀的學問。名數，刑名和術數，主要是指那些以陰陽五行推測人事吉凶的迷信活動。聲律，詩詞內在的聲韻和節奏，代指研究詩歌的學問。❷網之於上　在上面（指朝廷）網羅招集（人才）。

【語譯】人群中一定有才智非凡卻不能做章句、名數、聲律這類學問的人，又有些人很遺憾不願意去做那些事。假如一律都用進士、制策的考試去考核人才，那就勢必會使一些才智非凡的人時不時陷於窘迫之境。假使能讓普通小吏有機會提拔成為長官，就可以使一些小有才能的人也不致被埋沒。在上用進士、制策來網羅人才，在下用提拔小吏的方法網羅人才，說天底下還有遺才，我不相信。

【研析】這篇文章既可以說是蘇洵的人才觀的全面闡發，也可以說是他為什麼不就科舉考試，連皇帝詔試制科都辭不就試的最好解釋。

宋襲隋唐舊制，以科舉取士，但與唐代相比，宋代科舉取士名額大為增加，考試方法也較為死板，難免給那些死守章句而無實學之士以可趁之機。加上任子之風盛行，致使冗員甚眾而能吏少見。披閱全文，可以感覺得到，蘇洵正是有感於此而作此文的。

文章首先肯定古時取士得法，以賢能與否為準，能者即委以重任，而不管其家庭出身、社會地位等外在權勢，這實際就是主張任人唯賢，而不是任人唯親、任人唯勢。在肯定古代任人之法中，暗諷當今用人之失。中間指陳宋朝吏制之弊：非賢非功者躋身仕途，賢能的胥史賤吏，卻不被重用。這實際上是在批評用人之不當。一正一反，對比鮮明，很有說服力。最後提出建議：國家不應該只重視科舉取士，同時也要注意優養吏胥，使之與進士、制策相互補充；一網於上，一網於下，使天下有才之士，各盡所能，朝堂之外無遺才之憾。

任賢之論，並非蘇洵發明。明人楊慎《三蘇文範》中言：「求才及於不善，漢武、魏武業已行之。老泉此議，襲其故智耳。」可見並非新論，而且漢武、魏武為一國之君，故能主張，亦能行之，蘇洵得其意而無其位，故其議在當時未必會受到重視。只是，他能夠重視人才，強調應該重視有實際才能的下層官吏，確實體現出其思想中進步的一面，由此也可以看出作者人才觀的獨特性。

在論證方法上，本文也較有特色。文章不是簡單地進行古今對照，而是層層深入，在每個層面都進行古今對照，每一次對比，說明一層意思。這樣，既突破了慣常的寫作方式，又使所要表達的意思更加全面而且深入，以深層的邏輯線索，代替簡單的例證，馳筆於古今利弊之間，縱橫捭闔，增強了文章的說服力。

養才

【題解】〈廣士〉一篇重在探討君主應該如何選拔人才，而選才的目的是為了用才，所以，本文就將論述的重點放在國家應該如何任用人才上。由於〈廣士〉一篇將人才界定為賢能奇傑之士，而非因循墨守之人，所以此篇辨析「德」、「能」，總體上呈現出重「能」輕「德」的傾向。雖然這樣的觀點，很好地支持了〈廣士〉的主張，而此文也可謂〈廣士〉之姊妹篇，既是對前者的一個很好補充，又是作者人才觀的進一步闡述。但是，這種輕「德」重「能」的思想，在那個時代，無疑是帶有某種「異端」色彩的，特別是跟「洛學」重道德踐履對照起來，「蜀學」的事功色彩就顯得更突出了。

夫人之所為，有可勉強者，有不可勉強者。煦煦然而為仁，孑孑然而為義❶，不食片言以為信，不見❷小利以為廉。雖古之所謂仁與義、與信、與廉者，不止若是❸，而天下之人亦不曰是非仁人，是非義人，是非信人，是非廉人，此則無諸己❹而可勉強以到者也。在朝廷而百官肅，在邊鄙而四夷懼；坐之於繁劇紛擾之中而不亂❺，投之於羽檄奔走之地而不惑❻；為吏而吏，為將而將。若是者，非天之所與，性之所有，不可勉強而能也。

道與德可勉以進也，才不可強揠以進也❼。今有二人焉，一人善揖讓❽，一人善騎射，則人未有不以揖讓賢於騎射矣❾。然而揖讓者，未必善騎射；而騎射者，捨其弓以揖讓於其間，則未必失容❿。何哉？才難強而道易勉也⓫。

【章　旨】此章將人之行為分為可勉強與不可勉強兩大類。指出看上去似乎是生而得之仁、義、信、廉，實際上都是可能通過後天習得的道德修養。與之相比，才能源自天性，是不可勉強的，因此，較可勉強的道德修養更為難得。

【注　釋】❶呴呴然而為仁二句　語本唐韓愈〈原道〉：「彼以呴呴為仁，孑孑為義，其小之也則宜。」呴呴然，和悅、柔順的樣子。孑孑然，細小、拘謹的樣子。此指只以恭順和小心謹慎的行為舉止為仁義，乃褊狹之見。❷不見　不看重；不重視。❸不止若是　不僅僅是這樣，不止這些。蘇洵的意思是說仁、義、信、廉的真正內涵，更為豐富。❹無諸己　沒有自我，指潛藏或壓抑自己的秉性。❺坐之句　使其處於紛繁複雜的事務之中，都能方寸不亂。❻投之於羽檄句　使之置身於十萬火急的軍情之中，卻能不混亂迷惑。❼才不可強揠以進也　人的才能是不可能通過勉強拔高，就能增長的。揠，拔。❽揖讓　賓主相見時拱手施禮，此處泛指講究禮義。❾則人未有句　那麼，沒有誰不認為打恭作揖講究禮儀者比騎馬射箭者更為賢德的。❿失容　失態，此指因不懂禮貌而舉止失態。⓫才難強而道易勉也　人的才能難以勉強獲得，而一個人的道德修養卻較容易通過不斷努力去增進。道，此指仁義信廉等合乎禮法的行為舉止。

【語　譯】一個人的行為舉止，有些是可以通過勉強鍛鍊獲得的，有的卻不是可以通過勉強獲得的。恭敬和順就算仁，小心拘謹就算義，不違背片言隻字就算是信，不看重小利就算廉。就是在古時候對仁、義、信、廉的定義，內涵也不止此，當然，天底下也沒有人就認定那樣的人不仁、不義、不信、不廉，這些都是可以通過潛藏秉性提高修養達到的境界。在朝堂之上，百官為之整肅動容，在邊疆，四夷為之震懼；處於繁亂工作之中卻能有條不紊，放到激烈拼殺的戰場卻能保持清醒的頭腦；當小吏有小吏的能耐，任大將有大將的風範。像這樣的人，若不是上天所賜，本性具有，是不可能通過勉強鍛鍊獲得的。

道德修養是可以通過學習提高的，才能卻不可能通過揠苗助長得以改進。現在有這麼兩個人，一個人嫻於禮節，一個人精於騎射，可以說，沒有不認為嫻於禮節的人比精於騎射的人賢能的。但是，嫻於禮數的人，未必能精於騎射；而精於騎射的人，丟掉弓箭練習禮儀，卻未必就會失態。為什麼呢？才能難以強求，道德修養卻容易學習。

吾觀世之用人，好以可勉強之道與德，而加之不可勉強之才之上，而曰我貴賢賤能❶。是以道與德未足以化人❷，而才有遺焉。然而為此者，亦有由矣❸，有才者而不能為眾人所勉強者耳。何則？奇傑之士，常好自負，疏雋傲誕，不事繩檢❹，往往冒法律❺，觸刑禁，叫號讙呼❻，以發其一時之樂而不顧其禍，嗜利酗酒，使氣傲物，志氣一發，則偶然遠去❼，不可羈束以禮法。然及其一旦翻然而悟❽，折節而不為此，以留意於嚮所謂道與德可勉強者，則何病不至❾？奈何以樸樕小道❿加諸其上哉！

夫其不肯規規以事禮法⓫，而必自縱以為此者，乃上之人之過也⓬。古之養奇傑也，任之以權，尊之以爵，厚之以祿，重之以恩，責之以措置天下之務⓭，而易其平居自縱之心⓮，而聲色耳目之欲又已極於外，故不待放恣而後為樂⓯。今則不然，奇傑無尺寸之柄⓰，位一命之爵⓱，食斗升之祿者過半，彼又安得不越法踰禮而自快邪？我又安可急之以法⑱，使不得泰然自縱邪？今我繩之以法，亦已急矣，急之而不已，而隨之以刑，則彼有北走胡，南走越耳⑲。

噫！無事之時既不能養，及其不幸，一旦有邊境之患⑳，繁亂難治之事，而後優詔以召之，豐爵重祿以結之，則彼已憾矣㉑。夫彼固非純忠者也，又安肯默然於窮困無用之地而已邪？

【章旨】此章探究懷有奇才者為什麼不被重視的原因，進而指出造成重道德修養不重實際才能這種思維定勢的根源，在於當今「上之人」沒有真正給奇傑之士足夠的發展空間，使其不能快意。

【注釋】❶貴賢賤能　尊重有道德的賢人，不重視只有技能的人。能，指有技能才幹的人。❷化人　教化百姓。化，指用一定的思想道德教育人，使之改變原來的風俗習慣。❸亦有由矣　也是有原因的。由，緣由。❹疏雋傲誕二句　行為傲慢，放誕不事檢點。疏雋，疏宕；放誕不拘小節。不事繩檢，不受約束。❺冒法律　觸犯法律。冒，冒犯；觸犯。❻叫號讙呼　大聲呼叫，表達一時的歡快之情。❼倜然遠去　瀟灑無拘束地走開。倜然，瀟灑倜儻的樣子。❽翻然而悟　猛然醒悟。翻然，即「幡然」。猛然。❾何病不至　有什麼毛病改不掉。❿樸樕小道　此指簡簡單單可以勉強的道德禮儀。⓫規規以事禮法　循規蹈矩，使行為合於禮法規範。⓬上之人之過也　上面的人的過失。上之人，統治者，主要是指皇帝。⓭措置天下之務　處理天下大事的重任。⓮平居自縱之心　平時那種自我放縱的生活態度。⓯不待放恣而後為樂　不需要自我放縱就感到快樂。⓰尺寸之柄　一點點權力。尺寸，形容很少。柄，權柄；權力。⓱一命之爵　最低的爵位。命，官爵。周時官制從一命到九命，一命為最低。⓲急之以法　即繩之以法。急，收緊。⓳則彼有北走胡二句　語本《史記・季布欒布列傳》：季布在歸漢之前曾為項羽部將，多次率部與劉邦作戰，令劉邦難以對付。劉邦稱帝後，懸賞千金以求季布。魯朱家對滕公說：季布很賢能有才幹，漢王這麼急著要找到他，那麼，他不是向北面跑到胡（匈奴）地，就是往南跑到百越一帶。此處引用來說明英雄豪傑之士逃往他國，不為所用。⓴邊境之患　邊境上的禍患，指外族的入侵等。㉑則彼已憾矣　（那時奇傑之士）已經感到很失望了。憾，感到遺憾；有所失落。

【語譯】我觀察社會上的用人標準，喜歡把可以勉強的道德擺到比不可勉強的才能更重要的位置，並藉口說這是因為看重賢德輕視技能。所以才會出現道德教化並沒有起到很好的作用，可對才幹之士卻有所遺棄。可是，導致這樣的結果，也是有原因的：才幹之士，不願做普通人遵循的可勉強之事。為什麼？奇傑之士，往往都很自負，特立獨行，放任自流而不受約束，常常違法亂紀，狂呼大叫，發洩一時的快意，卻不考慮會招來災禍，貪利、酗酒、使氣、傲物，一通發洩之後，就瀟灑地飄然而去，不受禮法的約束。等他一旦幡然省悟，就改弦易轍不似從前，留意進行道德修養那些可以後天培養的禮儀，那麼，有什麼毛病改不掉呢？怎麼可以把簡單的道德修養看得比技能更重！

奇傑之士不肯規規矩矩遵守禮法，一定自我放縱，像上面所說的那樣，錯在上面的養才之人（君主）。古時候培養奇傑之士，給他權力，授他尊位，贈以厚祿，結以重恩，把天下重大事務交給他辦理，使他平時那種自我放縱的心態得以調整，外加盡量滿足他的聲色耳目之欲，所以才會不放縱恣肆就已盡享快樂。現在卻不是這樣，奇傑之士一點權力都沒有，被任命為最低一級的官爵，一大半人的俸祿又少得可憐，這些人又怎麼可能不違法亂紀去圖一時快活呢？國家又怎麼可以用法律去約束他，不讓他盡情放縱呢？現在國家用法律去約束，已經是太過分了，不斷地約束他，還要處以刑罰，那這些人肯定不是往北逃到胡地，就是往南逃到百越去了。

唉！太平無事的時候，不能善待能人，等到大事不好，驟然邊境有了外患或者複雜難治理的事情，然後才降詔好言召見，用豐厚的爵祿去籠絡，那時，這些人已心生恨憾了。那些人本來就不是淳良忠厚之人，又怎麼肯在英雄無用武之地的環境下默默無聞地生活呢？

周公之時，天下號為至治❶，四夷已臣服，卿大夫士已稱職❷。當是時，雖有奇傑，無所復用，而其禮法風俗尤復細密，舉朝廷與四海之人無不遵蹈，而其八議之中，猶有曰議能者❸，況當今天下未甚至治，四夷未盡臣服，卿大夫士未皆稱職，禮法風俗又非細密如周之盛時，而奇傑之士復有困於簿書米鹽間者❹，則反可不議其能而恕之乎？所宜哀其才而貰其過，無使為刀筆吏所困❺，則庶乎盡其才矣。

或曰：奇傑之士有過得以免，則天下之人孰不自謂奇傑，而欲免其過者？是終亦潰法亂教耳❻。曰：是則然矣。然而奇傑之所為，必挺然❼出於眾人之上，苟指其已成之功以曉天下，俾得以贖其過；而其未有功者，則委之以難治之事，而責其成績❽，則天下之人不敢自謂奇傑，而真奇傑者出矣。

【章旨】此章借古立論，倡重能之說，並提出用難治之事，考驗奇傑之士的設想。

【注釋】❶至治　治理天下的至境，即太平盛世。❷稱職　才能與所擔當的職務相符合。❸而其八議之中二句　八議，指《周禮·小司寇》中所列八種犯罪不用刑法，而以大家討論來定罪的制度。八議之中，其四為「議能之辟」，即才能奇傑的罪人，由大家議論來定罪。❹困於簿書米鹽間者　即困厄於記錄米鹽帳簿之類的繁冗雜事之中。簿書，財物出納之類的帳本。❺無使為刀筆吏所困　不要讓奇傑之士為小吏所辱。語源《史記·李將軍列傳》：李廣隨衛青出征匈奴，中途迷失道路。衛青派人叫他到將軍府對簿（核查事實）。李廣想到自己一輩子與匈奴作戰，如今卻要為小吏所控制，就說：無論如何我也不會去與小吏對簿！隨即自刎而死。刀筆吏，古時小吏書寫文告，一般都是用竹木板，如有寫錯，則以刀刮去重寫。小吏們往往一手握筆，一手捉刀，因稱刀筆吏。❻潰法亂教耳　敗壞國法、政教罷了。❼挺然　突出的樣子。❽責其成績　考察他的成績。責，考察；檢驗。

【語譯】周公之時，號稱天下太平，四夷賓服，卿、大夫、士各司其職。那時，縱然有奇傑之士，也沒有什麼用處，而且當時禮法風俗已非常周詳嚴密，從朝廷到四野，沒有人不遵守的，可當時法律定罪的「八議」當中，卻有「議能」減罪一項。況且現在天下並不太平，四夷也沒有完全臣服，卿、大夫、士並不是完全稱職，禮法風俗也不是嚴密周詳到像周公時的程度，可奇傑之士卻有困於記錄簿書置辦米鹽之類冗務之中的，這些人反而可以不考慮他們的傑出才能並寬恕他們的罪過嗎？所以，應該憐惜其才能，寬恕其過失，讓他們不要被刀筆小吏所困，那才有可能讓他們施展才華啊。

有人可能會說：才能奇傑的人，可以免罪，那普天下的人誰不說自己是奇傑之才，以求豁免罪過？這樣終究會擾亂法律有傷教化。回答是：這話沒有錯。可是，奇傑之士的行為，肯定跟一般人比起來顯得獨特，與眾不同，假如把他已經立下的功勞通告天下，藉以贖罪，把難治的事情交給那些還沒有立功的奇才，並考察他的辦事實績，那麼，天下之人就不敢自誇奇傑了，於是乎真正的奇傑之士也就凸顯出來了。

【研析】蘇洵反對以科舉招羅人才的方法，認為那只不過憑藉一天內所做的無用空文謀取一生的富貴，並不是真正招納賢能之士的好辦法。所以本文論「養才」，就從根本上把科舉之士排除在「才」之外，而專論如何招納奇傑之才。

文章先窮究才、德之辯證關係，說明才能很難後天勉強，而道德修養可以通過努力獲得。這種重能輕德之論，與傳統重賢輕能的觀點，可以說是針鋒相對，所以特別醒人耳目。緊接著作者便正本清源，駁斥重德輕才之誤，論證自己的觀點，並且從才能之士越禮的表現上，闡明為什麼才能之士不被重視的原因，再追究造成這一現象的根本原因在於「上之人」。通過這樣環環相扣的論述，揭示出「上之人」用才態度與「奇傑」之士自我放縱的悖反：古人用能而不束之以禮，故奇傑之士樂為所用；今人不用其才卻約之以禮，故奇傑之士不為所用而自我放縱。論述至此，如何對待才士，也就清楚了。清理作者思路，他首先是要重視奇才異能，不可用一般道德規範來約束能人，「尊之以爵，厚之以祿，重之以恩」；其次還要給奇傑之士一個相對寬鬆的空間：不計其小過，以結其心；委以天下大事，以驗其才，使奇傑之士能夠傑然出於眾人之上。最後再以簡略的筆墨點出如何區別奇傑之士與眾人的辨法，所舉之法雖未必周全，但對文章而言，有此一筆，卻使整個論證顯得十分周密。

蘇洵這裏強調奇才難得，而道德易致，這種重能思想，對君主制時代一貫以道德為重，大行蔭封、任子等特權，可以說是一劑良藥，是具有一定的積極意義，確可謂「破庸人之論」（儲欣《評注蘇老泉集》）。聯繫蘇洵本人，他年輕時曾廢學遊蕩，後雖折節讀書，為文有名於西南，後又攜二子進京應試，父子三人名動京師，卻終不就科試。其行為舉止，頗有幾分他所描述的「不肯規規以事禮法」的「奇傑」之士的影子，而他所描述的當時對待奇傑之士的情形：「無尺寸之柄，位一命之爵，食斗升之祿」，跟他後來屈就下位的情形，也頗有幾分呼應。其〈名二子說〉似將蘇軾、蘇轍一生料定，不差分毫，而此篇對「奇傑」之士命運的描述，又宛如其人生平，讀之令人生慨！

申法

【題解】此篇申述古今法制的流變，在指出其求民之情與服民之心實質一致的前提下，通過分析古今民情的變化，揭示出法律繁簡之別的原因。在此基礎上，指陳當時法制不完備之大端，並提出嚴肅吏治以求解決的方案。總體上講，這種以嚴刑治大吏的思路，頗具刑名之學的色彩，但他在同時所撰〈養才〉一文中，卻又主張不應以嚴刑對待奇傑之士，可見，蘇洵的法制觀中，也摻雜著人治的思想。他所要嚴刑懲治的，是那些執行法律卻又違法的人，即今所謂執法犯法者。這種人治與法治相摻雜的思想，在嘉祐年間他所撰〈上皇帝書〉中，被表述為：「法不足以制天下，以法而制天下，法之所不及，天下斯欺之矣」，「使天下之所以不吾欺者，未必皆吾法之所能禁，亦其中有所不忍而已。」相互參看，當可以更加全面理解此文主旨。

古之法簡，今之法繁。簡者不便於今，而繁者不便於古。非今之法不若古之法，而今之時不若古之時也。

【章旨】此章開宗明義，言古今法律繁簡之別，在古今時勢之不同。

【語譯】古時候的法律條文很簡潔，如今的法律條文卻十分繁複。簡略的不符合現在的實情，繁複的不符合古代的實情。不是現在的法律沒有古時候的好，而是現在的情況跟古時候完全兩樣。

先王之作法也，莫不欲服民之心。服民之心，必得其情❶。情然邪，而罪亦然，則固入吾法矣❷。而民之情又不皆如其罪之輕重大小，是以先王忿其罪而哀其無辜❸，故法舉其略，而吏制其詳❹。殺人者死，傷人者刑❺，則以著於法，使民知天子之不欲我殺人傷人耳。若其輕重出入，求其情而服其心者，則以屬吏❻。任吏而不任法❼，故其法簡。

今則不然，吏姦矣，不若古之良；民媮矣，不若古之淳❽。吏姦則以喜怒制其輕重而出入之❾，或至於誣執；民媮則吏雖以情出入，而彼得執其罪之大小以為辭。故今之法纖悉委備，不執於一❿，左右前後，四顧而不可逃。是以輕重其罪，出入其情，皆可以求之法，吏不奉法，輒以舉劾⓫。任法而不任吏，故其法繁。

【章　旨】此章論述古今法律簡繁之因在於：古時吏良民純，任吏不任法，故法簡；今則吏奸民偷，任法不任吏，故法繁。

【注　釋】❶服民之心二句　要使老百姓心悅誠服，一定要使法典刑律合乎實情。《孔子家語・刑政》中有「凡聽五刑之訟，必原父子之情」的話，意思是進行刑事訴訟，應該達到緩解和睦如父子般的統治者與被統治者之間關係的目的。❷情然邪三句　如果犯人的犯罪意識跟所犯罪行一致，即有意犯罪，那就一定要受到法律的懲罰。❸是以句　因此，先王對觸犯法律的行為十分憤恨，卻又憐憫犯法者本性無辜。❹法舉其略二句　法律條文只是大略列舉犯罪類型，由官吏視具體情況定罪量刑。❺殺人者死二句　殺人償命，打傷人必須受懲罰。語本《荀子・正論》。❻求其情二句　考察犯罪動機和犯罪事實等具體實情，依法量刑使罪犯心服口服，則交給官吏去具體辦理。屬，交付；交給。❼任吏而不任法　量刑時由官吏具體處理，不受呆板的法律條文的約束。❽民婾矣二句　百姓們隱瞞實情，不像上古時那麼淳樸。婾，隱瞞事實。❾吏姦句　掌管訴訟的官吏變得奸詐不忠，憑自己的私情好惡，量刑也會輕重不一。意思是鬻獄納賄，使法律不公。❿故今之法二句　現在的法律就十分瑣碎詳細，十分完備，不只是一些根本性原則性的規定。⓫舉劾　舉報和彈劾。劾，揭發罪狀。

【語譯】先王定立法規，沒有不想讓百姓心悅誠服的。使人心服，就要跟實情相吻合。犯罪心態與犯罪事實一致，肯定就應該受到法律的制裁。可是犯人的犯罪事實又不可能都跟所定罪行輕重大小相一致，所以先王既痛恨人們犯罪，又可憐他們本來無辜，因此法律條文就只舉個大概，讓官吏具體考察犯罪事實去量刑。殺人償命，傷人受刑，定下這些法律原則，讓老百姓都知道天子不希望他們去殺人傷人就可以了。至於犯罪輕重，查證實情再判刑，使之心服，則由官吏去具體辦理。由官吏定罪，而不死摳法律條文，所以法律簡略。

　現在卻不是那樣，官吏們奸猾，不像古時候那麼正直；百姓隱瞞實情，不像古時候那麼淳樸。官吏奸猾，就會在執法時夾雜個人的喜怒，甚至可能因錯判成冤獄；百姓隱瞞實情，官吏即使按實情量刑，他們也會對判刑輕重表示不滿。所以，現在的法律非常詳細完備，不只作一個原則規定，而是前後左右，方方面面都顧及到，使罪犯無法鑽漏洞。所以考慮犯罪事實，斟酌量刑輕重，都可以按法律規定去辦，官吏不按法執行，就要被舉報。按法律辦事而不信任官吏，所以法律條文就會很繁複。

　古之法若方書❶，論其大概，而增損劑量則以屬醫者，使之視人之疾，而參以己意❷。今之法若鬻屨❸，既為其大者，又為其次者，又為其小者，以求合天下之足。故其繁簡則殊，而求民之情以服其心則一也。

【章旨】此章說明雖然古今法律有簡繁之別，但其求民之情以服其心的本質卻是一致的。

【注釋】❶方書　醫書。❷參以己意　摻入自己的意見。即視所面對的具體情況而定。❸鬻屨　賣鞋子。鬻，賣。

【語譯】古代的法律就好比醫書藥方，只講藥性配伍原則，至於增損劑量，則是醫生的事，讓醫生針對病人的病情，自己去判斷決定。現在的法律就好比是賣鞋子，既有大號的，又有中號的，還有小號的，以便適合所有人的腳的大小。所以，法律的繁複與簡略雖然不同，但想達到適合民情，使之心服的根本原則卻是一致的。

然則，今之法不劣於古矣，而用法者尚不能無弊。何則？律令之所禁，畫一明備❶，雖婦人孺子皆知畏避，而其間有習於犯禁而遂不改者❷，舉天下皆知之而未嘗怪也。

先王欲杜天下之欺也❸，為之度，以一天下之長短；為之量，以齊天下之多寡；為之權衡，以信天下之輕重❹。故度、量、權衡，法必資之官，資之官而後天下同❺。今也，庶民之家刻木比竹、繩絲縋石以為之❻，富商豪賈內以大，出以小❼，齊人適楚，不知其孰為斗，孰為斛❽，持東家之尺而校之西鄰，則若十指然❾。此舉天下皆知之而未嘗怪者一也。先王惡奇貨之蕩民❿，且哀夫微物之不能遂其生也⓫，故禁民采珠貝⓬；惡夫物之偽而假真，且重費也，故禁民糜金以為塗飾⓭。今也，采珠貝之民溢於海濱，糜金之工肩摩於列肆⓮。此又舉天下皆知之而未嘗怪者二也。先王患賤之凌貴，而下之僭上⑮也，故冠服器皿皆以爵列為等差，長短大小莫不有制⑯。今也，工商之家曳紈錦，服珠玉，一人之身，循其首以至足，而犯法者十九⑰。此又舉天下皆知之而未嘗怪者三也。先王懼天下之吏負縣官之勢以侵劫齊民⑱也，故使市之坐賈視時百物之貴賤而錄之，旬輒以上。百以百聞，千以千聞，以待官吏之私債⑲；十則損三，三則損一以聞，以備縣官之公糴⑳。今也，吏之私債而從縣官公糴之法，民曰公家之取於民也固如是，是吏與縣官斂怨於下㉑。此又舉天下皆知之而未嘗怪者四也。先王不欲人之擅天下之利也，故仕則不商，商則有罰；不仕而商，商則有徵㉒。是民之商不免徵，而吏之商又加以罰。今也，吏之商既幸而不罰，又從而不徵，資之以縣官公糴之法，負之以縣官之徒，載之以縣官之舟，關防不譏，津梁不呵㉓；然則為吏而商，誠可樂也，民將安所措手㉔？此又舉天下皆知之而未嘗怪者五也。若此之類，不可悉數，天下之人耳習目熟㉕，以為當然；憲官法吏目擊其事，亦恬而不問㉖。

【章旨】此章列舉當時官吏公然違法的五種行徑，指出正是這些行為，導致了「習於犯禁而遂不改者，舉天下皆知之而未嘗怪也」的社會風氣的敗壞。

【注　釋】❶畫一明備　十分明確詳細，像畫線一樣清清楚楚。❷習於犯禁而遂不改者　習慣於觸犯法律卻不知悔改的行為，即慣犯的行為。遂，於是；就。❸杜天下之欺也　杜絕天下人相互欺騙的行為。杜，杜絕。❹信天下之輕重　使天下所有物體的輕重得以確實無誤。信，動詞，使確實。❺資之官而後天下同　用官府所製的度量衡為標準，然後普天下的標準就一致了。資，憑藉；依託。❻刻木比竹繩絲縋石以為之　用木、竹、繩、石等私自做成度量衡等工具。刻木比竹，指以竹木相比照製成量長度的工具。繩絲縋石，指用繩絲懸上石頭做成測量垂直的工具。❼內以大二句　即以大斗大秤收進（財貨），小斗小秤賣出（財貨），是一種剝削的方法。內，通「納」。收進。❽斛　古時的一種量器，一斛本為十斗，後改為五斗。❾若十指然　像十個手指頭那樣有長有短。❿惡奇貨之蕩民　不喜歡稀奇古怪的東西使百姓放縱不知約束，蕩而不返。⓫且哀句　並且深感那些實用價值微小的東西不能作為一種謀生手段。⓬禁民采珠貝　《周禮．地官．司徒》中有「澤虞，掌國澤之政令，為之厲禁」，為此句所本。意思是大澤乾涸了，國家也嚴格禁止百姓隨意去採集其中的珠貝。⓭糜金以為塗飾　將金研碎成粉末，用來作化妝品。糜，即靡。⓮肩摩於列肆　一個接一個地分布在市集中。肩摩，肩膀相摩擦，形容人數眾多。肆，市集中的店鋪。⓯下之僭上　以下犯上的意思。僭，超越本分。⓰故冠服器皿二句　古代將人分成高低不同的等級，每個等級的人穿什麼衣服，用什麼東西，都按社會地位的高低，在顏色、體制、大小、長短等方面有一定的規定。莫不有制，都有一定的規則和標準。制，制度。即規則。⓱一人之身三句　意思是當時那些工商之家從頭到腳的衣著打扮、生活方式等，十有八九是違法的。十九，十分之九。⓲侵劫齊民　侵害普通老百姓。齊民，一般人。⓳故使五句　這幾句的意思是：上古之時，朝廷對官吏購物進行限制，規定坐賈們記錄下集市中物品的價格，每十天上報一次，一百就是一百，一千就是一千，官吏們只能按所報價格買賣。坐賈，定處一市的商人。私債，私人購買。⓴以備縣官之公糴　等待國家收購。縣官，此指天子。公糴，公家收購。糴，買進（糧食），此指購進貨物。㉑是吏與縣官斂怨於下　官吏的這些行為，就造成百姓把怨恨不滿集中到皇帝的身上。㉒仕則不商四句　出仕做官，就不能從事商業活動，否則就要受到懲罰；不做官而去從事商業活動，就要向他徵集稅收。仕，出仕；做官。徵，徵稅。㉓今也八句　吏之商，即吏商。指本身做官，卻又從事商業活動的人。縣官公糴之法，即前面所說的「十則損三，三則損一」的剝削式徵收方法。關，關防，關隘處從事盤查過往客商行人的關卡。不譏，不檢查。譏，察。津梁，設在橋上的關卡。這幾句反映了北宋時官吏們借權勢從事商業活動，到處都暢通無阻的情況。㉔民將安所措手　一般百姓又從何下手。意思是老百姓無權無財，只有聽憑吏商剝削。㉕耳習目熟　司空見慣；熟視無睹。㉖恬而不問　滿不在乎；毫不追問。恬，坦然；毫不在乎。

【語譯】既然如此，那麼，現在的法律就並不見得比古時候拙劣，而是使用法律還存在一些弊病。為什麼呢？法律明文禁止的，講得清清楚楚，即使是婦女兒童都知道畏縮回避，可這當中卻有人習慣違法亂紀，不知悔改，使得普天下的人都知道卻見怪不怪。

先王想杜絕天下的欺詐行為，制定長度單位，以統一天下的長短標準；制定容量單位，以統一天下的多少標準；制定稱量單位，以統一天下的輕重標準。所以，度、量、權衡，依法必須由官方統一規定，然後才能天下一致。現在呢，老百姓家家都自製竹木尺子、繩縋土秤，富有的商賈，用大量器收入貨物，用小量器出手貨物，齊地的人到了楚地，不知道哪是斗、哪是升，拿東家的尺子到西家去校驗，就像十個手指頭一樣，長短不齊。這是普天下都知道卻見怪不怪的第一件事。先王討厭奇珍寶貨滋生出奢侈之風，又痛感沒有實用價值的小東西不能成為謀生的手段，所以禁止百姓採拾珠貝；討厭假貨擾亂真物，而且造成浪費，所以禁止百姓用金粉塗飾器物。現在呢，採拾珠貝的人在海灘上都鋪滿了，用金粉塗物的工匠在市集上都已經是人滿為患。這又是普天下都知道卻見怪不怪的第二件事。先王擔心卑賤者欺凌貴胄，以下犯上，所以對服裝、器具的長短大小，都按照爵位高低作了規定。現在呢，工商人家都穿綾羅綢緞，佩戴珠玉，一個人身上，從頭到腳，十之八九都與法律規定相違背。這又是普天下都知道卻見怪不怪的第三件事。先王擔心天下的官員仗著權勢侵害老百姓，所以讓市集上的坐商把市場裏貨物時價的高低都記錄下來，每十天上報一次。一百就是一百，一千就是一千，讓官吏們按時價進行私人買賣；按十分之三或三分之一的折扣上報，以備國家收購。現在呢，官吏私人買賣卻按國家收購的辦法，百姓們都講：國家從民間收購，當然可以打折扣，官吏們這麼假公濟私就勢必造成下面的怨氣都集中到皇帝那裏。這又是普天下都知道卻見怪不怪的第四件事。先王不想讓某些人壟斷天下的利潤，所以出仕的人就不准從事商業活動，經商就要受到處罰；不入仕才可以從事商業活動，經商就要徵收國稅。這樣，百姓經商就收稅，官吏經商更加要受罰。現在呢，官吏從事商業活動，不僅不被處罰，又不徵稅，而且還享受國家收購的優惠辦法，動用國家的人力進行陸運，動用國家的舟船進行水運，關卡處不敢盤查，橋哨也不敢呵問；這麼一來，官吏經商，真是高興得不得了，百姓哪裏還有什麼機會？這又是普天下都知道卻見怪不怪的第五件事。諸如此類，不可盡數，天下之人耳濡目染，認為是理所當然；執法官員見到那樣的事情，也是安然相處，連過問都不過問。

夫法者，天子之法也。法明禁之，而人明犯之，是不有天子之法也，衰世之事也❶。而議者皆以為今之弊，不過吏胥骫法❷以為姦，而吾以為吏胥之姦，由此五者始。

今有盜，白晝持梃入室❸，而主人不知之禁，則踰垣穿穴❹之徒，必且相告而恣行於其家。其必先治此五者，而後詰吏胥之姦❺可也。

【章　旨】此章強調要懲治官吏的違法行為，必須從上章所列五種突出的違法現象開始治理，申明法律，去其奸猾。否則，上行下效，成衰世之事。

【注　釋】❶是不有二句　（忽視天子的法令）的行為，是世道衰萎時才出現的情況。《管子・重令》中有「凡君國之重器莫重於令，令重則君尊，君尊則國安；令輕則君卑，君卑則國危」的話，為蘇洵此二句所本。❷骫法　枉法，即貪贓枉法。❸持梃入室　手持木棒闖入別人房屋裏去搶劫。❹踰垣穿穴　翻越或鑿穿牆壁去偷東西。❺詰吏胥之姦　盤問吏胥的不法行為。

【語　譯】法律，是國家的法律。法律明文禁止，卻有人故意違反，那是把國家法律當兒戲，是衰亂之世才有的事情。可是討論這個問題的人都以為目前的弊端只不過是那些狡猾的小官俗吏在鑽法律的漏洞，可我卻覺得那些狡猾的小吏之所以能鑽漏洞，就是從上述五個方面開始的。

現在有強盜，大白天明火執杖入室行兇，可是主人卻不知道去禁止，那麼，那些鑽牆打洞進行偷竊的傢伙們，必定會相互轉告，到這家去胡作非為。一定要先把上述五個方面的問題解決，然後才可能對官吏的不法行為進行整治呢。

【研　析】本文探究古今法律的流變，並指出當時法制中所存在的弊病。作者認為古今法律雖有繁簡之分，但其主持公道，使人心服的目的卻是一致的。只是古時民情純樸，刑獄任吏不任法，因此法律簡明；今則吏奸民偷，所以任法不任吏，以致條文繁瑣。作者通過辨析法律原則與執法官吏的關係，辨明了古今法律簡繁不同的根源，在於「任法」與「任人」的不同，而不涉及到法律的本質，在此基礎上作者進而得出古今法律無優劣之別的結論，並以此為前提，指出當時法律不健全或者法制存在缺陷的原因，不在法律本身，而在執法不嚴，使奸商污吏得以鑽法律的漏洞。就像作者在〈衡論敘〉中所說：「求之而不得，曰是非善衡焉，可也；曰權罪者，非也。」由此便巧妙地將議論的重點引到批評當時法制不健全上。接下來，文章再針對北宋「不問有罪，而典刑之禁，不能行也」（〈審勢〉）的局面，具體列舉官吏們的五大犯禁觸法行為，認為五者都是長期以來有法不依造成的弊端，致使天下人習以為常，見怪不怪，實際上乃「衰世之事」，不可等閒視之。這五大犯禁之例，不僅證明了當時法制不健全的弊端，而且佐證了「吏姦」、「民媮」的觀點，而官吏違法犯紀、百姓見怪不怪兩種現象相互作用，又說明「吏姦」甚於「民媮」，是「吏姦」導致「民媮」，這就為其最後強調國家要想澄清吏治、嚴肅法制，必須從整治這五種違法行為開始的主張，奠定了基礎。

文章就是這樣前後照應，環環相扣，通過嚴密的論證，推導出作者以法治吏的主張。不可否認，作者強調有法必依，令行禁止，具有一定的社會進步意義，但他所列五大犯法事實，或揭露當時吏治不嚴，或強調應該恢復古制，卻未能從社會進步因素作深入分析，特別是重仕輕商的思想，未能注意到宋代商業發展的事實，這些都說明作者的認識還是有一定的歷史局限性的。

議法

【題解】前面一篇〈申法〉，重在對古今法律的根源作探究，在文章的後面花相當的篇幅揭示了當時官吏違法的事實，但總體上講，所論重在立法問題；此篇針對當時法制中的弊端，重點討論如何運用法律，講的主要是執法問題。與〈申法〉集中揭示官吏利用權勢魚肉百姓、擾亂社會風氣的違法亂紀行為相比，本篇主要揭示官吏們利用特權，擾亂吏治和敗壞士風的違法行為，針對當時法律上的突出弊端，作者提出了重贖的解決方案。當然，君主制社會任人唯親，有法不依，執法不嚴，絕對不是重贖就能徹底解決的。不從嚴明法紀的源頭上找答案，其論難免皮相。

古者以仁義行法律，後世以法律行仁義❶。夫三代之聖王，其教化之本出於學校，蔓延於天下，而形見於禮樂❷。下之民被其風化，循循翼翼❸，務為仁義，以求避法律之所禁。故其法律雖不用，而其所禁亦不為不行於其間❹。下而至於漢、唐，其教化不足以動民❺，而一於法律，故其民懼法律之及其身，亦或相勉為仁義❻。唐之初，大臣房、杜輩為《刑統》，毫釐輕重，明辨別白，附以仁義，無所阿曲❼，不知周公之刑❽何以易此，但不能先使民務為仁義，使法律之所禁不用而自行如三代時。然要其終亦能使民勉為仁義，而其所以不若三代者，則有由矣：政之失，非法之罪也❾。

是以宋有天下，因而循之，變其節目而存其大體❿。比閭小吏奉之以公⓫，則老姦大猾⓬束手請死，不可漏略。然而獄訟常病多，盜賊常病眾者，則亦有由矣：法之公而吏之私也。夫舉公法而寄之私吏，猶且若此，而況法律之間又不能無失⓭，其何以為治？

【章旨】此章提出「古者以仁義行法律，後世以法律行仁義」的觀點，並探討自上古到漢唐直到宋朝的仁義、法律轉換過程。

【注釋】❶古者二句　用仁義禮儀的方式約束天下百姓，達到法律的效果，是先秦儒家的思想。用法律來達到推行仁義道德的目的，是法家的思想。蘇洵認為古時推行的是前者，而後世推行的是後者。❷形見於禮樂　表現在禮、樂制度兩方面。百姓知禮識樂，被儒家認為是教化百姓取得成效的表現。❸循循翼翼　小心謹慎，循規蹈矩。❹其所禁亦不為不行於其間　法律所禁止的各種行為，也不是說沒有貫穿於道德教化之中。❺動民　感動天下人的情志。❻相勉為仁義　相互勉勵，使行為合乎仁義道德的規範。❼唐之初六句　唐太宗李世民時曾令房玄齡等修定法律，著成《刑統》，為唐朝法典。在《刑統》中，房玄齡等對各類犯罪及量刑都做了極為明細的規定。房，房玄齡。杜，杜如晦。❽周公之刑　指《周禮・秋官・司寇》中所載的各種法令與刑罰。其內容主要為野刑、軍刑、鄉刑、官刑、國刑等五刑，條目較為簡明。相傳《周禮》是周公所制，所以稱周公之刑。蘇洵這裏的意思是說房、杜二人所制的繁複之刑，是周公簡明之刑所無法替代的。❾政之失二句　政教上的失誤，不是法律的過錯。❿變其節目而存其大體　改變它的章節條目，保留它的主要部分。宋朝《刑統》基本上是按照唐朝律令的格式，但較唐《刑統》有所損益，具體可參見《宋史・刑法志》。⓫比閭小吏奉之以公　鄉閭的小官吏依法辦事。比閭，鄉閭，周代的基層社會組織。《周禮・大司徒》：「令五家為比，使之相保；五比為閭，使之相受。」⓬老姦大猾　老奸巨猾的慣犯。⓭法律之間又不能無失　法律條文之間又往往相互衝突，難免有矛盾和失誤之處。

【語譯】古代用仁義道德來推行法律，後世用法律來推行仁義道德。三代時聖明的君主，他們以學校作為推行教化的根本，進而推廣到全天下，具體表現在知禮識樂這兩個方面。下面的百姓被教化引導，小心謹慎，循規蹈矩，行為舉止都合乎禮儀，以免受到法律的制裁。所以，那時的法律雖然不直接起作用，但法律禁止的行為也不能說沒有貫穿於道德教化之中。下延至漢代、唐代，道德教化不足以觸動天下百姓，於是就統一用法律進行約束，所以那時的百姓因為害怕以身試法，也還可以相互勉勵，使行為合乎仁義道德的規範。唐朝初年，大臣房玄齡、杜如晦修訂法律，著成《刑統》，對各類犯罪及量刑都做了極為明細的規定，條例清楚明白，仁義的要求也附帶著得以體現，並沒有被曲解，恐怕連周公之刑也無法替代它吧，只是它不能讓百姓舉止合乎仁義禮制，使法律禁止不直接運用而是自然體現出來，就像三代的時候那樣。可是，最終結果還是讓百姓互相勉勵行仁義之事，至於之所以比不上三代，則是有原因的：政教上有失誤，不是法律有問題。

所以，趙宋擁有天下，沿襲唐代的法制，只改變一些章節條目，卻保留了主體部分。鄉閭的小官吏依法辦事，老奸巨猾的慣犯也只能束手就擒，一個也不會少。可是刑事案件總是多得讓人頭痛，作亂的盜賊總是很多，這也是有原因的：法律公正而官吏徇私枉法。公正的法律被徇私情的官吏運用起來，就會產生種種弊端，更何況法律條文之間又往往相互衝突，難免有矛盾失誤之處。怎麼能治理得好呢？

今夫天子之子弟、卿大夫與其子弟，皆天子之所優異者❶。有罪而使與甿隸❷并笞而偕戮，則大臣無恥而朝廷輕，故有贖焉，以全其肌膚而厲其節操❸。故贖金❹者，朝廷之體也，所以自尊也，非與其有罪也❺。

夫刑者，必痛之而後人畏焉，罰者不能痛之，必困之而後人懲焉❻。今也，大辟之誅❼，輸一石之金而免。貴人近戚之家，一石之金不可勝數，是雖使朝殺一人而輸一石之金，暮殺一人而輸一石之金，金不可盡，身不可困，況以其官而除其罪，則一石之金又不皆輸焉❽，是恣其殺人❾也。且不笞不戮，彼已幸矣，而贖之又輕，是啟姦❿也。

夫罪固有疑，今有人或誣以殺人而不能自明者；有誠殺人而官不能折以實者⓫，是皆不可以誠殺人之法坐⓬。由是有減罪之律，當死而流⓭。使彼為不能自明者邪，去死而得流，刑已酷矣；使彼為誠殺人者邪，流而不死，刑已寬矣。是失實也，故有啟姦之釁。則上之人常幸，而下之人雖死而常無告⓮。有失實之弊，則無辜者多怨，而僥倖者易以免。

【章　旨】此章列舉貴戚輕贖和疑罪失實等量刑之誤，以及由此導致的「啟姦」之弊。

【注　釋】❶優異者　特別看重的人。❷甿隸　老百姓。甿，一般的農民。隸，奴隸。甿隸這裏是泛稱，主要指農民。❸全其肌膚而厲其節操　保全他們（即上文所謂「優異者」）的生命，使他們在道德修養方面嚴格要求。厲，嚴格。此處作動詞，嚴格要求。❹贖金　用錢來抵罪。❺非與其有罪也　（贖金）不能代替所犯的罪行。與，替；替代。❻困之而後人懲焉　使人內心痛苦，然後才能促使當事人有所儆戒。懲，儆戒。❼大辟之誅　死罪。大辟，殺頭。❽況以其官二句　據《宋史・刑法志》，宋代法律循唐律而來，有贖金之類：九品以上的官員或在「議請」之列者，死罪只需上交黃銅一百二十斤（一石），即可免罪。官位越高，所付贖金越少。❾恣其殺人　放縱他們殺人。❿啟姦　為違法犯罪大開方便之門。啟，開啟。姦，違法犯罪的行為。⓫今有人二句　兩種疑難案獄：被誣告犯有殺人罪，卻不能為自己辯白；本來殺了人，但官府卻無法取得真憑實據去定他的罪。折，斷定。⓬是皆不可以誠殺人之法坐　這兩種情況都不能按照真正的殺人犯去量刑。以，按照。坐，坐實；執行。⓭當死而流　本應定為死罪，卻改判為流放。流，流放，將犯人遣送到邊遠之地充軍或服勞役。⓮則上之人二句　由於量刑往往失實，這就給有權有勢的所謂上等人以可乘之機，而一般的下層百姓卻常常被冤枉致死，無處申訴。

【語　譯】現在，皇帝的那些皇親國戚，達官貴人及其子弟，都是被皇帝特別看重的人。犯了罪就讓他們跟平民百姓一樣受處罰，那麼大臣就會感到沒有面子而且朝廷也會被人輕視，所以就產生了用錢贖罪的辦法，保全那些罪犯的性命，鼓勵他們在道德修養方面嚴格要求。所以，用錢抵罪，是為了朝廷的體面，目的在於使罪犯自尊自愛，不是說贖金就能代替所犯的罪行。

動用刑律，一定要讓受刑者感到痛苦，然後才會心生畏懼，處罰沒有達到讓他痛苦的程度，就一定要讓他感到困窘，然後才會考慮改正。現在呢，死罪花一石的銅錢就能免死。有錢人家一石的銅錢數都數不清，即使早上殺一個人花一石的銅錢去贖死罪，晚上殺一個人花一石的銅錢去贖死罪，錢花不光，人也不會感到困窘，更何況還會因為官位的高低而減去罪行，連一石的贖金也不一定要足額交出呢，這等於是放縱他們去殺人。如果說不受皮肉之苦和不被殺頭，已經很幸運的話，可是贖金又一再減輕，那真是給犯法作亂大開方便之門了。

罪案中少不了有疑案，有時會出現被誣告犯有殺人罪卻無法自我辯白的；也有本來殺了人，但官府卻拿不出真憑實據去定他的罪，這些都不能按真正的殺人犯去量刑。於是就有了減罪的法律規定，本來是死罪的就改判為流放。假使是那些不能自我辯白的冤枉罪犯，從死罪減為流放，量刑還是顯得太殘酷了；假使是那些真的殺了人的罪犯，卻被流放而不是處決，量刑就又顯得太寬了。這些都與事實不符，所以有為犯法作亂大開方便之門的嫌疑。於是，有錢人常常僥倖逃脫法律的制裁，下面的百姓又往往被冤枉致死，無處申訴。量刑存在失實的弊端，那麼，無辜者就常常抱怨，而僥倖者又很容易就逃過了處罰。

今欲刑不加重，赦不加多，獨於法律之間變其一端，而能使不啟姦、不失實，其莫若重贖。然則重贖之說何如？曰：古者五刑之尤輕者止於墨，而墨之罰百鍰。逆而數之，極於大辟，而大辟之罰千鍰。此穆王之罰也❶。周公之時，則又重於此。然千鍰之重，亦已當今三百七十斤有奇矣❷。方今大辟之贖，不能當其三分之一❸。古者以之赦疑罪而不及公族❹，今也貴人近戚皆贖，而疑罪不與❺。《記》曰：「公族有死罪，致刑於甸人。雖君命宥，不聽。」❻今欲貴人近戚之刑舉從於此，則非所以自尊之道，故莫若使得與疑罪皆重贖。且彼雖號為富強，苟數犯法而數重困於贖金之間，則不能不斂手畏法❼。彼罪疑者，雖或非其辜，而法亦不至殘潰其肌體；若其有罪，則法雖不刑，而彼固亦已困於贖金矣。夫使有罪者不免於困，而無辜者不至陷於笞戮，一舉而兩利，斯智者之為也。

【章旨】此章提出解決量刑失實的方案：用重贖增加犯罪成本，既使能贖者受到懲治，又不致誤殺疑犯。

【注釋】❶古者五刑六句　墨，古時在犯人額頭刺字然後塗黑的一種刑罰。鍰，古代的重量單位，一鍰等於六兩。穆王之罰，即《呂刑》。《呂刑》是呂侯借穆王的名義頒布天下的，因此這麼說。❷亦已當今句　也已經相當於現在的三百七十多斤了。按一鍰六兩來計算，一千鍰應有三百六十五斤，說有三百七十多斤，小有誤。奇，零數。有奇，即有餘。❸不能當其三分之一　不到穆王之罰的三分之一。當，相稱；抵得上。❹公族　猶公子，統治者的子弟們。此句中所謂赦免嫌疑犯而不及公族，看似對統治者嚴格執法，實則是給一般人一個公正嚴明的樣子，實際上早已通過其他途徑照顧到公族了。❺疑罪不與可是一般的嫌疑犯卻不在（以金贖罪）之列。與，加入進來，此指歸入某一類。❻記曰五句　語本《禮記・文王世子》。古時在對公族行刑之前，將情況上報君王，君王說：「寬恕他吧。」刑官說：「他犯了某某罪，該受懲罰。」君王請求三次後，再交給掌郊野的官去施以絞刑。甸人，掌郊野的官。宥，寬恕；原諒。對公族行刑不在市中而在郊野，是為了不造成壞影響，損害統治者的形象。❼斂手畏法　有所收斂，畏懼法律。斂手，即約束自己，不致犯罪。

【語　譯】現在如果想不加重刑罰，不擴大赦免的範圍，只在法律方面作某些必要的改動，而能達到既可以不為犯法者行方便，又不失實，最好的辦法就是增重贖金的數額。那麼，究竟如何增加贖金呢？回答是：古代最輕的刑罰是在犯人臉上刺字，這種罪行的贖金是一百鍰。由這裏往重罪方面數，最重的是殺頭，殺頭之罪的贖金是一千鍰。這些是周穆王定下的標準。周公的時候，比這還重。那麼，就按千鍰贖金來計算，也相當於現在的三百七十多斤。可如今殺頭之罪的贖金，還不到穆王時贖金的三分之一。古代赦免嫌疑犯並不包括統治者的子弟，如今呢，貴戚和皇族近親都能用錢贖罪，一般的嫌疑犯卻不在此列。《禮記》上說：「豪門貴族的子弟犯了死罪，由掌郊野的官行刑。即使國君命令寬恕他，也不聽。」現在讓豪族罪犯像那樣行刑，就不能體現他們尊貴的社會地位，所以，還不如讓他們跟一般的嫌疑犯一樣重贖。那些人雖然很有錢，如果屢次犯罪，也會為巨額贖金所困，那樣的話，也就不得不有所收斂，畏懼法律。那些嫌疑犯，雖然很可能是無辜的，但如果交贖金的話，刑罰也就不致傷害他們的肉體；如果他們真的有罪，即使不能依法判刑，他們也肯定會被贖金所困。讓有罪的人難免被困，無辜者又不至於被無故傷害，一舉兩得，可以說是聰明的辦法。

【研　析】本篇是對〈申法〉的進一步闡述。在〈申法〉一文的後半部分，作者主要列舉了當時官吏的五種犯罪事實，而沒有提出如何杜絕特權階級的犯罪行為。本文即重點討論如何消除那些弊端。作者不滿於當時特權階層的貴人近戚雖犯死罪，卻得輕贖，而平民只要被懷疑有罪，即陷冤獄的現實。有鑑於此，他提出重贖的主張，認為惟有如此，才能使富有的貴人近戚們有所顧忌，嫌疑犯也能避免被錯殺。無辜者不致太多怨忿，而僥倖者不能無視法律的存在，一舉兩得，達到健全法制的目的。

雖然用重贖未必真能抑制豪強犯罪，而且，用重贖也未必真能減少針對平民的冤假錯案，但至少這樣可以阻止統治者亂殺無辜，保全蒙冤者的性命。從這一點看，這種主張可以說是那個時代幫助無辜沒有辦法的辦法。儲欣曾評此文：「意在重困貴人近戚，而援古之赦罪以使同重贖，何等巧妙。」（見《評注蘇老泉集》）這「巧妙」二字，其實是有辛酸內涵的。再說，雖然作者的重贖之說未必能從根本上解決問題，但他能深入分析君主時代法制的本質在於保護統治者利益，而不顧百姓死活，並大膽揭示宋代刑法獄訟的黑暗，這些都有助於我們瞭解古代法律的實質和北宋當時的現實。所以明人茅坤在《唐宋八大家文鈔》中評此文：「贖金滅罪兩端，深中宋時優柔之過之弊。而重贖一議，則古今來有識名言。」雖說是否為古今以來有識名言，尚有待商榷，但老蘇之文，有為而作，卻於此可見。

兵制

【題解】北宋在五代紛爭之後立國，重文輕武，卻又多豢冗卒，致使農業勞動力嚴重不足。本篇討論兵制之源及治兵之法，針對漢唐以來軍人職業化後，士兵狡猾難治，以及北宋立國之後，冗兵過剩，不堪重負的實情，提出寓兵於農，另創「新軍」，既減輕國家負擔，又保證兵源的主張。蘇洵這裏託古改制，雖說不一定能行之有效，但至少是深入分析當時社會弊端後提出的一個解決方案。故其務實的學風，是值得肯定的。

三代之時，舉天下之民皆兵也❶。兵民之分，自秦、漢始❷。三代之時，聞有諸侯抗天子之命矣，未聞有卒伍叫呼衡行者❸也。秦、漢以來，諸侯之患不減於三代，而御卒伍者乃如蓄虎豹，圈檻一缺，咆勃四出❹，其故何也？

三代之兵耕而食，蠶而衣❺，故勞，勞則善心生。秦、漢以來，所謂兵者，皆坐而衣食於縣官❻，故驕，驕則無所不為。三代之兵皆齊民，老幼相養，疾病相救，出相禮讓，入相慈孝，有憂相弔❼，有喜相慶，其風俗優柔而和易❽，故其兵畏法而自重。秦、漢以來，號齊民者，比之三代，則既已薄矣❾，況其所謂兵者，乃其齊民之中尤為凶悍桀黠❿者也，故常慢法而自棄⓫。

【章　旨】此章分析古今兵民之異，指出後世軍人職業化後造成的惡果之一在於軍人「慢法而自棄」。

【注　釋】❶三代之時二句　上古之時，由於生產力較為低下，國家沒有能力專門蓄養軍隊，所以，那時的士兵都是由普通平民充任。老百姓在作戰時拿起武器隨軍出擊，平時則從事耕作勞動，國家訓練士兵，也是利用農閒時進行。❷兵民之分二句　軍人從農民中區分出來，是從秦、漢時候開始的。秦孝公任用商鞅，進行變法，廢除井田，私開阡陌，獎勵軍功。為了與山東諸侯爭霸，專門招募秦地原來的居民充作軍士，於是有了兵民之分。漢朝建立後，仿秦制建立羽林軍等維護統治的機器，這樣兵民之分就沿用下來了。❸卒伍叫呼衡行者　士兵們大呼大叫，橫行霸道。衡，即「橫」。❹咆勃四出　咆哮著四處亂竄。此指統兵將領發動叛亂。勃，興奮。❺蠶而衣　養蠶得絲，織成衣服穿，即自給自足的意思。❻縣官　天子。古時京畿所在之縣的長官為天子，所以稱天子為縣官。❼弔　慰問。❽風俗優柔而和易　即民風純厚質樸之意。優柔，寬厚從容。❾秦漢以來四句　秦漢時的老百姓已經不像三代時候那麼質樸，民風已經變得不那麼純厚了。齊民，一般老百姓。❿凶悍桀黠　兇狠狡猾，倔強野蠻。桀，倔強。黠，狡猾。⓫慢法而自棄　無視法律，自暴自棄。

【語　譯】三代的時候，全天下的百姓都是士兵。士兵和平民的區分，是從秦、漢時開始的。三代的時候，只聽說有諸侯違抗天子的命令，不曾聽說有士兵叫囂，橫行作亂的。自從秦、漢以來，諸侯作亂的禍患不比三代時少，而控制士兵也如同蓄養虎豹，圈欄一有缺口，就咆哮著四下奔逸，這是為什麼呢？

三代時的士兵自耕自食，自己養蠶織衣服穿，因此有勞作之苦，身受勞作之苦，就會產生善心。秦、漢以來，那些當兵的，都不參加勞動而是靠國家軍餉來吃飯、穿衣，因此驕縱難治，驕縱起來就會胡作非為。三代時的士兵都是平民，老幼相養，疾病互救，出門見面，彼此禮貌謙讓，在家裏也是長慈幼孝，有難同當，有福同享，民情風俗柔順和易，所以，那時的士兵畏法自重。秦、漢以來，一般的平民，比起三代的時候來，已經不那麼純樸了，更何況那些士兵，本來就是平民當中尤其兇悍殘暴的人，因此往往蔑視法律，自暴自棄。

夫民耕而食，蠶而衣，雖不幸而不給，猶不我咎❶也。今謂之曰：爾毋耕，爾毋蠶，為我兵，吾衣食爾❷。他日一不充其欲❸，彼將曰：嚮謂我毋耕毋蠶，今而不我給也！然則怨從是起矣。夫以有善心之民，畏法自重而不我咎，欲其為亂，不可得也。既驕矣，又慢法而自棄，以怨其上，欲其不為亂，亦不可得也。

且夫天下之地不加於三代❹，天下之民衣食乎其中者，又不減於三代。平居無事，佔軍籍，畜妻子，而仰給於斯民者❺，則徧天下不知其數。奈何民之不日剝月割，以至於流亡而無告也。

【章旨】此章解釋職業軍人為什麼慢法自棄而犯上作亂的原因，並指出這種職業化導致的另一惡果就是增加了百姓的負擔，以至於流亡而無告。

【注釋】❶猶不我咎　還不至責備我（統治者）。咎，責備。❷衣食爾　給你吃給你穿。這裏「衣」、「食」二字都作動詞。❸不充其欲　不能滿足他們（士兵們）的欲望。充，滿足。❹不加於三代　跟三代時相比，並沒有增加。不，沒有。❺仰給於斯民者　那些接受百姓供給的士兵。仰，表示尊敬。給，供給。斯民，百姓；平民。

【語譯】平民自耕自食，自蠶自衣，即使遭遇不幸，衣食不夠豐足，還不至於怪罪統治者。現在對他們說：以前你不用耕種，不用養蠶，給我當士兵，我供你吃供你穿。哪一天不能滿足這些人的欲望，他們就會說：以前叫我不要種地不要養蠶，現在卻不供給我衣食！既然這樣，就會生出怨恨的情緒來。那些懷有善心的平民，敬畏法律知道自重，不怪罪我，想要他們作亂，都不可能。已經驕縱慣了，又蔑視法律，自暴自棄，怨恨上面的統治者，想不讓他們作亂，也不可能啊。

再說，天下的土地並不比三代的時候多，天下的百姓吃穿都靠土地，人數也不比三代時候少。沒有戰爭的和平時期，佔個軍人的戶籍養育妻兒，由老百姓供給的士兵，遍天下不知道有多少。萬般無奈，百姓不能忍受長年累月的剝削，終至於逃亡卻無處申訴。

其患始於廢井田，開阡陌，一壞而不可復收。故雖有明君賢臣焦思極慮，而求以救其弊，卒不過開屯田，置府兵❶，使之無事則耕而食耳。嗚呼！屯田、府兵，其利既不足以及天下，而後世之君又不能循而守之，以至於廢。陵夷❷及於五代，燕帥劉守光又從而為之黥面涅手之制❸，天下遂以為常法，使之判然不得與齊民齒❹。故其人益復自棄，視齊民如越人❺矣。

【章旨】此章追究軍人職業化弊病之根源，進而論述後世補救兵制之弊的舉措：屯田、府兵，但二者都未能從根本上解決問題。

【注釋】❶開屯田二句　開屯田，以戍守的士兵在駐守之地進行耕作以自給。屯田之制從西漢始，當時趙充國率兵守邊，上書陳屯田好處，漢宣帝准其奏，於是有了屯田之制。府兵，古時的一種兵制。國家將募兵的權力交給州府，由各州府招募並供士兵食用。一旦國家有事，由朝廷任命將領，各府選派兵卒組成隊伍出征。戰爭結束，將領返朝，士兵歸府。屯田和府兵都是減少中央軍費開支的辦法。❷陵夷　衰敗；敗落。❸燕帥劉守光句　五代時劉守光的父親劉仁恭與梁太祖作戰，因為手下士兵常常逃亡，就在士兵的臉上、手臂上刺「一心事主」幾個字，以防私自逃走。蘇洵將此事說成劉守光所為，是引史實略誤。❹與齊民齒　跟一般老百姓一樣。齒，排列。因為牙齒都是並排的，所以這麼說。❺視齊民如越人　把一般老百姓看成跟自己不同之類。越人，古時對東方少數民族的稱呼，此處代指異類、異族。

【語譯】這種禍害從廢除井田制、私開阡陌開始，一破壞就無法收拾了。所以，雖然有開明的君主和賢能的臣子憂心此事，極力思考解決的辦法，找到的救弊之法也無非是駐軍屯田、置配府兵，讓軍人在沒有戰事時自給自足吧。唉！駐軍屯田、招收府兵，那些辦法的好處本來就不能遍及天下，更何況後世的君主又不能完全遵循並且堅持下去，到後來也就廢棄。漸漸衰敗至於五代，燕地割據者劉守光又實行給士兵黥面涅手的制度，天下人又以這個作為常法，使軍人跟平民判然相別，不能同列。所以，這些士兵就更加自暴自棄，把平民看作異類。

太祖既受命，懲唐季、五代之亂，聚重兵京師，而邊境亦不曰無備；損節度之權，而藩鎮亦不曰無威❶。周與漢、唐，邦鎮之兵強；秦，郡縣之兵弱。兵強故末大不掉❷，兵弱故天下孤睽❸。周與漢、唐則過，而秦則不及。得其中者，惟吾宋也。

【章　旨】此章謂宋代懲於漢唐兵制之弊，進行改革，收兵權於皇帝，解決了「兵強」與「兵弱」的問題，實是為下面的論述作鋪墊。

【注　釋】❶太祖既受命六句　太祖，即宋太祖趙匡胤。趙匡胤本是武將出身，深知擁有兵權的厲害，所以在他統治時，為了防止出現唐五代時皇帝為強藩所控制的局面，就採取「杯酒釋兵權」的策略，奪去武臣手中兵權，收歸己有。而且，他還將全國部隊主要集中到京城四周，由皇帝輪流派往各地去守衛，以此將軍隊控制在自己手中。❷末大不掉　即尾大不掉，尾巴大了，轉動起來很困難。意思是部隊指揮不動，難以控制。❸孤睽　孤立而且渙散。睽，即「睽」。分離。

【語　譯】太祖奉天承運，有懲於唐末、五代的混亂局面，把重兵聚集在京師周圍，同時加強邊境的防守力量；減損地方武將的權力，卻又不降低地方政府的權威。周和漢、唐，地方上的兵力太強；秦朝時州郡的兵力太弱。兵力太強，中央無法控制，兵力太弱，導致國家衰敗渙散。周和漢、唐，太過了，秦，又有所不及。剛好適中的，只有我們宋朝了。

雖然，置帥之方則遠過於前代，而制兵之術吾猶有疑焉。何者？自漢迄唐，或開屯田，或置府兵，使之無事則耕而食，而民猶且不勝其患。今屯田蓋無幾，而府兵亦已廢，欲民之豐阜❶，勢不可也。國家治平日久，民之趨於農者日益眾，而天下無萊田❷矣。以此觀之，謂斯民宜如生三代之盛時，而乃戚戚嗟嗟無終歲之畜者❸，兵食奪之也。

【章　旨】此章承前指出宋代兵制之弊，不在任用將帥，而在沒有解決好冗兵問題，致使軍費開支過甚。

【注　釋】❶豐阜　富裕。阜，(物資)多。❷萊田　即荒田。❸而乃戚戚嗟嗟句　卻竟然是悲痛地呼號，沒有儲備好越冬食用之物。乃，竟。戚戚嗟嗟，表悲痛的象聲詞。終歲之畜，用來越冬的物資。畜，即「蓄」。積蓄的東西。

【語　譯】雖說如此，任命將帥的方法遠遠勝過前代，但統率士兵的方法我還是有些疑問。什麼疑問呢？從漢到唐，要麼駐軍屯田，要麼配置府兵，讓士兵沒有戰事就進行勞動生產自給自足，可是老百姓還是難以承受巨額軍費的禍患。現在軍隊的屯田已經沒有多少了，府兵制也已經廢除了，想要使老百姓收入豐富，看來是不可能辦到的。國家太平無事的時間越長，百姓從事農業的人也越多，天下也就沒有荒蕪的田地了。從這方面看，百姓生活應該可以跟三代繁盛時一樣，可是竟然悲悲戚戚地家裏沒有過冬吃的糧食積蓄，是因軍需供應掠奪了他們啊。

三代井田，雖三尺童子知其不可復。雖然，依倣古制，漸而圖之，則亦庶乎其可也。

方今天下之田在官者惟二：職分也，籍沒也❶。職分之田，募民耕之，斂其租之半而歸諸吏；籍沒則鬻之，否則募民耕之，斂其租之半而歸諸公。職分之田徧於天下，自四京以降，至於大藩鎮❷，多至四十頃，下及一縣，亦能千畝。籍沒之田不知其數，今可勿復鬻。然後量給其所募之民，家三百畝以為率❸。前之斂其半者，今可損之，三分而取其一，以歸諸吏與公，使之家出一夫為兵，其不欲者，聽其歸田而他募❹，謂之新軍。毋黥其面，毋涅其手，毋拘之營。三時縱之，一時集之❺。授之器械，教之戰法，而擇其技之精者以為長。在野督其耕，在陣督其戰，則其人皆良農也，皆精兵也。夫籍沒之田既不復鬻，則歲益多。田益多則新軍益眾，而嚮所謂仰給於斯民者，雖有廢疾死亡，可勿復補。如此數十年，則天下之兵，新軍居十九，而皆力田不事他業，則其人必純固樸厚，無叫呼衡行之憂，而斯民不復知有饋餉供億之勞矣❻。

【章　旨】此章提出利用職分、籍沒之田另建新軍的設想，認為那樣既解決了兵民矛盾，又可削弱並最終取消職業軍人。

【注 釋】❶職分也二句 兩種公田。職分，指分給官吏作為食祿的田產。籍沒，沒收罪犯的田產。❷自四京二句 即從中央到地方。四京，北宋時指北京大名府、南京商丘、東京汴梁、西京洛陽。藩鎮，唐代時統領一方的軍府，此指各地重鎮。❸以為率 作為標準。率，比例。❹歸田而他募 退還其所領的籍沒之田，另外找人耕種。❺三時縱之二句 一年當中三季農忙時，讓他們各自從事農業生產，冬季農閒時將他們集中起來進行作戰訓練。❻而斯民不復知句 而且普通百姓不再知道有國家供應軍餉的勞苦了。斯民，百姓。餽餉供億，國家按軍需供應（糧食物資等）。餽餉，發放軍糧和薪金。供億，按需要供給。億，估計。

【語 譯】三代時的井田制，即使三歲孩子也知道是不可能恢復的了。雖然如此，模仿古代制度，逐漸改變局面，卻應該說也有可能。

現在天下的田地，由官方控制的只有兩種：官員的職分田，沒收罪犯的田產。職分田，招募農民耕種它，收取一半的田租歸官吏所有；沒收罪犯的田產就賣掉它，要不然就招募農民耕種，收取一半的田租歸國家所有。職分田遍及天下，從東西南北四「京」降而至於大的藩鎮州府，多的達四十公頃，下延到一個縣，也能有上千畝田地。籍沒罪犯的田產，不知道有多少，現在可以不用再變賣了。如此一來，按照所招募到的百姓，以每家三百畝的標準配給他們。先前收取一半田租的，現在可以減少，收取三分之一，歸官員和國家所有，讓每家出一個男人當兵，不願意出人當兵的，由他歸還田地再招募別人耕種，把那些人編成新軍。不在他們臉上刺字，不在他們手臂上刺青，不把他們關到軍營裏面。三個忙季放他們去種地，一個閒季集中起來訓練。給他們武器，教他們作戰的方法，並且從他們當中選擇精通戰術的擔任官長。在田野耕種時監督他們耕作，在軍陣中督促他們作戰，那麼，那些人就都既是良民，又是精兵了。那些籍沒之田既然不再出售，那麼就會每年增加。田地越來越多，新軍也就越來越多，那些先前依靠平民供給的部隊，即使有生病死亡的，也不再補充。像這樣過幾十年以後，那麼天下的軍隊中，新軍將佔十分之九，而且都從事農業生產，不從事其他行業，這樣的軍人必定品性純樸厚道，不再會叫囂橫行，讓人擔憂，而且，老百姓也就不再知道供給軍需的勞苦了。

或曰：昔者斂其半，今三分而取一，其無乃薄於吏與公❶乎？曰：古者公卿大夫之有田也以為祿，而其取之亦不過什一❷。今吏既祿矣，給之田，則已甚矣❸。況三分而取一，則不既優矣乎❹？民之田不幸而籍沒，非官之所待以為富也。三分而取一，不猶愈於無乎？且不如是，則彼不勝為兵故也❺。

或曰：古者什一而稅，取之薄，故民勝為兵；今三分而取一，可乎？曰：古者一家之中，一人為正卒，其餘為羨卒，田與追胥竭作❻。今家止一夫為兵，況諸古則為逸❼，故雖取之差重而無害。此與周制稍甸縣都役少輕，而稅十二無異也❽。夫民家出一夫而得安坐以食數百畝之田，徵徭科斂不及其門，然則彼亦優為之矣。

【章旨】此章針對設置新軍所存在的兩種疑慮加以駁難，申述自己的觀點。

【注釋】❶薄於吏與公　國家和官吏的收入就減少了。薄，此指收入少。❷亦不過什一　也只不過收取十分之一的稅收。什一，即十稅一的古代稅制。❸甚矣　太過分了，此意謂過分優厚。❹不既優矣乎　不是已經優待了嗎。優，從優；優待。❺則彼不勝為兵故也　那麼，沒有田產的人就不會願意當兵了。❻古者一家之中四句　據《周禮・小司寇》載：古時服勞役、兵役等，一般情況下，一家先只出一個勞力（正卒），其餘的作為後補（羨卒）。但是在田獵、逐寇、捕盜等情況下，則必須將所有能服役的人都出動。田，田獵。追，追逐敵人。胥，捕捉盜賊。❼況諸古則為逸　與古時候相比，就顯得安逸多了。況，比較。❽此與周制二句　據《周禮・地官・司徒》載：周朝時對全國各地徵稅，因距都城遠近，所服雜役多少也有所不同，所以稅收也有差別。但稍、甸、縣、都等地，大致不超過十稅二的規定。蘇洵的意思是說如果按照他的方案執行，則一般家庭所服雜役相對較少，而國家對之徵收的稅收卻沒有增加多少，跟周代的稅收制度沒有什麼大的不同。稍甸縣都，古時稱離都城三百里為稍，二百里為甸，四百里為縣，五百里為都。

【語譯】有人說：從前收取一半田租，現在收取三分之一，這不是讓官吏和國家吃虧了嗎？回答是：古代公卿大夫以擁有的田地作為俸祿，他們收取田租也不過十分之一。現在已經有了俸祿，還給他們官田，就已經過分了。何況還能收取三分之一，不是已經夠好了嗎？百姓的田產不幸被沒收了，並不是國家要用它去致富，能收取三分之一，不是比沒有要得多嗎？再說，如果不那樣，就沒有人願意去當兵了。

有人說：古代收取十分之一的稅，收得很少，因此百姓願意去當兵；現在收取三分之一的田租，能行嗎？回答是：古時候一家先只出一個人當兵，其餘的作為後補，在田獵、逐寇、捕盜的情況下，才將所有能服役的人都出動。現在一家只出一個男丁當兵，跟古時比起來已經減輕負擔了，所以，即使收取較重的田租，也不會有什麼危害。這比周代規定的京郊、城郊、遠縣的役制還稍輕一些，跟稅收十分之二也沒有什麼差別。百姓每家出一個男丁就可以安然以數百畝田地為食，徭役科稅都不向他們徵收，這麼一來，他們也應該樂意那麼做吧。

【研析】在〈審勢〉一文中，蘇洵就曾指出宋朝「冗兵驕狂，負力幸賞，而維持姑息之恩不敢節也」的弊病，並提出整頓的辦法。在後來的〈上韓樞密書〉中，他再次向任樞密使的韓琦建議嚴刑樹威，整頓軍紀。更不用說他所著〈權書〉，集中論兵作戰了。凡此，可見對於國家軍士，蘇洵一直是十分注意的。本文即是作者提出的解決兵弊之法。

文章從軍隊的起源及兵民關係落筆，意在闡明兵之本質。作者認為募民為兵，軍人坐食軍餉，必將導致士卒驕橫恣縱，輕慢國法，甚至叛上作亂；軍隊龐大，又且消耗大量財物，而屯田、府兵之制，又歷久廢弛，不能解決問題。通過這樣的論述，雖然違心地說「得其中者，惟吾宋也」，似乎宋代解決了軍隊的問題，但緊接著即指出了「兵食」害民之弊。

有鑑於此，作者主張用官吏食祿之田的一部分和國家沒收來的犯人田產，徵集流民，廣置「新軍」；寓兵於農，耕戰結合，用純樸敦厚的「新軍」代替驕狂的冗卒。今天看來，作者對當時兵弊的分析可謂深入，但他託古改制的主張，卻未必可行。明人茅坤就曾說：「老泉欲以職分、籍沒之田作養兵之費，不知當時通天下皆有是田否？其數亦可得幾何？」（《唐宋八大家文鈔》）作者的建議雖不十分切合實際，但他那分殷殷憂國苦心，卻於紙面可見。

再次，宋朝統治者遵循太祖趙匡胤的陳法，將軍權集中到自己手中，並且廣置禁軍以維護其統治，致使兵源往往不純，驕兵難制，冗卒敗事。作者在這裏對宋代的將帥制度沒有否定，認為漢唐與秦都或「過」或「不及」，唯獨宋代得其「中」，也有可商榷之處：北宋皇帝把軍權牢牢控制在自己手中，不僅以文人帶兵，而且還多方掣肘，致使宋軍在與遼、西夏作戰過程中，少有勝績，邊患無窮，其任用將帥之制，本未得「中」。蘇洵此處曲筆回護，在〈御將〉、〈任相〉等文中，卻予以批判，猶如司馬遷《史記》之「互見法」。閱其全文，應該全面審讀，不可孤立地看問題。

田制

【題解】土地問題是封建社會的根本問題。宋朝時，趙匡胤為了削奪臣子手中兵權，曾鼓勵將帥們多置良田美宅，享受人間富貴。對土地兼併不僅沒有限制，反而加以鼓勵。這就造成宋朝土地兼併極為嚴重的社會問題。作者多年生活於僻郡遠州，對這一現象有深入瞭解，故撰此文加以揭露並積極尋求解決之道。

古之稅重乎？今之稅重乎？周公之制，園廛二十而稅一，近郊十一，遠郊二十而三，稍、甸、縣、都皆無過十二，漆林之徵二十而五❶。蓋周之盛時，其尤重者至四分而取一，其次者乃五而取一；然後以次而輕，始❷至於十一，而又有輕者也。今之稅雖不啻❸十一，然而使縣官無急徵，無橫斂❹，則亦未至乎四而取一與五而取一之為多也。是今之稅與周之稅，輕重之相去無幾也❺。

雖然，當周之時，天下之民歌舞以樂其上之盛德❻，而吾之民反慼慼不樂❼，常若擢筋剝膚❽以供億其上。周之稅如此，吾之稅亦如此，而其民之哀樂何如此之相遠也？其所以然者，蓋有由矣。

【章旨】此章通過對比周代與宋朝稅收輕重，得出古今稅收沒有大變化的結論，並為後面論述稅制未大變而民之哀樂迥異的原因作鋪墊。

【注　釋】❶周公之制六句　這裏所舉都是周朝的稅制。園廛，即民宅，因多種樹木，獲利較少，所以徵稅也少。周代舊制：距都城五十里以內為近郊，一百里為遠郊，二百里為稍，三百里為甸，四百里為縣，五百里為都。漆林，即森林。漆，本是一種樹木，這裏泛指一般的森林。因森林是天然生長，不用人力，故稅重。❷始　方始；才。❸不啻　不止。啻，只；僅。❹橫斂　即橫徵暴斂，巧立名目收取錢財。❺輕重之相去無幾也　（稅收的）輕重相差不多。相去無幾，即相差無幾。❻天下之民句　天下的百姓們用載歌載舞的形式表達對君王大德的讚美，是儒家所謂至治時的情景。❼慼慼不樂　悶悶不樂。慼慼，憂愁；悲哀。❽擢筋剝膚　抽筋剝皮，相當於敲骨吸髓，比喻殘酷的剝削。擢，提。

【語　譯】古時候的稅收重嗎？現在的稅收重嗎？周公時的稅制：住宅稅二十分之一，近郊收稅十分之一，遠郊二十分之三，稍、甸、縣、都，都不過十分之二，森林稅二十分之五。在周朝強盛的時候，稅收最重也只不過收取全部收成的四分之一，其次是五分之一，然後依次減輕，直到十分之一，還有更輕一些的。現在的稅收雖然不止十分之一，然而如果國家沒有緊急徵收，沒有橫徵暴斂，也不至於到收取四分之一或者五分之一那麼重。所以說，現在的稅收跟周代的稅收相比，輕重相差並不很明顯。

雖然如此，在周代的時候，天下的老百姓載歌載舞地讚美天子的美德，可我們現在的老百姓卻悶悶不樂，總是像被抽筋剝皮一樣去交稅供給官府。周代是交那麼多稅，我們現在也是收那麼多稅，可是百姓的哀樂情感為什麼相差如此之遠呢？之所以會這個樣子，是有原因的啊。

周之時，用井田。井田廢，田非耕者之所有，而有田者不耕也。耕者之田資於富民❶，富民之家，地大業廣，阡陌連接，募召浮客❷，分耕其中，鞭笞驅役，視以奴僕，安坐四顧，指麾於其間。而役屬之民，夏為之耨❸，秋為之穫❹，無有一人違其節度以嬉。而田之所入，己得其半，耕者得其半。有田者一人而耕者十人，是以田主日累其半以至於富強，耕者日食其半以至於窮餓而無告。夫使耕者至於窮餓，而不耕不穫者坐而食富強之利，猶且不可；而況富強之民輸租於縣官，而不免於怨歎嗟憤。何則？彼以其半而供縣官之稅，不若周之民以其全力而供其上之稅也。周之十一，以其全力而供十一之稅也，使以其半供十一之稅，猶用十二之稅然也❺。況今之稅，又非特止於十一而已，則宜乎其怨歎嗟憤之不免也。

【章旨】此章分析古今百姓憂戚相異的根本原因，在於古時土地所有者即為耕種者，而後世土地所有者並不耕種。耕種者未擁有土地，受地主剝削，地主出租土地，支付耕者勞動，再向國家交稅，收入都覺得減少了，所以才會古今憂戚不同。

【注釋】❶資於富民　從富人家那裏租來。資，出錢租賃。❷浮客　雇工。因其雇無定主，所以稱浮客。❸耨　鋤草。❹穫　收割歸倉；收穫。❺使以其半二句　因為當時富戶是雇人耕種的，田地收入大約有一半要支付給雇工，所以他只能用歸自己的另一半交納十一稅，對土地所有者的富戶而言，就相當於支出了田產總量的十分之二。

【語譯】周代的時候，實行井田制。井田制廢除了，種田的不是土地所有者，土地所有者又不耕種。種田的從富人那裏租田種，富有之家擁有大量田地產業，田間道路縱橫交錯，招募佃戶，分別耕種，鞭打驅使，像對待奴僕那樣對待他們，端坐著四處監督，指揮他們幹活。租佃之民，夏天耨草，秋天收割，沒有人敢掉以輕心，或者違抗富人的命令。可是田地的收成，富人得一半，佃戶得一半。土地所有者只一人，耕種的卻有十個人，所以土地所有者累積那一半的收入，變得越來越富，佃戶們只得自己的一半，以至於越來越窮苦，卻又無處訴說。讓種田的人窮困挨餓，不耕種不收割的人端坐著受益，變得越來越富有，本來就已經不對了；何況富有的地主還要向國家交納租稅，當然免不了就要抱怨生氣。為什麼呢？富人把自己收入的一半上交了官稅，不像周代百姓那樣按他全部收入作為份額上交稅收。周代交十分之一，是全部收入的十分之一，現在富人用土地全部收入的一半交十分之一，就像是交十分之二的稅收。再說現在的稅收，又不止十分之一而已，所以納稅者難免會抱怨氣憤。

嘻！貧民耕而不免於飢，富民坐而飽以嬉，又不免於怨，其弊皆起於廢井田。井田復，則貧民有田以耕，穀食粟米不分於富民，可以無飢。富民不得多佔田以錮❶貧民，其勢不耕則無所得食，以地之全力供縣官之稅，又可以無怨。是以天下之士爭言復井田。既又有言者曰：奪富民之田以與無田之民，則富民不伏❷，此必生亂。如乘大亂之後，土曠而人稀❸，可以一舉而就。高祖之滅秦，光武之承漢，可為而不為，以是為恨。

吾又以為不然，今雖使富民皆奉其田而歸諸公，乞為井田，其勢亦不可得❹。何則？井田之制，九夫為井，井間有溝，四井為邑，四邑為丘，四丘為甸，甸方八里，旁加一里為一成，成間有洫❺，其地百井而方十里，四甸為縣，四縣為都，四都方八十里，旁加十里為一同，同間有澮❻，其地萬井而方百里，百里之間為澮者一，為洫者百，為溝者萬。既為井田，又必兼修溝洫之制：夫間有遂❼，遂上有徑；十夫有溝，溝上有畛❽；百夫有洫，洫上有涂；千夫有澮，澮上有道；萬夫有川，川上有路。萬夫之地，蓋三十二里有半，而其間為川為路者一，為澮為道者九，為洫為涂者百，為溝為畛者千，為遂為徑者萬。此二者非塞谿壑、平澗谷、夷丘陵、破墳墓、壞廬舍、徙城郭、易疆壠❾，不可為也。縱使能盡得平原廣野而遂規畫於其中，亦當驅天下之人，竭天下之糧，窮數百年專力於此，不治他事，而後可以望天下之地盡為井田，盡為溝洫。已而又為民作屋廬於其中，以安其居而後可。吁！亦已迂矣。井田成而民之死，其骨已朽矣。

古者，井田之興，其必始於唐虞之世❿乎？非唐虞之世，則周之世無以成井田。唐虞啟之，至於夏商，稍稍葺治，至周而大備。周公承之，因遂申定其制度⓫。疏整其疆界，非一日而遽能如此也，其所由來者漸矣⓬。

【章旨】此章批駁以恢復井田以救田制之弊的迂腐想法。

【注釋】❶錮　禁錮；限制；控制。❷不伏　即不服；抗議。❸土曠而人稀　地廣人稀。土地寬闊，人口稀少。❹其勢亦不可得　事實上也辦不到。勢，當時的形勢、情勢。❺洫　田間的水道。❻澮　田間的排水渠。❼夫間有遂　一百畝田地之間有小水溝作為界限。夫，井田制規定一夫可得田百畝，因而稱百畝之地為夫。遂，小溝。語本《周禮・地官・遂人》。❽畛　田間小道。❾彊壠　即疆界。壠，田地間用以分界稍微高起的小路。❿唐虞之世　儒家所稱譽遠古時代的太平盛世。唐，陶唐氏，即堯。虞，有虞氏，即舜。⓫申定其制度　頒布並推行井田制。申，申述。制度，此指井田制。⓬漸矣　是漸漸完成的，一步一步完善的。

【語譯】唉！貧苦的佃戶努力耕作卻不免忍飢挨餓，富人坐享其成，嬉樂醉飽，乃不免抱怨，這些弊病都是由廢除井田制引起的。恢復井田制，那麼，窮人就有田耕種，收穫的穀物粟米用不著分給富人，可以不餓肚皮。富人不能多佔田地來禁錮窮人，那種形勢下，不耕種就沒得吃，按全部土地收成進行納稅，也就不會抱怨什麼了。所以，天下的士人都在議論恢復井田。可是又有人說：剝奪富人的田地給沒有田地的人，富人不服，肯定會生出禍亂。如果乘天下大亂之後，地廣人稀，就可以一下子辦成這事了。漢高祖滅亡秦朝，光武帝承西漢立國，本來可以做這事卻沒有做，這是歷史的遺憾。

我卻不這麼認為，就算現在富人都把他們的田產交出來給國家，請求實行井田制，那也是行不通的。為什麼呢？照井田制，九個勞力可以佔地一井，井與井之間有溝劃開，四井為一邑，四邑為一丘，四丘為一甸，一甸方圓八里，再加一里為一成，成與成之間有洫，所佔土地是一百井方圓十里，四甸為一縣，四縣為一都，四都方圓八十里，再加十里為一同，同與同之間有澮，佔地一萬井方圓一百里，百里之間，有一澮，有一百洫，有一萬溝。既然推行井田制，就必須還要修溝洫。按溝洫的規定：夫與夫之間有遂，遂上有小路；十夫有溝，溝上面有畛；一百夫有洫，洫上有涂；千夫有澮，澮上面有道；萬夫有川，川上面有路。萬夫之地，共有三十二里半，其中有一川、一路，九澮、九道，一百洫、一百涂，一千溝、一千畛，一萬遂、一萬徑。就這兩種制度，不填塞溪壑，填平澗谷、平夷丘陵、毀壞墳墓、折掉房屋、搬遷城市、更換疆域，是辦不到的。就算能夠全部在平原地區進行這樣的規劃，也必然要驅趕天下百姓，耗盡天下糧食，花上幾百年的時間專門來做這件事，不做其他的事，然後才有可能指望普天下的田地全部規劃成為井田，全都劃分為溝洫。處理完之後再為百姓在井田中建造房屋，使之安居，才算完事。嗨！這也太迂腐了啊。井田制是恢復了，老百姓卻累死了，連骨頭都朽壞了。

古時候，井田制的興起，肯定是從唐虞之世就開始了吧？沒有唐虞之世的基礎，周代肯定不可能完成井田制。從唐虞時開始，到夏商時不斷完善，到周代時完備。周公承襲並因而審定為一種制度。疏通整理井田間的疆界，不是一兩天很快就能辦得像樣子的，這當中必定有個不斷完善的過程呢。

夫井田雖不可為，而其實便於今。今誠有能為近井田者而用之，則亦可以蘇民❶矣乎！聞之董生曰：「井田雖難卒行，宜少近古，限民名田以贍不足。」❷名田之說，蓋出於此。而後世未有行者，非以不便民也，懼民不肯損其田以入吾法，而遂因之以為變也。孔光、何武曰：「吏民名田無過三十頃，期盡三年，而犯者沒入官。」❸夫三十頃之田，周民三十夫之田也，縱不能盡如周制，一人而兼三十夫之田，亦已過矣。而期之三年，是又迫蹙❹平民，使自壞其業❺。非人情，難用。吾欲少為之限，而不禁其田嘗已過吾限者，但使後之人不敢多佔田以過吾限耳。要之數世，富者之子孫，或不能保其地以至於貧，而彼嘗已過吾限者，散而入於他人矣；或者子孫出而分之以無幾矣❻。如此，則富民所佔者少而餘地多，餘地多則貧民易取以為業，不為人所役屬，各食其地之全利。利不分於人，而樂輸於官。夫端坐於朝廷，下令於天下，不驚民，不動眾，不用井田之制，而獲井田之利，雖周之井田，何以遠過於此哉？

【章　旨】此章正面提出解決方案：限制田產，經長期努力實現土地再分配，雖無井田之實，卻得井田之效。

【注　釋】❶蘇民　使老百姓略微休養生息。蘇，蘇息。因困頓而休息。❷聞之董生曰四句　董生，漢儒董仲舒。漢武帝時，對外用武於四夷，對內役民於工程，國力消耗甚多。董仲舒曾提出限制土地兼併，使平民得以休養生息的措施。名田，以私人名義佔有的田地。贍不足，使資財不足的人有所補貼。贍，豐富；充足。此處作動詞。❸孔光何武曰四句　孔光，字子夏，西漢末年魯國（今山東曲阜）人。成帝時舉博士，為御史大夫等顯官。王莽時因懼其權勢，以病辭歸。何武，字君山，蜀郡郫縣（今四川成都）人，舉賢良方正入仕，累遷大司空，王莽時被殺。孔光、何武二人都曾提議限制土地兼併，以求緩和階級矛盾。期，約定。此指規定。❹迫蹙　感到緊迫或心情緊張。蹙，緊迫。❺自壞其業　自己破壞他們的產業（此指田產）。❻或者子孫出句　這句話的意思是說子孫們分家時將祖上所佔的土地分一部分出去，則人均田地佔有率就降低下來了。子孫出，指子孫後代分家別居。無幾，幾乎沒有。

【語　譯】井田制雖然不能恢復，但這種制度的精神實質今天卻可以借鑑。假如現在真能制定跟井田相近似的制度並進行實際操作，那麼也可以解除百姓的困苦了！聽說董仲舒曾經講：「井田制雖然很難倉猝之間推行，卻應該用稍微近似古制的辦法，限制官吏富豪以私人名義佔有田地，以補貼土地不足的人。」限制私田的說法，從這裏開始。可是後世卻沒有推行下去，不是因為它不便於百姓，而是擔心民眾不願意因為遵守我的新法而損失他們的地產，並因此導致整個土地制度的變革。孔光、何武曾說：「官吏平民的私田不能超過三十頃，三年之後，違犯了就把那些私田沒收歸官府所有。」三十頃的私田，是周朝時候三十個男子的田產哩，縱然不能完全按照周朝的制度，一個人多佔三十個男子的田產，也太過分了。還要等到三年之後，就更加讓平民感到蹙迫不堪，迫使他們自己毀壞其田產家業。這辦法不近人情，很難推行。我想稍微作一些限制，但不對超過規定田產的人作硬性禁止的要求，而是讓後面的人不敢再超過限制去多佔良田。經過幾代人之後，富人家的子孫，也許不能保有他們的田產成了貧民，那些曾經超過限制的田地，也就分散到其他人家去了；也許還有子孫因為分家而把田地分得沒剩下什麼的。這麼一來，富人所佔的田地減少了，剩餘下來的土地卻不斷增多，剩餘下的土地不斷增多，那麼貧民就容易獲取去作為家業，用不著租種別人的地，各人都獲得全部田產的收益過生活。田地之利不分給別人，也就樂意交納官稅。端坐在朝堂之上，向天下發布命令，不驚擾百姓，不勞師動眾，不用恢復井田制，卻能獲得井田制的好處，雖說是周代的井田制，又哪裏能說比這法子更為優越呢？

【研 析】本文探討國家田稅制度，意在抑制土地兼併，緩和因田產造成的對立與社會矛盾。文章從古今稅制相差無幾，而民情迥別發論，指出古今稅率初看似無不同，實則有別：古時百姓各耕己田，故覺稅輕，今則田非耕者所有，地主和佃戶各獲一半，故覺稅重。貧民力耕，不免於飢；富民坐而收穫，亦難免生怨。行文之中，已經觸及土地所有制的本質。

不過，在探討解決辦法時，作者並沒有如分析問題時那麼深刻，只不過批駁了恢復井田的迂闊之論，主張採用董仲舒限制名田之說，稍復古制，以解民困。作者的這種調和矛盾的思想雖說難免有空想成分，但他在議論中觸及到的土地制度，主張抑制豪強過分兼併土地，卻體現出其思想中進步的一面。再者，文中對北宋時土地大量集中，豪強侵奪致使貧民勞飢不堪的揭露，也可謂淋漓盡致，這對我們瞭解當時社會，也頗多啟迪。明代楊慎在《三蘇文範》中說：「老泉此論，全為當世厚斂而發。今之居要路者，何不書一通以聞當世乎？」看來，是深切感到土地兼併這個頑症而發的議論。

六經論

易論

【題解】本篇論述《易經》之用，作者一反正統經學之論，視《易》為聖人統治天下之術的一種手段，跟禮教相互補充，一明一幽，構成其統治術之主體。蘇洵遠自蜀中，其對經學的理解，受宋代中原學術影響甚微，再加上他本人習戰國縱橫之術，好標新立異，故有此論。北宋時期，中原一帶儒家道學正值興盛，這樣的言論，可謂新人耳目，也可謂離經叛道。稍後其子蘇軾繼承並發揚其說，「蜀學」與以二程兄弟為代表的「洛學」遂幾成水火，既有政見不同，又有義氣之爭，於此可見，更有學術觀點的迥異、經學闡述上的分歧。

清人高步瀛在《唐宋文舉要》中說：「老蘇〈六經論〉，亦自成一家言，其議一貫。」綜覽老蘇全部經論，可以明顯感到其持論正如高氏所言，則〈六經論〉可謂是其整個經學思想的集中反映。考雷簡夫元和二年的〈上歐陽內翰書〉，可知這組文章大致寫於皇祐三、四年（西元一〇五一、一〇五二年）至嘉祐元年（西元一〇五六年）之間，時蘇洵在蜀中。

聖人之道，得禮而信，得《易》而尊❶。信之而不可廢，尊之而不敢廢，故聖人之道所以不廢者，禮為之明而《易》為之幽也❷。

【章旨】此章開宗明義，指出聖人治理天下，採用的是禮教之「明」與《易》教之「幽」相結合的方法。

【注釋】❶聖人之道三句　蘇洵的意思是說聖人教導天下的手段，用禮的方式表現出來，就使人信服；用《易》的方式表現出來，就受到人們的尊重。由於蘇洵的思想與傳統儒家並不完全一致，他對「道」的理解也跟一般儒士有些不同。❷禮為之明句　聖人制禮，使其道表現得清楚明白；用《易》，使道顯得深奧莫測。

【語譯】聖人治理天下，用禮的方法，使人信服；用《易》的方法，使人敬畏。信服禮教，所以就不可以廢除；敬畏《易》理，所以就不敢廢除，因此，聖人治理天下的方法之所以歷久不廢，是因為有禮教作明顯的約束，而《易》又使之顯得神祕莫測。

生民之初❶，無貴賤，無尊卑，無長幼，不耕而不飢，不蠶而不寒❷，故其民逸❸。民之苦勞而樂逸也，若水之走下❹。而聖人者，獨為之君臣，而使天下貴役賤❺；為之父子，而使天下尊役卑；為之兄弟，而使天下長役幼；蠶而後衣，耕而後食，率天下❻而勞之。一聖人之力固非足以勝天下之民之眾，而其所以能奪其樂，而易之以其所苦❼，而天下之民亦遂肯棄逸而即勞❽，欣然戴之以為君師❾，而遵蹈其法制者，禮則使然也。

聖人之始作禮也，其說曰：天下無貴賤，無尊卑，無長幼，是人之相殺無已❿也。不耕而食鳥獸之肉，不蠶而衣鳥獸之皮，是鳥獸與人相食無已也⓫。有貴賤，有尊卑，有長幼，則人不相殺。食吾之所耕，而衣吾之所蠶，則鳥獸與人不相食。人之好生也甚於逸，而惡死也甚於勞，聖人奪其逸死而與之勞生⓬，此雖三尺豎子知所趨避矣。故其道之所以信於天下而不可廢者，禮為之明也。

【章旨】此章以己意推測聖人如何用禮來教化天下，建立起社會秩序。

【注釋】❶生民之初　人類開始出現的時候。❷不耕而不飢二句　遠古時代，生產力十分低下，沒有農業，更沒有紡織業，只能靠採集野生果實充飢，編織獸皮樹葉禦寒，所以蘇洵這麼說。❸逸　安逸無欲。❹若水之走下　就像水往低處流一樣，意思是規律不可更改，此指人不可改變的天性。❺貴役賤　尊貴的役使卑賤的。❻率天下　整個世界；普天下。❼而其所以二句　聖人之所以能夠改變百姓們一向認為快樂的東西，用他們從前認為是使人勞累的東西取而代之。易，代替；更換。❽即勞　就勞；從事使人勞累的活動。❾欣然句　高高興興地擁戴他們（聖人）作自己的君王和導師。❿無已　沒有停止之時。已，盡。⓫鳥獸與人相食無已也　上古之時，先民主要從事狩獵來獲得食物，又經常受到兇猛野獸的襲擊，所以說人與鳥獸彼此以對方作為食物。⓬聖人奪其逸死而與之勞生　聖人改變老百姓圖一時安逸而致死的想法，教導他們通過自己的辛勤勞動來獲得生存。勞生，辛勞的生活；辛苦的人生。

【語譯】人類最初的時候，沒有貴賤，沒有尊卑，沒有長幼，不用耕種也不會挨餓，不養蠶織衣也不受寒苦，所以那時的人很安逸。人們以勞作為苦而以安逸為樂，就好像水往低處流一樣。可是聖人呢，偏偏要設立君臣，使普天下貴人奴役賤民；確立父子秩序，使普天下尊貴的人奴役卑賤者；確立兄弟關係，使普天下年長的役使年幼的；養蠶繅絲然後製成衣穿，耕田收穫然後才有糧食吃，普天下的人都為此勞作不休。一個聖人的力量，本來不足以與普天下老百姓的力量相抗衡，可是，聖人之所以能奪其所樂，轉而讓他們趨向勞苦，並且普天下的百姓也竟肯放棄安逸接受勞苦，還欣然擁戴聖人為君為師，並且遵守他制定的社會秩序，是禮教使然啊。

聖人最初制定禮教時，他這樣說：天下沒有貴賤之別，沒有尊卑之分，沒有長幼之序，那樣人與人之間就會彼此殘殺不已。不耕作而以鳥獸的肉為食，不養蠶織絲而以鳥獸的皮做衣服，那樣鳥獸就會跟人相互搏殺不已。有了貴賤、尊卑、長幼，那麼人就不會彼此殘殺。吃自己耕種出來的糧食，穿自己繅絲做成的衣服，那麼，鳥獸跟人也不會相互搏殺了。人們對生命當然看得比安逸更重，討厭死亡當然更甚於討厭勞累，聖人消除了安逸死去卻給出了一條勞作求生的道路，這樣，縱然是三歲小孩也知道何去何從了。所以，聖人之道之所以讓天下信服而不被廢除，是禮教把道理說得透徹明白。

雖然，明則易達，易達則褻❶，褻則易廢。聖人懼其道之廢，而天下復於亂也，然後作《易》：觀天地之象以為爻，通陰陽之變以為卦，考鬼神之情以為辭❷。探之茫茫，索之冥冥❸。童而習之，白首❹而不得其源。故天下視聖人如神之幽，如天之高，尊其人而其教亦隨而尊。故其道之所以尊於天下而不敢廢者，《易》為之幽也。

凡人之所以見信者，以其中無所不可測者也❺。人之所以獲尊者，以其中有所不可窺者也❻。是以禮無所不可測，而《易》有所不可窺，故天下之人信聖人之道而尊之。不然，則《易》者，豈聖人務為新奇祕怪以誇後世邪❼？

聖人不因天下之至神，則無所施其教❽。卜筮者，天下之至神也。而卜者，聽乎天而人不預焉者也；筮者，決之天而營之人者也❾。龜，漫而無理者也❿，灼荊而鑽之⓫，方功義弓，惟其所為⓬，而人何預焉？聖人曰：是純乎天技耳⓭。技何所施吾教？於是取筮。夫筮之所以或為陽、或為陰者，必自分而為二始。掛一，吾知其為一而掛之也；揲之以四，吾知其為四而揲之也；歸奇於扐，吾知其為一、為二、為三、為四而歸之也，人也⓮。分而為二，吾不知其為幾而分之也，天也。聖人曰：是天人參焉，道也⓯，道有所施吾教⓰矣。於是因而作《易》，以神天下之耳目⓱，而其道遂尊而不廢。此聖人用其機權以持天下之心⓲，而濟其道於無窮也。

【章旨】此章闡明聖人用《易》之幽，以神其教，以維護其統治，很好地補充了禮明達易褻之弊。

【注釋】❶易達則褻　容易做到，就會被輕慢。❷觀天地三句　爻，《周易》中區別陰陽天地，用來組成卦象的兩種符號。一條橫線代表天，象徵陽；另一中間斷開的橫線代表地，象徵陰。三畫相疊，表示陰陽推移變化，就組成了乾、震、兌、離、艮、坎、巽、坤八卦。每一種爻卦都有些語言文字說明其涵義，這就是辭。《周易》為中國上古文化的代表，其中有先民自然崇拜的痕跡，所以蘇洵說它是「觀天地之象」的結果，能「考鬼神之情」。❸探之茫茫二句　意思是《周易》的奧義晦暗難明，使人不知其源，難得其流。冥冥，晦暗難明。❹白首　頭髮白了，指年老。❺無所不可測者也　沒有看不清、想不通的地方。

測，測度，指探求。❻不可窺者也　看不到的地方，即深不可測的意思。❼豈聖人務為新奇句　難道是聖人想用一些稀奇古怪的東西在後人面前去炫耀誇示嗎。務，從事；務為，有意識地去做。新奇祕怪，稀奇古怪。誇，誇耀。❽聖人不因二句　聖人不借助天下百姓認為最神祕的東西，就無法達到推行其教化的目的。至神，極為神祕或神聖的東西。❾筮者二句　筮卜，是由上天決定卻由人去經營的。筮，古代用蓍草定凶吉的迷信活動。由於蓍草的多少由人來定，有人的因素加入，所以蘇洵說筮是由上天安排，由人來具體操作。❿龜二句　龜卜，漫無目的，缺乏理性的參與。龜，龜卜，古時將龜甲放到火中燒，以龜甲上的裂紋來定吉凶的迷信活動。由於在這種占卜方法中，人絲毫不能控制龜甲裂紋的走向，所以說龜卜是純由老天爺作決定，沒有人為活動的參與。⓫灼荊而鑽之　用龜卜吉凶時，先在龜殼上鑽孔，然後在孔上燒，看它的裂紋走向來定吉凶。灼荊，用荊條燒所鑽的孔。⓬方功義弓二句　方功義弓，剛看到孔上出現裂紋，顯示出一定的徵兆，即看裂紋來卜。弓，指龜卜時鑽孔所用的弓，此指用弓鑽出的孔。惟其所為，只是上天的作為。其，指代上天。⓭是純乎天技耳　那完全是上天所為。龜卜所顯示的裂紋如何，完全跟人沒有關係，所以說完全是上天的技巧而已。⓮夫筮之所以九句　以蓍草作筮來占卜吉凶的具體操作過程，現在已經不能詳細知道了，大致是以蓍草五十，先取走一根，將剩下的四十九根兩分，再以每次取走四根的方法進行分配，由此確定其陰陽，決定凶吉。從本文的敘述中可看出，整個過程中有許多規矩是人為設定的，有了人為因素的參與，所以說它是人力與天技相參。揲，取。扐，筮時將每次取剩的蓍草放於手指間。⓯天人參焉二句　天命與人力相互作用，這就是道。參，參與。⓰有所施吾教　對推行道德教化起作用。吾，第一人稱「我」，指聖人。⓱神天下之耳目　使天下百姓對《周易》的內容無論是聽到了還是看到了，都感到神祕。⓲此聖人用其機權句　意思是聖人憑藉《易》作為其機謀、權變的手段，以便控制天下百姓的心志，使他們隨聖人教化而動。機權，機謀權變。持，挾持；控制；把握。

【語譯】雖然如此，清楚明白，就容易做到，容易做到，就會被輕慢，被輕慢，就容易被廢止。聖人害怕他的禮教制度被廢止，天下再次陷入混亂，然後就作《易》：觀察天地的物象畫成爻，會通陰陽變化編成卦，考究鬼神幽隱之情製成卦辭。探其奧義，感到茫然無適；求其本源，覺得幽冥難明。孩童時開始習玩，到鬢髮斑白還不知究竟。所以天下人把聖人看得像神仙那樣幽隱，像上蒼那樣高深莫測，敬重聖人並因而敬畏他所立的教規。聖人之道之所以為天下人尊崇而不至於被廢除，是因為《易》使其思想幽玄莫測。

一個人之所以被信任，是因為對他心中的思想都弄清楚了。一個人之所以被尊敬，是因為他的某些思想別人還猜不透。所以，禮教的道理大家都清清楚楚，可是《易》卻讓人猜不透，故而天下人都信奉聖人之道並尊重它。要不然，則《周易》那本書，豈不就成了聖人標新立異向後世誇耀的東西了嗎？

聖人不借助天下的神妙之理，無法推行他的政教。卜筮，是天下至神至妙的東西。可是占卜，完全是聽天由命，人的意志無法參與。筮算，由上天決定卻由人來操作。龜卜，裂紋隨便延伸缺少理性因素的參與。用柴草燒龜殼上所鑽的孔，孔上一出現裂紋，吉凶就呈現出來了，純然是上天的旨意，人的意志怎麼體現呢？聖人說：這純粹是上天的意志罷了。這種意志怎麼能為我所用，達到教化目的呢？於是就採取筮算的辦法。筮算，之所以是陰、是陽，一定要從二分開始。先掛出一根筮草，我知道那是一根筮草才掛出，剩下的四根一分，我也知道那是四根筮草才分的；把最後的奇數放到手指間，我也知道剩下的是一根、二根、三根、四根，才把它們放到手指間，這些都有人的意志參與。把筮草一分為二，我不知道把它們分成了多少，那是上天的意志。聖人說：這是天意與人願相互作用，這才是道，這個道才對推行我的政教有意義呢。於是用這種辦法作了《易》，使天下人聽到看到都感到神祕莫測，因而他要推行的政教也就被尊重而不致廢除了。這才是聖人用機謀權變控制天下百姓的心志，使他的政教得以傳承無窮的手段。

【研　析】 作為群經之首的《易經》，究竟為何而作，一向眾說紛紜，莫衷一是。本文作者從《易》的功用出發，探討《易》之本質，頗有新見。作者大膽揭去遮蓋在「禮」上仁義友愛的帷幔，指出《禮》、《易》等群經，本質上都是聖人用來統治天下的權變手段。基於《禮》、《易》相通的觀點，作者認為聖人所制禮法之所以大行於天下而不被廢棄，就在於《易》使之神聖化。聖人制禮，使天下尊卑、長幼有序；又考鬼神之情，作《易》通陰陽之變，使天下人感到神祕莫測，視為至神，以致不敢廢棄禮教，從而尊《易》重禮。為了說明聖人使權用謀，作者還用龜卜與《易》筮相比較，指出後者乃「天人參焉」之術，與龜卜純任天然不同。聖人在《易》中摻入人為因素，目的就在於推行其道。按作者如此分析，《易》乃聖人神天下耳目的工具，為「禮」獲得天下遵從打下基礎。

作者在本文中所闡述的經學觀點，與正統儒家對《易》及聖人的看法是格格不入的。南宋理學大家朱熹即批評道：「看老蘇〈六經論〉，則是聖人全是以術欺天下。」（見《朱子文集大全・雜著十》）批評是相當嚴厲的。明代古文大家茅坤，雖稱其「文有烟波」，但對他的論點卻也不以為然：「而以禮為明，以《易》為幽，謂聖人所以用其機權以持天下之心，過矣。」（《唐宋八大家文鈔》）在今天看來，蘇洵此論，雖然不一定完全符合歷史，卻無疑有助於我們認識儒家禮法的真正本質。

禮論

【題解】中國自古稱禮儀之邦，重禮教尊傳統，自古皆然，但禮之本質為何，卻很難言明。本篇即論述禮之本質，指出禮在本質上是聖人之權謀。聖人為使社會上長幼尊卑有序，以身作則，並用「恥之」的手法，使禮教行於天下。繼而防患於未然，用《易》神化禮教，使之傳遠不廢。蘇洵如此看待禮教本質，可謂離經叛道，應該說是有一定深度的，特別是作為一個身處北宋時代道學昌明之際的士子，能有此等見識，作如此闡發，確屬不易。縱然其結論未必正確，然而其獨立思考的治學精神，敢於探索的學術勇氣，卻是應該肯定的。

夫人之情，安於其所常為，無故而變其俗，則其勢必不從。聖人之始作禮也，不因其勢之可以危亡困辱之者，以厭服其心❶，而徒欲使之輕去其舊，而樂就吾法，不能也。故無故而使之事君，無故而使之事父，無故而使之事兄，彼其初，非如今之人知君父兄之不事則不可也，而遂翻然❷以從我者，吾以恥厭服其心也❸。

彼為吾君，彼為吾父，彼為吾兄，聖人曰：彼為吾君父兄，何以異於我？於是坐其君與其父以及其兄❹，而己立於其旁，且俯首屈膝於其前以為禮，而謂之拜❺。率天下之人而使之拜其君父兄❻。夫無故而使之拜其君，無故而使之拜其父，無故而使之拜其兄，則天下之人將復嗤笑以為迂怪❼而不從。而君父兄又不可以不得其臣子弟之拜，而徒為其君父兄❽，於是聖人者又有術焉以厭服其心，而使之肯拜其君父兄。然則聖人者果何術也？恥之而已。

古之聖人將欲以禮治天下之民，故先自治其身，使天下皆信其言，曰：此人也，其言如是，是必不可不如是也❾。故聖人曰：天下有不拜其君父兄者，吾不與之齒❿。而使天下之人亦曰：彼將不與我齒也！於是相率⓫以拜其君父兄，以求齒於聖人。

【章旨】此章論述聖人為了建構合乎禮教的社會秩序，用「恥」的方式，規範天下人的行為使之合於要求。

【注釋】❶不因其勢二句　不憑藉一些可以使一般人感到危亡困頓與恥辱的手段，而使他們心服口服。厭服，誠服；使服從。❷翻然　即「幡然」。猛然省悟。❸吾以恥厭服其心也　聖人就用使之感到羞恥的辦法，讓他們誠服。吾，第一人稱代詞，指聖人。此文中多處擬聖人或「天下人」的身分發議論，「吾」具體指代誰，要視行文涵義而定。❹坐其君句　使他們的君主父親和兄長端然上坐。坐，使之坐，作動詞。❺拜　行拜禮。即文中所謂俯首屈膝，表示恭敬的禮節動作。❻率天下之人句　帶領普天下的人，都跟聖人一樣，向他們的君父兄行拜禮。❼迂怪　迂腐而且怪異的行為。❽而徒為其君父兄　卻只是白白地有個君、父、兄的名聲。意思是如果君、父、兄沒有受到臣、子、弟對他們表示尊重的拜禮，他們也就失去君、父、兄的地位了。❾是必句　那肯定不那麼做是不行的。指一定要向君父兄施禮以示尊重。第一個「是」指上文所謂拜其君父兄的禮節。❿不與之齒　不和他並列一起。齒，序列；並排。⓫相率　彼此跟隨，即大家一起。率，跟隨；隨著。

【語譯】人之常情，安於習常所為，無緣無故改變他們的習俗，那肯定不可能聽從。聖人開始制定禮法時，不借助讓人感到死亡威脅或者困窘屈辱的情勢，讓他們心悅誠服，只是無緣無故地讓人們輕易廢除舊習，高高興興地服從新制定的規矩，那是不可能的。所以說，無緣無故讓人侍奉君王，無緣無故讓人侍奉父輩，無緣無故讓人尊敬兄長，在最初的時候，人們並不像現在都明白敬重君父兄是不能不做的事，要讓他們猛然省悟，遵從我的規矩，我就勢必要用「恥」使其心服。

他是我的君王，他是我的父輩，他是我的兄長，聖人說：這些人是我的君、父、兄，怎麼跟我區別開呢？於是讓他的君、父、兄端坐在上，自己立於其旁，並且在他們面前低頭屈膝行禮，稱之為拜禮。以身表率，使天下人都拜其君、父、兄。如果無緣無故地讓天下人都參拜其君、其父、其兄，那麼，天下人將嗤笑這種迂腐古怪的行為而且不會去遵從。可是，君、父、兄又不能不受其臣民子弟的參拜，只落個君父兄的空名，於是聖人又想辦法讓天下人心服，使天下人甘願參拜其君、父、兄，那麼，聖人是用什麼辦法呢？就是讓他知恥。

古代的聖人想用禮教統治天下百姓，所以就先嚴格要求自己，讓天下百姓都信服他的言論，說：這個人，他那麼說，那肯定不那麼做是不行的。所以聖人說：天下有不禮拜君父兄的人，我不願跟他並列一處。還讓天下的人也講：他（聖人）連跟我並列相處都不願哩！於是天下人就都爭相參拜其君父兄，以便有資格與聖人並列一處。

雖然，彼聖人者，必欲天下之拜其君父兄，何也？其微權也❶。彼為吾君，彼為吾父，彼為吾兄，聖人之拜不用於世，吾與之皆坐於此，皆立於此，比肩而行於此❷，無以異❸也。吾一日而怒，奮手舉梃而搏逐之❹可也。何則？彼其心常以為吾儕❺也，不見其異於吾也。聖人知人之安於逸而苦於勞，故使貴者逸而賤者勞，且又知坐之為逸，而立且拜者之為勞也，故舉其君父兄坐之於上，而使之立且拜於下。明日，彼將有怒作於心❻者，徐而自思之，必曰：此吾鄉之所坐而拜之，且立於其下者也❼。聖人固使之逸而使我勞，是賤於彼也。奮手舉梃以搏逐之，吾心不安焉。刻木而為人❽，朝夕而拜之，他日析之以為薪❾，而猶且忌之❿。彼其始木焉，已拜之猶且不敢以為薪，故聖人以其微權而使天下尊其君父兄。而權者又不可以告人，故先之以恥。

嗚呼！其事如此，然後君父兄得以安其尊而至於今。今之匹夫匹婦⓫，莫不知拜其君父兄。乃曰：拜起坐立，禮之末也⓬。不知聖人其始之教民拜起坐立，如此之勞也。此聖人之所慮而作《易》以神其教也。

【章旨】此章指出聖人之所以興起禮教的原因，在於要給社會制定一個尊卑貴賤的秩序。建立這套秩序的權變之術，則是對人們知恥之心的充分利用。

【注釋】❶其微權也　是聖人微妙的權謀。微權，此指聖人以禮的方式約束天下，形成長幼、尊卑、貴賤的社會秩序。❷比肩句　並肩而行。此，泛指各地或各種場合。❸無以異　沒有什麼可以用來區別身分高低貴賤的。異，區別開來。❹奮手舉梃而搏逐之　舉手拿著木棒來追打他們（君、父、兄）。搏，搏擊；打。❺吾儕　我們一類人。儕，同輩；同等。❻怒作於心　內心憤怒不已。❼此吾二句　這些是以前讓他們端坐並對之行拜禮，而且侍立在他們身旁的人。此，指君、父、兄。所坐而拜之，使其端坐並向他施拜禮的人。❽刻木而為人　將木頭雕刻成所敬畏者的樣子，即偶像。❾析之以為薪　劈開來做燒火柴。析，分開。❿忌之　心存禁忌，即內心恐懼。⓫匹夫匹婦　普通男女。⓬拜起坐立二句　蘇洵認為聖人制禮，無非是要使天下人都知道尊卑、貴賤、長幼之序，至於具體的禮儀形式，並不重要，所以認為拜起坐立等禮節形式，是禮之末技。

【語　譯】雖然如此，他們聖人一定想要讓天下人都尊敬他們的君、父、兄，用什麼辦法呢？微妙的權術。那些人是我的君主、父輩、兄長，如果聖人尊崇他們的禮教不為世人所接受，一般人都跟君父兄同坐同立，並肩而行，沒有什麼差別。我一旦動怒，就奮臂抓起木棒跟他們搏鬥把他們趕走。為什麼呢？因為在這些人心裏，一直把君父兄當成自己的同類，並不覺得有什麼不同的地方。聖人知道人總是貪圖安逸，害怕勞苦，所以就讓尊貴者享受安逸，使卑賤者身受勞苦，而且還知道坐著舒服，站著行禮辛苦，所以尊讓君父兄端坐在上，使普通百姓在下面站著行拜禮。他日對君父兄憤恨在心的人，冷靜地反思這件事情，必定會說：這人是我從前讓他端坐自己下拜，而且侍立在他旁邊的人。聖人特意讓他安逸，讓我勞苦，說明我比他輕賤哩。奮臂舉起木棒追打他，我於心不安。刻個木頭偶像，早晚跪拜，日後把它劈做柴火，還有所忌諱。那偶像原本是一塊木頭，跪拜過了都不敢把它當作柴火，所以，聖人運用他那深微幽隱的權術，使天下人都尊崇他們的君父兄。可是權謀又不能讓人知道，所以就從知恥開始。

唉！事情就是這樣，然後才使君父兄能夠安於受到尊敬直到今天。現在的男男女女，沒有誰不知道該拜敬君父兄的，這才明白：跪拜坐立，只是禮教不重要的形式。哪知道聖人當初教百姓拜起坐立，竟花了那麼多心思。這正是聖人考慮到要用《易》來神化禮教的原因！

【研　析】本文意在揭示禮教的本質。作者開門見山，一反聖人制禮作樂教化天下的通常命題，指出禮在本質上是聖人用來約束天下人的「微權」，然後進行具體分析：聖人制禮，目的是使天下尊重其君父兄，禮的內核是「恥」，「恥」的內核則是「微權」。由於微權不能告訴他人，所以用「恥」的方式來推行禮教。為了行其「微權」，聖人先是以身作則，率先以禮對待君父兄，從而使天下人都跟聖人一樣尊重他們的君父兄，並就此改變他們原來的平等觀念，代之以尊卑貴賤的禮法意識。繼而以「恥」來推行其禮教，在天下人都接受禮教秩序之後，再作《易》使禮教神聖化。通過聖人一系列的「微權」，顯露給天下人的，就只剩下「拜起坐立」這些禮教的形式，即禮教之「末」了。通過這樣層層推進的分析，作者將自己所主張的禮乃聖人「微權」的論點，申述無遺。

全文觀點新穎，發前人所未發，或未敢發。明人楊慎說：「宇多重復若可厭，然駕空布調，員活清駛，熟之不難作論。」（《三蘇文範》）清人沈德潛說：「大意謂聖人之微權，在於教民知恥，而所以教民知恥者，在乎自治其身以作之則，而民自習而安之，此防微杜漸之意也。一氣相生，遞折而下，如泰山之雲，起於膚寸，不崇朝而彌漫六合，是為宇內宏觀。」（《唐宋文舉要》引）雖然禮的本質是否真如蘇洵所論乃聖人之微權，但作者如此大膽設想，並從其所立定的前提出發，通過不斷推論得出結論，頗能自圓其說，而且，行文過程中氣勢充沛，論證嚴密，很能打動人心。對此，楊慎、沈德潛可以說都有很深的體會，所以才有上面的評價。現在我們讀這樣的文章，縱然不能接受他關於禮之本質的說法，也可以充分感受到作者大膽的設想，恣肆的筆墨，其將無作有，化虛為實的論辯特色，壓倒一切的氣勢，可以說仍有借鑑意義。因此，其所論之理雖不免偏頗，但文章構思巧妙，議論風發，仍不失為一篇佳作。

樂論

【題解】制禮作樂，聖人所為，二者之間本來存在著密切的關聯。本篇探究聖人行樂教之因，即由此入手，認為樂教乃為補禮教之不足而設，聖人因為考慮到禮教雖行卻難以持久，所以不僅要用「形」來約束人之身，還要用「神」去控制人之心。形神兼用，身心皆制，使人不僅服其教，還能信其教，從而達到禮樂相輔以行的統治目的。清人高步瀛在《唐宋文舉要》中即謂：「老蘇……〈樂論〉一篇，全從〈禮論〉生出。」觀此全篇，確如其論。

禮之始作也，難而易行；既行也，易而難久。

【章旨】此章提出論點：禮始作時難而易行，既行則易而難久。

【語譯】禮教剛剛興起的時候，很難制定規矩卻容易推行；已經推行了，容易遵守卻很難保證傳之久遠。

天下未知君之為君❶，父之為父，兄之為兄，而聖人為之君父兄；天下未有以異其君父兄，而聖人為之拜起坐立；天下未肯靡然以從我拜起坐立，而聖人以身先之以恥。嗚呼！其亦難矣。天下惡夫死也久矣，聖人招之曰：來，吾生爾。既而其法果可以生天下之人。天下之人視其嚮也如此之危，而今也如此之安❷，則宜何從？故當其時，雖難而易行。

【章旨】此章論述為什麼禮始作之時難而易行的道理。

【注釋】❶君之為君　做君王有做君王的理由。❷天下之人二句　按照蘇洵的意思（見〈易論〉），如果沒有禮，則天下之人相殺無已，人與鳥獸相殺無已，處境十分險惡。聖人為天下制禮，使天下處於有序的狀態之中，才使人有了安全感。

【語譯】天下人不知道君之所以為君，父之所以為父，兄之所以為兄，聖人為他們確立君父兄的地位；天下不知道君父兄有什麼特別之處，聖人就用拜起坐立的禮節進行區別；天下人不願意都欣然隨我行拜起坐立之禮，聖人就以身作則來激起他們的羞恥之心。唉！也真夠為難的。天下人一直都充滿著對死亡的恐怖，聖人向他們致意說：到這裏來吧，我給你們生存之道。聽從他的話果然就能保全天下人的生命安全了。天下之人見先前生活那麼危險，現在卻如此安寧，那他會跟誰走呢？所以在那個時候，雖說很難定規矩，卻很容易推行。

既行也，天下之人視君父兄，如頭足之不待別白而後識❶，視拜起坐立，如寢食之不待告語而後從事❷。雖然，百人從之，一人不從，則其勢不得遽至乎死❸。天下之人，不知其初之無禮而死，而見其今之無禮而不至乎死也，則曰：聖人欺我。故當其時，雖易而難久。

【章旨】此章論述禮教被天下接受之後，易行而難久的道理。

【注釋】❶別白而後識　經過分辨區別之後，才能夠認識。❷如寢食句　就像人要吃飯睡覺一樣，用不著別人說就會去做。

❸遽至乎死　立即就死去。遽，馬上；立刻。

【語譯】已經推行開了，天下人禮待他們的君父兄，就像對頭和腳那樣，根本用不著區分，就都知道，對拜起坐立之類的禮數，根本用不著告訴他，就像睏了要睡餓了想吃一樣就去做了。雖然如此，一百個人照禮法行事，一個人不照禮法行事，那種情況下，是不至於馬上就會死去的。天下人不知道當初沒有禮教秩序就會彼此相殺致死，只看到現在不從禮教卻不至於傷命，就說：聖人欺騙我們。所以在這種情況下，禮教雖然得以推行卻很難持久。

嗚呼！聖人之所恃以勝天下之勞逸者，獨有死生之說❶耳。死生之說不信於天下，則勞逸之說將出而勝之❷，勞逸之說勝，則聖人之權去矣。酒有鴆，肉有堇❸，然後人不敢飲食；藥可以生死，然後人不以苦口為諱❹。去其鴆，徹其堇，則酒肉之權固勝於藥。聖人之始作禮也，其亦逆知❺其勢之將必如此也，曰：告人以誠，而後人信之。幸今之時吾之所以告人者，其理誠然，而其事亦然，故人以為信。吾知其理，而天下之人知其事，事有不必然者❻，則吾之理不足以折天下之口❼，此告語之所不及也。告語之所不及，必有以陰驅而潛率之❽。於是觀之天地之間，得其至神之機，而竊之以為樂❾。雨，吾見其所以溼萬物也；日，吾見其所以燥萬物也；風，吾見其所以動萬物也；隱隱谹谹⑩，而謂之雷者，彼何用也？陰凝而不散，物蹙而不遂⑪，雨之所不能溼，日之所不能燥，風之所不能動，雷一震焉而凝者散，蹙者遂。曰雨者，曰日者，曰風者，以形用；曰雷者，以神用。用莫神於聲，故聖人因聲以為樂⑫。為之君臣、父子、兄弟者，禮也。禮之所不及，而樂及焉。正聲入乎耳，而人皆有事君、事父、事兄之心，則禮者固吾心之所有也⑬，而聖人之說，又何從而不信乎？

【章旨】此章言聖人考慮到禮教易行而難久，於是觀乎天地之間，得其至神之權而採用樂的形式，不用其形而用其神，來維持禮教。

【注釋】❶死生之說　此指聖人最初制禮時所倡導的尊禮則生，失禮則死的言論。❷則勞逸句　那麼，貪圖安逸、厭棄勞苦的思想就會出現，並取代聖人使天下有序的死生之說。❸酒有鴆二句　即鴆酒、堇肉。鴆，一種鳥，以蝮蛇野葛為食，有劇毒。堇，堇草，有劇毒。❹藥可以生死二句　語本《孔子家語》。意思相當於今天所說的良藥苦口利於病。生死，即起死回生。生，使之生。苦口為諱，因為喝進口時很苦而有所忌諱。❺逆知　逆料；預料到。❻事有不必然者　事情的發生，也有偶然或意外的情況。句中「有不必然者」作「事」的後置定語。❼折天下之口　使天下人沒有反對的意見。折，使折服。口，此指不同的意見或反面的言論。❽陰驅而潛率之　暗地裏驅遣，偷偷地統領著他們。意思是以一般人所不易覺察到的方式去約束他們。❾於是觀之天地之間三句　關於古代音樂的來源，有由天籟（自然界的聲音）而成的說法，所以蘇洵這麼說。至神之機，極為神妙的機謀，此指音樂可以改變人的情緒，意即有化人的功用。❿隱隱谹谹　象聲詞，此處用來形容雷聲。語本揚雄《法言》：「或問大聲，曰：非雷非霆，隱隱谹谹。」古人以雷為陽氣之聲，春雷一聲，大地萬物復甦。⓫蹙而不遂　緊縮不舒散。⓬用莫神於聲二句　聲音的功用十分神妙，所以聖人就利用聲音來制樂（以達到教化萬民的目的）。⓭正聲入乎

耳三句　意思是聽了中正和美的樂聲，人心中就有了高低貴賤的觀念，禮的規定也就像本來存在心中一樣。

【語　譯】唉！聖人得以戰勝天下人好逸惡勞思想的辦法，只不過是尊禮則生，失禮則死的言論罷了。這樣的死生之說，不被天下人所信奉，那麼，好逸惡勞之言就會出現並戰勝它。好逸惡勞的言論一佔上風，那麼，聖人的權謀之術就失去意義了。酒中有鴆酒，肉中有堇肉，然後人們就不敢去吃那些東西；良藥可以起死回生，然後人們才不會因為進口很苦而不喝藥。去掉酒裏的鴆毒，撤去肉中的堇分，那麼，酒肉的誘惑本來就比藥強得多。聖人開始制禮的時候，也已經預料到將來的趨勢必定會是那樣，就想：真誠地告訴天下人，然後他們才會相信。幸好現在我可以告訴天下人，不僅是禮教中的道理，還包括那樣的事實，所以人們都會相信。我懂得其中的道理，可天下人只知道其中的事實，事實並不完全都跟道理相符合，那麼，我的道理就不足以讓天下人心服口服，而這個理又是語言所無法表達的。語言無法表達，就必定要在暗中驅使並去引導他們。於是，聖人觀察天地之間的萬物，獲得其中至神至妙的機謀權變之術，偷偷地設置了樂教。

雨水，我看到它可以淋溼萬物；太陽，我看到它可以曬乾萬物；風，我看到它可以吹動萬物；沉悶的轟隆隆的聲音，是人們所說的雷。雷有什麼用處呢？陰溼緊蹙、凝結不舒之物，雨不能淋溼，太陽不能曬乾，風吹不動，雷一震就從凝結變得鬆散，由緊縮變得舒展。雨、太陽、風，是用其形；雷呢，是用其神。功用最神最妙的就數聲音了，所以聖人借聲音來設置樂教。定立君臣、父子、兄弟秩序，是禮教；禮教不能達到的功效，用樂教可以達到。莊嚴肅穆的聲音一入耳，人們就都有了事君、事父、事兄之心，於是，禮教也就變成了內心本來就有的東西，聖人的說教，又怎麼可能不相信呢？

【研　析】關於《樂》教的起源，歷來都有各種不同的說法。本文從權術的角度論述《樂》教的本質，指出《樂》教是聖人用來補《禮》教之不足的一種手段。文章的前半部分，主要是論述禮在開始時難以推行，已經推行又難以持久。這些論述，看似論《禮》，實際是為聖人因《禮》作《樂》尋找根據，將禮法與《樂》教聯繫起來，為後面論《樂》作鋪墊。文章的後半部分即重在說明聖人觀於天地之間，悟出「用莫神於聲」的至神之理，並因而興起《樂》教以使禮法深入人心的道理。通過以雷為喻，不僅闡明了聲音之用至「神」，而且還進而論證：正聲入乎天下人之耳，禮法的規範便與人們的內心情感相吻合；於是達到「以陰驅而潛率之」的教化作用，從而成為禮法歷久不衰，永遠為天下遵從的根本保證。

在〈禮論〉一篇中，蘇洵已引而未發地提出聖人為了使《禮》教得到天下人的遵從，在拜起坐立這些《禮》教之「末」外，另有其「微權」，此篇論《樂》，其基本前提即由〈禮論〉中聖人之「微權」而來。《禮》教是否純為聖人之權變計謀，《樂》教是否為《禮》教之「微權」，這個前提，並不一定與禮樂的本質完全符合，但是，作者在這個預設的前提下，卻能行文健逸，自圓其說，將一番道理說通說透。整個論證嚴密精悍，雄辯滔滔，氣盛辭強，縱是將無為有，也不容置辯，所以茅坤謂：「往往空中布景，絕處逢生，令人有淩虛御風之態。」（《唐宋八大家文鈔》）作者習玩戰國縱橫之術，其文風頗有近似，於此數篇可以明顯感受得到。

詩論

【題解】一般認為，《詩》乃中國上古第一部詩歌總集。先秦時期，儒家視之為「興」、「觀」、「群」、「怨」的工具，也曾為行人斷章取義，作為外交說辭的手段。漢代則專重其儒教內涵，為政教服務。本篇討論《詩》教之源，認為《詩》跟《禮》、《易》、《樂》一樣，也是聖人為了推行《禮》教而行的權變之術，是聖人濟《禮》教之窮的一種變通手段，使人們可以在一定程度上宣洩情感，好色而不淫、怨而不怒。如此理解《詩》之本質，以《詩》之政教功用為基礎，不能說沒有一定的道理。但《詩》不離《禮》的主張，卻不免牽強和膚淺。

人之嗜欲，好之有甚於生；而憤憾怨怒，有不顧其死❶，於是《禮》之權又窮。

《禮》之法❷曰：好色，不可為也。為人臣，為人子，為人弟，不可以有怨於其君父兄也。使天下之人皆不好色，皆不怨其君父兄，夫豈不善❸？使人之情皆泊然而無思❹，和易而優柔❺，以從事於此，則天下固亦大治。而人之情又不能皆然，好色之心驅諸其中，是非不平之氣攻諸其外，炎炎而生❻，不顧利害，趨死而後已❼。噫！《禮》之權止於死生；天下之事不至乎可以博生❽者，則人不敢觸死以違吾法❾。今也，人之好色與人之是非不平之心勃然而發於中，以為可以博生也，而先以死自處其身❿，則死生之機⓫固已去矣。死生之機去，則《禮》為無權。區區舉無權之《禮》以強人之所不能，則亂益甚，而禮益敗。

【章旨】此章述禮之權止於生死，而人為嗜欲所驅使，不顧禮法約束，致使禮之權窮。實是為下文提出《詩》濟《禮》之窮的觀點作鋪墊。

【注釋】❶人之嗜欲四句　嗜欲，這裏主要是指好色的欲望。憤懣怨怒，人的四種情感。憤，氣憤。懣，遺憾。怨，怨恨。怒，惱火。這裏主要指對君父兄的怨恨之情。有甚於生、不顧其死，都是將生死置之度外的意思。❷禮之法　禮法，禮教所規定的行為規範。❸夫豈不善　豈能說不完善、不美好，即非常完美的意思。❹泊然而無思　恬適澹泊，沒有欲望。思，思緒；欲望。❺和易而優柔　平和樸素，從容自得。❻炎炎而生　像烈火一樣生發出來。炎炎，火一樣熾熱。❼趨死而後已　直到死才肯罷休。趨死，走向死亡；奔赴死亡。❽博生　以生命相搏；用生命去換取。博，換取。❾法　此指禮法，《禮》的各種規定。❿以死自處其身　把自己的身體放到必死的位置上，即置生死於度外的意思。⓫死生之機　此指聖人用禮來使百姓得以生存（詳參〈易論〉）的機巧權變。

【語譯】人的嗜好欲望，有沉迷其中竟致不惜以性命相搏；有些憤怨懣怒之情，竟致不顧性命而去發洩的，於是《禮》教就無法控制了。

《禮》法說：好色的事，不能做。身為臣子、兒子、弟弟，不可以對君主、父親、兄長心存怨恨。假如說天下的人都不好色，都不怨恨他們的君主、父親、兄長，豈不是再好不過?讓天下人都澹泊無為不起思緒，柔和平易，舉止合於禮教的規範，那麼，天下就可以說算是大治了。然而，人的性情不可能都如此和順，內心裏滋生出好色之意，生活中又充滿是非不平之氣，欲望如烈焰般越燒越旺，不顧利害，冒死前行無所顧忌。唉！《禮》法的控制只能以死生為限；天下之事，不到非以生命為賭注的程度不可，人們是不會冒死違反禮法的。如今，人們那種好色與是非不平的情感，勃然發動，到了不惜以生命為代價的地步，早已把生死置之度外了，那麼，死亡的威脅就已經不起作用了。對生存與死亡都已經不介意了，那麼，《禮》法也就起不了什麼作用。用早已失去威懾力的《禮》法妄圖去阻遏人們無法抑制的情感，只會使局面更加混亂，使禮教更加敗壞。

今吾告人曰：必無好色，必無怨而君父兄❶。彼將遂從吾言而忘其中心所自有之情邪？將不能也。彼既已不能純用吾法，將遂大棄而不顧吾法。既已大棄而不顧，則人之好色與怨其君父兄之心，將遂蕩然無所隔限❷。而易內竊妻❸之變，與弒其君父兄之禍，必反公行於天下❹。聖人憂焉，曰：禁人之好色而至於淫，禁人之怨其君父兄而至於叛，患生於責人太詳❺。好色之不絕，而怨之不禁，則彼將反不至於亂。

故聖人之道，嚴於《禮》而通於《詩》❻。《禮》曰：必無好色，必無怨而君父兄。《詩》曰：好色而無至於淫，怨而君父兄而無至於叛。嚴以待天下之賢人，通以全天下之中人❼。吾觀〈國風〉婉孌柔媚而卒守以正，好色而不至於淫者也；〈小雅〉悲傷詬讟，而君臣之情卒不忍去，怨而不至於叛者也❽。故天下觀之曰：聖人固許我以好色，而不尤❾我之怨吾君父兄也。許我以好色，不淫可也；不尤我之怨吾君父兄，則彼雖以虐遇我❿，我明譏而明怨之，使天下明知之，則吾之怨亦得當⓫焉，不叛可也。夫背聖人之法而自棄於淫叛之地者，非斷不能也。斷之始，生於不勝⓬。人不自勝其忿，然後忍棄其身。故《詩》之教，不使人之情至於不勝也。

【章旨】此章論述聖人針對《禮》之權窮於生死的局限，所以嚴於《禮》而通於《詩》。《詩》教就是為了達到好色不淫、怨而不怒的教化目的，以補《禮》之窮權。

【注釋】❶必無好色二句　一定不要貪戀美色，一定不要怨恨君王、父親、兄長。無，通「勿」。不要。而，你；你們。❷蕩然無所隔限　空空蕩蕩，完全沒有阻隔。蕩然，形容完全失去或沒有。隔限，阻隔和限制。❸易內竊妻　泛指各種不正常的男女關係。易內，即改換妻子；休妻再娶。內，內人，指妻子。竊妻，與別人的妻子私通。易內和竊妻，都是好色行為的表現。❹反公行於天下　反而會公然在天下流行。❺禁人之好色三句　禁止人們好色，結果他們卻縱淫無度；禁止人們怨恨君王、父親、兄長，結果他們卻造反背叛。這樣的禍患，來源於當初對他們要求太嚴格了。而，表轉折關係的連詞。詳，周詳，即嚴格。❻嚴於禮而通於詩　以《禮》的方式來嚴格要求，卻以《詩》的方式去作變通處理。❼嚴以待二句　用嚴格的《禮》法要求天下有賢德的人，用通融寬和的手段去成全天下有中等德行的人。中人，指能通過教化使之合乎禮法，否則就會好色而淫，怨至於叛的人。❽吾觀國風五句　婉孌，年少和美的樣子，此指詞情婉轉多情。柔媚，嬌柔嫵媚，此指情感豐富纏綿。卒守以正，最終卻中正自守，沒有蕩而不返，即沒有縱情而歌。詬讟，詬罵怨謗。❾不尤　不責怪；不歸咎。❿以虐遇我　殘暴地對待我（指臣、子、弟等人）。遇，對待。⓫得當　得到了恰當的表達。當，恰當（的位置等）。⓬斷之始二句　斷然無所顧慮，源於情感難以克制。斷，即絕，決然無疑，此指（對禮法）完全絕望，斷然背叛。不勝，不能承擔或承受，即情感難以克制。

【語譯】現在我跟人們這麼說：一定不能好色，一定不能對你的君主、父親、兄長生怨恨之心。他竟會聽信我的話，忘卻了內心的那些情感嗎？肯定不可能。他本來已經不打算完全依從我的禮法，最終必將大膽地全部放棄我的禮法，毫無顧忌。既然已經大膽地放棄而且毫無顧慮，那麼人們的好色之心與怨恨其君王父親兄長之情，將最終徹底暴露，無法遏止。休棄妻子或與他人妻子私通的變故，跟弒君、害父、殘兄的禍患，必將反而公然大行於天下。聖人擔心這種事，說：禁止人們生出好色之心，反而致使他們荒淫無度；禁止人們怨恨君父兄，卻導致叛亂，錯在對人求全責備，太苛刻了。不斷絕人們好色的念頭，不禁止他們抱怨的情緒，那麼，這些人反而可能不至於生出變亂。

所以聖人就採用這種方法：嚴求於《禮》法，變通於《詩》教。《禮》法說：絕對不要好色，絕對不要怨恨君主、父親、兄長。《詩》說：好色但不能荒淫無度，怨恨你的君父兄，但不能犯上作亂。用嚴格的《禮》法約束天下的聖賢之士，用變通的手段對待天下中等資質之人。我看〈國風〉婉媚纏綿，卻終究堅守著正道，是好色卻不到荒淫程度的正常情感；〈小雅〉悲傷怨憤，但君臣之間的感情卻始終沒有被拋棄，是宣洩怨恨之情但沒有到犯上作亂的程度。所以，天下人覺察出這麼個理：聖人本來允許我好色，而且也不責怪我抱怨君主、父親、兄長。允許我好色，不荒淫無度，可以做得到；不責怪我怨恨君主、父親、兄長，那麼，他們雖然殘暴地對待我，我正面諷刺並公開表示怨恨，讓天下人都知曉這麼回事，如此一來，我的怨恨之情也就得到了宣洩，不背叛也可以。違背聖人的禮法，自暴自棄，陷於荒淫、反叛之地的人，若不是斷絕一切顧忌，不可能如此。斷絕生路的第一步，源自情感難以克制。人不能克制自己的憤怒，然後才狠心拋棄生命。所以，《詩》教就是要讓人的感情不要到不能克制的地步。

夫橋之所以為安於舟者，以有橋而言也。水潦❶大至，橋必解而舟不至於必敗。故舟者，所以濟橋之所不及也。吁！《禮》之權窮於易達，而有《易》焉；窮於後世之不信，而有《樂》焉；窮於強人，而有《詩》焉。吁！聖人之慮事也蓋詳。

【章　旨】此章以橋喻《禮》，以舟喻《詩》，以水喻人之情感，說明《詩》是為補《禮》之所不及而設，進而總結《禮》與《易》、《樂》、《詩》之間的關係，歎聖人慮事之周詳。

【注　釋】❶水潦　洪流。潦，大水。

【語　譯】橋，之所以被認為比船安全，是因為有橋才說的。大水來襲，橋肯定被沖垮，但船卻不至於一定被毀壞。所以說，船是用來補充橋的不足之處的。哎！《禮》法的權變，因為容易理解而失效，於是就用《易》去補充；因為後世之人不盡信服，於是就用《樂》去補充；因為強制太甚，於是就用《詩》去補充。啊！聖人考慮事情真的是很周密詳盡啊。

【研　析】本文闡明《詩》教之理，認為聖人興《詩》教，是為了補《禮》之不足。《史記・屈原賈生列傳》中有：「〈國風〉好色而不淫，〈小雅〉怨誹而不亂」的話，被後人看作儒家《詩》教的根本原則。作者在本文中即力圖闡釋這一原則的根源。

文章從聖人以權變維禮教的根本觀點出發，認為聖人之道，嚴於《禮》而通於《詩》。聖人用《禮》教嚴格要求賢能者，以《詩》作些變通，使天下之「中人」也不至於違反禮法。《詩》以好色而不至於淫，怨而不至於叛作為判斷標準，讓天下人有機會抒發其內心情感，不至於欲望難遏或忿忿不平，自暴自棄到淫邪、叛亂的地步，從而使他們的行為基本符合禮法的要求，使聖人之道不致衰敗。這樣的觀點，既是其六經皆為聖人權變之術的演繹，同時也可以由此窺見荀子「夫民有好惡之情，而無喜怒之應，則亂」（《荀子・樂論》）的思想，而且，蘇洵論六經，將聖人的思想定位在機謀權變，將天下人之情感思緒，定位在好逸惡勞、淫邪無度等，基本上是持荀子「性惡」之說的，所以歐陽修認為其〈六經論〉為「荀卿子之文」，看得是很準確的。

全篇以「色」、「怨」二字反覆成文，意多而不重複，詞繁而不蕪雜。論述《詩》、《禮》，不糾纏於二者之關係，而從其本質相通處落筆，具體論述時，又能左顧右盼，收縱馳驟，如繪畫之散點構圖，不膠著實物形態，頗得搖曳靈動之趣。誠如楊慎所評：「語意如片雲凌亂，長空風生，卷而為一。」(《三蘇文範》) 蘇洵此種為文手段，在其二子蘇軾、蘇轍文章中，時有顯現，翻檢便知。

綜合前面四篇文章來看，作者認為聖人為了推行禮法，以《易》來神天下人的耳目，借《樂》以「陰驅而潛率」，用《詩》作為變通，從而達到天下尊《禮》、信《禮》、行《禮》的目的。這就使得四篇文章成為邏輯嚴密的一組，當然也從本質上將《禮》、《易》、《樂》、《詩》都歸於聖人的權謀之中，從而徹底揭去了儒家經術仁愛的面紗。雖然作者所論並不能完全令人信服，但這在窮究心性、道學昌明的趙宋時代，無疑猶如空谷足音，確實難能可貴。所以明代大儒王陽明評之說：「《詩》理性情，大要只好色而不淫，怨而不叛。老泉論《詩》，以《禮》禁人嚴，得《詩》以通之，識見出人意表。且窺得聖人作經，原是一理。探本之論。」(《三蘇文範》引) 更何況作者立論果敢，縱然前提虛假，論證過程卻全面周詳，論述氣勢十分充沛，所謂將無作有，顧盼生姿，雖然不乏縱橫習氣與策論筆勢，讀起來卻頗覺清新可愛。因此，若只從文章學的角度來講，這種空中運筆的氣概，已經是很值得細玩的了。

書論

【題解】《尚書》乃上古之書，主要記錄上古君王誓訓誥命等。作為一部上古文獻，其價值不容忽視。後世將之列為經書，理固宜然。但後世對它的運用，卻未必完全正確：通過對其內容的解讀，發掘其中儒學王道的內涵，甚至視之為古代政治生活的範本，並因此束縛著後世的政治改革。蘇洵此篇延續其經書乃聖人之「權」的一貫思路，指出：《書》中所記，真實地反映了上古風俗移易的過程，由堯舜到商周，人情日薄，世風日下。「風俗之變，聖人為之也」。把引導天下民情風俗的責任，加於聖人身上，而且通過解讀《書》中內容，具體描述了上古聖人使風俗變得澆薄的事實。如此立論，幾可視之為離經叛道之言。今天閱讀，仍足以新人耳目。

風俗之變，聖人為之也❶，聖人因風俗之變而用其權。聖人之權用於當世，而風俗之變益甚，以至於不可復反。幸而又有聖人焉，承其後而維之❷，則天下可以復治；不幸其後無聖人，其變窮而無所復入❸，則已矣。

【章旨】此章提出論點，把天下風俗變化的根本原因，歸結為聖人的引導。

【注釋】❶風俗之變二句　風俗的變化，是聖人引導的。風俗，一定的地區、時代所形成的風尚、習慣。古人認為只有聖賢的人才能夠使風俗改變，歸之中正；無聖人教化則陷於陋俗。❷維之　維持它（風俗）。❸其變窮而無所復入　風俗的變化就會窮盡，沒有了新的內容加以充實。

【語譯】天下風俗的轉變，是聖人引導的，聖人趁著風俗轉變的過程來推行其權謀。聖人的權謀在當時產生作用，那麼，風俗的轉變就會更快，可以到不能回復的程度。萬幸的是，又有聖人出世，繼承並推行這種新風俗，那麼，天下可以再次大治；萬一不幸沒有聖人繼往開來，世風轉變就無法繼續下去，那麼風俗的轉變就沒有了新的內容充實，也就只能停下來了。

昔者，吾嘗欲觀古之變而不可得也，於《詩》見商與周焉而不詳❶。及觀《書》，然後見堯舜之時與三代之相變，如此之亟也❷。自堯而至於商，其變也，皆得聖人而承之，故無憂。至於周，而天下之變窮矣❸。忠之變而入於質，質之變而入於文，其勢便也❹。及夫文之變，而又欲反之於忠也，是猶欲移江河而行之山❺也。人之喜文而惡質與忠也，猶水之不肯避下而就高也。彼其始未嘗文焉，故忠質而不辭；今吾日食之以太牢❻，而欲使之復茹其菽❼哉？嗚呼！其後無聖人，其變窮而無所復入，則已矣。周之後而無王焉，固也。其始之制其風俗也，固不容為其後者計也，而又適不值乎聖人❽。固也，後之無王者也。

【章旨】此章論述從堯舜直至商周聖人的出現以及風俗的轉變，以史實證其風俗與聖人之關係。

【注釋】❶於詩句　從《詩經》中看出商朝與周代的變化，卻不甚詳細。一般認為《詩經》所收作品，是從商朝末年周文王時開始，但其中大部分內容是關於周朝後期的，所以蘇洵這麼說。❷及觀書三句　蘇洵這裏是說，他通過閱讀《尚書》，知道了上古三代時風俗的急劇變化。書，即《尚書》，內容主要是上古君王的告、誓，一般認為其上限自唐堯始。亟，快；急劇。

❸自堯六句　意思是上古三代時，有堯舜禹等聖人來移風易俗，其醇厚風俗得以相傳。周朝時，天下風俗的變化達到極點，沒有再轉變的可能。窮，盡；極點。❹忠之變三句　忠、質、文，是後人對夏、商、周三代風俗的概括。《史記》等書中有「夏之尚忠」的說法，為蘇洵所本。❺移江河而行之山　改變江河流動的規律，使它往山上流，意思是違背規律不可能辦到的事。❻太牢　豐盛的食物。牢，古時盛祭品的器皿。大的稱太牢，可盛三牲（牛、羊、豬），後引申稱用三牲的大祭祀或宴會。❼茹其菽　吃那些豆類素食。茹，吃。菽，豆類的總稱。❽適不值乎聖人　正逢沒有聖賢的君主。蘇洵認為周朝有文王、武王、周公等有權的聖人，故能變易風俗至於極致，此後便無聖人，故云。蘇洵這麼說，並不是將孔子列於聖人之外，而是因為孔子是有道無權的聖賢，只可以「是非」天下而無權「賞罰」天下（見〈春秋論〉）。

【語譯】以前，我曾想探尋古代風俗的轉變，但無法找出規律，在《詩》中只有關於商、周的記載，還不夠詳細。等到研讀《尚書》，然後明白堯舜時代跟上古三代時期的風俗轉變，竟是如此之快。從堯到商，風俗的變化都有聖人繼往開來，所以無所憂患。到周代，天下風俗的轉變就達到極點難以為繼了。「忠」轉變成「質」，「質」轉變成「文」，是因勢利導。等到「文」要再轉變，還想重新返歸於「忠」，那就像想把江河水流轉變到往山上流注一樣。人喜歡「文」，討厭「質」和「忠」，就像水不可能不下注卻往上流一樣。風俗最初沒有到「文」的程度，所以接受「忠」、「質」；可現在，在每天都吃著肥美精緻的食物的情況下，怎麼可能還想去吃那些粗糙的素食呢？唉！後來再沒有聖人出現，風俗的轉變也就結束了，缺少新的要素參與其中，就算告一段落。周朝之後再沒有行王道之君，也是理所當然的了。當初確定風俗沿革的時候，本來就無意為後世的進一步轉變預先想好發展的趨勢，正巧那時又沒有聖人出世。理所當然，後世就再也沒有行王道之君了。

當堯之時，舉天下而授之舜。舜得堯之天下，而又授之禹。方堯之未授天下於舜也，天下未嘗聞有如此之事也。度❶其當時之民，莫不以為大怪也。然而舜與禹也，受而居之，安然若天下固其所有，而其祖宗既已為之累數十世者❷，未嘗與其民道其所以當得天下之故也，又未嘗悅之以利，而開之以丹朱、商均之不肖也❸。其意以為天下之民以我為當在此位也，則亦不俟乎援天以神之、譽己以固之也❹。

湯之伐桀也，囂囂然數其罪而以告人，如曰：彼有罪，我伐之宜也❺。既又懼天下之民不已悅也，則又囂囂然以言柔之曰：「萬方有罪，在予一人。予一人有罪，無以爾萬方。」❻如曰：我如是而為爾之君，爾可以許我焉爾❼。吁！亦既薄矣。至於武王，而又自言其先祖父偕有顯功，既已受命而死，其大業不克終❽，今我奉承其志❾，舉兵而東伐❿，而東國之士女束帛以迎我，紂之兵倒戈以納我⓫。吁！又甚矣。如曰：吾家之當為天子久矣，如此乎⓬民之欲我速入商也。伊尹之在商也，如周公之在周也。伊尹攝位三年而無一言以自解，周公為之紛紛乎急於自疏其非篡也⓭。

夫固由風俗之變而後用其權，權用而風俗成，吾安坐而鎮之，夫孰知夫風俗之變而不復反也？

【章旨】此章以堯舜禹直到商湯、周武王、周公為例，證風俗由純樸至澆薄的轉變過程，並進而指出在此過程中，正是聖人不斷地將其「權」參與其間，以便統治天下。

【注釋】❶度　估計；猜度。❷安然二句　心安理得似乎天下本來就歸其所有，而且他們的祖先已經累計在位數十世了。安然，心安理得。為之累數十世，統治天下累計已經有幾十代了。為之，指做天子，統治天下。蘇洵這裏舉例是為了說明堯舜時風俗之質樸醇厚。❸又未嘗悅之以利二句　並沒有用什麼利益去討好百姓。也沒有向百姓指控丹朱、商均不賢能的罪狀。丹朱，傳說中堯的兒子，無才德。商均，傳說中舜的兒子，不肖。堯舜見自己的兒子無才無德，如果將天下交給他們去治理，就會使普天下人都受苦，於是分別將帝位傳給舜和禹，以利天下。悅之，討好百姓。之，指百姓。利，利益；好處。開，此指向百姓控訴。❹亦不俟句　也用不著用天命來神化君王之位，用美言來讚譽自己，以求得王位的鞏固。神之，使之神聖化。❺湯之伐桀也五句　在《尚書・湯誓》中，商湯歷數夏朝最後君王桀的罪狀，並且說：是上天要我來討伐他，我因為畏懼上天，不敢不照天意行事等等。囂囂然，喧譁吵鬧的樣子。❻則又囂囂然五句　語見《尚書・湯誥》，意思是如果天下萬方百姓有罪，就全歸我一個人承擔（因為作為君王沒有教化好他們）；如果是我一個人有罪過，則由我一人來承擔，與天下百姓無關。蘇洵認為商湯說這些話是為了收買人心。❼許我焉爾　承認我為君王了吧。許，答應；允許。焉爾，語氣助詞。❽大業不克終　以周代商的大業還沒有完成。大業，指代商而有天下的大事。克，能。❾奉承其志　繼承他們的遺志。❿東伐　周部落本在岐（今陝西一帶），位於商都之西，因此稱周武王伐紂為東伐。⓫紂之兵倒戈以納我　紂王的軍隊陣前倒戈，接受我（武王）的領導。倒戈，戰爭中軍隊投降敵人反過來打自己人。⓬如此乎　如是乎；因而；於是。⓭伊尹之在商也四句　伊尹輔佐商湯得天下，商湯死，其孫太甲破壞商朝的法制。伊尹將太甲放逐到桐邑，使他反省，三年後再將他迎回，復其王位。周朝時，武王死後，成王年幼，周公也曾攝政三年。將周公與伊尹相比，伊尹沒有為自己的行為作解釋，而周公卻怕他人誤解其行動是篡位，於是反覆申明。蘇洵舉此例是為了說明風俗從商到周日益澆薄。自解，為自己辯解。紛紛乎，紛亂的樣子。自疏，即前「自解」的意思。

【語譯】在堯的時候，他把天下禪讓給舜。舜得了堯的天下，又把它禪讓給禹。在堯沒禪讓天下給舜時，天下人沒有聽說過那樣的事。估計當時的百姓，沒有人不對此大感奇怪的。可是，舜和禹接受禪讓統治天下，心安理得，就像天下本來就是他們的，而且他們的祖先已經為天子數十代了一樣，根本就沒有跟百姓說明為什麼由他來統治天下的原因，也不曾用什麼好處討百姓的歡心，或把丹朱、商均等人的不良行為公布於眾。他們的意思，是覺得天下百姓都認為自己應當擁有天子之位，就也用不著借助上天意志來神化它，讚譽自己的功德來鞏固它了。

商湯討伐夏桀，吵吵鬧鬧地到處向百姓羅列夏桀的罪狀，無非想說明：是他有罪，我討伐他是應該的。既而又擔心天下人不擁戴自己，於是又吵吵嚷嚷地到處對人好言相勸，說：「普天下人犯了錯誤，根源都在我一個人身上。我一人的罪過，不關天下百姓的事。」意思就是說：我這樣擔罪來做你們的君王，你們應該接受我了吧。嗯！人情味已經很薄了啊。至於周武王，更是自己誇耀自己的祖先都有顯赫的功勳，已經秉承天命卻過早去世，致使統治天下的大業沒有完成，現在我繼承他們的遺志，帶兵東征討伐商紂，商朝的男女老少捧著束帛來迎接我，紂王的士兵放下武器，陣前倒戈接受我的領導。唉！人情味更加薄了。就好像在說：我們家早就該當天子了，所以百姓才會這麼迫不急待地希望我早點取代紂王呀。伊尹在商朝，就像周公在周朝一樣。伊尹攝輔君主三年，沒有一句為自己辯解的話，周公卻紛擾不休，迫不急待地辯解自己並非篡位。

聖人本來就是利用風俗的轉變來運用其權謀，權謀起作用，新風俗也就形成，聖人才能安然坐鎮天下，哪曾想到風俗轉變到後來卻不能回復呢？

【研　析】本文是作者從《尚書》中悟出的風俗變易的道理。作者通過考察《尚書》中所載上古史事，認為風俗的變化跟聖人使權用謀分不開，聖人「因風俗之變而用其權」，使風俗變化趨於澆薄而未能返本。如此闡發聖人、風俗、權謀三者的關係，並將三者綰合於記錄古代帝王之言的《尚書》上，用上古歷史來證明聖人使權用謀，與一般人認為《尚書》乃上古聖賢推行仁義王道之證的認識大異其趣，是作者以權謀濟王道思想的反映。如此立論，沒有超凡的膽量與識力，是斷然不可能的。另外，作者雖然盛讚堯舜禹三代風俗純樸質厚，認為商周風俗已然澆薄，但他並不是消極地看待這一切，而是將周代以後風俗之變已窮的原因歸之於聖人不出，王道難行。這就又將風俗返純的責任歸諸聖明君主的復出，基於此，作者主張聖人「由風俗之變而後用其權，權用而風俗成」，也就意味著，後世一旦有聖人出現，仍然可以用權謀使風俗再返純厚，在深層中反映出作者以權變濟仁義之窮的哲學思想。

本文以〈書論〉為題，全篇卻無一字涉及《書》之評價，而是讀《書》心得，如一篇讀後感。因此，文章性質與〈六經論〉中其他幾篇專就其思想發表意見不同，而是跳過其內容，直刺其精神。在具體論證過程中，作者又十分注意分寸的把握，既把自己想表達的聖人用「權」的意思表達出來了，又不至損害聖人的形象，結尾處更是寄希望於聖人的再現，殷殷之意，拳拳之情，使人感慨。全篇首尾虛發，前後呼應，中間以《書》論世，闡發己見，虛實結合，結構完整，頗具特色。所以茅坤在《唐宋八大家文鈔》中評此篇：「此篇識見好，而行文法度亦勝。」

春秋論

【題　解】《春秋》是中國第一部編年體史書，記載了魯隱公元年（西元前七二二年）至魯哀公十四年（西元前四八一年）共二百四十二年的史實，一般認為是孔子晚年所作。書中，孔子懲於東周時期諸侯僭越的史實，以儒家倫理秩序為標準，於言辭之中隱寓褒貶，即後人所稱譽之「《春秋》筆法」及其「微言大義」。本篇深究這種筆法之所以能夠實現的原因，在於孔子不以個人是非為標準，而從公眾的立場行賞罰，並最終達到尊崇周天子，維護周朝禮制的目的。文章推理邏輯嚴密，論證充分，頗具說服力。

賞罰者，天下之公也；是非者，一人之私也❶。位❷之所在，則聖人以其權為天下之公，而天下以懲以勸；道❸之所在，則聖人以其權為一人之私，而天下以榮以辱。

【章　旨】此章提出論點：賞罰是天下之公，是非乃一己之私，二者之功用各別，影響亦異。為下面孔子以是非行賞罰作鋪墊。

【注　釋】❶賞罰者四句　行賞或處罰，必須天下人有共識才行；而肯定什麼或否定什麼，一個人就能決定。❷位　權位，即天子之位。❸道　道義。

【語　譯】賞罰，以天下公論為準；是非，是一個人私下的判斷。獲得權位，那麼，聖人就憑藉其權力來進行天下公斷，對天下進行獎懲；有了道德評判能力，那麼，聖人就可以憑藉他個人的判斷標準，對天下人進行榮辱評價。

周之衰也，位不在夫子，而道在焉，夫子以其權是非天下可也❶。而《春秋》賞人之功，赦人之罪，去人之族，絕人之國，貶人之爵，諸侯而或書其名，大夫而或書其字，不惟其法，惟其意❷；不徒曰此是此非，而賞罰加焉❸，則夫子固曰：我可以賞罰人矣。

【章旨】此章辨明《春秋》一書，聖人不僅存是非之意，而且見賞罰之心。

【注釋】❶夫子以其權是非天下可也　孔子憑他掌握的評判標準暫時性地去評判天下誰是誰非是可以的。夫子，孔子，相傳孔子作《春秋》而亂臣賊子懼。是非天下，議論天下的是非。此處「是非」作動詞。❷不惟其法二句　在《春秋》中，孔子按照儒家倫理綱常去評判當時所發生各類事件的是非曲直，或褒或貶，都隱含於遣詞用語之中。不惟其法，不按照當時史書的陳法。惟其意，以自己心中的是非為標準。❸不徒曰二句　不僅指明哪是對的，哪是不對的，而且還通過「賞人之功，赦人之罪，去人之族，絕人之國」等筆法，寓賞罰之意。加，附加；含有。

【語譯】周代衰敗的時候，孔夫子不在其位，但評判的道德標準卻在他那裏，孔子用這套標準暫時性地去評判天下的是非，是可以的。可是，《春秋》賞讚功勳、赦免罪過、削去宗族、滅絕國家、貶低爵位，本來是諸侯卻直書其名，不過是大夫卻尊稱字號，不用史書的陳法，而以孔子的判斷為準；不僅僅說這是對的那是錯的，而且寓賞罰之意於其中，那麼，夫子肯定有這樣的意思：我可以對天下人進行賞罰。

賞罰人者，天子、諸侯事也。夫子病天下之諸侯、大夫僭天子、諸侯之事而作《春秋》❶，而已則為之❷，其何以責天下？位，公也；道，私也。私不勝公，則道不勝位。位之權得以賞罰，而道之權不過於是非。道在我矣，而不得為有位者之事，則天下皆曰：位之不可僭也如此❸！不然，天下其誰不曰道在我？則是道者，位之賊也❹。曰：夫子豈誠賞罰之邪？徒曰賞罰之耳，庸何傷❺？曰：我非君也，非吏也，執塗之人而告之❻曰：某為善，某為惡，可也。繼之曰：某為善，吾賞之；某為惡，吾誅之，則人有不笑我者乎？夫子之賞罰何以異此？

【章　旨】此章揭示聖人的是非與天子之賞罰之間存在的本質矛盾。

【注　釋】❶夫子病天下句　語本《孟子・滕文公下》。孔夫子因為痛心於天下諸侯僭越天子，大夫僭越諸侯，所以作《春秋》以示道義公正。病，痛恨；為某事而痛心。僭，超越本分。❷而已則為之　可是夫子自己卻這樣做了。蘇洵認為孔子自己作《春秋》，在字裏行間透露出讚賞和懲勸的意思，而賞罰之權應是「天下之公」，夫子自己行賞罰之權，看上去是超越了本分。❸位之不可僭也如此　權位就是這樣不能僭越。此處指不能以「道」僭「位」，用是非代替賞罰，否則就是越位。❹位之賊也　損壞權位的東西。賊，損壞；傷害。作名詞。❺徒曰賞罰之耳二句　只是在文字裏含有賞罰之意，難道會有什麼妨害嗎。庸，副詞。豈；難道。❻執塗之人而告之　找個過路的人並且告訴他。執，捉住，這裏有死纏著不放的意思。塗之人，過路人；陌生人。塗，通「途」。

【語　譯】賞罰別人，是天子、諸侯的事。孔子對天下諸侯、大夫僭越天子、諸侯的事件不斷出現感到痛心，所以作《春秋》，可自己卻越位進行賞罰，又憑什麼去責備天下的僭越行為？權位，以公論為準；道德評判，是個人的事。個人的意見是不能凌越於公眾意見之上的，那麼，道德評判也就不能凌越權位。有權位可以進行賞罰，而道德評判的評價只不過是肯定或者否定。我有道德評判，也不去做居權位者的事情，那麼天下人就都會說：這麼看來，權位真是不能僭越的！不然的話，天下人誰不說自己道德評判的能力？這麼一來，道德評判也就會對權位造成損害。或者有人說：孔子又不是真的去賞罰別人，只不過是表達賞罰之意罷了，又有什麼傷害呢？回答是：如果我不是國君，不是官吏，遇到一個陌生人，對他說：某某人是個好人，某某人是個壞人，可以。接著說：那是個好人，我去獎賞他；這是個惡人，我去誅滅他，那麼，陌生人會不嘲笑我嗎？孔子的口頭賞罰，跟這又有什麼不同？

然則，何足以為夫子？何足以為《春秋》？曰：夫子之作《春秋》也，非曰孔氏之書也，又非曰我作之也。賞罰之權不以自與也❶。曰：此魯之書也，魯作之也❷。有善而賞之，曰魯賞之也；有惡而罰之，曰魯罰之也。

【章旨】此章辨明聖人之所以能以是非行賞罰的原因，就在於他不以《春秋》為自著之書，而是作為魯史看待的。

【注釋】❶賞罰之權不以自與也　不以個人的名義來行使賞罰大權。自與，即與自，給自己；憑一己私意。❷魯作之也　魯國寫作的。蘇洵認為，《春秋》原本是魯國史書名，孔子用它來給自己所作的《春秋》命名，就是將自己的是非觀上升為整個魯國人的意見。具體詳見本文下一段的議論。

【語譯】既然如此，孔子憑什麼成為孔聖人？《春秋》為什麼成為《春秋》？回答是：孔子作《春秋》，不說這是孔某人的書，也並沒有說這是他寫作的。這就把賞罰之權跟自己劃清了界線。而是說：這是魯國的書，是魯國人作的。獎賞善舉，說是魯國獎賞；懲治惡行，說是魯國懲治。

何以知之？曰：夫子繫《易》，謂之〈繫辭〉❶，言孝，謂之《孝經》❷，皆自名之，則夫子私之也。而《春秋》者，魯之所以名史，而夫子託焉，則夫子公之也。公之以魯史之名，則賞罰之權固在魯矣。

【章旨】此章從《春秋》書名，推斷聖人「公之以魯史之名」的用意在於夫子不是以個人身分進行評判，而是站在魯國人的角度來進行評論，從而化個人的是非為公眾的賞罰，從而為其行賞罰之權找到依據。

【注釋】❶夫子繫易二句　〈繫辭〉，《易》中篇名，相傳是孔子為《易》所作十翼之一，分上下兩篇，文中從天地一陰一陽出發，闡述事物的變化發展。❷孝經　古時宣揚孝道和孝治的書，為儒家經典之一，但較他經晚出，說孔子言孝，是就傳說立論。

【語譯】怎麼知道這一點的？因為：夫子解釋《易》，稱作〈繫辭〉，解釋孝道，稱作《孝經》，都是自己定的名稱，說明孔子是在發表個人看法。可是《春秋》，是魯國史書的名稱，孔子借用它，表明孔子是在代言公眾意見。用魯國史書為書名進行公眾評判，就表明是在行使魯國公眾的賞罰之權。

《春秋》之賞罰自魯而及於天下，天子之權也。魯之賞罰不出境❶，而以天子之權與之，何也？曰：天子之權在周，夫子不得已而以與魯也❷。武王之崩也，天子之位當在成王，而成王幼，周公以為天下不可以無賞罰，故不得已而攝天子之位以賞罰天下❸，以存周室。周之東遷也，天子之權當在平王，而平王昏❹，故夫子亦曰：天下不可以無賞罰，而魯，周公之國也，居魯之地者，宜如周公不得已而假天子之權以賞罰天下，以尊周室，故以天子之權與之也。

【章旨】此章說明之所以《春秋》既能是非天下之事，又能行賞罰之權，原因在於魯國乃周公封地，周公曾替天子行賞罰之權，故其後人在諸侯僭越之時，亦能代天子行賞罰之權。

【注釋】❶魯之賞罰不出境　意思是魯國的賞罰只能在魯國的範圍內才算數。境，國境。❷天子之權二句　天子的賞罰大權在周天子那裏，孔子萬不得已才用魯國行使這個特權。春秋時代，群雄爭霸，周天子不為諸侯所重，即上文所謂「天下之諸侯、大夫僭天子、諸侯」，雖有天子之名，實無天子之權，所以說孔子是「不得已而以與魯」。以與魯，「以」字下省略「之」，指代權（賞罰之權）。❸武王之崩也五句　指周公代成王攝政三年事。❹天子之權當在平王二句　平王，西周最後一個天子周幽王的太子。幽王昏庸無道，致使外族犬戎入侵亡國，後來諸侯共立其子繼天子位，即平王。平王東遷都城以避犬戎，當時諸侯間以大欺弱，相互爭鬥，平王已不為諸侯所重。

【語譯】《春秋》的賞罰，從魯國直到周天子所轄的全境，那是天子才有的權力。魯國的賞罰本來不能超越其國境，卻讓它行使天子的權力，為什麼？回答是：天子的權力本來在東周，孔子實在是沒有辦法才讓魯國行使的。武王駕崩，成王繼承天子之位，可是成王年幼，周公考慮到天下不能沒有賞罰獎懲，所以，萬不得已攝天子之位行使賞罰之權，以保存周王室的權威。西周東遷，天子的權威應該在平王那裏，但是平王昏庸無能，所以，孔子也就說：天下不能沒有賞罰懲勸，魯國，是周公的封地，繼承魯國君位的君主，應該跟周公那樣，在萬不得已的情況下假借天子的名義，行使賞罰天下的大權，以達到尊重周王室的目的，因而就借魯國來行使天子的賞罰大權了。

然則假天子之權宜如何？曰：如齊桓、晉文❶可也。夫子欲魯如齊桓、晉文，而不遂以天子之權與齊、晉者，何也？齊桓、晉文陽為尊周，而實欲富強其國，故夫子與其事而不與其心❷。周公心存王室，雖其子孫不能繼，而夫子思周公而許其假天子之權以賞罰天下❸。其意曰：有周公之心，而後可以行桓、文之事。此其所以不與齊、晉而與魯也。夫子亦知魯君之才不足以行周公之事矣，顧其心以為今之天下無周公❹，故至此。是故以天子之權與其子孫，所以見思周公之意也。

【章　旨】此章說明為什麼孔子以魯代行天子之賞罰，而不以齊桓、晉文代行天子之賞罰的原因，在於齊桓、晉文表面上尊周天子，實為富強其國，而魯為周公後代封地，周公曾代天子行賞罰，所以孔子以周公後人代天子行賞罰，正是其心存思周公之意。

【注　釋】❶齊桓晉文　齊桓公和晉文公，春秋五霸中的兩位。❷與其事而不與其心　對他們（齊桓公、晉文公）的行為表示贊同，但對他們的用心卻不以為然。齊桓公、晉文公在稱霸諸侯時，都曾利用周天子的名義向諸侯發號施令，並假借天子的名義來征討諸侯，雖然表面上他們是尊重周天子，為天子樹立威望，實際上是為自己富國強兵，以稱霸天下。因此孔子對他們討伐無視天子權威的諸侯的行為是肯定的，但對他們不行王道卻圖霸業則持批判態度。與其事，肯定他們的行為。不與其心，對他們的險惡用心不予肯定。❸而夫子句　孔子認為周公能主持正義，所以稱許他能假借天子的權力，對天下諸侯行使賞罰。許，允許；稱許。❹顧其心句　但他（孔子）心裏覺得當時天下已經沒有像周公那樣的人了。

【語　譯】既然如此，那麼，假借天子的名義應該怎樣行賞罰呢？回答：像齊桓公、晉文公那樣就可以了。孔子希望魯國能像齊桓公、晉文公那樣，可是又不借齊、晉兩國的名義行使天子的賞罰之權，是為什麼？齊桓公、晉文公，表面上尊重周天子，實際上是圖謀其國家富強，所以孔子只肯定他們尊重天子的事實，卻不能接受他們險惡的用心。周公效忠周王室，縱然他的後代子孫不能繼承他的事業，孔子因為思念周公，所以推許他的後人代替天子行使賞罰天下的大權。那意思是說：只能是先有周公那樣的忠心，然後才可以做齊桓公、晉文公那樣尊崇天子的事情。這就是孔子為什麼不借齊、晉兩國的名義卻以魯國的名義行使權力的原因。孔子本來知道魯國君主沒有足夠的能力去做像周公那番事業，只是他內心覺得當時天下沒有像周公那樣的人，所以才會這麼處理。因此，讓作為周公子孫的魯國國君來行使天子的賞罰大權，正是想表達思念周公的意思。

吾觀《春秋》之法，皆周公之法，而又詳內而略外❶，此其意欲魯法周公之所為，且先自治而後治人也明矣。夫子歎禮樂征伐自諸侯出，而田常弒其君，則沐浴而請討❷。然則天子之權，夫子固明以與魯也。子貢之徒，不達夫子之意，續經而書「孔丘卒」。夫子既告老矣，大夫告老而卒不書，而夫子獨書❸。夫子作《春秋》以公天下，而豈私一孔丘哉？嗚呼！夫子以為魯國之書，而子貢之徒以為孔氏之書也歟！

【章旨】此章感歎子貢等人不明孔子深曲用心，以致淆亂《春秋》體例。

【注釋】❶詳內而略外　這裏的內外是相對而言的，對魯國來說，華夏各諸侯國為外，而魯為內；對天下各族來說，華夏為內而其他少數民族為外。孔子在《春秋》中「內其國而外諸夏，內諸夏而外夷狄」，記錄魯國的事件較詳，而其他諸侯國的事件則記載較略，少數民族的事件就更略。❷而田常弒其君二句　指齊臣田常專權弒齊簡公事。當孔子聽說這件事後，先沐浴三天，然後去見魯哀公，請他發兵討伐田常。❸夫子既告老矣三句　按《春秋》一書的體例，魯國的臣子如果一直在位，就記錄其逝世的時間，未死之前已去位者則不記。整部書中只有孔子是個例外。至於為什麼會這樣，沒有確切的說法。蘇洵認為是子貢等孔子的弟子續經時加入，也為一說。告老，因年老而辭去官職。

【語譯】我發現《春秋》所用的評判標準，都是延用周公的，而且記事以魯國較為詳細，其他諸侯國則較為簡略，夷狄就更加簡略了，這說明他是有意想讓魯國效法周公的所作所為，而且是先整頓好內政，然後再推廣到其他諸侯國，這一點是很明顯的。孔子感歎禮制、樂教、出征、討伐這些權力，都被諸侯盜用了，所以，聽說齊國田常殺死國君，就沐浴三天，然後請魯君出兵討伐。這麼看來，孔子本來就明明白白地想讓魯國行使天子的權力。子貢之流，沒有理解孔子的深意，在續寫《春秋》時記上了「孔丘卒」的話。孔子未死前已經告老去職，大夫告老，死去是不記錄的，唯獨孔子死去記下了。夫子寫作《春秋》，是從天下公理出發，怎麼可能在「孔丘」這個人那裏存私意呢？唉！孔子把《春秋》看成是魯國的史書，可是，子貢之流卻把它看成是孔子的書了啊！

遷、固之史❶，有是非而無賞罰，彼亦史臣之體宜爾也。後之效夫子作《春秋》者，吾惑焉。《春秋》有天子之權，天下有君，則《春秋》不當作；天下無君，則天下之權，吾不知其誰與。天下之人，烏有如周公之後之可與者❷？與之而不得其人則亂，不與人而自與則僭❸，不與人、不自與而無所與則散。嗚呼！後之「春秋」❹，亂邪，僭邪，散邪？

【章旨】此章指出夫子《春秋》史筆，後世是不可能繼承的，因為後世不可能像魯國那樣可以代天子行賞罰之權，史書只能作道德評價而無賞罰之權，否則就或混淆或僭越或散亂。

【注　釋】❶遷固之史　司馬遷、班固所寫的史書。遷，司馬遷，著有《史記》。固，班固，著有《漢書》。二人是中國古代著名的史學家。❷烏有句　哪裏有像周公的後代那樣，可以將天子的權力託付給他們的呢。周公之後，此指魯國君主。❸不與人而自與則僭　不將賞罰之權交付給公眾，卻自己行使它，那就是越位。自與，給自己；自己承擔起來。❹後之春秋　指後來以「春秋」為名的書，如《晏子春秋》、《呂氏春秋》等等。

【語　譯】司馬遷、班固所作的史書，有肯定和否定，但沒有賞罰的成分，那是史臣們寫作史書應該採取的最佳體例。後來效法孔子作《春秋》的人，我就弄不明白了。《春秋》寓有天子的權力，天下有君王時，就根本用不著寫《春秋》；天下沒有君王，那麼，這時的天下大權，我不知道應該交給誰。滿天下哪裏有像周公的後代那樣，可以把權力交給他們的人？交給不正確的人，就會混亂不堪；不給別人自己擁有，就是僭越本分；不交給別人，也不自己擁有，那就散亂無著。唉！後世打出「春秋」旗號的作品，是混淆呢，僭越呢，還是散亂呢？

【研　析】作為一部史書，孔子編纂《春秋》的一個重要目的，就是藉尊天子以維護周代既定的社會秩序，使之不墜。因此，《春秋》一書於行文之中，通過遣詞用語，常寓褒貶之意，形成後人所謂微言大義的「《春秋》筆法」。本文探討孔子寫作《春秋》的態度和用心，通過論證，揭示出《春秋》筆法之所以成立的根本理由，為孔子的「微言大義」找到了符合儒家倫理思想的理由。

文章緊扣住「是非」與「賞罰」的關係展開論證，特別是對「賞罰」之權作深入的剖析，議論風發，先擺出賞罰為公，是非為私的論點，說明孔子作《春秋》，是以是非行賞罰。進而一步步推論：這並不是孔子僭越本位而為之，因為孔子寫作《春秋》時，是將之視為魯史，把自己的是非態度演繹成魯國公眾的看法，借魯國的賞罰之權來表達自己的是非觀念。進而再辨析孔子以魯國行天子之權的原因，不僅分析了孔子為什麼用魯國來行賞罰之權，而不以齊、晉行賞罰之權的原因，還說明魯國原為周公封地，孔子以天子之權屬魯，是為了表達思念周公之意，隱然可見孔子思夢周公之意，暗中為自己揣摩孔子之意作佐證。而孔子不尊重假意尊重周天子的齊、晉諸侯國，而以實力不如的魯國作為替天子行賞罰大權的對象，用意在於周公曾替天子行賞罰，故其後人也有此權力。這就又為孔子借魯行天子之賞罰找到周公這一方面的依據：周公曾在成王年幼之時，代行天子之權，其後代（魯君）也就有此特權，孔子以魯史撰《春秋》，等於就是替魯君行賞罰。通過這樣的論述，周天子的賞罰之權，通過「天子——周公——魯君——孔子」最終落實到了《春秋》之中。最後批駁子貢及此後史家沒能弄清楚這一邏輯關係，錯誤地以《春秋》為夫子私人著述的失當和效法《春秋》的無謂。在演繹這條明線的同時，作為有「道」而無「位」的孔子，他在《春秋》中的運筆用意，又通過「是非——道——夫子——魯——天子」而得以層層放大，本質上有道者的是非觀，通過不斷的角色轉換，最終變成了在位者的賞罰之權。通過這樣幾個閃轉騰挪，「賞罰」與「是非」互換，既明「賞罰」之權本在天子，又辨孔子得行「賞罰」之權的合理性；既說明「賞罰」乃天下之公，又辨孔子作《春秋》行賞罰的深曲理由。作者揣摩孔子用意，體會聖人用心，可謂體貼細微。

全篇架空而論，論證嚴密，可謂間不容髮。文凡四轉，層層辯難，卻能首尾呼應，環環相扣，「枝葉相生，如引繩貫珠，大抵一節未盡，又生一節。別人意多則雜，惟此篇意多而不雜。」（呂祖謙《靜觀堂三蘇文選》）不愧為千古名筆。

蘇洵論六經，多從聖人權變的角度入手，頗見己意，自成一家之言。與其他幾篇相比，此篇初看似不涉及聖人之「權」，但仔細分析，卻不難發現，孔子化個人之是非觀為魯人之賞罰，不與齊、晉而與魯，以及《春秋》之「微言大義」等，無不滲透出其「微權」之機。從這個角度看，如果說前面幾篇經論還只是從理論上推斷聖人有「權」，還沒有具體作描述，此篇卻是把聖人的這個「權」字，徹底暴露了出來，也揭示得更加具體了。

史論引

【題解】宋代進士考試有「策論」一項，其中主要是評議歷史人物的是非功過，或者發表對歷史事件的看法，闡明其對歷史成敗的心得體會，藉以考察士子的歷史觀。蘇洵這三篇〈史論〉，可能就是為科場考試而作。其具體創作時間不詳，據歐陽修〈故霸州文安縣主簿蘇君墓誌銘〉、張方平〈文安先生墓表〉以及作者友人雷太簡的〈上韓忠獻書〉等文章中的相關信息可知，此組文章大致作於仁宗皇祐三年（西元一〇五一年）至嘉祐元年（西元一〇五六年）間。「引」即「序」，蘇洵因其父名「序」，避諱用「引」。

史之難其人久矣❶。魏晉宋齊梁隋間，觀其文，則亦固當然❷也。所可怪者，唐三百年，文章非三代兩漢無敵❸，史之才宜有如丘明、遷、固輩，而卒無一人可與范曄、陳壽比肩❹。巢子之書❺，世稱其詳且博，然多俚辭俳狀❻，使之紀事，當復甚乎其嘗所譏誚者。惟子餗《例》為差愈❼。吁！其難而然哉❽。夫知其難，故思之深，思之深，故有得。因作〈史論〉三篇。

【注釋】❶史之難其人久矣　很久沒有出現優異的史才了。難其人，難得其人。❷亦固當然　也本來就該如此。意思是魏晉宋齊梁隋間文人輩出，這幾個朝代文風綺靡，史學沒有建樹，是理所當然的事。❸非三代兩漢無敵　如果不是上古三代和兩漢就無以匹敵，意思是只有上古三代與西漢、東漢可以與它（唐代的文章）相媲美。❹史之才二句　丘明，左丘明，春秋時魯人，曾為魯國太史。左丘明為《春秋》作傳，成《春秋左氏傳》，一般省稱《左傳》。遷，司馬遷，著有《史記》。固，班固，著有《漢書》。范曄，南朝宋順陽人。曾為宋武帝子參軍，後不得志，於是刪定自《東觀漢書》以下諸書，成《後漢書》。陳壽，晉巴西安漢人，博學能文，善長敘事，著有《三國志》。比肩，相並列，即相提並論。❺巢子之書　指《史通》。巢子，劉知幾，因曾居於巢縣，故以地名稱巢子。劉知幾任史官二十多年，修《武后實錄》時，與武三思意見不合，深感雖為所用，卻難伸其志，遂另著《史通》四十九篇，譏評古今。在《史通》一書中，劉知幾時常夾雜當時口語、俚語，所以蘇洵譏之。❻俚辭俳狀　十分可笑的俚詞俗語。俚辭，俚俗的詞語。俳狀，滑稽可笑的樣子。俳，古代雜技或滑稽戲。❼惟子餗例為差愈　只有他的兒子劉餗所作的《史例》略微好一點。餗，劉知幾的二兒子，天寶間為史官，著有《史例》。❽其難而然哉　難道就那麼難嗎。而然，是那個樣子，這裏用虛字是為了加強語氣。

【語譯】很久都難得找到一位優秀的史才了。魏晉宋齊梁隋數朝，看看那些綺靡的文章，也就知道肯定找不出。非常奇怪的是，唐朝三百年，文章若非上古三代及兩漢就無以與之媲美，應該有像左丘明、司馬遷、班固那樣的史才，可最終竟沒有出現一位可與范曄、陳壽相當的史才。劉知幾的史著，世人都認為詳細廣博，但其中雜有許多可笑的俚詞俗語，用這種語言記史事，應該又會比他譏誚的對象受到更厲害的譏諷。只有他的兒子劉餗的《史例》稍微好一點。唉！是太難了才至於此的吧？因為知道它難，所以思考得就深，想得深，就有心得。於是，就寫了這三篇〈史論〉。

【研析】〈史論〉是蘇洵研究歷史，探究史書的心得體會，闡述作者對史學的態度。全部內容分上、中、下三篇，分別討論經、史關係；《史記》、《漢書》、《後漢書》、《三國志》等寫作成功的經驗；《史記》各書失敗的教訓，進而感歎史才難得，史書難作。通觀三篇〈史論〉，作者能以經論史，以史證經，體現出融通的經史觀和過人的識力，確實是深入鑽研歷史古籍的獨得之見。〈史論引〉主要是介紹〈史論〉創作的原因，表達作者有感於作史之難，所以深究前人史書得失，以懲誡後人的良苦用心。

中國自古有重史傳統，《尚書》為上古史料的彙編；孔子修《春秋》，寓「微言大義」，使亂臣賊子懼，於史料中蘊強烈史觀；漢司馬遷撰《史記》，更標出「究天人之際，通古今之變，成一家之言」的史學態度，為「實錄」的史學精神奠定了基礎。其後史學雖稱發達，但南北朝時期所修正史，已受官方意志影響。初唐修史，更由宰相監修，出自史館眾臣之手，懲戒之意、「實錄」精神等史學精義，更為當局、當代意識所替代。史學要義，幾乎喪盡。只有劉知幾著《史通》，從史法、史例、史筆等各方面進行全面而系統的闡述，於史學理論多有發揮，但於史著卻未曾染翰。蘇洵生活的時代，歐陽修、宋祁正修《新唐書》，司馬光《資治通鑑》等巨著尚未完成。在「前四史」之後，傑出史才猶未出現，史學建樹尚未彰顯，所以蘇洵感歎史學之難，深思有得並提出自己的史學主張，雖難稱系統，卻不乏灼見。明人茅坤評曰：「老泉〈史論〉三篇，頗得史家之髓。」（見《唐宋八大家文鈔》）

史論上

【題　解】自唐人劉知幾《史通》視「六經」為上古史料，開「六經皆史」之先河，後人便往往注意經、史之辨。蘇洵此篇即論述經、史關係，持二者乃「一義」、「二體」之說，即二者在本質上是一致的，只是體例上略有不同。從本質上講，此論並未脫離「六經皆史」的固有框架，但能辯證地看待經、史二「體」之不同，將二者擺在同一層面進行分析，既不人為尊經，也不有意貶史。通過論述，既闡明了經史關係，又揭示出史「難其人」的精神實質：經不離史，史不離經，經史一義，不通經而求史，則輕重失當，貶褒無據。這實質上是把史籍與經義等同起來，與當時重聖賢經義的「洛學」相比，一定程度上已體現出了「蜀學」的特色。

史何為而作乎？其有憂也❶。何憂乎？憂小人也。何由知之？以其名知之。楚之史曰「檮杌」。檮杌，四凶之一也❷。君子不待褒而勸，不待貶而懲。然則史之所懲勸者，獨小人耳。仲尼之志大，故其憂愈大，憂愈大，故其作愈大，是以因史修經❸。卒之論其效者，必曰：亂臣賊子懼。由是知史與經皆憂小人而作，其義一也。

【章　旨】此章述史與經在本質上都是一樣的，在於憂小人而作，為下面論經、史關係作鋪墊。

【注　釋】❶其有憂也　作史的人心存憂慮。其，指撰寫史書的人。❷檮杌二句　檮杌，相傳是古顓頊氏的兒子，不肖，跟渾敦、窮奇、饕餮合稱四凶，被舜流放。楚國史書以「檮杌」為名，表明是為了懲勸小人，以為書名，使小人驚心。❸因史修經　指孔子根據魯國的歷史作《春秋》一書。《春秋》後來被視為儒家經典，所以蘇洵說是用歷史來修定的經書。

【語譯】著史的目的是什麼？是因為心存憂患。憂患什麼？憂患小人。何以知之？從史書的名字可以考知。楚國史書稱「檮杌」。檮杌，是古代四凶之一。君子不用褒獎都會進取，不用批評就會反思。既然如此，那麼史書要儆戒的，只能是那些小人。孔子的志向宏遠博大，所以他的憂患也很大，憂患越大，他的作為也就越大，所以，他能依據魯國的歷史修訂成《春秋》經書。從這部經書的最終效果看，肯定都會說：使那些亂臣賊子心存恐懼。由此可知，史書和經書都是為了儆戒小人而作，其要義是一樣的。

其義一，其體二，故曰史焉，曰經焉。大凡文之用四：事以實之，詞以章之，道以通之，法以檢之❶。此經、史所兼而有之者也。雖然，經以道、法勝，史以事、詞勝❷。經不得史，無以證其褒貶；史不得經，無以酌其輕重。經非一代之實錄，史非萬世之常法。體不相沿，而用實相資焉❸。

夫《易》、《禮》、《樂》、《詩》、《書》，言聖人之道與法詳矣，然弗驗之行事❹。仲尼懼後世以是為聖人之私言，故因赴告策書以修《春秋》❺，旌善而懲惡❻，此經之道也。猶懼後世以為己之臆斷，故本《周禮》以為凡❼，此經之法也。至於事則舉其略，詞則務於簡。吾故曰：經以道、法勝。史則不然，事既曲詳❽，詞亦誇耀，所謂褒貶，論贊之外無幾❾。吾故曰：史以事詞勝。

【章　旨】此章從文之四「用」的角度，論述經、史之「義」一，唯其「體」不同，並以《春秋》為例，說明：經以道、法見長，史以事、詞見勝。

【注　釋】❶事以實之四句　用歷史事件去充實它，用優美的文筆使之顯得華美，用亙古不變的道理貫穿始終，用儒家禮法去檢驗其正誤。章，彩色，動詞，裝飾的意思。❷經以道法勝二句　經，這裏主要是指儒家經典，如《詩》、《書》、《禮》、《易》、《春秋》等，這些經書都是宣傳儒家道統思想和禮法的，所以蘇洵說它以道、法勝。史書主要是記錄歷史事實，追求記事真實可靠和記述明晰。❸而用實相資焉　可是經和史的功用卻是相互補充的。相資，相互補充。❹然弗驗之行事　可是並不用人的行動或者歷史事件去驗證。然，表轉折的連詞。❺故因赴告策書以修春秋　所以憑藉各種文件和書籍撰寫《春秋》。赴，通「訃」。記錄兇險事件的文件。告，相當於後來告示一類的文字。策，通「冊」。指書卷。《春秋》一書是孔子根據魯國訃告策書等歷史資料加工而成，所以蘇洵這麼說。❻旌善而懲惡　表揚好的人和事，懲戒不好的人和事。旌，旌表，封建社會裏用立牌坊或掛匾額的方式來褒揚尊奉禮教的人。❼故本周禮句　因而以《周禮》中的各種禮法制度作為凡例。凡，凡例。處理的標準。❽曲詳　曲折而周詳，此指敘述得十分詳細。❾論贊之外無幾　在「論」和「贊」文之外的敘述性文字中，不含褒貶態度。論贊，史書一般在記載一個人的生平事跡後，都有一段史家的評論性文字，對所記人物進行評價，稱論或贊。幾，通「譏」。譏責；非議。此處泛指評論。

【語　譯】內涵一致，體裁兩分，所以稱史書，稱經書。大體上，文章就功用而言應具備四個要素：用事件來充實，用詞藻來彰顯，用道理來貫穿始終，用禮法去檢驗約束。這是史書、經書共有的。雖然如此，經書以常道、禮法見特性，史書以敘事、運詞稱勝場。經書沒有史書支撐，無法證明它所褒貶的東西；史書不以經書為根本，無從斟酌事件的輕重詳略。經書不實錄某代史事，史書也體現不出萬世不變的常法和原則，體例雖說不能相沿借鑑，實際運用卻彼此憑藉依存。

《易》、《禮》、《樂》、《詩》、《書》，闡明往古聖賢之常道與儒家禮法，已十分詳盡了，可是並沒有用事實去驗證。孔子擔心後人把這些當成是聖人的一己私意，因此參考訃、告、策、書等史料，撰成《春秋》，以表彰善良，儆懲邪惡，這是用經書的原則。又怕後人誤以為是個人主觀臆斷，所以根據《周禮》來制定體例，這是用經書的法則。至於史事，則只舉大略，遣詞造句，則盡量簡潔。所以我說：經書以常道、法則見特性。史著則不然，記事既要求周詳曲折，語言又講究誇飾整煉，所謂的褒貶大義，除史「論」、史「贊」之外，幾乎不涉及。因而我說：史著，以敘事和文辭稱勝場。

使❶後人不知史而觀經，而所褒莫見其善狀，所貶弗聞其惡實。吾故曰：經不得史，無以證其褒貶。使後人不通經而專史，則稱謂不知所法，懲勸不知所祖❷。吾故曰：史不得經，無以酌其輕重。

經或從偽赴而書，或隱諱而不書，若此者眾，皆適於教而已❸。吾故曰：經非一代之實錄❹。史之一紀、一世家、一傳，其間美惡得失固不可以一二數，則其論贊數十百言之中，安能事為之褒貶❺，使天下之人動有所法如《春秋》哉❻？吾故曰：史非萬世之常法。

【章旨】此章從史書特性的角度，論經史關係：史不得經，無以酌其輕重。史非萬世之常法，而是以敘事詳細、用詞準確見特色。

【注釋】❶使　假使；如果。❷稱謂二句　對史書上各種因禮法而定的稱謂就不能通曉，對處罰和獎勵的最初標準就不能把握。蘇洵以道、法歸於經，認為儒家禮教的根本原則都體現在各種經書當中，不通經則不懂常道、法則，撰寫史書時，對具體事件的評價就不能準確得當。祖，來源。❸經或從偽赴而書四句　在《春秋》中，孔子為了達到教化萬民的目的，有些地方並不以歷史事實為根據作如實的記錄，有的地方又為尊貴的人、親近的人、賢能的人避諱，不寫出來。像鄭公子騑弒僖公，卻以僖公睡覺時發病而亡訃告天下，《春秋》中只寫「僖公卒」而已。其他隱諱不書處還有很多。❹一代之實錄　實事求是地記錄某一朝代裏所發生的大事。實錄，如實記錄，《漢書・司馬遷傳》評《史記》：「其文直，其事核，不虛美，不隱惡，故謂之實錄。」❺史之一紀四句　意思是在以紀事為主的史書中，每一篇所記錄的歷史事件都包括許許多多的善惡得失，而附於傳末的論贊，體制短小，只有幾百個字，不可能對所有的事件都作出恰當的評價，進行褒貶評判。安能，怎麼能夠。❻使天下之人句　讓天下的史家隨隨便便地就學習《春秋》的筆法呢。蘇洵的意思是說，孔子作《春秋》是「因史修經」，而後來的史書作者不可能都按孔子修經的方法去記錄歷史，寫作史傳。動，即動不動，隨隨便便。有所法如春秋，像《春秋》那樣，在字裏行間隱含褒貶。

【語譯】 假使後人不精通歷史就去研讀經書，那麼，經書中所褒揚的，他看不懂好在哪裏，經書中所貶斥的，也看不出其罪惡所在。所以我說：經書如果不憑藉史事加以說明，就無法證明褒貶的原因。假使後人不通經書卻專攻史籍，那麼，對史書中特定的稱謂，就無法弄清其本源，對史書中的懲戒，也說不出其中的淵源究竟。故而我說：史籍不憑藉經書作為依據，就無法斟酌評判史事的輕重。

經書有時會採用不真實的訃辭，有些內容又會因為避諱而不記錄，諸如此類，不一而足，目的都是為了教化民眾。因此我說：經書，並不是某代史實的真實記錄。史書的任何一篇本紀、世家、列傳，其中包含的褒揚懲勸，本來就是數都數不清的，那麼，這些文章後面幾百個字的「論」、「贊」，怎麼可能詳盡地對事事都進行褒貶評判，讓普天下人的每一個舉動都合乎《春秋》的要求？因此我說：史著，不可能包含萬世不變的法則。

夫規矩準繩所以制器，器所待而正者也❶。然而不得器則規無所效其圓，矩無所用其方，準無所施其平，繩無所措其直。史待經而正，不得史則經晦❷。吾故曰：體不相沿，而用實相資焉。

噫！一規，一矩，一準，一繩，足以制萬器。後之人其務希遷、固實錄可也❸。慎無若王通、陸長源輩，囂囂然冗且僭❹，則善矣。

【章　旨】此章論述經、史關係：經借史實以明褒貶，史借經義以酌輕重；經非實錄，史非常法。經、史猶準繩之於萬器，實相互生發，不可或缺。

【注　釋】❶夫規矩準繩所以制器二句　規矩、準繩是用來製造器皿的工具，有了它們，才能將器皿做得合乎標準。規，圓規，用以取圓的工具。矩，用以取方的工具。準，取水平線的工具。繩，取垂直的工具。正，正確，此指合乎標準。❷史待經而正二句　史書中能貫穿經的常道、法則，就會公允平正；沒有歷史事實的具體說明，那麼經義就會顯得晦暗難明。❸後之人句　希望後來的史家們能夠達到司馬遷、班固實錄史事的水平就可以了。後之人，司馬遷、班固之後撰寫史書的人。❹慎無若王通陸長源輩二句　千萬不要像王通、陸長源那些人，在史書中吵吵嚷嚷，文字又冗長，而且還對所記人物進行胡亂評價。無，即「勿」，不要。王通，曾作《元經》以續《春秋》。陸長源，曾著《唐春秋》，二人之書都冗長蕪雜，不合史體。

【語　譯】圓規、矩尺、準垂、墨繩，是用來測製器物的工具，器具都靠它們定正誤！可是，如果不做器物，那圓規就失去了畫圓的意義，矩尺就失去了畫方的意義，準垂就失去了測平的意義，墨繩就失去了取直的意義。史籍必須憑藉經書去衡定其正誤，沒有史事加以說明，經義就會晦澀難懂。所以我說：體例雖然不能相互沿用，可是，經史的功用實際上卻是彼此借鑑的。

哎！一只圓規、一把矩尺、一個準垂、一根墨繩，就能用來製造各種各樣的器皿。後來的史學家只要能夠繼承司馬遷、班固的「實錄」史學精神，就可以了。千萬不要像王通、陸長源之輩，史書中亂哄哄的，繁冗雜亂，違反史例，就算不錯了。

【研　析】本文探討經、史關係，究其異同。作者認為經、史寫作意圖一致，都是為小人而作，目的在於懲勸，但從體制上講，則又一分為二。在「事」、「詞」、「道」、「法」為文的四大要素中，經書以常道、法則見特性；

史著藉敘事、辭章見勝場；經不得史，則難以證明所以褒貶的原因；史不得經，就會衡量功過輕重失當。經非一代實錄；史非萬世長法。這是論證經、史之別。接著作者即論證經史之同，作者認為雖然經史體制不同，功用卻可互補：史中貫穿經義，就會公允平正；經能證以史實，即可義理明晰。通過這樣的論證，經史二者的關係，既可以視為是「道」與「器」的關係，更可以形象地說成是「體」與「用」的關係，但是「道」「器」相隨、「體」「用」無間。無論異同，其本質卻是一致的。通過論經、史的異同關係，作者得出了這樣的結論：體不相沿，則用實相資。

全文將經史對舉，條分縷析，兩條線索，彼此映照，互相發明，論證既簡潔明瞭，又氣勢充沛，同時呈現出一種對稱的美感。從篇章結構上講，先提出經史本原一致的觀點，繼而論其體例不同，再述其功用一致，接著講二者重點各異。這樣，正反相接，層層深入，最後再以規矩準繩與器具為喻，揭示其「道」、「器」本質關係，所謂體用無間，把「義一」之意申足，回護開頭，同時化抽象之理為具象之物，深入淺出，有舉重若輕之妙。邵博《聞見後錄》中曾引雷簡夫的評語：「〈史論〉，真良史才也。」雖然作者本人並沒有修撰史書，但從他這種經史一貫的觀點，那種言簡意賅的史筆來看，其「史才」是不容懷疑的，至少可以說其史論之才是傑出的。

史論中

【題解】從《史論引》中可見，蘇洵持經、史「義一」之論，於上古史書，推許《左傳》、《史記》、《漢書》，對陳壽、范曄已頗有微辭。但對之所以推許《史記》、《漢書》的原因，卻引而未發。此篇即從四個方面論述司馬遷、班固得《春秋》筆意之處，既見「史以事詞勝」之意，更是對其「史待經而正」觀點的具體說明，從而進一步申述其經、史「義一」之說。全篇以史證經，由史實見經義，強調經、史功用互補，議論詳切，條理清晰，深刻為文，洵為思深有得之言。

遷、固史雖以事辭勝，然亦兼道與法而有之，故時得仲尼遺意焉❶。吾今擇其書有不可以文曉，而可以意達者四❷，悉顯白之❸：其一曰隱而章❹，其二曰直而寬❺，其三曰簡而明❻，其四曰微而切❼。

【章旨】此章承上篇之意開啟本篇之論點，指出司馬遷《史記》、班固《漢書》在四個方面得孔子《春秋》遺意，不僅以事辭見勝，且時見《春秋》經書之道、法。

【注釋】❶遷固史雖以事辭勝三句　司馬遷的《史記》和班固的《漢書》，雖然以詳實的史實和優美的語言見長，但其中也兼顧到「道」和「法」的內容，因而時不時顯示出孔子作《春秋》的筆法。仲尼遺意，即孔子「微言大義」的《春秋》筆法。❷不可以文曉二句　不能從字面語句上看出來，但可以領悟其中隱含的寓義，即可以意會不可言傳。❸悉顯白之　全部揭示出來。顯白，顯現明白，即明白地揭示出來。❹隱而章　用隱晦曲折的辦法使它顯示出來。❺直而寬　直截但不失寬厚之旨。直，直接；與上句的「隱」相對而言。❻簡而明　簡潔明瞭。❼微而切　委婉但很貼切。

【語譯】司馬遷、班固寫史雖然以敘事、語辭取勝，但也兼寓經書的常道與法則，所以能時常傳達出孔子的《春秋》遺意。我現在選取其中只可意會不可言傳的四個方面，加以確切說明：其一，用筆隱晦曲折而事實彰顯無遺；其二，直書其事卻不失寬厚之旨；其三，簡略文辭卻明白無誤；其四，委婉曲折卻表意貼切。

遷之傳廉頗也，議救閼與之失不載焉，見之〈趙奢傳〉❶；傳酈食其也，謀撓楚權之繆不載焉，見之〈留侯傳〉❷；固之傳周勃也，汗出洽背之恥不載焉，見之〈王陵傳〉❸；傳董仲舒也，議和親之疏不載焉，見之〈匈奴傳〉❹。夫頗、食其、勃、仲舒，皆功十而過一者也，苟列一以疵十，後之庸人必曰：智如廉頗，辯如酈食其，忠如周勃，賢如董仲舒，而十功不能贖❺一過！則將苦其難而怠矣❻。是故本傳晦之❼，而他傳發之❽。則其與善也，不亦隱而章乎？

【章旨】此章述《史記》、《漢書》中「與善」隱而章，既不損害傳主形象，又不失「實錄」之精神，體現了「勸善」之經義。

【注釋】❶遷之傳廉頗也三句　據《史記・廉頗藺相如列傳》載：秦伐韓於閼與（今山西和順），趙王曾向廉頗徵求意見，問是不是可以去救韓國。廉頗說：「道路又遠又險，我看很難救。」趙王又問趙奢，救還是不救。趙奢說雖然路又遠又險，但這正好像兩隻老鼠在洞中搏鬥，誰勇敢，誰就能獲勝。於是趙王派趙奢為將救韓，擊敗秦國而歸。廉頗，戰國時趙國良將，曾為趙敗齊、破燕，後因罪逃亡至魏，又由魏入楚，最後死在楚國。趙奢，趙國良將，曾多次率兵擊退秦國的進攻。❷傳酈

食其也三句　據《史記・留侯世家》載：漢三年（西元前二〇四年），楚漢相爭於滎陽，漢高祖被困，向酈食其問計。酈食其建議高祖復立六國君王的後代為諸侯，以便使楚霸王權力削弱，高祖以為妙計。後來，張良入見時，高祖正在吃飯，即以酈食其之計相告。張良一聽，向高祖提出八個疑問，並說如果聽酈食其的話，那麼您劉邦的事業就不可能實現！高祖聽張良說得有理，停止吃飯說：那個酸腐的儒生，差點壞了我的大事！撓，阻止；使不順利。❸固之傳周勃也三句　據《漢書・王陵傳》載：漢文帝繼位，不久即能熟知國家大事，一次上朝，文帝問身為右丞相的周勃：「國家一年要斷多少案件？」周勃回答不出。又問：「一年的錢糧收入支出呢？」周勃還是回答不出，背上的汗直往下淌。洽背，（汗）沾背。洽，沾溼。❹傳董仲舒也三句　《史記・匈奴列傳》載，漢代董仲舒親歷四朝，熟見匈奴習性，卻主張以仁義結其心，這無疑是錯誤的。❺贖　彌補；抵消。❻苦其難而怠矣　以在歷史上只留美名很難，因而自我懈怠，放棄努力。❼晦之　以模糊手法處理，即隱而不書。❽發之　揭示出來。發，揭發；顯示。

【語譯】司馬遷寫廉頗傳，不直接記載廉頗分析救助閼與之戰的失誤，卻在〈趙奢傳〉中加以記述；寫酈食其傳，不直接記載他謀劃復立六國諸侯後代以削弱楚權的錯誤思路，卻在〈留侯傳〉中加以記述。班固寫周勃傳，不直接記載他因為不能回答文帝的提問而汗流浹背的困窘，卻在〈王陵傳〉中記載下來；寫董仲舒傳，不直接記錄他謀劃和親的錯誤主張，卻在〈匈奴傳〉中記載下來。廉頗、酈食其、周勃、董仲舒，都是十分功勞一分過失的人，假如羅列一分過失去損害十分功勞，後世的庸碌之輩肯定會說：像廉頗那樣有智慧、酈食其那樣有辯才、周勃那樣忠心耿耿、董仲舒那樣賢能，十分功勞還抵不了一分過失呢！那麼，就會覺得名垂青史太困難而懈慢不努力。所以，在這些人的本傳中抹去這一筆，而在其他傳記中作交代。如此一來，其勸善之意，不就顯得既隱晦卻又明顯嗎？

遷論蘇秦，稱其智過人，不使獨蒙惡聲❶；論北宮伯子，多其愛人長者❷。固贊張湯，與其推賢揚善❸；贊酷吏，人有所褒，不獨暴其惡❹。夫秦、伯子、湯、酷吏，皆過十而功一者也。苟舉十以廢一，後之凶人❺必曰：蘇秦、北宮伯子、張湯、酷吏，雖有善不錄矣，吾復何望哉？是窒其自新之路，而堅其肆惡之志也❻。故於傳詳之，於論於贊復明之❼。則其懲惡也，不亦直而寬乎？

【章　旨】此章述《史記》、《漢書》中「懲惡」直而寬，既不飾其惡行，又不掩其善舉，亦是孔子微言大義的史筆體現。

【注　釋】❶遷論蘇秦三句　《史記‧蘇秦列傳》中，在記錄蘇秦一生功過後，又在「贊」中說：蘇秦本是一個普通老百姓，卻能夠約縱山東六國，可見他有過人的才能。公正地評價了他的一生，不至使蘇秦完全蒙受壞名聲。獨，只；單單。❷論北宮伯子二句　北宮伯子，漢孝文帝時宮中宦官，深得皇帝寵信。《史記》將他列入〈佞幸列傳〉，但又說他是位有仁愛之心的長者，不完全否定他。❸固贊張湯二句　張湯，漢杜陵（今西安附近）人，漢武帝時為太中大夫，與趙禹共制律令，後遷御史大夫，為人酷烈，治獄嚴厲，對當時豪富兼併嚴厲打擊。班固對其抑制豪強的酷烈行動不予贊同，但在《漢書》中卻對他能夠推薦賢能才士，給予充分肯定。❹贊酷吏三句　在《漢書‧酷吏傳》中，班固雖然對酷吏們的種種暴行加以揭露和鞭撻，但在最後的傳「贊」中，卻不完全將他們否定，而是將每個人的長處都一一指出，以示褒獎。❺凶人　惡人；行為不合禮法者。❻窒其自新二句　斷絕了凶人們改過自新之路，使他們更加堅定地肆意作惡。窒，窒塞；杜絕。❼明之　使之明白，即將凶人們的長處也揭示出來，以示旌表。

【語　譯】司馬遷評價蘇秦，稱讚他智力超群，不讓他只受惡名；評價北宮伯子，稱讚他有長者風範。班固評贊張湯，稱許他能推舉賢士，挽接善類；評贊酷吏，每人都有所褒揚，不單單揭露他們的惡行。蘇秦、北宮伯子、張湯、酷吏，都是十分過失一分功勞的人。假如列舉十分過失，掩蓋了那一分功勞，後世的作惡者肯定會說：蘇秦、北宮伯子、張湯、酷吏，即使有好的一面也不見記載，我還有什麼指望？那樣，便堵死了他們的改過自新之路，更加堅定了他們作惡的邪心。所以，在傳記中詳細記載他們的惡行，在論贊部分褒揚其善舉。如此一來，其懲惡之意，不就顯得既直切卻又不失寬厚嗎？

遷表十二諸侯，首魯訖吳，實十三國，而越不與焉❶。夫以十二名篇，而載國十三，何也？不數❷吳也。皆諸侯耳，獨不數吳，何也？用夷禮❸也。不數而載之者，何也？周裔而霸盟上國❹也。《春秋》書哀七年，公會吳於鄫；書十二年，公會吳於橐皋；書十三年，公會晉侯及吳子於黃池❺，此其所以雖不數而猶獲載也。若越，區區於南夷豺狼狐狸之與居❻，不與中國會盟以觀華風❼，而用夷狄之名以赴，故君子即其自稱以罪之。《春秋》書定五年，於越入吳；書十四年，於越敗吳於檇李❽；書哀十三年，於越入吳❾；此《春秋》所以夷狄畜之❿也。苟遷舉而措之諸侯之末，則山戎、獫狁亦或庶乎其間⓫。是以絕而棄之，將使後之人君觀之曰：不知中國禮樂，雖句踐之賢，猶不免乎絕與棄。則其賤夷狄也，不亦簡而明乎？

【章旨】此章述《史記》、《漢書》中用夷狄之禮待吳、越，得《春秋》遺意，既簡潔又明確。

【注釋】❶遷表十二諸侯四句　司馬遷在《史記》的諸侯年表中，列出十二個諸侯國的名目，實際上卻記錄了十三個諸侯國的年表，他曾解釋這樣處理的原因：十二國年表，是沒有把吳國算在裏面，為什麼不算吳國呢？因為它不算華夏正統。雖然不是華夏正統，卻因為吳王的先祖是周太王的兒子，所以作為附記載入。至於越國，則一點周王室的血緣關係都沒有，完全是夷狄一類，所以不將它列入。❷不數　不計算。❸用夷禮　使用待夷之禮。古代禮法中有嚴格的區分華夏族與周邊少數民族的標準，用以維護等級秩序。❹周裔而霸盟上國　據《史記・吳太伯世家》載：吳太伯本是周太王的兒子，太王想立太伯之弟季歷為王，太伯於是逃亡到南方荊蠻，斷髮紋身，以逃避季歷的迫害。荊蠻百姓認為他很仁義，就擁戴他為君王，建立吳國。因此，從最初淵源來看，吳國應是周裔。霸盟上國，吳太伯立國後，經過幾代努力，到吳王闔廬時，與中原諸侯爭霸獲勝，稱霸為諸侯盟主。上國，指中原各諸侯國，因為這些諸侯最初受周天子直接管轄，所以稱上國。❺春秋書哀七年六句　鄫，古國名，在今山東棗莊境內。橐皋，春秋時吳地名，在今安徽巢縣境內。黃池，地名，在今河南封丘西南。蘇洵列舉這些史事是要說明吳與中原各諸侯之間的往來關係，為它能列入諸侯年表找依據。❻若越二句　據《史記・越王句踐世家》載：越王句踐是禹的後裔，封在會稽，其俗紋身斷髮，居於草莽之中。說越國跟豺狼狐狸共處，是蔑視越國人野蠻，未受禮法教化。區區，不重要（的人或事物）。❼不與中國會盟句　沒有參加過中原一帶諸侯國的政治活動。中國，指中原各諸侯國。華風，指華夏族的禮儀風俗。❽檇李　古地名，在今浙江嘉興境內。❾於越入吳　越國攻進吳地。於越，即越國。❿夷狄畜之　以夷狄之禮去對待它。畜，蓄養，此處作「看待」解。⓫苟遷二句　假如司馬遷把越國也列出來附載在諸侯國的年表後面，那麼，像山戎、獫狁那些少數民族，也就有了列進去的可能了。山戎，中國古代的少數民族，春秋時與齊、鄭、燕等國接壤。獫狁，也是中國古代北方的少數民族，匈奴族的先身。庶乎，庶幾乎；差不多。表猜度語氣。

【語譯】司馬遷作十二諸侯國年表，從魯國開始，到吳國結束，實際上有十三個諸侯國，卻不包括越國。用「十二」名篇，卻記載了十三個諸侯國，為什麼？是沒有計算吳國的緣故。都是諸侯國，偏偏不算吳國，為什麼？因為是用待夷狄的禮法。不算吳國卻又加以記載，又是為什麼？因為它是周太王的後裔而且曾經稱霸中原。《春秋》中記載魯哀公七年，哀公在鄫地與吳王相會；十二年，哀公在橐皋與吳王相會；十三年，哀公在黃池與晉侯、吳君相會，這就是之所以沒有列出來卻仍然被記載的原因。至於越國，區區南夷，跟豺狼狐狸之類的野獸相混而居，不參加中原諸侯的政治會盟以便融入中原文化，卻以蠻夷的身分參與會盟，所以正人君子就用它的自稱來貶低它。《春秋》中記載魯定公五年，「於越」攻入吳國；記載十四年，「於越」在檇李打敗吳國；記載哀公十三年，「於越」攻入吳國；這都表明《春秋》是像對待夷狄那樣來看待「於越」的。如果司馬遷在年表中把它附列在諸侯國的末尾，那麼，山戎、獫狁那些少數民族恐怕也就有了算進去的可能。所以乾脆棄去不載，為的是讓後世的君主看到這些差別後知道：不懂得中原華夏的禮樂教化，即使有句踐那樣的賢德才能，還是不能倖免於絕筆不錄和棄去不載。如此一來，其賤視夷狄，不也就既簡略卻又明瞭嗎？

固之表八而王侯六，書其人也，必曰某土某王❶。若侯某，或功臣、外戚，則加其姓，而首目之曰「號謚姓名」，此異姓列侯之例也❷。諸侯王其目止「號謚」，豈以其尊，故不曰名之邪？不曰名之，而實名之，豈以不名則不著邪？此同姓諸侯王之例也❸。王子侯其目為二，上則曰「號謚名」名之，而曰名之，殺一等矣❹。此同姓列侯之例也。及其下則曰「號謚姓名」。夫以同姓列侯而加之異姓之例，何哉？察其故，蓋元始之間，王莽偽褒宗室而封之者也，非天子親親而封之者也❺。宗室，天子不能封，而使王莽封之，故從異姓例，示天子不能有其同姓也，將使後之人君觀之曰：權歸於臣，雖同姓不能有❻。名器誠不可假人矣❼。則其防僭也，不亦微而切乎？

【章旨】此章述《漢書》中「防僭」幽微卻不失剴切，寓名器不可以假於人之深意，體現了《春秋》筆法。

【注釋】❶固之表八三句 《漢書》卷一三到二〇共列「八表」，其中「王侯表」首欄寫明侯王封地、封號、姓名，如「西楚霸王項籍」之類。❷或功臣外戚四句　《漢書》「八表」中對外戚和功臣在首欄中只寫明號、諡、姓、名，而不寫出封地，這是按照異姓侯王的體例來處理的。❸諸侯王其目止號諡七句　對於同姓諸侯王，《漢書》「八表」在首欄中只列出他們的封號或諡號，不列其姓名，因為他們跟帝王是同姓。但在具體寫作時，因為考慮到尊重諸侯王，所以又把名寫出來，以示敬重。❹王子侯其目為二四句　王子侯的列表形式有二種，上卷列號、諡、名，是按同姓諸侯王來列的，因為是諸侯王的後代繼承者，與同姓諸侯王有長幼之別，所以前者首欄中「號」「諡」「名」都列出來，表示他們跟諸侯王相比低一個等級。這是用同姓諸侯王的體例。殺一等，降一等；降低一個等級。殺，削；減。❺及其下七句　王子侯表的下卷，其首欄中不僅寫明號諡名，而且加上了姓，這是按照異姓侯王表的體例來列的。考察這種區別的原因，是因為漢元帝元始年間，外戚王莽上奏要求分封皇帝宗室為諸侯王，並不是天子親自封賜，所以將姓也列出，表明與天子親封同姓有區別。元始，漢平帝年號。偽褒宗室，假意褒揚皇帝的同宗，是王莽討好平帝的一種手段。親親，親近與自己關係緊密的同宗同族者。❻權歸於臣二句　意思是天子的大權是不能旁落到臣子身上的，依臣下意願分封的王侯，縱然是天子同姓，在史書中也不能讓他們跟天子親封的列於同等。❼名器句　鐘鼎寶器，古時候為天子權力的象徵。假人，借給他人。此處指將賞罰天下的大權交給他人。

【語譯】班固書中有八篇表，六個是王侯表，表記每位王侯，必定先標明他是「某某封地某某王」。如果是某侯或者是功臣、外戚，就加上他們的姓氏，但是，「表」的首欄標目處卻是「號諡姓名」，這是表列異姓諸侯的史例。「諸侯王」一類目錄只列「號諡」，難道因為他們身分尊貴，所以不列名字？不列出名號，卻在表記中實際列名，是不是考慮沒有列名就不能顯示他們尊貴的地位？這是表列同姓諸侯王的史例。王子侯的首欄標目有兩種情況，表「上」標明「號諡名」，標出一個「名」字，是在諸侯王年表的基礎上降低一個等級的意思。這是用同姓列侯的史例。等到表「下」，卻用「號諡姓名」。表列同姓王子侯卻使用表列異姓的史例，是為什麼呢？分析其中的原因，是由於元始年間，王莽假意褒獎宗室，封賞了一些王子侯，並不是天子出於愛護自己親近的宗族分封的。天子宗室，天子不能分封，卻讓王莽分封，所以遵循異姓王侯的史例，表示天子無權褒獎跟他同宗的人為諸侯王，使後世之人看到這一區別後認識到：天子大權旁落大臣之手，即使是同姓諸侯王，也不能用同姓侯王列表的史例——名分和權杖不能旁落他人之手！如此處理，其防止僭越亂法，不就顯得幽微而又妥貼嗎？

噫！隱而章，則後人樂得為善之利；直而寬，則後人知有悔過之漸❶；簡而明，則人君知中國禮樂之為貴；微而切，則人君知強臣專制之為患。用力寡而成功博❷，其能為《春秋》繼，而使後之史無及焉者，以是夫？

【章旨】此章指出正是《史記》、《漢書》中「隱而章」、「直而寬」、「簡而明」、「微而切」的史筆得《春秋》遺意，才使之傑出於後世史書之林。

【注釋】❶悔過之漸　改過自新的機會。漸，潛在的機會、可能性。❷用力寡而成功博　用力甚微而成就博大。寡，少。博，與寡相對。眾；多。

【語譯】唉！筆法隱晦而筆意顯豁，那麼，後世之人就會樂於接受行善的美名；筆法徑直而意存寬厚，那麼，後世之人就會意識到有改過自新的潛在可能性；筆墨簡略而筆意明確，那麼，君主們就會懂得華夏禮儀的重要性；筆法幽微而表意貼切，那麼，君主們就會明白強悍臣子專制的無窮禍患。花很少的力氣，卻能產生很好的效果，能夠繼承《春秋》筆意，使後來的史書無法超越，就是因為這些吧？

【研析】本文以司馬遷《史記》、班固《漢書》為例，論證經、史關係，說明史書只有得儒經要義，才能在評論人物事件時不致輕重失當。作者認為《史記》、《漢書》雖為史書，以敘事、語辭見勝，但司馬遷、班固等人在書中也兼顧常道、法則，貫穿經義，所以二書評判歷史人物與事件，才不失輕重，成為史書典範。為明其意，作者具體分析了《史記》、《漢書》在四個方面隱然可見《春秋》「道」、「法」勸懲之意：讚美善行，雖然隱曲卻十分清楚；指斥罪惡，直截了當卻寬厚仁愛；賤視夷狄，文辭簡潔卻毫不含糊；防止強臣僭位，燭幽顯微卻切中要害。本來，以敘事、語辭見勝的史書是敘而不議的，但司馬遷、班固卻在論贊之外，於記事措辭之中，隱含褒貶深意，將經書所宣揚的道德規範隱寓其中，達到以史事傳經義的目的。作者認為這些在史書中體現出來的道、法，可以達到經書的教化作用：使後人樂得為善之利，知道有悔過的希望，認識到禮樂的可貴、強臣專制的禍患。經、史皆為小人而著，其「義一」論點，得以證實。

文章雖只拈出《史記》、《漢書》兩部史著中的某些事例，但能透過這些事例，洞悉其本質，進而推測史撰作者的良苦用心，其讀史書之細心，思考之深微細緻，確實令人敬佩。儲欣在《評注蘇老泉集》中曾說：「公將作如此讀，雖尤絕語，亦是細心。其絕吾不可及，而細心則可為學者法矣。」可以說是深窺蘇洵苦心之論。從文章結構上看，本文可謂是典型的「總——分——總」結構方法：開頭表明觀點，繼而條列四方面的內容，證明其觀點，最後綰合全文，指出《史記》、《漢書》得《春秋》筆意，非後世史著所能及。這是就全篇而言。就中間四方面內容的論述來看，每個分論點的展開，雖然主要是使用例證法，但採用的論證方法也是先述分論點，再就史書筆法作平實說明，每段一義，不作渲染，待剖析明白，最後作總結，也是典型的「總」——「分」——「總」結構。四個小的完整結構形成一個大的完整結構，如此布局，使整個文章嚴整有序，眉目清楚，雖平實卻厚重，與所論議題，正相吻合。

史論下

【題解】本篇指陳司馬遷、班固史書中未得經義之失，是對「史若失經義，則輕重失當」的具體闡發，也是對其經史「義一」觀作反面論證。儒學經義所取的價值觀，在古代中國無疑是佔有統治地位的，與之不符，即被指為失誤。司馬遷《史記》標出「究天人之際，通古今之變，成一家之言」，班固強調「實錄」，范曄著書之時，佛學已然東漸，陳壽落筆之際，晉代早受魏禪，史家立論的前提、社會風氣早已變換，儒學於彼時不彰，故其思想體系未必受重視。那時著史，論贊評價，並非與儒家經義完全一致，遣詞造句，當然也不可能與儒學經義完全吻合。蘇洵持經史一貫之論，自始至終以儒家經義作為適用於萬器的「規矩準繩」來衡量史書，必然會覺得有許多輕重失當之處，這是不難理解的。

或問：子之論史，鉤抉仲尼、遷、固潛法隱義❶，善矣。仲尼則非吾所可評，吾惟意遷、固非聖人，其能如仲尼無一可指之失乎❷？曰：遷喜雜說，不顧道所可否❸；固貴諛偽，賤死義❹，大者此既陳議矣❺。又欲寸量銖稱❻以摘其失，則煩不可舉，今姑告爾其尤大彰明者❼焉。

【章旨】此章總括司馬遷、班固未得仲尼潛法隱義之失。從總體上講，司馬遷喜用雜說，不合儒家之「道」；班固貴諛偽，賤死義，未得儒家之「法」。由於在原則上有失經義，所以其記「事」用「詞」，多有失誤。

【注　釋】❶子之論史二句　鉤抉，鉤輯剔抉，此指從字句中尋求隱含的深義。潛法隱義，隱含於歷史事件中的常道和法則。❷吾惟意二句　我（虛設的詰問者）只是覺得像司馬遷、班固這些人並非聖人，難道他們能像孔子那樣，沒有一點可以指責的失誤之處。❸不顧道所可否　不考慮是不是符合儒家的道德規範。司馬遷作《史記》雜取《左傳》、《國語》、《戰國策》等書的內容而成，其中有些言論，從儒家之「道」的角度來說，是不應該肯定或收錄的。班固就曾批評司馬遷《史記》中肯定和否定的原則與「聖人」相謬。❹固貴諛偽二句　班固在《漢書》中，對忠誠節烈，殺身成仁的義舉往往有所譏諷；對委曲求全，阿諛求榮者卻有所肯定。范曄在《後漢書・班彪傳》中對這一做法曾提出指責。❺既陳議矣　已經陳述過了。陳議，陳述議論。❻寸量銖稱　一寸一寸地量，一兩一兩地稱，比喻仔細地評價。銖，古代重量單位，一兩的二十四分之一。❼尤大彰明者　特別明顯的地方，指《史記》、《漢書》中非常明顯的失誤之處。

【語　譯】有人也許會問：你論史學，探究挖掘孔子、司馬遷、班固著作中的深層隱含之義，很好。孔子如何，不是我輩可以評論的，我只是覺得像司馬遷、班固這些人，不是聖人，他們可以像孔子那樣沒有一處可以指責的過失嗎？回答是：司馬遷喜歡雜取諸家之說，不顧忌是否符合儒家的道義；班固錯誤地看重諂事虛情，對節烈死義卻有所譏評，這些大的不足之處，都已論述過了。若還想銖稱寸量地摘取他們的過失，可以說是多得不勝枚舉，現在姑且談談他們特別大而且明顯的過失吧。

遷之辭淳健簡直，足稱一家，而乃裂取六經、傳、記，雜於其間❶，以破碎汩亂其體❷。〈五帝〉、〈三代紀〉多《尚書》之文，齊、魯、晉、楚、宋、衛、陳、鄭、吳、越〈世家〉，多《左傳》、《國語》之文，〈孔子世家〉、〈仲尼弟子傳〉多《論語》之文。夫《尚書》、《左傳》、《國語》、《論語》之文非不善也，雜之則不善也。今夫繡繪錦縠，衣服之窮美者也❸，尺寸而割之，錯而紉之以為服❹，則綈繒之不若❺。遷之書無乃類是乎？其〈自敘〉曰「談為太史公」❻，又曰：「太史公遭李陵之禍❼。」是與父無異稱也❽。先儒反謂固沒彪之名❾，不若遷讓美於談。吾不知遷於紀、於表、於書、於世家、於列傳，所謂「太史公」者，果其父耶，抑其身耶❿？此遷之失也。

【章旨】此章指陳司馬遷史書之失：雜取多種古籍入書，文風未能統一，是其史書「詞」未勝之處；「太史公」內涵未明，造成自指與指父的混亂，是其「事」未勝之處。

【注釋】❶遷之辭淳健簡直四句　淳健簡直，指司馬遷《史記》的文風淳樸剛健，簡明直切。而乃，可是；但是。表轉折關係的連詞。裂取，割裂並摘取。❷以破碎汩亂其體　以致使整體文風未能統一，顯得破碎而紊亂。其實《史記》引用六經等書中有關的歷史事實，並沒有真的損壞整體完美，蘇洵這麼說不免有點言過其實。汩亂，擾亂；破壞。❸今夫繡繪錦縠二句　繡繪錦縠，各種華美的絲織品。繡，有刺繡花紋的絲。繪，有彩繡的絲織物。錦，有彩色花紋的絲。縠，有皺紋的絲。窮美，窮極美豔，即最美麗。❹錯而紉之以為服　錯雜地縫紉起來，做成一件衣服。服，衣服。❺則綈繒之不若　那就連一般的絲製衣服都比不上。綈繒，此處相當於敝裳（破舊衣服）。綈，平滑有光澤的絲織物。繒，絲織物的總稱。❻其自敘曰句　自敘，《史記》中的〈太史公自序〉，其中有「談為太史公」一類的話。談，司馬談，漢夏陽人，漢武帝時為太史令，是司馬遷的父親。❼太史公遭李陵之禍　司馬遷曾因李陵降匈奴事而受到武帝的懲罰。李陵領兵與匈奴作戰，力窮投降，武帝治罪於其家人。司馬遷為李陵辯護，觸怒武帝，對他處以宮刑（像宦官那樣割去生殖器）。❽是與父無異稱也　在史書中跟父親的稱謂沒有區別開。蘇洵指出，《史記》中司馬遷稱自己的父親為「太史公」，又自稱為「太史公」，稱呼沒有能夠區別開。❾先儒反謂固沒彪之名　彪，班彪，班固的父親，曾博採西漢史事，作西漢史後傳六十五篇，未成即亡，由兒子班固和女兒班昭繼承父志，完成《漢書》。班固在《漢書》中並沒有提及父親寫作漢史的事，所以後代的史家如劉知幾等就曾譏笑班固埋沒了父親的功勞。❿果其父耶二句　（太史公）究竟是指他（司馬遷）的父親呢，還是指他自己呢。

【語　譯】司馬遷著作的文風淳厚剛健、簡明直白，足以自成一家，可是，文中卻存在著割裂六經、傳、記的痕跡，混雜在正常的史體之中，破壞了本來的文體特徵。〈五帝本紀〉、〈三代紀〉大多是《尚書》中的文字，齊、魯、晉、楚、宋、衛、陳、鄭、吳、越等〈世家〉，大多是《左傳》、《國語》中的文字，〈孔子世家〉、〈仲尼弟子列傳〉大多是《論語》中的文字。《尚書》、《左傳》、《國語》、《論語》的文字不是不好，把它們混在一起就不好。錦繡彩繪的綾羅服飾，是最漂亮的服裝，把絲綢一尺尺一寸寸地裁割下來，拼成一件衣服，就會連粗布衣服都不如了。司馬遷的著作，恐怕就是這樣的吧？他的〈太史公自序〉中有「司馬談任太史公」的話，又說：「太史公遭受李陵事件的禍累。」這樣就跟他父親的稱呼沒有區別開來。以前的儒生反而說班固埋沒了父親班彪的聲名，不像司馬遷將美譽讓給司馬談。我不知道司馬遷在紀、表、書、世家、列傳裏所說的「太史公」，究竟是指他的父親呢，還是指他自己呢？這是司馬遷的失誤之處。

固「贊」漢自創業至麟趾之間，襲蹈遷論以足其書者過半❶。且褒賢貶不肖，誠己意也，盡己意而已。今又剽他人之言以足之，彼既言矣，申言之何益❷？及其傳遷、揚雄，皆取其〈自敘〉，屑屑然曲記其世系❸。固於他載，豈若是之備哉？彼遷、雄自敘可也，己因之❹，非也。此固之失也。

【章　旨】此章指班固之失：續《史記》成書，卻蹈襲司馬遷之評「贊」，又於司馬遷、揚雄之傳大量取其自敘之語，缺乏史家獨立判斷的精神勇氣。

【注　釋】❶固贊漢二句　司馬遷《史記》一書從上古五帝開始，到漢武帝獲麟結止。武帝獲麟一事發生在武帝太始二年，班固《漢書》從漢朝建立開始，其中太始以前歷史，多轉錄《史記》，甚至論贊也多依司馬遷陳言，少有己見。❷申言之何益中述他人（司馬遷）的陳言有什麼好處呢。申言，重複別人說過的話。❸屑屑然曲記其世系　瑣碎詳盡地記述其家史身世。屑屑然，瑣碎。❹己因之　己，指班固。因之，因襲它（司馬遷和揚雄等人〈自敘〉中的話）。

【語譯】班固著作的評贊部分，從漢朝開國到麟趾年間，因襲司馬遷的評論來充作自己意見的內容超過一半。表揚賢能，批評不肖之人，如果確實自己有看法，就只發表自己的意見。現在卻剽竊別人的言語來充實自己的文章，前人已經說了這些話，重複說又有什麼意思呢？等到他給司馬遷、揚雄寫傳，完全從他們的〈自敘〉中取材，詳細瑣碎地記錄他們的世系。班固給其他人作傳，難道也像這樣完備嗎？司馬遷、揚雄撰寫自敘，當然可以那樣，班固去沿襲其言，就不應該。這是班固的過失。

或曰：遷、固之失既爾❶，遷、固之後為史者多矣，范曄、陳壽實巨擘焉❷，然亦有失乎？曰：烏免哉！曄之史之「傳」，若〈酷吏〉、〈宦者〉、〈列女〉、〈獨行〉，多失其人❸。間尤甚者，董宣以忠毅概之〈酷吏〉❹；鄭眾、呂強以廉明直諒概之〈宦者〉❺；蔡琰以忍恥妻胡概之〈列女〉❻；李善、王忳以深仁厚義概之〈獨行〉❼。與夫《前書》，張湯不載於〈酷吏〉，《史記》姚、杜、仇、趙之徒不載於〈游俠〉遠矣❽。又其是非頗與聖人異，論竇武、何進，則戒以宋襄之違天❾，論西域則惜張騫、班勇之遺佛書❿：是欲相將苟免以為順天乎？中國叛聖人以奉戎神乎⓫？此曄之失也。

壽之志三國也，「紀」魏而「傳」吳、蜀。夫三國鼎立稱帝，魏之不能有吳、蜀，猶吳、蜀之不能有魏也。壽猶以帝當魏而以臣視吳、蜀，吳、蜀於魏何有而然哉⑫？此壽之失也。

【章旨】此章指陳范曄、陳壽之失：由於未得經義，所以其史書中造成諸種輕重失當，有乖史法，且背離經義。

【注釋】❶既爾　既然如此。爾，如此；這樣。❷范曄陳壽實巨擘焉　范曄、陳壽是史學家中最具代表性的人物。范曄，南朝宋順陽人，字蔚宗，博學能文，曾據《東觀漢書》等成《後漢書》。陳壽，晉巴西安漢人，曾據三國時代的歷史寫成《三國志》。巨擘，大拇指，引申指傑出的人物。❸曄之史之傳三句　曄之史，指范曄所著《後漢書》。多失其人，傳記中很多地方與傳主的生平不相符合。失其人，指失去傳主的本來面目，即與傳主本人不符。❹董宣句　《後漢書》中載，董宣做洛陽令時，曾依法懲處了湖陽公主的奴僕，湖陽公主告到光武帝那裏。光武帝想打死董宣，董宣據理力爭，光武帝只好叫他向湖陽公主謝罪，董宣還是不理。自那以後，所有的豪強勢族都懼怕董宣。像董宣那樣一個嚴格執法的官員，范曄卻將他歸入〈酷吏〉，當然是失實的。概之，概括他，此指在史書中歸入某一傳中。❺鄭眾呂強句　鄭眾雖為宦者，但為人忠直，在當時朝廷上上下下都依附權臣竇憲時，只有他心繫王室，倡議誅殺竇憲。呂強為人剛直敢言，也曾多次上書論事。范曄將這兩個人歸入〈宦者傳〉，當然也不合適。❻蔡琰句　蔡琰，即蔡文姬，蔡邕的女兒。漢獻帝時匈奴入侵，蔡琰被虜入胡十二年，適匈奴左賢王生二子，後被曹操用金璧贖回，嫁給董祀。蘇洵認為蔡文姬忍辱跟匈奴人生活，不符合儒家對節烈女子的要求，不應列入〈列女傳〉中。妻胡，給胡人做妻子。妻，動詞。❼李善王忳句　李善，漢南陽富戶李元家奴。光武帝建武年間，李元一家染疾皆亡，只有一個剛出生幾十天的小兒子存活。李元的家奴們商量殺死嬰兒，瓜分主人家財產後散去。李善不能阻止他們，就帶著小孩逃走，將他哺養到十多歲，然後領他回到老家，幫他重振家業。王忳，漢新都人，一次去京師的途中，王忳在一所空房屋中看到一個病倒的書生。那書生已經病得不行了，就將自己腰帶間的十斤金（銅錢）交給他，希望王忳在他死後能代為掩埋。剛交代完畢，那書生就死了。王忳用書生十金中的一金將之安葬，把剩下的九金埋在他的棺材底下。蘇洵認為李善、王忳這種講仁義的人，不應該列入〈獨行〉一類中去。❽與夫前書三句　《前書》指班固所著《漢書》，跟范曄的

《後漢書》相區別而稱。張湯在《史記》中被列入〈酷吏列傳〉，但班固在《漢書》中卻改變過來，不將他列入。在《史記》中，司馬遷認為像「北道姚氏，西道諸杜，南道仇景、趙調」等人，只不過是橫行鄉里的土匪強盜，跟游俠朱家等人是不可比的，因而不將他們列入〈游俠列傳〉中。蘇洵的意思是說，與司馬遷、班固相比，范曄、陳壽二人史書在傳記人物的歸類方面有很大的輕重失當的失誤。❾論竇武何進二句　竇武、何進，二人都是東漢末年人，竇武的女兒是漢桓帝的皇后，何進的妹妹是漢靈帝的皇后。竇、何二人為了加強漢朝皇帝的權力，都曾想誅殺宦官，結果都不成功，反而被殺。宋襄公，春秋時宋國國君，曾帶兵與楚戰，在作戰之前，他的臣子曾引古語勸他說：「上天要滅亡商朝已經很久了，你不應該與天作對！」意思是叫宋襄公不要與楚國交戰，宋襄公不聽，結果大敗。《後漢書》在竇、何二人傳記的論贊中，將他們與宋襄公作類比，意思是竇武、何進等人也像宋襄公一樣，在漢朝天命已盡時，還要違天而行，企圖重振漢業，對竇、何二人的事業表示否定。蘇洵則認為竇武、何進雖然沒有成功，但他們能夠盡自己的力量，是應該肯定而不應否定的。❿論西域句　張騫，西漢人，曾兩次出使西域。班勇，東漢時曾為西域長史。張、班二人均於西域立奇功。但《後漢書》在他們二人的論贊中，為他們到了西域卻未能將佛經帶回內地而感到遺憾。⓫是欲相將二句　難道竇武、何進等人不謀誅宦官，任其作亂，就是順應天命了嗎？（張騫、班勇等從西域將佛書帶回中國）讓全國百姓背叛聖人去信奉外國的佛祖？相將，相持，即保持原狀。奉戎神，信奉外國神。戎神，此指印度佛教所崇拜的佛祖。⓬壽猶以帝當魏二句　以帝當魏，將三國時的魏國擺在皇帝的位置上。何有而然，憑什麼那樣處理呢；有什麼東西（使陳壽）那樣處理呢。何有，即有何，為什麼的意思。

【語譯】也許有人會說：司馬遷、班固的過失，已經知道了，司馬遷、班固後面的史學家很多，范曄、陳壽是個中翹楚，難道他們也有過失嗎？回答：不可避免啊！范曄的「傳」，像〈酷吏〉、〈宦者〉、〈列女〉、〈獨行〉，大多與傳主不相符合。這中間嚴重的，像董宣那樣的忠毅之士卻被列入〈酷吏〉傳中；鄭眾、呂強那樣廉明耿直的人卻被列入〈宦者〉傳；蔡琰忍受恥辱嫁給匈奴人卻被列入〈列女〉傳；李善、王忳那樣純厚仁義卻被列入〈獨行〉傳。跟《漢書》不把張湯列入〈酷吏〉傳，《史記》不把姚、杜、仇、趙那些人列入〈游俠〉傳中比起來，相差太遠了。再說，他們的是非觀也跟聖人有很大的不同，評論竇武、何進，引用臣子警告宋襄公違背天理的話，評論通使西域，則為張騫、班勇沒有帶回佛經而感到遺憾：是不是覺得彼此苟且過活，是順應天命？是不是想讓中國人背叛聖人之教去供奉外國佛祖？這是范曄的過失。

陳壽寫《三國志》，魏國用「紀」，而吳、蜀則用「傳」。三國鼎立，各自稱帝，魏國不能控制吳、蜀，就像吳、蜀不能控制魏一樣。陳壽卻還把魏列在帝位，倒把吳、蜀列於臣位，跟魏比起來，吳、蜀憑什麼理由應該作那樣的處理？這是陳壽的過失。

噫！固譏遷失，而固亦未為得；曄譏固失，而曄益甚；至壽復爾。史之才誠難矣！後之史宜以是為監❶，無徒譏❷之也。

【章旨】此章總括文章宗旨，指出從司馬遷到班固到范曄、陳壽，後人雖然不斷批評前人，著作的失誤卻越來越嚴重，進而感歎「史才」難得，並告誡後人，不可輕易譏諷前輩。

【注釋】❶以是為監　以這些教訓為借鑑。監，監視的標準，引申為教訓。❷徒譏　白白譏諷，意即只譏笑他人，卻不能從中吸取教訓。

【語譯】唉！班固嘲笑司馬遷的過失，可是班固也沒能總結教訓；范曄笑話班固的過失，可范曄自己的失誤卻更加嚴重；到了陳壽那裏又是如此。史學人才，真是難得啊！後世的史學家們，應該引以為戒，不要只顧譏笑前人！

【研析】本篇列舉司馬遷、班固、范曄、陳壽史書中的失誤，感歎史才難得，告誡後代史家不要盲目譏笑前輩，是上承〈史論中〉而來，從反面證明經、史關係。文章先是指出司馬遷的失誤之處，首論其語言風格割裂經義，未能統一。表面上看，這似乎是在談一個文風的問題，但深入思考卻不難發現，蘇洵是另有深意的：像司馬遷那樣的史官，為什麼會出現這個看似淺顯的失誤呢？根本的原因，就在於他未能真正弄懂經義，所以不敢輕易作文字修改，只能割裂經文，才出現了這種問題。又由於未得經義，史「法」不明，貫穿整部《史記》的「太史公」一詞，又存在語意含混、稱謂失當之誤，這就更是「輕重失當」的嚴重問題了。司馬遷已失「道」、「法」，緊隨其後的班固較之更甚，失「事」又且失「詞」，史家風範精神也未能保全，故而其書中「貴諛偽，賤死義」，經義之「道」、「法」更加蔭翳晦昧。到范曄、陳壽，其失更甚，不僅於列傳中輕重失當，甚至有取佛經而棄儒術之言，更有甚者，在「紀」、「傳」之間，猶有失誤——把歷史的是非本末倒置！就這樣，作者通過摘取四部史書中的簡單事例進行論證，即揭示出從《史記》到《漢書》到《後漢書》再到《三國志》這一史撰過程中，聖人經義從被「割裂」到被蔭翳到被懷疑到被捨棄的過程，也就是史書從遣「詞」混亂到篇章失義到記「事」顛倒到是非顛倒的過程。通過這樣層層推進，證論了史書之失越來越嚴重的事實，從而借這些失誤，強有力地證明了他經史一貫、史才難得的觀點。雖然蘇洵對漢代以來史著的態度，全取儒家經義為規矩準繩，沒有考慮到歷史思想變化的實際，特別是對司馬遷、班固、范曄、陳壽等人思想的獨特性，並沒有作針對性深入探討，但他能從經史「一義」的標準出發，透過這些現象，看出史著失去經義內核的根本危害在於淆亂史例、失去史法，並對史著失誤越來越厲害，表示了嚴重的關注與認真的反思，對「史才」的難得，表示了深深的憂慮，可謂思遠憂深，非庸碌之輩可擬。

就文風而言，雖然此篇主要運用例證，但用筆方正，章句整飭，保持著與前二篇一致的風格。所以儲欣評之為：「真是堂上人，裁決如流。三論具用方文，有敦陣整旅，立於不敗之地者，此類是也。」（《評注蘇老泉集》）可謂說著此公《史論》篇章結構的好處。

縱觀三篇《史論》，作者雖然強調史以「事」、「詞」見長，重在實錄，但史書是否公允得當，義法是否合體，則必須從經義中求。《史論上》中，作者曾說：「一規，一矩，一準，一繩，足以制萬器。」《史論中》則從正面著墨，揭示司馬遷、班固之著寓含聖人經義，探討的是史存經義之得；此文則從反面落筆，批評司馬遷、班固、范曄、陳壽等人未遵聖人經義的失誤之處，揭示史乖經義之失。前後聯繫起來考慮，可以看出，三篇《史論》文章實際上是連貫而下，一脈相承的。三篇文章的具體分工是：第一篇先提出論點，第二、第三篇從正反兩個方面展開論證。這種論述方式，猶如詩中的聯章體，既各自成篇，又彼此關聯，使分論點既得到充分的論證，又在更高層面上支持了總的論點，頗得分合之妙。聯繫漢代賈誼〈過秦〉之論，也是三章聯翩，彼此關照，融為一體。在〈上皇帝書〉中，作者曾對賈誼之策不用於文帝深自感慨，可見其於賈誼策論別具會心，則其為文是否也受其影響，〈史論〉是否存有追慕〈過秦〉之意？當有待作深入探討。

諫論上

【題解】此篇寫作時間未詳，從內容及文風看，似與〈權書〉相前後。古人分進諫之法為譎諫、戇諫、降諫、直諫、諷諫五種，其中直諫與諷諫最受關注。據《孔子家語》載，孔子頗重諷諫一法。作為一種曲折表達進諫意圖的方法，諷諫的效果因君主的個性、態度、品行而有差異，但總體上講，成效並不明顯。如何才能達到進諫的最佳效果？本文提出「直諫」與「諷諫」相結合的對策，以「直諫」補「諷諫」之不足，「參乎權而歸乎經」，「機智勇辯如古遊說之士」，剛柔相濟，達到目的。這種參權歸經的進諫之道，本於儒而兼於法，在君主時代，作為進諫之策，是有價值的。只是，這種「直諫」的風險也更大，是否具可操作性，則有待進一步探討。

古今論諫，常與諷而少直❶，其說蓋出於仲尼。吾以為諷、直一也，顧用之之術何如耳❷。伍舉進隱語，楚王婬益甚❸；茅焦解衣危論，秦帝立悟❹。諷固不可盡與，直亦未易少之。吾故曰：顧用之之術何如耳。

然則仲尼之說非乎？曰：仲尼之說，純乎經者也；吾之說，參乎權而歸乎經者也。如得其術，則人君有少不為桀、紂者❺，吾百諫而百聽矣，況虛己❻者乎？不得其術，則人君有少不若堯、舜者，吾百諫而百不聽矣，況逆忠❼者乎？

【章　旨】此章提出論點：無論直諫、諷諫，要獲得進諫的實效，必須要有「術」——「參乎權而歸乎經」，即以權變為手段達到歸於經義的目的。

【注　釋】❶古今論諫二句　論諫，討論向君主進諫的方式方法。與諷而少直，贊同諷諫而很少認同直諫。與，贊同。少，不贊同。❷吾以為諷直一也二句　蘇洵的意思是說：諷諫、直諫，目的都是一樣的（都是為了使君主納諫改過），只是進諫的方式不同罷了。顧，只是；只不過。用之之術，進諫所用的方式。❸伍舉進隱語二句　據《史記・楚世家》載：楚莊王繼位三年，沒有什麼變革的措施，只在後宮作樂，並且立下規矩說，無論是誰，只要敢進諫就將他處死！臣子伍舉看不過去，入朝進諫。當時楚莊王正坐在鐘鼓之間，左臂挽著姓鄭的宮姬，右手抱著越地的美女。伍舉於是用隱語去勸告他：土山上有一隻鳥，已經三年了，既不見牠飛起來，也沒聽牠鳴叫過，那是一隻什麼鳥？楚莊王說：三年不飛，一飛就將沖天；三年不鳴，一鳴就會驚人！你不要多說了，我知道你想說些什麼！後來，楚莊王更加淫樂不止。❹茅焦解衣危論二句　據《說苑・正諫》載：秦始皇的母親與一個叫嫪毒的人私通，生下兩個孩子。秦始皇知道後，將嫪毒五馬分屍，將小孩也殺死，並且將母親遷到萯陽宮禁錮起來。還下命令說：誰敢以太后養私生子的事來勸諫，就殺了誰。出生於齊國的大臣茅焦請求就此事進諫，秦始皇極為惱火，按劍召見。茅焦進殿後說：陛下您將後爸五馬分屍，說明您是內心妒嫉；殺死您的兩個弟弟，說明您不慈愛；將母親禁錮在萯陽宮，說明您不講孝道；不願意聽大臣的勸諫，說明您跟暴君桀、紂是一個樣！現在天下人都知道這些了，必將人心渙散，我擔心秦國馬上就會亡國呢！我的話說完了，請您殺死我吧。說完解開衣服，伏在斧質（刑具）上。秦始皇聽他說得有理，趕緊赦免了他，並拜他為「仲父」，然後迎接自己的母親入咸陽居住。❺少不為桀紂者　稍微比桀紂好一點的君主。少，通「稍」。略微。❻虛己　即虛心，此指虛懷若谷的君王。❼逆忠　此指不願聽信忠言的君主。

【語　譯】古今談論進諫之道，常常是贊成諷諫卻不重視直諫，這種說法看來是源自孔子。我認為諷諫、直諫，本質上是一樣的，只是在運用進諫的方法上有區別罷了。伍舉用隱語進諫，楚莊王反而更加荒淫無度；茅焦解衣就刑而諫，秦始皇立即省悟。諷諫當然不可能完全相信，直諫也不能輕易否定。所以我說：只是在運用進諫方法上有區別罷了。

既然如此，那麼，是不是孔子的話錯了呢？回答是：孔子的說法，純粹是從進諫的根本原則出發的；我的說法，則是雖然參考權變謀略卻以經義原則為旨歸的。如果掌握了正確的方法，那麼，只要君主稍微比夏桀、商紂好一點，我進諫一百次，就會聽進去一百次，更何況那些虛懷若谷的君主呢？不能使用正確的方式，那麼，君主的德行稍微比堯、舜差一點，我進諫一百次，就會有一百次聽不進去，更何況那些難得聽進忠言的君主呢？

然則奚術❶而可？曰：機智勇辯如古遊說之士而已❷。夫遊說之士，以機智勇辯濟其詐❸，吾欲諫者以機智勇辯濟其忠。請備論其效。

周衰，遊說熾於列國❹，自是世有其人。吾獨怪諫夫而從者百一，說而從者十九❺；諫而死者皆是，說而死者未嘗聞。然而抵觸忌諱，說或諫❻。甚於由是知不必乎諷，而必乎術也。

【章旨】此章提出觀點，參術與諫，而所謂「術」的內涵是「機智勇辯如古遊說之士」，並以西周末年為例，說明以「說」進諫的重要性。

【注釋】❶奚術　什麼方法。奚，疑問詞，什麼。❷機智勇辯句　機智勇敢能言善辯，跟古時候的遊說之士一樣就可以了。遊說之士，即說客，主要指先秦時期四處活動，憑藉巧辯的語言打動別人，使之聽從自己主張、意見的人。❸濟其詐　（用機智勇辯）達到他們欺騙別人的目的。❹周衰二句　周朝在平王東遷後，國勢已衰，社會上興起了一批巧舌如簧專門遊說於諸侯國君之間的士人。他們為了各自的目的，在諸侯國之間活動，使矛盾越來越激烈，以致相互攻殺。熾，火勢旺；熾熱。此指興盛。❺吾獨怪二句　百一，此指進諫獲得成功的，只有百分之一。「十九」句式與此相同。❻然而抵觸忌諱二句　可是衝撞君王，犯其忌諱的情況，在遊說過程中比進諫時厲害得多。

【語 譯】既然如此，那麼，什麼方法能行得通呢？回答：機智勇敢、能言善辯，像古時候的遊說之士那樣就可以了。那些遊說之士，憑著機智勇敢巧舌如簧來達到他們欺騙別人的目的，我卻想讓進諫的人憑著機智勇敢和能言善辯達到為國盡忠的目的。請允許我詳細地加以說明。

周朝衰落，遊說之士在諸侯國之間越來越搶手，自那以後，每朝每代都不乏其人。我老感到奇怪：聽從進諫的君主只有百分之一，聽信遊說之辭的君主是十分之九；因為進諫被處死的比比皆是，因為遊說而受殺身之禍的，卻從沒聽說過。這麼看來，意見相左觸犯忌諱，遊說和進諫是一樣的。甚至從這裏可以明白進諫的智慧不一定表現在諷諫，而一定表現在正確的方式方法運用上。

說之術可為諫法者五❶：理諭之，勢禁之，利誘之，激怒之，隱諷之之謂也❷。

觸龍以趙后愛女賢於愛子，未旋踵而長安君出質❸；甘羅以杜郵之死詰張唐，而相燕之行有日❹；趙卒以兩賢王之意語燕，而立歸武臣❺。此理而諭之❻也。

子貢以內憂教田常，而齊不得伐魯❼；武公以麋虎脅頃襄，而楚不敢圖周❽；魯連以烹醢懼垣衍，而魏不果帝秦❾。此勢而禁之也。

田生以萬戶侯啟張卿，而劉澤封❿；朱建以富貴餌閎孺，而辟陽赦⓫；鄒陽以愛幸悅長君，而梁王釋⓬。此利而誘之也。

蘇秦以牛後羞韓，而惠王按劍太息⓭；范睢以無王恥秦，而昭王長跪請教⓮；酈生以助秦凌漢，而沛公輟洗聽計⓯。此激而怒之也。

蘇代以土偶笑田文⑯，楚人以弓繳感襄王⑰，蒯通以娶婦悟齊相⑱。此隱而諷之也。

【章旨】此章述以「說」濟「諫」的五種策略，並以歷史事件具體加以說明。

【注釋】❶說之術可為諫法者五　遊說的方法，可以為進諫所借鑑的，有五個方面。法，此指效法，借鑑。❷理論之五句　用明白透徹的道理去說服他（君王）；用緊迫的形勢去阻止不合理的行動；用可能獲得的利益去打動他；用激烈的言辭去激怒他；用隱晦微妙的語言去諷刺他。❸觸龍二句　據《戰國策・趙策》載：趙孝成王三年（西元前二六三年），秦國進攻趙國，佔領趙國三座城池。趙向齊求救，齊要求用趙國的長安君作為人質，然後才肯出兵救趙。當時正值趙太后主持國政，太后心疼長安君，不願讓他到齊國做人質。大臣強諫，太后大怒，說誰敢再說要長安君做人質，就殺了誰。左師（官名）觸龍藉口要求趙太后給自己的小兒子找份差事進見，乘機指責太后愛女兒燕后甚過愛長安君。進一步說：現在您還在世，如果不讓長安君為趙國立功，將來您死了，長安君就不能在趙國立足了！太后省悟，遂將長安君送到齊國。齊兵來救，秦軍敗退。旋踵，調轉腳後跟，形容時間很短。踵，腳後跟。❹甘羅二句　據《戰國策・秦策》記載：甘羅在秦國丞相呂不韋手下做參謀，當時秦國與燕國交好，燕國將太子丹送到秦國做人質；秦始皇也準備派張唐到燕國去做丞相。張唐不願意去，呂不韋很不高興。甘羅就對張唐說：在秦國，呂不韋的權力最大，武安君就因為跟他意見不合，被殺死在離咸陽七里的地方，你今天想死在什麼地方呢？一席話說得張唐清醒過來，趕緊到燕國去了。❺趙卒二句　據《史記・張耳陳餘列傳》載：秦末陳涉起義後，自立為王，以手下武臣為大將，張耳、陳餘為左右校尉，向北攻佔原趙地，三人一口氣攻下幾十座城池，然後立武臣為趙王，陳餘為大將軍，張耳為右丞相，向北攻燕。趙王武臣暗出軍營，被燕軍抓獲。燕國想借此向趙國討一半土地。趙王手下一個小兵知道此事後，偷偷跑到燕軍中去，對燕軍將領說：武臣等三個人並非團結一心，都想做侯王，只是因為武臣年長，才先讓他做王罷了。如今趙王武臣被抓，陳餘、張耳不僅不會給你們土地，還將發兵來攻打，以便斷絕你們的欲望，借你們的手將趙王殺死，他們好平分趙地！一個趙國就已經夠燕國受的了，如果張耳、陳餘分趙為王，兩個趙國一齊來攻燕國，不就更容易了嗎？燕軍將領聽那士兵說得有理，就將趙王武臣放回。❻理而諭之　用道理使他們明白。諭，說明；使明白。❼子貢

二句　據《史記・仲尼弟子列傳》載：齊國權相田常將作亂於齊，又擔心齊國的幾個附庸國不聽從他的命令，於是以伐魯為藉口，企圖轉移矛盾。孔子知道後，讓子貢去制止齊人的行為。子貢到齊國勸齊捨魯伐吳，又到吳國去挑起吳國跟齊國的矛盾，使兩國交鋒。同時到越國，向越王句踐建議，讓他在吳軍北伐，國內兵力空虛時去進攻吳國，滅吳雪恥。通過這一系列的遊說，激起了其他諸侯國間的矛盾，相互交戰不已，從而最終達到了保全魯國的目的。❽武公二句　據《史記・楚世家》載：楚頃襄王準備聯合齊、韓等國共同攻秦，然後圖謀滅亡西周。周天子派武公去見楚國丞相昭子。對他說：西周是天下諸侯王的天子，如今他的領地方圓只有幾百里了，為什麼那些好事喜功的諸侯總想滅亡它呢？是因為代表天子權威的祭器還在那裏，為了得到祭器來號令諸侯，便去進攻周王。現在，如果楚國佔有了那些祭器，那麼，各諸侯國就都會仇視楚國了。這就好比老虎有利爪，肉又不好吃，天下人還要去殺牠；如果是一隻麋鹿披著虎皮，大家就更會去殺牠了！楚丞相聽他說得有理，就放棄了這次進攻的計畫。❾魯連二句　據《戰國策・趙策》載：秦軍向趙國的首都邯鄲發起進攻，魏安釐王派人勸趙國以承認秦帝國為由，讓秦國停止進攻，趙國的平原君猶豫不決。他的食客魯連對魏安釐王派來的人說，魏國是沒有嚐到承認秦帝國的苦頭呢。商紂時，鬼侯、鄂侯和文王都是紂王的三公，可後來都被商紂殺害了。今天的秦國就跟商紂一樣！一席話使平原君堅定了信心，大家就都不再提帝秦的事。❿田生二句　據《漢書・荊燕吳傳》載：高祖劉邦死後，呂后專權，想封呂氏家族的人為王，但怕劉姓皇族眾人不服。當時高祖劉邦的堂兄弟、封營陵侯的劉澤以重金結交田生，想借機鑽營。田生到京城去對呂后寵信的張卿說，呂后想立呂產為王，只怕大臣不服，你為什麼不去勸大臣上奏，請立呂產為王呢。如果成功，你也少不了有萬戶侯的封賞。張卿一活動，果然成功，自己也果真被封為萬戶侯。田生又對他說，呂產雖然封了王，但地位還不夠鞏固，如果太后能加封劉家年齡最大的劉澤，其他人必然沒有話說。張卿把田生的話告訴呂后，劉澤果然被加封為琅琊王。⓫朱建二句　據《漢書・酈陸朱劉叔孫傳》載：朱建，本為楚人，後遷移到長安。呂后寵臣審食其想與他接交，他不願意。後來朱建的母親逝世，無錢發喪，審食其給了他一百金。惠帝親理朝政時，將審食其下到監獄，審食其向朱建求救。朱建於是去見惠帝的寵臣閎孺，對他說，審食其被監禁起來，大家都知道是你在惠帝面前說了他的壞話，呂后知道是你搗鬼，將來肯定會找機會報復你的。我看你不如趕緊到惠帝面前去求情，讓惠帝放了審食其，呂后知道了，將來一定會感激你。這樣一來，惠帝和呂后都信任你，你一輩子都有享不完的榮華富貴！閎孺深感朱建說得對，就到惠帝面前求情釋放了審食其。⓬鄒陽二句　據《漢書・賈鄒枚路傳》載：梁孝王派人去刺殺爰盎的事失敗後，梁孝王深怕天子追究下來，殺了自己，於是派謀士鄒陽到京城去活動。鄒陽到京城後，拜見皇上的寵妃王美人的哥哥長君，對他說：我聽說你妹妹深受皇帝寵信，但你的行為往往不合法，如今正好梁孝王行刺的事真相大白了，太后肯定很惱火你們這些外戚貴族，你的地位已經非常危險了！長君忙問該怎麼辦才好。鄒陽就叫他到皇帝面前去說大家都是一家人，不要太認真之類的話。後來皇帝果然沒有再追究梁孝王行刺的事。⑬蘇秦二句　蘇秦，戰國時有名的遊說之士，據《史記・蘇秦列傳》載：蘇秦學成縱橫遊說之術，得到趙侯信任，以重金讓他去遊說諸侯。於是蘇秦來到韓國，對韓宣惠王說：俗諺說「寧為雞口，不為牛後」，像韓國這樣君主賢明，軍隊強大，卻跟別的諸侯國一樣，對秦國俯首帖耳，難道不是甘作「牛後」嗎？我真為你感到羞愧！韓宣惠王聽了後，振臂而起，睜大眼睛，手按腰間寶劍道：我雖然不怎麼樣，但一定不再事秦了！只要趙王一聲令下，韓國一定緊隨其後。⑭范雎二句　據《史記・范雎蔡澤列傳》載：范雎本是魏國人，後因罪逃到秦國。當時秦國宣太后專權，重用其弟穰侯、華陽君。范雎想找機會來向秦昭王進諫，於是趁一次隨別人入朝的機會，對秦昭王的宦官說，我沒聽說秦國有國君，只聽說有宣太后和穰侯。秦昭王聽到了，將左右隨從都趕走，長跪求教。范雎再三推辭後，才給他指點迷津。秦昭王於是拜他為客卿，後來又任命他為丞相，幫助治理國政。長跪，古時的一種禮節，直著上身而跪。古人席地而坐，臀部坐在腳後跟上，長跪時將上身立起，臀部離開腳跟。⑮酈生二句　據《史記・酈生陸賈列傳》載：沛公率部隊攻打陳留，到高陽驛站時，酈生求見。當時沛公正坐在椅子上，讓兩個女子給他洗腳。酈生進屋，也不行拜禮。徑直問沛公：你是想幫助秦國來打諸侯呢，還是想幫助諸侯來打秦國呢？沛公回答道：你這個臭書生，天下人都受夠了秦的暴政，所以大家才起來造反，我怎麼會幫助秦去打諸侯呢！酈生道：你既然要幫助諸侯滅秦，怎麼可以這樣沒有禮貌地見我？沛公於是整理好衣服，請酈生上坐，給他賠不是，向他請教計策。淩漢，欺壓漢王。淩，淩壓，這裏是激怒的意思。輟，停止。⑯蘇代句　蘇代，蘇秦的弟弟，蘇秦遊說六國約縱抗秦時，秦昭王派人去見齊國的孟嘗君，請他到秦國去一趟。孟嘗君準備去，食客們勸諫，他都不聽。蘇代進見後說，我今天在外面看到一個木偶和一個土偶，聽見它們的對話。木偶對土偶說：一下雨你就完了。土偶回答道：我是土生土長，下雨我就又成了土。像你，如果下雨，不知道要漂到哪裏才能停得下來呢。現在秦國如狼似虎，萬一你去了回不來，那土偶豈不要笑話你嗎？孟嘗君見他說得有理，就打消了去秦國的念頭。田文，即孟嘗君，戰國四公子之一。⑰楚人句　據《史記・楚世家》載：楚頃襄王時，有一個人常常用軟弓小箭射雁，頃襄王就派人叫他來，問他為什麼如此。那人說：射鷹雁只是小事，當然用弱弓小箭，如果用聖賢的人為弓，以良臣猛將為箭來射天下，那才是大事。如今秦國很強大，當年楚懷王入秦不返，現在我們又為秦國所困，這頭大鳥可得用力射才行！於是頃襄王派人去聯合諸侯，準備再次聯合起來，抗擊秦國。⑱蒯通句　蒯通，楚漢之際的智謀之士，後為曹參所用。曹參請他推薦人才，蒯通說：有的婦人在丈夫死了不到三天就出嫁了，有的一直守在家中不出嫁，如果你要找老婆的話，你找哪一種呢？曹參說，當然是後一種。蒯通於是說，找賢良的臣子也是這個道理，齊國的東郭先生和梁石君就像守在家中不輕易出嫁的婦女一樣，是齊國的優秀人才，希望您能以禮相待。於是曹參將二人接來，以上賓之禮相待。

【語譯】遊說的招數可以借鑑作為進諫辦法的有五種：據理力爭，順勢阻止，利益誘導，言辭激怒，隱語相諷，諸如此類。

觸龍用趙太后憐愛女兒勝過憐愛兒子進諫，長安君立即就到齊國去做人質；甘羅用武安君的杜郵之死勸諫張唐，張唐馬上就到燕國去做臣相；趙的小兵用殺武臣便會產生兩個賢王的事說諫燕軍統帥，武臣立即就被送回。這是用道理去說服對方。

子貢用齊國的內憂教導田常，達到齊國放棄侵略魯國的目的；周武公用山野麋鹿披有虎皮去威脅楚頃襄王，於是楚國不再圖謀侵襲西周；魯仲連用商朝鬼侯、鄂侯被酷刑處死去嚇唬垣衍，魏國就不再有尊秦為帝之議。這是用威勢去阻止。

田生用萬戶侯去開導張卿，劉澤便被封為琅琊王；朱建用榮華富貴去誘惑閎孺，於是辟陽侯就被赦免；鄒陽用獲得君王寵信去取悅長君，於是梁王獲釋。這是用利益去引誘。

蘇秦用不為牛後使韓君蒙羞，致使惠王按劍長歎；范雎用不知道秦國有國君使秦王感到恥辱，致使秦昭王長跪在地向他請教；酈生用幫助無道的秦朝凌辱漢王，致使沛公停止洗腳，恭聽大計。這是用言辭去激怒對方。

蘇代借用土偶取笑孟嘗君田文將無家可歸，使他放棄了入秦的念頭，楚人用弓和箭作比喻去感動楚頃襄王，蒯通用男子娶婦的比喻使齊相開悟。這是用隱喻進行諷諫。

五者，相傾險詖之論[1]；雖然，施之忠臣，足以成功[2]。何則？理而諭之，主雖昏必悟；勢而禁之，主雖驕必懼；利而誘之，主雖怠必奮；激而怒之，主雖懦必立；隱而諷之，主雖暴必容。悟則明，懼則恭，奮則勤，立則勇，容則寬，致君之道❸盡於此矣。

吾觀昔之臣言必從，理必濟，莫如唐魏鄭公。其初實學縱橫之說❹，此所謂得其術者歟？噫！龍逢、比干不獲稱良臣❺，無蘇秦、張儀之術❻也；蘇秦、張儀不免為遊說，無龍逢、比干之心也。是以龍逢、比干，吾取其心，不取其術；蘇秦、張儀，吾取其術，不取其心，以為諫法。

【章旨】此章辨明五種遊說之術能達到進諫目的的原因，並再次申述要以「術」濟仁「心」的進諫之道。

【注釋】❶五者二句　險詖，邪諂不正。這句話的意思是說，五種進諫方法，如果用儒學觀念進行審視，都是不合乎禮法的要求。❷足以成功　完全可以成功。成功，此指達到進諫的實效。❸致君之道　即進諫的方法。致君，向君王提出建議和看法。致，表達；傳達。❹吾觀昔之臣四句　魏鄭公，即唐太宗時名臣魏徵，字玄成，鉅鹿曲城（今河北境內）人，為人喜歡讀書，尤其是縱橫家的言論。隋末天下大亂，魏徵先投李密，不為所用，後隨李密投降秦王李世民，多次為他出謀劃策，深受重用。李世民繼位後，勵精圖治，常常帶他到自己臥房內，向他請教治理天下的大計。❺龍逢比干句　龍逢，夏朝末年臣子。夏桀無道，諸侯紛紛叛離，龍逢手持《皇圖》進諫，桀不聽，他就站在那裏不走。桀一怒之下，將他殺了。比干，商紂王的臣子。商紂荒淫無道，不理朝政，天下將亂。比干說既然做臣子，就應該以死相諫。於是強諫紂王，紂王大為惱火，說：「我聽說聖人的心有七竅！」於是將比干的心挖出來，看有幾竅。蘇洵認為龍逢、比干雖然是忠臣的典型，但他們盡了忠卻不能有補於天下，所以說他們算不上是良臣（有才幹的優秀大臣）。❻蘇秦張儀之術　即遊說君王的法門。張儀，戰國時遊說之士，跟蘇秦同為鬼谷子的學生。蘇秦說趙王約縱時，擔心秦國攻打趙國，派他帶了很多禮物到秦國去活動，結果他為秦惠王所用，幫助秦國破壞約縱。

【語　譯】這五種遊說的方法，都是彼此鉤連的陰險之術。雖然如此，忠臣之士利用它，卻完全可以獲得進諫的實效。為什麼呢？講明道理，君主即使昏聵，也必然會省悟；用威勢利害去阻止，君主即使驕橫，也肯定會害怕；利益誘惑，君主即使懈怠，也必定振作；言辭激怒，君主即使懦弱，也必定挺身起立；隱喻諷諫，君主即使殘暴，也必定能涵容。省悟了就明白道理，害怕了就會態度謙恭，振作起來就會勤於政事，挺身起立就變得勇敢，能涵容就會寬厚起來，向君主進諫的原則，也就只能是這麼些了。

我看歷史上大臣一進言就被接受，道理一談通就能辦成事的，只有唐朝的鄭公魏徵。他當初實際上是學習縱橫之術的，這應該說就是所謂學得精髓了吧？唉！龍逢、比干那些忠臣卻稱不上是良臣，就因為缺少蘇秦、張儀的縱橫之術；蘇秦、張儀難免被看作遊說之士，是因為沒有龍逢、比干那顆忠心。所以，龍逢、比干，我認同他們的忠心，卻不贊成他們進諫的方法；蘇秦、張儀，我接受他們的縱橫之術，卻不能接受他們的險惡用心，用這些作為進諫的方法。

【研　析】君主社會中，皇帝是一國之主，有至高無上的權力，可以生殺予奪。作為臣子應該如何向皇帝進諫，使君王既納諫改過，又對進諫之臣不加責備，這是困擾歷代大臣的一大難題。

本文討論臣子進諫之道。文章開篇即對孔子的諷諫之說提出質疑，並作出補充，主張用遊說之術彌補進諫方法的不足，要求進諫之臣機智勇辯如遊說之士。可謂觀點鮮明，動人眼目。為了闡明論點，作者列舉出遊說之術在五個方面值得諫法借鑑之處：理論之，勢禁之，利誘之，激怒之，隱諷之，並且引用歷史上由這五法成功的例子來加以證明。如此言之鑿鑿，確實是以事實作論據，論證觀點，簡潔有力，使人不得不信。

作為儒士，蘇洵這種以「術」濟「諫」的方式，是帶有很濃的權謀成分的，所以，文章一開始在強調「術」不可少的同時，一再申述「經」不可無。在具體分析了五種遊說之術後，馬上又回過頭去強調仁義之心這個進諫之本，以使之與純粹意義上的遊說之術相區別。還特別指出遊說之術雖可用，但終究只是手段，只有赤誠之心才是臣子進諫之本，強調忠臣之心兼遊說之術，才能構成完整的進諫之道。如此處理，從整個進諫之道的層面上講，「術」就被置於操作層面上進行理解與闡述，而「經」則被視為根本，二者的關係，誠如作者文中所說「仲尼之說，純乎經者也；吾之說，參乎權而歸乎經者也」。這就使其思想雖然參有法家成分，但整體上卻不脫離儒學本色，是一個儒法相參的狀態，以儒為本，以法為用，道器相隨，目的在於實用，解決實際問題，顯示出「蜀學」重實用的一面，當然，也顯示出其思想駁雜的一面。

從歷史事實來看，一味諷諫，效果確實不如運用一定的權謀進諫的效果好；因此，蘇洵此文所論，也確能補孔子諷諫之不足。就文章結構而言，雖然總體上講是提出論點與舉例論證相結合的方式，但在論述過程中，由於「術」與「經」的辯證關係對古代儒士而言為立身根本大事，所以，提出論點後，立即進行辨析，可謂一步一回頭，既不急於展開論證，又不枝蔓繁蕪，運筆緊湊而又從容，頗具揮灑之態。就文風而言，作者精研發明，獨抒己見，文勢圓活，引喻典實，如老吏斷案，一字不可增減，與其所著〈權書〉，頗有神似之處，可謂非老蘇莫辦。

諫論下

【題 解】此篇與上篇相呼應。前論臣下進諫之方，此論君主納諫之道。文章從「君能納諫，不能使民必諫，非真能納諫之君」生發開去，力主以刑賞使臣必諫，並通過分析三種不同氣性的臣子，針對性地提出分別用「恥」、「利」、「勢」驅使的方法，使之必諫。雖然進諫和納諫是彼此關聯的兩個方面，但一般人論諫，往往只從臣下出發，論進諫之道，很少能從君主的角度考慮問題。能在論述如何進諫之後，注意到如何納諫的問題，本身就已經反映出作者思深慮遠。文中感慨後世賞諫時有，罰不諫絕無，不僅深中當時之弊，而且可以說是觸到君主制的一大痼疾。聯繫上篇，儲欣曾評論道：「上篇標一『術』字，下篇標一『勢』字，是兩篇關鍵處。」（《評注蘇老泉集》）可見二篇雖分論進諫、納諫，而作者主張運勢用術以求治理天下的目的，卻是一致的。

夫臣能諫，不能使君必納諫，非真能諫之臣；君能納諫，不能使臣必諫，非真能納諫之君。欲君必納乎，嚮之論備矣❶；欲臣必諫乎，吾其言之。

【章 旨】此章表明觀點：不僅有臣下進諫之術，而且還有君主納諫之道。

【注 釋】❶嚮之論備矣　前面的論述已經詳備了。嚮之論，指〈諫論上〉。

【語 譯】臣子有進諫之能，卻不能使君主最終納其諫言，算不上是真能進諫之臣；君主能納諫，卻不能使臣子必定進諫，算不上真能納諫之君。如何使君主必定納諫，前面一篇已經談過了；如何讓臣子必定進諫，我再來談一談。

夫君之大，天也；其尊，神也；其威，雷霆也❶。人之不能抗天、觸神、忤雷霆，亦明矣。聖人知其然❷，故立賞以勸之。《傳》曰「興王賞諫臣」是也❸。猶懼其選耎阿諛❹，使一日不得聞其過，故制刑以威之。《書》曰「臣下不正，其刑墨」是也❺。人之情非病風喪心，未有避賞而就刑者❻，何苦而不諫哉？賞與刑不設，則人之情又何苦而抗天、觸神、忤雷霆哉？自非性忠義，不悅賞，不畏罪，誰欲以言博死❼者？人君又安能盡得性忠義者而任之？

【章旨】此章從君主權勢出發，分析要使臣下必諫，就一定要有刑有賞才能達到目的。

【注釋】❶夫君之大六句　意思是天子威嚴尊貴，不可侵犯。古人稱皇帝為天子，意思就是說皇帝是天帝的兒子，受上天委派到人間來統治天下，所以擁有天下之大，其尊貴如神，其威儀如雷霆一般，不可侵犯。❷聖人知其然　聖賢的先哲知道這個原因（指人不能違抗天子）。❸傳曰句　此語出於《國語．晉語》，意思是奮發有為的國君，會賞賜勇於進諫的臣子。興王，指勵精圖治，有意奮發向上的國君。❹選耎阿諛　所任用的大臣軟弱無能，只知道阿諛奉承。❺書曰二句　見《尚書．伊訓》，原文為「臣下不匡，其刑墨」。意思是（君主有罪過）臣子不去加以匡正，就對臣子執行「墨」的刑罰。匡，匡正，此指進諫使君王改正錯誤。墨，古代在犯人額上刺字並塗黑的酷刑。❻人之情二句　按人之常情，不是喪心病狂的話，沒有人不想獲得賞賜，卻願意去受處罰的。人之情，一般人正常的思想感情。病風，即「病瘋」。因病發瘋，瘋狂的意思。喪心，失去理智。❼以言博死　用言語去換取死罪，指因進諫觸犯君主而獲死罪。博，換取；取得。

【語譯】人君勢位至尊如天；被崇敬如神靈；威力像雷霆。一般人不能違抗上天、觸犯神靈、忤違雷霆，是顯然的。聖人知道這個道理，所以就用賞賜進行鼓勵。《傳》中說：「興業之王獎賞能諫的臣子。」就是這個道理。又因為擔心所選臣下太軟弱只知道阿諛奉承，讓君主沒一天能聽到自己的過失，所以制定刑律增加必須進諫的威懾力量。《尚書》中說：「臣子不匡正君主的過失，就施以墨刑。」就是這個道理。照人之常情，如果不是喪心病狂，沒有人會逃避獎賞卻去接受刑罰的，何苦不進諫呢？不獎賞也不處罰，那麼，照人之常情，何苦去違抗上天、觸犯神靈、忤違雷霆？若不是生性忠義，不喜歡獎賞，不懼怕刑罰，誰會想著去用諍言犯死罪？人君又怎麼可能網羅得到所有秉性忠義之士並任用他們呢？

今有三人焉：一人勇，一人勇怯半❶，一人怯。有與之臨乎淵谷❷者，且告之曰：能跳而越此謂之勇，不然為怯。彼勇者恥怯，必跳而越焉，其勇怯半者與怯者則不能也。又告之曰：跳而越者與千金，不然則否。彼勇怯半者奔利❸，必跳而越焉，其怯者猶未能也。須臾，顧見猛虎暴然向逼❹，則怯者不待告，跳而越之如康莊❺矣。然則人豈有勇怯哉？要在以勢驅之❻耳。

君之難犯，猶淵谷之難越也。所謂性忠義、不悅賞、不畏罪者，勇者也，故無不諫焉。悅賞者，勇怯半者也，故賞而後諫焉。畏罪者，怯者也，故刑而後諫焉❼。先王知勇者不可常得，故以賞為千金，以刑為猛虎，使其前有所趨，後有所避❽，其勢不得不極言規失❾，此三代所以興也。末世不然，遷其賞於不諫，遷其刑於諫，宜乎臣之噤口卷舌⑩，而亂亡隨之也。間或賢君欲聞其過，亦不過賞之而已。嗚呼！不有猛虎，彼怯者肯越淵谷乎？此無他，墨刑之廢耳。三代之後，如霍光誅昌邑不諫之臣⑪者，不亦鮮哉！

【章　旨】此章以三種個性的人跨越深淵為喻，闡明欲使臣下必諫之理。

【注　釋】❶勇怯半　勇敢和膽怯各佔一半，指有勇氣但心存顧忌的人。❷與之臨乎淵谷　使他們（勇者、勇怯半、怯者）面臨深淵幽谷。臨，面臨；站到邊緣上。❸奔利　即趨利，想得到好處。❹顧見猛虎暴然向逼　回頭看見老虎惡狠狠地撲過來。顧，回頭看。暴然，兇狠的樣子。❺康莊　四通八達的大道。古時以五通的道路為康，六通的道路為莊。康莊代指平坦的大道。❻勢驅之　用特定的情勢去驅使他們。❼畏罪者三句　怕因進諫獲罪的大臣，就是那種臨深淵而膽怯的人，所以要對他們實行一定的制裁，他們才會進諫。刑，用刑罰的方式逼迫。❽先王五句　這幾句是講賞罰分明的效用。前有所趨，指人若因引導而勇往直前，趨向千金之賞。後有所避，指人若後退，就必須考慮如何避免猛虎一般的嚴刑。❾極言規失　想盡一切辦法規勸君主的失誤。極言，用盡所有的話。規，規勸；規諫。失，此指君主的失誤。❿噤口卷舌　將嘴閉起來，將舌頭捲起來，意思是不向君主進諫。⓫霍光誅昌邑不諫之臣　據《漢書・霍光金日磾傳》載：霍光廢除了昌邑王，同時認為他的大臣們都沒有盡到諫諍主上使之改正錯誤的職責，於是將昌邑王的二百多個臣子都殺死。

【語　譯】現在，有這麼三個人：一個很勇敢，一個勇敢與怯懦各佔一半，一個完全是個怯懦者。有人把他們帶到深淵邊上，對他們說：能跳過去的，是勇士，不然就是膽小鬼。那個勇敢的人，以膽小為恥，肯定就一跳而過。那個勇敢與怯懦各佔一半的和那個怯懦者，就不行了。再對這兩個人說：跳過去的，賞千金，不然就沒有獎賞。那個勇敢與怯懦參半的人，為利益所驅使，肯定一跳而過，而那個膽小鬼則還是不行。過一會兒，等他回頭看到猛虎突現逼近，那麼，膽小者用不著跟他多說什麼，肯定是一跳而過，就像邁步在康莊大道上一樣。既然如此，那麼，人是不是有勇敢與怯懦的分別？重要的是用特定的情勢去調動他們罷了。

人君難於冒犯，就像深淵難以跨越一樣。所謂秉性忠義、不圖獎賞、不怕獲罪的，就像那個勇敢者，所以會無所不諫。圖獎賞的人，就像那個勇怯參半的人，所以只有獎賞之後才會進諫。害怕獲罪的，就是那個膽小鬼，所以只有以刑罰威脅才會進諫。先王知道勇敢的人不是一直有的，因此就用千金重賞激勵進諫，用刑罰威脅如猛虎相逼，讓臣子們前有所得，後有所避，迫於不得不進諫的情勢，盡力出言規誡君主過失，這就是為什麼三代時那麼興盛的原因。後來的末世卻不是這樣，把獎賞移給那些不進諫的臣子，把刑罰移到那些進諫諍臣的身上，理所當然，臣子們都噤口捲舌，不再進諫，導致最終亂亡相繼。其間時不時有賢能的君主想知道自己的過失，也只不過獎賞一下能進諫的臣僚。唉！沒有猛虎，那些膽小鬼會跳過深淵嗎？沒別的原因，是罰不諫之罪的墨刑被廢止了造成的。三代之後，像霍光那樣處死昌邑王手下那幫不諍諫之臣的事，不是太少了嗎！

今之諫賞❶，時或有之；不諫之刑，缺然無矣。苟增其所有，有其所無，則諛者直，佞者忠，況忠直者乎？誠如是，欲聞讜言❷而不獲，吾不信也。

【章　旨】此章總結全文，指出只有既賞且罰，才能真獲讜言諍語。

【注　釋】❶諫賞　對進諫者行賞。❷讜言　即諫言。讜，正直的話。

【語　譯】現在是對進諫者的獎賞，有時還能堅持；對不諫者的處罰，則付諸闕如了。如能加強所堅持的，補足付諸闕如的，那麼，阿諛之臣會正直起來，奸佞之臣也會變得忠心耿耿，更何況那些本來就直諒敢諫者呢？如果真能如此，想聽正直的諫諍卻聽不到，我就不信。

【研　析】進諫和納諫是一個問題的兩個方面，作者在〈諫論上〉中論述進諫之道，此篇主要論述納諫之術。

作者主張君主若想要臣子進諫，必須刑賞立法，通過「恥」、「利」、「勢」的手段，使勇者、勇怯參半者、怯者都不得不諫。雖然孔子有「君子恥之」的話，但那個「恥」的目的在於人格完善。蘇洵這裏卻把它作為一種達到外在目的的手段，內涵已有了很大的不同。而「利」、「勢」之論，顯然非儒家所有，而是法家之說。所以說，蘇洵這裏闡發的，依然是以法家之術行仁義之道，用「權」來達到目的，未脫其思想本色。

趙宋立國以來，表面上使相權有所增加，而且還加強了御史的權力，甚至允許御史風聞言事，可以捕風捉影上奏朝廷，也可直陳君主得失。但是，從整個統治的嚴密和集中來看，是君權皇權的增加，而非相權的強化：宰相更換頻繁，御史動不動就彈劾大臣導致彼此牽制，引發黨爭，一旦矛盾激化，朝廷就連進諫者與被彈劾者一併貶斥棄用。不被指斥駁難的臣子，往往是那些因循墨守，無所作為的「選軟阿諛」之士。可見在言路通暢的背後，卻是滯礙進言之政治體制。作者曾指出宋朝「賞數而加於無功」、諫官多次被逐、臣下視相府如傳舍等諸多不正常現象，可見這篇論納諫的文字，並非空發議論，而是實有所指。文章從「不能使臣必諫，非真能納諫之君」啟筆，恐怕也是有感而發。

從寫作方法上分析，此篇與上篇又有很大的不同。上篇重在析理，此篇則偏重設喻。先以天、神、雷霆等喻君之聲威權勢，繼以深淵喻君，千金喻賞，以猛虎喻罰，將情勢相逼，迫使臣下進諫的道理，生動地揭示出來，使嚴肅的話題，變得活潑而有生氣。陸棨分析本文：「余每讀此篇至顧見猛虎之論，輒為解頤。所謂以文為戲，足資談笑者，此類是也。以喻相形，悠揚爽逸，用意者當法之。」（《三蘇文範》）幽默的力量，熟讀此文可以體會。

管仲論

【題解】管仲，春秋時齊潁上人，名夷吾。初事公子糾，糾敗，相桓公，助其富國強兵，稱霸諸侯。歷史上，管仲一直保持著賢相的形象。三國時諸葛亮常以之自比，可見影響之深遠。蘇洵此篇卻一反常態，從國家興亡的角度，指出盛有盛因，敗有敗由。從這個角度看，齊國興盛之因在鮑叔，而衰敗之由則啟於管仲，進而指出，管仲並非如一般人所認為的那樣是一個賢相，而是導致齊國禍亂之首。這樣的觀點，完全悖離了人們習慣的價值判斷，顯得十分新穎，初看出乎意料之外，但仔細琢磨，卻不得不承認其所言合理，故歷來皆視為古文名篇。

管仲相桓公，霸諸侯，攘戎狄❶，終其身齊國富強，諸侯不叛。管仲死，豎刁、易牙、開方用，桓公薨於亂，五公子爭立，其禍蔓延，訖簡公，齊無寧歲❷。

【章旨】此章概述管仲生前身後齊國的盛衰大勢，為下面的議論張目。

【注釋】❶管仲相桓公三句　管仲，齊國潁上人，名夷吾。為齊桓公相，助桓公富國強兵，驅除山戎和白狄，稱霸諸侯。攘，攘除。❷管仲死七句　管仲開始受到齊桓公重用時，將桓公的兒子子昭立為太子，送到宋國，將桓公身邊的豎刁、易牙、開方等小人全部摒退，為此，齊桓公三年吃飯都不香。管仲一死，齊桓公馬上將豎刁等三個人都加以重用。桓公死後，易牙等人為了報復，殺死了很多大臣，桓公的五個兒子也各自結黨營私，都想繼位。易牙、豎刁等人仗權立公子無詭為齊國國君。太子子昭逃亡到宋國，宋襄公帶領諸侯護送回國繼位，與齊桓公其他四個兒子展開戰鬥，最終，太子子昭當上了齊國君侯，即齊孝公。齊孝公後，齊國內憂外患不斷，到齊簡公時已是自桓公以後第九位君主了。

【語譯】管仲輔佐齊桓公，稱霸諸侯，驅逐戎狄，終其一生，使齊國富強，諸侯不敢叛離。管仲死後，豎刁、易牙、開方被委以重任，桓公死於叛亂之中，五個兒子爭奪王位，災禍蔓延不止。到簡公繼位，齊國都沒安寧過。

夫功之成，非成於成之日❶，蓋必有所由起；禍之作，不作於作之日❷，亦必有所由兆❸。則齊之治也，吾不曰管仲，而曰鮑叔❹；及其亂也，吾不曰豎刁、易牙、開方，而曰管仲。何則？豎刁、易牙、開方三子，彼固亂人國者，顧其用之者，桓公也。夫有舜而後知放四凶❺；有仲尼而後知去少正卯❻。彼桓公何人也？顧其使桓公得用三子者，管仲也。

【章旨】此章提出論點：從原因結果的邏輯關係看，齊國之治，不在管仲而在鮑叔；齊國之亂，不在豎刁、易牙、開方，而在管仲。論點鮮明醒目，引人注意。

【注釋】❶夫功之成二句　事業的成功，並不表現在成功的那一刻。❷禍之作二句　禍亂的爆發，也不表現在爆發的那一刻。作，發作；顯現出來。❸由兆　緣由和預兆，即前提條件。❹鮑叔　鮑叔牙，春秋時齊人，與管仲有交情。管仲最初事公子糾，鮑叔事小白，糾與小白二人因爭王位，率部廝殺，管仲射傷小白。後來公子小白獲勝，為齊桓公。鮑叔在齊桓公面前推薦管仲，齊桓公任之為相，管仲施展才能，助桓公稱霸諸侯。❺夫有舜而後知放四凶　相傳舜繼堯位後，有四個部落的首領不服從舜的統治，舜就將他們放逐。四凶，指渾敦、窮奇、檮杌、饕餮四大惡人。❻有仲尼而後知去少正卯　孔子做魯國司寇，同時也代理丞相之職，在職剛七天，就處死了擾亂朝綱的大夫少正卯。

【語譯】成就功業，不是成就在功業完成的時候，肯定有某種促成因素在起作用；災禍興起，不是興起在災禍發作的時候，也必定有導致災禍的徵兆。那麼，齊國大治，我不歸功於管仲，而歸於鮑叔；至於齊國的內亂，我不說是豎刁、易牙、開方造成的，而說是管仲。為什麼呢？豎刁、易牙、開方這三個小子，他們本來就是擾亂國家的人，可起用他們的人，正是桓公！有了舜，然後知道放逐四大惡人；有了仲尼，然後知道剷除少正卯。那桓公是什麼人？使桓公起用那三個奸臣的人，正是管仲。

仲之疾也，公問之相❶。當是時也，吾以仲且舉天下之賢者以對，而其言乃不過曰豎刁、易牙、開方三子「非人情，不可近❷」而已。嗚呼！仲以為桓公果能不用三子矣乎？仲與桓公處幾年矣，亦知桓公之為人矣乎？桓公聲不絕乎耳，色不絕乎目❸，而非三子者則無以遂其欲。彼其初之所以不用者，徒以有仲焉耳。一日無仲，則三子者可以彈冠相慶❹矣。仲以為將死之言，可以縶桓公之手足❺邪？夫齊國不患有三子，而患無仲。有仲，則三子者三匹夫❻耳。不然，天下豈少三子之徒？雖桓公幸而聽仲，誅此三人，而其餘者，仲能悉數❼而去之邪？嗚呼！仲可謂不知本❽者矣！因桓公之問，舉天下之賢者以自代，則仲雖死，而齊國未為無仲❾也，夫何患三子者？不言可也。

【章旨】此章具體分析管仲之失：桓公問相於病榻之際，沒有舉薦天下賢能之士以代己，而是簡單地反對起用三大奸臣，實為不知本之舉動，所以亂齊之罪責難逃。

【注釋】❶仲之疾也二句　管仲病重，齊桓公去問他誰可以接任齊國丞相之位。疾，病重。相，丞相的官職。❷非人情二句　沒有一般人的感情，不能夠接近。不可近，此指君王不能接近的小人。據《史記・齊太公世家》載，管仲病重，齊桓公問他易牙等人是否可以代之為相。管仲說，易牙殺死兒子來討好您，開方背叛自己的親人討好您，豎刁自己施宮刑來親近您，這些人辦事不近人情，不能做丞相。❸聲不絕乎耳二句　盡情地享受淫聲美色。十分貪圖聲色之樂的意思。❹彈冠相慶　相互慶祝做上高官的意思。彈冠，拂去帽子上的灰塵，比喻做官。❺縶桓公之手足　意思是可以限制桓公的行動。縶，繫住；抓住。❻匹夫　一般的人；無名小卒。❼悉數　全部；所有的。❽不知本　不知道事物的根源。本，這裏主要指尚賢抑奸的道理。❾齊國未為無仲　齊國不一定就不會出現像管仲那樣賢能的大臣。仲，此指像管仲那樣的人才。

【語譯】管仲生病的時候，桓公問誰可為相。那個時候，我以為管仲會推薦天下的賢士去應答齊桓公，可他只不過說豎刁、易牙、開方這三個人「不盡人情，不可以親近」罷了。唉！管仲認為齊桓公果真能夠不起用那三個人嗎？管仲與桓公相處了多年，也應該瞭解桓公的為人吧？齊桓公耳不絕靡靡之音，目不絕姣姣之女，沒有那三個人，就無法滿足他的那些欲望。他當初之所以不用這三個人，是因為有管仲在罷了。一旦沒有管仲，那三個人就可以彈冠相慶了。管仲以為臨死前的忠言，能夠束縛得了桓公的手足嗎？齊國不擔心有那麼三個小人，卻擔心沒有了管仲。有管仲在，那麼那三個人就只能是三個匹夫罷了。不然，普天之下難道還少那樣的人嗎？即使桓公僥倖聽從管仲的話，殺了那三個人，可是其餘的小人，管仲能一一除去他們嗎？唉！管仲可以說是沒有弄明白事理的根本啊！照著桓公的問話，推薦天下的賢能之士代替自己執政，那麼，管仲雖死，齊國不用擔心沒有管仲那樣的人，哪裏用得著擔心那三個小人？不提他們也就罷了。

五霸莫盛於桓、文。文公之才不過桓公，其臣又皆不及仲❶，靈公之虐，不如孝公之寬厚❷，文公死，諸侯不敢叛晉，晉襲文公之餘威，得為諸侯之盟主者百有餘年❸。何者？其君雖不肖，而尚有老成人❹焉。桓公之薨也，一亂塗地。

無惑也，彼獨恃一管仲，而仲則死矣❺。夫天下未嘗無賢者，蓋有有臣而無君者矣❻。桓公在焉，而曰天下不復有管仲者，吾不信也。仲之書有記其將死，論鮑叔、賓胥無之為人❼，且各疏其短，是其心以為是數子者，皆不足以託國，而又逆知其將死，則其書誕謾，不足信也❽。

【章　旨】此章以晉文公與齊桓公作對照，指出管仲之失，在於未能舉薦賢能者以自代，導致死後齊國政亂不可收拾。

【注　釋】❶文公之才二句　意思是晉文公的才能不及齊桓公，輔佐他的大臣像狐偃、趙衰等人，才能也趕不上管仲。❷靈公之虐二句　晉文公的後代晉靈公為人殘暴，不像齊桓公的後代孝公為人寬厚仁慈。靈公，晉襄公（代晉文公為君）太子，襄公死後繼位，為人奢侈，荒淫無度，連廚師煮熊掌沒煮熟，都要處死。❸文公死四句　據《史記》載，晉文公死後，其後代君主代有攻伐，襄公曾敗秦師；靈公時趙盾為將，敗秦師；成公與楚莊王爭強，也擊敗了他；晉悼公曾率諸侯大敗秦師。直到晉平公時三家分晉，晉國才敗落衰亡，中間歷時將近百年。❹老成人　此指經驗豐富，熟諳世事的大臣。❺彼獨恃一管仲二句　齊桓公只知道憑藉管仲一個人治國，可管仲卻死了。❻夫天下二句　天底下沒有找不到賢人的時候，只是有賢能的臣子，卻不一定有賢能的君主。❼仲之書二句　仲之書，指後世流傳的《管子》一書。《管子》中記錄了齊桓公問管仲誰可代替相位一事，其中有管仲對幾位大臣的分析：鮑叔為人正直，但不能將一個國家託付給他；賓胥無為人好善，但也不能將整個國家託付給他。❽誕謾二句　荒唐怪誕而有欺騙性，不足以相信。謾，欺騙；欺詐。

【語　譯】春秋五霸，沒有比齊桓、晉文更強盛的了。晉文公的才智比不上齊桓公，他的臣子都不及管仲。靈公暴虐，不能和孝公的寬厚相提並論。文公死後，各諸侯國不敢背叛晉國。晉國襲取文公的餘威，霸盟諸侯長達百年之久。什麼原因？君王雖說不肖，但有老成幹練的臣子在輔佐。桓公死後，齊國禍亂相續。沒有什麼好奇怪的，他們只靠一個管仲，可管仲卻死了。天下不是說沒有賢能的人，只會出現有賢臣卻少明君的情況。桓公在世，卻說天下沒有了像管仲那樣的人，我不信。《管子》一書中記有他將死之時，評價鮑叔、賓胥無的為人，分別談到他們的缺點，這就說明，在管仲看來那些人都不足以託付治國重任，可同時又預料到自己快死了，看來，書中的話荒誕不經，不能相信。

吾觀史鰌以不能進蘧伯玉而退彌子瑕，故有身後之諫❶；蕭何且死，舉曹參以自代❷。大臣之用心，固宜如此也。夫國以一人興，以一人亡，賢者不悲其身之死，而憂其國之衰，故必復有賢者而後可以死。彼管仲者，何以死哉❸！

【章　旨】此章以歷史上成功舉人自代的事例，再次證明管仲未能為齊國作深遠之謀，死不得其所，申述自己的觀點。

【注　釋】❶吾觀史鰌二句　據《孔子家語》載：衛國的蘧伯玉很賢能，但衛靈公不重用他；彌子瑕沒有才能，卻受到靈公重用。大臣史鰌多次向靈公進諫，希望靈公用蘧伯玉疏遠彌子瑕，都不成功。史鰌病得要死時，對自己的兒子說：做大臣不能使君王改正錯誤，是失職。我活著不能使君主改正錯誤，死後也就沒有理由殯於正堂。我死後，你就把我殯在側室！史鰌去世，靈公來弔喪，見他的屍體停在側室，問是怎麼回事。史鰌的兒子將父親的話說了出來。靈公為之感動，將其屍體殯於正位，回朝重用蘧伯玉，摒退彌子瑕。❷蕭何且死二句　據《史記・蕭相國世家》載：丞相蕭何病將死，劉邦問他什麼人可以代替他的位置。蕭何說：皇上您是最瞭解我的呀，您應該知道我認為誰最合適！劉邦就問：曹參可以勝任嗎？蕭何馬上說：皇上您找對人了，我死了也沒有什麼遺憾。❸何以死哉　有什麼理由去死呢。蘇洵這裏是指責管仲生前沒有把接班人的事處理好就死去，是不負責任的行為。

【語　譯】我注意到：史鰌因為不能舉薦蘧伯玉並斥退彌子瑕，所以在死後還要進諫；蕭何將死，舉薦曹參代替自己。大臣用心良苦，本來就應該這樣。國家因為一個人而興旺，因為一個人而衰亡。賢能之士不應該為自己身死而悲傷，卻應該為國家的衰微而憂心忡忡，所以一定要另選賢能相代才會安心死去，那麼，管仲憑什麼去死呢！

【研　析】作為一個相臣，管仲在輔佐桓公時，確實有許許多多值得誇耀的業績：內修政治之外，還能外合諸侯，伐山戎，攘白狄，拓展齊國疆土到西河一帶，使諸侯臣服，齊國稱霸。可謂文治武功非同凡響，留名青史，也在情理之中。可是，這麼一位歷史上的賢相，在蘇洵的筆下，經過一番描摹，卻完全變成了另外一番模樣，而且，在通讀本文之後，還真能改變對管仲的看法，使人不得不佩服作者見解的獨到不凡與議論的深刻貼切。

文章從管仲的豐功偉績落筆，但馬上提出「夫功之成，非成於成之日，蓋必有所由起；禍之作，不作於作之日，亦必有所由兆」的觀點，既脫去常軌，又在情理之中。以一個新的論點、全新的視角，把對管仲這位歷史人物的評價引向深入：個人事業的成功，沒有國家的長治久安，也就失去了憑依，功過的評判，不在結果，而在原因。於是，一個全新的歷史圖景展現在讀者的面前：齊為強盛，歸因於鮑叔的慧眼識英雄，向齊桓公舉薦了管仲；齊國的衰敗，歸因於管仲沒有像鮑叔那樣舉賢自代，讓齊桓公在自己死後有機會起用奸邪小人，致使齊國迅速衰敗，不僅失去霸主地位，而且內亂不止。通過這樣改換角度看問題，自然也就將亂齊之禍歸諸管仲了。如此立論，似偏實正，確實較一般人的認識更為深刻。

蘇洵論政，一向強調為國者必須以長治久安為目標，這些在〈審勢〉、〈權書〉等篇中都已有反映。本篇可以說是他借歷史上的名相來闡明自己的人才觀和功過觀。文章撥除陳見，一倡己論，觀點新穎，論證嚴明，層層深入，後先照應，行文起伏，開闔抑揚。宋人謝枋得評之曰：「議論精明而斷制，文勢圓活而委曲，有抑揚，有頓挫，有擒縱。」（《靜觀堂三蘇文選》）議論精明斷制，從其新穎的論點可看出。至於文勢圓活委曲，則可從其縱筆論證管仲之失處看出：提出主要觀點後，自然插入舜放四凶、仲尼去少正卯、文公身後國勢、史鰍死諫、蕭何舉薦曹參等等，看似信筆點染，實則事事處處都強有力地證明著其論點。通讀全篇，圓活委曲之外，更有自然通透之感。而且，從章法布局看，猶具抑揚、頓挫、擒縱之妙。此外，整篇文章出語斬截，不僅增加了氣勢，而且使行文也顯得極其簡潔省煉，也是一大特色。吳楚材、吳調侯《古文觀止》評曰：「似此卓識雄文，方令古今心服。」既有「卓識」之稱，更兼「雄文」之譽，可謂讚譽有加。

明論

【題解】此文具體寫作時間不詳。蘇洵所謂「明」，主要是指運用智謀達到目的。通觀其文，其論明之根本在於智，但要使智謀有成效，還必須參以「術」。統而言之，就是運智用謀以致治。作者認為聖賢之士，智慮也有所不及，必須參以「術」，以所及兼所不及，給人「明」不可測之感，才能獲得成功。就其學術思想而言，這種運「術」致功之論，絕非儒學應有之義，可見蘇洵思想之駁雜。蘇洵著書，一貫主張以權變濟仁義，但他對這種用「明」之策，並沒有加以限制或者為之預置一儒學仁義道德的內核，所以，可以說為權變詐謀開啟了方便之門，是完全倒向了法家使權用謀之途。其後「洛學」與「蜀學」相爭，譏其壞人心術，以此觀之，不為無據。

天下有大知❶，有小知。人之智慮有所及❷，有所不及。聖人以其大知而兼其小知之功❸，賢人以其所及而濟其所不及；愚者不知大知，而以其所不及喪其所及❹。故聖人之治天下也以常，而賢人之治天下也以時❺。既不能常，又不能時，悲夫殆哉❻！夫惟大知，而後可以常；以其所及濟其所不及，而後可以時。常也者，無治而不治者也；時也者，無亂而不治者也❼。

【章旨】此章辯明智之大小、所及所不及跟聖人、賢人和跟時、勢的關係，是對其所謂大「明」內涵的闡述作必要的界定。

【注　釋】❶大知　即大智，博大宏通的智慧。知，通「智」。❷人之智慮有所及　有些事情是人的智力能考慮到的。❸聖人以其大知而兼其小知之功　聖哲的人能夠憑藉他的大智兼及小智的功用，即用大智來達到小智的目的。《莊子・逍遙遊》中有「小知不及大知」一類的話，為蘇洵此語所本。❹愚者不知大知二句　愚蠢的人因為不知道什麼是大智，最終導致其小智所及因為大智不及而白白浪費掉。❺故聖人二句　因此聖哲的人治理天下，無論什麼時候都可以；賢能的人治理天下，則要在一定的時候才有效果。蘇洵認為聖人是有大知的人，並且能用大知兼及小知的功效，大知常在，聖人治理天下就不受任何限制。賢能的人不如聖人，他們的智慮有所不及，只有在天下事勢處在其智力所及的範圍內時，才能治理天下，所以賢能的人治理天下要等待時機。❻殆哉　就很危險了。殆，危險。❼常也者四句　這裏的治、亂，是指社會的太平與動亂。這幾句的意思是，聖人因為大智常在，所以沒有想治理卻不獲太平的情況；賢能者乘時而治，沒有什麼動亂不能治理好的。

【語　譯】世界上有大智慧，有小聰明。人的智慧有所及，也有所不及。聖人憑著大智慧兼及小智慧的功效，賢人用智慧所及兼及智慧所不及；愚昧者不懂得大智慧，就會因為智慧所不及而損害其智力所及。所以，聖哲的人治理天下，取長治久安之策；賢能的人治理天下，用待時而動之術。沒有長治久安之策，又不能把握時機，那可就危險了！只有擁有大智慧，然後才能有長久之策；只有能用智力所及去彌補智力所不及，然後才可能把握住時機。用長久之策，沒有想治理卻治理不好的；善於把握時機，沒有治理不好的混亂局面。

日月經乎中天❶，大可以被四海，而小或不能入一室之下，彼固無用此區區小明也。故天下視日月之光，儼然其若君父之威❷。故自有天地而有日月，以至於今而未嘗可以一日無焉。天下嘗有言曰：叛父母，褻神明，則雷霆下擊之❸。雷霆固不能為天下盡擊此等輩❹也，而天下之所以兢兢然不敢犯者，有時而不測也❺。使雷霆日轟轟焉繞天下以求夫叛父母、褻神明之人而擊之，則其人未必能盡，而雷霆之威無乃褻乎？故夫知日月雷霆之分❻者，可以用其明矣。

【章旨】此章以雷霆為喻，述大「明」之用。

【注釋】❶日月經乎中天　太陽和月亮在天空運行。經，指運行。中天，天空。❷故天下視日月之光二句　古人將天道與人倫相聯繫，認為人間的統治者皇帝受上天之命來治理這個世界，代表著天的意志。日月為上天普照人類萬物的明鏡，也是天意的表現，因此對待日月應跟對待君王一樣，懾服於它們的威儀。君父，偏義複詞，主要指君。❸叛父母三句　神明，神靈。雷霆，雷神。古時迷信認為人如果做了壞事，雷神就會降下來擊殺他們。❹此等輩　那些人，指叛父母、褻神明的人。❺有時而不測也　有時會受到難以預料的懲罰。不測，不可揣測；預料不到。此指雷霆對叛父母、褻神明的人的懲罰。❻分　職分；分內的事。

【語譯】日月之光普照宇宙，大到足以光被四海，但又小到連一間屋子下面卻照不亮——它們本來就無意於用那些微的亮光啊。所以，天底下的人們看到日月光輝，感到如君父般威嚴。因而自開天闢地以來就有了太陽、月亮，一直到如今，沒有哪一天可以離得了它們。世間曾經有這種說法：背叛父母，褻瀆神明，雷霆就要落地擊斃他。雷霆當然不可能替世人一個不留地劈死那種人，人們之所以小心謹慎不敢忤犯，是因為有些時候會遭遇不測的雷擊。假如讓雷霆整天轟轟作響，圍繞著全世界到處尋找背棄父母、褻瀆神明的人，去擊斃他們，那麼這種人倒不一定能完全被消滅，而雷霆的威懾力豈不就被輕慢了？所以說，那些懂得日月和雷霆運作的道理的人，就可以明白用「明」的道理。

聖人之明，吾不得而知也。吾獨愛夫賢者之用其心約而成功博也；吾獨怪夫愚者之用其心勞而功不成也。是無他也，專於其所及而及之，則其及必精❶；兼於其所不及而及之，則其及必粗。及之而精，人將曰是惟無及，及則精矣❷。不然，吾恐姦雄❸之竊笑也。

齊威王即位，大亂三載，威王一奮而諸侯震懼二十年❹，是何修何營邪？夫齊國之賢者，非獨一即墨大夫，明矣；亂齊國者，非獨一阿大夫與左右譽阿而毀即墨者幾人，亦明矣。一即墨大夫易知也，一阿大夫易知也，左右譽阿而毀即墨者幾人易知也，從其易知而精之❺，故用心甚約而成功博也。

【章旨】此章述用「明」之道在專於所及，達到「精」的程度。並以齊威王為例進行論證。

【注釋】❶專於其所及二句　專門在他的智力能夠達到的方面努力思考，力圖考慮清楚，那麼，經過深思熟慮後，必定考慮得十分周詳。其所及，他的智力所能達到的。及之，用心想清楚，努力得出結論。其及，考慮到的事情或問題。❷是惟無及二句　要麼沒有考慮到，如果考慮到的話，就一定考慮得十分周全。是，代詞，指「及之而精」的賢人。惟，句中語氣詞，無實意。❸姦雄　奸詐的野心家，指有一定智力，但心術不正的人。❹齊威王即位三句　據《史記・田敬仲完世家》載：齊威王即位的前九年，毫無作為，致使齊國政局混亂不堪。九年後，齊威王召見賢能的即墨，說：「你一直沒有巴結我的隨從來討好我！」封給他有上萬戶人家的封地；將另一個擅長阿諛奉承的阿大夫及其同黨都烹死（古時刑罰，將犯人丟到沸水中煮）。隨後帶領軍隊向西攻擊趙、衛、魏等國，取得重大勝利。齊國國內為之震動，再沒人敢說齊威王的不是，都竭盡全力效忠於他，齊國於是大治。❺從其易知而精之　指從即墨的賢能和阿大夫的讒佞這兩個明顯的方面著手，推導出治理國家的精微道理。精之，指親賢能、遠小人，懲惡揚善等治國之道。

【語　譯】聖人的英明之處，我不得而知。我非常讚賞賢能之士，能花不多的心思，成就很大的事業；我非常奇怪那些愚鈍的人，花了很多心思，卻做不成任何事情。這沒有別的什麼，集中智力在智力所及之處，那麼，智力所慮就會精到周詳；分心考慮智力不及之事，那麼，想到的就只能是個大概。考慮得周詳精微，人們就會認為，他要麼不想，要想就一定會想得很周到。不然，我怕那些窺伺的奸雄都會竊笑不已哩。

齊威王即位的最初幾年，齊國大亂三年，威王一旦振作，齊國便讓各諸侯國震驚畏懼長達二十年之久，這是如何治理經營的呢？齊國的賢能之士，不只是一個即墨大夫，顯而易見；擾亂齊國的人，不只是一個阿大夫和依附阿大夫並誹謗即墨大夫的幾個人，也顯而易見。一個即墨大夫，容易看得出來，一個阿大夫，容易看得出來，依附阿大夫並誹謗即墨大夫的幾個人，容易看得出來，由這些容易看得出來的現象深究下去，因此就可以花極少的心思完成極大的事業。

天下之事，譬如有物十焉，吾舉其一，而人不知吾之不知其九也。歷數之至於九，而不知其一，不如舉一之不可測也，而況乎不至於九也❶。

【章　旨】此章述用「明」之術的原理所在：以所及兼所不及，達到「不可測」之功效。

【注　釋】❶而況乎不至於九也　更何況還數不出九種事物呢。九，指前面所比喻的「天下之事，譬如有物十焉」中的九物。

【語　譯】天下之事，好比十件事，我列舉其中之一，別人不一定曉得我並不知道其他九樣。一個一個列舉出九種，但不知道最後一種，不如只列舉一種反而讓人看不透，更何況知道的還不到九種呢。

【研　析】本文探討君主治理國家該如何運用智力術數。作者分知（智）為大知、小知，認為聖人有大知，就能憑其大知達到一般人小知的功效，所以常能遊刃有餘，無論何時都能治理好國家；賢能者智力有所及有所不及，但他們能以其所及來補足其所不及，所以遇有亂世，也能治理。這是聖人、賢人憑藉大智而獲得成功的道理，闡述用「明」之必要。

但大智究竟是什麼，為國者究竟應該如何用「明」，作者沒有正面回答，而是用日月雷霆為喻，指出用這種大「明」使人有莫測高深之感。進而用齊威王治理齊國為例，將大「明」之用具體到治國之術，指出齊威王所用，正是抓住了即墨大夫與阿大夫這一對矛盾的兩極，由淺入深，由表及裏，通過對兩位臣子的處理，影響整個齊國，產生震驚諸侯的巨大成效。通過這些論述，大智之「明」的內涵，也就很明顯了：抓住矛盾的顯著表現，由這些「所及」去影響、刺激矛盾隱潛的「所不及」的部分。最後用知一與知九的辯證關係，重申用大「明」的原則在於用智力所及兼得智力所不及之效，使人莫測，才能獲得大的成功。

如此論「明」之質、之用，似乎全為借術數權謀立論，作為儒士，蘇洵此論可以說完全超出了正統宋學的範疇。文章雖不免為縱橫之論，但筆勢翩躚，姿態無窮，以賢愚相對照，使論說更顯精神。至於行文技巧，《三蘇文範》中陸粲分析得最為貼切：「日月雷霆喻賢者，日月不用小明，卒不可一日無；雷霆不能盡擊，卒不敢犯；喻賢者之用心約而成功博也。故過脈處，除卻聖人之明不論，即接下云：『吾獨愛夫賢者之用其心約而成功博也。』此句集得最緊，又把愚者形之，何等春容。」細讀此數語，即可把住本文意脈。

三子知聖人汙論

【題解】《孟子・公孫丑上》中有「宰我、子貢、有若知足以知聖人汙，不至阿其所好」的話。本文由此生發，認為宰我、子貢、有若等孔子的學生，未得夫子大道根本，只撮其皮毛而已，所以對夫子的認識未能準確，言語之中表面上抬高夫子，實際上卻有損夫子形象。全文辨析道之高下，深入追究《孟子》語意，揭示其中內涵，發表己見，頗具新意。蘇洵著文，以兵書、政論最為精彩，其論經之文如〈六經論〉，往往雜法家權勢術變內容，並非全尊儒道。此篇全本於《孟子》解釋經義，且不出樊籬，對蘇洵而言，誠難能可貴。

孟子曰：「宰我、子貢、有若，知足以知聖人汙。」❶吾為之說曰：汙，下也。宰我、子貢、有若三子者，其智不足以及聖人高深幽絕之境❷，而徒得其下者焉耳。宰我曰：「以予觀於夫子，賢於堯舜遠矣。」❸子貢曰：「由百世之後，等百世之王，莫之能違也。」❹有若曰：「出乎其類，拔乎其萃，自生民以來，未有夫子之盛也。」❺是知夫子之大矣，而未知夫子之所以大矣❻，宜乎謂其知足以知聖人汙而已也。

【章旨】此章提出論點，從孟子之斷語引出，謂宰我、子貢、有若只知聖人之大而不知其所以大，所以說只能算得聖人皮毛，從而支持孟子之說。

【注釋】❶孟子曰三句　原話見《孟子．公孫丑上》。宰我、子貢、有若，三人都是孔子的學生。宰我，字子我，魯國人，曾為臨菑大夫，因參與田常作亂，被滅族，孔子以之為恥。子貢，本名端木賜，利口善辯。田常將作亂於齊，孔子派他去制止，子貢到齊、吳、越、晉等國遊說，終於存魯、亂齊、破吳、霸越、強晉。有若，魯國人。孔子死後，弟子們因為思念他，見有若長得很像孔子，就都把他當作老師。第一個「知」通「智」，指智力。第二個「知」作動詞，瞭解；懂得。汙，污下，此指膚淺的學問。❷高深幽絕之境　高遠深邃的學識和人生見解。❸宰我曰三句　見《孟子．公孫丑上》。意思是在我看來，夫子（指孔子）比堯舜賢明得多。❹子貢曰四句　見《孟子．公孫丑上》。意思是孔子從在世之日往後推延百世，說他的禮樂修養及賢能都抵得上百代帝王的總和，一點也不過分。莫之能違，沒有誰能說這與事實相違。❺有若曰五句　見《孟子．公孫丑上》。出乎其類拔乎其萃，即今語出類拔萃，指才能、品德超出一般人。❻是知夫子之大二句　是，這，此指三個學生對孔子的評語。大，博大精深，即上文所說的「高深幽絕之境」。所以大，為什麼大的原因。

【語譯】孟子說：「宰我、子貢、有若，憑他們的智慧，只足以瞭解聖人學說的粗淺部分。」我是這樣理解這段話的：汙，就是粗淺。宰我、子貢、有若這三個學生，他們的智慧根本達不到孔子高深幽微超乎尋常的境界，只能得其皮毛而已。宰我說：「依我看來，我們先生比堯舜賢能多了。」子貢說：「數百年之後，功蓋百世之王，沒有誰能說個不字！」有若說：「出乎其類，拔乎其萃，自有人類以來，沒有人能像先生那樣盛德空前。」這些話表明他們知道夫子很偉大，卻並不知道夫子為什麼那麼偉大，理所當然，只能說他們僅僅認識到了夫子之道中粗淺的一小部分而已。

聖人之道一也❶，大者見其大，小者見其小，高者見其高，下者見其下，而聖人不知也。苟有形乎吾前者，吾以為無不見也，而離婁子❷必將有見吾之所不見焉，是非物罪也❸。太山❹之高百里，有卻走而不見者矣❺，有見而不至其趾❻

者矣，有至其趾而不至其上者矣，而太山未始有變也。有高而已耳，有大而已耳。見之不逃，不見不求見；至之不拒⑦，不至不求至。而三子者，至其趾也⑧。

顏淵從夫子遊⑨，出而告人曰：吾有得於夫子矣。宰我、子貢、有若從夫子遊，出而告人曰：吾有得於夫子矣。夫子之道一也，而顏淵得之以為顏淵，宰我、子貢、有若得之以為宰我、子貢、有若。夫子不知也。夫子之道，有高而又有下，猶太山之有趾也。高則難知，下則易從。難知，故夫子之道尊；易從，故夫子之道行⑩。非夫子下之而求行也，道固有下者也⑪。太山非能有趾，而不能無趾也⑫。

【章　旨】 此章辯明認識得到與認識不到的關係，闡明夫子至高至大之道，與顏淵、子貢等人各自所得的「理一分殊」的狀態，進而指出宰我、子貢等人只得聖人之皮毛。

【注　釋】 ①聖人之道一也　道，此指孔子的學說。一，統一；歸諸一個中心。②離婁子　傳說中視力極好的人，能看清楚一百步之外的秋毫之末（野獸秋天後的毛，極為細小），但必須在一定的條件下才能做到。③非物罪也　（離婁子能看見，「我」看不見，）不是被看之物的過錯。物，即上文「形乎吾前者」。④太山　即泰山，在今山東境內，為中國五嶽之首。⑤有卻走而不見者矣　有倒退著走過卻沒有看見的人。卻走，即倒退著走。卻，倒退。⑥趾　腳；腳跟。此指泰山山腳。⑦拒　拒絕；推辭。⑧而三子者二句　孔子的三個學生，只不過見到了夫子的腳趾而已，意思是只學習到夫子學問的粗淺部分，就像只見到泰山的山腳一樣。其，指代孔子。⑨顏淵句　顏淵，即顏回，魯國人，孔子的學生，賢能有禮節，年僅二十九歲頭髮就全都白了，早死，孔子深感惋惜。從夫子遊，即跟隨孔夫子學習。⑩難知四句　因為夫子之道高深幽絕，一般人很難弄懂，所以就被尊崇；又因為夫子有些學識比較淺顯易懂，所以他的學說又得以流布天下。⑪道固有下者也　（孔夫子的）學識本來就有粗淺的部分。下者，低下的；粗淺的。⑫太山非能有趾二句　高大的泰山不可能只有一個山腳，但又不能沒有山腳。

【語譯】聖人之道始終如一，見識大的人就看到其中的大見識，見識小的人就只看到其中的小見識；高明之士就看出它的高明之處，識見卑下者就只能看到一些粗淺的部分，這是聖人自己不可能知道的。譬如有一物在我眼前，我覺得自己沒有看不見的東西，可是，離婁子肯定能看到我看不到的東西，這不是東西的錯。泰山有百里之高，有人要是倒退著衝它走過去，當然就看不到了；還有看到了卻不到山腳的，還有到了山腳卻不上山的，可泰山卻從不因此而有所改變。依舊高聳，依然偉大。被看見了，不會逃避，沒有被看到，也不會強迫人家去看；到了那兒，它不拒絕，不到那裏，也不會去求人家來。像宰我、子貢、有若這三個人，就只能算是到了泰山山腳。

顏淵向孔夫子學習，出來對別人說：我在先生那裏學了不少東西！宰我、子貢、有若向孔夫子學習，出來對別人說：我們從先生那裏學了不少東西！孔夫子之道始終如一，顏淵在他那裏學了東西，就變成了顏淵自己的，宰我、子貢、有若學到了就變成他們各人的。而這一切，孔子卻一無所知。夫子之道，有高深的也有淺顯的，就好像泰山有山腳一樣。高深之處難以知曉，淺顯之處容易達到。因為難以知曉，所以夫子之道受人尊重；因為容易達到，所以夫子之道廣泛傳播。不是夫子自貶其道以便簡單易行，而是夫子之道本來就有淺顯的部分。泰山不能只有一個山腳，卻又不能沒有山腳。

子貢謂夫子曰：「夫子之道至大也，故天下莫能容夫子。夫子盍少貶焉？」❶夫子不悅。夫有其大，而後能安其大；有其小焉，則亦不狹乎其小❷。夫子有其大，而子貢有其小。然則無惑乎子貢之不能安夫夫子之大也。

【章旨】此章以子貢與孔子對「道」的理解上的差異為例，指出子貢識見未能如夫子之大，借子貢之言證明其所得為聖人之「汙」。

【注　釋】❶子貢謂夫子曰四句　語見《孔子家語・在厄》篇，孔子教導子貢說：芳香的芝蘭生長在叢林之中，不會因為沒有人來欣賞就不散發芬芳；君子完善自己的道德，也不能因為窮困就失了節操。子貢卻說：先生您的道德學問太高了，以至於世上都難以容納，您為什麼不使它變小一點，降低一點呢？孔子聽了很不高興地說：人生的目的就是使自己道德高尚。子貢啊，你的志向還不夠遠大啊。貶，貶低；降低。❷夫有其大四句　意思是有大知的人，就會安然處於其大知；見識短小的人，也不會因為見識短小而感到格局狹小。這裏前兩句是肯定孔夫子能安於其大，後兩句是批評子貢只知其小，未能達到夫子安於其大的境界，以致有勸夫子少貶其志的話。

【語　譯】子貢對孔子說：「先生的道德學識大到不能再大了，所以全世界都沒有能容得下的地方。先生為什麼不自己降低一點呢？」孔子很不高興。因為博大，所以能安於博大；因為渺小，所以也就不覺得太促狹。孔子之道博大無比，子貢識見卻很渺小。既然如此，怪不得子貢這樣的人不能接受孔子的博大精深了。

【研　析】本文重在闡發《孟子》之言，辨析宰我、子貢、有若等人對夫子認識的膚淺。作者以「下」、「粗淺」釋「汙」，喻孔子之道為泰山，有低矮的部分，更有高遠的部分。宰我等三人的智力，只足以達到聖人道德修養較低級的境界，不能企及其高深幽絕之境，所以他們「知足以知聖人汙」。

文章論證夫子之道宏博幽深，宰我三人智小識短，先攏出三人對夫子之評論，立定標靶，然後指出其「知夫子之大矣，而未知夫子之所以大矣」的不足。接下來借泰山為喻，說明三人未能知夫子之大的根本原因，進而將三人與顏回作比較，說明聖賢之道雖歸於一，但心懷大志者即見其大，心志狹小者惟識其小的道理。最後指出聖人之道常存，聖人之志不變，絕不會為了行道於天下，或受人尊重而有所更易貶低。用子貢請求孔子自貶其道，以求行之於世的荒謬言論，再次反證子貢未能入於夫子高深幽絕之境。

文章不作高深之語，不發驚人之論，而是娓娓道來，層層剝繭，將三子之識之「汙」揭示出來，既貶三子之識，又襯出夫子之道高深莫測。孟子之言的真實內涵，亦隨之一步步被挖掘出來。而且，從作者對宰我等三人的批判中，還十分明顯地表達出他對聖人品質的盛讚與追慕，隱寓著作者衷心求道的志向和抱負。

從論證方法看，此文注意將正面立論與反面駁論相結合，將比喻論證與說理相結合，論證充分，頗具說服力。就文風而言，雖是論說文字，但全篇行文自然流暢，略無刻劃之跡。北宋科舉大盛，理學日昌，考題多從經文中來。從此文論證方法看，頗有幾分科場文氣，雖然保持著議論風發的特徵，但從總體風格上看，卻與其通常作文的縱橫捭闔風格大異其趣。作者雖曾一再表示自己不願折節以就科舉，但其早年畢竟曾就試，故不可就此認為他就不曾習玩過科場之文，特別是他作為父親，還擔負著為兩個兒子蘇軾、蘇轍謀取功名的重任。依此推斷，則此文很有可能是其早期所為模擬科場文章的習作，或為其為兒子所擬之科舉範文。

辨姦論

【題解】姦即「奸」，邪惡不正。此篇論王安石之奸，通過辨奸之形，指其為以仁義道德掩奸邪之心的「大姦慝」。據張方平〈文安先生墓表〉載，此篇作於「王安石之母死」時。王安石母死於嘉祐八年（西元一〇六三年），則本文當作於此時。不過，清人李紱、蔡上翔認為，王安石得神宗信任推行變法，是蘇洵死後之事。蘇洵生前，其奸未啟，揆之以理，老蘇不應有此文。又由於記載此事原委，以邵博最早最詳，所以疑為邵氏偽託。但從此文末段可見，蘇洵此文是在預測王安石將為奸邪以禍國，則其寫此文時，王安石理應尚未被重用無疑。又從文風及立論多術數之法家思想傾向分析，此文恐他人難以代筆，當屬蘇洵所作。歷史地看，雖然文章指王安石為大姦慝，難免有意氣的成分，但其「凡事之不近人情者，鮮不為大姦慝」的論點，卻毫無疑問足資歷代執政者借鑑與汲取。

事有必至❶，理有固然，惟天下之靜者乃能見微而知著❷。月暈而風，礎潤而雨❸，人人知之。人事之推移，理勢之相因，其疏闊而難知，變化而不可測者❹，孰與天地陰陽之事，而賢者有不知❺，其故何也？好惡亂其中而利害奪其外也❻。

【章旨】此章揭示依理推斷見微知著，可以預知事物發展趨勢的道理，為下文預知「大姦慝」埋下伏筆。

【注釋】❶事有必至　事物的發展有其必然的運行規律。必至，事物發展的必定趨勢。❷惟天下之靜者句　只有天下那些能守靜者才能達到見微知著的境界。「靜」作為古代一個哲學概念，指虛極守靜，不為外物所動。乃能，才能夠。見微而知著，從事物的細微跡兆，認識其實質與發展趨勢。❸礎潤而雨　屋基溼潤，兆示著降雨。礎，基石。建築物的基石變得潮溼，說明空氣中水分很多，氣壓很低，因而有下雨的可能。❹人事之推移四句　這幾句的意思是說由於內外因的相互作用，人事的變化不定，其規律性就變得模糊難以把握。推移，指變化發展。理勢，影響事物變化發展的內因和外因。理，事物內在的規律性因素。勢，指外在的形勢。相因，相互作用。疏闊，簡略；不嚴密。❺孰與天地二句　意思是人事社會的發展受多種因素的影響，不像天地間陰陽變化那樣有規律可循，即使是賢能的人也不一定能準確預知。❻好惡亂其中句　內心裏有好惡的感情變化，而外在地又有利害關係使其動搖不定。奪，此指使既定的判斷改變。

【語譯】事情的發生有其既定的運行規律，依理推斷即可肯定，可是，只有天下那些靜觀默察者才能見微知著。出現月暈，就要颳風，礎石溼潤，就會下雨，是人盡皆知之事。可社會上的人事推移，受內因和外因的相互影響，複雜微妙難以知曉，變化繁亂不可預測，哪裏能跟天地陰陽變化簡單類比，實在是賢能者都難以洞曉，那是什麼原因呢？因為人內心有好惡，外在環境又有利害關係擺在那裏。

昔者山巨源見王衍，曰：「誤天下蒼生者，必此人也。」❶郭汾陽見盧杞，曰：「此人得志，吾子孫無遺類矣。」❷自今而言之，其理固有可見者。以吾觀之，王衍之為人，容貌言語固有以欺世而盜名者，然不忮不求，與物浮沉❸，使晉無惠帝，僅得中主，雖衍百千，何從而亂天下乎❹？盧杞之姦，固足以敗國，然而不學無文，容貌不足以動人，言語不足以眩世❺，非德宗之鄙暗❻，亦何從而用之？由是言之，二公之料二子，亦容有未必然也❼。

【章旨】此章謂王衍、盧杞雖為大奸，但其奸形未能全掩，若得明君，猶能識破，未必真能為奸。實乃文中抑筆，是為揭奸跡全掩之「大姦慝」的面紗作鋪墊。

【注釋】❶昔者山巨源四句　山巨源，山濤，河內懷縣（今河南武涉西南）人，三國時為尚書吏部郎，竹林七賢之一，入晉後為吏部尚書十餘年，善甄別人才。王衍，琅琊（今山東臨沂北）人，官至尚書令，很有才能，長得也很貌美。王衍少時曾拜訪過山濤。山濤在他走時目送很遠，然後歎道：是哪個老婆子生了這麼一個美男子！可將來擾亂天下的，肯定就是他了！蒼生，黎民百姓。❷郭汾陽見盧杞四句　郭汾陽，唐代名將郭子儀，華州鄭縣（今陝西華縣）人，以武舉高等入仕，累官節度右兵馬使。安祿山叛亂時，以朔方節度使討賊，因軍功進位司空。肅宗時為中書令，封汾陽郡王，故稱郭汾陽。盧杞，滑州靈昌（今河北滑縣西南）人。很有口才，但長相很醜陋，後得志為同中書門下平章事，其陰險兇惡暴露無遺。據傳郭子儀生病時，朝中百官去探病，郭子儀躺在床上，自己的女眷都不回避。只有盧杞去時，郭子儀要把她們支走，眾人問其中的原因。郭子儀說，這個人長相醜陋，用心險惡，將來他要是得勢，我這一家子恐怕就很難保得住了。❸不忮不求二句　不嫉妒別人，也不追求什麼，同於自然，隨波逐流。即與世無爭的意思。忮，嫉妒。❹使晉無惠帝四句　蘇洵這幾句的意思是說，如果晉朝皇帝不是像惠帝那樣昏庸，只要有中等才能，那麼，縱然有一千個王衍，也不可能擾亂天下。惠帝，指晉惠帝司馬衷。惠帝為太子時，大臣們就看出來他將來不會處理國政，繼位後，果然政令全出於群小之手，社稷至於不治，國勢日衰。中主，中等才能的君主。❺眩世　在世人面前炫耀。❻非德宗之鄙暗　要不是德宗那麼鄙弱昏暗。德宗，中唐皇帝李適，在位二十六年（西元七八〇—八〇五年）。德宗時，盧杞得勢，大臣們向德宗進諫說盧杞為人陰險狡猾。昏庸的德宗卻說：我怎麼不知道呢？大臣們回答道：他為人陰險狡猾，天下人都知道，只有陛下不知道，這正好說明他陰險狡猾啊。❼亦容有未必然也　也還有可能不像預料的那樣。容，容或；或許。

【語譯】從前山巨源見到王衍，說：「使天下蒼生受害的人，肯定就是這個人了。」郭汾陽看見盧杞，說：「如果這個人得償所願，我恐怕就要斷子絕孫了。」現在分析起來，那些話當然是很有道理的。在我看來，王衍這個人，他相貌堂堂、能言善辯，足以欺世盜名，但他與世沉浮，無所欲求。假使晉代沒有惠帝，只要有一個中等才能的皇帝，那麼，縱然有成百上千的王衍，又怎麼可能擾亂天下呢？盧杞奸惡，本足以敗壞國家，可是他不學無術，長相不能吸引別人，言語不足以迷惑別人，要不是德宗鄙陋昏庸，又怎麼可能任用他？由此看來，山巨源、郭汾陽二位對這兩人的論斷，也可以說未必盡然。

今有人口誦孔、老之言，身履夷、齊之行❶，收召好名之士、不得志之人，相與造作言語，私立名字，以為顏淵、孟軻復出❷，而陰賊險狠與人異趣，是王衍、盧杞合而為一人也，其禍豈可勝言哉？夫面垢不忘洗，衣垢不忘澣❸，此人之至情❹也。今也不然，衣臣虜之衣，食犬彘之食，囚首喪面而談《詩》、《書》❺，此豈其情也哉？凡事之不近人情者，鮮不為大姦慝❻，豎刁、易牙、開方是也❼。以蓋世之名而濟其未形之患❽，雖有願治之主、好賢之相，猶將舉而用之❾，則其為天下患必然而無疑者，非特二子之比也❿。

【章旨】此章撕去奸跡全掩「大姦慝」之面紗，指出奸跡雖可掩，但「人之至情」卻不可掩，進而得出「凡事之不近人情者，鮮不為大姦慝」的觀點。

【注釋】❶今有人二句　指滿口的仁義道德，行動上裝得像古代的義士。孔老之言，孔子和老子的話，指儒家和道家的學說。這裏主要是指儒家學說。夷齊，指伯夷、叔齊，商末孤竹君之二子，父死後相互推讓王位。商亡，二人恥食周粟，餓死於首陽山，儒家奉之為義士。❷以為顏淵孟軻復出　自以為是顏淵、孟軻那樣的聖人再世。顏淵，孔子的學生，以賢能著稱。孟軻，即孟子，是孔子之孫子思的學生，後世尊為亞聖。❸面垢二句　臉上有了灰塵，不可能忘了去洗臉；衣服髒了，不可能忘了去洗衣服。垢，污垢，此處作動詞，沾滿塵垢的意思。澣，洗（衣服）。❹至情　純真的內在情感，即最基本的人之常情。❺衣臣虜之衣三句　這幾句是對王安石的醜化。臣虜之衣，指怪異的服裝。臣虜，偏義複詞，主要指虜。犬彘，豬狗。囚首喪面，面帶沮喪，像囚犯一樣，形容面相難看。據邵博《邵氏聞見錄》載，王安石為簽判時，常常通宵達旦讀書，早晨略睡一會就去出公差，連臉都不洗。❻鮮不為大姦慝　很少不是大奸臣。鮮，少。大姦慝，巨奸；巨惡之人。慝，邪惡。❼豎刁句　皆春秋時齊桓公臣，為人奸邪，管仲死後，為禍於齊。可參看前文〈管仲論〉相關內容。❽以蓋世之名濟其未形之患　以高出當世的名聲去遮掩那些尚未彰顯的奸邪計謀。濟，幫助；獲得。未形之患，尚未表現出來的為害國家的巨大禍患。❾雖有願治之主二句　即使有希望好好治理國家的君主、禮賢下士的宰相，也都會舉薦他，起用他。猶，還是；依然。❿非特二子之比也　與那兩個小子是沒法比的。二子，指上文提到的王衍、盧杞兩個禍國殃民的人。

【語譯】現在，有人滿嘴都是孔子、老子之言，行為舉止也跟伯夷、叔齊一個樣，招收些沽名釣譽之輩、情志抑結之人，相互間你吹我捧，私立名譽字號，自認為是顏淵、孟軻那樣的賢人再世，可是，陰險狠毒，跟一般人完全兩樣，這等於是王衍、盧杞二人合而為一了，做起壞事來，怎麼可能用言語就全都表達得出來呢？臉髒了，不會忘了淨一淨；衣服髒了，不會忘了洗一洗，那都是人之常情。現在這個人卻不是這樣，身穿下人或異族的衣服，吃豬狗之食，面如囚徒，哭喪著臉，卻談《詩》論《書》，這難道合乎情理嗎？凡是做事不合常情的，很少見不是大奸大惡之人。豎刁、易牙、開方便是這樣的人。盜取蓋世之名來遮掩尚未顯形的奸心，即使是熱心求治之主、渴求賢臣之相，也可能會推舉並任用他，那麼，這種人必將擾亂天下，肯定無疑，為禍之劇，不是王衍、盧杞二人所能比擬的。

《孫子》曰：善用兵者無赫赫之功❶。使斯人而不用也，則吾言為過，而斯人有不遇之歎❷。孰知其禍之至於此哉❸？不然，天下將被其禍，而吾獲知言之名，悲夫❹！

【章　旨】此章強調「大姦慝」無論是否顯跡，都不廢其言，實際上是對其論斷的進一步強調。

【注　釋】❶孫子曰二句　語本《孫子兵法》。引文與原文有出入。孫子的意思是說善於作戰的將領一定會在敵人還未強大之前，將之消滅，不會等到敵人強大之後，再花大力氣去消滅他，借此來標示顯赫戰功。蘇洵在此引用，是希望當政者能在奸臣未能得勢之前將之趕走。❷不遇之歎　生不逢時的感歎。不遇，指得不到重用。❸孰知其禍之至於此哉　誰又會知道他為禍將會那麼大呢。此，指上文「以蓋世之名」到「非特二子之比也」一段，是蘇洵對王安石將造成禍患的一種預測。❹悲夫　可悲啊。意思是預料到「斯人」將為禍於天下，雖然自己因此獲得能識人心的美名，但畢竟天下人飽受災禍了，因而感到可悲。

【語　譯】《孫子兵法》說：擅長打仗的人，不會貪求赫赫戰功。如果這個人不被重用，那麼，算我話說錯了，那個人必然會有懷才不遇之歎，誰又會想到他可能為禍到哪種程度呢？如若不然，天下將飽受禍害，而我卻得了個預言準確的名聲，那才真是可悲呢！

【研　析】據方勺《泊宅編》卷上載：「歐公在翰院時，嘗飲客。客去，獨老蘇少留。謂公曰：『適坐有囚首喪面者何人？』公曰：『王介甫（王安石，字介甫）也，文行之士，子不聞之乎？』洵曰：『以某觀之，此人異時必亂天下。使其得志立朝，雖聰明之主，亦將為其誑惑，內翰何為與之遊乎？』洵退，於是作〈辨姦論〉行於世。」本文論王安石之奸，以為集王衍、盧杞二大奸賊之惡於一身，將來必定為禍天下。

就文章寫法分析，這篇文章的最大特點在於虛處落筆，善於回護。作者欲論王安石之奸，但那時王安石尚非重要人物，其奸形未露，奸計未啟，很難找到真憑實據加以揭發批駁。所以，文章便從「理有固然」處落筆，為見微知著作好鋪墊，然後循「固然」之理而下，一步步推出王安石為大姦慝。

首先，以史為證：山巨源、郭子儀在王衍、盧杞之奸謀未啟之時，就已識破其真面目。從這兩個歷史事件可以說明兩點：見微知著，有史為證；王衍、盧杞雖有奸謀，但終有所暴露，若遇明君，猶可識破。其次，將王安石與王衍、盧杞作類比，證明王安石之奸較王衍、盧杞有過之而無不及。這裏實際上暗中有一個巨大的跳躍：一般作類比文字，多重論二者之同，但蘇洵此文卻跳過王安石與王衍、盧杞為奸的類同性，而是將筆鋒伸向更深一層，論其相異之處：王安石較王衍、盧杞更善於掩飾，即用諸如孔老之言、夷齊之行、顏孟之語把自己打扮成仁義君子，具有更大的欺騙性，此是其一；掩飾奸跡，目的在於要名，以蓋世之名濟未形之患，縱有明君、賢相，也未必能識其奸，此是其二。這樣的論述，看似脫離了王衍、盧杞之奸而只論王安石之奸，實則翻進一層，不僅證其皆有奸謀為奸人，而且以極省練的筆墨，突出了王安石為禍將比王衍、盧杞二人更烈、更大。從邏輯推理來看，這樣的論述可謂環環相扣，是相當嚴密且不容懷疑的。其論王安石之大奸，可謂順理成章，如水到渠成一般。最後，考慮到這個「大姦慝」畢竟奸跡未顯，加上他又掩飾得好，連明君、賢相都很難識破，那麼，「我」憑什麼看得那麼準呢？所以文章又特別增加一段：如果「我」對了，國家將受其禍；若是「我」錯，那麼，「我」言過其實，此人也必然有不遇之歎。這裏「而斯人有不遇之歎」頗耐咀嚼，若只說「我」言之「過」，則將前面一切推理完全推翻，此人就並非「大姦慝」了。這顯然不是作者的本意，所以，他在暗中回護其論，以其人不遇之歎，表明不近人情乃「大姦慝」之本質並不因為「我」之言「過」而有所改變，只是「我」不幸未能言中罷了。但「我」未言中，並不等於說此「大姦慝」就不存在，他依然存在，只是「不遇」而已。這樣暗中回護其論，不露聲色，猶顯針腳綿密。

全篇文字雖說簡短，出語卻斬截有力，論證環環相扣，使文章氣盛而辭嚴，形成犀利文風，頗具生氣。特別是指出「凡事之不近人情者，鮮不為大姦慝」，可謂千古的論；只是遣詞用語，不免刻薄，確似雜有私怨，而且，對王安石的指責也未必完全符合事實，雖然有違君子之風，卻足以體現其人厭惡驕情之意。這些特點，都足以證明此文非老蘇莫屬。

利者義之和論

【題解】《周易・乾》卦「文言」中釋「元、亨、利、貞」之「利」為：「利者，義之和也。」意謂「利物足以和義」，以「利」為手段，「義」為目的，為內核，因而導致了儒家思想中的重義輕利思想。《論語・里仁》中亦有「君喻於義，小人喻於利」之說，發揮了這一思想。到《孟子・梁惠王上》中更發展成為：「何必言利，亦有仁義而已矣。」對「利」的認識越來越片面。蘇洵這裏持論則相反，認為無「利」則無以和「義」，強調「利」作為「和義」手段的重要性，對人們的利益追求不僅不加貶斥，反而論證其合理性。究其實質，是基於「時」、「勢」考慮，是在建構一種以「利」相誘導使趨於「義」之本根的思想，歸根結底仍是其儒法兼濟的一貫思維模式。

義者，所以宜天下❶，而亦所以拂天下之心❷。苟宜也，宜乎其拂天下之心也。求宜乎小人邪？求宜乎君子邪？求宜乎君子也，吾未見其不以至正而能也❸。抗至正而行，宜乎其拂天下之心也。然則義者，聖人戕天下之器❹也。

【章旨】此章開宗明義，指出唯求於「義」，則導致「拂天下之心」的結果，並為驚人之論：義乃聖人戕天下之器。為其言「利」之重要張目。

【注釋】❶義者二句　語本《禮記・中庸》，意思是義是用來節制、規範天下萬物，使它們不相衝突的工具。宜，合乎規律或規矩。❷而亦所以拂天下之心　也是使天下人為之心冷、喪失信心的東西。拂心，使心灰意冷或喪失信心。❸吾未見其

不以至正而能也　我沒有看到不是內心極為剛正的人所能做到的，即只有內心剛正的人才能做到以義宜天下的意思。❹戕天下之器　殘害天下的工具。戕，殺害。

【語譯】義，是使天下萬物相宜協調的東西，但也是讓天下人心灰意冷的東西。假如說相宜的話，那就是與使天下人心灰意冷相宜。是想讓它與小人相宜？還是與君子相宜？想讓它與君子相宜，我從沒看到過不是極其正直者能與之相宜的。要求世人始終堅守著正直的極至，理所當然就會使天下人心灰意冷了。既然如此，那麼，仁義，就只能說是聖人用來殘害天下人的工具了。

伯夷、叔齊殉大義以餓於首陽之山❶，天下之人安視其死而不悲也。天下而果好義也，伯夷、叔齊其不以餓死矣。雖然，非義之罪也，徒義之罪❷也。武王以天命誅獨夫紂❸，揭大義而行，夫何恤天下之人❹？而其發粟散財，何如此之汲汲也❺？意者雖武王亦不能以徒義加天下也。《乾・文言》曰：「利者，義之和。」❻又曰：「利物足以和義。」❼嗚呼！盡之矣❽。君子之恥言利，亦恥言夫徒利而已❾。

【章旨】此章借史事及經義辨明「義」、「利」內涵，指出「徒義」為「罪」、「徒利」為「恥」。

【注釋】❶伯夷叔齊句　伯夷叔齊，相傳為商朝時孤竹君的兩個兒子。孤竹君想將王位傳給次子叔齊，但他死後，叔齊出於義，仍要大哥伯夷繼位，伯夷又不願違背父命，於是兩人相繼逃到西周。武王伐紂時，二人攔住武王的馬頭加以勸阻。武王滅紂後，他們以吃周朝的食物為恥辱，逃到首陽山中，以採薇糊口，結果餓死。首陽山，在今山西永濟南。❷徒義之罪只知道沒有內容之義的罪過。徒義，空義；沒有內容的義。蘇洵認為「利」是和義的東西，只有義而沒有利，就是徒義，是行不通的。伯夷、叔齊二人沒有明白義的實質性內容，死守徒義，雖為義人，卻只有餓死。❸武王以天命誅獨夫紂　天命，上天的命令，即天意。獨夫紂，語出《孟子・梁惠王下》，商紂王昏庸無道，所以被孟子稱為「獨夫」。獨夫，殘暴無道且為百姓所痛恨的統治者。❹揭大義而行二句　主持天下正義，拿什麼來體恤天下老百姓呢。蘇洵認為武王伐紂雖然是行大義，但因為「徒義」不能使天下人聽從他的指揮，因此必須對天下人有所體恤，使百姓得到好處。❺而其發粟散財二句　據《尚書・周書・武成》及《史記》等載，武王滅紂，立即廢其暴政，將他搜刮來的財物都分發給百姓，將他剝削來的糧食全部散賑饑民。汲汲，急切的樣子。蘇洵這裏的意思是武王承天命滅紂，是大「義」的行為，但滅紂之後，立即以「利」來安定天下人心，不使其「義」成為徒義。❻乾文言三句　這是《周易》中的話，對此各人理解有所不同。唐代大經學家孔穎達認為這兩句話的意思是說：天地使萬物各得其宜，則相互和平共處而不衝突，以至於義。蘇洵此處則認為物質利益可以使義的內容豐富起來，達到真正的義，而非「徒義」。❼又曰二句　這句話仍見於《周易・乾・文言》，意思大致與前一句相同。蘇洵與孔穎達的理解也各有不同，蘇洵比較直觀，而孔穎達則較重天道內涵。❽盡之矣　（《乾・文言》中的話）已經很詳盡了。❾君子二句　君子以言利為恥，也是指那些沒有義的「徒利」罷了。徒利，這裏指無義之利，即不符合儒家道義的物質利益。

【語譯】 伯夷、叔齊以身殉義，餓死在首陽山上，天下百姓安然處之，一點也不悲傷。假如說天下之人果真崇尚義行，那麼，伯夷、叔齊也不至於會餓死。雖然如此，並非義本身的問題，而是空洞徒義的過失。周武王秉承上天旨意討伐紂王那個獨夫民賊，揭舉天下義旗，哪裏會考慮到體恤天下百姓？可是他散發商紂剝削的錢糧，為什麼會那麼迫不及待呢？看來是周武王也不能把空洞的徒義強加給天下百姓啊。《乾・文言》上說：「利，是調劑義的東西。」又說：「使萬物獲益，就足以獲得義的效應。」唉，說到點子上了！君子以談利為恥，也只是以唯利是圖為恥罷了。

聖人聚天下之剛以為義，其支派分裂而四出者為直、為斷、為勇、為怒，於五行為金，於五聲為商。凡天下之言剛者，皆義屬也❶。是其為道決裂慘殺而難行者也❷。雖然，無之則天下將流蕩忘反而無以節制之也❸。故君子欲行之，必即於利；即於利，則其為力也易❹；戾於利，則其為力也艱❺。利在則義存，利亡則義喪。故君子樂以趨徒義，而小人悅懌以奔利義❻。必也天下無小人，而後吾之徒義始行矣。嗚呼，難哉！

【章　旨】此章明「義」之本質。求於君子，可以「徒義」；求於小人，惟有「利義」，進而得出「利在則義存，利亡則義喪」的結論。

【注　釋】❶聖人聚天下六句　這一段講《周易》中關於義的涵義。《周易》中說，聖人作《易》，是想尋求天地與人事相通，所以立天道為陰、陽，立地道為柔、剛，立人道為仁、義。天地人三者相應，則人道之義，應天道為陽，應地道為剛。若以陰陽配五行及五聲，則義於五行中為金，於五聲中為商，義在人道中的具體表現有直、斷、勇、怒四種，所以凡是講到陽、剛、金、商及直、斷、勇、怒等，都屬於義的範疇。❷是其為道句　由於義沒有給人迴旋的餘地，有時難免要捨身取義，所以顯得決裂慘殺，一般人難以做到。決裂慘殺，即悲壯慘烈。❸無之句　完全取消義，那麼，天下人情必將流蕩忘反，無法進行節制。流蕩忘反，此指人心放逸而不知返歸於仁義。反，即「返」。指返之於仁義禮智等道德規範。❹即於利二句　有物質利益的刺激，那麼叫人貢獻力量就很容易。即，靠近；接近。其，指代一般有利欲的人。❺戾於利二句　與利益不相合，那麼辦事情就很難了。戾，乖張。❻而小人悅懌句　勢利的人就會高高興興地衝著有利的義舉而去。悅懌，高興的樣子。懌，歡喜。利義，有利益內涵的義舉，主要指聖人的義舉對天下人有利。

【語　譯】聖人把天下所有剛強的東西聚集起來稱之為義，具體分析起來有四種：正直、果斷、勇猛、憤怒，在五行之中是金，在五聲之中是商。凡是天下談到剛強的，都具有義的性質。行義之道，決然果敢不惜殺身，是很難做到的。雖然如此，沒有義，那麼天下百姓必將隨心所欲無法控制。所以君子想推行義，就要用利去誘導；有利可圖，人們才有可能容易努力；無利可圖，就很難讓人努力行義了。利在義在，無利義亡。所以只有君子才以無利的徒義為終生的追求，小人則樂於追求有利可圖之義。一定要到天下完全沒有小人了，然後才可以開始推行無利可圖之義。唉，太難了！

聖人滅人國，殺人父，刑人子，而天下喜樂之，有利義也。與人以千乘之富而人不奢，爵人以九命之貴而人不驕❶，有義利❷也。義利、利義相為用，天下運諸掌❸矣。五色必有丹❹而色和，五味必有甘而味和，義必有利而義和。〈文言〉之所云，雖以論天德，而《易》之道本因天以言人事❺。說《易》者❻不求之人，故吾猶有言也。

【章旨】此章辨明「義」、「利」關係，指出二者必須「相用」，才能獲得好的效果。

【注釋】❶與人以千乘二句　千乘，古時以一車四馬為一乘，千乘之富，極言富有。奢，奢侈；過度消費和享樂。九命，古時爵位共分九等，一命最低，九命是最高的爵位。❷義利　有義來約束的利（千乘、九命等物質利益）。❸運諸掌　在手掌上運轉，極言其容易。❹丹　紅色。❺而易之道本因天以言人事　中國古代哲學講究人法地，地法天，天法道，道法自然，由此達到人與自然的和諧統一。《周易》中也體現了這一哲學思想，是借天道來尋求人類社會的和諧倫理的。人事，人世之事，人類社會關係的總和。❻說易者　研玩《周易》的學者。說，述說；闡釋。

【語譯】聖人滅亡別人的國家，殺死別人的父親，懲治別人的子女，可是天下百姓卻樂於接受，因為是有利的義舉。送給別人大量財富而他不因此變得貪婪，給別人貴爵高官而他並不因此變得驕矜，是因為這些好處合乎道義。符合道義的好處與有利可圖的義行相互運用，那麼，就能輕而易舉地控制天下了。五種顏色，必定要有紅色才能協調，五種味道，一定要有甜味才能和美，道義，一定要用利益進行調和。《周易．文言》所言，雖說講的是天地萬物的規律，可是，《周易》的根本原則，是借天道運行的規律去規範人類社會。人們探討《易》理，卻不求實用於人類社會，所以我才有上面的一席話。

【研　析】本文探究「義」、「利」關係。作者從《易．乾．文言》中「利者，義之和」生發議論，認為這句話的意思是說，物質利益是用來使「義」的內容充實起來的東西，進而指出天下人既分君子、小人，在道德規範上，就不能一概用要求君子的「義」去要求所有的人；要想小人的行為服從於「義」，就必定要用「利」去誘導，沒有「利」，小人就不可能從「義」。依此論證，推導出「利在則義存，利亡則義喪」，「義利、利義相為用，天下運諸掌」的道理，得出義、利相輔相成，相互補充的結論，並進而批判無利之徒義為戕害天下的工具。

在先秦諸子中，儒家強調重義輕利，捨生取義。法家則重利輕義，認為利是「義之本也」（《商君書．開塞》）。作者這裏所論，雖以《周易》所論為本，以儒家仁義之說為根，卻兼取法家之說為用，體現了作者以刑名之論濟仁義之說的融通思想，跟他在〈權書〉中所反映出來的以兵謀濟仁義之窮的思路是一致的。由此可見作者思想的駁雜，但同時又不得不承認其論理言事，基於事實，貼近人情，尚於實用的突出特點。而且，在那個君主集權統治的時候，儒學大為倡明的宋代，作者能將「利」提到與「義」同等重要的地位，對二者進行客觀公允的分析與評判，確實是一件很有意義的事。其議論無疑也較儒家只求「義」而輕棄「利」的觀點更合人情實際。其立論超越儒家重義輕利的傳統觀念，在北宋理學初興，力舉仁義的大文化背景下，可謂別樹一幟，為空谷足音。特別是對「徒義」的批駁，顯得更加具有力度與張力。這樣的學術思想是否針對「洛學」而發，雖未敢遽斷，但其體現出「蜀學」的實用精神，卻是無疑的。正因為在思想根源上與純粹儒學思想有很大的差距，所以，我們認為，雖然此文跟〈三子知聖人汙論〉同樣具有科場策論的筆法，卻很難認同此篇亦具策論模擬的性質——科舉考試作為網羅人才之具，同時也有思想禁錮的功能，很難想像，蘇洵這種「曲解」《易》理的言論會被考官接受。

上皇帝書

【題解】本書作於仁宗嘉祐三年（西元一〇五八年）。嘉祐元年（西元一〇五六年），歐陽修向朝廷推薦蘇洵，兩年後，朝廷召蘇洵到舍人院進行制科考試。蘇洵以病辭，拒不就試，並寫下這篇〈上皇帝書〉，給仁宗皇帝提出十條施政綱領，力主革新吏治，奮發圖強。如果說〈權書〉主要是蘇洵的兵書戰謀，〈衡論〉是蘇洵對政治根本原則的思考，那麼，這篇〈上皇帝書〉則可以看作是他全部施政綱領的總體展示。

嘉祐三年十二月一日，眉州布衣臣蘇洵謹頓首再拜❶，冒萬死上書皇帝闕下❷。臣前月五日，蒙本州錄到中書劄子❸，連牒❹臣：以兩制議上翰林學士歐陽修奏臣所著〈權書〉、〈衡論〉、〈幾策〉二十篇，乞賜甄錄❺。陛下過聽❻，召臣試策論舍人院❼，仍令本州發遣臣赴闕❽。臣本田野匹夫，名姓不登於州閭❾，今一日卒然❿被召，實不知其所以自通於朝廷。承命悸恐，不知所為⓫。以陛下躬至聖之資⓬，又有群公卿之賢，與天下士大夫之眾，如臣等輩，固宜不少⓭，有臣無臣，不加損益⓮。臣不幸有負薪之疾⓯，不能奔走道路，以副陛下搜揚之心⓰。憂惶負罪，無所容處⓱。

【章　旨】此章介紹被召應試的前後過程，陳述不應召理由：布衣野夫，無進身之求；天下多士，無進身之由；負薪之疾，無進身之能。實是為其上書言事作鋪墊。

【注　釋】❶眉州句　眉州，今四川眉縣。布衣，古時對平民的稱呼，古人規定人的社會地位不同而必須穿不同顏色和質地的衣服，平民百姓只可穿布衣，因而代稱。頓首，周禮中九拜之一，行禮時叩頭至地。再拜，再次行禮。❷皇帝闕下　皇帝陛下。闕，古時宮門兩邊的望樓，這裏用闕下來代指皇帝，表示對對方的尊重。❸蒙本州錄到中書箚子　承蒙本州過錄中書省的箚子。本州，指眉州。中書，中書省，古官署名，總管國家政務。最早設於魏晉時，唐代進一步完善，宋朝沿用唐制。箚子，舊時公文的一種，凡是朝中官員上奏或兩制非正常時間的上書，宋代都稱箚子。❹牒　命令。❺以兩制議上二句　因為內外兩制討論翰林學士歐陽修所奏進呈我所著的〈權書〉、〈衡論〉、〈幾策〉二十篇，請皇上降旨加以選拔錄用。兩制，中書省和翰林院的總稱。在處理行政事務時，中書省為外制，掌正式詔敕；翰林院為內制，掌臨時文告。歐陽修，北宋著名文學家和政治家。一生博覽群書，以文章名重當時，反對宋初浮靡文風，以平易實用為尚，領導北宋詩文革新運動，為「唐宋八大家」之一。蘇洵求仕時，曾寫信請他幫助推薦。至和元年（西元一〇五四年）九月，歐陽修被任命為翰林學士，故稱。甄錄，選拔錄用。甄，選拔（人才）。❻過聽　過問；聽取（這些意見）。❼召臣試策論舍人院　下詔召我到舍人院考試策論。臣，蘇洵自稱。按照宋朝的規定，凡是皇帝特地降旨召試人才，由中書學士舍人院具體考試，或另派專員考試，內容包括詩、賦、論、頌、策、制誥等。❽發遣臣赴闕　敦促我趕緊進京城應試。發遣，由官方派送。闕，宮城門兩邊供瞭望的城樓，此借代京城。❾州閭　鄉間和地方政府。閭，古時以二十五戶為閭。❿卒然　突然；倉猝沒有準備。⓫承命悸恐二句　接到詔令，心中誠惶誠恐，不知道該怎麼辦才好。⓬陛下躬至聖之資　陛下您自己有著聖哲的資質，即英明睿哲的意思，是頌美皇帝的話。⓭固宜不少　肯定應該不在少數。固，一定；肯定。宜，應該。⓮有臣無臣二句　有我無我，都不會有什麼好壞變化。臣，蘇洵自指。⓯負薪之疾　自稱有病。《禮．曲禮下》：「君使士射，不能，則辭以疾，言曰：『某有負薪之疾。』」⓰以副陛下搜揚之心　以便符合陛下您搜求人才的好意。⓱憂惶負罪二句　為自己負罪而感到惶恐不安，不知道該如何處理應對。

【語　譯】嘉祐三年十二月一日，眉州布衣臣民蘇洵頓首再拜，冒萬死上書給皇帝陛下。臣在前月五日，承蒙本州過錄中書省上書箚子的副本，接連命令我：因為兩制討論翰林學士歐陽修上奏進呈我撰寫的〈權書〉、〈衡論〉、〈幾策〉共二十篇文章，請求降旨給予選拔錄用。陛下您親自過問這事，下詔召我到舍人院進行策論考試，並命令本州派送我到京師應試。我本是個田野村夫，姓甚名誰，連州府都不知道，現在一旦倉猝被召去京師，實在不知道怎樣跟朝廷溝通交代。秉承皇命，擔驚受怕，不知如何是好。憑著陛下您那至聖至仁的天資，加上眾位公卿的賢能，又有天下那麼多的士大夫輔佐，像我這樣的人，肯定應該不在少數，有沒有我，不會有什麼好壞影響。我很不幸有「負薪」的毛病，不能長途奔波，無法滿足陛下您那一片搜求人才的好意。內心惶恐，不知道該如何處理應對。

臣本凡才，無路自進。當少年時，亦嘗欲僥倖於陛下之科舉。有司以為不肖❶，輒以擯落❷。蓋退而處者，十有餘年矣。今雖欲勉強扶病戮力❸，亦自知其疏拙❹，終不能合有司之意，恐重得罪，以辱明詔❺。且陛下所為千里而召臣者，其意以臣為能有所發明❻，以庶幾有補於聖政之萬一❼。而臣之所以自結髮讀書至於今茲❽，犬馬之齒幾已五十❾，而猶未敢廢者，其意亦欲效尺寸於當時❿，以快平生之志耳。今雖未能奔伏闕下，以累有司⓫，而猶不忍默默卒無一言而已也。天下之事，其深遠切至者，臣自惟疏賤⓬，未敢遽言⓭；而其近而易行，淺而易見者，謹條為十通，以塞明詔⓮。

【章旨】此章簡略回顧自己參加科舉不順的經歷，表達努力王事之忠心，並表陳雖不應詔，但仍要就天下之事有「深遠切至者」向皇上進言，示出上書言事之意。

【注　釋】❶有司以為不肖　考官認為沒有才能。有司，官府，此代指主考的官員。不肖，即不才，沒有才能。❷輒以擯落就將我黜落，不予錄取。擯落，黜落，此指科舉考試不被錄取。❸戮力　合力；集中精力。戮，並；合。❹自知其疏拙　自己知道自己很愚笨。「其」為自指。疏拙，學識疏淺；不聰明。❺恐重得罪二句　恐怕再次獲罪，以致辱沒皇上您下詔召試的聖明行為。重得罪，指以前參加考試不合格和這次不應詔參加考試，實是不願應詔入京應試的託辭。明詔，皇帝聖明的詔書。❻有所發明　有自己獨到的見解。發明，此指對國事的獨到見解。❼有補於聖政之萬一　對國家聖明的政治有些微的幫助。有補，有所裨益；有所幫助。萬一，萬分之一，極言其少。❽而臣之所以句　而我從童年時期直到現在，苦讀不輟。結髮，將頭髮束起來。古時男子在童年時就必須將頭髮束起，因此用結髮指代童年或青年。今茲，如今；現在。茲，此；此時。❾犬馬之齒幾已五十　差不多快要五十歲了。犬馬，自謙之詞。齒，代年齡。❿效尺寸於當時　為國家盡自己微薄的力量。效，效勞；效力。尺寸，一尺一寸，形容很少。當時，當朝；這個朝代。⓫今雖未能二句　如今雖然不能奔赴京城應試，以致於給官員帶來麻煩。奔伏闕下，指奉詔到京應試。以累有司，給官府帶來麻煩。由於蘇洵這次是由兩制奏議特詔進京的，不是正常的科舉考試，所以要由地方政府特別安排去京師，再由中書舍人院特派官員來考，所以說給有司帶來了麻煩。⓬自惟疏賤　自己覺得很卑賤。惟，語氣詞，無實意。疏賤，偏義複詞，主要是「賤」的意思，指卑賤。⓭未敢遽言　不敢一下子都說出來。遽，急忙；馬上。⓮以塞明詔　用來搪塞君王的詔書。塞，搪塞；應付。

【語　譯】我本來是個凡夫俗子，沒有進身之路。少年時，也曾參加陛下的科舉考試，以求萬幸。可是考官覺得沒有才能，將我黜落了。我退處鄉野，已有十多年之久。現在雖然想勉強抱病努力進取，可自己覺得才疏笨拙，終究難符考官心意，擔心再次得罪，辱沒聖上的明詔。再說，陛下之所以不遠千里下詔召我入京，用意應該是覺得我對政治還有些見解，或許有可能對現在的聖明政治有一點點補益。而我之所以從小到現在一直讀書學習，年齡差不多五十了，還不敢放棄，就是想用自己的微薄之才去報效朝廷，以施展平生的志向為快意之事罷了。如今雖然我不能奔走京城，去麻煩舍人院的官員們，可是又不願意默然一言不發就此作罷。天下的事情，那些影響深遠而又切中時弊的，我因為疏淺卑賤，不敢隨便講；就把一些切近易行、淺顯易見的事，條列十件，作為對您的詔書的應答吧。

其一曰：臣聞利之所在，天下趨之。是故千金之子❶，欲有所為，則百家之市❷，無寧居者。古之聖人，執其大利之權❸，以奔走天下❹。意有所嚮，則天下爭先為之。今陛下有奔走天下之權，而不能用，何則？古者賞一人而天下勸❺，今陛下增秩拜官，動以千計❻，其人皆以為己所自致❼，而不知勠力以報上之恩。至於臨事❽，誰當效用？此由陛下輕用其爵祿，使天下之士積日持久而得之❾。譬如傭力之人，計工而受直❿，雖與之千萬，豈知德其主哉⓫？是以雖有能者，亦無所施⓬，以為謹守繩墨，足以自致高位。官吏繁多，溢於局外，使陛下皇皇汲汲⓭，求以處之，而不暇擇其賢不肖，以病陛下之民，而耗竭大司農之錢穀⓮。此議者所欲去而未得也⓯。

【章旨】此章指陳朝廷任用官吏之弊，在於未考察其實績，致使墨守陳規者自致高位，而朝廷冗員太甚。

【注釋】❶千金之子　千金子，比喻極富之人。❷百家之市　只有一百戶人家的集市，是很小的市鎮。❸執其大利之權　執掌著可以使天下人獲利的大權。大利之權，可以獲得巨大利益的權力，指君主統一天下政由己出的特權。❹以奔走天下　使天下人都四處奔忙。奔走，使人奔走。❺賞一人而天下勸　賞賜某一個人，使得普天下的人都努力。勸，勸勉，此指自勵。

❻今陛下增秩拜官二句　如今皇上您增加官吏的名額，動不動就上千。增秩拜官，即增加官吏的俸祿級別。秩，俸祿；官員的等第。動，動不動。❼己所自致　自己通過努力得來。❽臨事　面臨事故；面對突發事件。❾積日持久而得之　長時間裏養成了這種習慣。之，指上文所講「皆以為己所自致，而不知戮力以報上之恩」的心理。❿計工而受直　按工作時間或工作量的大小來支付錢財。直，通「值」。價值相應的錢財。⓫豈知德其主哉　哪裏知道感激他們的主人（皇帝）呢。⓬是以二句　因此，即使有才能出眾的人，也不知道該怎麼辦。施，措手；有所行動。⓭皇皇汲汲　迫不及待的樣子。皇皇，即「惶惶」。恐懼不安的樣子。汲汲，心情急迫的樣子。⓮耗竭大司農之錢穀　耗費國庫的財物。大司農，漢代官名，掌管租稅、錢穀、鹽鐵等事。隋唐三省六部制出臺後，這些事就都由戶部來管，這裏即指戶部。⓯此議者所欲去而未得也　這是討論國政者曾經想革除卻沒能革除掉的弊政。宋代冗官太甚，是十分嚴重的問題，在蘇洵之前就有人提出來過。議者，指前此提出這一主張的人。

【語譯】第一件：我聽說利益所在之處，天下人都會奔趨而往。所以富有千金的人，想有所作為，那麼僅百戶人家的市鎮，都會不得安寧。古代的聖人，掌握著大利天下的特權，用來調動天下的人。心中有什麼意向，天下人都會爭先恐後地去幹。現在陛下您有驅使天下的大權，卻沒能運用自如，是為什麼呢？古時獎賞某人而天下人都受到激勵，現在陛下您升職拜官，動不動就數以千計，那些升官者都覺得是自己努力所致，卻不知道努力報效主上的恩德。等到面對具體事務，誰會效勞？這是因為陛下您輕易使用加官進爵的方法，使天下的士人只靠熬日子混資歷就能得到它。譬如打工的人，按工作接受工資，縱然給他金錢千萬，哪裏會感激主人呢？所以，即使有些能幹的人，也不會施展才能，覺得謹守繩墨，就足以自然而然獲取高位。官吏繁多，超出正常官員名額之外，使陛下憂心不絕，內心焦急，只願想辦法去安排，卻沒有多餘的時間去分辨他們是賢能還是不肖，以致於傷害陛下的百姓，並大量消耗國家的財政。這是大家討論著想革除卻沒有革除掉的弊政。

臣竊思之，蓋今制，天下之吏，自州縣令錄幕職而改京官者，皆未得其術❶，是以若此紛紛也。今雖多其舉官而遠其考，重其舉官之罪❷，此適足以隔賢者而容不肖❸。且天下無事，雖庸人皆足以無過，一日改官，無所不為。彼其舉者曰：此廉吏，此能吏❹。朝廷不知其所以為廉與能也。幸而未有敗事，則長為廉與能矣。雖重其罪，未見有益。上下相蒙，請託公行❺。蒞官六七考，求舉主五六人❻，此誰不能者？臣愚以為，舉人者當使明著其迹曰：某人廉吏也，嘗有某事以知其廉；某人能吏也，嘗有某事以知其能。雖不必有非常之功❼，而皆有可紀之狀，其特曰廉能而已者不聽❽。如此，則夫庸人雖無罪而不足稱者❾，不得入其間，老於州縣，不足甚惜。而天下之吏必皆務為可稱之功❿，與民興利除害，惟恐不出諸己。此古之聖人所以驅天下之人，而使爭為善⓫也。有功而賞，有罪而罰，其實一也⓬。今降官罷任者，必奏曰某人有某罪，其罪當然⓭，然後朝廷舉而行之。今若不著其所犯之由，而特曰此不才貪吏也，則朝廷安肯以空言而加之罪？今又何獨至於改官而聽其空言哉⓮？是不思之甚也。

【章　旨】此章表陳造成官冗之弊的原因，提出選拔提升官吏，不僅要有舉薦之人，還應該舉薦其實績，以杜絕空言苟且之風。

【注　釋】❶自州縣二句　從最基層官吏的錄用到京城高級官吏的委任，都沒能找到最佳途徑。京官，在京城的官員，指朝中的官吏。術，方法；途徑。❷今雖多其舉官二句　現在雖然要求增加保舉官員的名額並且延長考核的期限，又加重了保舉不實者的罪責。舉，指保舉推薦。考，對官吏政績的考核，一般一年進行一次。宋朝時，為了慎重考慮京官的任用，將常規的四考改成六考（考察六年），舉薦的官員也從一般的四人增加到五人，對舉薦不確的保舉官還加重懲罰。如果被舉薦者曾有罪，還要加一考。在具體任用之前，還得由皇帝親自過問。❸隔賢者而容不肖　阻隔賢能的人，卻使無能之輩得以容身。隔，隔絕；阻撓。❹此能吏　這是有才能的官員。能，指有才能。❺上下相蒙二句　上下級之間相互遮掩罪責，求別人舉薦的陋習風行不止。請託，指求人舉薦的不良風氣。❻蒞官六七考二句　做一任官經過六七年，求四五個舉薦的官員。六七考，宋制對官吏一年一考，六七考需六七年。蒞官，擔任官職。舉主，舉薦的官員。❼非常之功　不同尋常的政績。功，指政績。❽其特曰句　那些僅僅說廉潔有才能的舉薦，就不聽取。特，此處相當於「只」。廉能，廉潔而有才能。不聽，不聽從；不重視。❾庸人雖無罪而不足稱者　庸碌無為的官員，雖然沒有什麼過錯卻不足以勝任其職的庸官。庸人，此指昏庸的官吏。不足稱者，不稱職的官。❿務為可稱之功　一定要取得與其官位相稱的政績。⓫爭為善　爭著實施好的管理；爭著行善政。善，善舉，主要指於國於民有益的措施。⓬其實一也　在實質上是一樣的。⓭其罪當然　即罪行屬實。當然，是那個樣子。⓮今又何句　為什麼現在在改官任職這件事上偏偏聽信空言呢。

【語　譯】我私下裏想，現在的體制是，天下的官吏，從各州縣登錄的幕府之職到調整京都要員，都沒有採取最佳的方案，所以才會那麼雜亂無章。現在雖說增加了保舉官的名額而且延長了課考的期限，還加重了對保舉不實官員的處罰力度，可這些只足以阻隔賢能者進身反而使無能之輩得以容身。再說，天下無事之時，即使是庸碌無能之輩，也都可以保證不犯什麼過錯，一旦升官，更會為所欲為。那些保舉的官員講：這位是廉潔的官員，這位是有才能的官員。可朝廷卻不知道為什麼說他廉潔，為什麼說他們有才能。只是僥倖沒有敗露，就一直算是廉潔官員或者有才能官員。即使加重懲罰，也沒有什麼好處。上下相互蒙蔽，公然請客託人求保薦推舉。任期長達六七次課考，求五六個保舉官員，這種事誰做不到？我認為，舉薦的官員應該讓他們清清楚楚寫下被舉薦者的事跡：某某是廉潔官吏，曾經發生某某事，可以看出他很廉潔；某某是有才能的官吏，曾經發生某某事，可以看出他很有才能。雖然不一定要有什麼超出平常的功績，卻都要有些可以記錄的事跡，對於那些只是講廉潔有才能的舉薦，則不要聽信。如此一來，那麼，庸碌無能雖說沒有過失卻實際上不稱職的人，就不可能濫竽充數，讓他們老死於州縣之職，也沒有什麼可惜的。而且，天下的官員們也必將務求與職務相稱的政績，為百姓興利除害，惟恐自己的政績與職位不一致。這是古代聖人用來調動天下民眾，使他們都爭先行善的方法。有功就賞，有罪就罰，本質上是一樣的。現在貶降或者罷免官員，必定要奏明說是某某人犯有某某罪，依罪論定應當如此處罰，然後朝廷才會那麼執行。假如不說明所犯罪行，卻只說這是沒有才能的貪官污吏，那麼，朝廷怎麼肯僅憑那些空話就加罪呢？可現在又為什麼在調任官吏時卻聽信那些空話呢？這真是考慮得十分不周到啊。

或以為如此，則天下之吏，務為可稱，用意過當，生事以為己功，漸不可長❶。臣以為不然，蓋聖人必觀天下之勢而為之法。方天下初定，民厭勞役，則聖人務為因循之政，與之休息❷；及其久安而無變，則必有不振之禍。是以聖人破其苟且之心，而作其怠惰之氣❸。漢之元、成，惟不知此，以至於亂❹。今天下少惰矣，宜有以激發其心，使踴躍於功名❺，以變其俗❻。況乎冗官紛紜如此，不知所以節之，而又何疑於此乎？且陛下與天下之士相期於功名而毋苟得，此待之至深也❼。若其宏才大略，不樂於小官而無聞焉者，使兩制得以非常舉之，此天下亦不過幾人而已。吏之有過而不得遷者，亦使得以功贖❽，如此亦以示陛下之有所推恩❾，而不惟艱之❿也。

【章　旨】此章批駁官吏為謀政績而生事擾民之說，認為依天下大勢而言，當時人心趨惰，正可以此激起活力，發現傑出人才並黜退無能之輩。

【注　釋】❶用意過當三句　刻意為之，有失允當，滋生事端謀取政績功勞，只注重短期效應卻缺乏長遠打算。用意過當，用心思太過分了。生事以為己功，指官吏們為了考課時有突出的政績而故意生出事端使百姓受苦。漸不可長，不能任其滋長。❷務為因循之政二句　採用承襲前代治理國家的政策，使天下百姓得以休養生息。因循，依照原來的樣子不作改變。與之休息，即與民休息，使老百姓有喘息的機會。❸是以聖人二句　所以聖人就會破除其苟且因循的僥倖之心，使之振作，擺脫他們的怠惰之氣。破，破壞；消除。苟且，敷衍；馬馬虎虎。作，使振作起來。❹漢之元成三句　漢代在元帝、成帝時，因為沒有這麼做，所以導致國家亂亡。元，漢元帝劉奭。成，漢成帝劉驁。元帝不理政事，成帝耽於酒色。漢朝的衰亡，實從此二帝開始。蘇洵的意思是說在漢代元帝和成帝當政時，漢代已經不再需要休養生息了，可二帝仍然不採取措施，使天下人振奮起來，於是趨於衰亡。❺踴躍於功名　使天下官吏爭先恐後地求取功名。踴躍，情緒高昂，積極活躍的樣子。❻以變其俗　以便改變官場習俗（即人浮於事，請託公行，冗員不求上進，只求無罪的事實）。❼且陛下二句　而且陛下讓天下士人為國建功揚名，而不拘泥於苟且獲得一官半職，那才是對他們深恩厚愛呢。❽以功贖　用功績抵消罪責，即將功贖罪的意思。❾推恩　皇帝對臣下施恩。❿艱之　使他們感到升遷的艱難。之，指「有過而不得遷者」。

【語　譯】也許有人覺得這麼一來，那麼天下的官吏們，為了求得稱職，就會刻意有為，滋生事端，為自己樹立政績，這種風氣是不能任其滋長的。我覺得不然，聖人統治天下，一定要在審察天下大勢的基礎上制定相應的對策。當天下剛剛平定的時候，百姓受夠了勞役之苦，那麼聖人應該實施因循之政，與民休息；等到太平安寧的時間長了，沒有什麼變故，那就一定會生出不知振作的禍害來。所以聖人就要破除人們貪求安逸的心理，使他們振作起來，擺脫怠惰之氣。漢代的元帝、成帝，因為沒有這麼做，以致於國政日亂。現在天下已稍有惰氣了，應該想辦法激發人們的振作之心，使他們積極謀求功名利祿，改變現在的社會風氣。況且有那麼多的冗官熙熙攘攘，正不知道怎麼刪汰，又為什麼要懷疑這種辦法呢？再說，陛下激勵天下的士人去建功立業，而不是苟且求個一官半職，那才是真的對他們懷著深恩厚愛呢。如果真有那種宏才大略，不樂意做小官卑吏而默默無聞的人，就讓兩制大臣用非常規的辦法舉薦他們，這些人普天下也就那麼幾位而已。官吏有過失無法升職的，也讓他們將功補過，如此一來，也就昭示出陛下有意推恩布澤，而不僅僅是一意苛求了。

其二曰：臣聞古者之制爵祿❶，必皆孝弟忠信，修潔博習❷，聞於鄉黨❸，而達於朝廷以得之。及其後世不然，曲藝小數皆可以進❹。然其得之也，猶有以取之，其弊不若今之甚也。今之用人最無謂者，其所謂任子❺乎？因其父兄之資以得大官❻，而又任其子弟，子將復任其孫，孫又任其子，是不學而得者常無窮也❼。夫得之也易，則其失之也不甚惜。以不學之人，而居不甚惜之官，其視民如草芥❽也固宜。朝廷自近年始有意於裁節❾，然皆知損之而未得其所損❿，此所謂制其末而不窮其源，見其粗而未識其精，僥倖之風少衰而猶在⓫也。夫聖人之舉事，不惟曰利而已，必將有以大服天下之心。今欲有所去也，必使天下知其所以去之之說⓬，故雖盡去而無疑。何者？恃其說明也。

夫所謂任子者，亦猶曰信其父兄而用其子弟云爾。彼其父兄，固學而得之也。學者任人，不學者任於人⓭，此易曉也。今之制，苟幸而其官至於可任者，舉使任之⓮，不問其始之何從而得之也。且彼任於人不暇，又安能任人？此猶借資之人，而欲從之匄貸⑮，不已難乎？臣愚以為父兄之所任而得官者，雖至正郎⑯，宜皆不聽任子弟。惟其能自修飾，而越錄躐次，以至於清顯者，乃聽⑰。如此，則天下之冗官必大衰少，而公卿之後皆奮志為學，不待父兄之資。其任而得官者，知後不得復任，其子弟亦當勉強，不肯終老自棄於庸人⑱。此其為益豈特一二而已？

【章旨】此章陳述「任子」之弊，指出要慎用此策，只給確有才能嚴以自律且位至清顯者的子弟那樣的機會，以激勵天下官員子弟努力上進。

【注釋】❶制爵祿　制定封爵授祿（的規則）。❷孝弟忠信二句　講究仁義道德，而且潔身自好，又有廣博學識。孝，指尊重父母和長輩。弟，即「悌」。敬重哥哥。忠，忠於君王。信，朋友之間講求信譽。這幾個方面都是儒家對君子的要求。❸鄉黨　鄉閭；鄉里。❹曲藝小數皆可以進　曲藝小數，一點小技巧或淺顯的才能。曲藝，古時指醫卜等技術。小數，小的才能。可以進，可以作為進身的工具。以，用來；憑藉著。❺任子　任用顯宦們的子孫為官。此習源於西漢，當時二千石以上官員都可以保舉自己的子孫為官，宋朝時所有的皇親國戚、文武官員都可以任子，成為宋代冗員太甚的重要原因之一。❻因其父兄之資以得大官　憑著父親、兄長的資本當上大官。資，資格；資歷。❼不學句　沒有學問才識卻得到官位的人就無窮無盡。不學，沒有學識。❽草芥　微小而無價值的東西。芥，小草。❾朝廷句　指宋仁宗慶曆年間，對官吏們奏請為子孫補官一事加以限制的政策。自那以後，任子之風才略有所收斂。❿皆知句　都知道政府對任子之風加以限制，卻都不知道為什麼要那樣做。⓫少衰而猶在　稍微有些衰退，但沒能根除。猶在，還存在。⓬所以去之之說　為什麼要革除的原因。說，說法；事情發生的原因。⓭學者任人二句　有學識才幹的人（被任命為官吏），就有權去任別人為官。沒有學問才幹（得不到官職），就只有被別人任用。任於人，被別人任用。於，表被動。⓮舉使任之　全部讓他們去擔任相應的職務。⓯此猶借資之人二句　這就像一個人本來在向別人借錢，可你卻還想從他那裏貸款一樣。匄貸，借貸錢財。⓰正郎　古時官階以「郎」為正職（如尚書郎、黃門郎等），其下有侍郎為副職。正郎，主要是指政府機關裏的正職郎官。⑰惟其能自修飾四句 只有那些能注重自我修養，而且政績卓越超過同僚，並做到清顯要職的官員，才讓他們任子。自修飾，指潔身自好，沒有貪贓枉法行為。越錄躐次，（固有才能和政績）以超越常規的方式加以任用。越錄，越級錄用。躐，超越。次，同級別的官吏。清顯，清正廉明。聽，聽憑；聽從（任子的請求）。⑱終老自棄於庸人 一生一世自暴自棄，做一個昏庸無能的官吏。庸人，此指庸碌無能的官吏。

【語譯】第二件：我聽說古時候掌控官爵和祿位，必定是那些行孝講悌盡忠誠信、潔身自好、博聞習禮，在鄉里聞名而且上達於朝廷的人，才能得到它。等到後世卻不是這樣了，稍微小有技巧，略有醫卜之術者，都有可能借此進身。即使那樣，獲取爵祿，也還算是有獲取的理由，弊端還不像現在這麼厲害。現在任用人才最沒有規矩的，就是所謂的任子吧？因為父親、兄長有某種資歷就能當上大官，並且還能任用他們的兒子兄弟，兒子又將再任用孫子，孫子再任用孫子的兒子，這麼一來，不必求學就得為官，沒完沒了。得到官位太容易，那麼對失去它也就不會覺得可惜。那些不學無術之輩，佔著不覺得可惜的官位，他們視百姓如草芥也就是理所當然的了。最近這些年，朝廷才有意進行裁削節制，可是，都知道應該裁減卻還沒有弄明白為什麼裁減，這就是所謂的只治標而沒有治本，只看到粗淺的表面弊端，卻沒有看透其中精微的隱患，所以僥倖獲取官位的風氣稍有衰減卻依然存在著。聖人處理事情，不只是講有利而已，一定要讓天下人心悅誠服。現在想裁除這種弊政，一定要讓天下人知道為什麼裁除的理由，那麼就算全部廢止了也不會有什麼疑慮。為什麼？因為講清了道理。

之所以任子，也就是說因為相信他們的父兄，所以就任用他們的子弟。那做父親兄長的，本來是因苦學而得到官位。有學識的人差遣別人，沒有學識的人，只能聽憑別人差遣，這個道理是很容易懂的。現在的體制，假如有幸某位官員可以任子，就全都讓他任子，卻不考察一下他最初那個官位是怎麼得來的。那些人被人任用都來不及，又怎麼能任用別人？這就像本來是個借債的人，卻又有人想從他那裏借貸一樣，不是太困難了嗎？我覺得父兄因為是任子制度而得到官位的，即使做到正職的郎官，也不應該讓他們都再任用子弟。

只讓那些能自我約束，功績顯著越級提拔且位至清顯的人，才允許他們任子。這麼一來，天下的冗員濫吏必然會大大減少，而王公大臣們的後人也將發憤苦學，不再只等著借助父兄的資歷入官。那些靠父蔭獲得官位的人，知道在他後面不可能再有庇蔭子弟的機會，也必然會勉勵自強，不肯一輩子自暴自棄只做一個庸碌的官吏。這麼做難道只有一兩點好處而已嗎？

其三曰：臣聞自設官以來，皆有考績之法❶。周室既亡，其法廢絕。自京房建考課之議❷，其後終不能行。夫有官必有課，有課必有賞罰。有官而無課，是無官也；有課而無賞罰，是無課也。無官無課，而欲求天下之大治，臣不識❸也。然更歷千載而終莫之行，行之則益以紛亂，而終不可考，其故何也？天下之吏不可以勝考❹。今欲人人而課之，必使入於九等之中，此宜其顛倒錯謬而不若無之為便也❺。

臣觀自昔行考課者，皆不得其術。蓋天下之官皆有所屬之長，有功有罪，其長皆得以舉刺❻。如必人人而課之於朝廷，則其長為將安用❼？惟其大吏無所屬，而莫為之長也❽，則課之所宜加❾。何者？其位尊，故課一人而其下皆可以整齊❿；其數少，故可以盡其能否而不謬⓫。今天下所以不大治者，守令丞尉賢不肖混淆而莫之辨也⓬。夫守令丞尉賢不肖之不辨，其咎在職司之不明；職司之不明，其咎在無所屬而莫為之長⑬。陛下以無所屬之官，而寄之以一路⑭，其賢不肖，當使誰察之？

【章旨】此章論官吏考課之弊，不在考課本身，而在用之不得其術，無論官吏大小，皆由朝廷考課，失去實際意義，致使賢與不肖皆得通過。

【注釋】❶考績之法　對所任命官吏進行考核政績的制度。一般為任職三年後考核一次，三次考核後決定是升是降。❷京房建考課之議　京房，漢時東郡頓丘（今河南清豐西南）人。據《漢書・京房傳》載，京房曾上奏考功課吏法，經群臣討論，因覺太繁而未能推行。❸不識　沒有看到過。識，見識。❹天下之吏不可以勝考　對全國所有的官吏進行考課就考不勝考，是不可能的。勝，盡；完全。❺今欲三句　對官吏進行考課，這實際上是行不通的。京房的考課辦法是對所有的官吏進行考課，目的是要將清正廉明、卓有才幹者選拔出來，委以重任。但如果對大小官吏都進行考課，則勢必按官職的高低分成九個等級（古時官階為九等），這樣就使考課顯得顛倒錯訛，很難達到預期目的，還不如不考課來得方便。❻有功有罪二句　官吏在任上是有政績還是犯有錯誤，他的上級都可以舉報出來。舉刺，舉善除惡，《宋史・職官志》：「歲巡所部，以察師儒之優劣，生員之勤惰，而專舉刺之事。」❼其長為將安用　他們那些（地方官吏們的）長官還有什麼用處呢。❽惟其大吏二句　只有那些大官，沒有官吏是他們的上級（指直接受皇帝控制）。❾課之所宜加　應該（由朝廷）對他們進行考課。❿整齊　有秩序，此指官吏們有罪有功都可以看得出來。⓫盡其能否而不謬　詳細地考察他們（大官吏）賢能與否，不至於有差錯。謬，謬誤；差錯。⓬守令丞尉句　現在天下不能大治的原因，是因為郡守、縣令、縣丞、縣尉是賢能還是不肖都混淆起來了，沒有人能去加以區別。守，郡守，州府的行政長官。令，縣令，一縣的行政首腦。丞，縣令的助手。尉，縣尉，管一縣治安的官吏。不肖，沒有才德。莫之辨，分辨不清楚。⓭夫守令丞尉四句　意思是搞不清楚守令丞尉等官吏們是不是賢能有才幹，弊端在於人浮於事，每個官員的職責不分明；職責不分明的原因，是由於沒有一個統一的領導（使他們分工合作）。咎，失誤；過失。⓮陛下以無所屬之官二句　陛下您將沒有統一領導的官吏任命到一個行政區去。寄之，委任他們。路，宋時行政區劃單位。

【語譯】第三條：我聽說自從設立官制以來，都有考核政績的辦法。周王朝衰亡之後，這種辦法就廢棄絕跡了。漢代的京房提出過考課的議題，後世卻終究沒有能夠執行。有官吏就一定要有考課，有考課就一定要有賞罰。有官吏卻不進行考課，就等於沒有設官；有考課卻不作賞罰處理，就等於沒有搞考課。沒有官吏沒有考課，卻想求得天下大治，我沒有看到過。然而經過千年之久卻終究沒有執行，執行起來又覺得更加紛擾混亂，最終弄得收不了場，是什麼緣故呢？因為天下的官吏多得考不勝考。現在想對每個官吏都進行考課，一定要區分他們為九個等級，這樣當然就會顛倒錯亂不堪，不如不搞考課來得方便了。

我看自古以來的考課，都不得法。天下所有的官吏都有所屬的上司，有功有過，上司都得以檢舉和批評。如果一定要每個官員都由朝廷進行考評，那還要那些上司作什麼用？只有那些封疆大吏沒有上級部門可以考課，那麼才由朝廷對他們進行考課。為什麼？他們的地位很尊貴，所以考核一個人，他們的下屬就都可以擺平了；這些人數量很少，所以可以考核出他們是不是稱職而不至於有錯誤。現在天下之所以沒有獲得大治，是因為太守、縣令、縣丞、縣尉有才幹的沒有才幹的都混淆在一起無法區分清楚。太守、縣令、縣丞、縣尉是否有才幹都分不清，過失在於他們的職責沒有分清楚；職責沒有分清楚，過失在於沒有明確的上級歸屬，沒有人擔起上司的職責。陛下把那些沒有上級歸屬的官員，安排在一個行政轄區內，他是不是賢能，又讓誰去考察呢？

古之考績者，皆從司會，而至於天子❶。古之司會，即今之尚書，尚書既廢，惟御史❷可以總察中外之官❸。臣愚以為可使朝臣議定職司考課之法，而於御史臺別立考課之司❹。中丞❺舉其大綱，而屬官之中，選強明者一人，以專治其事❻。以舉刺多者為上，以舉刺少者為中，以無所舉刺者為下。因其罷歸，而奏其治要，使朝廷有以為之賞罰❼。其非常之功，不可掩之罪，又當特有以償之，使職司知有所懲勸❽，則其下守令丞尉不容復有所依違❾，而其所課者又不過數十人，足以求得其實。此所謂用力少而成功多，法無便於此者矣。今天下號為太平，其實遠方之民窮困已甚，其咎皆在職司。臣不敢盡言，陛下試加採訪，乃知臣言之不妄❿。

【章　旨】此章提出完善官員考課之法：由朝廷御史對地方大吏進行考課，並行賞罰，由地方大吏給下屬官吏以榜樣，從而達到考課的實效。

【注　釋】❶古之考績者三句　古時候掌管官吏考課的機構，是從司會開始，最後集中到天子那裏。司會，古官名，其職權相當於後來的尚書省，官吏的政績功過一般都由該機關具體審核，然後上報皇帝。❷御史　即御史臺，古官名，其職權歷代略有變化，大致相當於副丞相，審核官吏政績為其職權之一。❸中外之官　指朝中官吏（即京官）和朝外官吏（即各州郡長官）。❹考課之司　專門考核官吏政績得失的機關。❺中丞　官名，御史下面的兩個副職，一為御中丞，一為中丞，具體對御史大夫負責。❻而屬官之中三句　並在下屬官吏當中，選出一位精明強幹的人，專門負責這項事務。屬官，副官；下屬官吏。專治其事，專門處理這一類事情。❼因其罷歸三句　（沒有政績的）就罷去其官職，讓他解職歸田，以示懲處；（政績顯赫的）就將他們的事跡上奏皇帝，作為朝廷將來賞賜的依據。❽其非常之功四句　按句意在「有以賞之」後應有「有以罰之」之類的話，文中略去。意思是對政績特別突出的官員，要對他們進行特別的賞賜；對罪大惡極的人，則從重處罰，使官吏們知道朝廷賞罰分明。職司，即司其職務的官吏。❾依違　違法亂紀。「依違」此處為偏義複詞，主要是「違」的意思。❿不妄　不虛妄；切合實際、屬實的意思。

【語　譯】古代考核官吏，都由司會擔任，然後上報天子。古時候的司會，就相當於現在的尚書，尚書一職廢除後，只有御史可以全部負責朝中和各州郡的官員考核了。我認為可以讓朝臣討論制定依官職進行考課的辦法，在御史臺另外設立一個專門進行考課的部門。御史中丞把握大政方針，在下屬官吏之中，選一位精明能幹的人，專門負責處理這件事。以舉薦多的官員為上等，以舉薦少的為中等，以沒有舉薦的為下等。任滿離職回朝，上奏為官的主要政績，作為朝廷進行賞罰的依據。若有不同尋常的功績，或有無法遮掩的罪過，再進行特別的賞罰處理，讓在任的官員知道有所獎懲，那麼，他們的下屬如太守、縣令、縣丞、縣尉等，也就不可能再違法亂紀了，而進行考課的官員也只不過幾十位，完全可以考核出他們的真實業績。這可以說是用力不多而成效明顯的辦法，沒有比這更方便的了。現在天下號稱太平盛世，其實僻遠之地的百姓生活十分窮困，失誤全在執政官不力。我不敢多說，陛下您去探訪一下，就知道我說的不是假話。

其四曰：臣聞古有諸侯，臣妾其境內❶，而卿大夫之家亦各有臣❷。陪臣❸之事其君，如其君之事天子。此無他，其一境之內，所以生殺予奪、富貴貧賤者❹，皆自我制之❺，此固有以臣妾之也。其後諸侯雖廢，而自漢至唐，猶有相君之勢❻。何者？其署置辟舉之權，猶足以臣之也。是故太守、刺史坐於堂上，州縣之吏拜於堂下，雖奔走頓伏，其誰曰不然❼？自太祖受命，收天下之尊歸之京師，一命以上皆上所自署，而大司農衣食之❽。自宰相至於州縣吏，雖貴賤相去甚遠，而其實皆所與比肩而事王耳。是以百餘年間，天下不知有權臣之威，而太守、刺史猶用漢唐之制，使州縣之吏事之如事君之禮。皆受天子之爵，皆食天子之祿，不知其何以臣之也。小吏之於大官，不憂其有所不從，惟恐其從之過耳⑨。今天下以貴相高，以賤相諂，奈何使州縣之吏，趨走於太守之庭，不啻若僕妾，唯唯不給⑩？故大吏常恣行不忌其下，而小吏不能正，以至於曲隨諂事，助以為虐⑪。其能中立而不撓者⑫，固已難矣。此不足怪，其勢固使然也。夫州縣之吏，位卑而祿薄，去於民最近，而易以為姦⑬。朝廷所恃以制之者，特以厲其廉隅，全其節概，而養其氣，使知有所恥也⑭。且必有異材焉，後將以為公卿，而安可薄哉⑮？其尤不可者，今以縣令從州縣之禮。夫縣令官雖卑，其所負一縣之責，與京朝官知縣⑯等耳。其吏胥人民，習知其官長之拜伏於太守之庭，如是之不威也，故輕之。輕之，故易為姦。此縣令之所以為難也。臣愚以為州縣之吏事太守，可恭遜卑抑，不敢抗而已⑰，不至於通名贊拜，趨走其下風⑱。所以全士大夫之節，且以儆大吏之不法者⑲。

【章　旨】此章建議理順大小官員之間的關係，適當抬高州縣官吏的地位，使既服從大吏又能對之進行制約。

【注　釋】❶臣妾其境內　以其封地內為臣妾，意思是完全統治其封地，在封地內建立起一套君主制的統治秩序。❷而卿大夫之家句　各諸侯國內卿大夫的「家」，也有一套君主式的統治秩序。其下屬之人也對卿大夫稱臣。❸陪臣　指諸侯國君的下屬和各國卿大夫的家臣。因為諸侯和卿大夫都是王（天子）的臣子，所以諸侯、卿大夫的家臣就稱重臣，即陪臣。❹生殺予奪富貴貧賤者　掌握著生殺予奪、富貴貧賤的大權。生，使之生。殺，使之死。予，給予。奪，取走。富貴，使之富貴。貧賤，使之貧賤。❺皆自我制之　都由我（諸侯或卿大夫）一個人說了算。制，控制；把握。❻猶有相君之勢　還存在著像對待君主那樣對待上級的樣子。❼誰曰不然　誰說不應該那樣呢。不然，不如此；不這樣。❽自太祖受命四句　宋太祖趙匡胤得天下後，加強了中央集權的程度。宋朝以前，六部中的正官由皇帝任命，正官以下的官吏，則由正官舉薦。宋太祖革其舊制，所有官吏都必須由吏部任命，由戶部具體發放俸祿。吏部、戶部直接受皇帝控制，這樣，實際上就由皇帝來掌握任免官吏的大權了。受命，承天命而統治天下。❾不憂其有所不從二句　（對小吏）不擔心他們不聽從大官僚的話，卻怕他們太聽話了。從之過，聽從上級的命令太過分了。❿唯唯不給　應命不暇。唯唯，應答的聲音。不給，供應不上，此指來不及。⓫曲隨諂事二句　曲意逢迎，諂媚上級，幫助他們做壞事。⓬中立而不撓者　保持中立，不曲意逢迎上級官吏。不撓，不變形，此指不改變自己心志去做壞事。撓，彎曲；變形。⓭易以為姦　容易做奸邪害人的事。⓮朝廷所恃五句　指朝廷用禮義廉恥等儒家禮法約束他們（小吏）。厲其廉隅，使其棱角分明，品行耿介不阿。廉隅，棱角。全其節概，使之保全節操和氣概。⓯安可薄哉　怎麼可以薄待他們呢。薄，指禮數不周或俸祿不豐。⓰京朝官知縣　京畿一帶由朝官兼任的縣令。與其他州郡專門委任的縣令雖然職務相同，但身分上卻有差別。⓱不敢抗而已　不敢公然對抗或不服從命令就可以了。抗，違抗；不服從。⓲通名贊拜二句　通報姓名登門拜訪，畢恭畢敬，緊隨其後。贊拜，古時朝見天子，司儀官通報禮節為贊拜，此指僚屬拜見其上級。下風，風向的下面，指跟隨在後面。⓳儆大吏之不法者　警告不守法的大官僚。儆，告誡使不致犯法。

【語譯】第四條：我聽說古代分封諸侯，他們可以像對待臣妾那樣對待封地裏的百姓，卿大夫有家，也各自有家臣。這些不同級別首腦的臣子侍奉他們的上級主子，就像他們的主子侍奉天子一樣。這沒有別的原因，在他們的封地裏，生殺予奪、使人富貴或者貧賤的特權，都由他們掌控著，所以能像對待臣妾那樣統治其封地。那以後，分封諸侯的制度雖然廢棄了，可是從漢朝到唐代，這種輔佐主子的文化基因還一直保留著。為什麼呢？因為長官還掌握著推薦保舉的大權，還足以像君對臣那樣掌控他們的命運。所以太守、刺史端坐於大堂之上，州縣級別的官吏在堂下參拜，即使是奔走效力頓首請安，又有誰敢說不應該那樣？自從太祖秉承天命，把天下的尊權盡行收歸京師朝堂，連最小官吏的任命都由皇上親自簽署，而由國家財政發給俸祿。自宰相到各州各縣的官吏，雖然有貴賤不同、離京城遠近之別，但本質上卻都是併肩協力為皇上辦事。所以，一百多年了，天下不知道有權臣的威風，而太守、刺史卻還保持著漢唐以來的體制，讓州府縣令們像對待君主一樣對待上級。都是天子所授之爵，都食天子之祿，不知道為什麼他們還要那樣對待上級。那些小吏，在大官的面前，用不著擔心他們不服從，只擔心他們太聽從大官了。現在天下以德行高尚為貴，以諂媚苟且為卑賤，怎麼能讓州縣的官吏，奔走在太守的大堂之下，竟然像奴僕臣妾一般，唯唯諾諾？所以才導致高官們常常恣意橫行，一點也不顧忌下級，小官們也不敢糾正高官的胡作非為，以至於曲意逢迎諂媚討好，助紂為虐。那些能夠保持中立不曲意阿附的，已經是很難能可貴了。這也不足為怪，是那特定的形勢必然導致的結果。州縣的小官吏，地位卑下俸祿又低，跟平民百姓的距離卻最近，所以最容易做奸邪之事。朝廷能夠轄制他們的手段，應該是激勵他們、磨礪他們的品性，保持他們的操守，以蓄養他們的正氣，並讓他們識禮知恥。再說，他們當中也有一些才能出眾者，將來很可能成為國家的棟梁之材，怎麼可以輕看這些人呢？最不應該的是，現在讓縣令也採用州縣對待上級的禮節。縣令的官職雖然很卑微，但他卻擔著全縣的責任，跟京城裏朝官兼任的知縣地位一樣。他下面的小吏和百姓，看慣了他們的長官在太守庭堂下面拜伏行禮，是那麼沒有面子，所以就會輕視他。輕視縣令，就會為非作歹，這正是小縣令之所以難當的根本原因。我傻乎乎地覺得州縣的官吏對待太守，可以謙恭遜讓，到不違抗命令的程度就可以了，不應該卑賤到要通報姓名跪拜求見、膽顫心驚地緊隨其後的地步。這是為了保全士大夫的節操，也是對那些不守法的高官的一種約束。

其五曰：臣聞為天下者，必有所不可窺❶。是以天下有急，不求其素所不用之人，使天下不能幸其倉卒，而取其祿位，惟聖人為能然❷。何則？其素所用者，緩急足以使❸也。臨事而取者，亦不足用矣。《傳》曰：「寬則寵名譽之人，急則用介冑之士。今者所用非所養，所養非所用。」❹國家用兵之時，購方略，設武舉❺，使天下屠沽健兒，皆能徒手攫取陛下之官❻。而兵休之日，雖有超世之才，而惜斗升之祿❼。臣恐天下有以窺朝廷也❽。今之任為將帥，卒有急難而可使者，誰也？陛下之老將，曩之所謂戰勝而善守者，今亡矣❾。臣愚以為可復武舉，而為之新制❿，以革其舊弊。且昔之所謂武舉者蓋疏矣，其以弓馬得者，不過挽強引重，市井之粗材⓫；而以策試中者，亦皆記錄章句，區區無用之學⓬。又其取人太多，天下之知兵者不宜如此之眾；而待之又甚輕，其第下者不免於隸役⓭。故其所得皆貪汙無行之徒⓮，豪傑之士，恥不忍就⓯。宜因貢士之歲，使兩制各得舉其所聞，有司試其可者⓰，而陛下親策之⓱。權略之外，便於弓馬，可以出入險阻⓲，勇而有謀者，不過取一二人，待以不次之位⓳，試以守邊之任⓴。文有制科㉑，武有武舉，陛下欲得將相，於此乎取之，十人之中，豈無一二？斯亦足以濟矣。

【章旨】此章建議恢復武舉，加強武備，以防不測之禍。

【注釋】❶臣聞二句　我聽說統治天下的人，一定要讓別人無法窺伺偷襲。為天下者，治理天下的人；統治天下的人。即皇帝。必有所不可窺，一定有深不可測的統治之術，即不可告人的統治方法。❷是以五句　所以說如果天下出現緊急情況（百姓起義、將領叛亂、外敵入侵等），朝廷也用不著臨時任用一直沒有重用的人，而且也不讓天下心存異志的人有可能乘機發難，奪取他們奢望的祿位，這一點只有聖賢的統治者才能做到。❸緩急足以使　在緊急情況下足以任用。緩急，偏義複詞，主要是急的意思。❹傳曰五句　原文見《史記・老子韓非列傳》，文字略有出入。這幾句話的意思是說，在國家太平時，皇帝用高額俸祿豢養文臣；一旦國勢危急，就用武將去衝鋒陷陣。緊急時所用之人，不是平時所養所重之臣；平時所養之臣，不是急時任用之人。❺購方略二句　尋求禦敵的方法和謀略，開設武舉。武舉，國家選拔武將的科舉。宋朝對武將不重視，武舉也時設時停，一直不是很正常。宋仁宗天聖年間所設武舉，先試騎射，再試弓馬，最後試兵法。下文所舉以弓馬得者，以策試得者，即是說應試武舉的人通過這些形式得到官位。❻使天下二句　讓天下那些屠沽健兒，單憑一雙粗手就獲取陛下的高官厚祿。屠沽健兒，出身低微粗陋的健壯小子。屠沽，屠戶和賣酒的人。徒手，空著手。攫取，奪取。❼斗升之祿　一斗一升的俸祿，即微薄的俸祿，代指低微的官職。❽天下有以窺朝廷也　天下人有可以窺伺朝廷的機會，暗指謀反以推翻其統治。❾曩之所謂二句　先前所謂能入善守的將領，現在都已去世了。曩，從前。戰勝而善守者，英勇善戰而又擅長防禦的將領。戰勝，每戰必勝。亡矣，死掉了。❿為之新制　給武舉定下新的規章制度。⓫挽強引重二句　能拉開硬弓，舉起重物，只是些粗笨有力的小市民。市井，集市；城鎮。粗材，粗魯的人。⓬亦皆記錄章句二句　都只不過是背誦了古代兵書中的詞章和文句而已，絲毫沒有實用價值。記錄章句，此處主要指兵法書籍上的章句。區區，極言其小，不重要。⓭其第下者不免於隸役　沒有考中的人，免不了要去做別人的隸從護衛。第下者，即下第者，沒有被錄用的人。隸役，從事奴隸的勞動，指給別人出力以謀生，此處主要指憑一身武藝為人當差。⓮貪汙無行之徒　貪贓枉法，沒有德行的人。⓯恥不忍就　認為可恥而不願意參加武舉。就，靠近；接近。這裏指參加武舉。⓰有司試其可者　經官場考試合格的人。可者，得到肯定的人，即被科舉考試錄取的人。⓱親策之　親自用兵策去考他們（即前文所謂「可者」）。策，策試。⓲出入險阻　到艱苦而危險的地方去，指到戰場上去征戰殺伐。⓳待以不次之位　給他們授予顯要的官職。不次，不按正常的秩序，即越級授予官位。⓴試以守邊之任　用守衛邊境的重任去考察他們的才能。㉑制科　古代科舉形式的一種，指不受科考時間的限制，專門為招攬特殊人才而設的臨時科舉考試。

【語譯】第五條：我聽說治理天下，必定要有些不可窺測的謀略。所以在天下有倉猝急難之時，不用去求那些平時不重用的臣子，也能使天下人無法利用急難，去做奸邪之事獲取祿位，這一點只有聖人才能做到。為什麼？平時重用的人，在緊急時足以派上用場。緊急時起用的人，根本上講是派不上用場的。《史記・老子韓非列傳》中講：「政局寬鬆的時候，重用那些有名望的臣子，急難之際則重用鎧甲武士。現在所用的人，不是平時厚待的人，平時厚待的人，不是所用的人。」國家用兵之時，求取作戰方略，增設武舉，讓天下的市井健兒，憑著一雙手就獲得國家的官職。到兵事結束之時，即使有曠世奇才，也不給他一官半職。我擔心天下英雄會暗地窺伺朝廷政權哩。現在能擔當將軍元帥之職在倉猝急難之時可供調派的人，有誰呢？陛下的那些老將軍們，昔日能攻善守的將領，現在都去世了。我認為可以恢復國家的武舉，但創新其體制，革除那舊的弊端。況且以前那種所謂的武舉總體上是很粗疏的，憑弓馬得中的，只不過是些能挽硬弓舉重物的市井粗人；而憑策論考試得中的人，也不過都是些只會背誦經典章句，紙上談兵無實戰經驗的無用之徒。又加上錄取的人太多——天下懂得兵法的人本不應該有那麼多的；再說給他們的待遇又太微薄了，那些沒有考取的，難免會去充任隸從侍衛。所以錄取的都是那些貪得無厭品行不端的人，真正的英雄豪傑，以之為恥，不願就試。應該趁著各地貢士的年分，讓兩制大臣各自舉薦平時聞名的武者，由官員考試，錄取其中的優秀分子，由陛下親自策試他們。權變謀略之外，能上馬騎射，可以出入艱難險阻，有勇有謀的人，每次不過錄取一二位，給他們特別的職位，用守衛邊疆的重任去檢驗他們。文士考試有制科，武士考試有武舉，陛下想得將相之才，用這種辦法去尋找，十個人當中，難道就沒有一兩個？那樣也就足以辦成事了。

其六曰：臣聞法不足以制天下❶，以法而制天下，法之所不及，天下斯欺之矣❷。且法必有所不及也。先王知其有所不及，是故存其大略，而濟之以至誠❸。使天下之所以不吾欺者，未必皆吾法之所能禁，亦其中有所不忍而已。人君御其大臣，不可以用法。如其左右大臣而必待法而後能御也，則其疏遠小吏當復何以哉？以天下之大，而無可信之人，則國不足以為國矣。臣觀今兩制以上，非無賢俊之士，然皆奉法供職無過而已❹，莫肯於繩墨之外，為陛下深思遠慮，有所建明❺。何者？陛下待之於繩墨之內也。臣請得舉其一二以言之：夫兩府❻與兩制，宜使日夜交於門❼，以講論當世之務，且以習知其為人❽，臨事授任，以不失其才。今法不可以相往來，意將以杜其告謁之私也❾。君臣之道不同，人臣惟自防，人君惟無防之，是以歡欣相接而無間❿。以兩府、兩制為可信邪，當無所請屬⓫；以為不可信邪，彼何患無所致其私意⓬，安在其相往來邪？今兩制知舉，不免用封彌謄錄⓭，既奏而下，御史親往蒞之⓮，凜凜如鞫大獄，使不知誰人之辭⓯，又何其甚也？臣愚以為如此之類，一切撤去，彼稍有知，宜不忍負⓰。若其猶有所欺也，則亦天下之不才無恥者矣。陛下赫然震威⓱，誅一二人，可以使天下姦吏重足而立⓲。相聞⓳朝廷之風，亦必有倜儻非常之才⓴，為陛下用也。

【章旨】此章建議破除禁止大臣往來之法，使去墨守因循之弊，相互激發，共謀國事。

【注釋】❶法不足以制天下　法律是不足以用來治理天下的。蘇洵此語體現了中國古代以人治為主，不重視法制的統治特色。❷天下斯欺之矣　全天下的人都得以鑽法律的空子。欺之，欺負它。之，代「法之所不及」，即鑽法律不周密的空子。❸濟之以至誠　任用有至誠之心的官吏補法律的不足。至誠，指有至誠之心的官吏。❹奉法供職無過而已　遵守法律的有關規定，完成職權以內的事務，力圖不犯錯誤而已。❺有所建明　有所建樹或者發明，意思是革新政治，使之更加昌明。❻兩府　宋代沿用唐五代舊制，以中書省為文治之所，樞密院為武治之所，分掌國家文武事務，號為兩府。❼交於門　相互往來。❽習知其為人　彼此熟悉對方的為人。❾意將以杜句　其用意是想杜絕兩府官員們相互拜訪（以圖謀不軌）的私情。告，通「報」。謁，拜見。❿君臣之道四句　意思是做皇帝跟做大臣不一樣，大臣們自己應該彼此防範，皇帝則無須對臣子設防，這樣就會使君臣之間關係融洽，沒有隔閡。⓫以兩府兩制為可信邪二句　如果相信兩府、兩制的官員們是忠心耿耿的話，就沒有必要一定要向皇帝請示才彼此交往。兩府，中書省與樞密院。兩制，內制和外制。宋代翰林學士兼知制誥為皇帝起草詔書（聖旨）稱內制，他官（如中書舍人）加知制誥官銜為皇帝起草詔書稱外制，二者合稱兩制。請屬，此指向皇帝請示該不該相互交流。屬，囑咐，此指皇帝的命令。⓬無所致其私意　沒有地方來表達他們的私情。所，處所；場所。致，表達；說出來。⓭封彌謄錄　宋時科舉制度，考試結束後，由考官將考生答卷上的名字密封起來抄錄考卷進行批閱錄取，然後送交皇帝。⓮親往蒞之　親自去監督。⓯凜凜然如鞫大獄二句　威風凜凜地像處理重大案件一樣，使（考官和復查的官員）都不知道是哪位考生的試卷。鞫，審問。⓰宜不忍負　應該不至於辜負皇上對他們的信任。⓱赫然震威　威風凜凜，不容侵犯，形容天子的威儀使人震怖。⓲重足而立　疊足而立，形容恐懼到了極點，不敢稍微挪動一下腳步。⓳想聞　估計；聽說。蘇洵此時未去京城應試，所以這麼說。⓴倜儻非常之才　瀟脫俊逸，才能出眾的人。

【語譯】第六條：我聽說僅憑法律是不足以統治天下的，用法律控制天下，法律沒有涉及到的地方，天下人都會去鑽空子。況且法律肯定會有不周全之處。先王知道法律不可能周全，所以就只定個大框架，然後用官員們的至誠之心去完善其不足。使天下人不得欺騙政府，並不一定都是國家法律禁止的結果，其中也有一些不忍心胡作非為的成分。君主掌控臣下，不能只用法律的手段。假如國君身邊的大臣都一定要全部依法行事才能控制得住，那麼，那些不是經常聯繫得到的偏僻地方的官員又該怎麼辦呢？這麼大的天下，卻沒有可以信任的大臣，那麼這個國家也就不足以成為一個國家了。我看現在的兩制大臣及其上級，不是說沒有賢能俊傑之士，可是都墨守法規供職當差，只求沒有過錯罷了，沒有誰願意突破陳規，替陛下深思熟慮，有所創建和發明。為什麼？因為陛下只在法律之內去要求他們。我請舉一二例子加以說明：中書省跟樞密院這兩府和起草詔書的內外兩制，應該讓他們不分白天黑夜彼此交往，讓他們討論國家大事，彼此瞭解人格個性，以便國家有事時選派任命，避免選錯了人。現在法律規定他們不可以彼此往來，用意是藉以杜絕他們私下裏彼此勾結互通信息。君道與臣道不同，臣下應該彼此防備，君臣之間則沒有必要設防，如此才能夠高高興興地相互交流，不至於有什麼隔閡。認為兩府與兩制可以信任，就沒有必要對他們嚴加控制，認為他們不可信，他們哪裏用得著擔心無法相互勾結私通信息，哪裏用得上一定要彼此往來？現在兩制大臣主持科舉考試，不得不用謄錄考卷彌封姓名的辦法，已經上奏後再下發復核，由御史親自到現場監督，威風凜凜就像是辦理重大案件，不讓主持考試的人知道是誰的卷子，這是不是太過分了？我傻乎乎地覺得像這些做法，都應該撤去，那些人稍有良知，應該不忍辜負您。假如他們還真有所欺騙，那麼，也就是天下無才而且無恥之輩了。陛下您赫然龍威震怒，誅斬一兩個這樣的人，就可以讓天下作奸犯科的官吏膽顫心驚、坐立不安了。估計滿朝的文武，也必將有英俊傑出才能非凡之士，為陛下所用。

其七曰：臣聞為天下者可以名器[1]授人，而不可以名器許人。人之不可以一日而知也久矣[2]。國家以科舉取人，四方之來者如市，一旦使有司第之[3]，此固非真知其才之高下大小也，特以為姑收之而已。將試之為政，而觀其悠久，則必有大異不然者[4]。今進士三人之中，釋褐之日，天下望為卿相，不及十年，未有不為兩制者[5]。且彼以其一日之長，而擅終身之富貴舉而歸之[6]，如有所負[7]。如此，則雖天下之美才，亦或怠而不修[8]；其率意恣行者，人亦望風畏之，不敢按[9]。此何為者也？且又有甚不便者。先王制其天下，尊尊相高，貴貴相承[10]，使天下仰視朝廷之尊，如太山喬嶽⓫，非扳援所能及⓬。苟非有大功與出群之才⓭，則不可以輕得其高位。是故天下知有所忌，而不敢覬覦⓮。今五尺童子，斐然皆有意於公卿⓯，得之則不知愧，不得則怨。何則？彼習知其一旦之可以僥倖而無難⓰也。如此，則匹夫輕朝廷。臣愚以為三人之中，苟優與一官，足以報其一日之長⓱。館閣臺省，非舉不入⓲。彼果不才者也，其安以入為⓳？彼果才者也，其何患無所舉？此非獨以愛惜名器，將以重朝廷⓴耳。

【章旨】此章建議整頓科舉制度，不使及第之士輕易得為高官，以振起朝廷威望。

【注釋】❶名器　名位爵祿，借代官位。名，名位爵號。器，代表名位爵號的器物，是古時任用官吏的憑證。❷人之不可以句　一個人的稟性如何不可能一天就看得出來，這是歷久的經驗之談。❸第之　錄取他們。第之，使之及第，錄取的意思。❹大異不然者　完全與他們在科舉中所表現出來的不一樣，即名不副實。指考生只有書本知識而無真才實學。❺今進士五句　現在，考中進士的三人之中，從邁入仕途的那一天起，天下人都指望著將來位及卿相，不到十年，沒有不置身兩制大臣的。釋褐，脫去粗布衣服，換上官服，指當官。卿相，公卿和丞相，指高官。❻且彼二句　況且那些人憑藉在科舉考試中一天之內發揮出色，就換來終身榮華富貴。一日之長，指在一天之內的科舉考試中獲勝。擅，獲得。❼如有所負　好像上天對他們（考中進士者）有所施與，有所恩賜。❽則雖天下二句　那麼，即使是天下俊傑，也會鬆懈怠慢而不修身正己。怠而不修，放鬆，不嚴格要求。❾按　查辦。❿尊尊相高二句　尊重尊長的人，使他們的地位顯得更高；看重富貴的人，使他們的優越感代代相傳。句中第一個尊和第一個貴都作動詞。⓫太山喬嶽　太山，即泰山，五嶽之首。喬嶽，高聳的山嶽。喬，高聳。⓬非扳援所能及　不是靠徒手攀登就能到達頂峰的。扳援，即扳緣，向上爬。⓭出群之才　超出眾人的傑出才能。⓮覬覦　非分的希望或企圖。⓯斐然句　神采昂揚地心存官至公卿的想法。斐然，神采昂揚的樣子。公卿，王公大臣，指高官。⑯僥倖而無難　憑偶然的機會獲得成功，沒有什麼困難。⑰苟優與二句　如果特別地賜予他們中一個人官職，就足以作為對他們一天發揮出色（指科舉考試合格）的回報了。優與，相當於授予。優，豐厚。⑱非舉不入　沒經過舉薦就不入選。舉，被別人舉薦。⑲其安以入為　憑什麼讓他們入選（館閣臺省）呢。入，此指入選館閣臺省等顯職。⑳重朝廷　重視朝廷，即提高朝廷的威望。

【語譯】第七條：我聽說統治天下可以將權力授予別人，但不能隨便許諾別人權力。瞭解一個人不可能是一天的事，這是恆久的道理。國家用科舉考試發現人才，天下四方來參加的人，就像趕集市一樣，一場考試就讓考官決定是否錄取，這本來就不可能真正瞭解參加考試者才能的高下大小，只不過是用這種方法姑且收錄下來罷了。將來再用政績去衡量，進行長時間的考察之後，那麼，表現肯定就會跟考場上完全不同了。現在三個進士之中，從步入仕途之日起，天下人就都指望著將來位至卿相，不到十年的工夫，沒有不置身兩制大臣的。那些人憑著一天內考場裏的良好發揮，就贏得了終身的富貴享樂，就像上天有所恩賜一樣。如此一來，那麼，縱然是天下傑出的人才，也或許會懈怠不思進取；而那些我行我素恣意胡為者，別人也一看那作風就怕了，不敢追查。這是何必呢？再說那樣又有很多不便於統治之處。先王統治天下，尊重該尊重的以提高他們的地位，寶貴該寶貴的使他們代代相傳，使天下人仰視朝廷的威風尊嚴，就像看泰岳高峰一樣，不可能靠徒手攀爬就能上去。如果不是立下大功表現出超拔眾人的才華，就不可能輕易獲得高位。如此，則天下之人都知道有所顧忌，也就不敢隨意妄想了。現在是五尺稚童，都欣欣然有致位天子卿相的想法，得到了也不知道慚愧，得不到就抱怨。為什麼？他們早就知道那位置只憑一場考試就有可能僥倖得到，並沒有什麼困難。如此一來，就連無知匹夫也會輕視朝廷。我認為三個進士之中，如果特別地給他們中的一個人官職，就足以回報他們一天考試發揮出色了。館閣臺省那些顯要之職，沒有獲得舉薦就不能選入。那些人果真沒有才能，選他們進去幹什麼？那些人果真有才能，又怎麼會擔心沒有人舉薦？這並不是單單看重國家的權力，也是提高朝廷威望的辦法。

其八曰：臣聞古者敵國相觀，不觀於其山川之險，士馬之眾，相觀於人而已❶。高山大江，必有猛獸怪物，時見其威，故人不敢褻，夫不必戰勝而後服也。使之常有所忌，而不敢發；使吾常有所恃，而無所怯耳❷。今以中國之大，使夷狄視之不甚畏，敢有煩言以瀆亂吾聽❸。此其心不有所窺，其安能如此之無畏也？敵國有事，相待以將❹；無事，相觀以使❺。今之所謂使者亦輕矣：曰此人也，為此官也，則以為此使也。今歲以某，來歲當以某，又來歲當以某，如縣令署役，必均而已矣❻。人之才固有所短，而不可強。其專對、捷給、勇敢，又非可以學致也❼。今必使強之❽，彼有倉惶失次❾，為夷狄笑而已。

古者，大夫出疆，有可以安國家，利社稷，則專之❿。今法令太密，使小吏執簡記其旁，一搖足，輒隨而書之⓫。雖有奇才辨士，亦安所效用⓬？彼夷狄觀之，以為鐏俎談燕之間⓭，尚不能辨⓮，軍旅之際，固宜其無人也。如此，將何以破其姦謀而折其驕氣哉？臣愚以為奉使宜有常人，惟其可者⓯，而不必均。彼其不能者，陛下責之以文學政事，不必強之於言語之間⓰，以敗吾事⓱。而亦稍寬其法，使得有所施⓲。且今世之患，以奉使為艱危，故必均而後可。陛下平世使人，而皆得以辭免⓳；後有緩急⓴，使之出入死地㉑，將皆逃邪！此臣又非獨為出使而言也。

【章　旨】此章陳述禦外之策：以足當其任的專門之才出使敵國，加重其權力，使之應對從容，便宜從事，不辱使命。

【注　釋】❶相觀於人而已　只要看一看國家大臣是否賢明有才幹。人，朝廷任用的人，即大臣，依文意主要是指使臣。❷使之常有所忌四句　讓對方常常心存顧忌而不敢貿然發作，讓我方常常感到有所依憑而不至於露出怯態。之，此指敵國，主要是指與北宋相對峙的遼、西夏。忌，顧忌；擔憂。發，發作，即挑起事端。恃，憑藉；依靠。❸敵有煩言以瀆亂吾聽　竟敢用煩亂的言語來混淆我方的視聽，即用威脅性的語言使我方感到不安。在遼和西夏的強硬態度面前，北宋政府一向只採取屈膝求和，圖一時安定的態度，對其無理要求也往往是委曲求全。瀆，輕慢不敬。❹敵國有事二句　敵對國家有意挑起事端（即對我發動戰爭），我們就選派將領去對付它。❺相觀以使　用使臣的往來察看它的虛實。使，使臣。❻必均而已矣　一定要機會均等才算完事。均，指同等的出使別國的機會。❼其專對二句　那專對、捷給、勇敢的才能，又不是可以僅靠勤學就能獲得的。專對，出使時隨機應變。捷給，敏捷地答辯，即辯才無礙。專對、捷給與勇敢等，都是出使敵國時必須具備的素質。學致，通過學習所能獲得。❽必使強之　一定要用出使來強迫他們（那些沒有外交才能的官員）。❾倉惶失次　驚慌失措。失次，舉止言辭失去次序，語無倫次或行為顛倒錯亂。❿專之　專門委派（可以安國家、利社稷的外交家）。⓫一搖足二句　使臣動一動腳，旁邊的隨從就立即將它記下來。輒，就；立即。⓬安所效用　哪裏可以得到發揮呢。效用，運用才能為他人效力，發揮才能。⓭罇俎談燕之間　在筵席上隨便談笑。罇俎，代指酒宴。罇，同「樽」。酒杯。俎，古時祭祀時盛牛羊肉的器皿。談燕，隨便交談。⓮尚不能辦　尚且不能夠自主處理。辦，辦理；處理。此指隨心所欲地交談。⓯惟其可者　只任用那些可以勝任的人。⓰言語之間　指外交場合，因為在外交場合中對人的語言能力要求很高，所以這麼說。⓱敗吾事　敗壞國家大事，指致使外交失敗。⓲有所施　有施展才華的地方。⓳以辭免　拿言辭推託。⓴緩急　偏義複詞，意重在「急」，指倉猝間發生的緊急事變，像外敵入侵或內部叛亂等。㉑死地　必死之地，指十分危險的地方。

【語　譯】第八條：我聽說古代敵對國家之間相互窺測，不看對方高山大川的險阻，兵卒戰馬的眾多，而是看那些出使的人而已。高山大川，肯定有猛獸怪物，時不時顯示威風，所以人們都不敢輕慢，那是用不著戰勝之後去降服的。要讓敵人常常心有顧忌，不敢貿然發作；要使我方常有所依託，不會表露出怯懦之跡。現在泱泱大宋，卻讓那些少數民族政權看著不覺得膽怯，竟敢用些煩亂的言辭來擾亂我方的視聽。這不是他們有所窺伺心裏有底，哪裏敢那麼無所顧忌？敵對國家滋生事端，就選派將領去對付；沒有戰事，就從出使者那裏窺伺對方。現在國家對派遣使者的事也太輕率了：說這位是某某官職，就任命為某某使臣。今年派遣某位，明年應該是某位，後年應該是某位，就像是縣令記署差事一樣，一定要求個平均才罷手。一個人的才能本來就有優有劣，是不能強求的。像外交應對、敏捷的思維、沉著而勇敢，又不是可以通過後天學習就能獲得的。現在一定要強迫他們出使，他們只能表現得倉惶失措，招致那些夷狄的嘲笑罷了。

古時候，大夫離境出使，有可以安定國家、利於社稷的才能，就專門授予特權。現在的法律太過細密，讓小吏在使者旁邊拿著紙筆記錄，舉手投足，馬上就都記錄下來。縱然是奇才辯士，又怎麼能發揮得出來？那些夷狄看到這些，覺得宴飲之際彼此交談，都無獨立處理的自由，那麼行軍打仗，肯定應該也不會有什麼能人了。如此一來，怎麼能識破他們的奸計、摧折他們的驕氣呢？我認為奉命出使應該有固定的人選，只任命那些有這方面才能的人，不要搞平均分攤。那些沒有這方面才能的人，陛下您就讓他們去處理些文學、政事，沒有必要強迫他們在外交場合與人作口舌之爭，壞國家的大事。而且還應該稍微放寬出使的法規，讓使者有施展才華的空間。再說現在的難題是，把奉命出使當成艱難危險的事，所以一定要分攤眾臣然後才能無話可說。陛下在承平之時派遣官員，竟然都會藉故推辭；今後若真有緊急情況，派這些人出生入死，那還不都逃光了！這又是我不僅僅只是考慮到出使敵國一事而說的話了。

其九曰：臣聞刑之有赦，其來遠矣❶。周制八議❷，有可赦之人，而無可赦之時。自三代之衰，始聞有肆赦❸之令，然皆因天下有非常之事，凶荒流離之後，盜賊垢汙之餘❹，於是有以沛然洗濯於天下❺，而猶不若今之因郊而赦❻，使天下之凶民❼，可以逆知而僥倖❽也。平時小民畏法，不敢趑趄❾，當郊之歲，盜賊公行，罪人滿獄，為天下者將何利於此❿？而又糜散帑廩⓫，以賞無用冗雜之兵。一經大禮，費以萬億。賦斂之不輕，民之不聊生⓬，皆此之故也。以陛下節用愛民，非不欲去此矣。顧以為所從來久遠，恐一旦去之，天下必以為少恩⓭；而凶豪無賴之兵，或因以為詞而生亂⓮。此其所以重改也⓯。

蓋事有不可改而遂不改者，其憂必深⓰；改之，則其禍必速。惟其不失推恩，而有以救天下之弊者，臣愚以為先郊之歲，可因事為詞，特發大號⓱，如郊之赦與軍士之賜⓲。且告之曰：吾於天下非有惜乎推恩也，惟是凶殘之民⓳，知吾當赦，輒以犯法⓴，以賊害㉑吾良民。今而後赦不於郊之歲㉒，以為常制。天下之人喜乎非郊之歲而得郊之賞也，何暇慮其後？其後四五年而行之，七八年而行之，又從而盡去之，天下晏然不知㉓，而日以遠矣。且此出於五代之後兵荒之間，所以姑息天下而安反側耳㉔。後之人相承而不能去，以至於今。法令明具，四方無虞㉕，何畏而不改？今不為之計，使姦人猾吏養為盜賊，而復取租賦以啖驕兵㉖，乘之以飢饉㉗，鮮不及亂矣。當此之時，欲為之計，其猶有及乎㉘？

【章旨】此章陳述大赦之弊：奸民預知當赦而肆意犯法，軍隊預知當賞而生企盼之心，害民而亂政，因而主張改變郊祀即肆赦賞之政，不以時而漸去之，以安天下。

【注釋】❶刑之有赦二句　刑罰當中有赦免罪行的規定，它的淵源已很久遠了。❷周制八議　周朝的法律制度中有八種人可以通過商議獲得赦免。這八種人指親（親友）、故（故舊）、賢（賢哲）、能（有能力）、功（有功）、貴（顯貴）、勤（勤勞）、賓（客人）。❸肆赦　即大赦。封建社會中皇帝在進行慶典或祭祀活動時，往往行大赦，赦免罪人，以示其推恩天下。❹盜賊垢汙之餘　指鎮壓百姓的起義之後。盜賊，統治者對農民起義的蔑稱。垢汙，此指農民起義打亂了固有的統治秩序。❺沛然洗濯於天下　清洗乾淨天下所有的污垢，即用全新的政策來統治天下。這裏主要是指用大赦或與民休息等方法來緩和階級矛盾，從而獲得暫時的平安。❻因郊而赦　因為進行郊祭而實施大赦。❼凶民　兇惡的百姓，指故意違法亂紀的人。❽可以逆知而僥倖　可以預料到大赦而心存僥倖。❾不敢趑趄　不敢往前走，指不敢做違法的事。趑趄，想往前走又不敢走。❿何利於此　造成這種局勢會有什麼好處呢。⓫靡散帑廩　消耗國家的錢財和糧食。靡散，浪費掉。帑，國庫的錢財。廩，糧食。⓬民之不聊生　即民不聊生，老百姓沒有辦法生活下去。⓭少恩　（皇帝對天下人）恩情減少。⓮因以為詞而生亂　以這個（不大赦散錢糧以賞）作為藉口而生出變亂。⓯此其所以重改也　這是為什麼慎重變革（傳統）的原因。⓰蓋事二句　如果有些事情不能夠更改，就不努力去改變它，將來必定會造成很深的禍患。⓱大號　大型號令，即告示天下。⓲郊之赦與軍士之賜　進行郊祭時實施大赦以及對軍士實施賞賜。軍士之賜，給士兵們一定的錢糧財物作為賞賜。⓳凶殘之民　兇惡的賊民，指罪人。⓴知吾二句　知道皇上將會大赦，就去犯法作奸。㉑賊害　殘害；傷害。㉒郊之歲　舉行郊祀的那一年。㉓晏然不知　平平靜靜地絲毫不覺得（大赦和賞賜的減少）。㉔姑息天下而安反側耳　使天下人平安無事，反覆無常的人也安定下來。姑息，本指無原則地寬容，這裏指平靜沒有聲息。安，使安定。反側，沒有操守反覆無常之人。㉕四方無虞　四方太平。無虞，沒有什麼值得擔憂的。㉖啖驕兵　豢養驕橫的軍人們。啖，吃，這裏指豢養。㉗乘之以飢饉　天荒相乘，即正逢天荒之年。㉘猶有及乎　還能趕得上嗎；還來得及嗎。及，接近；趕上。

【語譯】第九條：我聽說刑罰中有赦免，是很久遠的傳統了。周朝制定了「八議」，對赦免者有說法，但對赦免的時間並沒有作規定。自從三代衰亡以來，才聽說有天下大赦的相關法令，但那都是在天下出現非常事件，凶荒之年百姓流離失所，或者戰亂之後，才用這種辦法來治理出一個清明的世界，但也並不像現在這樣因為舉行郊祭就行大赦，讓天下的惡棍可以預料到可以僥倖逃脫法律的制裁。平常年分裏，普通百姓害怕違法，不敢冒犯法律的威嚴，到了郊祭之年，盜賊公然行動，犯人關滿了牢房，治理天下的人從這裏能得到什麼好處呢？再說還要消耗大量國庫儲備的財物，賞賜給那些無用的冗兵雜卒。一次郊祭大禮之後，花費超過萬億。國家賦稅絲毫不能減輕，百姓被弄得民不聊生，都是由於這個原因。從陛下您節儉愛民來看，不是不想削去這種大赦。只是覺得這種制度由來已久，擔心一下子削除掉了，天下人肯定會覺得天子恩澤減少；而那些兇劣豪縱的無賴兵卒，或許還會因此生出變亂。這應該是為什麼慎重考慮不作改變的原因吧。

有些事情因為不能改變就不作改革，那將來的憂患就肯定會更加深遠；貿然改變，那麼這種禍患就肯定來得很快。要想找到一個既不失推恩天下，又可以解決天下弊病的辦法，我認為可以在郊祭前的年分裏，找某件事作為藉口，特別發布號令，就像郊祭時大赦天下和賞賜軍士那樣。並且公開詔示：我不是捨不得給天下人推恩，而是那些兇殘的奸民，知道我會大赦，就故意犯法，殘害我純良的百姓。從今以後，大赦不放在郊祭之年將變成常規。天下人都對不是郊祭之年卻獲得了郊祭的賞賜非常高興，哪裏還顧得上考慮後來會怎麼樣呢？這以後隔四五年執行一次大赦，隔七八年執行一次大赦，再後來就乾脆取消這種制度，天下人安安靜靜，懵然不知這一變化，而且時間又過去好久了。再說，這種制度是五代兵荒馬亂之際產生的，目的在於姑息天下民力，安撫那些圖謀不軌者。後來的統治者繼承了這一制度卻未能削除，以至於今。法令寫得明明白白，國家又沒有什麼大憂患，還有什麼好害怕的卻不去改變？現在不考慮變革，把那些奸民猾吏豢養成了大盜，還再收取些租稅豢養驕縱的士兵，萬一遇上饑荒年景，很少不發生變亂的。到那個時候，再出應對之策，哪裏還來得及呢？

其十曰：臣聞古者所以採庶人之議，為其疏賤而無嫌也❶。不知爵祿之可愛，故其言公❷；不知君威之可畏，故其言直。今臣幸而未立於陛下之朝，無所愛惜顧念於其心者❸，是以天下之事，陛下之諸臣所不敢盡言者，臣請得以僭言之❹。陛下擢用俊賢，思致太平，今幾年矣❺。事垂立而輒廢❻，功未成而旋去❼，陛下知其所由乎？陛下知其所由，則今之在位者，皆足以有立❽；若猶未也，雖得賢臣千萬，天下終不可為。何者？小人之根未去也。陛下遇士大夫有禮，凡在位者不敢用褻狎戲嫚❾以求親媚於陛下。而讒言邪謀之所由至於朝廷者❿，天下之人皆以為陛下不疏遠宦官之過。陛下特以為耳目玩弄之臣⓫，而不知其陰賊險詐，為害最大。天下之小人，無由至於陛下之前，故皆通於宦官，珠玉錦繡所以為賂者絡繹於道⓬，以間關齟齬賢人之謀⓭。陛下縱不聽用，而大臣常有所顧忌，以不得盡其心。臣故曰：小人之根未去也。

竊聞之道路，陛下將有意去而疏之⓮也。若如所言，則天下之福。然臣方以為憂，而未敢賀也。古之小人，有為君子之所抑，而反激為天下之禍者，臣每痛傷之⓯。蓋東漢之衰，宦官用事，陽球為司隸校尉，發憤誅王甫等數人，磔其屍於道中，常侍曹節過而見之，遂奏誅陽球，而宦官之用事，過於王甫之未誅⓰。其後竇武、何進又欲去之，而反以遇害⓱。故漢之衰至於掃地而不可救⓲。夫君子之去小人，惟能盡去乃無後患。惟陛下思宗廟社稷之重，與天下之可畏，既去之，又去之；既疏之，又疏之。刀鋸之餘必無忠良⑲，縱有區區之小節，不過闈闥掃灑之勤⑳，無益於事。惟能務絕其權，使朝廷清明，而忠言嘉謨㉑易以入，則天下無事矣。惟陛下無使為臣之所料，而後世以臣為知言，不勝大願㉒。

【章旨】此章陳述宦官之禍，建議君王遠離宦豎，以絕小人之根。

【注釋】❶疏賤而無嫌也　因為（跟統治者）關係很疏遠，而且出身卑賤，所以沒有什麼顧忌。無嫌，沒有顧忌。❷其言公　他們的言論很公正。❸無所愛惜顧念於其心者　內心沒有什麼東西使我愛戀捨不得放棄。其，蘇洵自指。❹僭言之　僭越卑微的地位將話說出來。❺陛下擢用俊賢三句　陛下您進用賢俊之士，想治理出一個太平盛世，已經有幾年的時間了。擢用，提拔。俊賢，賢德而有才幹的人。思致太平，想治理出天下大治的太平盛世。❻事垂立而輒廢　事情剛剛開始興起，就被廢除掉了。垂立，指事情剛剛開始。垂，將近；將及。❼旋去　旋即被革除了。旋，旋即；馬上。去，摒去。❽則今二句　那麼現在處在要職上的大臣，都足以做出一番事業。今之在位者，指當政的官員們。足以有立，足以有立功之地，即能夠為國效力，有所作為。❾褻狎戲嫚　泛指輕慢不認真的行為和態度。❿而讒言句　讒毀的言論、邪惡的陰謀等能夠傳到皇帝那裏去的原因。朝廷，指皇帝。⓫耳目玩弄之臣　即弄臣，專供皇帝玩樂的人。⓬為賂者絡繹於道　對（宦官）進行賄賂的人，在道路上絡繹不絕。絡繹，前後相連不斷，此指遍地都是。⓭間關句　嘰嘰喳喳地挑撥離間，使賢能的人意見不合。間關，象聲詞，鳥鳴聲。齟齬，牙齒不齊，引申為意見不合。⓮去而疏之　離開他們（宦官），疏遠他們。⓯痛傷之　對這種情況痛心疾首。痛，此為深表憂慮的意思。⓰蓋東漢之衰九句　陽球，東漢時一位敢於嚴格執法的官吏，曾法辦專橫弄權的宦官曹節、王甫等人。在他依法處死王甫示眾時，曹節跑到皇帝那裏說：陽球是個非常殘酷的傢伙，千萬不可以用他做司隸一類的官！漢靈帝聽信曹節讒言，不久即找藉口將陽球殺害，宦官於是更加橫行霸道了。⓱其後二句　竇武，東漢扶風平陵（今甘肅武威）人，其女為漢桓帝皇后。竇武因密謀誅滅宦官被曹節等殺害。蘇洵這裏說他在曹節之後，是誤記。何進，漢時宛（今河南南陽）人，其妹為靈帝皇后，也是因為謀劃殺宦官謀事不密而被害。⓲掃地而不可救　完全垮掉以致不能挽救。掃地，比喻名譽、威信等完全喪失。⓳刀鋸句　在刀鋸閹割之後的人，肯定沒有什麼忠良之輩。刀鋸之餘，指宦官，古時宦官必須施以宮刑（即割去生殖器）。⑳闈闥掃灑之勤　在宮殿中勤懇地從事清潔衛生一類的工作。闈闥，宮中的門，指宮殿。掃灑，掃地和灑水，指打掃清潔衛生。㉑嘉謨　好的計畫。謨，計畫；策略。㉒不勝大願　不能再大的心願，即最大的心願。

【語譯】第十條：我聽說自古以來之所以注重採集老百姓的言論，是因為跟朝廷的關係很疏遠，而且出身卑賤，所以就沒有什麼顧忌。不懂得要愛惜爵位俸祿，所以那些言論都很公正；不懂得君威可畏，所以那些話都很切直。現在我有幸還沒有躋身陛下的官吏之中，心裏沒有什麼好顧忌珍惜的，所以天下的事情，陛下您的臣子們不敢全部講出來的，我冒昧地在這裏都說出來吧。陛下您擢用賢能之士，想治理出太平盛世，現在已經好幾年了。事情剛剛開始有所建樹就廢止了，功績未成轉眼間就撤去了，陛下您知道這當中的原因嗎？如果陛下您知道原因，那麼，現在在位的眾臣，都足以有所建樹；如果還沒有的話，即使有成千上萬的賢臣，也不可能把天下治理好。為什麼？小人的根本沒有除去。陛下對士大夫以禮相待，凡是在位的都不敢用輕慢狎邪的態度去獻媚討好您。可是讒言邪謀之所以能上達朝廷的原因，天下人都認為是陛下您存在沒有疏遠宦官的過失。陛下只不過把他們看作是娛悅耳目的弄臣，卻不知道這些人有多麼陰險狡詐，對國家的危害是多麼巨大。天下的那些勢利小人，沒有辦法接近陛下，所以就都打通宦官的關節，賄賂他們的金銀珠寶一路上絡繹不絕，目的就是想阻遏賢能臣子的計畫。陛下您縱然不一定聽取或採納他們的主張，可大臣們卻往往會有所顧忌，因而不能盡心報國。我因此說：小人的根本沒有除去。

我在路上聽說陛下您有意要疏遠這些人。如果真如所言，那真是天下百姓的福氣。可是我卻正為此擔憂，不敢輕易慶賀。古代的小人，有的被君子所阻抑，卻反而激起天下的禍亂，我每每為此痛心不已。東漢衰敗之時，正是宦官當權之際，陽球任司隸校尉，誅滅王甫等幾個人，磔裂他們的屍體以發洩心中的憤怒，常侍曹節路過時看到了，就上奏皇上斬殺了陽球，而宦官擾亂朝綱，比王甫沒有被誅滅時更加厲害。那以後竇武、何進再想剷除宦黨，卻反而被他們謀害了。漢朝也就衰敗到了不可收拾的地步。君子剷除小人，只有完全剷除乾淨才會杜絕後患。希望陛下考慮祖宗社稷的重責，以及天下人心之可畏，已經剷除了，再繼續剷除；已經疏遠了，再進一步疏遠。刀鋸閹割之後的人肯定沒有什麼忠良之輩，縱然有些微不足道的小節，也只不過是做那些在宮殿裏打掃清潔衛生的累活罷了，於國家大事沒有什麼幫助。只要能杜絕讓他們掌握實權，使朝廷清正明潔，忠言良策得以謀劃實施，那麼天下就會太平無事了。希望陛下不要使國家出現像我所預料的那種局面，讓後人覺得我的話是對的，那才是我最大的心願啊。

曩臣所著二十篇❶，略言當世之要。陛下雖以此召臣，然臣觀朝廷之意，特以其文采詞致稍有可嘉，而未必其言之可用也。天下無事，臣每每狂言，以迂闊❷為世笑，然臣以為必將有時而不迂闊也。賈誼之策不用於孝文之時，而使主父偃之徒得其餘論，而施之於孝武之世❸。夫施之於孝武之世，固不如用之於孝文之時之易也。臣雖不及古人，惟陛下不以一布衣之言而忽之❹。不勝越次憂國之心，效其所見❺。且非陛下召臣，臣言無以至於朝廷。今老矣，恐後無由復言，故云云之多至於此也，惟陛下寬之❻。臣洵誠惶誠懼❼、頓首頓首，謹書。

【章　旨】此章再次申述不應召而上書言事之意，希望受到朝廷重視。收束全文。

【注　釋】❶曩臣所著二十篇　二十篇，指作者所著的〈幾策〉、〈權書〉、〈衡論〉等二十篇文章。❷迂闊　迂腐；不切合實際。❸賈誼之策三句　主父偃，西漢臨淄（今山東淄博）人，有縱橫之術，曾上書武帝，建議武帝允許各諸侯將封地再分封給他們的子孫，以削弱諸侯的力量，得到武帝的採納。在主父偃之前，漢文帝時賈誼也曾有此建議，可惜不為文帝所用。❹忽之　忽略它，指此上書。❺效其所見　驗證我所說的話。效，效驗；驗證。❻寬之　寬恕我（說了這麼多不中聽的話）。❼誠

惶誠懼　即誠惶誠恐，萬分恐懼。

【語　譯】早先我所著的二十篇文章，粗略地談到當今的政治要務。陛下雖然因為那些東西下詔召我，可是我覺得朝廷的意思，只是認為那些著作文采還略可欣賞，卻未必認為那些話都可實用。天下太平無事，我每每發言狂論，因為迂腐疏闊被世人嘲笑，可是，我自己覺得也許將來某一天就不會覺得那些話迂腐疏闊了。賈誼的策論在孝文帝時沒有被採用，卻讓主父偃那些人借用他的部分論策，在孝武帝時付諸實施了。在孝武帝時實施，當然不如在孝文帝時實施那麼容易了。我雖然比不上古人，卻希望陛下不要因為只是一介布衣之言就忽略了。我這顆憂慮國家大事的忠心，都表現在我的見解當中。再說如果不是陛下您下詔召我，我這些話也沒有辦法上達朝廷。現在我已經老了，恐怕以後也沒有機會再上書言政了，所以說了這麼多的話，希望陛下能寬容我的冒昧。臣蘇洵誠惶誠恐，頓首頓首。謹書。

【研　析】這是蘇洵留下來的唯一一篇上皇帝書。書中，蘇洵針對當時政弊，發表自己的意見並提出解決方案。第一條，嚴格吏治，削除冗員，任用賢能。第二條，剷除特權階層，廢除任子之風。第三條，嚴考在職官吏政績，獎功懲過。第四條，儆大官吏之不法，樹立朝廷威望。第五條，恢復並改革武舉，重武強國。第六條，信任兩制大臣，使各盡所能。第七條，嚴格科舉，杜絕僥倖之心。第八條，慎任使者，使不辱使命。第九條，改大赦之政，聚財富國。第十條，疏遠奸佞，斷絕禍國根源。蘇洵所談十條，一個中心思想就是：改革弊政。考察北宋當時的現實，這十條當中，除最後一條疏遠宦官不甚切合宋代實際之外，其餘九條可以說都是直刺北宋時弊之言。而這九條當中，反映得最為集中的，就是革新吏治。作為一個僻處西蜀的布衣之士，能有如此宏觀而成熟的政治思考，一方面說明其人思想之活躍、目光之敏銳與思考之深入，同時，也說明他有著強烈而迫切的用世之志，另一方面，這也確實反映出北宋吏治問題之突出。在北宋承平日久，民情趨惰，國家積貧積弱之時，作者大聲疾呼，極言苦諫，書中所論，多切中時弊；所獻對策，也多為可行之計，對一布衣而言，能如此全面思考國家政治，誠難能可貴。只可惜人微言輕，不為當道所重，徒使後人對書長歎！

同年，王安石也有〈上仁宗皇帝書〉，提出變法主張。從蘇、王等人亟亟上書，可以看出當年政弊確實已到了非進行改革不可的地步了。而且，比較蘇、王二書，又可看出二人雖然對政弊的觀察、分析有相似之處，但提出的解決問題的方案，則有很大的不同。蘇洵提出的應對策略，可以說在很大程度上影響到他的兩個兒子蘇軾和蘇轍，而他們在後來王安石變法時所取的態度，也許跟這有很大的關係。蘇、王交惡的政治原因，某種程度上講，在這裏已埋下了禍根。

全書洋洋灑灑幾千言，但眉目卻極為清晰明瞭，整篇〈上皇帝書〉可以說是由一個大的三個部分組成：先是簡略地申述上書原因，不失時機地作自我介紹，為自己拒不就試作出解釋，並於話外表達希望獲得朝廷越次提拔的心思。繼而逐條進言，分析政弊並提出解決的方案。最後再次申述不願就試的原因，以「老矣」為由頭，再次暗示迫切出仕之意，回應前文，又收束全文。其中，在提出十條政治主張時，作者都是先提出問題，然後分析問題進而提出解決的方案。如此處理，不僅使每一條都成為一個獨立的單元，彼此間少有關聯，而且使條與條之間眉目清晰，從而使整篇文章也就秩序井然。所以明人茅坤評論：「此書反覆數千言，如抽藕中之絲，段段有情緒，可愛。中間指陳時政處，又往往深中宋嘉祐間事宜。老泉一生文章政事，略見於此矣。」(《唐宋八大家文鈔》) 對其寫法與內容的評價，可以說都是十分中肯的。

上韓樞密書

【題解】此書作於宋仁宗嘉祐元年（西元一〇五六年），當時蘇洵攜二子蘇軾、蘇轍入京應試，乃布衣之身。韓樞密即韓琦，當時任樞密使，掌國家兵權。趙宋立國，懲於李唐時諸節度使擁兵自重，尾大不掉之弊，對內行重文輕武之政，而且還將兵權集中到皇帝一人身上，以大量軍隊戍守京師，且行兵將分離之法，一旦出征，兵不知將，將不知兵，對外則行懷柔之策，對遼和西夏的步步進逼，則能容則容，能讓則讓，武備日弛。如此的軍政國策，不僅大大削減了軍隊的戰鬥力，使冗兵日驕，為害百姓，而且龐大的軍費開支還消耗了國家的大量財政。蘇洵針對這種軍紀鬆弛的情況，給當時任樞密使的韓琦上書，提出嚴肅軍紀，樹立將帥威信以振軍威的主張，可以說是對症之藥。

太尉執事❶：洵著書無他長，及言兵事，論古今形勢，至自比賈誼。所獻〈權書〉，雖古人已往成敗之迹❷，苟深曉其義，施之於今，無所不可。昨因請見，求進末議❸，太尉許諾，謹撰其說。言語樸直，非有驚世絕俗之談、甚高難行之論。太尉取其大綱，而無責其纖悉❹。

【章旨】此章述寫信因由：所著論兵之言，受到對方重視，故在將拜見之際，寫此信申明其論。

【注釋】❶太尉執事　太尉，古官名，掌國家軍事要務，此指韓琦。韓琦，宋相州安陽（今屬河南）人，北宋名相。當時韓琦為樞密院使，所以蘇洵稱他太尉。執事，辦事人員，也代指各級官員，為尊稱。太尉執事，即相當於「太尉大人」之類的話。❷已往成敗之迹　歷史上的成功與失敗。蘇洵〈權書〉共十篇，其中所論或為帶兵用武之道，或是前人成敗的經驗總結。其論用兵之道，與《孫子兵法》相類；論歷代成敗，也是從具體歷史事件中總結經驗教訓，所以蘇洵說他的〈權書〉是對已往成敗經驗教訓的總結。❸求進末議　請求進獻我不成熟的看法。末議，淺薄的見解。末，本指樹梢，引申為微小、淺薄。❹無責其纖悉　不要計較其中細枝末節的地方。纖悉，細小的部分。

【語譯】太尉大人：我蘇洵寫文章沒有其他特長，至於說運籌兵謀，談論古今形勢，我自己認為還可以跟賈誼相提並論。敬獻給您的〈權書〉，雖說是分析一些古人成敗的經驗教訓，假如真能深刻地理解其中的涵義，用在當今，也未嘗不可。昨天我請求拜見大人，希望能跟您談談個人的粗淺見解，太尉您同意了，我就鄭重地記錄下自己的一些想法。言語辭句都樸實平直，沒有什麼驚世駭俗的話語、艱深難行之論說，太尉您就看個大概，不要太過苛求其中的細枝末節了。

蓋古者非用兵決勝之為難，而養兵不用之可畏。今夫水激之山，放之海，決之為溝塍❶，壅之為沼沚❷，是天下之人能之。委江河，注淮泗，匯為洪波，豬為大湖，萬世而不溢者，自禹之後未之見也❸。夫兵者，聚天下不義之徒，授之以不仁之器❹，而教之以殺人之事。夫惟天下之未安，盜賊之未殄❺，然後有以施其不義之心，用其不仁之器，而試其殺人之事。當是之時，勇者無餘力，智者無餘謀，巧者無餘技，故其不義之心變而為忠，不仁之器加之於不仁❻，而殺人之事施之於當殺❼。及夫天下既平，盜賊既殄，不義之徒❽聚而不散，勇者有餘力則思以為亂，智者有餘謀則思以為姦，巧者有餘技則思以為詐❾。於是天下之患，雜然出矣。蓋虎豹終日而不殺，則跳踉大叫，以發其怒；蝮蠍終日而不螫❿，則噬齧草木，以致其毒⓫。其理固然，無足怪者。

【章旨】此章揭示兵之本質，指出其為擁有不義之器的不義之人，因此，天下未安之時，加之於不仁而獲其利；天下安定，則隱然為天下之患。

【注釋】❶溝塍　溝渠。塍，田間的土埂。❷壅之為沼沚　堵塞起來成為池塘。沼沚，池塘。沚，水中的小塊陸地。❸委江河六句　相傳上古舜統治天下時，洪水氾濫為害，舜派禹去治理，禹採用疏導的方法，將洪水引入江河，匯入大海，才從根本上治理好。淮泗，即淮河。泗，泗水，發源於山東，為淮河最大的支流。瀦，水流匯集。❹不仁之器　指兵器。各種武器都是用來殺伐的，不能直接用來推行仁道，所以稱之為不仁之器。❺殄　滅絕。❻當是之時六句　意思是在戰爭時代，所有的人都全力以赴進行戰鬥，沒有其他的心思。勇猛者不遺餘力地拼殺，善用計謀的人盡力獻計獻策，善於機巧的人獻出他們的全部技藝。所有的人都一心一意地報效其君主，以銳利的武器去消滅不仁義的人。不仁，不行仁道的人。❼而殺人之事句　殺死應該被殺的人。殺人之事，即作戰。當殺，應當被殺的人，即上文所謂不仁。❽不義之徒　此指發動戰爭的軍人。❾勇者有餘力三句　指在太平時期，軍隊無用武之地，於是軍人中勇猛有力的人、機巧變詐的人等，就會憑藉他們的智慧和勇敢去做些犯上作亂的事。❿蝮蠍句　蝮蛇和蠍子，二者皆有劇毒。螫，即蟄，指蜂或蠍子等用毒刺刺人或物。⓫噬齧草木二句　用啃咬草木的方式，釋放牠們體內的毒素。噬齧，本指用嘴啃咬，這裏指蝮蠍等螫刺。

【語譯】自古以來，指揮部隊取得戰爭勝利，並不是最難，可怕的是擁兵不用。如今用水去沖擊山崖、使水奔瀉入海、開溝成渠，蓄水成沼，那都是天下的人都能辦到的事。匯聚成長江黃河，注入淮水泗水，形成洪流，積聚成寬闊的湖泊，使之歷千萬年而不氾濫，自大禹之後，就沒出現過。軍隊，匯集的都是天下不仁不義之徒，給他們使用的都是不仁義的殺人兵器，讓他們去做的都是殺人的事。只有在天下還沒有安定，賊寇還沒有滅絕的情況下，然後才能使他們那些不仁不義的兵謀鬼計得以施展，使用那些不仁不義的兵器，去做那些殺人的事情。在那種情況下，勇敢者不遺餘力，智謀之士殫精竭慮，機巧之士毫無保留地奉獻絕技，所有的不義之心擰成一股忠心，用不仁義的殺人兵器去應付不仁義的事情，殺該殺的人。等到天下已然太平，賊寇滅絕，那些不仁義的人還聚集不散，勇猛者力有餘裕就會挖空心思製造動亂，奇智鬼謀者就會多出思謀作奸犯科，機心巧智者以其餘技去誑騙欺詐。這麼一來，天下的隱患也就紛紛出現了。老虎豹子，整天不去撕咬動物，必然會縱竄咆哮以發洩牠們的怒氣；蝮蛇蠍子，整天不螫放毒液，必然會啃食花草樹木以釋放牠們的毒液。這是很自然的道理，沒有什麼好奇怪的。

昔者劉、項奮臂於草莽之間，秦、楚無賴子弟千百為輩❶，爭起而應者，不可勝數。轉鬥五六年，天下厭兵❷，項籍死而高祖亦已老矣。方是時，分王諸將❸，改定律令，與天下休息❹。而韓信、黥布之徒，相繼而起者七國，高祖死於介胄之間而莫能止也❺。連延及於呂氏之禍，訖孝文而後定❻。是何起之易而收之難也？劉、項之勢，初若決河❼，順流而下，誠有可喜。及其崩潰四出，放乎數百里之間，拱手而莫能救也❽。嗚呼！不有聖人，何以善其後？

太祖、太宗，躬擐甲胄，跋履險阻，以斬刈四方之蓬蒿❾。用兵數十年，謀臣猛將滿天下，一旦卷甲而休之，傳四世❿，而天下無變，此何術也？荊楚九江之地，不分於諸將，而韓信、黥布之徒⓫，無以啟其心⓬也。雖然，天下無變而兵久不用，則其不義之心，蓄而無所發，飽食優游，求逞於良民⑬。觀其平居無事，出怨言以邀其上⑭，一日有急，是非人得千金，不可使也⑮。往年詔天下繕完城池⑯，西川之事，洵實親見。凡郡縣之富民，舉而籍其名，得錢數百萬，以為酒食饋餉之費⑰。杵⑱聲未絕，城輒隨壞⑲，如此者數年而後定。卒事⑳，官吏相賀，卒徒相矜㉑，若戰勝凱旋而待賞者。比來京師㉒，遊阡陌間㉓，其曹往往偶語，無所諱忌。聞之土人㉔，方春時，尤不忍聞。蓋時五六月矣，會京師憂大水㉕，鋤耰畚築，列於兩河之壖㉖，縣官㉗日費千萬，傳呼勞問之聲不絕者數十里，猶且睊睊狼顧，莫肯效用㉘。且夫內之如京師之所聞，外之如西川之所親見，天下之勢今何如也？

【章旨】此章以古今事件為例，辨明兵與天下安寧與動亂的關係，重點指出在天下安寧之時，作為不仁之眾的軍隊無以致其毒，則必然為禍。矛頭直指當時冗兵驕橫難治之弊。

【注釋】❶千百為輩　成百成千的人聚集在一起。輩，類。❷轉鬥五六年二句　四處轉戰五六年之久，使天下都飽受其苦而唾棄戰爭。轉鬥，轉戰；四處作戰。厭兵，討厭戰爭。兵，兵事，指戰爭。❸分王諸將　分封各位將領為諸侯王。這裏指劉邦統一天下後的那次分封。❹與天下休息　即與民休息，休養生息的意思。❺而韓信黥布之徒三句　據《漢書・高祖紀》載，劉邦分封諸侯王不久，燕王臧荼反叛，劉邦親自帶兵討伐。隨後聽說楚王韓信要造反，劉邦趕緊將他囚禁於洛陽，降封為淮陰侯。第二年，韓王信（不是韓信，那時韓信已降為淮陰侯）投降匈奴，劉邦親自帶領人馬追擊。後來還經歷了代地相國陳豨反叛、誅殺韓信等事。四年以後，淮南王英布造反，劉邦率兵鎮壓，為流矢所傷，隨即去世。介冑，鎧甲，指戰爭。❻連延及於呂氏二句　劉邦死後，皇后呂雉專權，分封呂氏家族為王。呂后死，諸呂欲為亂，終被陳平、周勃等人剷除，並由陳平等人迎立代王為帝，是為孝文帝劉恆。文帝繼位後，漢初亂局才略微平定。❼決河　（黃）河水衝破堤岸溢出。河，古時專指黃河。❽拱手而莫能救也　彼此推讓，沒有誰能挽救得了。拱手，彼此推讓，相互推諉。❾太祖太宗四句　太祖太宗，指宋太祖趙匡胤和宋太宗趙光義。躬擐甲冑，指親自帶兵打仗。擐，穿（甲冑）。斬刈，剷除掉。刈，割（草）。蓬蒿，指割據一方的軍閥。❿四世　從宋太祖開始到仁宗朝，中間又經過了太宗、真宗兩世，共四世。⓫韓信黥布之徒　像韓信、黥布那種勇敢而有智謀的人。⓬啟其心　萌生發動變亂的心思，即激起他們叛亂的奸心。⓭飽食優游二句　（士兵們）飽食終日，無所事事，就在遵紀守法的老百姓面前炫耀武威。逞，即逞能，顯示炫耀本領。⓮出怨言以邀其上　發牢騷脅迫上級給予優厚待遇。⓯是非人得千金二句　如果不是每個當兵的都付給他們千金，就指揮不動。是，指士兵驕橫。⓰繕完城池　修繕恢復被破壞了的城牆和護城河。⓱凡郡縣之富民四句　指部隊乘修繕城池的機會向地方徵收錢財，資其揮霍。舉而籍其名，將富戶的姓名一一列舉出來。籍，做成名冊。餽餉，贈送酒菜飲食。⓲杵　一頭粗一頭細的木棒，用於搗糧或捶衣，這裏指修城池的工具。⓳城輒隨壞　所修的城池隨後就壞了。指士卒敷衍了事，修築城池質量有問題，造成隨修隨壞。⓴卒事　事情完成了。卒，完。㉑卒徒相矜　修城的士卒們驕矜自誇不已。矜，自尊自大；自誇。㉒比來京師　等到進駐京城。宋朝軍隊以禁軍為主，多集中在京城附近，由皇帝親自指派他們輪流戍邊。㉓遊阡陌間　在田野間四處遊蕩。阡陌，本指田間縱橫的道路，這裏指禁軍駐地附近的原野。㉔聞之土人　從當地百姓那裏聽說。土人，當地人。㉕蓋時五六月矣二句　指宋仁宗嘉祐元年（西元一〇五六年），京城連降大雨之事。據《宋史・仁宗紀》載：「是月大雨，水注安上門，門關折，壞官私廬舍數萬區（間）。」㉖鋤耰畚築二句　各種防汛抗洪的工具都擺到兩河河堤上，全力抗洪的意思。耰，平整農田的工具。畚，簸箕。兩河，指流經汴京的蔡河、汴河。仁宗嘉祐元年的那次大雨，曾造成蔡河決堤成災。㉗縣官　指天子。㉘睊睊狼顧二句　猶豫不決，此指軍卒們不願努力救災，而是磨磨蹭蹭等著獎賞。睊，側目而視。狼顧，顧慮重重；猶豫不決。

【語　譯】當初，劉邦、項羽出身草莽，奮臂起義，秦、楚一帶那些無賴之徒千百成群，紛紛起來響應，連數都數不清。轉戰南北過了五六年，天下人都厭倦戰爭了，項羽也死了，劉邦也老了。在那種情況下，分封各位將領為諸侯王，制定法律，讓天下休養生息。可是，韓信、黥布那幫侯王，有七個接連起兵造反，劉邦也死在平叛的混戰之中，都無法平息戰亂。斷斷續續到呂后為禍朝廷，直到孝文帝時才最終平定下來。這些事為什麼爆發起來容易，平息下去就很難呢？劉邦、項羽開始帶兵打仗的時候，勢如大河決堤，順流下注，確實是軍情激昂。等到軍隊分封給諸侯王，就像決堤後數百里範圍裏洪水迸流，就無法挽救了。唉！沒有聖賢的人，怎麼能處理好善後工作？

太祖、太宗，都親自披掛上陣，出入險阻，剿平割據勢力，統一天下。幾十年用兵之後，智謀之臣與勇猛之將布滿天下，一旦天下安定了，讓那些人放下武器休養生息，代代相傳，已歷四朝了，可天下卻沒有發生什麼變亂。這用的是什麼方法呢？荊、楚、九江這些地方，不分封給將領，韓信、黥布那樣的人也就失去了萌生謀反之念的憑藉。雖說如此，因為天下沒有動亂而使軍隊長期無用武之地，那麼，軍士們的不義之心就會長期積聚而無處發洩，飽食終日，待遇優厚，就會在平民百姓面前炫耀武威，惹事生非。從他們平時沒事，就用惡言惡語抱怨上級來看，哪天真有急事，若不是每人有千金之賞，肯定差不動他們。前些年下詔命令軍隊修繕城牆和護城河，那是西川的事情，我是親眼所見。他們把所有郡縣富人的名字都記錄下來，從那裏搜刮數以百萬計的錢財，用來作為喝酒饋餉的費用。可修城工具的響聲還沒有停止，城池就壞了，像這樣做了好幾年，才修好。事情一結束，軍官小吏便互相恭賀，兵卒們盛氣淩人，就像是戰勝歸來，只等領賞。等到輪戍京城，就到郊野遊玩，那些軍人往往嘰哩咕嚕小聲議論，一點也不顧忌什麼。從當地人那裏聽到說，春季的時候，那些議論更是難以入耳。當時已是五六月份了，恰逢京城發大水，壘堤築壩的工具布滿河道兩邊，朝廷每天花費成千上萬，慰問之聲相傳，數十里不斷，可那些人還是瞻前顧後，不願賣力。聯繫在京畿一帶近郊耳聞之事，與僻遠西川一帶的目所親見，天下軍隊的目前狀況，究竟如何呢？

御將者，天子之事也；御兵者，將之職也。天子者，養尊而處優，樹恩而收名❶，與天下為喜樂者也，故其道不可以御兵。人臣執法而不求情❷，盡心而不求名，出死力以捍社稷，使天下之心繫於一人，而己不與焉❸。故御兵者，人臣之事，不可以累天子❹也。

今之所患，大臣好名而懼謗❺。好名則多樹私恩，懼謗則執法不堅。是以天下之兵豪縱至此，而莫之或制❻也。頃者狄公在樞府，號為寬厚愛人，狎昵士卒，得其歡心❼；而太尉適承其後。彼狄公者，知禦外之術，而不知治內之道，此邊將材❽也。古者兵在外，愛將軍而忘天子；在內，愛天子而忘將軍。愛將軍，所以戰；愛天子，所以守。狄公以其禦外之心，而施諸其內，太尉不反其道，而何以為治？

【章旨】此章辨明天子與將軍的職責，論證樹立軍威，是將軍的職責所在，並分析當時部隊實情，提出嚴肅軍紀的建議。

【注釋】❶養尊而處優二句　地位高貴，條件優越，施與恩惠給別人，以求得好的名聲。樹恩，施予恩惠。❷執法而不求情　嚴格執法，不講人情。意思是大臣們具體執行天子的命令，不可因為循私情而壞了法規。❸使天下之心二句　讓天下人對皇帝個人忠心耿耿，而不是對自己感恩戴德。一人，指皇帝。己不與，自己不參與，即不與天子同功的意思。❹不可以累天子　不能拿（御兵）來麻煩皇帝。累，使疲勞；使勞累。❺好名而懼謗　謀求好的名聲，害怕受到別人的譏謗。❻莫之或制　沒有誰能控制得了他們（士兵）。❼頃者四句　以前，狄青在樞密院，以寬厚愛人出名，跟士卒關係親密，頗受他們愛戴。狄公，狄青，字漢臣，汾州河西（今山西汾陽）人。北宋名臣，在對西夏戰鬥中屢建戰功。仁宗皇祐年間曾為樞密院使。狎昵，因過分親近而態度輕佻。❽邊將材　戍守邊疆的將才，意思是狄青那樣的將領適合守衛邊疆。

【語譯】駕馭將領，是皇帝的事情；帶兵打仗，是將帥的職責。皇帝，養尊處優，樹立恩名，與天下百姓同喜同樂，所以為君之道，不能統帥軍隊。臣子執法毫不留情，盡心盡力，不求虛名，誓死捍衛江山社稷，使天下人心聚焦於皇帝一人，自己卻不得參與其中。所以說，統帥軍隊，是臣子之事，不能拿它麻煩皇上。

現在的問題是，大臣們求取好的名聲，卻怕人誹謗。想求個好名聲，就會樹立個人的恩德，害怕誹謗，就會執法不嚴。所以全國的兵卒都放縱到那種地步，卻沒有誰去加以制止。從前，狄青將軍在樞密院，以寬厚仁愛著名，跟士兵打成一片，親近得很，很討他們的歡心；剛好太尉您來接任。那狄青將軍，精通領軍禦敵之術，卻不懂得駐兵治內的方法，是個戍守邊疆的將才。自古以來，軍隊戍守邊陲，愛戴將軍而忽視皇帝；駐守內地，敬重天子卻不重將軍。愛戴將軍，所以能戰鬥；擁戴皇帝，所以能戍衛。狄青將軍用他抵禦外敵的思路來管理戍衛的軍隊，太尉您不反其道而行之，還能拿別的什麼辦法治軍呢？

或者以為兵久驕不治❶，一旦繩以法，恐因以生亂。昔者郭子儀去河南，李光弼實代之，將至之日，張用濟斬於轅門，三軍股栗❷。夫以臨淮之悍，而代汾陽之長者，三軍之士，竦然如赤子之脫慈母之懷，而立乎嚴師之側，何亂之敢生❸？且夫天子者，天下之父母也；將相者，天下之師也。師雖嚴，赤子不以怨其父母；將相雖厲，天下不以咎其君。其勢然也。天子者，可以生人殺人❹，故天下望其生❺。及其殺之也，天下曰：是天子殺之。故天子不可以多殺。人臣奉天子之法，雖多殺，天下無以歸怨，此先王所以威懷天下之術❻也。

【章　旨】此章駁斥嚴肅軍紀致生兵亂的論調，強調將軍整頓軍紀，乃是替天子分憂的忠君之舉，為分內之事，必須進行。

【注　釋】❶久驕不治　長時間驕縱沒有得到治理整頓。不治，沒有得到整治。❷昔者五句　據《舊唐書・李光弼傳》載，乾元元年（西元七五八年），朝廷以李光弼代郭子儀為朔方節度使。到任之時，張用濟等將領仗著郭子儀對他們一向寬厚，不太認真對待李光弼的命令，被李光弼斬於轅門（軍營的大門）。自那以後，所有的將領都懼怕李光弼，沒有人再敢怠慢。李光弼，營州柳城（今遼寧朝陽）契丹族人，在安史之亂中助唐平亂，封臨淮王。郭子儀，唐華州鄭人。玄宗時為朔方節度使，以一身繫時局安危者二十年。累官至太尉、中書令，封汾陽郡王，號「尚父」。下文中「臨淮」、「汾陽」是以其封號代替李光弼、郭子儀。❸何亂之敢生　哪裏還敢生出什麼亂子。❹生人殺人　使人活下來或者被處死。生，使之生。❺天下望其生　天下人都希望能讓他們活下來。其，指天子。❻威懷天下之術　用威力使天下人都歸附的辦法。威懷，憑藉威力使人歸附。

【語　譯】有人覺得士兵們長時間驕縱慣了沒有整治，一旦整頓軍紀，恐怕會發生動亂。從前，郭子儀離開朔方去河南任職，李光弼去接替他，到任之時，張用濟被他斬首於轅門之外，三軍上下為之震驚。用臨淮李光弼的威嚴，代替汾陽王郭子儀的長者風範，三軍將士，軍情整肅，就像孩子離開了慈母的懷抱，站到嚴厲的老師身旁一樣，怎麼還敢發起動亂呢？再說皇帝就像天下百姓的父母，將領和丞相，就像是天下百姓的老師。就算老師嚴厲，孩子不會因此而怨恨他們的父母；將領雖然厲害，天下百姓也不會因此怪罪他們的君王。這是必然的道理。皇帝，掌有生殺予奪的大權，所以天下人都希望能讓他們活命。等到皇帝下令殺人，天下百姓就會說：是皇帝殺的。所以皇帝不能過多下令殺人。臣子遵奉皇帝的命令執行法令，就算殺人多了，天下百姓也不會把怨恨歸到皇帝身上，這是前代君王獲得天下民眾尊敬臣服的法子。

伏惟太尉思天下所以長久之道，而無幸一時之名❶；盡至公之心❷，而無恤三軍之多言。夫天子推深仁以結其心，太尉厲威武以振其墮。彼其思天子之深仁，則畏而不至於怨；思太尉之威武，則愛而不至於驕❸。君臣之體順，而畏愛之道立，非太尉吾誰望邪？不宣。洵再拜。

【章旨】此章表明主旨。深望韓琦為了天下長治久安，厲威武以振軍之墮情，放手整頓軍紀。

【注釋】❶無幸一時之名　不要只圖一時的好名聲。無，不要。幸，希望；圖謀。❷至公之心　最為公道的心，即衷心為國的意思。❸愛而不至於驕　敬重您而不會驕橫不講道理。愛，尊重；敬重。

【語譯】真誠希望太尉您為天下的長治久安著想，不邀一時之名；竭慮盡忠報國，不要過多顧慮軍中那些流言蜚語。皇帝以仁愛君儀使軍隊對他忠誠，太尉您用嚴紀威律剔除部隊裏的惰氣。那些軍卒懷想皇帝的仁愛，就會心存敬畏而不敢怨恨；想到太尉的威嚴，就會心存敬愛而不敢驕橫。理順君王和大臣之間的關係，建構起敬畏與愛戴的思想框架，除了太尉您，我還能指望誰呢？不再多說了。蘇洵再拜。

【研析】上書言事，既是進言，又借此展示才華。蘇洵此書針對自己頗能言兵（見〈權書〉諸篇），而韓琦又時任樞密，掌管國家軍權的特殊性，所以在信中集中談論自己對治軍方略的思考，以供韓琦參考。給韓琦寫這封信可以說是既有發揮自己學術特長的優越性，又十分符合韓琦的身分和地位。

作者要表達的最終意思，是希望韓琦能整頓軍紀，樹立樞密使韓琦在部隊中的威望和提升軍隊的戰鬥力。但在具體展開時，卻從容不迫地先從軍隊的本質談起：軍隊是非仁義之器，卻又是用來行仁義的工具，只是用之有時，必須是「天下未安」之際，以「不仁之器加之於不仁，而殺人之事施之於當殺」；一旦天下承平日久，軍人無用武之地，就會驕恣不法，在平民百姓面前逞能。這裏不僅埋伏著一個治軍頗難的潛在話題，而且還為北宋所謂承平日久，冗卒驕橫必須嚴肅軍紀找到了理論上的依據，為下面提出自己的主張奠定了基礎。這裏是論證驕兵要治。接下來再以歷史事件以及當時部隊的實際情況為例，作進一步說明，給自己的觀點補充了歷史根據，又突出了其現實意義：兵雖難治，但不得不治。這是論證驕兵必治。進而，分析將帥與天子職責分工不同，指出治理軍隊，是將軍之事而非天子之職。這就等於直接把重擔壓到了韓琦這位樞密使的身上，使之無路可退。這是論證驕兵必由「您」來治。最後才向韓琦提出建議：整肅軍紀，以重刑斬殺樹立威信；不可只圖好名，懼怕誹謗，樹立私恩，執法不嚴。如此論述，如層層剝繭，把中心議題最後托出，頗能醒人眼目。書中議論精當，詞嚴氣勁，又能收斂頓挫，十分回斡，曲盡其妙。

聯繫作者所著集中體現其軍事思想的〈權書〉及〈衡論〉中〈兵制〉等篇看，作者對宋代兵弊可謂深有會心，且於治軍之方，也確有可操作的建議。據葉夢得《避暑錄話》載，韓琦為樞密使時，本來想整肅軍紀，但怕情急生變，所以未敢輕動。恰在這時，蘇洵上書明言誅殺，使「公覽之大駭，謝不敢再見，微以咎歐文忠（歐陽修）」。「謝不敢再見」的話，雖不免言過其實，但韓琦沒有採納蘇洵的建議，卻是事實。從蘇洵此書之不見用，也約略可以預料他難行其道，則其求官當然也不可能很順利了。

上富丞相書

【題解】富丞相即富弼，慶曆新政時，與范仲淹一起革新朝政，失敗後遭貶。仁宗至和二年（西元一〇五五年），富弼再次與文彥博同入相府，但已失去昔日銳氣，任相後，沒有什麼改革措施。嘉祐元年（西元一〇五六年），蘇洵攜二子入京應試，上此書求見，委婉責備富弼未能「下令而異於他日」，並提醒他嚴防小人生出不平之心，和於同僚，奮志有為，同時自薦於富弼，希望能引為同道，一展大志。宋代相權甚重，為了便於控制，皇帝允許御史風聞言事，使臣下彼此牽制，形成黨爭。此文雖未涉及相關內容，但從行文之中也不難窺見彼時黨爭已然激烈，富弼難免有位尊身危之虞，因此，其明哲保身，行因循之政，也應該是可以理解的。

相公閣下❶：往年天子震怒，出逐宰相，選用舊臣堪付屬以天下者，使在相府，與天下更始，而閣下之位實在第三❷。方是之時，天下咸喜相慶，以為閣下惟不為宰相也，故默默在此❸。方今困而後起，起而復為宰相，而又值乎此時也，不為而何為❹？且吾君之意，待之如此其厚也，不為而何以副吾望❺？故咸曰：後有下令而異於他日者，必吾富公也❻。朝夕而待之，跂首而望之❼，望望然❽而不獲見也，戚戚然而疑❾。嗚呼！其弗獲聞也，必其遠也，進而及於京師，亦無聞焉。不敢以疑，猶曰：天下之人，如此其眾也，數十年之間如此其變也，皆曰賢人焉⑩。或曰：彼其中則有說也⑪。而天下之人則未始見也，然而不能無憂。

【章　旨】此章從回顧往昔開始，作今昔對照，微譏富弼已失往日銳氣，身居相位卻未能拿出變革舉措。

【注　釋】❶相公閣下　宰相大人。相公，指富弼，字彥國，河南洛陽人。慶曆中曾與范仲淹一起革新朝政，未成受貶。仁宗至和二年（西元一〇五五年），再次被任命為宰相。❷往年天子六句　指宋仁宗至和二年六月，宰相陳執中寵愛小妾，打死丫頭，被罷去宰相職務。任命文彥博、富弼同入相府，跟劉沆共掌朝政。舊臣，指富弼，因他曾跟范仲淹一起入過相府，此次為相，是重新起用，所以稱舊臣。堪付屬以天下者，能夠以天下重任相託付的人。❸故默默在此　所以謹守本位，默默無聞。在此，在那裏安守本位。❹不為而何為　不幹一番事業，又去做什麼呢。即一定要做出一番事業的意思。❺且吾君之意三句　此為擬皇帝心思之言。待之，指皇帝厚待富弼。副吾望，與皇上原來的希望相符合。吾，指皇帝。❻後有下令二句　希望富弼發布不同於往日的新法令，制定改革舉措。富公，對富弼的尊稱。❼跂首而望之　殷切地希望。跂首，踮起腳後跟，抬高頭，形容期盼的樣子。❽望望然　失意的樣子。❾戚戚然而疑　心中難過，感到疑惑。戚戚然，悲傷難過的樣子。❿猶曰五句　這是蘇洵對富弼沒能推出改革措施所作的揣測：天下那麼多人，又經歷了那麼多年的變化，大家都說（富丞相）是賢能的人。（由此來推測，富丞相此次握權，應該有新政出臺。）⓫彼其中則有說也　內心中應該已經有了改革的計畫。彼其中，即他的心中，指富弼的內心。有說，有要表達的東西，指施政的計畫或綱領等。

【語　譯】丞相閣下：去年皇上龍顏大怒，罷免了宰相，選用足以託付天下重任的舊臣，讓他入主相府，參與天下大政的變革，而閣下您的地位實實在在排在第三的高位。在那個時候，天下人都高高興興地相互慶祝，以為閣下您只是因為身不在宰相之位，所以在那裏默默無聞。如今從困窘中崛起，一經起用就再次任職宰相，又正好是天下變革之時，不奮發有為還有什麼好做的？再說，當今皇上的意思，如此厚待您富弼，如果還不勵精圖治，怎麼對得起他的一片苦心？所以都說：以後頒布跟以往不同的法令的人，必定是富丞相您了。從早到晚等待著，伸長了脖子企盼著，卻灰心喪氣地一無所見，心境黯然地開始懷疑起來。哎！沒有聽到變革新政的消息，肯定是因為住得太偏遠了吧，跑到京師來，還是沒有聽到。盡管如此，還是不敢就此產生懷疑，還這樣在想：普天下那麼多人，經過幾十年間那麼多的變故，卻都認定您是位賢人呢！有人就講：他心裏肯定有想法。可是天下人卻始終沒有看見，這就不能不心生疑竇了。

蓋古之君子，愛其人也，則憂其無成❶。且嘗聞之，古之君子，相是君也，與是人也，皆立於朝，則使吾皆知其為人皆善者也，而後無憂❷。且一人之身而欲擅天下之事，雖見信於當世，而同列之人一言而疑之❸，則事不可以成。今夫政出於他人而不懼，事不出於己而不忌，是二者，惟善人為能❹，然猶欲得其心焉。若夫眾人，政出於他人而懼其害己，事不出於己而忌其成功，是以有不平之心生❺。夫或居於吾前，或立於吾後，而皆有不平之心焉，則身危。故君子之出處於其間也，不使之不平於我也❻。

周公立於明堂以聽天下，而召公惑❼，何者？天下固惑乎大者也，召公猶未能信乎吾之此心❽也。周公定天下，誅管、蔡，告召公以其志，以安其身，以及於成王。故凡安其身者，以安乎周也。召公之於周公，管、蔡之於周公，是二者亦皆有不平之心焉，以為周之天下，公將遂取之也。周公誅其不平而不可告語者，告其可以告語者❾而和其不平之心。然則非其必不可以告語者❿，則君子未始不欲和其心。天下之人，從士而至於卿大夫，宰相集處其上⑪，欲有所為，何慮而不成？不能忍其區區之小忿，以成其不平之釁，則害其大事⑫。是以君子忍其小忿以容其小過，而杜其不平之心，然後當大事而聽命焉。且吾之小忿，不足以易吾之大事也，故寧小容焉，使無芥蒂⑬於其間。

【章旨】此章致殷勤之意。告誡富弼謹慎處事，忍小忿以謀大事，莫使同僚起不平之心以危己身。

【注釋】❶愛其人也二句　愛戴一個人，就擔心他在事業上沒有成就。成，指成就、事業。❷且嘗聞之七句　意思是古代的君子出仕輔佐君王，跟其他的臣子一同列於朝堂之上，一定要認識到所有的人都賢能善良，然後才能無後顧之憂。相是君，輔佐那個君主。與是人，與那些人共處，指與同朝的其他大臣們共處。吾，指「古之君子」。❸而同列之人句　同列之人，指同朝為官的大臣們。一言以疑之，因為某一句話而表示懷疑或不贊同，指略微有些不同的意見。❹今夫政四句　現在政令出自他人之手，也不擔心對自己有害處；國家的大事不是自己做成的，也不會因此妒忌別人。這兩點，只有賢能善良的人才能做到。❺不平之心生　即心生妒嫉。不平之心，內心忿忿不平。❻不使之不平於我也　不讓同朝為官的人對自己生出不平之心。不平於我，對我心懷不滿。❼周公立於明堂二句　據《帝王世紀》載，武王死後，成王年幼，周公旦攝政。管叔、蔡叔等人以為他將據天下為己有，召公也不相信他。周公於是對天發誓說，自己只是暫時掌握朝政，等成王長成後，將還政與成王。管叔、蔡叔等人不以為然，糾集紂王的兒子武庚發動叛亂，被周公帶兵討平。三年後，周公果然還政成王。明堂，周公聽諸侯述政的地方。❽未能信乎吾之此心　吾，指周公。此心，代成王攝政以平定天下人心的心思。❾告其可以告語者　指周公將自己的心思訴說給召公聽，使其內心的疑惑化解。可以告語者，能夠向他訴說的人，此指召公。❿非其必不可以告語者　若不是那種完全講不通的人。⑪天下之人三句　天下士眾，從有知識的士到國家的卿大夫，宰相的位置最高最顯，意思是宰相在從士到卿大夫的各級官爵中，爵位最高。集處其上，處於百官中最高的地位。⑫不能忍其區區之小忿三句　小不忍則亂大謀的意思。區區之小忿，一點點忿恨之情。不平之釁，因為內心不平而引起爭端。釁，間隙；爭端。害，破壞；使受害。⑬芥蒂 梗塞的東西，比喻內心的嫌隙和不快。

【語譯】古代的君子，愛護某人，就會為他沒有成就而操心。又曾聽到這麼說：古代的君子，輔佐某位國君，跟一班人同立朝堂之上，那麼就要認識到所有那些人都是心地善良之輩，然後才能無後顧之憂。再說，孤身一人卻想獨攬天下大事，縱然世人相信他，可是，只要同朝之臣說一句懷疑他的話，就可能辦不成事。現在，政令出自他人卻不擔心與己不利，不是自己做成的政事也不嫉妒，能做到這兩點，只有賢德之士才有可能，縱然如此，還是有必要特別注意籠絡眾人之心。至於說大多數人，政令由別人頒布就會害怕它傷害到自己的利益，不是自己成就的事業，就嫉妒別人的成績，所以就會產生不平和的心態。有人位列我前，有人位列我後，如果他們都心態不平和，自身就有危險了。所以君子在眾人之間立身處事，一定不要讓別人對自己有不平之心。

周公立於明堂，聽取天下政務，可是召公卻有疑惑，為什麼？天下人往往就在大事上犯糊塗，連召公都不能完全搞清楚周公在想些什麼。周公安定天下，誅殺管叔、蔡叔，把自己的心思告訴召公，以保住自身安全，直等到還政給成王。所以說，他使自身安全，也就等於安定了西周的天下。召公對於周公，管叔、蔡叔對於周公，他們那兩種人都有不平的心態，認為周朝的天下，周公要篡取。周公誅殺那些心有不平卻又無法跟他們講清楚的人，給可以講清楚的人作解釋，從而消除他內心的不平。如此看來，如果不是那些確實不聽解釋的人，君子絕不會不想消除他們的不平心態。天下所有的人，從士人到卿大夫，宰相處在最高的地位，想要有所作為，還擔心不會成功嗎？不能夠忍受些小小的憤恨，以至於造成別人心態失衡，那就會妨害大事業了。因此君子容忍別人的小怨並且包容微小的過失，從而杜絕他們的不平之心，然後在面臨大事之時，他們才會聽從命令。再說，對我的小怨遠比不上我的大事業那麼重要，所以我寧願包容那些小怨，而不要使他們心裏有什麼解不開的疙瘩。

古之君子與賢者並居而同樂，故其責之也詳❶；不幸而與不肖者偶❷，不圖其大而治其細，則闊遠於事情，而無益於當世❸。故天下無事而後可與爭此，不然則否。昔者諸呂用事，陳平憂懼，計無所出。陸賈入見，說之，使交歡周勃。陳平用其策，卒得絳侯入北軍之助以滅諸呂❹。夫絳侯，木強之人也❺，非陳平致之而誰也？故賢人者致其不賢者，非夫不賢者之能致賢者也❻。

【章旨】此章以漢代史事為例，建議富弼招納賢才，實寓自薦之意。

【注釋】❶其責之也詳　彼此相互監督，十分詳備周到。責，責難，此指彼此督促以便上進。❷與不肖者偶　跟沒有才德的人相處在一起。偶，並列；相對。❸則闊遠於二句　指不瞭解當時的時局事態，不能有所作為，為當時的社會作貢獻。闊遠，疏遠。事情，主要是指各種政治事件。❹昔者八句　據《史記》等書載，呂后病將死，下令將守衛都城的南北二軍分別交給呂產、呂祿管理，身為太尉的周勃反而不得入軍中主持軍務，想以此來保證諸呂的軍事實權。呂后崩，諸呂想發動叛亂，身為丞相的陳平不知道該怎麼辦才好。謀士陸賈向陳平獻計，讓他與太尉周勃結交，然後由周勃到北軍去，奪取呂祿的兵權，剷除諸呂的叛亂。絳侯，周勃，因軍功封絳侯。❺木強之人也　即質樸耿直的人。木強之人，是漢高祖劉邦對周勃的評價。高祖將死，呂后問劉家天下可託付給哪些人，高祖說，周勃為木強之人，但要使劉氏天下獲得安寧，非周勃莫屬。❻故賢人者二句　這兩句的意思是建議富弼去結交那些不如他賢能但有才德的大臣。

【語譯】古時的君子與賢德之士一起居住相處，都很快樂，所以他們彼此要求也很嚴格；不幸跟不肖者處在一起，不考慮大事卻去糾纏那些細枝末節的事情，必然就遠離事情的大要根本，對整個社會都不會有什麼好處。所以天下太平無事的時候，才可以去爭那些小事做，否則就不行。從前，呂氏家族掌握漢朝的大權，陳平心裏很擔心，可又想不出對付的計策。陸賈入謁陳平，對他進行遊說，讓他去跟周勃結交。陳平採用了陸買的計策，最終得以讓絳侯周勃入主北軍，幫助滅了諸呂。絳侯，是個樸實耿直的人，不是陳平去招納他，還有誰去？所以，是賢良的人招納不夠賢能的人，而不是不賢能的人去招納賢良之士。

曩者，今上即位之初，寇萊公為相，惟其側有小人不能誅，又不能與之無忿，故終以斥去❶。及范文正公在相府，又欲以歲月盡治天下事，失於急與不忍小忿，故群小人亦急逐之，一去遂不復用，以歿其身❷。伏惟閣下以不世出之才❸，立於天子之下，百官之上，此其深謀遠慮必有所處❹，而天下之人猶未獲見。洵，西蜀之人也，竊有志於今世❺，願一見於堂上。伏惟閣下深思之，無忽❻！

【章旨】此章分析宋朝兩代名相寇準、范仲淹得失，再以天下士望相期，並明確表達求見求薦之意。

【注釋】❶曩者六句　宋真宗景德元年（西元一〇〇四年），契丹入侵，寇準當時任宰相，力主真宗親征，在澶淵與契丹作戰並打敗入侵者，與之定立澶淵之盟，真宗因此對寇準很欣賞。王欽若心懷私謀，向真宗進讒言說澶淵之盟是城下之盟（即兵臨城下被迫簽定的和約）。真宗不快，不再信任寇準，不久即貶去其宰相之職，出為陝州知州。寇萊公，寇準，字平仲，封萊國公，華州下邽（今陝西渭南東北）人。❷及范文正公六句　仁宗慶曆年間，范仲淹任宰相，推行新政，夜以繼日地工作，想幹出一番事業，使天下大治，但改革措施推行太快，又為小人所讒，因而不久即被免職，為地方長官多任後亡故。范文正公，范仲淹，字希文，蘇州吳縣（今屬江蘇）人。❸不世出之才　即超出當世的才能。❹必有所處　一定有處理天下大事的方案和策略。❺竊有志於今世　私下裏有報效當今朝廷的志向，是謀求官職的委婉說法。❻無忽　不要忽略或者輕視。

【語譯】從前，當今皇上剛剛登基的時候，寇準身任宰相，由於他旁邊有些小人沒有能夠剷除乾淨，可又不能讓他們不要有忿懣情緒，所以最終被排斥出了相府。等到范仲淹做宰相時，他又想在短時間裏整頓好所有的天下大事，過於心急加上不能容忍那些小小的怨憤，所以群小們也很快就把他趕走了，一旦離開就失去了再被任用的機會，直到逝世。真誠希望閣下憑藉您傑出的才能，佔據天子之下百官之上的要位，在這樣的地方，您確實可以深謀遠慮大有作為，只是，天下人卻還沒有看見那些行動。

我蘇洵是個西蜀人，私底下有一腔報效國家的雄心壯志，希望有個機會登堂拜見您。真誠希望閣下您認真考慮我的請求，切莫忽視！

【研析】上書求見，且有求於人，習套為文多自貶以悅人。蘇洵作為一介布衣，上書時處宰相要位的富弼，雖也有求試之意，卻能不卑不亢，抗言高論。以氣勢、議論彰顯個性，借識見、文采展示才華，頗有縱橫氣象。

文章巧於安排。作者本來意在自薦，但大部分篇幅卻是論述古君子之道，致殷殷關切之情，且微露譏責之意；既於行文之中顯露才華，又於微詞之裏見致誠之情。先是微責富弼未能積極有為，目的在警醒對方，引起注意；繼而分析形勢，表示對富弼的關心與尊重，目的在引起對方共鳴，找到共同的認識基礎，進而借古諷今，希望對方引納賢士共謀發展，伏筆卻在自薦；最後再致殷勤之意，表白求見之意與自薦之心。如此處理，雖然步步為營，把自薦之意講得十分透徹，但自始至終卻一直把自己和求見對象，擺在君子、事業的高度上進行對話，化私情為公論，免去了許多客套與彆扭。就求薦文字而言，可謂別開生面，新人耳目。只是作者以一布衣求見身居相位的富弼，在投書之中略具譏責之意，未免交情太淺而言辭過重。據傳當時歐陽修向朝廷推薦蘇洵，希望不拘一格加以任用，連韓琦也認為可以，唯獨富弼認為不行，並說：「再等等看。」果真如此，則富弼對蘇洵的直言不諱還是有所不滿的。

文章闊佔地步，縱論古今，既明殷勤之懷，又寓自薦之意，文風浩蕩，如行舟於江湖之上，只見波濤相逐，無一刻停頓，可謂自然成文。作為上書求薦文字，能如此多方回護卻文意暢達，確實展示出其人高超的駕馭語言的功夫。

上文丞相書

【題解】本書作於仁宗嘉祐元年（西元一〇五六年），時蘇洵攜二子在京師準備應試。蘇氏父子進京之後，本來就習於戰國縱橫之術的蘇洵，更得歐陽修等獎掖推挽，得交遊於士林，已頗有人望清譽。故而不斷投書宰府重臣，冀求越次重用，此即是他向時任宰相的文彥博陳情求仕之信。蘇洵考慮到自己年事已高，故心存不以科考入仕之企望，所以信末有「方不見用於當世，幸又不復以科舉為意」，寓其情懷。信中蘇洵深入剖析吏治之弊，頗中肯綮。宋朝立國，冗員散吏甚眾，實為一大弊病，蘇洵針對性地提出責官以能，嚴肅吏治等，就當時而言，無疑是有其現實意義的，同時，不求其始而邀其終的任官思路，正好跟他自己想得到的進身之途相符。寓私意與公論之中，確實為求進之妙著。

昭文相公❶執事：天下之事，制之在始；始不可制，制之在末。是以君子慎始而無後憂❷；救之於其末❸，而其始不為無謀。謀諸其始而邀諸其終，而天下無遺事❹。是故古者之制其始也，有百年之前而為之者也。蓋周公營乎東周，數百年而待乎平王之東遷也❺。然及其收天下之士，而責其賢不肖之分，則未嘗於其始焉而制其極❻。蓋嘗舉之於諸侯，考之於太學，引之於射宮，而試之弓矢❼，如此其備矣。然而管叔、蔡叔，文王之子，而武王、周公之弟也，生而與之居處❽，習知其性之所好惡，與夫居之於太學，而習之於射宮者，宜愈詳矣。然其不肖之實，卒不見於此時❾。及其出為諸侯監國，臨大事而不克自定，然後敗露，以見其不肖之才❿。且夫張弓而射之，一不失容⓫，此不肖者或能焉，而聖人豈以為此足以盡人之才？蓋將為此名以收天下之士⓬，而後觀其臨事⓭，而黜其不肖。故曰：始不可制，制之在末。於此有人求金於沙，斂而揚之，惟其揚之也精，是以責金於揚，而斂則無擇焉⓮。不然，金與沙礫皆不錄而已矣⓯。故欲求盡天下之賢俊，莫若略其始；欲求責實於天下之官，莫若精其終⓰。

【章　旨】此章述求賢之道，既可嚴把入口關，又可在任用過程中加以考察，實寓求官以驗其才的意思。

【注　釋】❶昭文相公　指文彥博，字寬夫，汾州介休（今屬山西）人。文彥博曾被任命為昭文館大學士兼譯經潤文使，所以如此稱呼。文彥博在仁宗時位至宰相，神宗時，因與王安石政見不合被黜。❷君子慎始而無後憂　賢德的君子在事情開始時就考慮得很周全，小心行事，後來就沒有什麼值得擔心的了。❸救之於其末　在事情臨到末了再來補救。❹謀諸其始二句　在開始的時候仔細謀劃，而且認真講求最終結果，天底下就沒有使人感到遺憾的事了。邀，追求；講求。❺蓋周公二句　東周，指周朝的東都洛陽。武王滅紂後，曾經想遷都洛陽，終未如願。成王繼位，周公將洛陽營為東都，可是周朝直到平王時，還一直以鎬京為都城，並未東遷。直到西周最後一個天子幽王為犬戎所滅，平王不得已才遷都洛陽。蘇洵這裏的意思是說周公在當初修建洛陽時，就已經預料到周朝將東遷。❻然及其收天下之士三句　周朝時，諸侯國國君每年都要向周天子進獻貢士，由周天子考察其賢能與否加以任用或黜退。收天下之士即指此。制其極，非常嚴格地要求。❼蓋嘗舉之四句　這幾句是介紹周天子考試貢士的一系列措施。太學，即國學，是古時貴族子弟讀書的場所。射宮，古時天子行大射之禮或考試貢士的場所。弓矢，即弓箭。❽生而與之居處　一生下來就跟他們居住在一起，平常也能相處一處，指彼此很熟悉，很瞭解。❾然

其不肖之實二句　意思是管叔、蔡叔二人不肖的本質，在跟武王、周公相處時，並沒有表現出來。❿及其出為諸侯監國四句　武王滅商後，將兩個兄弟分封在管、蔡二地，藉以監視紂王之子武庚，稱管叔、蔡叔。周公攝政時，管叔、蔡叔不相信周公，認為他將篡取周朝的天下，便聯合紂王之子武庚發動叛亂。⓫一不失容　絲毫不失去原有的面色，指一點也不驚慌。⓬收天下之士　接納天下奇傑之士，主要是指選用天下士人充任官吏。⓭臨事　處理具體事務。⓮於此有人五句　這幾句的意思是說，要想從沙礫中淘出金子來，必須採取揚棄的方法，才能成功。斂，通「撿」。收集含有金砂的沙礫。責金於揚，用揚去砂石的方法來求得金砂。斂則無擇，在收集時卻不加選擇。這裏是比喻接納人才時，無論賢愚都加以收用（然後再用處理具體事情的能力來加以區分，作去留處置）。⓯金與沙礫皆不錄而已矣　金砂和沙礫都丟掉不用。不錄，不錄用，這裏比喻賢能者與愚笨者都不留下來。⓰欲求責實二句　意思是要想考察官吏們是否有才幹，最好的辦法是看他們辦事的效果如何。精其終，詳細考察處理事情的最終後果。

【語　譯】昭文大學士文彥博丞相：天下大事，從一開始就要制定規矩；開始沒有制定規矩，就要在後來進行處理。因此，君子在開始時謹慎行事就不會有後顧之憂；能在後來進行處理，就不能在開始時不進行謀劃預案。開始時認真謀劃，又在後來嚴格控制，那麼天下就不會有什麼遺憾的事了。所以，古人從一開始就對事情進行謀劃，有在一百多年前就進行的。像周公營建東周的洛陽，是在幾百年前就等著平王東遷了。然而，他招納天下有識之士，考察他們賢與不賢，則沒能在一開始就考慮得那麼周到細緻。曾經用諸侯舉薦，太學考試，射宮面試，弓馬考察等等方法，也算是相當完備了。但是，管叔、蔡叔，是文王的兒子，也是武王、周公的弟弟，一生下來就跟他們一起住處，熟悉他們生性的所好、所惡，跟他們一起住進太學，又在射宮習射，應該考察瞭解得十分詳盡了。可是他們無才不肖的本質，在那時始終沒有顯現出來。等到他們出去監管諸侯國，面臨大事卻不能鎮定自若，然後不肖之質才敗露，才最終顯現出來。張弓射箭，一點兒不驚慌，這一點不肖之人或許能做到，但聖人怎麼能單憑這一點就足以判定一個人的才能呢？大概只是用這個名義來招納天下的有識之士，然後觀察他們處理問題的能力，黜限那些無才無德者。所以說：開始時不能制定完備的規矩，就在後來進行控制。好比這裏有人在沙裏淘金，收攏金沙進行淘揚，只有在淘揚過程中周密細緻地擇撿，才能淘到金子，但收集金沙卻是不加選擇的。不這樣，就只能是金子和沙石都丟棄不用罷了。所以，想要盡量招納天下賢俊人才，不如在開始的時候寬鬆一些；想要考察天下官吏的實際能力，不如隨後詳細考察他們處理事情的具體能力。

今者天下之官，自相府而至於一縣之丞尉❶，其為數實不可勝計。然而大數已定，餘吏濫於官籍❷。大臣建議減任子，削進士❸，以求便天下❹。竊觀古者之制，略於始而精於終，使賢者易進，而不肖者易犯❺。夫易犯故易退，易進故賢者眾。眾賢進而不肖者易退，夫何患官冗❻？今也，艱之於其始，竊恐夫賢者之難進，與夫不肖者之無以異也❼。

【章旨】此章進一步說明用實績考察官吏，既可進賢又可退不肖，從而解決冗官之弊的道理。

【注釋】❶自相府句　從丞相府的官員到每個州縣的縣丞和縣尉，指大大小小的官員。❷餘吏濫於官籍　餘下的官員只在官籍中充數而已，並沒有實際的事務，即冗吏。❸大臣建議二句　此指范仲淹、李柬之、范鎮等人要求朝廷減少任子，嚴格取士的主張。慶曆間，范仲淹執行新政的措施之一就是減少任子，隨後范鎮等人又主張嚴格科舉取士制度。❹便天下　對天下有好處。便，便利；使有益。❺略於始而精於終三句　對官吏的仕進，在開始時寬鬆簡略一些，通過具體事件去考察他們的能力，最後再從嚴要求，決定其去留，使賢能有才幹的人有機會仕進，而無才無德的人容易出現失誤和紕漏而被黜退。❻官冗　多餘的官吏，即空有官階沒有具體事務的官吏。❼艱之於其始三句　在仕進之始即嚴苛要求，私下以為會給賢能者仕進造成障礙，使他們不能跟不肖之士區別開來。艱之，使感覺艱難；使為難。無以異，沒有區別，即賢能者與不肖者被攔在仕途之外，都得不到任用。

【語譯】現在天下的官吏，上自丞相下到一個縣的縣丞縣尉，實在多得難以統計。可是，主要的官員職數定下來後，其餘的就只能算作冗員了。有大臣曾經建議減少蔭任子孫的數額，削減科舉進士錄取的名額，以便解決全國的問題。我私下裏研究古代的任官制度，在開始的時候很寬鬆，在考察結果時要求很嚴格，使賢能的人容易晉升，而不肖者容易致錯。容易致錯就容易斥退，容易晉升就能匯聚賢士。眾多賢能者得以晉升而不肖者容易被斥退，哪裏還用得著擔心冗官太多呢？現在，在開始時嚴格要求，私下擔心賢能的人都難於晉升，跟不肖者都沒有辦法進行區別了。

方今進退天下士大夫之權，內則御史，外則轉運❶，而士大夫之間潔然而無過❷，可任以為吏者，其實無幾，且相公何不以意推之？往年吳中復在犍為❸，一月而發二吏。中復去職，而吏之以罪免者，曠歲無有❹也。雖然，此特洵之所見耳，天下之大則又可知矣。國家法令甚嚴，洵從蜀來，見凡吏商者皆不徵❺，非追胥調發，皆得役天子之夫❻，是以知天下之吏犯法者甚眾。從其犯而黜之❼，十年之後將分職之不給❽。此其權在御史、轉運，而御史、轉運之權，實在相公，顧甚易為也❾。

【章旨】此章以具體事例說明冗官多違法，並向文彥博建議：只要嚴肅吏治，即可除去冗員。

【注釋】❶內則御史二句　京城所在之地由御史負責，京城以外諸路則由轉運使負責。御史，即御史臺，主要從事糾察官風，考吏政績的事務。轉運，即轉運使，宋時掌各道軍需，並巡視地方，負責考察州郡長官的政績。御史、轉運都直接對宰相負責。❷潔然而無過　清正廉潔，沒有過失。❸往年吳中復句　吳中復，字仲庶，興國永興人，進士及第，曾為犍為縣令十年，後因御史中丞孫抃薦，入朝任監察御史裏行，曾彈劾宰相梁適、劉沆等人，被仁宗譽為「鐵御史」。❹曠歲無有　好多年沒有過。曠，持久；時間很長。❺吏商者皆不徵　官吏經商都不徵稅。吏商，即從事商業活動的官吏。徵，徵稅。宋時規定官吏不許經商，但這樣的規定不為官吏所重，吏商公行，又因官吏本人從事徵稅活動，所以都不收自己的稅。❻非追胥調發二句　沒有朝廷的正式公差，就役使臣民為自己進行經商活動。意思是官吏們為自己的商業行為而胡亂抽丁，從中謀利。追，追擊入侵之敵。胥，捕盜。調發，服勞役。追、胥、調發等，都是宋時朝廷役使百姓的名目。天子之夫，天子的人力，指平民百姓。夫，人力。❼從其犯而黜之　按照他們所犯的罪行，罷免他們的官職。黜，罷黜；罷官。❽分職之不給　分派去任職的官吏都不夠，即官吏緊缺的意思。不給，供應不上。❾顧甚易為也　想一想是很容易做到的。

【語譯】 如今，提拔和貶斥天下官吏的大權，朝廷裏是御史，各地方是轉運使，可是，官吏中確實清廉沒有過錯，可以勝任其職的人，實際上沒有幾個人，文丞相您何不自己推測一下？前些年，吳中復在犍為任職時，一個月就斥退了兩位官員。吳中復離任了，官員因為犯罪被罷免的，好些年都沒有發生過。即使如此，也只不過是我所看見的罷了，天下那麼大，情況嚴重到什麼程度是可想而知的。國家法律很嚴厲，我從四川來，看見凡是官員經商都不徵稅，若不是國家調派人力驅敵捕盜或服役，他們就肆意動用國家人力為自己經商，由此可知，天下官員違法犯紀的確實很多。根據他們犯罪輕重貶斥他們，十年之後，能分派職務的官員恐怕都派不出來了。這個權力在御史、轉運使，可是御史、轉運使的權力實際上在文丞相您這裏，看來這是很容易做到的了。

今四方之士會於京師，口語籍籍❶，莫不為此。然皆莫肯一言於其上，誠以為近於私我也❷。洵，西蜀之人，方不見用於當世，幸又不復以科舉為意，是以肆言於其間而可以無嫌❸。伏惟相公慨然有憂天下之心，征伐四國以安天下，毅然立朝，以威制天下，名著功遂，文武並濟❹，此其享功業之重而居富貴之極❺，於其平生之所望無復慊然❻者，惟其獲天下之多士而與之皆樂乎❼！此可以復動其志，故遂以此告其左右，惟相公亮之❽！

【章旨】此章述上書原因：自己無職無位，可以無畏；對方德高望重，足以有為。實寓求薦之心。

【注釋】❶口語籍籍　即議論紛紛。籍籍，紛亂的樣子。❷近於私我也　好像為自己謀私利。私我，為自己謀利。❸是以肆言句　所以敢在他們當中隨便談論而沒有什麼不良企圖的嫌疑。肆言，放肆地說；隨便談論。無嫌，沒有嫌疑。❹伏惟相公六句　《宋史・文彥博傳》載，文彥博為人端重，立在朝堂上威風凜凜，連外國使節見了都能看出他很有才華。文彥博文才武略過人，功業甚著，所以蘇洵說他文武並濟。名著功遂，功成名就之意。❺此其享功業句　這就使您能憑卓越的功勳握有重權，並享盡人間富貴。重，重權，指身為宰相，是所有官階中最高的。❻無復慊然　沒有什麼感到遺憾的了。慊，抱歉；感到遺憾。❼惟其句　指君臣相得之樂。語本《詩經・大雅・文王》，本來是講文王招得天下謀士而安枕無憂，這裏借指文彥博深得皇帝信任，君臣無間。❽亮之　即察之。亮，亮察。

【語譯】現在，各地有識之士聚集到京師，議論紛紛，沒有不談這個的。可是沒有誰去對上面說一聲，是覺得那麼做有點為自己謀劃的意思。我蘇洵是個西蜀人，現在還沒有被當局任用，幸好又沒有參加科舉考試的意思，因此在這些人中間大放厥詞，說話無所顧忌。文丞相您可以說是胸懷坦蕩，為天下著想，出征四方以安定國家，在朝堂上威風凜凜，聲譽顯著，功成名就，文武雙全，真正是事業有成，顯貴至極，人生一世，了無遺憾，必定會廣納天下才士並與之同樂？看來只有這一點才能打動您，所以我就說這些話給您聽，希望您能考慮考慮。

【研析】這是蘇洵給時任宰相的文彥博的自薦信。作為一介布衣，蘇洵攜二子進京求進，卻又無意按部就班屈就科考，所以頻頻干謁權要，以求一試。對照蘇洵跟當朝幾位主要人物的上書可見，其人確實能針對不同的上書對象，發表各不相同的意見，顯其不同方面的學識和才華：在給韓琦的信中，他責其未能嚴肅軍紀，顯示自己的軍事才能不同凡俗；在給富弼的信中，他針對富弼老成樸厚的個性，致殷勤之意，又責其未能銳意改革，顯示其賢能願試的一面；在此信中，他又針對文彥博德高望重士譽甚富的特點，在信中大談吏治之術與吏治之弊，為整頓吏治獻計獻策，隱含求進之意。

作者本意在求仕進，但信中卻花大量篇幅談論任吏之道。指出古時任用天下奇傑之士，在收用時要求寬泛簡略，然後注意用具體事務去檢驗其才能；而不是在一開始就嚴加控制，使奇傑之士進身之道受阻，不肖之才苟且之心得逞。不制其始，而邀其終，不重科考一試而重為政之能，表面是為賢人仕進廣開門路，實則是為自己求進立基。進而闡述「略於始而精於終」這一作法的好處所在：讓才能傑出者容易進身，無能不肖者易於黜退，從而達到澄清吏治的目的。表面是析吏治之理，實則是為自己求進作墊。有此基礎，作者再建議文彥博突破常規，破格任用賢能之士，大膽摒棄冗員。表面看是在向文彥博獻整頓治吏之術，實則是徑直自薦於文彥博，希望對方越次用己。

一封求進之書，既把上書求進之本意表達淋漓，又尊重對方，同時還絕不失布衣之尊，妙就妙在善於託事表意，以縱論吏治顯露其才華，借用人之理寓別樣情懷，一明一暗，彼此扣鏈，構思可謂精妙。文中大量指陳當時吏弊，與〈審勢〉、〈申法〉、〈議法〉等篇的思想一致，相互參看，不僅為我們揭示出當時吏治之弊，同時也增強了我們對作者出仕治世之情的理解，見出作者的拳拳之忠。

上田樞密書

【題解】此書為蘇洵給田況的自薦信，作於嘉祐元年（西元一〇五六年）。田樞密即田況，字元鈞，舉進士甲科，有文武之才，時為樞密副使。從信中內容及言辭激烈來看，似乎應該是在上書富弼、文彥博、韓琦、歐陽修等權要求薦未果之後。在〈上歐陽內翰第二書〉中，蘇洵曾談到自己呈所作於歐陽修後，「既而屢請而屢辭焉，曰：『吾未暇讀也。』」說明蘇洵之著尚未引起足夠重視，所以，在這篇上書中，蘇洵一改委婉含蓄筆勢，出以憤激之語，將自己才華不得施展之過失歸之於人，希望借此引起田況的注意，委以官位。上書求官卻態度如此激烈，在同類作品中是很少見的。

天之所以與我者❶，夫豈偶然哉？堯不得以與丹朱，舜不得以與商均❷，而瞽叟不得奪諸舜❸。發於其心，出於其言，見於其事，確乎其不可易❹也。聖人不得以與人，父不得奪諸其子，於此見天之所以與我者不偶然也。

夫其所以與我者，必有以用我也❺。我知之不得行之❻，不以告人。天固用之，我實置之，其名曰棄天❼；自卑以求幸其言❽，自小以求用其道❾，天之所以與我者何如，而我如此也，其名曰褻天❿。棄天，我之罪也；褻天，亦我之罪也；不棄不褻，而人不我用，非我之罪也，其名曰逆天⓫。然則棄天、褻天者，其責在我；逆天者，其責在人。在我者，吾將盡吾力之所能為者，以塞夫天之所以與我之意⑫，而求免乎天下後世之譏。在人者，吾何知焉？吾求免夫一身之責之不暇⑬，而暇為人憂乎哉？

【章旨】此章從天生我材必有用的角度，將才之不用分為棄天、褻天、逆天三種情況，表達自己不願棄、褻才華，而將自己才華不得施展之過，歸於他人不能任用。

【注釋】❶天之所以與我者　即天賦之才。所以與我者，上天賜予我的東西，指先天的才能。❷堯不得以與二句　堯不能把它傳給丹朱，舜不能把它傳給商均。丹朱，堯的兒子。商均，舜的兒子。傳說二人都沒有才能，所以堯和舜都沒有把天下傳給他們，而是禪讓給了舜和禹。這兩句的意思是說，上天賦予堯和舜的才能，只能為他們自己所有，卻不能遺傳給自己的兒子。❸而瞽叟不得奪諸舜　瞽叟也無法把它從舜那裏奪走。瞽叟，舜的父親。傳說舜的母親死後，父親再娶，生子象。後母、象都討厭舜，瞽叟也不喜歡他，一家人常常想殺掉舜，但是舜對父母仍很講孝道，對兄弟象也很友好，他的賢德並沒有因為家庭環境惡劣而有所減少。蘇洵認為舜的賢德是上天所授，所以能不受家庭環境的影響。❹不可易　不能夠更改。易，改變。❺夫其所以與我二句　上天之所以賦予我才華，是因為有運用它的地方。有以用我，有讓我施展才華的時候或地方。❻我知之不得行之　我雖然知道，卻沒有辦法去施展才華，意思是才能得不到賞識。❼天固用之三句　意思是上天一定要我施展它，可我卻因它不能行於世而置之不理，那就是違背上天的意志。❽自卑以求幸其言　自己卑躬屈膝地去求別人賞識我所說的話。幸其言，即讓別人聽信我的話。❾自小以求用其道　自己降低身分，以便達到行道的目的。可參見〈三子知聖人汙論〉中的有關論述。❿天之所以與我者三句　即上天賦予我才華，可我卻沒能將它表現出來，那就是對老天爺不尊重。⓫逆天　與老天爺作對。這裏是指他人不讓我將才華表現出來，是與老天爺作對。⓬在我者三句　在我的能力範圍內的，我將極盡所能去努力，力求達到上天之所以賦予我才華的要求。塞，應付；搪塞。⓭吾求免夫一身之責之不暇　即自顧不暇的意思。一身之責，本人的責任，此指將上天所授的才華表現出來。不暇，沒有時間；來不及。

【語譯】上天賜我才華，難道是偶然的嗎？堯不能把它傳給丹朱，舜不能把它傳給商均，舜的父親瞽叟也不能從舜的身上奪走。發自內心，見諸言語，形於事態，確確實實是無法變易。聖人不能把它傳給別人，父親也無法從兒子那裏奪走，由此可見，上天賜與我的絕對不是偶然隨便的。

上天賜我才華，肯定是要我有所作為。我知道這一點卻不行動，不跟別人講。上天一定要我施展，我卻將之棄置一邊，那叫違背天意；自己卑躬屈膝去討好別人，自我貶損去請求別人讓我施展才能，上天賜給我的是什麼呢，我要是那麼表現，就叫褻瀆天意。背棄天意，是我的罪過；褻瀆天意，也是我的罪過；不背棄也不褻瀆，別人卻不任用我，那就不是我的罪過了，那叫悖逆天意。既然如此，那麼，背棄天意、褻瀆天意，是我的責任；悖逆天意，是別人的責任。責任在我，我將竭盡所能，去滿足上天之所以賜予我才華所應該達到的要求，以求免得被天下後世譏笑。責任在別人，我哪裏知道會怎麼樣？我想求得避免自己個人被指責都沒有工夫，哪裏還有工夫去替別人擔心呢？

孔子、孟軻之不遇，老於道途而不倦不慍，不怍不沮者，夫固知夫責之所在也❶。衛靈、魯哀、齊宣、梁惠之徒之不足相與以有為也❷，我亦知之矣，抑將盡吾心焉耳❸。吾心之不盡，吾恐天下後世無以責夫衛靈、魯哀、齊宣、梁惠之徒，而彼亦將有以辭其責❹也。然則孔子、孟軻之目將不瞑於地下矣❺。

夫聖人賢人之用心也固如此：如此而生，如此而死，如此而貧賤，如此而富貴。升而為天，沉而為淵，流而為川，止而為山。彼不預吾事，吾事畢矣❻。竊怪夫後之賢者之不能自處其身也，飢寒窮困之不勝而號於人❼。嗚呼！使其誠死於飢寒窮困邪，則天下後世之責，將必有在彼其身之責不自任以為憂❽，而我取而加之吾身，不已過乎？

【章旨】此章以孔、孟為例，說明自古聖賢皆盡己所能求施展才能，表明自己不願棄、褻才華之意。

【注釋】❶孔子孟軻三句　孟軻即孟子，孔子被稱作聖人，孟子也有「亞聖」之稱。孔子周遊列國，不能行其道，曾說：「遇不遇，是時代的問題；賢不賢，是個人才德的問題。自古以來博學深思卻不遇於時的人多的是！」依然像平時一樣講誦經義，彈琴歌唱。孟子也曾在諫說諸侯國君不成時被迫出遊，徘徊不願輕易放棄。蘇洵因此認為聖人不得行其道於天下，責任不在他們自己，而在那些不聽其言不行其道的國君。怍，慚愧。沮，沮喪。❷衛靈句　衛靈，即衛靈公，名元，春秋時衛國國君，在位四十二年。孔子曾遊於衛，但衛靈公不能行孔子之道。魯哀，即魯哀公，春秋時魯國國君，曾向孔子問政，孔子對以選臣（選拔和任用人才），魯哀公不能聽。齊宣，即齊宣王，戰國時齊國國君。梁惠，即魏惠王。孟子曾先後到齊、魏兩國遊說，希望宣、惠二王能力行仁義，但沒被採納。不足相與以有為，不足以跟他們一起做一番事業。有為，有所作為。❸我亦知之二句　句中的「我」、「吾」，都是指孔子和孟子，下文中的「我」、「吾」也有多處是指孔子、孟子的，可依文意而定。❹有以辭其責　有話來推脫他們的責任。辭，找藉口；作說辭。❺然則句　意思是孔子和孟子在地下也閉不上眼睛。指心中有所遺憾而不甘心。瞑，閉（眼睛）。❻夫聖人賢人十一句　意思是聖賢的人是不會因外物干擾而改變他們的內在本性的，生、死、貧、富、貴、賤都不能打動他們。他們的志向，往上則與天相齊，往下則跟深淵相並，奔洩則與河水同逝，靜止則與山嶽共存。❼飢寒窮困之不勝而號於人　忍受不了飢寒窮困，向別人大聲號叫（請求幫助）。❽使其誠三句　這三句是說如果號稱有才能的人真的死於飢寒窮困，那麼就會有後人責備他們自己不知道如何運用才能的憂慮，即不能像聖人那樣「如此而生，如此而死」。誠，果真。其身之責不自任，即自己不知道如何運用自己的才能。

【語譯】孔子、孟子懷才不遇，在奔波之中老去，既不倦怠，也不惱怒；既不慚愧，也不沮喪，那是因為他們知道這個責任究竟在哪裏。衛靈公、魯哀公、齊宣王、魏惠王這些人，不足以跟他們一起有所作為，聖人也是知道的，只是為了盡其所能罷了。我不竭心盡慮，就會擔心天下百姓與後世之人無法責怪衛靈公、魯哀公、齊宣王、梁惠王那些人，而且他們也有推卸責任的藉口。如果那樣的話，孔子、孟子在地底下也不會瞑目吧。

聖人、賢人的用心就是這樣的：就那麼生活，就那麼逝去，就那麼貧賤過日，就那麼享受富貴。其德望上可以與天齊，下可以入深淵，隨流可以逝大河，靜止可以並山嶽。別人不來干預我，我絕不生事。我私底下覺得奇怪：後來的賢士不能自我出處，不能忍受飢寒和窮困，到別人那裏去哭號求助。唉！假使他真的因為飢寒和窮困死去了，那麼天下百姓和後世之人就會責怪他們，說他們沒有考慮到自己沒有盡到應盡的責任。要是我把那些責任都放到自己身上，那不是太過分了嗎？

今洵之不肖，何敢以自列於聖賢！然其心亦有所不甚自輕❶者。何則？天下之學者，孰不欲一蹴而造聖人之域❷，然及其不成也，求一言之幾乎道❸而不可得也。千金之子，可以貧人，可以富人。非天之所與❹，雖以貧人富人之權，求一言之幾乎道，不可得也。天子之宰相，可以生人，可以殺人。非天之所與，雖以生人殺人之權，求一言之幾乎道，不可得也。今洵用力於聖人賢人之術亦已久矣。其言語、其文章，雖不識❺其果可以有用於今而傳於後與否，獨怪其得之之不勞❻。方其致思於心也，若或起之❼；得之心而書之紙也，若或相之❽，夫豈無一言之幾乎道？千金之子，天子之宰相，求而不得者，一旦在己，故其心得以自負，或者天其亦有以與我也❾？

【章　旨】此章正面坦陳己懷，表達自己雖無與聖人相比的資格，但著言論事，足以羽翼聖道，若不見用，過不在己。

【注　釋】❶有所不甚自輕　有自己不願意輕易放棄的東西。指賢能者們「天之所與」的才能。❷一蹴而造聖人之域　一下子就達到聖人的水平。蹴，踏。造，達到。聖人之域，聖人的領域，即聖人賢哲的道德境界。❸一言之幾乎道　一句能接近道的話。幾，接近。乎，即「於」。❹天之所與　上天所賦予的；上天所授予的。❺不識　不知道；不曉得。❻得之之不勞　得到這些（言語、文章）不太費力氣。勞，勞神費力。第一個「之」為代詞，指代前文所說的言語、文章。第二個「之」為結構助詞，用它將「得之不勞」這個句子降格為詞組，作「怪」的賓語。❼方其致思二句　當它們（言語、文章）還在心中構思時，就像有誰在促使它們出現似的。起，使之出現；使之形成。❽得之心而書之紙二句　內心有所得，並把它們寫到紙上時，好像有誰在那裏幫忙似的。相，幫助。❾天其亦有以與我也　上天也許真的賦予了我什麼東西吧。其，語氣助詞，表猜度語氣。有以與我，即授予我才華。

【語　譯】如今，我這無德無能的蘇洵，怎麼敢跟聖賢前輩相提並論！可就內心而言，又有些不甘自輕自賤。為什麼呢？天下的學者，誰不願意輕而易舉就進入聖人的殿堂，可最終卻不可能成功，想有隻言片語跟聖人之道相接近，都不太可能。千金貴冑，可以使人貧窮，也可以使人富貴。不是上天所賜，雖說有了使人貧窮或使人富貴的大權，也不可能有隻言片語貼近儒道。天子任命的宰相，可以使人活下來，也可以處決別人。若沒有上天所賜，雖說有了生殺予奪的大權，想有隻言片語接近儒道，也不可能。現在我蘇洵花費心思鑽研聖賢的思想，也已經很久了。我的那些言論、文章，雖說還保不定能不能適用當今或者流傳後世，可特別奇怪的是，這些想法都並不是勞神費力弄出來的。當初在心裏構思的時候，像是有什麼推出來的一樣；心有所得然後寫到紙上，似乎有什麼來幫助一樣，難道就沒有隻言片語接近聖賢之道嗎？千金富冑，天子任命的宰相，苦求不得的東西，突然之間在我這裏有了，所以心裏還有點自負，也許是上天對我真有所賜與吧？

曩者見執事於益州❶，當時之文，淺狹可笑，飢寒窮困亂其心，而聲律記問❷又從而破壞其體，不足觀也已❸。數年來退居山野，自分永棄❹，與世俗日疏闊，得以大肆其力於文章。詩人之優柔，騷人之精深，孟、韓之溫淳，遷、固之雄剛，孫、吳之簡切❺，投之所嚮，無不如意。常以為董生得聖人之經❻，其失也流而為迂❼；鼂錯得聖人之權，其失也流而為詐❽。有二子之才而不流者，其惟賈生❾乎！惜乎今之世，愚未見其人也。作策二道，曰〈審勢〉、〈審敵〉，作書十篇，曰〈權書〉。

【章旨】此章述自己治學經過、心得及成果，並感慨當世無人賞識的苦悶。

【注釋】❶曩者句　從前曾在益州拜見過您。曩，從前。田況曾在慶曆八年至皇祐二年知益州（州治在今成都），蘇洵見田況當在此時。❷聲律記問　文章在形式上的諸多要求與規範。聲律，詩歌語言對聲韻平仄等的要求，這裏指文章在音韻等形式方面的要求。記問，記誦詩句，這裏指代成語典故之類的記問之學。❸不足觀也已　實在是不值得一看。也已，句末語氣詞，兩詞連用以加強語氣。❹自分永棄　自己覺得將要永遠被社會遺棄，即沒有出仕的機會。自分，自己預料；自己估計。❺詩人之優柔五句　這是蘇洵對先秦兩漢時期代表性文章學問的評價。詩人指《詩經》的作者，實指《詩經》。騷，屈原的〈離騷〉。孟，即孟子所著《孟子》。韓，指韓非所著的《韓非子》。遷，司馬遷所著的《史記》。固，指班固所著的《漢書》。孫，指《孫子兵法》。吳，指吳起著的《吳起兵法》。優柔，即優美和婉。精深，博大精深。溫淳，敦厚純正。雄剛，雄健剛勁。簡切，簡明而透徹。❻常以為董生句　董生，西漢人董仲舒。董仲舒曾合儒家學說與陰陽五行之論，成天人感應之說。❼流而為迂　流向迂腐。古人稱學說的原始經典為源，對經典的闡述為流。這裏是指董仲舒對儒家經典的解釋不得其法，走向了迂腐一路。❽鼂錯二句　鼂錯合儒、法而用之，有削藩之議，但未成功即身受其禍。❾賈生　即賈誼。

【語譯】從前，在益州時跟您相見，那時我寫的東西，淺顯狹隘，十分可笑，貧苦的生活使內心紊亂不堪，一些聲韻格律和死記硬背的東西又影響到文體的正常結構，實在是不值得一看。多年以來，我退居山野，自己覺得將被社會永遠拋棄了，跟世俗的生活也越來越遠，所以能在文章上花大力氣。《詩經》作者的優柔從容，騷人的精妙深刻，孟子、韓非子的溫厚淳正，司馬遷、班固的雄深剛健，孫子、吳起的簡潔切直，凡我用心模擬的對象，沒有不如我所想的。常常覺得董仲舒習得了聖人之經義，可不足的地方在於偏入了迂腐之境；鼂錯習得了聖人的權變之術，可不足的地方在於誤入了權詐之途。具備這兩位的才華卻沒有走上歧途的，看來只有賈誼一個人了。只可惜當今之世，我還沒有看到一個那樣的人。寫下二篇策論，叫〈審勢〉、〈審敵〉，寫了十篇論文，合稱〈權書〉。

洵有山田一頃，非凶歲❶可以無飢，力耕而節用，亦足以自老❷。不肖之身不足惜，而天之所與者不忍棄，且不敢褻也。執事之名滿天下，天下之士用與不用在執事，故敢以所謂〈策〉二道、〈權書〉十篇者為獻。平生之文，遠不可多致，有〈洪範論〉、〈史論〉七篇，近以獻內翰歐陽公❸。度執事與之朝夕相從❹而議天下之事，則斯文❺也其亦庶乎得陳於前矣。若夫其言之可用與其身之可貴❻與否者，執事事也，執事責也，於洵何有哉！

【章旨】此章表明上書本意：獻文投書自薦求官，並以任用賢能為田況職責為辭，微顯迫切與不滿之情。

【注　釋】❶凶歲　凶年，即荒年。❷自老　自己養老。❸內翰歐陽公　當時任翰林學士的歐陽修。❹朝夕相從　即朝夕相處。相從，相互陪同；經常在一起。❺斯文　那些文章。指上文所列〈洪範論〉、〈史論〉等著作。❻其身之可貴　我是否能顯貴。即是否可以給我仕進的機會，使我得以成名的意思。其，第一人稱代詞。

【語　譯】我蘇洵家中有一頃山地，不是荒年的話，不會餓肚子，努力耕種，節儉持家，也完全可以養老。我這樣無才無德，沒有什麼可惜的，只是上天所賜捨不得輕易放棄，而且也不敢褻瀆。您名滿天下，天下士人用誰不用誰，大權在您，所以我才冒昧地把所寫的二篇〈洪範論〉、七篇〈史論〉，最近已經把它們獻給內翰歐陽修先生了。估計您跟他因為家遠沒有多帶些來，有〈策〉論、十篇〈權書〉敬獻給你。平生所作的文章，早晚都在一起討論國家大事，那些文章也應該傳到您那裏了。至於說這些文章是不是實用，這個人是不是值得提拔入富貴之流，那是您的事，是您的責任，跟我蘇洵沒有什麼關係。

【研　析】與歐陽修、韓琦、富弼等人相比，蘇洵在田況任職益州時，就曾相識，交情應該更深一些，所以，跟其他上書多據理立論而少感情色彩相比，蘇洵此書可以說是情理兼備，既有透闢的說理，又含激烈情感。作為一介布衣，蘇氏父子進京之後，應該說是獲得了相當的重視，但是，對於無意按正常渠道進入仕途的蘇洵而言，激揚聲名的最終目的，是求仕，所以他一再上書求官。在一時沒有結果的情況下，心情難免焦急，於是上此書給田況，坦露心跡，毫不掩飾地向他表達了渴望得到引薦任用的心情。

文章先從人的才能由上天所授起筆，將有才能卻得不到任用分成棄天、褻天、逆天三種，指出棄天、褻天責任在有才華者自己，而逆天之責則在不任奇才之人。這就將才之用與不用作了人己之別，並表達自己是願意施展才華的，絕無棄天、褻天之意。從而將自己未被重用的責任十分清楚地推到了對方那裏。為了證明自己的觀點，作者緊接著舉出了不可否認的歷史人物：以孔子、孟子兩位公認的聖賢為例，說明他們明知不會得到任用，仍要盡心進取，目的正在證明沒有棄天、褻天，從而使後世不能責備他們，而將逆天之責全部歸諸不能任用賢能之君。作者以己意揣摩聖賢之心，無非是敦促田況：如果真有遺才，你難逃後世之譏！這是進一步給田況施加壓力。最後，作者坦陳治學的經過、心得及成效，運筆作一迴旋，放出另一番境界，既表明自己有用世之志，是有才之人，如若不用，將為遺才，同時又敘與田況契闊之情，見殷勤之意。如此行文，似鬆實緊：自己是否成為遺才，於理已明，於情亦具。這就將全部矛盾集中到田況身上：你手握任免之權，若不加以任用，使成遺才，難免有逆天之責不說，且有不近人情之譏。

全文勢如長虹，在提出論點後，即逐層論述，層層推進，論證嚴密而情感充沛。《三蘇文範》中韓文瑣評道：「蘇明允文，馳騁七國而下，以議論為本，如杜子美詩，自成一家之作，變態不窮。其文有質處，有跌宕處，有深奧處，有明白處，有馳騁處，有安徐處。有文有質，有理有事。自云：『詩人之優柔，騷人之精深，孟、韓之溫敦，遷、固之雄剛，孫、吳之簡切，投之所向，無不如意。』蓋實語也。」唐順之評之曰：「本欲求知，卻說士當自重，以孔孟立說，便不放倒架子。」（《百大家評古文關鍵》）實際上，拿孔孟立說，除了不放倒架子外，更重要的還在於以聖人出處，激起田況同情之心與責任之感：皆為聖門中人，惟窮通有別而已。以己之通達卻不能推挽窮困之士，則不僅有「逆天」之罪，且有「逆聖」之罪，即於聖門亦稱罪人矣！使田況作為官吏無所逃於天地之間，作為儒士亦無所逃於聖門之內。為文巧於構思，嚴於表達，議論精嚴，辭理情勢俱不讓人，於此文可見一斑。

上余青州書

【題解】余青州即余靖，因時知青州（今屬山東），故稱。宋仁宗慶曆中，余靖曾在諫院供職，慶曆新政失敗後多年被貶，後因平定廣西儂智高叛亂有功，始再度升遷，仕途十分坎坷。余靖作諫官時，蘇洵學業尚未精進；遭貶期間，蘇洵正棄學遊蕩。二人相逢，只可能在京師。考二人生平，余靖於嘉祐六年（西元一〇六一年）五月青州任滿，改知廣州，其時曾進京述職。蘇洵在嘉祐五年（西元一〇六〇年）二月前不在京師。從信末「今明公來朝，而洵適在此」等語判斷，此書應作於嘉祐五年二月至次年六月之間，是蘇洵第一次求見余靖時所作。書中盛讚余靖道德人品，似有自矜自歎之慨寓於其中，所以文字特別暢達通順，與〈權書〉、〈幾策〉等略有不同。

洵聞之楚人高令尹子文之行❶，曰：「三以為令尹而不喜，三奪其令尹而不怒。」其為令尹也，楚人為之喜；而其去令尹也，楚人為之怒；己不期為令尹❷，而令尹自至❸。夫令尹子文豈獨惡夫富貴哉？知其不可以求得❹，而安其自得，是以喜怒不及其心，而人為之囂囂❺。嗟夫！豈亦不足以見己大而人小❻邪？脫然為棄於人❼，而不知棄之為悲；紛然為取於人，而不知取之為樂；人自為棄我、取我，而吾之所以為我者如一，則亦不足以高視天下而竊笑❽矣哉？

【章旨】此章讚楚令尹子文高行，實為下文讚余靖平靜對待宦海沉浮作鋪墊。

【注釋】❶洵聞之楚人句　蘇洵曾聽說楚國人崇拜令尹子文的高行。子文，楚大夫，曾三次為楚國令尹，又三次被撤職。事見《論語・公冶長》。❷己不期為令尹　子文自己並沒有指望做令尹。己，指子文。不期，沒有指望；沒有打算。❸令尹自至　令尹的官職卻被加到他的身上，即別人任命子文做令尹。❹不可以求得　不可能因為請求而獲得。以求得，用請求的方式得到。❺囂囂　吵吵嚷嚷，叫個不停。❻己大而人小　自己顯得心胸寬闊，旁人顯得氣量狹小。己，指令尹子文。大，指心胸闊大。人，指囂囂者。❼脫然為棄於人　被別人罷去令尹之職，像得到解脫一樣。脫然，解脫；輕鬆的樣子。❽高視天下而竊笑　俯視天下芸芸眾生，暗暗地好笑。高視，以德操高尚者出離於眾人之上的眼光看世界。

【語譯】蘇洵我聽說楚國人特別推崇令尹子文的高行，說：「三次當令尹他沒有為此高興過，三次被罷免了令尹的職位也沒惱過火。」他做令尹，楚國人為之高興；他被免了令尹的職位，楚國人為之惱怒。他自己不指望做令尹，可令尹的官位卻找到他。難道令尹子文特立獨行討厭富貴的生活？知道官位是求不到手的，於是安然自得，所以不會有什麼喜怒之情繫於心上，可旁人卻為這事叫個不停。唉！難道還看不出來他的識見遠大而旁人狹小嗎？被人免職就超脫出來，一點也沒有被免職的痛苦；紛擾著被人委任官職，一點也沒有覺得被重用的快樂；別人要罷免我、起用我，可我之所以為我，卻始終如一，那樣，還不足以高視天下並暗自為他們的行為感到好笑嗎？

昔者，明公❶之初自奮於南海之濱❷，而為天下之名卿。當其盛時，激昂慷慨，論得失，定可否❸，左摩西羌，右揣契丹，奉使千里，彈壓強悍不屈之虜❹，其辯如決河流而東注諸海，名聲四溢於中原，而滂薄於戎狄之國❺，可謂至盛❻矣。及至中廢而為海濱之匹夫❼，蓋其間十有餘年，明公無求於人，而人亦無求於明公者。其後，適會南蠻縱橫放肆，充斥萬里，而莫之或救，明公乃起於民伍之中，折尺箠而笞之，不旋踵而南方乂安❽。夫明公豈有求而為之哉？適會事變以成大功，功成而爵祿至。明公之於進退之事，蓋亦綽綽乎有餘裕❾矣！

【章旨】此章敘余靖仕宦沉浮歷史，讚其不以進退為意，於宦海綽乎而有餘裕的超然態度。

【注釋】❶明公　指余靖，字安道，韶州曲江（今廣東韶關）人，年輕時不事檢點，以文學聞名於鄉里。後中進士，曾為諫官，正直敢言。任職期間，曾幾次出使契丹，因用契丹語作詩被劾去職，蟄伏多年。後以平定儂智高叛亂有功再度受重用，仕途起伏很大。❷自奮於南海之濱　指余靖從遙遠的南方奮力考取進士。❸當其盛時四句　此四句謂余靖在朝為官時，得皇帝信賴而慷慨直言，為朝廷政事出謀劃策，甚受重視。余靖為諫官時，對當朝大員多有貶詞，一一指陳，且能得皇帝認同，依其言而行，一時間，朝政似由余靖一人決定。❹左摩西羌四句　指宋仁宗慶曆中，西夏元昊無力再同宋朝對壘，請求在增加歲賜（宋朝政府向契丹和西夏贈送銀兩和絹茶等物）的條件下和談。宋朝準備答應這一請求，遼國派軍隊從中作梗。宋朝就派余靖使遼，說通遼軍後退，宋與西夏和議成功。西羌，此指西夏政權。彈壓，懾服；震撼。強悍不屈之虜，指契丹軍隊。❺滂薄於戎狄之國　到敵國出使時顯得氣宇軒昂。滂薄，形容氣勢宏大。戎狄，此指契丹政權。❻至盛　最為盛大；最為興盛。❼及至中廢句　指慶曆六年（西元一〇四六年），余靖因三次出使契丹，通契丹語，更以契丹語作詩，被人彈劾落職出知吉州，後又自請為將作少監。自那以後十四五年不為朝廷所用。❽其後七句　指仁宗皇祐四年（西元一〇五二年），儂智高領兵造反，佔領邕州，乘勝攻下周圍其他九個州郡，並派兵包圍廣州。朝廷起用尚在為父親守孝的余靖率軍平亂。余靖領兵擊敗儂智高，生擒儂智高母親、兒子、弟弟三人，立下戰功，因此再度為朝廷重用。適會，正趕上；恰逢。南蠻縱橫放肆，指儂智高帶兵造反一事。莫之或救，沒有人能夠鎮壓。尺箠，鞭子。乂安，太平無事。❾綽綽乎有餘裕　即綽綽有餘的意思。

【語譯】從前，明公您最初是從南海之濱奮力崛起的，一躍成為天下有名的臣卿。在事業的巔峰時刻，慷慨激昂，談論天下得失，斷定是與不是，左面抵擋西夏，右面抗拒強遼，奉命出使到千里之外，威勢懾服那些強悍難以制服的遼國君臣，論辯起來如長河奔瀉注入東海，聲譽名望聞於全國，磅礴氣勢傳到那些敵對的少數民族國家，可以說是到了極至狀態了。等到中途被廢棄官位，成了一個置身海濱的普通百姓，這中間差不多有十多年的工夫，明公您沒有向別人求情，而別人也沒有向明公您求什麼。後來，正逢南蠻放肆作亂，萬里疆土紛擾不堪，卻無人能去挽救，明公您從普通百姓中奮起，舉起鞭子抽打叛亂者，很快便平定了叛亂。難道明公您曾請求過要這麼做嗎？只是正好趕上這一事變並因而立下大功，有了功業，便有了高官厚祿。明公您把握仕途進退這些事，真是綽綽有餘啊！

悲夫！世俗之人紛紛於富貴之間而不知自止，達者安於逸樂而習為高岸之節❶。顧視四海，飢寒窮困之士，莫不顰蹙嘔噦❷而不樂。窮者藜藿❸不飽，布褐不暖，習為貧賤之所摧折，仰望貴人之輝光，則為之顛倒而失措❹。此二人者，皆不可與語於輕富貴而安貧賤。何者？彼不知貧富貴賤之正味❺也。夫惟天下之習於富貴之榮，而忸於貧賤之辱者❻，而後可與語此。

今夫天下之所以奔走於富貴者，我知之矣，而不敢以告人也。富貴之極，止於天子之相❼，而天子之相，果誰為之名？豈天為之名邪？其無乃亦人之自相名邪！夫天下之官，上自三公，至於卿、大夫，而下至於士❽，此四人者，皆人之所自為也❾，而人亦自貴之。天下以為此四者絕群離類，特立於天下而不可幾近❿，則不亦大惑矣哉⓫？盍亦反其本而思之：夫此四名者，其初蓋出於天下之人出其私意，以自相號呼者而已矣。夫此四名者，果出於人之私意所以自相號呼也，則夫世之所謂賢人君子者，亦何以異此？有才者為賢人，而有德者為君子，此二名者夫豈輕也哉？而今世之士，得為君子者，一為世之所棄，則以為不若一命士⓬之貴，而況以與三公爭哉？且夫明公昔者之伏於南海，與夫今者之為東諸侯⓭也，君子豈有間於其間⓮，而明公亦豈有以自輕而自重⓯哉？洵以為明公之習於富貴之榮，而狃於貧賤之辱，其嘗之也蓋以多矣。是以極言至此而無所迂曲。

【章旨】此章譏斥世人未明窮通之本，為仕途進退所困，未能像余靖那樣體味其中真諦，實是誇讚余靖之高風亮節。

【注釋】❶達者句　顯貴的人一味享樂而傲然不可一世。達者，顯達的人，即獲得高官厚祿的人。逸樂，享樂。高岸之節，此指態度傲慢。❷顰蹙嘔噦　憂心忡忡，歎息不止。顰蹙，皺著眉頭，形容憂愁。嘔噦，嘔吐，此指歎息。❸藜藿　泛指野菜。藜，一種草，其嫩葉可食。藿，豆類作物的葉子。❹顛倒而失措　顛三倒四，舉止失常。❺貧富貴賤之正味　貧富貴賤的真正滋味。❻忸於貧賤之辱者　習慣於貧賤之羞辱的人。忸，與「狃」通。習慣的意思。❼天子之相　皇帝的相佐，指握有重權的宰相。相，相佐；宰相。❽上自三公三句　古代對統治階層作四類劃分：周時設太師、太傅、太保為三公，掌國家軍政大權。卿在公之下，大夫又次之，士最下。❾皆人之所自為也　都是人為地劃分出來的，人們為了區別等級而列出的名稱。❿不可幾近　不能夠接近。古代社會等級制度十分嚴格，各個階級的人不可互相往來，古時三公、卿、大夫、士都屬於統治階層，作為被統治者的平民百姓，是不允許接近他們的，所以蘇洵這麼說。⓫大惑矣哉　太糊塗了嗎。惑，困惑；不清楚。即糊塗的意思。⓬一命士　最低官階的士。一命，古時官吏中最低的等級。⓭東諸侯　這裏是指余靖任青州知州。諸侯，此指知府，青州在北宋時屬京東路，故稱。⓮君子豈有間於其間　難道您曾經在這中間（指從被棄置到重新起用）作過人為的努力嗎。君子，此指余靖。第一個「間」作動詞，想辦法；出謀略。此處引申為鑽營。其間，指富貴之榮和貧賤之辱。⓯自輕而自重　要麼妄自菲薄，要麼自以為了不起。

【語　譯】可悲啊！世俗之人為了富貴紛紛擾擾，不知道停止下來，達觀的人卻安於逸樂，習慣於高岸之風骨勁節。環顧四海之內，飢寒窮困之士，沒有不憂心忡忡哀聲歎氣、悶悶不樂的。窮困中的人連野菜都吃不飽，粗布衣服都不足暖體，長時間被貧困的生活所折磨，仰望那些富貴者容光煥發，就被搞得神魂顛倒，舉止失措。這兩種人，都不足以跟他們談論輕視富貴安於貧賤的道理。為什麼？他們不懂得貧富貴賤的真正味道。只有那種既習慣於富貴的榮耀，又習慣於貧賤屈辱的人，然後才可以跟他們談這個道理。

現在，天下人之所以為富貴而奔走，我是知道原因的，只是不敢把這些告訴別人罷了。富貴至極，應該說是天子任命的丞相了，可是天子的丞相，究竟是誰命名的？難道是上天命名的？也只不過是人們自己命名的罷了。天下的官位，上自三公，往下到卿、大夫，最末的是士，這四種人，都是人們自己分的類，也是人們自己排定的幾等貴人。天下之人認為這四種人超出一般人群，特立於眾人之上不可接近，那不是太糊塗了嗎？為什麼不反到本源上進行思考：這四種名稱，當初都是天下人按照自己私下的意見，相互稱呼一下罷了。如果這四種名稱，果真只不過是天下人照著自己的意思相互稱呼一下，那麼，世上所謂的賢人君子，又跟這些人為的稱呼有什麼區別呢？有才幹的人是賢人，有德行的人是君子，這兩個名稱的分量難道就很輕嗎？當今世上的士人，獲得了君子的名譽，一旦被社會拋棄，就以為還不如一個最低級的官吏可貴，更何況去跟三公那樣高位者相抗衡呢？再說，明公您當初蟄伏於南海時，跟現在為京東路的重臣，難道有大人君子在這當中進行過謀劃，而明公您難道因為這些變化而感到自輕或者自重？我蘇洵認為明公您是既習慣於富貴的榮耀，又習慣於貧賤的屈辱，嘗遍其中許許多多的甘苦。所以我才把話說得這麼直白，不繞什麼彎子。

洵，西蜀之匹夫，嘗有志於當世，因循不遇❶，遂至於老。然其嘗所欲見者，天下之士蓋有五六人。五六人者已略見矣，而獨明公之未嘗見，每以為恨。今明公來朝，而洵適在此，是以不得不見❷。伏惟加察❸，幸甚！

【章旨】此章表達上書求見之意，乃全書真正用意所在。

【注釋】❶因循不遇　一直懷才不遇。因循，按照原來的樣子不作變革，此指仕途上沒有變化，依然為布衣之士。❷不得不見　一定要見，這是蘇洵迫切希望結識余靖的婉轉說法。❸伏惟加察　相當於「請體察我的一片誠意」。伏惟，俯伏思惟，古時敬辭。

【語譯】蘇洵，是西蜀的一個普通士人，曾經有在當世實現抱負的想法，卻一直懷才不遇，以至於衰老。可是我一直想見的人，普天下的士人當中，只有那麼五六位。這五六位都差不多見過了，惟獨明公您還沒有見過，常常為此感到遺憾。現在明公您進京朝見天子，而我正好又在這裏，所以不能不向您求見。誠望您能體察我一片苦心，感激不盡！

【研析】從此書所敘並考以史實，余靖於長期宦海沉浮中，體現出來的人生軌跡，其一是幹練多能，其二是專對有方。在內可以鎮守一方，對外足以獨當一面。而這樣的人生，正是蘇洵所追求的，所以，蘇洵借余靖進朝述職之機，上此書求見，主要用心當是視為同類，結君子之交，而不以干謁求進為目的，與其上書歐陽修、韓琦等朝中要員有所不同，所以文風也略有差異。

書中盛讚余靖不以仕途進退為意，對富貴、貧困淡然處之，不為虛名所累，體現出超出常人的貧富觀和名利觀，從中不難看出作者自己的價值觀和人生觀的影子。在充分肯定余靖節操之後，進而對世俗的榮辱觀和權力觀提出批評，表示譏嘲。他所嘲諷者，實際上正是困頓之中的作者所面對的世態人情，所以寫來有感同身受之詳細確切。兩相對照，既突出了余靖的高風亮節和過人魄力，又借此襯托出看重士節的作者的孤傲不群與失意落魄。信末表達求見之意，更是引余靖為知己，其一片赤誠，令人感動。

整封信只說余靖生平、余靖氣度，卻將一片傾慕君子之情付於看似平實的敘述之中，讀之不僅使人對余靖的為人深表欽佩，還能從中見出作者自己的胸襟懷抱，可謂精妙有趣。從文章寫法上看，蘇洵的文章一般都是每段一意，各自獨立，有筆斷意連之妙。此書卻不同，從頭到末，一意到底，議論雖是不斷翻進，但讚許余靖優遊獨得之趣與卓然特立的人格魅力，卻是貫穿始終，而議論古今仕途窮通態度，運筆又是吞吐作勢，婉轉有情，雖說變化多端，卻總體上顯得馳縱自由，氣勢宏放，有一瀉千里之勢，頗有幾分蘇軾文風。若說老蘇文風多源自先秦縱橫家，從此處文風則不難看出，多少已呈現出向西漢文風過渡之跡了。

上歐陽內翰第一書

【題解】歐陽內翰，即歐陽修，字永叔，號醉翁、六一居士，北宋著名文學家、史學家，當時任翰林學士，掌內制，故稱。據蘇洵〈上歐陽內翰第四書〉云：「始公進其文，自丙申之秋至戊戌之冬，凡七百餘日而得召。」可以推知此書當作於仁宗嘉祐元年（即丙申年，西元一〇五六年）秋，在他正式向歐陽修獻書前不久。書中，蘇洵先肯定歐陽修的道德人格與政治作為，繼而誇讚其文章自成一家，最後表達希望有機會拜見並得到薦舉之意。

內翰執事：洵布衣窮居，嘗竊有歎❶，以為天下之人，不能皆賢，不能皆不肖。故賢人君子之處於世，合必離，離必合。往者天子方有意於治❷，而范公在相府，富公為樞密副使，執事與余公、蔡公為諫官，尹公馳騁上下，用力於兵革之地❸。方是之時，天下之人，毛髮絲粟之才❹，紛紛然而起，合而為一。而洵也，自度其愚魯❺無用之身，不足以自奮於其間。退而養其心，幸其道之將成❻，而可以復見於當世之賢人君子。不幸道未成，而范公西，富公北，執事與余公、蔡公分散四出，而尹公亦失勢，奔走於小官❼。洵時在京師，親見其事，忽忽仰天歎息❽，以為斯人❾之去，而道雖成，不復足以為榮❿也。既復自思，念往者眾君子之進於朝，其始也，必有善人焉推之⑪；今也，亦必有小人焉推之。今之世無復有善人也，則已矣，如其不然也，吾何憂焉？姑養其心，使其道大有成，而待之何傷？退而處十年，雖未敢自謂其道有成矣，然浩浩乎其胸中若與曩者異⑫。而余公適亦有成功於南方⑬，執事與蔡公復相繼登於朝⑭，富公復自外入為宰相⑮，其勢將復合為一。喜且自賀，以為道既已粗成，而果將有以發之也⑯。既又反而思其嚮之所慕望愛悅之而不得見之者，蓋有六人，今將往見之矣。而六人者已有范公、尹公二人亡焉，則又為之潸然出涕以悲⑰。嗚呼！二人者不可復見矣，而所恃以慰此心者，猶有四人也，則又以自解。

思其止於四人也，則又汲汲欲一識其面，以發其心之所欲言⑱。而富公又為天子之宰相，遠方寒士未可遽以言通於其前；余公、蔡公遠者又在萬里外⑲；獨執事在朝廷間，而其位差不甚貴⑳，可以叫呼扳援而聞之以言㉑，而飢寒衰老之病，又錮而留之，使不克自至於執事之庭㉒。夫以慕望愛悅㉓其人之心，十年而不得見，而其人已死如范公、尹公二人者；則四人之中，非其勢不可遽以言通者，何可以不能自往而遽已也㉔？

【章　旨】此章粗略描述歐陽修等人十餘年間的政治作為，陳述自己多年來對諸君子的仰慕之情，表達求見之意。

【注　釋】❶內翰三句　內翰，翰林學士的別稱，時歐陽修為翰林學士，故稱。布衣，貧民，相當於今語老百姓。古代士人在出仕前自稱布衣。窮居，居於窮鄉僻壤。切，通「竊」。自謙之辭，意即私下裏；暗暗地。❷往者句　慶曆三年（西元一〇四三年），宋仁宗急於革新政治，任用范仲淹、富弼、韓琦等人執政，每次朝見都要求他們努力治理天下使之太平，並向他們索求改革措施。范仲淹等斟酌當時形勢，列出十條改革政綱，仁宗一一聽從，頒令全國執行，這就是所謂的「慶曆新政」。❸而范公五句　范公，范仲淹，慶曆三年四月被任命為樞密副使，八月，升參知政事（宋代官名，初設時職權相當於副宰相，太宗時其權已相當於宰相）。富公，指富弼，與范仲淹同時升職為樞密副使，並與之分掌北邊、西邊軍事。執事，指歐陽修，當時與余靖（即文中所稱「余公」）、蔡襄（即文中所稱「蔡公」）同入諫院，任諫官。蔡襄，字君謨，興化仙遊（今屬福建）人。尹公，指尹洙，字師魯，河南洛陽人。慶曆中以太常丞知涇州，又以右司諫知渭州，參與抵抗西夏侵略。❹毛髮絲粟之才　微才；很小的才能。毛髮絲粟，形容微小如毛髮。❺愚魯　愚笨無知。魯，粗魯無知。❻幸其道之將成　希望自己能夠在道德方面不斷加強修養，將來好有所作為。❼不幸道未成六句　指慶曆新政失敗。慶曆四年（西元一〇四四年）六月，范仲淹因改革觸及統治者利益而受到眾人排擠，出為陝西、河東宣撫使，第二年正月出知邠州；同年七月富弼為河北宣撫使，又以資政殿學士身分出知鄆州；九月歐陽修調河北都轉運使，第二年八月出知滁州；余靖因作詩為契丹語被劾去職，於慶曆五年出知吉州；蔡襄也於慶曆四年十月出知福州。慶曆朝臣全部被調離京師。❽忽忽仰天歎息　失意地對天長歎。忽忽，恍忽；迷惑。形容失意的樣子。❾斯人　指范仲淹、歐陽修等慶曆新政的朝臣們。❿不復足以為榮　沒有什麼值得感到榮耀的事情。榮，榮耀，此指仕進。⓫必有善人焉摟之　一定要有賢德的長者推薦保舉。善人，有賢德能引薦的長者。⓬然浩浩乎句　可是胸中浩然的罡正之氣十分充沛，跟以前完全不一樣。浩浩乎，宏肆博大的樣子，此指心中思緒澎湃，文思洶湧的狀態。⓭而余公句　指余靖平定儂智高叛亂，立下軍功，再次為朝廷重用。⓮執事與蔡公句　指仁宗至和元年（西元一〇五四年）九月，歐陽修還朝任翰林學士。在此之前，蔡襄已於皇祐四年（西元一〇五二年）遷起居舍人，至和元年（西元一〇五四年）遷龍圖閣學士，知開封府。⓯富公句　富弼於至和二年（西元一〇五五年）六月拜同中書門下平章事、集賢殿大學士。⓰而果將有以發之也　而且果然有了可以發揮這些才能的機會。之，指代上文所說的「道」，即才能修養。⓱潸然出涕以悲　十分悲痛以至於潸然淚下。潸然，流淚的樣子。涕，淚水。⓲思其止於四人也三句　想到只剩下四個有才德的君子了，就又迫不及待地想跟他們見上一面，以便將自己心中想說的話表達出來。汲汲，急切；迫不及待。發其心之所欲言，說出心裏想說的話。發，表達出來。⓳余公蔡公句　蘇洵作此書時，余靖已出知桂州，而蔡襄也由泉州移知福州，所以說他們遠在千里之外。⓴差不甚貴　職位不是特別顯貴。意思是與身為宰相的富弼相比而言，任翰林學士之職的歐陽修就稍微不如其顯貴了。差，略微。㉑叫呼扳援聞之以言　書信往來，請求推薦。叫呼，叫喊，此指在書信中直接請求。扳援，援引；推薦。㉒使不克自至句（飢寒衰老之病）使我不能親自到您的府上拜訪。不克，不能夠。執事之庭，您（指歐陽修）的府第。㉓慕望愛悅　傾慕愛戴，十分崇拜的意思。㉔何可以句　怎麼可以（因老病）不能親自到府上拜見就作罷呢（言下之意是要以書拜謁）。遽，即「遂」。就。

【語　譯】歐陽內翰先生：我本是個布衣窮書生，暗地裏常常有些感慨，覺得天下之人，不可能全都賢能，也不可能全部無才無德。所以賢人君子處世，聚在一起了必然分散開去，分散開去後，又會再聚到一起來。從前，天子正想勵精圖治的時候，范仲淹先生身在丞相府，富弼先生任樞密副使，您跟余靖先生、蔡襄先生供職為諫官，尹洙先生內外奔波，在戰場上為國效力。在那個時候，天下之人，只要有一點才能，都紛紛展示出來，形成一股合力。可是我蘇洵呢，自己覺得蠢笨粗魯沒有什麼能耐，不足以在你們中間奮發有為。退處家中修養心性，希望將來能修得君子之道，可以跟當世的賢德君子們再次相聚。不幸的是，我修道還沒有收穫，可是范先生已經西貶出朝，富先生北上，您跟余先生、蔡先生也都四散離朝，尹先生也失了勢，奔走於小官下吏之流。我那時正好在京城，親眼所見，失望地仰天長歎，認為這批人離開朝廷，縱然修道有成，也沒有什麼值得高興的。後來又暗自思忖：想想以前諸位君子進身入朝，開始的時候，肯定是有善德之士在那裏推舉他們；現在呢，也肯定是有小人在那裏推波助瀾。如果當今世上已經沒有了善德之士，也就罷了，如果不是如此，我又有什麼可擔心的呢？姑且養心培德，提高自身修養到大成之境，等待將來有所作為，又有什麼不好？退居十年，雖然不敢自己誇口說道德修養已經大成，可是胸懷浩蕩，似乎有某種東西跟以前大不一樣。而這時余靖先生正好在南方立了功勳，您跟蔡先生又相繼回到朝廷，富先生又從外面州府入朝當了宰相，看那形勢，又要聚合成為一股力量了。我高興地暗自慶賀，認為學道已初有所成，果然就有了發揮出來的可能。隨後又反思以前所敬重愛慕卻無緣相見的那些賢士，大致上有六位，現在可能去拜見他們了。可這六位當中，已經有范先生、尹先生二位逝世了，又不免為之潸然淚下，悲痛不已。唉！這二位是再也見不到了，可以聊以慰懷的是，還有四位在世，這麼一想，也就自己放寬了心。

想到只有四位賢士了，就又急切地想跟他們見一見面，把自己心裏想說的話都說出來。可是富先生是天子的宰相，我一個遠方的貧寒之士，不敢貿然到他那裏去求見；余先生、蔡先生又遠在萬里之外；只有您在朝廷為官，地位還沒有顯貴到不容接近，還有可能攔在您面前，跟您說說話，然而，自己貧病衰老，又阻止了我的行動，致使我不能親自到您的府上去拜見。懷著愛慕嚮往和敬佩的心情，十年沒有見上一面，以至於對方像范先生、尹先生那樣已然永逝；那麼，這剩下的四位，只要不是確實不能言語相通，怎麼可以不親自去拜見，隨便放棄呢？

執事之文章，天下之人莫不知之；然竊自以為洵之知之特深，愈於天下之人。何者？《孟子》之文，語約而意盡，不為巉刻斬絕之言❶，而其鋒不可犯。韓子❷之文，如長江大河，渾浩流轉；魚黿蛟龍，萬怪惶惑，而抑遏蔽掩，不使自露❸。而人自見其淵然之光，蒼然之色，亦自畏避，不敢迫視❹。執事之文，紆餘委備❺，往復百折，而條達疏暢❻，無所間斷；氣盡語極，急言竭論❼，而容與閑易❽，無艱難勞苦之態❾。此三者，皆斷然自為一家之文也。惟李翺❿之文，其味黯然而長，其光油然而幽，俯仰揖讓⓫，有執事之態。陸贄⓬之文，遺言措意，切近的當，有執事之實。而執事之才，又自有過人者。蓋執事之文，非《孟子》、韓子之文，而歐陽子之文也。夫樂道人之善而不為諂者，以其人誠足以當之也⓭。彼不知者，則以為譽人以求其悅己也。夫譽人以求其悅己，洵亦不為也；而其所以道執事光明盛大之德⓮，而不自知止者，亦欲執事之知其知我也⓯。

【章　旨】此章對照孟子、韓愈之文，誇讚歐陽修之文自成一家。實寓以文會友之意，希望在文章之道上找到二人間的共同語言。

【注　釋】❶不為巉刻斬絕之言　不用尖刻斬截的語言。巉刻，本指尖峭的山峰，引申為說話或寫文章用詞刻露。❷韓子　指唐代大散文家韓愈。❸如長江大河六句　這幾句是對韓愈文風的評價，意思是說韓愈文章的氣勢十分充沛，像長江黃河波濤洶湧，使其中的魚黿（鱉）蛟龍都難以安寧，惶惑不知所措。❹迫視　直視；逼視。❺紆餘委備　風格平易，節奏舒緩，敘事周詳。❻條達疏暢　條理通達，疏朗明暢。❼急言竭論　語言緊湊，論證完備。竭論，即「盡論」。方方面面全都論證到。竭，盡；完。❽容與閑易　從容不迫。容與，悠然自得的樣子。❾無艱難勞苦之態　沒有艱難勞累的樣子，這裏借指行文自然，不給人艱澀的感覺。❿李翺　字習之，隴西成紀（今甘肅秦安）人，進士及第，任禮部郎中、諫議大夫等職。李翺曾從韓愈學文，文風簡嚴明達。⓫俯仰揖讓　指文風紆徐婉曲，張弛有度。揖讓，本指禮節，此指文風溫和有法度。⓬陸贄　字敬輿，蘇州嘉興（今屬浙江）人，進士及第，歷任翰林學士、中書侍郎、同平章事等職，為文長於奏議，用語準確切當。⓭以其人誠足以當之也　是因為那個人的實際才德確實跟別人的評價相當。當之，跟別人的評價相當。⓮光明盛大之德　盛大光明的才德。《左傳》襄公二十四年載：「大上有立德，其次有立功，其次有立言，雖久不廢，此謂不朽。」古人以「立德」、「立功」、「立言」為「三不朽」的人生盛事。蘇洵認為歐陽修開一代文風，足以與古人媲美，因此稱這是其「光明盛大之德」。⓯亦欲執事之知其知我也　也想使您知道我是多麼瞭解您。其知我，指歐陽修認為其（蘇洵）瞭解我（歐陽修自己）。

【語　譯】您的文章，天下人沒有不知道的。可是，我自己覺得我對您的文章有特別深刻的理解，超過了天下的人。為什麼呢？《孟子》的文風，言語簡約而意思完備，沒有那種刻露斬截的語言，可是其語鋒卻凜然不可冒犯。韓愈的文章，就像長江黃河，雄渾浩蕩，流轉百變；其中的魚鱉蛟龍都不得安寧，惶恐萬狀，不知所措，但又都掩蓋在水面以下，阻於波濤，並不完全表現出來。讀者一看到那深邃的幽光，蒼然的色彩，也就自我回避，不敢逼視。您的文章，節奏紆餘，委曲詳備，前後往復照應，文理條貫暢達，風神疏朗，伏脈不斷；文氣充沛又造語精極，語言緊湊而論證完備，可是整體上從容不迫，閑雅容易，沒有艱澀困難勞累不已的樣子。這三位的文章，絕對都是自成一家的。只有李翺的文章，有黯然悠長的韻味，其中閃耀著幽微的光芒，文風紆徐婉曲，張弛有度，跟您的文章差不多。陸贄的文章，遣詞造句，能貼切而準確地描述對象，實際內容跟您的文章也差不多。可是您的才華，又自有過人之處。您的文章，不是《孟子》、韓愈的文章，而是您歐陽修自己的文章。對別人的好處津津樂道卻不覺得有諂媚之意，是因為事實確如所言。只有那些無知者，才會認為讚美別人是想求得好感。讚美別人求得對方的好感，我是不會做的；我之所以對您盛大光明的美德讚個不停，無非是想讓您知道我確實很瞭解您。

雖然，執事之名滿於天下，雖不見其文，而固已知有歐陽子矣。而洵也，不幸墮在草野泥途之中，而其知道之心，又近而粗成❶，而欲徒手奉咫尺之書❷，自託於執事❸，將使執事何從而知之，何從而信之哉？洵少年不學，生二十五歲，始知讀書，從士君子遊。年既已晚，而又不遂刻意厲行，以古人自期❹。而視與己同列者，皆不勝己，則遂以為可矣。其後困益甚，然後取古人之文而讀之，始覺其出言用意，與己大異。時復內顧❺，自思其才則又似夫不遂止於是而已者❻。

由是盡燒曩時所為文數百篇，取《論語》、《孟子》、韓子及其他聖人、賢人之文，而兀然端坐❼，終日以讀之者七八年。方其始也，入其中而惶然❽；博觀於其外，而駭然以驚。及其久也，讀之益精，而其胸中豁然以明，若人之言固當然者，然猶未敢自出其言也。時既久，胸中之言日益多，不能自制，試出而書之，已而再三讀之，渾渾乎覺其來之易矣❾。然猶未敢以為是也。近所為〈洪範論〉、〈史論〉凡七篇，執事觀其如何？嘻！區區而自言，不知者又將以為自譽以求人之知己❿也。惟執事思其十年之心如是之不偶然也而察之！

【章　旨】此章自我介紹多年求學問道的經過，並表示獻書求見之意，乃此書主旨所在。

【注　釋】❶而洵也四句　此數語表示自己退處鄉野，勵志求道的情況。草野泥塗，指僻遠的鄉村，這裏主要是指沒有出仕為官，而是終老鄉里。知道之心，即鑽研聖賢之道的苦心。粗成，略有收穫，即大致上有所收穫。❷徒手奉咫尺之書　空著手，只拿一封短信。咫尺之書，即指此書。咫尺，形容短小。咫，古時以八寸為咫。❸自託於執事　將自己（的前途）託付給您。❹以古人自期　像古人那樣嚴格要求自己。自期，自我期待；自我要求。❺時復內顧　常常自我反省。內顧，內省。❻自思其才句　自己覺得才能似乎還不止已經達到的那個水平。其，蘇洵自指。❼兀然端坐　呆呆地正襟危坐，形容沉思的樣子。兀然，出神的樣子。❽入其中而惶然　意思是深入到《論語》、《孟子》的藝術境界中去，感到博大精深，以至於惶惶然不知所措。❾渾渾乎覺其來之易矣　不知不覺中感覺到文思湧現十分容易。渾渾乎，不太清楚；朦朦朧朧的樣子。❿知己　瞭解自己。

【語　譯】雖說如此，您名滿天下，縱使沒有看過您的文章，也肯定知道歐陽先生這個人。而我呢，很不幸身陷山野草澤之中，可是一心向道，最近又粗有所成，於是就想空著雙手，只憑一封簡短的書信，向您求取進身之途，怎麼樣才能讓您瞭解我、相信我呢？我少年時沒有好好讀書，直到二十五歲了，才開始讀書，與賢士君子交遊。年紀已經很大了，加上又並沒有刻苦礪煉自己，給自己樹立古代賢人的榜樣。只是看看跟自己一起的人都不如自己，就自以為可以了。到後來越發困窘，然後才拿出古人的文章用心攻讀，才感覺到他們說話用心，跟自己完全不同。時不時一再反思，覺得自己的才能好像應該不止目前的水平。於是把早先所寫的數百篇文章全部燒掉，拿出《論語》、《孟子》、韓愈的文章，以及其他聖人、賢人的文章，沉靜正襟，端坐學習，整天攻讀，達七八年之久。剛開始的時候，在書海之中惶惶然不知所措；跳出書外作宏觀上的把握，就禁不住心駭驚歎。久而久之，讀得越來越精，胸中也越發豁然明朗起來，好像理所當然發言講話就應該那個樣子，可是還不敢貿然發表自己的意見。又過了很長的時間，心裏想說的話一天比一天多起來，自己都無法抑制得住了，嘗試著寫出來，寫完之後再三研讀，渾渾然覺得寫起來很容易。雖然如此，還是不敢自以為是。最近所寫的〈洪範論〉、〈史論〉共七篇，您看看怎麼樣？哈哈！我這裏王婆賣瓜，不瞭解的，又會覺得是自誇以求別人相知呢。希望先生您認真考慮我十年如一日的求道之意，絕對不是隨便對付著做的，體察我的一片苦心。

【研析】這是蘇洵給歐陽修寫的第一封求薦信。全書三段，分三層意思。第一段，表達對歐陽修等人的仰慕之情，讚歐陽修「立德」有為。作者雖是求見歐陽修，但信中卻將之與范仲淹等六位君子相並列，通過回顧十年前眾君子立朝革新政治，讚許眾君子之德能為天下士子所欽佩。如此處理，闊佔地步，將求進之意拓展成為嚮往君子之德，不落拜謁書信的俗套。第二段，稱許歐陽修之德行，讚歐陽修「立言」有成。歐陽修的文章，作者通過與孟子、韓愈作比較，對其文風作了全面而詳細的論述，稱讚其足以自成一家。文中用「然竊自以為洵之知之特深，愈於天下之人」領起，既表明自己對文章別有會心，深解文意，又給自己將歐陽修之文與孟、韓並列為「三家」之文，奠定了基礎。如此處理，將求進之意，表述成對「三不朽」的嚮往之情

(「立德」、「立言」、「立功」被古人視為人生三不朽之盛事。歐陽修「立德」、「立功」已述,而其時他又身處內翰之位,「立功」更不言自明)。借文章相知寓文字之交的意思,成盛讚傾慕之意,構思可謂巧妙。第三段,表達獻書求見之情,有憑藉對方推挽以便「立功」之意。作者申述自己潛心求道,初有所成,既是對前面所述自己心儀群賢、努力求「道」的補充說明,更表達出在新的政局下,願與諸位君子同心協力,共創偉業之意,求「立功」以慰平生之意,甚是明白。如此一來,文章就將初看似乎不甚相關的幾個部分揉合在一起了,而且後先照應,往返回護,針腳十分細密。汪份曾具體分析其結構之妙:「然尤妙在第一段中,歷敘諸君子離合,即將自己於道之未成夾敘,既為第一段之線,又為第三段之根,則十年慕望愛悅諸君子之心,即十年求道之心,首尾融合,打成一片矣。」(《唐宋八大家文鈔》)

從整封信的構架上看,此書以求見為直接目的,同時,通過對彼此道德文章的論述,又寓有更深層次的求薦之意。只是這種希望獎掖之意,又不出自請託之語。除客套語尊敬對方外,其餘皆把自己置於跟對方在認知上平等的地位,暢論道德文章,絕不放倒架子,表現得不卑不亢,而且,儒雅言談之中又頗有幾分縱橫傲氣。老蘇風範,宛然如睹。

上歐陽內翰第二書

【題解】據前篇〈上歐陽內翰第一書〉可知，蘇洵最初獻給歐陽修的是反映其經學和史學水平的〈洪範論〉和〈史論〉。再據歐陽修〈蘇明允墓誌銘〉及蘇洵〈上歐陽內翰第四書〉可知，歐陽修於嘉祐元年（西元一〇五六年）秋曾上蘇洵所著〈權書〉於朝。則蘇洵在獻其經、史之論於歐陽修後，又曾以其兵論獻之。再從本書中引歐陽修評其〈六經論〉為「荀卿子之文」以及「惟執事求而致之」的話，可以推知蘇洵在不斷獻書之後，歐陽修跟他曾有多次交往。這中間相隔時間不長，可見二人過從甚密，十分相得。嘉祐二年五月，蘇洵因赴妻喪攜二子離京返蜀。據此可推知，此書大致作於嘉祐元年冬或次年春。信中，蘇洵縱論古今文人，指點江山至不以荀子之文為意，對歐陽修之評贊，尤有所質疑。洋洋自得之意，字裏行間，皆可看出。

內翰諫議❶執事：士之能以其姓名聞乎天下後世者，夫豈偶然哉？以今觀之，乃可以見。生而同鄉，學而同道，以某問某❷，蓋有曰吾不聞者焉。而況乎天下之廣，後世之遠，雖欲求髣髴❸，豈易得哉？古之以一能稱❹，以一善書❺者，愚未嘗敢忽也。今夫群群焉而生❻，逐逐焉而死❼者，更千萬人不稱不書也。彼之以一能稱，以一善書者，皆有以過乎千萬人者也。

【章旨】此章慷慨論古今之士惟有在某方面的特長過人才有可能青史留名，實有才士自喻之意。

【注　釋】❶諫議　諫議大夫，官名，歐陽修曾於仁宗慶曆三年（西元一〇四三年）知諫院，這裏是兼以其舊官相稱。❷以某問某　拿某某人（的生平事跡）問另外一個人。句中兩個「某」所指並非一人。❸欲求髣髴　想求得（後人）對自己略有所知。髣髴，此指在別人心目中的模糊印象。❹以一能稱　因為某個方面的才能而受到稱讚。❺以一善書　因為有某方面的美德而在史書上被記錄下來。善，美德。書，記錄，主要指在史書上記錄下來，為後世所知。❻群群焉而生　即一群一群地活著。❼逐逐焉而死　一個接一個或一批接一批地死去。逐逐焉，一個一個地。逐，追趕。

【語　譯】翰林學士、諫議大夫歐陽修先生：一介之士能使自己聞名於天下後世，難道是偶然的嗎？就目前情況分析一下，就能明白了。生在同鄉，一道學習，拿甲問乙，還有說我沒有聽說的呢。更何況天下之大，後世之遠，即使想有個模糊印象，難道就容易辦了？自古以來，因某方面才能稱名，因某種善行見諸記載，我都從來不敢有所忽視。現在呢，一群一群地活著，一批一批地先後死去，成千上萬的人，都不見稱名於世，不被記載於史籍。那些因某一方面才能而稱名，因為某種善德而被記於史籍的，都是勝過成千上萬的大眾的人。

自孔子沒，百有餘年而孟子生；孟子之後，數十年而至荀卿子❶；荀卿子後，乃稍闊遠，二百餘年而揚雄稱於世；揚雄之死，不得其繼千有餘年，而後屬之韓愈氏；韓愈氏沒三百年矣，不知天下之將誰與❷也？且夫以一能稱，以一善書者，皆不可忽，則其多稱而屢書者，其為人宜尤可貴重❸。奈何數千年之間，四人而無加❹，此其人宜何如也？天下病無斯人❺，天下而有斯人也，宜何以待之？

【章　旨】此章盛讚孔子之後的孟子、荀子、揚雄、韓愈為千古以來承繼道統的四位先哲，對之表達敬佩之情，同時為後面微責歐陽修指其文為荀子之文作鋪墊。

【注釋】❶荀卿子　荀子，荀況，戰國時趙人，儒家學派後期代表人物，被後人尊稱為荀卿或荀卿子。其學說宗孔子，但認為人性皆惡，必須以禮來約束，與孟子性善之說不同。❷不知天下之將誰與　不知道傳播道義於天下的重任將落到誰的頭上。天下，這裏主要是指道統。儒家的正統學說，是道德意義上的天下，不是一般所謂行政意義上的天下。❸則其多稱二句　那些多次被人稱讚而且屢屢被記載下來的人，就顯得更加可貴、更值得尊重。❹四人而無加　僅此四人，不能再添加了。四人，指孔子之後的孟子、荀子、揚雄和韓愈四人。❺病無斯人　因為沒有這樣的人而感到遺憾。病，恨；感到遺憾。

【語譯】自從孔子去世後，一百多年才有孟子出現；孟子之後，幾十年才到荀子；荀子之後，就稍微闊遠一些了，二百多年才有揚雄稱名於世；揚雄死後，無人能繼，達一千多年，然後才有韓愈接上去；韓愈死去三百年了，不知道天下又會有誰能接得上呢？既然憑某一方面才能稱名，因為某種善行記於史籍，都不容忽視，那麼，多次稱名而且屢次被記於史籍的，那些人就應該尤其值得尊重。怎麼會數千年以來，只得這四位而絕無增加，這四位應該如何看待呢？天下沒有這樣的人，那是個遺憾，如果天下有這樣的人，又應該怎麼對待呢？

洵一窮布衣，於今世最為無用，思以一能稱、以一善書而不可得者也。況夫四子者之文章，誠不敢冀其萬一❶。頃者張益州❷見其文，以為似司馬子長❸。洵不悅，辭焉❹。夫以布衣而王公大人稱其文似司馬遷，不悅而辭，無乃為不近人情？誠恐天下之人不信，且懼張公之不能副其言❺，重為世俗笑耳。若執事，天下所就而折衷者❻也。不知其不肖，稱之曰：「子之〈六經論〉，荀卿子之文也。」

平生為文，求於千萬人中使其姓名髣髴於後世而不可得。今也，一日而得齒於四人者之中❼，天下烏有是哉？意者其失於斯言也❽。執事於文稱師魯❾，於詩稱子美、聖俞❿。未聞其有此言也，意者其戲也⓫。

【章　旨】此章先述自己對張方平讚其文似司馬遷的「不悅」，繼而指出歐陽修以其文擬荀子為戲言，表示不願接受之意。

【注　釋】❶冀其萬一　希望達到他們的萬分之一。冀，希望；企圖。❷張益州　張方平，字安道，其先祖為宋（今河南商丘）人，後移居揚州。仁宗至和元年（西元一〇五四年），張方平以戶部侍郎知益州，累官參知政事。❸司馬子長　司馬遷，字子長。這裏是以其名來代其所著述的《史記》。❹辭焉　推辭掉（張方平對其文章的評價）。❺懼張公之不能副其言　擔心自己的文章與張方平所作的評價不相符合。此為委婉說法，實際上是說張方平所作的評價不合於自己的文風。其言，指蘇洵自己所著的書。❻就而折衷者　請求評定文章好壞的文壇宗主。歐陽修倡導古文運動，頗得當時有識之士的支持，文名甚著，其後他知貢舉時，曾狠殺怪異文風，使北宋文壇風氣為之一變，並且能以自己優秀的散文創作，為自己奠定文壇宗主的地位。折衷，斷定；評判。❼齒於四人者之中　跟歷史上的四位優秀人物並列在一起。齒，與之並列。四人者，指文中所列出的孟子、荀子、揚雄和韓愈四人。❽意者其失於斯言也　估計是您評價得言過其實了。意者，考慮到；猜測到。失，與本來的情況不相符合。斯言，即上文所引用的「子之〈六經論〉，荀卿子之文也。」的評語。❾師魯　即尹洙，字師魯。❿子美聖俞　子美，指蘇舜欽，字子美，原籍梓州銅山（今四川中江），後定居開封，北宋詩人，有《蘇學士文集》。聖俞，梅堯臣，字聖俞，宣城（今屬安徽）人，北宋時與蘇舜欽齊名的詩人，合稱「蘇梅」，有《宛陵先生文集》。⓫意者其戲也　估計是戲言。戲，戲言；開玩笑的話。即隨便說說而已。

【語　譯】我蘇洵是一個貧窮的布衣書生，在如今這個世界上，可以說是最沒用的了，想憑藉某一方面的才能稱名，或因為某種善德在史書留譽，都完全沒有可能。何況那四位先哲的文章，確實是連趕上他們的萬分之一都沒敢想。前些日子，益州長官張方平先生看到我的文章，認為很像司馬遷的。我不高興，推辭了。一個布衣書生，王公大臣稱讚他的文章像司馬遷，反而不高興，還推辭掉，豈不是太不近人情了？從我內心講，是擔心天下人不相信有這回事，而且更怕自己的文章跟張先生所評不相符合，讓他也被天下人嘲笑了。至於您，天下人的文章都拿來請您評定。您不知道我是個無能之輩，讚許說：「你的〈六經論〉，有荀子的文風。」平生為文，想在成千上萬的人當中突出出來，給後世留下一點模糊的印象，都不可能。可現在，一下子被列到跟四位先哲等同的地位，天底下哪有這樣的好事？估計是您評價偶有失誤吧。您在文章方面稱讚尹師魯，在詩歌方面稱讚蘇舜欽、梅堯臣。沒有聽說過給他們這樣高的評價，估計也就是一時戲言而已。

惟其愚而不顧，日書其所為文，惟執事之求而致之❶。既而屢請而屢辭焉，曰：「吾未暇讀也。」退而處，不敢復見，甚慚於朋友，曰：「信矣，其戲也！」雖然，天下不知其為戲，將有以議執事，洵亦且得罪。執事憐其平生之心，苟以為可教，亦足以慰其衰老，惟無曰荀卿云者，幸甚。

【章旨】此章微責歐陽修未真正重視其文其人，希望對方能充分明重視，認真閱讀和評價其文。是本書的主旨所在。

【注釋】❶執事之求而致之　您來要（文章）我就奉獻給您。致之，送到您那裏去。之，指歐陽修。

【語譯】因為我愚蠢得很，加上又無所顧忌，所以每天抄寫所撰的文章，您一來要就呈送給您。送到之後，屢次向您請教卻屢次被推辭，說：「我還沒有時間拜讀。」回來後獨處反思，不敢再去見您，在朋友面前頗感慚愧，想：「確實，那就是一句戲言啊！」雖然如此，天下人卻不知道那是一句戲言，恐怕會因此對您有些議論，我擔心也會因此得罪您。希望您憐惜我一生致道的良苦用心，假如認為我是可塑之材，就足以撫慰我這顆衰病之心了，只是不要再說文像荀子之類的話，我就感激不盡了。

【研　析】從此信可知，蘇洵父子因益州長官張方平之薦，為歐陽修所賞識，到京師後，遊於其門，賓主相得甚歡。

作為當時文壇領袖人物，歐陽修不僅時時索要蘇洵之文，積極向朝廷推薦其人，而且還在知貢舉時，置蘇軾、蘇轍兄弟於高第，使自僻遠西蜀來京的蘇門父子三人，迅速享譽士林。對於蘇氏父子而言，歐陽修可謂有知遇之恩。對於蘇洵而言，二子得意於科場，自己從容於達官之庭，雖未授官，亦可謂順水順風。所以此書中，蘇洵暢談古今道德文章，侃侃然，訇訇然，大放厥辭。自得之態，宛然如睹。

信中，作者先是感歎文章為千古不朽之盛事。自古以來，一個人憑藉某項才能被人稱讚，或因某個方面的善行被史書記載下來，十分困難。就文人而言，數千年間，名垂青史者，孔子之後，只有孟子、荀子、揚雄、韓愈四人而已。這一段文字，縱論古今，指點江山，大有傲視古今之氣概聲勢。接下來，作者對歐陽修稱許自己的文章，表示謝意，但對歐陽修「荀卿子之文」的評價，又表示不敢苟同。雖然只是對一句文評片語的不滿，卻不難看出其人之氣概，直有超越今世，直逼古人之勢。進而文章再對歐陽修表示微讓之意：視文章為兒戲；未能真正重視自己的文章，常索其文，卻又以「未暇讀」相推託。一介布衣之士，對朝臣誇讚其文不僅「不賣帳」，反而譏責對方未能重視自己，只以兒戲評文，其狂傲之態，幾可躍紙而出。

對照前面〈上歐陽內翰第一書〉，不難看出，二書雖在談文論道上前後一致，但上書者的態度卻有明顯的變化：前書是誠懇地希望獲得對方的認可，希冀一見。此書在彼此相知甚歡的前提下，就不再那麼客氣，反有喧賓奪主之勢，以一布衣書生卻流露出微讓翰林學士之語，縱然是「天下而有斯人也，宜何以待之」，希望得到對方提攜的意思，也是夾在如虹氣勢之中提出的。其人得意之狀，率真之性，畢現於眼前。

通篇起伏頓挫，風神婉轉。既縱論古今，又表述己意；既有真誠的致謝，又有委婉的責讓。感情雖然多變，文氣卻始終貫穿，充分體現出蘇洵文章自然成文的特色。

上歐陽內翰第三書

【題　解】嘉祐二年（西元一〇五七年）四月，蘇洵的妻子程氏在家亡故，五月，蘇洵即攜剛中高第的蘇軾、蘇轍兄弟倉惶離京返蜀。這封信就寫於蘇洵回家一月之後。作者賢妻新喪，「內失良朋」（〈祭亡妻文〉）；遠離京師，外別好友，其內心鬱悒可想而知。信中既有對貧苦生活的怨歎，又有遠別良師益友的苦悶，更有一腔用世之志。

洵啟：昨出京倉惶❶，遂不得一別。去後數日，始知悔恨。蓋一時間變出不意❷，遂擾亂如此，怏悵怏悵❸。不審日來尊履❹何似？

【章　旨】此章說明不辭而別的原因，致歉並表問候之意。

【注　釋】❶倉惶　慌慌張張；匆忙的意思。❷變出不意　指妻子在家中去世，蘇洵及其二子蘇軾、蘇轍急忙從京師返回眉州老家。❸怏悵怏悵　非常惆悵失意；非常遺憾。怏悵，即失意。這裏二詞連用，是非常遺憾的意思。怏，心情不愉快。悵，不如意。❹尊履　尊貴的鞋子，代指對方。用「尊履」表示不敢直接稱呼對方，以示尊重。

【語　譯】蘇洵呈言：前不久倉惶離開京城，都沒來得及跟您告辭。走後幾天，才後悔了。因為是倉卒之間發生變故，出乎意外，所以舉動才會混亂到那種程度，遺憾，非常遺憾。不知道您最近可好？

二子軾、轍竟不免丁憂❶。今已到家月餘，幸且存活。洵道途奔波，老病侵陵❷，成一翁矣。自思平生羈蹇不遇❸，年近五十，始識閣下❹。傾蓋晤語❺，便若平生❻。非徒欲援之於貧賤之中❼，乃與切磨議論，共為不朽之計❽。而事未及成，輒聞此變。孟軻有云：「行或使之，止或尼之。」❾豈信然❿邪？

洵離家時，無壯子弟守舍，歸來屋廬倒壞，籬落破漏，如逃亡人家。今且謝絕過從⓫，杜門⓬不出，亦稍稍取舊書讀之。時有所懷，輒欲就閣下評議。忽驚相去已四千里，思欲跂首望見君子之門庭⓭，不可得也。

所示范公碑文，議及申公事節⓮，最為深厚。近試以語人，果無有曉者。每念及此，鬱鬱不樂。閣下雖賢俊滿門，足以嘯歌俯仰⓯，終日不悶，然至於不言而心相諭⓰者，閣下於誰取之？

【章　旨】此章回顧與歐陽修交往之歡，陳述回家後對歐陽修的慕念之情，以平生知己相許。

【注　釋】❶丁憂　指遭父母之喪。❷侵陵　侵犯欺淩，此指困擾。❸羈蹇不遇　指仕途不順，得不到賞識。蹇，不順利。不遇，有才能但得不到賞識。❹閣下　對歐陽修的尊稱。❺傾蓋晤語　形容二人志趣相投。傾蓋，路途相遇時一見如故，兩車靠近交談，使車蓋傾斜。晤語，當面交談。晤，見面；會面。❻便若平生　像是一生一世都相知的老朋友。平生，一生，此指一生相知的友人。❼援之於貧賤之中　幫助我擺脫貧困卑賤的生活，指幫助謀求仕進。❽共為不朽之計　指共同進行文學創作方面的追求。不朽之計，古人曾稱文章為「經國之大業，不朽之盛事」，後因用以指文學。❾孟軻有云三句　見《孟子・梁惠王下》，魯平公想見孟子，可他的寵臣從中作梗，於是作罷。孟子知道了，說：魯平公想見我，是上天指示他有這種想法；不想見我，是上天叫一個小人來阻攔。這些都不是人力所能做到的。我不能見到魯侯，是上天的意願！蘇洵借用這段話說明自己與歐陽修的交遊，是上天的安排。❿信然　一定是那樣的。信，相信；確定無疑。⓫過從　相互往來。⓬杜門　將門關起來。杜，阻塞。⓭思欲句　想著踮起腳後跟看一看您的府第。跂首，踮起腳後跟，仰起頭，形容遠望的神情。君子之門庭，指歐陽修的府第。君子，指代歐陽修。⓮所示范公碑文二句　指歐陽修所作〈資政殿學士戶部郎中文正范公神道碑銘并序〉，其中有關於范仲淹與呂夷簡（即申公，因呂夷簡封申國公，故稱）仕途上的風波：范仲淹曾因呂夷簡而被貶，呂夷簡很為此擔心。等到呂夷簡再次出任宰相時，范、呂二人情志十分相投，於是就有了朋黨之論。范公碑文，即歐陽修為范仲淹所撰寫的神道碑和銘文。范公，指范仲淹。⓯嘯歌俯仰　誦讀詩書，俯仰自得之態。嘯歌，指吟誦詩歌。俯仰，吟誦時隨詩歌節奏時或前俯，時或後仰。⓰心相諭　心心相印，彼此瞭解，心意相投。諭，明白。

【語譯】 兒子蘇軾、蘇轍不得不為他們的母親守孝。我回到家中，現在已經有一個多月了，幸運的是，還能支撐著活下來。我一路奔波，年老之人百病纏身，儼然成了一個老頭了。想想自己這輩子懷才不遇，到快五十了，才認識了您。與您傾心交談，就像是平生的至交。並不只是希望您幫我擺脫貧困的生活環境，而是想跟您切磋談論，成就人生不朽的大作為。可是大事還未做成，突然間就發生了這樣的巨變。孟軻說過：「有所行動，是上天指使；有所抑制，是上天阻止。」難道真是那樣的嗎？

我離家時，沒有青壯年男子看家，回來後房屋壞倒，院籬破敝，就像逃亡的人家。現在是杜門謝客，不與外界打交道，只是偶爾翻看一些看過的舊書。時不時有些感想，就想要去跟你探討一番。忽然發現你我已然相隔四千多里，想翹首遙望一下您的府第，都辦不到了。

您送給我看的范文正公碑文，談到他跟申公呂夷簡的一些事情，最有深厚用意。最近嘗試著跟人聊起這些，果然沒有人知道。每當想到這些，就覺得不開心。您雖說門下有許多賢能的俊傑，足以俯仰吟嘯，每天都不會覺得乏味，然而，如果說要有心意相通的朋友，您會還哪一位朋友呢？

自蜀至秦❶，山行一月，自秦至京師，又沙行數千里。非有名利之所驅，與凡事之不得已者，孰為❷來哉？洵老矣，恐不能復東。閣下當時賜音問，以慰孤耿❸。病中無聊，深愧疏略，惟千萬珍重。

【章　旨】此章以年邁為由，表示無由再聚，致殷勤之意，希望與對方保持密切聯繫。

【注　釋】❶秦　指陝西一帶，因古為秦地，故稱。❷孰為　何為；為什麼。❸孤耿　孤忠，孤獨而執著的心情，此處意重在孤獨。

【語　譯】從四川到陝西，翻山越嶺要走一個月，從陝西到京城，又要在黃土高坡中跋涉幾千里。如果不是為了追求名利，或者有不得不做的事，誰會走這一趟？我已經老了，恐怕不會再東行了。希望您時不時傳給我一些消息，安慰我的孤耿之心。病中鬱悶無聊，信寫得鬆散簡略，很不好意思，希望您自己千萬保重。

【研　析】這是一封朋友間敘別離相思的信。信中，蘇洵對相知文友殷情致意，敘述別離情懷；因自己已然年邁，尚且家業破敗，有不遇之歎；對與歐陽修遽然一見，即匆匆別離，有相見太晚之恨；對能遇文章知己，共為「不朽之計」，有人生相得之慰；對自己淹蹇沉淪僻陋鄉野，文友遠在京師，勢位高下懸殊，音信難於通達，有英雄失路之悵。多種感情交織在一起，表現出一位懷才不遇，更兼新喪閨中知己者內心的紊亂、苦悶，字裏行間隱然有希望得到提挈舉薦但又不願作無謂奔走之意。

經過京師交往，作者跟歐陽修的關係已非常親近，所以提筆為文，全不刻意於章法結構，信筆揮灑，自然成文。如第一段寫離別倉卒，繼寫回家後情景，剛展開家居喪妻之痛，卻又縱筆憶及京師相得之樂。直到第三段再回過頭來寫家景衰敗，續足前文之意，卻又稍作陳述，即馳筆寫對師友的相憶以及談文論道之樂。第四段、第五段寫對師友的掛懷，卻又不時穿插自己心境物態。就這樣，在京師、眉州數千里之間朋友你我之間，穿插往復，於眼前淒然孤寂之境與君子相知之樂中回環周匝，文如亂絲拂風，卻又有條不紊，可謂馳驟自如，顧盼生姿，如大師運筆作畫，隨意點染，皆俱情態。正因為如此隨物賦形，無刻露之跡，無經營謀劃之意，所以全篇感情真摯，文辭婉曲，有一唱三歎之妙，讀來即覺「風旨脩然」（茅坤《唐宋八大家文鈔》）。

上歐陽內翰第四書

【題解】本書作於嘉祐四年（西元一〇五九年）夏。嘉祐三年，朝廷因歐陽修薦，召試蘇洵於舍人院，蘇洵以病相辭。半年後再召，蘇洵才擬攜二子入京。這封信就是作者在尚未動身之前，向既是好友，又是舉薦恩人的歐陽修解釋為什麼不願進京應試的原因。

洵啟：夏熱，伏惟提舉❶內翰尊候萬福。嚮為京兆尹❷，天下謂公當由此得政；其後聞有此授❸，或以為拂世戾俗❹，過在於不肯鹵莽❺。然此豈足為公損益者？

【章旨】此章略敘歐陽修政壇沉浮，體現出朋友間彼此的關心與愛護，同時也對歐陽修未能「得政」進行寬慰。

【注釋】❶提舉　官名。歐陽修於仁宗嘉祐四年（西元一〇五九年）二月，免去開封府知府職務，轉給事中，同提舉在京諸司庫務，故稱提舉。❷京兆尹　京兆，漢唐時的長安（今西安）稱京兆，此處借指汴京。尹，知府。歐陽修曾於嘉祐三年（西元一〇五八年）任開封府府尹一職。❸此授　指歐陽修被任命轉給事中之職。❹拂世戾俗　與世俗不相合。戾，乖張。❺鹵莽　粗鹵；草率。此指大膽行事。

【語譯】蘇洵呈言：夏天酷熱，誠望尊貴的提舉官、翰林學士歐陽先生身體安康。以前任京兆尹時，天下人都說您會由此升任為執政大臣；後來聽說有現在這個職位的任命，有人覺得是您沒有與世俗同流合污，失誤在處理事情不夠大膽。可是這些對於您而言，又有什麼好與不好的差別呢？

洵久不奉書，非敢有懈，以為用公之奏而得召❶，恐有私謝之嫌❷。今者洵既不行，而朝廷又欲必致之❸。恐聽者不察，以為匹夫而要君命❹。苟以為高而求名❺，亦且得罪於門下。是故略陳其一二，以曉左右❻。

【章旨】此章解釋為什麼很少通信的原因，以及寫作此信的目的。

【注釋】❶用公之奏而得召　因為大人您的上奏舉薦，才得到天子的詔書。蘇洵先由益州知府張方平推薦給歐陽修，並為他備辦行裝，入京師拜見歐陽修。蘇洵以所寫的文章進見，大得讚美，於是上奏皇帝。仁宗於嘉祐三年十一月下詔，要蘇洵到京師參加制科考試。❷私謝之嫌　宋時因怕考生與座主（主考官）結成同黨，不允許考生在被錄取後向座主謝恩（即私謝），因此規定考生被錄取後，一律向皇帝謝恩。蘇洵因是歐陽修舉薦的，所以也不能私謝。❸必致之　一定要招到京師去。❹要君命　對皇帝的命令提出不合理的要求。要，要脅；強迫。❺以為高而求名　借以抬高自己的身價，博得名聲。❻曉左右　曉諭您左右的侍從，即講給您聽的意思。左右，指左右的侍從，實際是代指對方，用其左右侍從替代，以示尊重。

【語譯】我很久沒有給您寫信，不是膽敢鬆懈輕慢，而是因為由您推薦才被召，擔心會有私下答謝的嫌疑。現在我既已決定不去參加考試了，朝廷又一定要召我來。我擔心聽到這事的人不明白，覺得山野匹夫還敢對君命提出不合理要求。假如真被誤認為是自己抬高身價以博得名聲，也必然會給您添出許多麻煩。所以簡單地作一兩點說明，讓您知道其中的原委。

聞之孟軻曰：「仕不為貧，而有時乎為貧。」❶洵之所為欲仕者，為貧乎？

實未至於飢寒而不擇❷。以為行其道乎？道固不在我。且朝廷將何以待之？今人之所謂富貴高顯而近於君，可以行道者，莫若兩制。然猶以為不得為宰相，有所牽制於其上，而不得行其志。為宰相者，又以為時不可為，而我將有所待❸。若洵，又可以行道責之邪❹？

【章旨】此章講明不願應詔就試求官的原因，因為自己並非貧困已極出仕謀求富貴，而是為行道出仕，但條件又不允許，所以沒有必要出仕。

【注釋】❶聞之孟軻三句　原文見《孟子・萬章下》，孟子的意思是說出仕不是因為貧困，而在行道以濟生民；但有時因為貧困而出仕，也是可以的。❷飢寒而不擇　因為生活困頓而不擇手段。飢寒，指生活艱難。不擇，不進行選擇。❸為宰相者三句　當宰相的人，還會覺得時機不夠成熟不能有所作為，只能是待機而動。時不可為，即時機不成熟，難以施展才華。有所待，有所等待，指等待施展抱負的時機。❹可以行道責之邪　難道能夠用行道去要求嗎？

【語譯】聽說孟軻有這樣的說法：「出仕不是因為貧困，但有時因為貧困出仕也行。」我之所以想出仕，是因為我很窮嗎？實際上並沒有到飢寒交迫別無選擇那樣的地步。認為是想實現政治抱負？可我本來就沒有政治抱負。再說朝廷將如何對待我呢？現在，一般所謂榮華富貴而且接近皇上有可能實現政治抱負的人，無非是兩制大臣。可是那些人還覺得沒有做到宰相，被上面牽制著，不能完全按自己的意思辦。當了宰相，又會覺得時機不成熟不能有所作為，只好等到將來再說。像我這麼個人，又怎麼可能指望實現政治抱負呢？

始公進其文，自丙申之秋至戊戌之冬❶，凡七百餘日而得召。朝廷之事，其節目期限❷，如此之繁且久也。使洵今日治行，數月而至京師；旅食於都市以待命❸，而數月間得試於所謂舍人院者；然後使諸公事考其文，亦一二年；幸而以為不謬，可以及等而奏之❹，從中下相府，相與擬議，又須年載間；而後可以庶幾有望於一官。如此，洵固以老而不能為矣❺。人皆曰求仕將以行道，若此者，果足以行道乎？既不足以行道，而又不至於為貧，是二者皆無名焉。是故其來遲遲，而未甚樂也。

【章旨】此章說明不能出仕的第二方面原因：朝廷未能完全相信他的能力，加上辦事效率低下，手續麻煩，自己又年老，不可能久等，所以不願出仕。

【注釋】❶自丙申之秋句　從嘉祐元年的秋天到嘉祐三年的冬天。丙申，即丙申年（西元一〇五六年），宋仁宗嘉祐元年。戊戌為嘉祐三年。❷節目期限　節目，名目手續。期限，時間。❸待命　等待召見或考試的命令。❹可以及等而奏之　（考官們）認為可以給予一定的等級（指成績合格，進行甲乙分類），然後上奏皇帝。❺以老而不能為矣　因為老弱而不能夠有所作為。

【語譯】當初您把我的文章進呈給朝廷，從丙申年的秋天到戊戌年的冬天，一共長達七百多天，才下詔召我。朝廷中辦事，具體手續和時間安排，竟然那麼繁瑣耗時！就算我從現在開始準備出發，幾個月後到京城；在京城旅店吃住，等待朝廷的命令，可能要花幾個月才能到所謂舍人院去考試；之後再讓各位王公大臣來審閱考卷，又要一兩年。僥倖考官認為沒有謬誤，可以合格並上奏朝廷，再從朝廷下發到丞相府，大臣討論商量，又需要幾年的時間；然後，才有可能企望謀個一官半職。這樣的話，我當然因為年紀太大而不可能有所作為。

人們都說出仕是為了實現政治抱負，像這樣的話，真有可能實現嗎？既然不能實現，又不是因為貧窮無奈，那麼，兩個理由都是不成立的。因此，我才遲遲不來，而且心裏也很不舒服。

王命且再下，洵若固辭，必將以為沽名而有所希望❶。今歲之秋，軾、轍已服闋❷，亦不可不與之俱東。恐內翰怪其久而不來，是以略陳其意。拜見尚遠，惟千萬為國自重。

【章旨】此章說明無意求仕卻又將攜子東行的緣由：不想有沽名釣譽之嫌，且二子服闋，必將東行，是與之同往而非為應詔。

【注釋】❶沽名而有所希望　故意做作，以便獲得名望，企圖滿足些非分之想。沽名，施展手腕以獲得名聲。希望，有所圖謀。❷服闋　此指為（母親）守孝已經結束。古禮規定在父母死後三年內必須守孝在家，三年期滿稱服闋。

【語譯】朝廷先後兩次下詔召我應試，我如果一再推辭，肯定會被認為是沽名釣譽別有所圖。今年秋天，蘇軾、蘇轍給母親守孝都已期滿，我也不得不跟他們一起東行來京城。擔心您責怪我為什麼那麼久還不來，所以寫信粗略講講我的心思。登門拜訪還要很久，希望您為了國家，千萬保重。

【研析】這是一封向良師益友陳述心跡的信。書中，蘇洵對自己長時間沒有與歐陽修通信略作解釋，隨即詳細說明自己辭召的原因：其一，古代君子「憂道不憂貧」，自己多年求道，出仕不是為解貧困，而是想行道酬志。但君子行道，受諸多因素的限制，很難如願。應詔就試，即使錄取，授以微職，也不足行道。其二，朝廷辦事效率極低，從歐陽修上書推薦到下詔徵召，前後長達三年之久，如果自己按照常規由考試入仕，前後將耗去好幾年時間，入仕之後，靠磨勘升遷，累遷至能行道的兩制大臣或者宰相，時間更長，而自己年事已高，將「以老而不能為矣」。更何況兩制、宰相也難於行道！

此書與前一封〈上歐陽內翰第三書〉相比，可以感到二者有明顯不同：前一封信是秀才敘家常，從多角度切入，時或你時或我，談到得意處，不分彼此；這一封信卻是一種傾訴，只從自己一方切入，將一腔幽懷盡行吐出，所論主題也較前者集中：自己是否該應詔出仕。在分析自己之所以不急於出仕的原因時，如層層剝繭一般，先排除掉貧困因素，繼而一層層地解釋行道之難，當作者把最後一層出仕的困難排除掉卻仍無行道可能時，讀者只能接受作者的意見，對他出仕之難，存巨大的同情。身在宦海且真誠舉薦他的歐陽修，當然也只能是被他說服。而在認同他不可能由考試入仕的想法之後，又該如何行動呢？蘇洵沒說，歐陽修心裏自然十分清楚：此人東行，絕無應詔就試之意，要其人入仕行道，只能是通過非常渠道——論政重「術」的蘇洵，在請求歐陽修為自己入仕再出一把力上，也可以說是善用其「術」了！

當然，感情真摯，語短情長，卻是二信共同的特點。若要說蘇洵此信中有「術」，那也應該是在他以「術」濟仁義的基本思想框架之內的：畢竟他跟歐陽修已經是相知甚深的友人了，那分感情，無論如何都是純真的。

短短一封書信，不僅表達了作者的遠大志向和拳拳用世之心，同時還揭示出當時朝廷機構之臃腫，效率之低下，及其壓抑人才之本質。於真實朋友情誼之中鬱悒不平之氣猶透紙而出！

上歐陽內翰第五書

【題解】嘉祐四年（西元一〇五九年）蘇洵因朝廷再召而入京，但如前一封信中他對歐陽修所解釋的那樣，到京師之後，他果然沒有就試，而是「再辭」。第二年八月，在歐陽修等人的大力舉薦下，朝廷終於授予蘇洵秘書省試校書郎的官職。這封信就是蘇洵接受職位後，向歐陽修傾訴自己心情的文字。對於這一微職，氣性一向頗高的蘇洵是並不滿意的，但是，畢竟是歐陽修大力舉薦的結果，加上其人確已年高，若不就職，按他所分析的朝廷辦事效率，下次再因舉薦任職，不知要等到何年何月。所以在這封給歐陽修的感謝信中，蘇洵一方面對歐陽修的好意表示感謝，同時又難以抑制內心的鬱悶，對卑微官職表示不滿，情緒是相當複雜的。

內翰侍郎❶執事：洵以無用之才，久為天下之棄民，行年五十，未嘗見役於世。執事獨以為可收❷，而論之於天子，再召之試，而洵亦再辭。獨執事之意，叮寧而不肯已❸。朝廷雖知其不肖，不足以辱士大夫之列❹，而重違執事之意，譬之巫醫卜祝，特捐一官以乞之❺。自顧無分毫之功有益於世，而王命至門，不知辭讓，不畏簡書❻、朋友之譏，而苟以為榮。此所以深愧於執事，久而不至於門也。

【章旨】此章陳述為什麼很久不拜訪歐陽修的原因：內心慚愧。慚愧的原因，除了對方有舉薦之恩外，更多的是所授官職甚微。

【注　釋】❶侍郎　指歐陽修。歐陽修於嘉祐五年（西元一〇六〇年）七月被任命為禮部侍郎，九月，兼翰林院侍讀學士。❷可收　可以錄用。收，指為天子所收錄並加以任用。❸叮寧而不肯已　一再叮嚀，不願作罷。此指歐陽修一再舉薦。叮寧，即「叮嚀」。❹辱士大夫之列　指出仕為官，與士大夫相並列。辱士大夫，有辱於士大夫，意思是自己才德不夠，卻與士大夫同列，使他們受辱，是自謙的話。辱，使受辱。❺捐一官以乞之　贈送一個官職給我。捐，捐獻，即贈送。乞，給予；施捨。之，蘇洵自指。❻簡書　古時指有征役時的臨行告誡文書。《詩・小雅・出本》：「王事多難，不遑啟居。豈不懷歸？畏此簡書。」蘇洵這裏反用其意，表示自己不顧告誡和朋友的譏諷，應詔為官。

【語　譯】翰林學士、禮部侍郎歐陽先生：我蘇洵因為沒有實際才能，很長時間都是個被拋棄的平民百姓，到五十歲的年紀了，都還沒有為世所用。唯獨您覺得可以收錄任用，並在天子那裏舉薦，致使朝廷先後兩次下詔召我考試，我也是兩次都推辭了。只是您堅持己見，一再關照我不願放棄。朝廷雖然知道我這個人不怎麼樣，不配跟士大夫一起為官，卻不願多次違背您的意願，就只好像對待巫醫神漢那樣，白白地送個官位給我。我自己想想沒有為國家做一絲一毫的貢獻，可是王命下到家中，不但不知推辭，而且還不畏古訓和朋友的譏諷，反而引以為榮。因為這些，我在您面前深感慚愧，所以好久都沒敢去拜訪您。

然君子之相從，本非以求利，蓋亦樂乎天下之不知其心，而或者之深知之也❶。執事之於洵，未識其面也，見其文而知其心；既見也，聞其言而信其平生。洵不以身之進退出處之間有謁於執事❷，而執事亦不以稱譽薦拔之故有德於洵。再召而辭也，執事不以為矯，而知其恥於自求；一命而受也，執事不以為貪❸，而知其不欲為異❹。其去不追，而其來不拒；其大不榮，而其小不辱。此洵之所以自信於心者，而執事舉知之❺。故凡區區而至門者，為是謝也。

【章旨】此章陳述與歐陽修為君子交，重在心意相知。自己對他的感謝，不是因為他的舉薦，而是因為他對自己的理解。

【注釋】❶然君子四句　君子之間的交往，不是為了求利，而是因為在天下人都不瞭解自己的情況下，與之交往，能夠體會到相知甚深的快樂。❷不以身句　不拿自己是否能仕進的事去麻煩您。進退出處，仕途的進退。謁，拜見，此指求見請託。❸一命而受也二句　我連最小的官職也接受下來，您也不認為是貪心。一命，古時最低一級的官階。受，接受。據《史記・管晏列傳》載，管仲曾經說：「吾始困時，嘗與鮑叔賈，分財利多自與，鮑叔不以我為貪心，知我貧也。……公子糾敗，召忽死之，吾幽囚受辱，鮑叔不以我為無恥，知我不羞小節而恥功名不顯於天下也。生我者父母，知我者鮑叔也。」蘇洵這裏暗用其意，表達自己與歐陽修相知之深。❹不欲為異　不想有什麼過高的奢望。異，不尋常，此指過高的奢望。❺舉知之　全部知道。舉，全部。

【語譯】然而，君子間的交往，本來就是不求名利，而是在天下眾人不能瞭解其心情時，彼此能相知並獲得一種快樂。您對我蘇洵，在還沒有見面時，讀到我的文章，就知道我心裏所想；已經見到我了，一聽我的言談，就相信我的平生經歷。我不拿自己仕途進退的事去請託拜訪您，您也不用大力舉薦作為向我示恩的手段。朝廷二次下詔我都推辭不出仕，您不認為我是做作矯情，懂得我因為感到是自己求來的而覺得羞愧；給我一個最低品級的官，我接受下來，您不認為我是個貪圖做官的人，知道我是不想舉動離俗失常。失去的機會不再追想，將來的機會也不放過；做大官不覺得榮耀，為小吏也不覺得屈辱。這是我內心十分自信的事，您也全部知道。這些，才是我要到您面前表示感謝的內容。

《禮》曰：「仕而未有祿者，君有饋焉曰獻，使焉曰寡君；違而君薨，弗為服也。」❶古之君子重以其身臣人❷者，蓋為是也哉？子思❸、孟軻之徒，至於是國，國君使人饋之，其詞曰：「寡君使某有獻於從者。」❹布衣之尊，而至於此，惟不食其祿也。今洵已有名於吏部，執事其將以道取之❺邪，則洵也猶得以賓客見❻；不然，其將與奔走之吏同趨於下風❼，此洵所以深自憐❽也。惟所裁擇。

【章　旨】此章申明士禮，表示願意仍以布衣之士的身分作為歐陽修的賓客與之交往，而不希望他用對待屬下的態度對待自己。

【注　釋】❶禮曰六句　語見《禮記・檀弓下》，意思是出仕但沒有得到君主的俸祿（未受君恩），君主饋贈東西就叫獻；出使到別國時，稱自己的國君為寡君；國君死了，也不為他服喪。❷以其身臣人　把自己交給別人做別人的臣子。臣人，臣於人；給別人做臣子。❸子思　名伋，孔子的孫子，曾為魯繆公師。❹其詞曰二句　原文見《儀禮・燕禮》。意思是我們寡德的君主讓我來贈些東西給您的侍從。由於子思等人沒有受國君的恩惠，所以國君的使者只能稱其君為寡君，而且，為表尊重以致說「獻於從者」。獻於從者，贈送給您的隨從人員。從者，隨從的人。❺以道取之　按古時交往布衣之道來處理。道，古道，這裏主要是指古時禮遇布衣的傳統。❻以賓客見　以客人的身分拜見。賓客，門客；客人。這裏主要指朋友的身分。❼與奔走之吏同趨於下風　跟手下的隨從人員一樣跟在後面。下風，指跟隨在後面。❽深自憐　深深地可憐自己。意思是以一個小官吏的身分與歐陽修交往。

【語　譯】照《禮》：「出仕為官卻沒有領俸祿，國君贈送東西就叫獻，出使他國稱國君為寡君；不幸國君逝世，也不為他戴孝。」古代君子對出仕為人臣看得很慎重，大概是因為這個緣故吧？子思、孟子那些先哲，出遊到某個諸侯國，國君派人有所饋贈，用詞是這樣的：「我國寡君派我來贈送些東西給您。」布衣之士的尊嚴，竟到那種程度，就是因為沒有食君俸祿啊。現在蘇洵已經是吏部註冊的官員了，您如果還能用禮遇布衣之道去對待，那麼我還可以以您的賓客的身分相見；不然，讓我像您屬下的官吏那樣畢恭畢敬地跟在您的後面，那是我最感自己可憐的尷尬局面。希望您能認真抉擇。

【研析】這是蘇洵得官之後，寫給舉薦自己的歐陽修的感謝信。其中感情十分複雜。作者對一再向朝廷舉薦自己的歐陽修，一向視之為文章知己，心存敬佩。這次又因其推舉而得官，對一個年老未仕者而言，更可以說是感激莫名。可是，朝廷未能破格重用，只不過「特捐一官以乞之」而已，作者縱然不屑微職，但考慮到曾先後兩辭朝廷詔命，此番授官若再不就任，不僅會被他人恥笑，以為有非分之想，恐怕也會讓歐陽修在朝中難看，所以忍恥受之。

但是，雖然迫於無奈接受卑職，卻絕沒有因此喪失士節。信中蘇洵一再表示自己對此職務深感慚愧，同時著意申述自己「其去不追，而其來不拒；其大不榮，而其小不辱」的淡泊心境。不僅如此，在將一片真誠盡皆托出後，還特意向歐陽修說明：作為文友，希望對方在自己就職卑官後，仍以布衣之禮相待，而不要把自己看成下屬官吏，生輕慢之意。

字句之中，見出蘇洵英雄失志的憂鬱之懷，讀之令人感歎不已。

從文章寫法上分析。全文雖只三段，但段與段之間過渡自然，意脈關聯，每段之中，也是往覆曲折，用筆十分精妙。如第一段先用實筆，寫己之不才與無用於世，實為自負之反語；繼而於虛處落筆，全憑己意揣測朝廷行動與歐陽修之用心以及朋友之誤會，把他於無可奈何之中接受微職的憂讒畏譏情懷，勾勒畢現。正因為置身如此苦悶現實，所以迫切希望有一種正常的朋友關係，於是，在第二段中就順勢特別強調一個「知」字。為明「知」意，文章起筆闊佔地步，從君子相從之道落筆，繼而概括二人交往過程，證其為君子之交；既有此交，則彼此也就超越了干謁與推挽的世俗關係：我不求也不謝，你不示恩也不圖謝。擺脫了世俗干謁關係，剩下的就只有彼此相「知」了。可以說，這個「知」字，是通過嚴密的邏輯推理得出的。有了第二段對「知」字的深層揭示，第三段請求對方在自己入仕之後，仍舊以布衣之禮相待，也就有了根據：彼此相「知」，無任何附加條件，也就消解掉了附著於官場的上下等級關係，只剩下「士」之間的友誼與彼此尊重，而士有士禮，即賓客之禮。就這樣，文章層層深入，從旁人不「知」到彼此相「知」再到求「知」士禮，把作者當時既失意而又不甘的心境，刻劃出來，可謂語淺情深。仔細品玩，當別具情味。

上王長安書

【題　解】王長安疑即王拱辰。據《北宋經撫年表》卷三所記，在蘇洵生活的年代裏，僅王拱辰曾兩次知永興軍京兆府，除此以外，並沒有其他王姓人物任此職。王拱辰任職，第一次是在皇祐元年（西元一〇四九年），那時蘇洵在眉州家中杜門讀書。第二次是在至和二年（西元一〇五五年）至嘉祐二年（西元一〇五七年）。在此期間，蘇門父子曾東行赴京應試。其所走路線，正是由蜀入秦，然後東出函谷進入中原，長安乃其必經之地。就書中所言士禮判斷，蘇門父子皆無功名在身，與其情感也正相符合。據此判斷，此書必作於此時無疑。

判府左丞❶閣下：天下無事，天子甚尊，公卿甚貴，士甚賤。從士而逆數之❷，至於天子，其積也甚厚，其為變也甚難❸。是故天子之尊至於不可指，而士之卑至於可殺❹。嗚呼！見其安而不見其危，如此而已矣。

【章　旨】此章述承平之際，士之地位極為低下。實際上是蓄勢待發，為下面論證士禮之重作鋪墊。

【注　釋】❶判府左丞　王長安的官職名。判府，宰相出任知府。王長安自尚書左丞出任長安知府，故稱。❷從士而逆數之　從士往上數到皇帝。逆數，倒著數；從卑微向貴重數。❸其積也甚厚二句　積習難改的意思。積，積習，指從士逆數至於天子，「天子甚尊，公卿甚貴，士甚賤」的傳統看法。❹而士之卑至於可殺　古時在公、卿、大夫、士的等級劃分中，士最低，但仍屬於統治階級之列，按禮法是不可殺的，可是有些國君不遵守這一禮法，殺士之舉幾乎歷朝皆有。

【語　譯】尚書左丞、知長安府王先生：天下太平無事，天子據九五之尊，公卿大臣十分顯貴，普通士人卻很卑賤。從士人倒推著往上數，直到天子，這中間隔膜很深，想改變這種局面也很困難。因為這個緣故，天子尊貴到不能用手指一指的地步，而士人卻卑賤到可以被處死。唉！只看到這樣做安然無事，卻不知道那是很危險的，就是那麼回事。

衛懿公之死，非其無人也，以鶴辭而不與戰也❶。方其未敗也，天下之士望為其鶴而不可得也。及其敗也，思以千乘之國與匹夫共之而不可得也。人知其卒之至於如此❷，則天子之尊可以慄慄於上❸，而士之卑可以肆志於下❹，又焉敢以勢言哉！

【章旨】此章以衛懿公之死為例，說明天子雖尊，但若不禮賢下士，也將處身孤危。是為下面論述士禮之尊作反面的說明。

【注釋】❶衛懿公之死三句　據《史記・衛康叔世家》載：衛懿公繼位後，喜歡鶴，不理朝政，國勢日衰。後翟國伐衛，衛懿公發兵抵抗，軍隊叛亂。他的大臣說：您喜歡鶴，這次就讓鶴去給您擊退翟國軍隊吧。於是，翟國軍隊攻入衛國，殺死了衛懿公。以鶴辭，拿鶴作為託辭。❷卒之至於如此　最終落到那般地步。卒，終於；最後。❸慄慄於上　在上面戰戰兢兢。慄慄，害怕的樣子。❹肆志於下　在下面隨心所欲。肆志，怎麼想就怎麼做。

【語譯】衛懿公的死，並不是因為沒有軍隊，而是臣子們拿他的鶴作為託辭，不去跟敵人作戰。在他還沒有失敗的時候，天下的士子指望能成為他寵愛的鶴都不可能。等到他敗亡的時候，想用千乘大國跟無知匹夫分享都不可能。如果人們知道最終結果會是那個樣子，那麼，縱然是貴為天子，也會在上面戰戰兢兢，而那些卑微的士子也可能在下面施展自己的抱負，又怎麼敢只就地位權勢去下斷言呢！

故夫士之貴賤，其勢在天子；天子之存亡，其權在士❶。世衰道喪，天下之士學之不明，持之不堅，於是始以天子存亡之權，下而就一匹夫貴賤之勢❷。甚矣夫，天下之惑也❸！持千金之璧以易一瓦缶❹，幾何其不舉而棄諸溝也？

【章　旨】此章辨明天子與士之貴賤的道理，指斥世衰之後二者之間關係不正常。為下面糾正這種關係的言論作鋪墊。

【注　釋】❶天子之存亡二句　天子能否生存，完全要靠士來為他謀劃。權，權謀。❷於是始以二句　指後來的士，失去了古士的風範，不知天子存亡之權在士的道理，只顧圖謀個人的富貴而放棄了可以使天子存亡的權力。蘇洵認為「權」是士之所有，「勢」為天子控制士的手段，這裏是指責天下之士自棄其「權」，降低身分以就天子以富貴控制士子之「勢」。❸甚矣夫二句　「天下之惑甚矣」的倒裝句式。甚，太。惑，糊塗。❹瓦缶　陶罐，比喻不值錢的東西。

【語　譯】所以說士子的貴與賤，權勢在天子那裏；天子的存亡，其權謀在士子那裏。世道衰敗，天下的士子沒有能夠弄明白這個道理，沒有堅守這個原則，於是就開始用使天子存亡的權謀，去屈就使個人可能貴賤的權勢。天下士人糊塗得真是太過分了！拿著價值千金的璧玉去換一個小瓦罐，幹嘛還不把它丟到水溝裏去呢？

古之君子，其道相為徒，其徒相為用❶。故一夫不用乎此，則天下之士相率而去之❷，使夫上之人有失天下士之憂，而後有失一士之懼❸。今之君子，幸其徒之不用，以苟容其身。故其始也輕用之，而其終也亦輕去之。嗚呼！其亦何便於此也？

【章　旨】此章正面論述天子與士應該保持的正常關係，進而指斥當時士風違背古道，士與士之間未能形成合力。

【注　釋】❶古之君子三句　古時候的君子，彼此學習，相互任用。這種情形，當然只是蘇洵所描述的理想狀態。相為徒，彼此師從；相互學習。徒，弟子。相為用，彼此信任並任用。❷相率而去之　一個一個地都離開他。相率，一個一個地。之，指不能用君子之徒的人。❸使夫上之人二句　讓國君侯王有失去天下士子之心的擔憂，然後才會害怕失去其中的任何一位士子。上之人，指皇帝或侯王等某一行政區劃的最高統治者。據《史記・平原君虞卿列傳》載：平原君好養士，其中有一人是個瘸子。有一次，這人被平原君的美妾在樓上看到了，就大聲地嘲笑。那個瘸子門客請平原君殺死嘲笑他的女人，平原君沒有聽。後來，平原君發現自己的門客越來越少，問是怎麼回事。門客告訴他：你重美人而輕士，當然大家都要離你而去！平原君立即將那個美人殺死，以示悔過。這樣，他的門客才又漸漸地多起來了。失一士的典故即出於此。

【語　譯】自古以來，君子之道，是彼此間相互師從學習，彼此間相互任用。所以一個人在那裏沒有獲得任用，天下士子就都一個接一個地離去，讓高高在上的國君侯王們有失去天下士子的擔憂，然後才會怕失去他們任何一位士子。現在的士子們卻不是這樣，慶幸同輩人沒有被任用，以便能有自己的容身空間。所以從一開始就只是很隨意地被任用，到末了也是隨隨便便地被撤職。唉！這對士人又有什麼好處呢？

當今之世，非有賢公卿不能振其前，非有賢士不能奮其後。洵從蜀來，明日將至長安見明公而東。伏惟讀其書而察其心，以輕重其禮❶，幸甚幸甚！

【章　旨】此章說明此書本意：希望拜見對方，同時希望對方能以士禮相待，並能為自己的前途謀劃。

【注　釋】❶以輕重其禮　指權衡一下古今待士之禮。意思是希望王長安不要因為自己是一介布衣生輕視之意。

【語　譯】當今世上，沒有賢能的公卿大夫在前面推挽就不能振作有為，沒有賢能的士子在後面作鋪墊就不能奮發圖強。我從四川來，明天將到長安拜見您，然後東去。希望您看到我的信後能體察我的心情，權衡輕重以士禮相待，非常感謝，非常感謝！

【研　析】蘇洵善於議論，即使是在這封旅途拜帖中，也能大發議論，一抒感慨。王拱辰為北宋名臣，在出知長安前，已聲位顯赫，名滿寰宇了，而蘇洵父子當時只不過是布衣書生，加上雙方又從未謀面。在入京應試途中，想與之交往，又想不失體面，確實是一件難辦的事。但就是這樣一個難題，在蘇洵這位習熟縱橫權術的士人面前，也變得十分容易了。

由於雙方素未謀面，所以無客套之語，提筆即發宏論，對士禮之重正本清源，論古時士道之可貴，士人之應尊；即使是天子，雖有貴賤士人之勢，但國家興亡，卻全繫於得士與否。將尊貴、權勢與道義對立起來，並通過自己的論述，將道德修養抬高到權力勢位之上，強調貴士之理。接下來，作者對當時士風澆薄，士人只圖自身仕進，不顧甚至阻礙其他士子進身的不良習氣，表示不滿；對趨炎附勢的士風，表示厭惡，並加以鞭撻。這實際上一方面是暗示自己不願效法當世士人之所作所為，將見王長安以古士之禮，同時也是在提醒對方，不可因為自己早已入仕而不照顧提挈正為入仕奔波的同類。最後歸結到當今之世，不僅需要賢公卿振之於前，為國出力；而且還必須有賢能士人奮力於後，積極進取，將自己出蜀謀官與王長安的鎮守一方並列起來，抹煞其中貴賤高低之別。通過這些論述，自己在王長安面前，完全沒有局促卑微之態，反而將糾正士風的「包袱」丟給了對方，為自己佔得廣闊的活動空間。可見其人善「術」，絕非虛語。

整封書信四段，可以說是步步為營，一步步增加自己的地位和權重，一步步脫卸對方身上的榮耀與光環，最終把一介書生擺到跟王公大臣同等的地位，為自己在王長安面前不失體面講透了道理。而所有這一切努力，一個最直接的目的就是希望在雙方見面時，對方能「輕重其禮」，不要因為自己身為布衣，就有意怠慢。但信的內涵卻遠不止此：古士有「權」，今士求「勢」，王長安身為朝廷重臣，如何掂量其輕重？古士相為任用，今士唯圖己利，王長安作為已入仕之士，如何看待為入仕奔波之士？「我」雖為布衣，但就此信所論所展示之才華，王長安作為「賢公卿」是否有「振其前」的責任？所以說，文末那「輕重其禮」的內涵，確實是相當豐富的。

雖是拜謁之書，卻絲毫沒有阿諛奉承之辭，反有分庭抗禮之勢，蘇洵的士節，於此也可見一斑。雖然這種高談闊論，未必真能引起王拱臣的重視，但他那種貴士之言，確實激起後世無數苦讀士子們的深切同情與同感：「欲公卿重士而極言士之卑以邀發之，亦懸說法。『幸其徒之不用，以苟容其身。』獨朝廷之上、侯王之門哉？即尋常富貴家不免有此態矣，悲夫！」（見儲欣《評注蘇老泉集》）彼時士人命運之可悲可歎，在讀完全文之後，仍難釋懷！

上張侍郎第一書

【題解】 此書作於仁宗嘉祐元年（西元一〇五六年）。張侍郎即張方平，字安道，其先宋（今河南商丘南）人，後徙居揚州。官至參知政事，時以戶部侍郎知益州。仁宗至和（西元一〇五四—一〇五五年）間，張方平初知益州時，就曾有人向他推薦過蘇洵。不久，張方平即將蘇洵作為本州人才舉薦給朝廷。因此，蘇洵對張方平既敬佩又感激，二人交往不斷，關係甚密。在蘇軾、蘇轍兄弟學成將試之際，蘇洵便寫此信請求張方平向朝廷舉薦兄弟二人，使得舉進士科。

侍郎執事：明公之知洵，洵知之，明公知之，他人亦知之。洵之所以獲知於明公，明公之所以知洵者，雖暴之天下❶，皆可以無愧。今也，將有所私告於執事。念將以屑屑之私❷，壞敗其至公之節，欲忍而不言而不能，欲言而不果❸，勃然❹交於胸中，心不寧而顏忸怩❺者累月而後決。

竊見古之君子，知其人也憂其人❻，以至於其父母、昆弟❼、妻子，以至於其親族、朋友，憂之固其責❽也。雖然，自我求之，則君子譏焉❾。知之而不憂，不憂而求人憂，則君子交譏之❿。洵之意以為寧在我，而無寧在明公，故用此決其意而發其言，以私告於下執事，明公試一聽之。

【章　旨】此章敘交情，表明雖然自己與張侍郎為君子之交，一旦有私事相求，便心生慚愧。實際上是婉轉表示將有求於對方。

【注　釋】❶暴之天下　在天下人面前公開。暴，暴露；揭示出來。❷屑屑之私　瑣碎的私事。屑屑，瑣屑，形容事情很小。❸欲言而不果　想要說出來又不能下定決心。果，果斷，指下決心。❹勃然　鬱勃煩悶的樣子。❺忸怩　不好意思或不大方，此指猶豫不決。❻知其人也憂其人　與某人相知就想著為之分憂。憂，指擔憂，此指為朋友分擔憂愁。❼昆弟　兄弟。昆，兄長。❽憂之固其責　為相知者分憂是君子的責任。其，指君子。❾譏焉　譏諷；嘲笑。❿知之而不憂三句　與人相知卻不為之分憂，相知者不分憂卻去求別人為自己分憂，那麼君子就會嘲笑這兩個自稱相知的人。交譏之，兩方面都譏笑。交，彼此；雙方。此句中一指「知之而不憂」（即不為知心朋友分憂的人），一指「不憂而求人憂」者（朋友不分憂卻去求朋友分憂的人）。

【語　譯】張侍郎先生：您瞭解我蘇洵，我心裏清楚，您也清楚，別人也清楚。我之所以得到您的賞識，您之所以賞識我，即使擺在世人面前，都可以毫無愧色。現在，我有一點私事想跟您商量。想一想要拿那不值一提的私事，損傷您的清正氣節，想忍著不說卻又不行，想說又不敢說，心裏苦悶得很，心神不寧、面有愧色，已經好幾個月了，最後才下定決心。

我看古代的君子，與某人相知，就為他分憂，包括他的父母、兄弟、妻兒，還包括他的親戚、朋友，為他們分憂本來就是他們的責任。雖說如此，自己去求情，君子就會嘲笑這種舉動。與人相知卻不為他分憂，不分憂卻求人分憂，那麼君子就會兩者都嘲笑。我的意思是，寧願讓君子笑話我，也不願意他們笑話您，所以在這種情況下就下了決心把心裏話說出來，把私事告訴您，請您聽聽看。

洵有二子軾、轍，齠齔授經❶，不知他習，進趨拜跪，儀狀甚野❷，而獨於文字中有可觀者。始學聲律，既成，以為不足盡力於其間❸，讀孟、韓文，一見以為可作。引筆書紙，日數千言，坌然溢出❹，若有所相。年少狂勇，未嘗更變❺，以為天子之爵祿可以攫取❻。聞京師多賢士大夫，欲往從之遊，因以舉進士❼。洵今年幾五十，以懶鈍廢於世，誓將絕進取之意。惟此二子，不忍使之復為淹淪棄置❽之人。今年三月，將與之如京師❾。一門之中，行者三人，而居者尚十數口。為行者計，則害居者；為居者計，則不能行。恓恓焉❿無所告訴。夫以負販之夫⓫，左提妻，右挈子，奮身而往，尚不可禦。有明公以為主，夫焉往而不濟⓬？今也望數千里之外，茫然如梯天而航海⓭，蓄縮而不進，洵亦羞見朋友。

明公居齊桓、晉文之位⓮，惟其不知洵，惟其知而不憂，則又何說；不然，何求而不克？輕之於鴻毛⓯，重之於泰山，高之於九天⓰，遠之於萬里，明公一言，天下誰議？將使軾、轍求進於下風，明公引而察之⓱。有一不如所言，願賜誅絕⓲，以懲欺罔⓳之罪。

【章旨】此章表達此書本意：自己的兒子蘇軾、蘇轍將進京應試，希望張方平能向朝廷舉薦他們。

【注釋】❶齠齔授經　童年時代即開始接受儒家經典的教育。齠齔，剛剛換牙齒，指童年時代。齠、齔同義，指小孩換牙。❷進趨拜跪二句　指行禮的樣子很粗野，不太注重禮節的意思。儀狀，行禮的樣子。❸不足盡力於其間　不足以將所有的力氣都花在這上面（指應付科舉的聲律記問之學）。❹坌然溢出　四散著溢出來。坌然，四面飛揚的樣子。坌，塵土飛揚。❺未嘗更變　沒有經歷什麼變故。更變，變動，指生活中的波折。❻攫取　取得；獲得。這裏主要指參加科舉考試被錄取。❼舉

進士　推舉去參加進士科的考試。❽淹淪棄置　沉淪潦倒，不被任用。棄置，指不被社會所用。❾如京師　到京師去。❿恓恓焉　寂寞的樣子。⓫負販之夫　小商販。負販，擔貨販賣。⓬焉往而不濟　到哪裏不會成功，即無論做什麼都必將成功。⓭茫然如梯天而航海　比喻十分艱難，目的難以達到或前途未卜。梯天，搭梯上天。航海，乘船航行於大海，都是古人視為難以辦到的事。⓮居齊桓晉文之位　形容張方平官位之顯赫。齊桓，即齊桓公。晉文，即晉文公。齊桓公、晉文公二人是春秋五霸中的兩位。⓯鴻毛　鴻雁的細毛，比喻微不足道。⓰九天　形容最高遠之地。古人將天分成九重，九天最為高遠。⓱引而察之　引薦並上奏。⓲願賜誅絕　甘願被您誅滅全家。賜，敬詞。誅絕，全部誅殺完。⓳欺罔　欺騙。

【語譯】我有兩個兒子：蘇軾、蘇轍，童年時就開始學習儒學經典，沒有學別的東西，進趨拜跪那些禮儀，都很粗野，唯獨寫出來的文章很可觀。開始學習聲韻格律，剛剛學會，就覺得不足以把所有的力氣都花在那兒，讀孟子、韓愈的文章，一看就覺得可以寫出來。拿起筆就在紙上寫，一天能寫幾千個字，如泉水噴湧而出，像是有什麼相助一樣。年輕氣盛，少不更事，覺得獲得朝廷的爵位是件輕而易舉的事。聽說京城裏有很多賢德的士大夫，就想去那裏交遊，所以也想去參加進士考試。我今年差不多五十歲了，因為疏懶愚鈍，不為世用，早已發誓斷絕了進身謀取功名的念頭。只是這兩個孩子，不忍心讓他們重蹈我的覆轍，成為被社會拋棄的廢人。今年三月份，他們準備到京城去應試。一家之中，一下子走了三個人，留下來的還有十多口。為走的人打算，是害了留下來的人；為留下來的人打算，我就不應該走。悶悶不樂，無人傾訴。一個小商販，拖帶著妻子兒女，奮勇直前，擋都擋不住。有您給我們作主，想到哪裏還到不了？現在想想數千里之外，茫然就像登天航海般困難，縮頭縮腦，不敢前進，我都沒臉見朋友了。

　先生現在身居齊桓公、晉文公那樣的顯赫官位，要是不瞭解我，或是瞭解我卻不願替我分憂，那又有什麼好說的；不然的話，求您幫忙哪有辦不成的？您說輕，就輕如鴻毛；您說重，就重如泰山，抬高能抬到九天之上，貶遠可以遠到萬里之外，您一句話，天下誰敢非議？希望讓蘇軾、蘇轍在您門下學習，您舉薦他們上奏朝廷。要是有一句不像我說的那樣，甘願被您誅滅九族，作為對我欺騙您的懲罰。

【研析】這是一封求人幫忙的信。由於對方是一位有才有識而且有權有勢的朝廷重臣，更重要的是，對方跟自己已有相當交情，曾向朝廷舉薦過自己，而且對自己想託付的人——蘇軾、蘇轍兄弟也很瞭解，所以，此信寫得坦誠而直截，直敘其事，少開闔縱橫筆勢，與蘇洵一般論辯之文很不相同，也與他到京城後給諸位王公大臣所上之書有異。

信的中間一段，重在介紹二子問學情況。老蘇為了引起喜好古文的張方平的注意，特地寫明二子不僅學有所成，而且聰明過人，深得古文之法。寥寥幾筆，將蘇軾、蘇轍兩兄弟年少奮發的意氣寫出，可謂得勾勒傳神之妙。隨即宕開筆墨，以自己一生沉埋不遇、家道敗落作墊襯，見出父親望子成龍的殷切情懷，看似信筆塗抹，卻別有一番深曲用意。蘇洵後來曾對歐陽修講張方平把自己的文字跟司馬遷相比，認為有相似之處。從這段敘寫來看，確實有幾分《史記》中人物記傳的神韻。蘇洵對張方平的這個評價並不滿意，而且通觀整本《嘉祐集》，這種白描傳神的寫法，也確實不是主要風格。是否蘇氏習文之初，曾有此一階段？還是張方平喜好古文，於此別具會心，則不得而知。或者真像蘇洵在〈上歐陽內翰第一書〉中所講，他曾經「盡燒曩時所為文數百篇」，把前期有似司馬遷之文焚毀了？亦不得而知。

雖只請託一事，卻寫得情真意切，進退紆徐。儲欣在《評注蘇老泉集》中說：「士以品重，讀老蘇先生此書，人服其文，吾滋敬其品耳。今之名士遊大人之間，朝請暮謁，貪而不知愧者，願以此文發之。」蘇洵士品，於此書帖約略可見。

上張侍郎第二書

【題解】據《續資治通鑑》卷五六載，嘉祐元年八月，朝廷下詔「召端明殿學士知益州張方平為三司使」。蘇洵這封信就作於是年年冬。從信中內容可知，在張方平從益州離任返京途中，蘇氏父子正寄寓京城，聞此即往途中迎接。時蘇門父子雖已名動京師，而且蘇洵也已經為歐陽修、韓琦等人所賞識，並已向朝廷舉薦；但求官一事並不順利。所以，蘇洵寫此信給張方平，其意雖在迎候這位故知恩人，希望他利用返朝述職的機會，再向朝廷舉薦自己。

省主侍郎❶執事：洵始至京師時，平生親舊，往往在此，不見者蓋十年矣，惜其老而無成。問所以來者，既而皆曰：「子欲有求，無事他人，須張益州來乃濟❷。」且云：「公不惜數千里走表為子求官❸，苟歸立便殿上，與天子相唯諾❹，顧不肯邪❺？」

【章旨】此章借友人之口，表達向張方平請求援手推薦之意。用筆很是巧妙。

【注釋】❶省主侍郎　省主，尚書省主事之一，戶部侍郎為尚書省六部大臣之一，故稱省主以示尊敬。侍郎，官名，張方平以戶部侍郎的頭銜出知益州，故稱。❷濟　成功。❸公不惜數千里句　指張方平在益州時曾將蘇洵作為本州人才舉薦給朝廷一事。千里走表，在離京城千里以外的任所上表奏聞。❹與天子相唯諾　跟皇帝相對答。唯諾，對話的聲音，代指說話或討論事情。❺顧不肯邪　難道會不願意嗎。顧，難道。

【語譯】省主張侍郎先生：蘇洵剛到京城的時候，以前的那些親戚朋友，有一些還在這裏，已經有十年的時間沒有見面了，都為我一大把年紀卻事業無成感到可惜。打聽清楚了我到京城的目的，都說：「您想求人幫忙，用不著別人，只有益州知府張方平能辦得成。」還說：「張先生不惜在數千里之外上表舉薦您，假如他回到朝堂之上，跟天子對答商量國事，難道會不肯舉薦您？」

退自思公之所與我者，蓋不為淺，所不可知者，惟其力不足而勢不便，不然，公於我無愛❶也。聞之古人：「日中必熭，操刀必割❷。」當此時也，天子虛席❸而待公，其言宜無不聽用。洵也與公有如此之舊，適在京師，且未甚老，而猶足以有為也。此時而無成，亦足以見他人之無足求，而他日之無及也已❹。

【章旨】此章既對張方平以前大力推薦表示感謝，同時又直接表示希望再次得到幫助的心思。

【注釋】❶於我無愛　對舉薦我不會吝嗇什麼氣力。即不遺餘力地推薦。愛，吝嗇；捨不得。❷日中必熭二句　太陽當頂時，一定會大曬；舉起刀來，就一定會割下肉。比喻事情容易辦成。語本《新書・宗首》。熭，曬。❸虛席　空著席位，比喻空出官位。❹他日之無及也已　以後的日子也就難以料定了。意思是自己他日老甚，又無人可託，就更難有所作為了。

【語譯】回到住處自己想想，您對我的恩德，可以說已經不淺了，只是還有些說不清楚的原因，大概您那時力量還不夠，形勢上還有些不太方便，要不然，您對我的事可以說是不遺餘力的。聽古人說：「太陽在中午的時候，肯定會曬人；拿起刀來，肯定會割下肉。」現在這個時候，天子虛席待您，對您的話當然會言聽計從。我跟您往日有那麼深的交情，正好人又在京城裏，而且又不算太老，還可以有所作為。這時如果不成功，也就足見別人沒有什麼好託的，以後也不會有什麼指望了。

昨聞車馬至此有日，西出百餘里迎見。雪後苦風，晨至鄭州，脣黑面烈❶，僮僕無人色❷。從逆旅主人得束薪緼火❸，良久，乃能以見。出鄭州十里許，有導騎❹從東來，驚愕下馬，立道周❺。云宋端明❻且至，從者數百人，足聲如雷。已過，乃敢上馬徐去。私自傷至此，伏惟明公所謂潔廉而有文❼，可以比漢之司馬子長者，蓋窮困如此，豈不為之動心而待其多言❽邪？

【章旨】此章補敘自己真誠迎接張方平的經過，進而描述仕途失意之苦境，激起對方的同情心，希望獲得舉薦。

【注釋】❶面烈　面容乾枯以致皸裂。烈，乾燥。❷無人色　失去了正常人的面色。❸從逆旅主人句　從旅店老闆那裏拿些柴來生火取暖。逆旅主人，即旅店老闆。逆旅，旅館。束薪緼火，《漢書・蒯通傳》所載典：蒯通曾說，他的家鄉有一婦人夜間丟失了一塊肉，婆婆懷疑是那位婦人偷了，將她趕走。叔母得知後即「束薪緼火亡肉家」，對那位婦人的婆婆說，昨夜家裏的狗銜回一塊肉，爭鬥相殺，向你借個火去燒一燒。聽了話，婆婆知道錯怪了媳婦，馬上將她追回來。後世遂用這個典故作為婉轉求情之辭。緼火，燒火取暖。緼，亂麻，用以引火。此處蘇洵既描寫自己當時在旅店生火取暖的困苦境遇，又暗用此典，請求張方平為他向當權者說情引薦，手法巧妙而又含蓄。❹導騎　古時官吏出巡時，在前面開道的騎兵。❺道周　道旁。❻宋端明　宋祁，字子京，安陸（今屬湖北）人，官工部尚書。當時宋祁以端明殿學士，特遷工部侍郎，代張方平知益州。❼潔廉而有文　明淨疏暢又有文采，這是張方平對蘇洵文章的評語。❽待其多言　等我多說些話，即等我多囉嗦一番。

【語譯】前些天聽說您的車馬沒幾天就會到來，我往西走了一百多里地前去迎接。大雪之後，寒風凜冽，早晨到鄭州，已是雙唇發黑臉面皸裂，侍童們都是面無人色。從旅館老闆那裏借柴生火取暖，好長時間才能看清楚東西。離鄭州十多里地，有開道的騎兵從東面急馳而來，我驚慌失措，立即下馬，站在路旁。說是端明學士宋祁大人就要到了，隨從有幾百人，腳步聲像雷鳴一般。已經過去了，我才敢上馬慢慢離去。暗地裏非常傷心，先生您說的那個文章明淨疏暢又有文采可以跟漢代司馬遷相比的人，窮困到這個地步了，難道還不為之動心，還要等他多囉嗦些什麼嗎？

【研析】這是一封請求別人向朝廷舉薦自己的書信。由於張方平的推挽，蘇門父子成為蜀中有名文士，又因其舉薦，蘇氏父子得以進京應試。對蘇洵一家而言，張氏真可謂有知遇之恩，所以在自己求官未果又正逢張方平調任京官之際，蘇洵才會再次懇請他利用天子眷顧寵遇的機會，推薦自己。

當然，雖是相知熟人，老蘇也沒有完全放倒架子，而是借他人之口傳達己意。信以十年前京師相識者之「惜」起，側面襯托出自己的困窘之態，繼而借他人之口表達請求之意：先前外任時，猶能不遠千里上書推薦，如今身入朝堂，更應大力推挽。如此側鋒用筆，將不好直接表達的請求，說得十分直白。在這個主要的意思表達得十分完整之後，再寫自己之「思」：既是對眾人之言的肯定，又表達出感激之情，更有敦促其不要推託之意。末尾更以自己真誠迎候作結，既將感激之情付諸行動，更把請求之意襯得明白，特別是寫作者親自到鄭州迎候一節，將自己的窘困與宋祁的得意相對照，雖然只是簡單的幾筆，從中卻不難看出得志之士與失意之人的天壤之別，其情可哀，其人可憐，竟致使人難免動惻隱之心。如此以樂襯悲，極具感人力量，讀之令人情傷。張方平深知蘇洵，讀到此等文字，必然動容，也必將會援之以手。

跟蘇洵給張方平的第一封信那麼從容坦蕩與揮灑自如相比，此信就可謂是刻意之作：從人惜、人勸，到我之所「思」、我之行動，都自始至終圍繞著自己是否有「成」展開：人有無成之惜、有成之謀，我具有成之能、存有成之志，對方有助我有成之意、有成之舉，最後再以有成者與無成者進行對比，將是否有成之情、之理、之勢，全部集中到張方平身上：是否有成，關鍵在您。如此布局，使此書矛盾集中，主題明確，可謂是句句用心，筆筆帶意，無論是述說其理，還是記敘其事，都飽含情感，因此也特別具有打動人的力量。

上韓舍人書

【題解】此書作於嘉祐二年春，韓舍人疑即韓絳。當時蘇氏一門三人中，兒子蘇軾、蘇轍都已進士及第，蘇洵也因歐陽修等推挽，以文章傑出聞名京師，致使身為中書舍人或起居舍人的韓某都想見一見蘇洵。這封信就是蘇洵對韓舍人表示希望一見的答復。從中不難看出，當時蘇氏父子名動京師，蘇洵對自己的前途也充滿希望，故信中大有傲視王侯之意。據《宋史》張方平本傳記神宗曾言：「朕欲卿與韓絳共事，而卿論政不同，欲置卿樞密而卿論兵復異。卿受先帝末命，訖無以副朕意乎？」可見張方平與韓絳縱非政敵，畢竟政見不同，而蘇氏父子受知於張，或許存朋黨之心，有意疏遠其人，也未可知。

舍人執事：方今天下雖號無事，而政化未清❶，獄訟未衰息，賦斂日重，府庫空竭，而大者又有二虜❷之不臣。天子震怒，大臣憂恐。自兩制以上宜皆苦心焦思，日夜思念❸，求所以解吾君之憂者。

【章旨】此章縱論天下大事，指出大臣當努力王事，既展示自己政見才識，又寓微責之意。

【注釋】❶政化未清　即政治上還不清明。政化，政治教化，指國家政局。❷二虜　指契丹和西夏兩個少數民族政權。❸思念　思考，這裏主要是指考慮治國方略。

【語譯】韓舍人先生：現在天下雖然號稱太平無事，可是政治教化還算不上清明，刑事案件也沒有減少，國家賦稅還在一天天加重，國庫也是越來越空虛，再說還有兩個少數民族政權峙立不臣，實乃心腹大患。天子震怒，大臣憂心。從內外兩制大臣以上，人人都是苦心孤詣、焦慮操勞，日夜憂心，思考著替君王解憂之策。

洵自惟閑人，於國家無絲毫之責，得以優游終歲，詠歌先王之道以自樂，時或作為文章，亦不求人知。以為天下方事事❶，而王公大人豈暇❷見我哉？是以逾年❸在京師，而其平生所願見如君侯❹者，未嘗一至其門。有來告洵以所欲見之之意，洵不敢不見。然不知君侯見之而何也？天子求治❺如此之急，君侯為兩制大臣，豈欲見一閑布衣，與之論閑事邪？此洵所以不敢遽見也。

自閑居十年，人事荒廢，漸不喜承迎將逢❻，拜伏拳跽❼。王公大人苟能無以此求之，使得從容坐隅❽，時出其所學，或亦有足觀者。今君侯辱先求之❾，此其必有所異乎世俗者矣。

【章旨】此章作自我介紹，對自己在京師未往舍人府拜謁作解釋，同時表示自己願以士禮與韓舍人相見。

【注釋】❶事事　事於事；忙著處理各種事務。形容十分忙碌。❷暇　空閒；閒暇。❸逾年　越年；超過一年或幾年。❹君侯　指韓舍人。❺求治　圖謀天下大治。治，治理天下，使太平。❻承迎將逢　即迎來送往，交際應酬。❼拳跽　屈曲著身體，形容卑躬屈膝的樣子。跽，雙腿下跪，上身直起的禮節。❽從容坐隅　態度悠閒地坐在偏席上。坐隅，坐在席角。古時無椅，一般坐於席（草席）上，尊貴者坐正席，而賤者坐於隅（席角）。這句話是蘇洵希望韓舍人以賓客之禮來接待自己。❾辱先求之　辱沒您先要求見我。

【語譯】我是一個賦閒之人，對於國家沒有絲毫的責任，得以整年悠然優游，以讚美先王的德政為樂事，時不時寫點文章，也不想在人面前炫耀。覺得現在正是天下多事之時，王公大臣哪裏會有空閒的時間來接見我？所以在京城待了一年多，可是像您這樣我一輩子都想見的人，卻一次也沒敢造次登門求見。有人來告訴我您有見一見我的意思，我不敢說不去見您。可是，不知道您為什麼要見我呢？天子那麼急切地想尋求治國之術，您身為兩制重臣，難道想見一個賦閒的布衣之士，跟他談些閒事？這是我為什麼不敢馬上與您見面的原因。

自從我閒居十年來，對人事之間的應酬都生疏荒廢了，越來越不喜歡迎來送往、屈身行禮那一套。王公大臣如果能不介意這些禮數，讓我隨便坐在偏席上，慢慢談談自己的學問，或許還會有些值得注意的地方。現在屈尊您先表達願意見我的意思，看來肯定就跟世俗之人大不相同了。

《孟子》曰：「段干木踰垣而避之，泄柳閉門而不納，是皆已甚。迫，斯可以見矣。」❶嗚呼！吾豈斯人之徒❷歟？欲見我而見之，不欲見而徐去之，何傷？況如君侯，平生所願見者，又何辭焉？不宣。洵再拜。

【章旨】此章引用《孟子》語，申明自己雖守士禮，但並非頑固不化之人，希望能與韓舍人從容相見，陳述所學。

【注釋】❶孟子曰六句　語見於《孟子・滕文公下》。段干木，晉人，守道不願出仕。魏文侯想見他，到他的居處，結果他跳牆避開。泄柳，魯人，魯繆公聽說他很賢能，到他的居處去拜見他，他將門關起來不接待。孟子的意思是說魏文侯、魯繆公要求見段干木、泄柳，卻遭到他們的拒絕，是段干木二人做得太過分了，實在是要見的話，當然應該接待。❷斯人之徒　他們那種人，即自己不是那種太不講情面的人。實際上隱含的意思是自己並不是一定不願意出仕。

【語　譯】《孟子》記載：「段干木翻牆逃避魏文侯，泄柳緊閉雙門不迎接魯繆公，都是做得太過分了。迫不得已，當然應該跟他們相見。」唉！我難道是那種人嗎？想見我我就去拜見，不想見我我就從容走開，有什麼大不了的？何況像大人您，是我這輩子都想拜見的人，又有什麼好推辭的？不再多囉嗦。蘇洵再拜。

【研　析】這是蘇洵對一位京城官員希望與他見面的回覆。作為一位布衣之士，蘇洵到京城後，曾多次向當權大臣如文彥博、富弼、韓琦等上書求薦，在歐陽修那裏更是多次請求。但是，在兩個兒子高中進士，自己又極有可能因為朝臣舉薦得官的時候，這位心高氣傲的布衣也難免會洋洋自得，所以，信中對這位官居「舍人」的韓某，也沒有什麼客套與尊重，而是侃侃而談，甚至某種程度上都有點目中無人之態。若非出於朋黨之見，則蘇洵其人，也可謂為狂狷之士矣。

信中，蘇洵對韓舍人能想到結交一位布衣表示肯定，並表明願意拜見對方，但一開始就指出國家「政化未清」，正是大臣應該努力王事之時，既展示出自己的憂國之心與報國之志，同時也是對韓舍人的激勵並暗寓諷諫之意。更為重要的是，這樣也就把二人的相見，擺在一個共謀國事的層面，而不是彼此借重、拜見干謁的層次，從而為自己表示不希望對方只是為了博得好士之名才接見自己，應讓自己有「時出其所學」的機會，發表對國事的看法埋下伏筆。同時，也為強調自己不喜歡「承迎將逢，拜伏拳跽」，無意在權臣面前卑躬屈膝，希望對方能以賓客之禮相待作好了鋪墊。在兩制大臣欲見之際，能不卑不亢，為自己身分謀劃，可見老蘇的布衣之節。

仔細閱讀，還不難發現：作者把一次與「舍人」的會面，擺在國家政教未清、內憂外患日重的大背景下去看待，從而烘托出國家用人之際的環境。接下來再將兩制大臣的忙碌與自己的賦閒相對照，見出自己之懷才不遇，暗寓一番欲仕之情。末尾更借用孟子批評段干木、泄柳的話，逗出自己留意仕途、願意為國出力的心思。如此處理，表面上談自己之士節，暗地裏卻演繹出欲仕之意，明暗顯隱，各不相傷，一舉而兩得，構思之妙，確實令人叫絕。

上韓昭文論山陵書

【題解】韓昭文，即韓琦。《宋史．宰輔表》記：宋仁宗嘉祐六年（西元一〇六一年）八月，韓琦自工部尚書、同平章事加昭文館大學士、監修國史。山陵指帝王陵墓，據《水經注》卷一九〈渭水〉載：「秦名天子冢曰山，漢曰陵，故通曰山陵矣。」嘉祐八年（西元一〇六三年）三月，仁宗崩，英宗繼位，韓琦被任命為山陵使（備辦皇帝陵墓的大臣）。韓琦等人想厚葬仁宗，將預算費用攤派到各州縣，地方為之騷動。蘇洵於是上書陳述己見，希望韓琦能改變主意，薄葬仁宗，以安天下民心。

四月二十三日，將仕郎、守霸州文安縣主簿、禮院編纂蘇洵❶，惶恐再拜上書昭文相公❷執事：洵本布衣書生，才無所長，相公不察而辱收之，使與百執事之末❸，平居思所以仰報盛德而不獲其所❹。今者，先帝新棄萬國，天子始親政事❺，當海內傾耳側目之秋❻，而相公實為社稷柱石莫先之臣，有百世不磨之功❼，伏惟相公將何以處之？

古者天子即位，天下之政必有所不及安席而先行之者❽。蓋漢昭即位，休息百役，與天下更始，故其為天子曾未逾月，而恩澤下布於海內❾。竊惟當今之事，天下之所謂最急，而天子之所宜先行者，輒敢以告於左右。

【章　旨】此章說明上書言事之意，希望在天下更始之際，就當時急務給重臣韓琦獻計獻策。

【注　釋】❶將仕郎句　將仕郎，宋代文職散官官銜，屬從九品官位。嘉祐六年（西元一〇六一年）七月，朝廷授蘇洵霸州文安縣主簿官銜，使食其祿，留京城太常禮院，參與修纂禮書（故蘇洵稱自己「禮院編纂」）。守，宋代授予散官官職（並未實際到任）後，按等級將祿位分成行、守、試三等，守為中等。霸州文安縣，地名，今屬河北。主簿，官名，其位在縣令、縣丞之下，縣尉之上。❷昭文相公　指韓琦。韓琦曾於仁宗嘉祐六年八月自工部尚書、同平章事加昭文館大學士、監修國史。所以蘇洵這樣稱呼他。❸百執事之末　最低級的辦事人員。執事，辦事人員。蘇洵職位僅在縣尉之上，是文職中最低的官職（縣尉為武職）。❹平居句　平時想著怎麼才能報答您的大恩德，卻一直沒有機會。平居，平常居住，一般日常生活。仰，敬詞，表示對對方的尊敬。盛德，大的恩德。不獲其所，找不到方法或地方。❺今者三句　指宋仁宗於嘉祐八年（西元一〇六三年）三月駕崩（皇帝死去），英宗繼位。先帝，指宋仁宗。新棄萬國，剛剛拋棄國家萬民，皇帝駕崩的隱語。天子，此指宋英宗。❻當海內傾耳側目之秋　正是政局不穩之時。傾耳側目，傾側耳目。注意地打聽、窺視，指有所圖謀。古時天子逝世後，天下豪傑往往乘機發難，使統治不穩，因此被視為多事之秋。❼而相公二句　韓琦以工部尚書、同平章事加昭文館大學士、監修國史。仁宗駕崩後，又被任命為山陵使，具體負責為仁宗修陵，權力之大，當時無人過之。社稷柱石，國家的棟梁。莫先之臣，再沒有誰站在前面的臣子，即職位最高的大臣。百世不磨之功，永不磨滅的功績，形容功業十分巨大，可以傳之久遠。❽天下之政句　天下的政事，有一些都來不及商討，就必須首先執行。不及安席，形容時間很短或事出倉猝，以至於連安放席子坐下來商量的時間都沒有。安席，安放席子。❾蓋漢昭五句　漢昭帝年幼繼位時，由霍光輔政，霍光等人輕徭薄賦，與民休息，深得民心，所以繼位時間很短，就使天下百姓都感受到皇上的恩澤。漢昭，即漢昭帝，漢武帝的兒子劉弗陵。武帝窮國力於奢侈享樂，又大力開邊不止，在位期間，消耗資財甚多，昭帝繼位後，與民休息，頗得人心。更始，重新開始。《莊子・盜跖》中有：「與天下更始，罷兵休卒」的話，意思是從頭開始，使天下人得以休息。逾月，超過一月。逾，超過。海內，四海之內，指整個國家。

【語　譯】嘉祐八年四月二十三日，將仕郎、守官霸州文安縣主簿、禮院編纂官蘇洵，誠惶誠恐地上書給您昭文相公：我本是布衣書生，沒有什麼特長，您沒有在乎這一點給了我官職，使我忝列官吏末位，平時想著拿什麼去報答您的大恩大德卻一直找不到。現在，先帝剛剛棄國家萬民而去，新立皇上剛開始處理朝政，正逢政局不穩之時，您作為國家棟梁之臣，權位最高、無人可比，要建立永不磨滅的功績，相公您打算怎麼做呢？

古時候天子剛剛即位，一些國政連坐下來商量的時間都沒有就必須首先推行開去。漢昭帝即位，使百姓休養生息，從頭開始，所以，天子登基不滿一個月，就皇恩浩蕩，澤布海內。我私底下考慮現在的形勢，覺得有些最緊要、天子應該首先處理的，斗膽向您陳述。

竊見先帝以儉德臨天下❶，在位四十餘年，而宮室遊觀無所增加，幃薄器皿弊陋而不易❷，天下稱頌，以為文、景之所不若❸。今一旦奄棄❹臣下，而有司❺乃欲以末世❻葬送無益之費，侵削先帝休息長養之民，掇取厚葬之名而遺之❼，以累其盛明。故洵以為當今之議，莫若薄葬。

【章　旨】此章以仁宗奉行節儉為由，反對厚葬，並提出薄葬仁宗的主張。

【注　釋】❶竊見先帝句　我私下裏觀察先帝是用勤儉節約來治理天下的。竊，蘇洵自指。以儉德臨天下，以勤儉節約的仁德來治理天下。臨，君臨，即統治。❷幃薄器皿句　宮殿中的各種陳設雖已陳舊或者很簡陋，卻都沒有更換。不易，沒有更換。❸以為文景之所不若　（仁宗的節儉）連漢代的文帝和景帝都比不上。文景，即漢代的文帝和景帝，漢朝文、景二帝相繼為天子時，漢代已經經過初期的休養生息，國力大為強盛，一片繁榮，但二帝仍以天下為重，奉行節儉，歷史上稱為「文景之治」。❹奄棄　拋棄，死亡的委婉說法。❺有司　此指以韓琦為首督辦仁宗陵墓的官員。❻末世　皇朝衰亂的後期。❼掇取厚葬之名而遺之　拿一個厚葬的壞名聲來送給他（指先帝仁宗）。遺，贈送。

【語　譯】我看先帝是以勤儉節約的仁德來治理天下，在位四十幾年，宮殿居室以及遊賞的園林都沒有增加，宮殿裏的各種陳設雖陳舊簡陋也沒有更換，天下稱頌，認為連漢代的文帝、景帝都比不上。現在一旦棄臣下而去，當局者卻想用末世鋪張奢侈的陪葬之法，侵害先帝長期休養的民眾，給皇帝安上一個厚葬的壞名聲，玷污他的盛德。所以我認為現在要討論的話，還不如薄葬。

竊聞頃者癸酉赦書既出，郡縣無以賞兵，例皆貸錢於民，民之有錢者，皆莫肯自輸，於是有威之以刀劍，驅之以笞箠，為國結怨❶，僅而得之者。小民無知，不知與國同憂，方且狼顧而不寧❷。而山陵一切配率之科又以復下❸，計今不過秋冬之間，海內必將騷然有不自聊賴之人❹。竊惟先帝平昔之所以愛惜百姓者如此其深，而其所以檢身節儉❺者如此其至也，推其平生之心而計其既沒之意，則其不欲以山陵重困天下❻，亦已明矣。而臣下乃獨為此過當逾禮之費❼，以拂戾其平生之意❽，竊所不取也。且使今府庫之中，財用有餘，一物不取於民，盡公力而為之，以稱遂臣子不忍之心，猶且獲譏於聖人❾。況夫空虛無有，一金以上非取於民則不獲，而冒行不顧以徇近世失中之禮❿，亦已惑矣。

【章　旨】此章分析厚葬仁宗的種種弊端，為薄葬的主張作證。

【注　釋】❶竊聞頃者八句　指仁宗明道二年（西元一〇三三年），皇太后駕崩時的那一次天下大赦。據《續資治通鑑》載，當時由於國家財政空虛，無錢大赦，就向百姓貸錢賞賜軍人，百姓不願出資，最後竟不得不動刑，使民怨日增，為國結怨即指此。❷狼顧而不寧　遲疑猶豫，內心不安。❸而山陵句　可是為皇帝修築陵墓的錢財攤派又下達下去了。山陵，指帝王的墳墓。秦時皇帝的墳墓叫山，漢時稱陵，後世因此合稱山陵。配率之科，此指按修造墳墓所需，依比例分配下達的科稅。科，即科稅。❹不自聊賴之人　沒有生計的人，主要是指不願按原來方式生活下去，有意造反的人。聊賴，寄託；依託。引申指謀生的手段。❺檢身節儉　檢查自己，厲行節儉。❻以山陵重困天下　因為修造皇帝的墳墓使天下百姓受困苦。❼過當逾禮之費　太過分而且超越葬儀規定的費用。逾禮，越出禮法的規定。古時儒家不尚厚葬，而重心孝。韓琦要厚葬仁宗，所以蘇洵說他逾禮。❽拂戾其平生之意　違背他（指仁宗）平生的意願。拂戾，違背原意。拂，揮掉。戾，乖張。其，指仁宗。❾獲譏於聖人　被聖人所譏笑。據傳孔子曾稱以玉美裝殮死者為暴骸原野，以示譏諷，此處暗用其意。❿而冒行不顧句　貿然行動，不顧民情，採用近世以來流行的那種厚葬禮儀。冒行，貿然行動；倉猝行動。不顧，沒有顧忌；無所顧忌。徇近世失中之禮，即近世流行厚葬的葬儀。徇，依從；曲從。

【語譯】我私下聽說從前在仁宗明道二年那次天下大赦，地方政府沒有用來獎賞士兵的財物，就按慣例向百姓貸款，百姓中有錢的都不肯出資，最後不得不動刑，刀劍相加，鞭刑相隨，結下民怨，最後才辦成。百姓們沒有覺悟，不知道跟朝廷同憂共患，遲疑猶豫，心不安寧。如果修造帝陵所需財物又按比例分配下去，估計不會超過今年秋冬兩季，肯定會有一些生計無著的人起來造反。我覺得先帝平時愛惜百姓是那麼的深厚，而且他自己厲行節儉又是那麼的認真，從他平時的用心處事來推斷他死後的意願，他不希望因為修造帝陵使天下百姓遭受困苦，也是很明顯的了。可是為他備辦葬事的臣子卻一意孤行把預算做到超過葬儀規定的程度，違背了他平生的意願，我覺得那是不可取的。再說，如果現在國庫中有剩餘的財物，一點也不用向百姓索取，全部用公家的力量來做這件事，表達臣子不忍的心情，都將被聖人譏笑。何況現在國庫空虛，每一分錢財不從百姓那裏索取就不行，卻還無所顧忌地貿然行動，按照近世流行厚葬的禮儀去辦理，真可以說是有些糊塗呢。

然議者必將以為，古者「君子不以天下儉其親」❶，以天下之大，而不足於先帝之葬，於人情有所不順❷。洵亦以為不然，使今儉葬而用墨子之說❸，則是過也；不廢先王之禮，而去近世無益之費，是不過矣。子思曰：「三日而殯，凡附於身者必誠必信。勿之有悔焉耳矣；三月而葬，凡附於棺者必誠必信，勿之有悔焉耳矣。」❹古之人所由以盡其誠信者，不敢有略❺也，而外是者則略之。昔者華元厚葬其君，君子以為不臣❻。漢文葬於霸陵，木不改列，藏無金玉，天下以為聖明，而後世安於太山❼。故曰：莫若建薄葬之議，上以遂先帝恭儉之誠❽，下以紓百姓目前之患，內以解華元不臣之譏，而萬世之後以固山陵不拔之安❾。

【章旨】此章以自古以來禮法為據，駁斥厚葬之習，並以華元厚葬致有不臣之譏相儆戒。

【注釋】❶古者句　原話出於《孟子・公孫丑下》。孟子的意思是君子之道，不能因為天下人的緣故而使自己的雙親生活過於節儉，而應當盡力奉親。此處以君擬父母，是合乎儒家禮法規範的。❷不順　不合；說不過去。❸墨子之說　指戰國時墨子所倡導的薄葬之說。墨子主張入葬時，棺木只要三寸厚，足以使骨頭爛掉就可以了；有三層衣服，足以使肉爛掉也就可以了；穴深只要能接觸到堅實的土地，不使臭氣上浮也就可以了。❹子思曰七句　原話見《禮記・檀弓上》。子思的意思是強調對死者要心誠意盡，不要留下什麼遺憾就算達到了葬儀的要求。附於身者，死者的衣服。附於棺者，給死者的陪葬品。❺不敢有略　不應該有所忽略或缺失。不敢，不應該；不可以。❻昔者二句　據《史記・宋微子世家》載，宋文公死後，其臣華元將他厚葬，被天下君子譏笑，責怪他對君主並非真正忠心。華元，春秋時宋國大夫。不臣，違背為臣之道，用厚葬的方式，看似表達對已死國君的敬重，實際上使他蒙受恥辱。❼漢文五句　據《漢書・文帝紀》載，文帝死前立下遺詔說，他死之後，不要厚葬，出葬之日，也不要求天下人為他戴孝，照樣進行婚嫁祭祀，飲酒吃肉，霸陵的山水也不要因葬他而有所改變。藏，此指隨葬。後世安於太山，太山即泰山。古人迷信祖先葬得不好，後代的運氣就不佳。這裏是用文帝薄葬作為反證。❽恭儉

之誠　端正嚴肅地履行勤儉節約的誠意。恭，端整嚴肅。❾不拔之安　不為盜墓賊所垂涎的安全，十分安全的意思。不拔，這裏指不為他人所發掘。

【語譯】可是，議事的人肯定會覺得，古人奉行「君子之道，不能因為天下人而使自己的雙親生活過於節儉」，這麼大的天下，卻沒有足夠厚葬先帝的財物，在人情上說不過去。我卻認為不能這麼說，假如現在依照墨子之說進行薄葬，那是太過分了；不廢棄先王制定葬禮的禮儀，剔除近世鋪張浪費的用度，是不過分的。子思說：「死後三天出殯，對死者心誠意盡，不留什麼遺憾就可以了；死後三個月安葬，陪葬品能確實表達誠心厚意，不留什麼遺憾就可以了。」古人所有表達誠意孝心的禮數，不敢有絲毫忽視缺失，除此之外的東西就可以省略掉了。從前，華元厚葬他的君王，君子譏笑他並非真正的忠臣。漢文帝葬在霸陵，山林沒有因而受損，陪葬品不用金器玉石，天下人認為他很聖明，而他的後代也安如泰山。所以說：不如採用薄葬的說法，在上順應了先帝履行勤儉節約的誠意，在下也緩解了百姓眼前的苦難，對內消除了華元不忠那樣的譏諷，而且，千秋萬代之後，皇陵也必然會安然無恙。

洵竊觀古者厚葬之由，未有非其時君之不達，欲以金玉厚其親於地下，而其臣下不能禁止，僶俛而從之者❶。未有如今日之事，太后至明，天子至聖，而有司信近世之禮，而遂為之者，是可深惜也。且夫相公既已立不世之功矣，而何愛一時之勞而無所建明？洵恐世之清議❷，將有任其責者❸。

【章旨】此章將厚葬的責任歸於韓琦，指出果真一意孤行，將為清議所譏。

【注釋】❶未有四句　沒有不是由於繼位的君主不明事理，想用金器玉石表示對下葬皇帝的尊敬愛戴，而臣子又無法阻止，才勉強聽從命令厚葬的。時君，指繼位的君主。不達，不賢達；不通達。厚其親於地下，用厚葬的方式來表達對死者的孝敬，即厚葬。厚，表示厚愛。地下，此指墓穴。僶俛而從之，勉強聽從他（時君）。僶俛，努力；勉強。❷清議　清談；閒談。❸有任其責者　有所指責，此指責備韓琦。任其責，被他人責備。

【語譯】我私下考察古時候厚葬的原因，沒有不是因為繼位的君王不賢達，想用厚葬的方式來表達對死者的孝敬，同時他的臣子們又不能制止，才勉強聽從的。不像現在這種情況，太后非常聖明，天子非常聖哲，可是掌管其事的官員卻相信近世的葬儀，並照此辦理，真讓人深感痛惜呀。再說，相公您既然已經立下不世的功勳，又何必貪圖這一時的功勞，卻不在葬禮上有所建樹呢？我擔心士林的清談，會對您有所指責哩。

如曰：詔敕已行，制度已定，雖知不便，而不可復改，則此又過矣。蓋唐太宗之葬高祖也，欲為九丈之墳，而用漢氏長陵之制，百事務從豐厚。及群臣建議以為不可，於是改從光武之陵，高不過六丈，而每事儉約❶。夫君子之為政，與其坐視百姓之艱難而重改令之非，孰若改令以救百姓之急？不勝區區之心，敢輒以告。惟恕其狂易❷之誅，幸甚，幸甚！不宣，洵惶恐再拜。

【章旨】此章以唐太宗為例，說明改厚葬為薄葬可行，進一步勸韓琦改變態度，薄葬仁宗。

【注釋】❶蓋唐太宗八句　據《通鑑輯覽》載，唐高祖李淵死後，準備葬於獻陵。太宗李世民最初下令按照漢高祖劉邦的陵墓那樣，建九丈高。虞世南上奏說先帝盛德超過堯舜，他的墳墓應該像上古時那樣高三仞就可以了，照漢代墓葬制度有失身分。二次上奏後，太宗召集群臣討論。房玄齡認為像劉邦太高，像堯舜太矮，依照漢光武帝劉秀六丈的規模最合適。太宗准其所奏，改定為六丈。❷狂易　狂放不羈。

【語　譯】如果說：行政命令已經頒布，規模已經定下來了，雖然明明知道有些不妥當，也不可能再更改了，這麼認為又過於拘泥了。唐太宗安葬高祖，想修建九丈高的墳墓，按照漢高祖劉邦陵墓的規模辦理，一切葬務都要豐厚。等到群臣商議認為不行，於是就改成按照光武帝的陵墓那樣，高六丈，事事節儉。所以君子執掌大權，與其坐看百姓艱難度日卻還片面強調改正法令不合適，哪裏比得上修改政令解除百姓的急難更好？我的一片好心，全部向您坦然陳述。希望寬恕我狂妄自大的死罪，非常慶幸，非常慶幸！不多講了，誠惶誠恐，再次拜謝。

【研　析】皇帝駕崩，全國舉哀，以厚葬表達臣子忠誠，歷代已成慣例。又，仁宗有德政之名，於韓琦多知遇隆恩。所以，作為仁宗修造陵墓的特權大臣的韓琦要厚葬仁宗，也在情理之中。但是，北宋積貧積弱，國庫空虛的現實，卻使這一計畫難以實施。韓琦為修皇帝陵墓而攤派費用，這就激發了皇帝陵墓與生民間的矛盾，並將自己置於矛盾的中心，由於他身處要職，利用特權對矛盾進行行政干預，卻沒有解決。韓琦的邏輯是：厚葬以盡忠，所以不惜民力。要推翻這一邏輯，就必須對「葬」、「忠」、「力」（國力）以及「皇帝」等四者的關係作重新解釋。

書中，蘇洵先闡述厚葬沒有必要：仁宗平生節儉，不可取厚葬之名累其盛明之德。這就從「皇帝」的角度指出厚葬違背其意願。進而論證厚葬沒有可能：府庫空虛，葬費非取於民不辦，有侵擾平民之嫌，且有變出倉猝之虞。這是從「民力」方面指出厚葬缺乏現實可能。繼而說明厚葬違禮：考證古制，儉葬以禮，盡誠盡敬即可，近世追求厚葬，實與禮法相違。這是從「葬」的角度說明厚葬違反禮法體例。最後指出厚葬可恥：華元厚葬其君，至有不臣之譏，韓琦厚葬仁宗，豈非有損一世英名！這是從「忠」的角度說明厚葬違反臣道。文章就是這樣，一層層深入，將厚葬之弊之害之非之恥，揭示淋漓，使韓琦沒有任何辯駁的餘地，徹底擊碎韓琦邏輯鏈上的每個環節，指其為虛假。為了避免韓琦搬出繼位皇帝作為擋箭牌，文章還以今古對比，特別指出厚葬仁宗，並非如歷史上那樣，是新天子為了表示對已故皇帝的孝心，而是「有司」提出來的，使韓琦無可回避，並以「清議」相儆。最後再以太宗改詔為例，論證改行薄葬之可能。重重駁難，紓餘委備，將一切藉口全部堵死，寓立於破，使自己的主張顯得十分突出和顯眼，極大地增強了論證的說服力。

全篇縱論古今，曲折行文，條理清晰，議論嚴明，將作者的主張一一展開，不容辯駁。據張方平〈文安先生墓表〉載：「先生（指蘇洵）以書諫琦，且再三，至引華元不臣以責之。琦為色變，然顧大義，為稍省其過甚者。」看來，蘇洵曾不止一次就此事諫止韓琦。雖然那時蘇洵已授微官，但跟官位顯赫的韓琦當然是不好比的。能不顧權要直言進諫，甚至引用歷史上華元「不臣」相譏，則其人之耿介直樸，可見一斑。聯繫作者在〈上韓樞密書〉中曾建議韓琦以嚴刑斬殺以正軍紀，對韓琦寄予厚望且有所觸忤，使人於千載之下，猶不得不佩服其膽識。

與梅聖俞書

【題　解】此書作於嘉祐三年（西元一〇五八年），在〈上皇帝書〉後不久。梅聖俞即梅堯臣，宋宣州宣城（今屬安徽）人，以父蔭補河南主簿，仕途偃蹇，直至皇祐三年（西元一〇五一年）召試，才得賜進士出身。後因歐陽修推薦，為國子監直講，累遷尚書都官員外郎，與歐陽修同為北宋前期詩文革新運動的領袖。蘇洵與梅堯臣二人同受歐陽修知遇，而且梅堯臣一生的大部分時間也是在求官之中度過，經歷可謂十分相似，加上他們又因文章相互傾慕，交契自然深厚。因此，此書中蘇洵對自己不參加科舉考試對梅堯臣作說明，並把自己入仕之艱、心中不平，在這位可謂同病相憐的友人面前和盤托出，不遇之士鬱悶之情，溢滿紙面。

聖俞足下：揆間❶忽復歲晚，昨九月中嘗發書，計已達左右。洵閑居經歲❷，益知無事之樂，舊病漸復散去。獨恨淪廢山林❸，不得聖俞、永叔相與談笑，深以嗟惋❹。

【章　旨】此章敘別後自己的情況，表達友朋思念之情。

【注　釋】❶揆間　算一算。揆，度；計算。❷經歲　經年；終年。❸淪廢山林　淪廢於山林，意謂沒有出仕，窮困潦倒於山野之間。❹深以嗟惋　深感惋惜。嗟，嗟歎；歎息。

【語　譯】聖俞先生：彈指一揮，忽然又到歲末。前些日子，九月份的時候曾給您去信，估計已經到了。我多年閒居，更懂得沒有俗事相擾的快樂，老毛病漸漸好了一些。唯一感到遺憾的是，沉淪山野草澤，不能跟您和歐陽永叔彼此談笑，真是叫人歎息不已。

自離京師，行已二年，不意朝廷尚未見遺❶，以其不肖之文猶有可者，前月承本州發遣赴闕❷就試。聖俞自思，僕❸豈欲試者？惟其平生不能區區附合有司之尺度❹，是以至此窮困。今乃以五十衰病之身，奔走萬里以就試，不亦為山林之士所輕笑哉？自思少年嘗舉茂才❺，中夜起坐，裹飯攜餅，待曉東華門❻外，逐隊❼而入，屈膝就席，俯首據案❽。其後每思至此，即為寒心。今齒日益老❾，尚安能使達官貴人復弄其文墨❿，以窮其所不知邪？

且以永叔之言與夫三書之所云⓫，皆世之所見。今千里召僕而試之，蓋其心尚有所未信，此尤不可苟進⓬以求其榮利也。昨適有病，遂以此辭。然恐無以答朝廷之恩，因為〈上皇帝書〉一通⓭以進，蓋以自解其不至之罪而已。不知聖俞當見之否？冬寒，千萬加愛。

【章旨】此章陳述自己不赴京應試的理由，向知心朋友吐露心中鬱結的對科舉不滿之意。

【注釋】❶朝廷尚未見遺　尚未被朝廷遺忘。見遺，被遺忘。❷赴闕　到京城去。闕，宮門兩邊的望樓，代指宮殿或京城。❸僕　我，蘇洵自謙之詞。❹有司之尺度　指官府科舉考試的各種規矩和要求。❺茂才　茂才異等的省稱，宋代科舉分類中的一種。蘇洵在慶曆間曾舉茂才異等，但沒被錄取。❻東華門　當時京城汴京皇城的東門。❼逐隊　列隊；依次。❽據案靠著几案，即坐在几案邊。❾今齒日益老　如今年齡更大了。齒，年齡。❿弄其文墨　擺弄他們的文字和筆墨，指隨意胡亂評點。⓫且以句　況且歐陽修的保奏和我所寫三部著作的議論。永叔之言，指歐陽修所上的〈薦布衣蘇洵狀〉。三書，指作者呈給歐陽修的〈權書〉、〈幾策〉、〈衡論〉三書。⓬苟進　貿然求得仕進；輕易入仕。⓭因為上皇帝書一通　於是寫了一篇〈上皇帝書〉。因，於是。為，寫作。一通，一篇。

【語譯】自從我離開京城，已將近二年了，沒想到朝廷還沒有忘記我，大概因為那些不像樣的文章還有些參考價值吧。上個月，承蒙州府發布公文指派我到京師去應試。聖俞您想想，我難道是想參加考試的人嗎？就因為一輩子不願意隨隨便便地去適應官方考場的規矩，所以才會窮困到現在這個地步。現在以五十來歲的衰老之身，萬里奔波去參加科考，豈不是要讓那些山林隱逸之士輕視和嘲笑？回想年輕時曾被舉薦參加茂才異等的考試，深更半夜起床，裹帶些米飯麵餅，在東華門外等著天亮，排著隊進考場，盤腿坐在座位上，低著頭伏在考桌上。後來每次想到這些，都覺得心寒。現在年紀越來越大了，怎麼還可能讓那些達官貴人在那裏文墨批點，不懂裝懂地指手劃腳呢？

況且歐陽永叔的推薦和我所著那三部書所論，都是大家看到過的。現在不遠千里召我去考試，大概是內心還有些不相信，這更不是隨便進身求取富貴的時候。前兩天正好有病，於是就藉故推辭了。可是又擔心無法回報朝廷的恩德，於是就寫了一篇〈上皇帝書〉進獻，無非是想解脫不應詔的罪責罷了。不知道聖俞先生您見到了沒有？冬天寒冷，千萬注意愛護身體。

【研析】這是一封朋友間的交往信件。信中，作者向友人解釋自己不赴舍人院就試的三方面原因：首先，科舉考試使士人折節名利場中，從其往年參加茂才異等就試時情景可見。自己多年蟄伏山林，一旦求仕於科場，將為山林隱逸之士恥笑！其次，考官無識才之能，強不知以為知，胡亂圈點其文，不僅及第無望，且有反受其辱之虞。最後，自己的才能都已表現在〈權書〉等三組文章及歐陽修的薦辭之中，朝廷尚且召試，說明並非真正信任，此時倉猝就試，難受重視。

蘇洵此前攜二子入京，蘇軾、蘇轍皆高中而他自己卻不入考場，由此觀之，他這些分析可以說是十分中肯的。雖然作者在信中只是解釋自己不願就試的原因，但從中卻可看出宋朝科場之弊。因此，蘇洵此信可謂具有典型意義。在〈上歐陽內翰第四書〉中，蘇洵曾向歐陽修解釋過不願就試的原因。二書相互參看，可以更清楚地看出作者的焦急與無奈。

答雷太簡書

【題解】此書作於嘉祐三年〈上皇帝書〉後不久。雷太簡即雷簡夫，是最初賞識蘇洵之人，曾致書張方平、歐陽修、韓琦等，向他們推薦蘇洵，稱其有王佐之才，不僅為西南之秀，而且是天下奇才，雷、蘇二人關係十分密切。在朝廷下詔叫蘇洵進京應試時，雷太簡正在京城，所以事先得知蘇洵將被朝廷徵召的消息，並寫信告訴他，勸他應召。這封信是蘇洵對好友關懷之意的答復，表明自己對出仕的態度。雖是故作曠達，然言辭之間，卻難免憤激。

太簡❶足下：前月辱書❷，承諭朝廷將有召命❸，且教以東行應詔。旋屬郡有符❹，亦以此見遣。承命自笑，恐不足以當❺，遂以疾辭，不果行。計❻太簡亦已知之。

僕已老矣，固非求仕者，亦非固求不仕❼者。自以閑居田野之中，魚稻蔬筍之資足以養生自樂，俯仰世俗之間❽。竊觀❾當世之太平，其文章議論，亦可以自足於一世，何苦乃以衰病之身，委曲以就有司之權衡❿，以自取輕笑哉？然此可為太簡道，不可與流俗人言也。

【章旨】此章表達對朋友好意的感激之情，並闡明自己對於出仕的態度。

【注釋】❶太簡　雷簡夫，字太簡，同州郃陽（今屬陝西）人，初隱居不仕，後因杜衍推薦出仕，先後為秦州觀察判官，知坊州、閬州、雅州等地。❷辱書　辱沒您來信。辱，辱沒；有辱。表尊敬。❸承諭句　承蒙您告訴我朝廷將有詔書給我。承諭，承蒙告知。承，承蒙，表尊敬。諭，使明白；告訴。召命，徵召的命令，指朝廷用詔書徵召。❹旋屬郡有符　不久就接到州府的命令。符，命符，即公文、公告。❺不足以當　承擔不起；不敢當。❻計　估計。❼非固求不仕　不是一定不願出仕做官。❽俯仰世俗之間　隨俗從流，或俯或仰，與世沉浮的意思。❾竊觀　偷偷地觀看、審視。這裏指私下裏評論。❿委曲以就有司之權衡　自己委曲自己，去參加科舉考試。有司之權衡，官府的評定，指在科舉中官方審定應試文章的好壞、甲乙等級。

【語譯】雷太簡先生：上個月您賜書給我，感謝您把朝廷將有召命的事告訴我，並教我東行應詔。沒多久我所在的州郡就有公函發來，也是為這事叫我去京城。接到這樣的指令，不覺好笑，恐怕擔當不起，於是就以身體有病推辭掉了，沒有去。估計您也已經知道了。

我已經老了，本來不是一定要出仕，也不是一定不願出仕。自己覺得閒居草澤田野，魚米蔬菜足以過活，自在快活得很，俯仰世俗之間。私下裏看看現在這個太平盛世，寫點文章發發議論，也可以一生一世自我滿足，何苦以衰病之軀，委曲求全，到官府去讓別人品頭論足，讓人輕視嘲笑？可是，這些只能跟您說說，卻不能跟一般的世俗之輩講。

嚮者〈權書〉、〈衡論〉、〈幾策〉，皆僕閑居之所為。其間雖多言今世之事，亦不自求出之於世❶，乃歐陽永叔以為可進而進之❷。苟朝廷以為其言之可信，則何所事試❸？苟不信其平居之所云，而其一日倉卒之言❹，又何足信邪？恐復不信，只以為笑。

久居閑處，終歲幸無事。昨為州郡所發遣，徒益不樂⑤爾。楊旻⑥至今未歸，未得所惠書⑦。歲晚，京師寒甚，惟多愛。

【章旨】此章說明自己不應詔，是因為朝廷對自己的才能還有懷疑。最後表達自己的失意且向朋友致意。

【注釋】❶不自求出之於世　不願意將所作關於當世的文章拿出來，讓世人知道。❷以為可進而進之　認為可以進獻給皇帝，並且進呈了。進，指進獻給皇帝。❸何所事試　哪裏還用得著考試，與考試有什麼相干。蘇洵的意思是如果相信其才能的話，就不應該再讓他去參加考試進行檢驗。❹一日倉卒之言　指在考場中用一天的時間所作的文章。倉卒，匆忙，指考場中匆匆忙忙。言，此指考場中所做的文章。❺徒益不樂　白白增加些不愉快。益，增加。❻楊旻　其人不詳，從文中看，楊某應該是蜀人，正從雷簡夫處給蘇洵帶信。❼未得所惠書　沒有收到您給我的信。惠，惠賜，此指對方的來信，用「惠」表示尊敬。

【語譯】以前那些〈權書〉、〈衡論〉、〈幾策〉等文章，都是我閒居時所撰。那些東西裏面雖說很多是談當今時事的，卻並不是想求得在當世出名，是歐陽永叔認為可以進獻所以就進獻了。假如朝廷認為那些主張是可以相信的，那又要考個什麼試？假如不相信我平時所著裏的主張，那我一天之內倉卒之間所寫的東西，又怎麼可能相信呢？恐怕還是不會相信，只是覺得好笑吧。

長時間閒居，好在整年沒有什麼煩心事。前些日子被州郡調派要送進京應試，只不過白白增加我的煩惱罷了。楊旻到現在還沒有回來，還沒有得到您的來信。到歲末了，京師那裏應該非常寒冷，千萬注意身體。

【研析】對蘇洵而言，雷簡夫可以說是對其有知遇之恩的好友。不僅在最初的時候賞識蘇洵，而且在得到朝廷將要召試蘇洵的消息時，提前寫信給他，勸他去應試。雷太簡對蘇洵可以說是關懷備至。對於這樣一位好友，蘇洵當然也是肝膽相照，盡吐心曲。信中，蘇洵陳述了自己之所以不應詔的原因，表明自己不是一定要出仕，也不是一定不出仕；出仕不出仕的原則是行道，自己絕不願為出仕而受委屈去參加繁瑣而沒有意義的科舉考試。

與其他各書多標立己見，辯駁縱橫相比，這封寫給知心好友的信，卻顯得異乎尋常地幽微曲折。「恐」、「計」、「自以」、「何苦」等表達猶豫之情的詞彙，皆具摧剛為柔之功，將滿懷義憤，化為一腔苦水，顯示出蘇洵這個剛毅男子的另一面。

全文簡短明晰，文風勁爽，有理有情，既體現了其傲岸性格，又盡顯其幽微心曲。跟〈與梅聖俞書〉相比，雖然二信都是向友人解釋為什麼不就舍人院考試，但前書注重揭露科場之弊，是在強調外在的原因。此信卻側重於申述己志，是在剖析內在的原因。之所以如此，看來跟二人身分交情頗有關係：雖說二人都與蘇洵深自契合，畢竟雷簡夫對自己的瞭解更為深透，相知時間也更長一些，所以不便向梅聖俞表達的感情、傾訴的心曲，都可以跟雷簡夫講，向雷簡夫傾訴，故而其書之風格，也有所不同。參看兩書，可以更加深透地理解作者的心情，同時還可以清楚地體會到蘇洵文章的兩幅筆墨。

與楊節推書

【題解】此書作於嘉祐四年（西元一〇五九年）冬。考蘇洵〈丹稜楊君墓誌銘〉文及〈和楊節推見贈〉詩可知，當時蘇洵正攜全家順長江東下，準備出川後北行赴京。江峽之中，他與楊節推相識，並受楊節推之請，為其父作墓誌銘。由於對墓主並不瞭解，對其生前事跡，也只能通過〈行狀〉這一間接材料去發掘，所以，在墓銘撰好之後，表呈其寫作態度與資料取捨根據，向楊節推作一說明，免生誤會。文中既堅持己見，又於理中含情，努力使對方樂於接受。全文簡潔暢達，要言不繁，頗具灑脫之姿。

洵白：節推❶足下，往者見託以先丈之埋銘❷，示之以程生之〈行狀〉❸。洵於子之先君，耳目未嘗相接❹，未嘗輒交談笑之歡❺。夫古之人所為誌夫其人❻者，知其平生，而閔其不幸以死❼，悲其後世之無聞，此銘之所為作❽也。然而不幸而不知其為人，而有人焉告之以其可銘之實，則亦不得不銘。此則銘亦可以信〈行狀〉而作者也❾。今余不幸而不獲知子之先君，所恃以作銘者，正在其〈行狀〉耳。而〈狀〉又不可信，嗟夫難哉！

然余傷夫人子之惜其先君無聞於後❿，以請於我；我既已許之，而又拒之，則無以恤乎其心⓫。是以不敢遂已，而卒銘其墓。凡子之所欲使子之先君不朽⓬

者，茲亦足以不負子矣，謹錄以進如左。然又恐子不信〈行狀〉之不可用也，故又具列於後。

【章旨】此章表示自己誠意：雖然沒有直接材料，使墓誌銘撰寫困難，但仍勉強為之，不負朋友所託。

【注釋】❶節推　節度推官的簡稱，是節度使的幕僚。❷先丈之埋銘　已故父親的墓誌銘。先丈，稱別人已故的父親。埋銘，即墓誌銘，刻在隨葬器物或碑石上，記述死者生前功德的文字。❸示之句　把一位姓程的書生所寫的行狀給我看。程生，其名及生平不詳。行狀，記述死者生前行事的文字。這裏是指為楊節推的父親寫的行狀。❹耳目未嘗相接　沒有見過面。❺輒交談笑之歡　彼此談笑的交往，指粗淺的來往。❻誌夫其人　記錄某人的生平事跡。誌，記錄，這裏主要指做墓誌銘一類的文字。❼閔其不幸以死　為他的不幸死去感到悲傷。閔，憐憫，此指悲傷。❽銘之所為作　為什麼要寫作墓誌銘的原因。所為作，寫作的原因。❾銘亦可以句　也可以信從〈行狀〉的記錄來寫作墓誌銘。作，撰寫；寫作。❿無聞於後　死後沒有名聲。聞，聞名。後，死後。⓫無以恤乎其心　沒有什麼可以相安慰的。此謂不願意讓他（指楊節推）感到失望。恤，體恤；安慰。⓬不朽　指以行狀、墓銘、碑碣等文字傳之後代，使後人不忘，表達永垂不朽之意。

【語譯】蘇洵呈言：楊節推先生，前些時您把給您父親寫墓誌銘的事託付給我，並把一位程姓書生為您父親寫的〈行狀〉給我看。我跟您的父親，生前沒有交往，甚至不曾有過言語交談。古人給某位逝世者撰寫墓誌銘，是因為跟他平生相知，對他不幸去世深表哀悼，並為他去世後默默無聞而悲傷，所以才會寫墓誌銘。既然如此，那麼，萬一不幸不瞭解死者的生平，如果有人轉告一些可以在墓誌銘上寫下來的事實，那麼，也可以寫墓誌銘。這就是墓誌銘也可以相信〈行狀〉的文字寫作的原因。現在，我很不幸沒有機會跟您的父親相識，可以憑藉著寫墓銘的，只有〈行狀〉而已。可是〈行狀〉又不可信，唉，真是難啊！

可是我對您無法將先人的德行傳於後世的苦處深表同情，加上您又委託我了；我既然已經答應，如果再拒絕，那就無法安慰您了。因此，也不敢隨便罷手，最後還是寫了這篇墓誌銘。凡是您想讓您父親永垂不朽的事跡，就算是不辜負您的囑託吧，我都已經寫下來進呈給您過目。可是，仍然擔心您不相信〈行狀〉中有些東西不足採信，所以又在這後面作一些說明。

凡〈行狀〉之所云，皆虛浮不實之事，是以不備論❶，論其可指之迹。〈行狀〉曰：「公有子美琳，公之死，由哭美琳而慟以卒。」夫子夏哭子，止於喪明，而曾子譏之❷。而況以殺其身❸，此何可言哉？余不愛夫吾言❹，恐其傷子先君之風。〈行狀〉曰：「公戒諸子無如鄉人父母在而出分。」夫子之鄉人，誰非子之宗與子之舅甥者？而余何忍言之？而況不至於皆然，則余又何敢言之？此銘之所以不取於〈行狀〉者，有以也。子其無以為怪。洵白。

【章旨】此章述〈行狀〉失實之處，並說明墓誌銘之所以不取的原因。

【注釋】❶備論　詳細論述。備，詳備；詳細。❷夫子夏三句　子夏，孔子的學生，晉國溫（今河南溫縣西南）人，長於文學。曾子，孔子的學生，武城（今山東費縣）人，以講孝聞名。據《史記・仲尼弟子列傳》載，孔子（文中稱「子」）死後，學生子夏經常痛哭，以致將眼睛都哭瞎了。曾子去安慰他，並說：我聽說朋友的眼睛瞎了，所以來安慰安慰。子夏和曾子不由得都哭了起來，子夏還邊哭邊說：老天爺啊，我沒有什麼罪過啊！曾子立即止住哭，對子夏說：你怎麼沒有罪過！於是歷數子夏三大罪狀，其三就是因為孔子死去，以致使自己失明（眼睛瞎了，無以繼承夫子遺志）。❸殺其身　害了自己的性命。殺，傷害。❹余不愛夫吾言　我不是吝嗇我的文字，指不願把這些不真實的內容寫進楊節推父親的墓誌銘中。愛，吝嗇。

【語譯】凡是〈行狀〉中所講的那些虛假不真實的事，這裏不再全部列舉，只舉其中那些明顯的地方。〈行狀〉說：「先生有個兒子叫美琳，先生去世，是因為痛哭兒子美琳以致悲傷過度才死的。」子夏痛悼夫子，只導致失明，曾子就譏諷他。更何況因為痛哭喪命！這怎麼可以隨便講呢？我不是吝嗇自己的言辭，只是擔心有傷您父親的風範。〈行狀〉說：「先生告誡自己的子孫，不要像同鄉那樣父母在世就分家離居。」您的同鄉，誰不是您的同宗或者您的姑舅親戚？我怎麼忍心那麼說他們？更何況又不至於都是那樣，那麼，我又怎麼敢隨便那麼講？我的銘文之所以不採信〈行狀〉，是有原因的。您不要見怪。蘇洵呈。

【研 析】這是一篇朋友交往的信函。作者與對方只能算是萍水相逢，即受對方委託為其父撰墓誌銘，也算是古道熱腸。由於未曾與死者謀面，不瞭解其生平事跡，只能憑藉他人（程生）所寫的一篇〈行狀〉下筆，所以增加了寫作的難度。但是，受人之託，終人之事，特別是在交情並不深厚加上並不經常見面的情況下，又不能不寫。寫成之後，為了避免對方誤會，還不得不對其中的一些情況作些必要的說明。所以，整體上講，這封信是在做交代和說明。而所有這一切，目的就是要消解對方「不信〈行狀〉之不可用」的疑慮。可見蘇洵是既不願意違背自己的為文原則，又非常珍惜那一段友情的。

信中首先交代寫作有難度，表示自己不負重託，乃勉力而為。緊接著是對寫作難度的具體說明：只依〈行狀〉寫作，而〈行狀〉的失實，更增加了這種難度。作者的觀點是：寫墓誌銘，是為了讓死者永垂不朽，杜撰失真，則傷死者風儀。以此為依據和標準，他對〈行狀〉失真之處，不予採信。這既是表示寫作難度之大，又在道理上說明自己寫作態度的認真。進而列舉〈行狀〉中失實之處，並站在對方的角度，分析其失真可能導致的惡果，以示己言之不假，申明自己對朋友之託負責和嚴肅的態度。

從整封信的感情脈絡分析。蘇洵先講寫墓誌銘「難」找素材，繼而寫「難」處理素材，再寫「難」處理的原因，可以說寫這篇墓誌銘，是於理難、於事難、於情也難。特別是於情難：既不願有違楊節推之意，又不願有傷其父之明，更不願違背自己的寫作原則，將諸多「難」處呈列出來，以期獲得對方的理解。文章就是這樣，處處強調自己的觀點，但處處又考慮到對方的利益，處處為對方著想。將自己的觀點，點化成對方的利益，不是據理說服，而是循循善誘，曉之以理的同時，又能動之以情，情在理中，理含情意。最終達到既堅持了自己的觀點，又拉近了跟對方的距離的目的。短短幾百個字的書信，在作者手中，卻是運腕靈活，筆勢飛動。客套禮貌之中，猶見出其人對朋友的一片真情。

與吳殿院書

【題解】此書作於嘉祐二年（西元一〇五七年），時其妻於家中去世，作者從京師返鄉奔喪未久。吳殿院即吳中復，字仲庶，興國永興（今湖北陽新）人。曾任職峨眉、犍為等地，後因孫抃薦，入京為御史中丞。吳中復為官剛直，能斷刑獄，仁宗親書「鐵御史」三字贈之，以示鼓勵。從蘇洵此文來看，吳中復與蜀中才俊蘇洵、史經臣兄弟都有交往，而吳之老家離史沆遺留在襄州（今湖北襄樊）的女兒不遠，所以蘇洵於好友史經臣亡故後，寫信相求，希望他憐恤孤女，使不失所。於此可見蘇洵的古道熱腸及對朋友的真誠。

洵啟：京師會遇❶，殊未及從容❷，屬家有變故，倉遽西走❸，遂不得奉別，怏悵不可勝言也❹。嚮每見君侯，談論輒盡歡。而在京師逾年，相見至少，誠恐憲官❺職重，是以不敢數數自通❻，然亦老懶不出之故。及今相去數千里，求復一見不可得也。

【章旨】此章敘朋友別後相思之情，致殷勤之意。

【注釋】❶會遇　會面；相逢。❷殊未及從容　實在沒有時間從容交談。殊，很；非常。從容，指悠閒地交談、交往。❸屬家有變故二句　指蘇洵的妻子在眉山家中去世，蘇洵與二子蘇軾、蘇轍匆忙趕回老家。屬，恰逢；正好。倉遽，倉惶匆忙的樣子。❹怏悵句　怏悵，感到遺憾。不可勝言，說不完或說不出。❺憲官　指掌刑憲的御史。當時吳中復任殿中侍御史。❻數數自通　一次又一次地通報姓名去請求拜見。數數，數次；多次。自通，未受邀請自通姓名求見。

【語譯】蘇洵呈言：在京城與您相見，沒有來得及從容交往，就碰上家裏出了一些變故，倉惶西返蜀中，以至於都沒來得及跟您告別，真說不出有多麼遺憾。我每次跟您相見，談起來都十分投緣。可是在京城裏待了一年多，見面的機會卻很少，確實是因為您身為御史，責任重大，所以不敢隨隨便便就求見，當然也有年老懶惰的原因。等到現在相隔幾千里了，想再見一面又不可能了。

曩曾議及故友史沆骨肉淪落荊楚間❶，慨然太息❷，有收恤之心❸。沆有兄經臣者，雖臥病而志氣卓然，以豪傑稱鄉里❹，使得攝尺寸之柄，當不鹵莽❺。常以為沆死而有經臣者在，或萬一能有所雪❻，今不幸亦已死矣。追思沆平生孤直不遇，而經臣亦以剛見廢，又皆以無後死❼。當其生時，舉世莫不仇疾❽，惟君侯一人獨為哀閔❾，而數年間兄弟相繼淪喪，使仁人之心不克少施❿。嗚呼！豈其命之窮薄至於此耶！

經臣死，家無一人，後事所屬辦於朋友。今其家遺骨肉存者，獨沆有弱女在襄州耳。君侯尚可以庇之，使無失所否？阻遠未能一一⓫，伏惟裁悉。不宣。洵白。

【章旨】此章憶吳中復與史氏兄弟交往事，並以史沆弱女相託。

【注釋】❶曩曾議及句　先前曾經談到過史沆的親生骨肉淪落在荊楚一帶。史沆，史經臣弟，眉山人，進士及第後任官臨江（今江西清江），因事下獄，不久死去。骨肉，子女，按下文應指史沆的女兒。荊楚間，按下文應是指襄州（今湖北襄樊）。❷太息　歎息。❸有收恤之心　有找到並救濟史沆女兒的想法。收，此指找回。恤，救濟；救助。❹沆有兄三句　史沆有個叫史經臣的哥哥，雖然病臥山野卻志氣超邁卓傑，被鄉里譽為豪傑之士。經臣，史經臣，史沆之兄，為人正直有才能，曾舉賢良，不中，未能得官，一生潦倒，早死。卓然，志氣超邁的樣子。以豪傑稱鄉里，以生性豪爽、行為傑特在鄉閭著名。❺不鹵莽　指辦事認真。鹵莽，輕率；草率。❻或萬一能有所雪　或許有萬一的希望能為其兄弟雪冤。雪，洗清罪名。因史沆是下獄而死，所以這麼說。❼無後死　沒有留下後代就死去了。後，後代，主要是指兒子。❽疾　敵視；痛恨。❾惟君侯句　唯獨君侯您對他們心存哀憐。君侯，對吳中復的尊稱。哀閔，哀憐；可憐。❿仁人之心不克少施　您仁愛的心腸沒能來得及施展，指沒能為他們做點什麼。仁人，指吳中復。不克，不能夠。少施，略微表現出來。⓫一一　一一陳述；詳細陳述。

【語譯】以前曾談到我已故的好朋友史沆有親生骨肉淪落在荊楚一帶，您感慨歎息，有找到並救助的意思。史沆有個哥哥叫史經臣，雖說臥病江湖卻志氣超卓，在鄉閭之間有豪傑之名，假使給他一點點權力，應該不會造次行事。我常常想，如果史沆去世了，史經臣還在世，或許有萬分之一為他的兄弟平反昭雪的可能，如今很不幸哥哥也去世了。回想起來，史沆一生孤傲，懷才不遇，史經臣也是因為剛毅被棄置不用，兩人又都沒有留下後代就去世了。在他們活著的時候，滿世界的人沒有不仇視嫉妒他們的，只有您一人對之深表同情，可是幾年之間，這兩兄弟相繼去世，使您的仁義之心都無法表達。唉！難道是他們的命運就註定該苦到這個地步嗎！

史經臣去世，家裏沒有一個後人，後事都是朋友幫著辦的。現在他們兄弟親生骨肉還在世的，只剩史沆有個弱小的女兒在襄樊而已。君侯您是否可以保護她，讓她不要流離失所？相隔太遠，不能詳細陳述，真誠希望您認真考慮。不再多談了。蘇洵上。

【研析】這是一封以朋友之事託付友人的信。蘇軾《東坡志林》卷四記：「先友史經臣，字彥輔，眉山人。與先子同舉制策，有名蜀中，世所共知。沆子疑者，其弟也。沆才氣絕人而薄於德，彥輔才不減沆，而篤於節義，博辯能屬文。……竟不仕，年六十卒，無子。先君為治喪，立其同宗子為後，今為農夫，無聞於人。

沆亦無子，哀哉。」可見蘇洵與史經臣相契頗深，信中所謂「後事所屬辦於朋友」，那個替史經臣辦後事的「朋友」，應該就是蘇洵自己。辦理完後事，再託朋友照顧其姪女，朋友間之深情厚誼，可想而知。

因為是相知朋友，所以信中作者只在開始簡略客套，即轉入正題，以簡短的文字勾勒出史經臣生前的豪傑之氣與身後的淒涼之景，飽含哀憐之情，藉以激起吳中復之俠肝義膽：吳有「鐵御史」之名，則其為人可想而知。進而將吳中復對史氏兄弟的體恤，與世人的冷漠和仇疾作對照，既見世態炎涼之態，又烘托出吳中復之剛毅正直，為下面託付他照顧史沆後人作好鋪墊。最後以簡單筆墨勾勒史氏兄弟身後淒涼之景，激起吳中復的同情之心，最後以史沆孤女相託。

從〈極樂院造六菩薩記〉中可知，蘇洵寫作此文前後，其家人多亡故，「三十年之間，而骨肉之親零落無幾」！好友史經臣兄弟的撒手人寰，對他而言，亦為痛心之事。但文章並未一味怨歎嗟呀，而是於似敘實議的文字之中，隱含著作者對好友一生不遇、死後悲涼的深切同情，一片感慨，盡在不言之中。聯繫蘇洵生平考慮，則這種抑情不渲的寫法，較長歌當哭，更能打動人心。仔細品之，便會覺得極具藝術張力。

謝趙司諫書

【題解】此書作於嘉祐五年（西元一〇六〇年），在蘇洵任祕書省試校書郎之後不久。趙司諫，即趙抃，字閱道，衢州西安（今浙江衢縣）人。嘉祐五年，趙抃由梓州路轉運使調任益州轉運使，曾上書舉薦蘇洵行義。同年，趙抃入京為右司諫，朝廷亦已任命蘇洵為試校書郎，所以蘇洵寫此信致謝。信中一方面表示自己所識非當世顯要，不能遍致其美德，又於末尾微露自己對所授「州縣之吏」的不滿，暗寓希望推挽之意。

洵啟：鄉家居眉陽❶，以病嬾不獲問從者❷。常以為閣下之所在，聲之所振，德之所加，士以千里為近，而洵獨不能走二百里一至於門，縱不獲罪，固以為君子之棄人矣。

今年秋始見太守竇君❸京師，乃知閣下過聽❹。猥以鄙陋，上塞明詔❺。不知閣下何取於洵也？洵固無取，然私獨喜，以為可辭於世者，其不以馳騖得明矣❻。洵不識閣下，然仰聞君子之風，常以私告於朋友。特恨其身之不肖，不得交於當世，以徧致閣下之美❼。所告者皆飢寒自謀不暇之人，雖告而無益。然猶以素不相識之故，得免於希勢苟附❽之嫌，是其不識賢於識也❾。

【章　旨】此章對趙抃不認識自己卻能舉薦自己深表謝意，並為自己未能拜謁作出解釋，既歉意又回護自己。

【注　釋】❶眉陽　眉山之陽，此指眉州。❷不獲問從者　沒有機會問候您的侍從人員，意思是沒有去拜見。不獲，沒有找到機會。❸太守竇君　姓竇的太守。❹過聽　過問（我的事情），指趙抃向朝廷推薦一事。❺猥以鄙陋二句　指蘇洵被詔入京就試制科，蘇洵以老病推辭，並作〈上皇帝書〉一事。鄙陋，鄙賤粗陋的文字（指〈上皇帝書〉）。明詔，天子聖明的詔書。❻以為可辭於世者二句　認為可以向世人表白的是，自己被舉薦，並不是靠自己奔走請託求來的。辭，辭謝；對人辯白。不以馳騖得，不是靠走後門託關係來得名聲或利益。馳騖，四處奔走求助。❼偏致閣下之美　到處宣傳您的美德。偏致，廣泛地宣傳。美，美德；優良品質。❽希勢苟附　希圖權勢，以便依附。希勢，圖謀權勢。苟附，苟且依附。❾是其不識賢於識也　這樣的話，是不認識您比認識您更好。蘇洵的意思是說自己跟趙司諫沒有關係，不可能被人譏笑有依附之嫌，所以不認識比認識更好。

【語　譯】蘇洵呈言：以前我住在眉州，因為身體不好又很懶散，所以沒有跟您交往。常常覺得閣下您所到之處，聲振士林，德澤大眾，讀書人都是不遠千里投靠，可是我蘇洵近在二百里之內卻不登門拜謁，即使不得罪您，也肯定會被您棄置不顧。

今年秋天，我才在京城見到竇太守，這才知道您曾經過問我的事。我是以鄙陋之見，搪塞了朝廷召試的詔書。不知道閣下您看中了蘇洵我哪一點？我本來沒有什麼可取之處，但暗地裏還是很高興，認為可以在世人面前表白清楚的是，我不是靠走後門才被您舉薦，這一點是很清楚的。

我不認識閣下，但是仰慕您的風儀，經常私下裏跟朋友們談起這些。只是，遺憾的是我沒有什麼能耐，不能跟當世的名流交往，在他們中間廣泛頌揚您的美德。所交談的對象都是些為衣食奔走不暇的人，即使跟他們講了也沒有什麼好處。但還是因為跟您素不相識的緣故，也就因此避免了借助聲勢苟且依附的嫌疑，這麼看來，跟您不相識是比認識您更好。

今世之所尚，相見則以數至門為勤，不相見則以數致書為忠。夫數至門者，虛禮無用；數致書者，虛詞無觀。得其無用與其無觀而加喜，不得而怒，此與嬰兒之好惡無異。今閣下舉人而取於不相識之中，則其去世俗遠矣。

寓居雍丘❶，無故不至京師。詹望❷君子，日以復日。頃者朝廷猥以試校書郎見授，洵不能以老身復為州縣之吏，然所以受者，嫌若有所過望❸耳。以閣下知我，故言及此，無怪。

【章　旨】此章以世俗交結之無謂，誇讚趙抃之高風亮節，同時暗寓求見與希望推挽之意。

【注　釋】❶寓居雍丘　寄居在雍丘。寓居，寄居；暫時借居。雍丘，地名，在今河南杞縣。蘇洵一家在搬出眉州後，有一段時間曾寄居在那裏。❷詹望　仰望。詹，通「瞻」。仰望的意思。❸過望　過分的企圖，即奢望。

【語　譯】現在世上所尚，能相見，就以多次登門拜訪為殷勤，不能相見，就以多次寫信問候去表忠心。多次登門，是虛偽的禮節，沒有什麼意義；多次寫信，是虛情假意，沒有什麼好看。有了這些沒有什麼意義、沒有什麼好看的就高興，沒有這些就氣憤惱火，那就跟小孩子的好惡沒有什麼兩樣。現在您從不相識的人當中舉薦人才，就比世俗之見高出許多了。

我寄居在雍丘，沒有什麼事，不會去京城。日復一日，景仰您的高風亮節。前些日子，感謝朝廷授予我試校書郎的官職，我本來不打算以老大一把年紀去做一個州縣的小吏的，但是，之所以接受它，是怕被人笑話，以為我有太多的奢望。因為您知道我這個人，所以談到這些，希望不要見怪。

【研　析】這是一封感謝信。從這封信的內容看，蘇洵與趙司諫並未謀面，對趙司諫舉薦自己，也並不知情，是在事後才知道，所以寫此信表示感激之情。

信中，蘇洵先是解釋自己為什麼沒有跟趙交往：以自己病懶相推託，致無交結攀附之名，成就了自己；以趙抃舉薦不識之士，使有拔俗識士之能，成就了對方。雖說這樣的解釋不免牽強，卻既不放倒自家求人的架子，又達到讚美對方賢德的目的。緊接著盛讚趙司諫能從不相識的人當中舉薦人才，是古君子之風；並與當時奔走投書請求引薦的不良士風，進行對照，於嘲諷世風中，反襯出趙司諫之風儀道德。最後，借上書承情之際，表示求見之意，並向趙司諫解釋自己接受卑微官職，是不願被人譏笑有過高企望的心情，暗寓對當時微職不滿之意。隱微之處，無非是希望趙抃能利用在京城為官的機會，繼續照顧他這位曾經舉薦過的本州人才。

考蘇轍〈太子少保趙公詩石記〉：「轍昔少年，始見公於成都，中見公於京師。」則蘇洵一家在搬離眉州之前，雖然蘇洵本人因為不願就試舍人院，未曾到成都與當時任益州轉運使的趙抃見面，但他的兒子蘇轍肯定去拜謁過。蘇氏父子先得張方平之薦而進京應試，二子高中進士，名震京師，返蜀之後，必為士林關注人物，其時趙抃舉薦蘇洵，應該是情理之中的事，更何況蘇轍還曾以新進士的身分去拜謁過他。蘇洵此書卻隱去這一段，轉而強調自己沒有見過趙抃（這也是事實），既把對方刻劃成為一個識才舉賢的「伯樂」，又把自己擺在一個耿介不阿的「千里馬」的位置，文章如此取捨足見其人確實精於權變之「術」。

蘇氏族譜亭記

【題解】給亭臺樓閣作記，是「記」文的一種，一般記述建築亭臺樓閣的因緣及意義。從文中「乃作《蘇氏族譜》，立亭於高祖墓塋之西南而刻石焉」等語看，此文應作於《蘇氏族譜》後不久。作者稱《蘇氏族譜》是作於至和二年（西元一〇五五年）九月，而文中又有「歲正月相與奠於墓下」，則此文當作於嘉祐元年（西元一〇五六年）正月。這篇「亭記」，記敘作者在祖墓旁邊小亭建成之後，與同宗族人相聚亭下，借同族老者之口，講述一段族風衰敗的故事，意在警戒宗族，教化鄉里。據周密《齊東野語》卷一三〈老蘇「族譜亭記」〉條載，文中所說「某人」，實際是指「其妻之兄弟也」。雖不能就此斷定，但從蘇洵與其妻党程正輔父子交惡看，這種可能性是存在的。

匹夫而化鄉人者，吾聞其語矣❶。國有君，邑有大夫，而爭訟者訴於其門❷；鄉有庠❸，里有學，而學道者赴於其家。鄉人有為不善於室者，父兄輒相與恐曰：「吾夫子無乃聞之❹！」嗚呼！彼獨何修而得此哉？意者其積之有本末，而施之有次第耶？

今吾族人猶有服者❺不過百人，而歲時蜡社❻，不能相與盡其歡欣愛洽❼，稍遠者至不相往來，是無以示吾鄉黨鄰里也❽。乃作〈蘇氏族譜〉，立亭於高祖墓塋之西南而刻石焉❾。既而告之曰：「凡在此者，死必赴，冠、娶妻必告；少而孤，則老者字之❿；貧而無歸，則富者收之⓫。而不然者，族人之所共誚讓⓬也。」

【章旨】此章說明作族譜亭記的目的，在於凝聚宗族力量，警示同族。

【注釋】❶匹夫二句　無權無勢的匹夫，能對鄉里的風俗產生影響，我聽說過這樣的話。化鄉人，感化同鄉的人。❷國有君三句　一國有一國之君，一邑有一邑的大夫，可是發生爭執和糾紛，卻找這個人（匹夫）評理。國，指諸侯國。邑，指大夫的封地。古時法制不健全，諸侯國裏發生獄訟，由國君作判斷；在大夫的食邑裏發生獄訟，則由大夫說了算。蘇洵這裏是說「匹夫」卻能在鄉里產生影響，平息糾紛。❸庠　古時鄉里的學校，較里（二十五家為里）學為大。❹吾夫子句　吾夫子，對鄉里有德望者（即文中所謂匹夫）的稱呼。稱夫子，表尊敬。無乃，恐怕；說不定。❺族人猶有服者　同一宗族中還未出五服的人。古人以五服以內為同宗。❻蜡社　冬祭和春祭，泛指祭祀活動。古人於臘月合祭眾神，為臘（蜡）祭；春天（漢以後又增秋天）祭社以祈豐收為社祭（秋社為謝天賜豐收）。❼歡欣愛洽　指和睦歡樂地相處。愛，友愛。洽，融洽。❽是無以示吾鄉黨鄰里也　這種情況是不足以給同鄉鄰里看的。意思是自己的同族不團結，彼此沒有往來，讓鄰里看到了，會被他族恥笑。❾立亭句　在高祖的墓地西南築起一個小亭子，並刻石以記族譜。高祖，曾祖之父。墓塋，即墳墓。刻石，刻字於石碑上，這裏指將蘇洵所寫的《蘇氏族譜》刻在石碑上。❿字之　撫養他們（「少而孤」的同族）。字，哺乳，引申為撫養。⓫收之　收養他們（貧而無歸者）。⓬誚讓　譏誚責備。讓，責備。

【語譯】小人物能引導鄉親民眾，我聽說過那樣的話。一國有國君，一鄉邑有大夫，有糾紛卻到他那裏去評理；鄉鎮有庠序，同里有學校，求學問道的人都到他家去問學。同鄉人有誰在家裏做了不好的事，父兄就都嚇唬說：「我們那位老夫子大概會聽到呢！」唉！這個人有什麼修為，能得到那樣的敬重呢？估計是他平時積累善行有始有終，而施德於人也是頗有法度吧？

　　現在我的同族諸人中還沒出五服的，不超過一百人，但每年冬祭或春祭時，卻不能保證彼此友愛親密相互敬重，稍微遠一點的，竟至於不相往來，這實在無法給我的同鄉鄰里樹立榜樣。我於是寫下〈蘇氏族譜〉，築一個亭子在蘇家高祖墓地的西南面，把它刻在碑石上。完工之後，告訴同族道：「所有站在這裏的人，有誰家死了人，一定要去悼念，孩子成人或者結婚，一定要相互通告；年少死去雙親的孤兒，就由老者撫養；貧窮無家可歸的窮人，就由富戶來收養。如果不是這樣，所有的族人都出來譴責。」

歲正月，相與拜奠於墓下，既奠，列坐於亭。其老者顧少者而歎曰：「是不及見吾鄉鄰風俗之美矣。自吾少時，見有為不義者，則眾相與疾之❶，如見怪物焉，慄焉而不寧。其後少衰也，猶相與笑之。今也，則相與安之耳。是起於某人也，夫某人者，是鄉之望人❷也，而大亂吾俗焉。是故其誘人❸也速，其為害也深。自斯人之逐其兄之遺孤子而不恤也，而骨肉之恩薄❹；自斯人之多取其先人之貲田而欺其諸孤子也，而孝弟之行缺❺；自斯人之為其諸孤子之所訟❻也，而禮義之節廢；自斯人之以妾加其妻❼也，而嫡庶❽之別混；自斯人之篤於聲色，而父子雜處，讙譁不嚴也，而閨門之政亂；自斯人之瀆財無厭，惟富者之為賢也，而廉恥之路塞。此六行者，吾往時所謂大慚而不容者也，今無知之。」

人皆曰：「某人何人也，猶且為之？」

「其輿馬赫奕，婢妾靚麗❾，足以蕩惑里巷之小人；其官爵貨力❿，足以搖動府縣；其矯詐修飾言語，足以欺罔君子：是州里之大盜也。吾不敢以告鄉人，而私以戒族人焉：髣髴於斯人之一節者，願無過吾門⓫也。」

予聞之懼而請書焉。老人曰：「書其事而闕其姓名，使他人觀之，則不知其為誰，而夫人之觀之，則面熱內慚，汗出而食不下也。且無彰之⓬，庶其有悔乎？」

予曰：「然」。乃記之。

【章　旨】此章借老者之口，指斥同族中某人富貴而敗鄉俗的惡行，記之以儆同宗。

【注　釋】❶疾之　指斥他們（為不義者）。疾，痛恨。❷望人　有名望的人。望，指德行或人品為他人所景仰。❸誘人　誘導他人，此指引誘他人學壞。❹自斯人二句　自從那個人將自己哥哥的孤兒遺棄不管之後，骨肉之間的親情就淡薄了。斯人，指上文所提到的「鄉之望人」。兄之遺孤子，（鄉之望人的）哥哥死後留下的孤兒。不恤，不體恤；不救濟援助。❺多取其先人二句　自從那個人強行霸佔他的先輩留下來的財產和田地，並且欺侮自己兄弟的孤兒之後，孝悌的禮節就不見了。貲田，指財物和田產。孝弟，即孝悌。古人對父母雙親講孝，弟弟對哥哥講悌（尊敬兄長）。❻為其諸孤子之所訟　被他兄弟的孤兒們所控告。❼妾加其妻　寵妾凌駕於正妻之上。加，此指在家庭中地位高出。❽嫡庶　嫡子和庶子。古時富人往往一夫多妻，其最初所娶的妻子為正妻，正妻所生子女為嫡子；後娶為妾（小老婆），妾所生子女為庶子。❾靚麗　形容姿容姣好。靚，漂亮；美麗。❿官爵貨力　指權勢地位。貨，財貨，即財力。力，指勢力。⓫無過吾門　不要到我的家裏去。過，造訪。⓬無彰之　不要揭示出來，這裏指不要寫出來。彰，彰顯，這裏指揭示其醜行，抖露出來的意思。

【語　譯】這年正月，大家一起到祖墳去祭奠，已經祭完，列坐在亭子裏。其中有位年長的族人對後輩們歎息道：「現在這個樣子是趕不上以往家鄉四鄰的純美風俗了。在我小的時候，看到有人行為不義，眾人都會仇視他，像見到了怪物一樣，使之心驚肉跳不得安寧。後來就衰落了，但還是一起嘲笑。現在呢，大家都漠然相安。這種風氣是從某某人開始的，這個人是我們這裏的名人，也是擾亂我們風俗的禍首。所以他誘導別人很快，為害也非常深刻。自從這位把哥哥的遺孤趕出家門不加體恤，於是骨肉親情就淡薄了；自從這位多佔先輩遺留的田產並欺負那些遺孤，父子兄弟之間的孝悌之禮也就闕如了；自從這位把寵妾擺到比正妻更重要的位置，子孫間嫡庶的差別也就混淆了；自從這位耽於聲色，父子雜然相處，喧譁為樂不加控制，閨門婦道也就破壞了；自從這位貪得無厭，只把富貴作為賢能的標準，廉恥之心也就被堵死了。這六個方面，我以前都是十分痛恨不能容忍的，現在都沒人對這些有感覺了。」

眾人都說：「這位是什麼人物，能如此胡作非為？」

「他有高車大馬，妻妾美豔靚麗，足以迷惑同鄉里那些無知小子；他官高財多，足以使官府震動；他言語矯飾欺詐，足以欺騙正人君子；他就是本州的大強盜。我不敢把這些跟同鄉們講，但私下裏告誡同宗族的人：有哪一位跟這個人某一方面相同，希望不要到我的家裏去。」

我聽到這些，內心恐懼，請求記下來。老人說：「記下那些事件，但不要記姓名，讓別人看到了，不知道說的是誰，而那位看到了，就會臉紅心愧，為之汗顏而食不下嚥。再說不明顯公諸於眾，可能他還會悔悟吧？」我說：「有道理。」於是記下這段話。

【研　析】宋人為記，好發議論，乃其破體為文風氣使然。這篇記文，作者雖說沒有直接站出來發表議論，卻將說理與記述緊密結合起來。文章始終圍繞著族裏風俗下筆，先明修建族譜亭之本意，繼而標出自己對宗族行為進行規範的良好願望，進而通過同族老者之口，斥責鄉中「某人」無德少行，雖然家中殷實，且負有名望，卻做盡敗壞風俗之事，致使鄉俗澆薄。有正面要求，有反面批評，目的都是在警示族人，糾正族風。末了點明記其事不記其名，傳達忠厚之旨，致殷切之意，可以說是自己的實際行動，邁出了糾正族風的第一步：批評敗俗族人，亦具懲前毖後之良苦用心。

此文之妙，在於記言而非記事，文章以記言行議論，先引碑上語，作正面闡述，繼而將自己的愛憎盡託於老者話語之中，又以眾人與老者的對答，表達出不願將族中醜行暴露於眾的苦心。假設問答，曲折反映己意，乃賦之常體。此文借用這一寫法卻不作鋪陳，有以賦為記之實而無以賦為記之名，不見鋪陳之跡，卻得散文之趣。這種因言見意，化實為虛的寫法，使文章既符合「記」文的要求，又達到了警示族人的目的，舉重若輕，運腕可謂靈活，用筆堪稱巧妙。在〈張益州畫像記〉中，作者是用自己與蜀中眾人對話的筆法，將內心對張方平的感激之情，盡行吐出。此文又借老者之口傳己之心聲，兩文相參，可以大略體會出蘇洵記敘文字的特色。

張益州畫像記

【題解】此記作於嘉祐元年（西元一〇五六年）正月。至和元年（西元一〇五四年），蜀中盛傳反叛分子儂智高攻下南詔後，將要攻蜀，致使蜀中人心惶惶，百姓終日不得安寧，朝廷於是派張方平以戶部侍郎出知益州。據《宋史》本傳載，當時「攝守亟調兵築城，日夜不得息。民大驚擾。朝廷聞之，發陝西步騎兵仗，絡繹往戍蜀。詔趣方平行，許以便宜從事。方平曰：『此必妄也。』道遇戍卒，皆遣歸，他役盡罷。適上元，張燈，城門三夕不閉。得邛部川譯人始造此語者，梟首境上，而流其餘黨，蜀人遂安。」張方平上任伊始即安定軍心民情，蜀人心存感激，兩年後畫像於成都淨眾寺以頌其德。本文即記畫像一事，既頌揚張方平鎮蜀功績，又讚蜀中人情醇厚。

至和元年秋，蜀人傳言有寇至，邊軍夜呼，野無居人❶，妖言流聞❷。京師震驚，方命擇帥，天子曰：「毋養亂，毋助變。眾言朋興，朕志自定。外亂不作，變且中起。不可以文令，又不可以武競，惟朕一二大吏❸，孰為能處茲文武之間，其命往撫朕師❹？」乃推曰：「張公方平其人。」天子曰：「然。」公以親辭❺，不可❻，遂行。冬十一月至蜀。至之日，歸屯軍❼，撤守備，使謂郡縣：「寇來在吾，無爾勞苦。」明年正月朔旦❽，蜀人相慶如他日，遂以無事。

【章　旨】此章簡述張方平安定一方，有功蜀中的經過，實是交代畫像之因。

【注　釋】❶野無居人　村野中無人敢居，指村人都逃走了。❷妖言流聞　妖言，即謠言，擾亂人心的傳聞。流聞，散布流傳的意思。流，流傳。聞，四處傳播。❸大吏　大官吏；重臣。❹撫朕師　安撫我（指皇帝）的軍隊。朕，皇帝的自稱。師，軍隊。❺以親辭　以雙親（需要人照顧）為理由去推辭。親，父母雙親。❻不可　不答應；不允許。❼歸屯軍　使屯戍邊疆的軍隊回到他們的駐地。屯軍，戍守邊境的軍隊。❽正月朔旦　即大年初一，春節。朔旦，初一早晨。朔，中國農曆以每月初一為朔。

【語　譯】至和元年的秋天，西蜀有人傳播謠言說賊寇將至，戍邊軍隊連夜行動，村野無人敢居，到處都是迷惑百姓的謠言。京城都感到震驚，準備選派元帥應對。天子說：「不能縱容叛亂，不得資助變故。謠言四起，我們更應該鎮定自若。外部的叛亂還沒有爆發，內部就生出這麼多變故。既不能只用文告命令，又不得輕動武力，只可以派朕一二封疆大吏去處理，誰是那能文能武之才，可以為朕去安撫邊師？」大家推舉說：「張方平正是這樣的幹才！」天子說：「對。」張公以雙親需要照顧為由加以推託，天子不批准，他只好領命出發。這年冬天十一月到西蜀。一到任所，就遣返屯戍邊疆的軍隊，撤除防守設施，派人傳令各郡縣：「賊寇來了有我對付，用不著勞累大家。」第二年正月初一，西蜀人慶祝春節，跟往年一樣，於是相安無事。

又明年正月，相告留公像於淨眾寺❶，公不能禁。眉陽蘇洵言於眾曰：「未亂，易治也；既亂，易治也。有亂之萌❷，無亂之形，是謂將亂；將亂難治，不可以有亂急，亦不可以無亂弛❸。是惟元年之秋，如器之欹❹，未墜於地。惟爾張公，安坐於其旁，顏色不變，徐起而正之。既正，油然而退，無矜容，為天子牧小民⑤不倦。惟爾張公，爾繄以生，惟爾父母⑥。且公嘗為我言：『民無常性，惟上所待⑦。人皆曰蜀人多變，於是待之以待盜賊之意，而繩之以繩盜賊之法，重足屏息⑧之民，而以碪斧令⑨。於是民始忍以其父母妻子之所仰賴之身，而棄之於盜賊⑩，故每每大亂。夫約之以禮，驅之以法⑪，惟蜀人為易。至於急之而生變，雖齊、魯亦然⑫。吾以齊、魯待蜀人，而蜀人亦自以齊、魯之人待其身。若夫肆意於法律之外，以威劫其民⑬，吾不忍為也。』嗚呼！愛蜀人之深，待蜀人之厚，自公而前，吾未始見也。」皆再拜稽首曰：「然。」蘇洵又曰：「公之恩在爾心，爾死在爾子孫，其功業在史官⑭，無以像為⑮也，且公意不欲，如何？」皆曰：「公則何事於斯！雖然，於我心有不釋焉⑯。今夫平居聞一善，必問其人之姓名，與鄉里之所在，以至於其長短大小美惡之狀，甚者或詰其平生所嗜好，以想見其為人，而史官亦書之於其傳。意使天下之人，思之於心，則存之於目，存之於目，故其思之於心也固。由此觀之，像亦不為無助。」蘇洵無以詰，遂為之記。

【章旨】此章以畫像存與不存為說辭，借「蘇洵」與蜀中眾人的對話，盛讚張方平不僅有功於蜀中的安寧，而且有益於蜀中的教化。

【注　釋】❶淨眾寺　宋時成都的一處寺廟，為唐代僧人無相所建。❷萌　萌芽，指事態剛出現的徵兆。❸不可以二句　不能因為有緊急禍亂而心急；也不能因為沒有變亂而鬆懈大意。弛，鬆弛；放鬆警惕。❹是惟元年之秋二句　是惟，句首語氣詞。元年，古時稱皇帝即位的第一年或改元的第一年為元年，此指仁宗改元至元的第一年。如器之欹，比喻局勢十分嚴峻。欹，傾側。❺為天子牧小民　為皇帝統治老百姓。牧，統治。❻惟爾三句　只有張公才使你們生存了下來，就如同你們的生身父母。惟爾，語氣詞。爾，你；你們。繄，依賴；憑藉。惟爾父母，是你們的父母官，古時以州縣長官為父母官。❼民無常性二句　意思是老百姓沒有一慣的操守，完全取決於官吏用什麼樣的方法對待他們。常性，不變的性格德行。惟，以；因。上，上面的人，指官員或皇帝，此指地方官吏。所待，對待他們的方法。❽重足屏息　形容恐懼害怕的樣子。重足，兩腳相疊而立，意思是因恐懼不敢稍動。屏息，摒住呼吸。❾以碪斧令　動用嚴厲的法律。碪斧，代指嚴刑。碪，捶或砸東西時墊在下面的器物，這裏指殺人時墊在犯人頭部下面的東西。斧，刑斧；斬殺犯人的工具。❿於是民始忍二句　（地方官用嚴酷的刑罰來對待老百姓，）這樣就使得百姓們被迫拋棄自己那賴以贍養父母和照顧妻子的身體，觸犯法律去從事違法亂紀的活動。仰賴，依靠；依託。棄之於盜賊，將自己丟棄給盜賊，即從事盜賊一類的活動。⓫約之以禮二句　用禮法等約束、驅遣他們。此二句為互文，即約驅之以禮法的意思。⓬齊魯亦然　齊國和魯國也是一樣。齊為周代姜太公封地，魯為周公封地。因兩地百姓受太公、周公聖德教化，所以被譽為民風醇正之地。⓭若夫二句　如果在法律約束的範圍之外，隨意地虐待百姓。以威劫其民，用淫威來虐待老百姓。劫，脅迫；虐待。⓮公之恩三句　公，張公，即張方平。爾，你們。功業，豐功偉績。在史官，指被史官記錄。⓯無以像為　沒有必要造像。⓰於我心有不釋焉　我們心裏有些過意不去。不釋，不能放下；過意不去；不能釋然。

【語　譯】第二年正月，蜀人彼此商量要在淨眾寺裏樹立張公的塑像，張公無法阻止他們。眉陽的蘇洵對大夥說：「沒有發生叛亂，容易治理；已經發生叛亂，也容易治理。有發生叛亂的徵兆，卻沒有叛亂的事實，那就叫將亂；將亂是最難治理的，不能夠像已發生叛亂那樣進行緊急處理，也不能像沒有叛亂那樣放鬆懈怠。在天下改元的那個秋天，蜀中就像器具已然傾斜，卻還沒有掉到地上。咱們的張公，安然穩坐其旁，臉不為之色變，緩緩起身把那器具扶正。已經扶正了，從容退身，沒有絲毫矜持之色，孜孜不倦地替天子管理蜀中百姓。張公啊，就像你們的再生父母一般呢。而且，張公還曾對我講：『百姓沒有恆常不變的本性，要看上面怎麼對待他們。人們都說西蜀人多變，於是就用對待盜賊的辦法對待他們，用約束盜賊那樣的辦法去約束他們，對那些站在那裏動都不敢動的百姓，都用嚴酷的刑律命令。這麼一來，百姓忍無可忍之下就會拋下妻兒老小，不要性命，自暴自棄，甘為盜賊，所以動不動就有大的暴亂。如果用禮法進行約束，用國家法令去驅遣，西蜀人是最容易治理的了。至於因為被迫無奈而發生暴亂，縱然是齊、魯一帶的人，也是那樣的。我用對待齊、魯百姓的辦法對待西蜀人，西蜀人也自然而然會像齊、魯一帶的人那樣對待自己。至於在法律之外肆意胡為，用威勢脅迫百姓，我是不忍心那麼做的。』唉！愛護西蜀百姓如此之深，對待西蜀百姓如此之厚，在張公之前，我沒有看到過。」大家都再拜頓首道：「是這樣的。」蘇洵又說：「張公的恩德常在你們心中，你們死後在你們子孫心中，他的豐功偉績由史官載入史冊，用不著塑像了吧，再說，張公又不願意，怎麼辦呢？」大家都說：「張公對這個當然沒有什麼好在乎的！雖說如此，我們這裏卻難以釋懷。現在平日裏聽到一件善行，一定要問一問那個行善者的姓名，以及他所住的鄉村，以及他的高矮年紀和長相好壞，甚至還會問一問他有什麼嗜好，以便可以想像他的為人，而且史官也會把這些載入他的傳記之中。用意無非是想讓天下的人，心裏想著他，就能用眼睛看到他，眼睛看到了他，就會在心裏留下更深的印象。從這方面看，塑像也不是沒有幫助。」蘇洵無話可說，於是寫下這篇文章。

公南京❶人，為人慷慨有大節，以度量容天下❷。天下有大事，公可屬❸。系之以詩曰：

天子在祚❹，歲在甲午❺。西人傳言，有寇在垣。庭有武臣，謀夫如雲。天子曰嘻，命我張公。公來自東，旗纛舒舒❻。西人聚觀，於巷於途。謂公暨暨❼，公來于于❽。公謂西人：安爾室家，無敢或訛❾。訛言不祥，往即爾常❿。春爾條桑⓫，秋爾滌場⓬。西人稽首，公我父兄。公在西囿⓭，草木駢駢⓮。公宴其僚，伐鼓淵淵⓯。西人來觀，祝公萬年。有女娟娟⓰，閨闥⓱閑閑。有童哇哇，亦既能言。昔公未來，期汝棄捐。禾麻芃芃⓲，倉庾崇崇⓳。嗟我婦子，樂此歲豐。公在朝廷，天子股肱⓴。天子曰歸，公敢不承？作堂嚴嚴，有廡有庭㉑。公像在中，朝服冠纓㉒。西人相告，無敢逸荒㉓。公歸京師，公像在堂。

【章　旨】此章簡介張方平其人及其氣質個性，並作詩以讚。

【注　釋】❶南京　宋時應天府，今河南商丘。❷以度量容天下　有包容天下的氣度涵養。❸可屬　可以託付。❹在祚　在位。祚，君王的位子。❺甲午　指宋仁宗至和元年（西元一〇五四年）。❻旗纛舒舒　旗幟舒展飄揚。旗纛，指大旗。纛，古時帝王車輿上犛牛尾或雉尾做成的飾物。❼暨暨　果敢堅決的樣子。❽于于　行動舒緩的樣子。❾無敢或訛　不允許再相信或者傳播謠言。❿往即爾常　像往常那樣生活。⓫條桑　採集桑葉。條，指桑樹的柔條，指桑葉。此指採集條桑養蠶。⓬滌場　打掃穀場，即收穫糧食。⓭西囿　西園，指園林。囿，養動物的園子。⓮駢駢　草木茂盛的樣子。⓯伐鼓淵淵　伐鼓，擊鼓。淵淵，擊鼓的聲音。⓰娟娟　秀美的樣子。⓱閨闥　閨門；閨中。闥，小門。⓲芃芃　形容植物茂盛的樣子。⓳崇崇　高聳的樣子。⓴天子股肱　天子卿佐，指為天子所倚重的臣子。㉑有廡有庭　有正房，也有側房。廡，正房對面或兩側的小房。㉒朝服冠纓　穿著朝服（朝見皇帝時的禮服），戴著官帽。冠纓，古時帽子上的繫帶，冠纓是官宦的裝束。㉓無敢逸荒　不要讓它荒蕪了。

【語　譯】張公，商丘人，平時為人慷慨大方，堅守大節，有包容天下的氣度涵養。天下有大事，盡可託付給他。附記讚美詩一首如下：

天子昇殿陛，時在甲午年。西蜀起謠言，盜賊臨城邊。朝廷有武臣，謀士多如雲。天子從容道，命我張方平。張公從東來，旌旗盡舒捲。西蜀人聚觀，滿巷又滿垣。誇讚公威武，張公意自如。張公謂眾人：家家自相安，膽敢將訛傳！傳訛意不祥，舉動如往常！春天採柔桑，秋穫豐收糧。西蜀人再拜，張公我父兄。張公憩西囿，草木生茁壯。張公宴群僚，擊鼓淵淵響。西蜀人紛賀，祝公壽無疆。我有窈窕女，閨中多嫻雅。又有幼稚子，學語咿呀呀。當初公不至，便欲捐棄它。如今禾麻旺，倉庾又高聳。嗟我婦與子，樂此足歲豐。張公在朝廷，是為股肱臣。天子命曰歸，公豈不承命？淨眾寺莊嚴，有廡又有庭。塑公像正中，朝服禮冠纓。西蜀人相告，不敢怠致荒。公將歸京師，公像立在堂。

【研　析】 這是一篇十分精彩的記文。一開始交代時局的動盪危急與張公的閑雅從容，烘托出「張公」的神武之姿。而對他處理棘手問題的具體行動，則一筆帶過，實事虛寫，既顯出「張公」處亂不驚、舉重若輕的大將儀範，又為下面集中寫畫像問題騰出了廣闊的空間。如此作詳略處理，全為表現文章主旨服務。隨後，以大量的篇幅記述「蘇洵」與蜀中眾人的對話。目的就是通過這些對話，簡潔而又集中地突出「張公」與蜀人的關係：「張公」有德於蜀，不僅表現在他安定蜀中軍心民情，更體現在他為天子牧小民的態度上。與別的官僚相比，張公不對蜀人心存偏見，而是視之如齊魯之民，待以深情，化以儒禮。張公於蜀，可謂有「功」且有「德」，蜀人為表彰其功德而畫像，但有功者不欲彰功，亦不願存「畫像」。「張公」的態度，既顯示出他對蜀人的愛護，又呼應了皇帝對他的評價，更證明了其人之德高與望重。隨後，再以蜀人對「張公」的感激與愛戴，作另一方面的映襯：因其有功於蜀，所以要彰顯其功，要為之「畫像」。就這樣，在是否存畫像的「矛盾衝突」中，「蘇洵」這個中介看似左右為難，實則如一根紅線，將「張公」與「蜀人」穿在一處，彼此照顧，相互映襯，既刻劃出蜀中民風的淳樸，又頌揚了「張公」的功德。樓昉評之為：「辭氣嚴正有法度。說不必有像，而亦不可以無像，此三四轉甚奇。最好處是善回護蜀人。公，蜀人也，所以尤難。」（見《靜觀堂三蘇文選》）可以說是很能體貼此文的妙處與難處。

從寫法上看，這篇記文最大的特點是善於記言：記事被省略到最精煉的程度。在記言過程中，作者精於剪裁，用筆凝練，以畫像為契機，採用寓議於敘的手法，不正面描繪張方平的形象及其為人，而是通過自己跟蜀人的對話，見出「張公」神姿、自己對「張公」的欽佩以及蜀人對「張公」的愛戴。又用話中之話，借「張公」之口，讚蜀中民情民風。在「蘇洵」、「張公」、「眾人」三者之間閃轉騰挪，使之相互映襯，互為發明，烘托出「張公」儒雅威武的封疆大吏形象。又由於只以精煉筆墨記言，文字既省練又不乏紆餘，筆勢圓活卻頓挫有勢。方苞曾讚本文「要非子瞻、子固所能望也。」（《古文約選》）宗方域更說：「其文勁悍渾深，有西漢人筆力。」（見《靜觀堂三蘇文選》）這種以記言為敘事和抒情、議論的手法，可以說是漢賦主客問答筆法的一種散文翻版。蘇洵以散文名家，今存《嘉祐集》中也一篇賦作都無，但蜀中文人多有賦才，是不是潛意識裏受其影響所致，尚有待進一步思考。

彭州圓覺禪院記

【題解】此文具體寫作時間未詳。從文中「予在京師，彭州僧保聰來求識予甚勤，及至蜀，聞其自京師歸，布衣蔬食以為其徒先。凡若干年，而所居圓覺院大治」數語可知，當是蘇洵離京居蜀時所作。考蘇洵一生曾三次到京師，第一次是「少年嘗舉茂才」（見〈與梅聖俞書〉），約在仁宗慶曆五年（西元一〇四五年）左右（見〈上歐陽內翰第一書〉），第二次是在五十歲左右的嘉祐元年（西元一〇五六年）攜二子進京應試，二子及第後因妻子在蜀中亡故旋歸。第三次是在二子服闋後舉家東遷，終其餘生，再未歸蜀。這其間，應茂才之舉與第二次進京相距十年之久，而第二次與第三次僅隔三年左右時間。由「凡若干年」之語判斷，此文應該是作於他第一次進京之後第二次進京之前的皇祐（西元一〇四九—一〇五四年）或至和（西元一〇五四—一〇五五年）年間。彭州即今四川彭縣。圓覺禪院，地誌失載，未能詳考。

人之居乎此也，其必有樂乎此也。居斯樂，不樂，不居也。居而不樂，不樂而不去，為自欺，且為欺天。蓋君子恥食其食而無其功❶，恥服其服而不知其事❷，故居而不樂，吾有吐食、脫服，以逃天下之譏而已耳。天之畀我以形，而使我以心馭也❸。今日欲適秦，明日欲適越，天下誰我禦❹？故居而不樂，不樂而不去，是其心且不能馭其形❺，而況能以馭他人哉？

【章　旨】此章辯說「心」、「形」關係，主張保持「心」、「形」一致，為君子之行。

【注　釋】❶食其食而無其功　享受某種食祿卻沒有與之相當的功勞。第一個「食」為動詞。❷服其服而不知其事　穿著某種衣服，卻不知道處理相應的事務。古時衣著是社會地位的標誌，一般百姓只能穿黑粗布衣，官吏則因級別不同所穿衣服的顏色、質地不同。❸天之畀我以形二句　上天賦予我這樣一個形體，就是讓我用某種心理來控制它。畀，給；給予。以心馭，用心情志趣去控制。心，指內心的情感。馭，駕馭；驅使。❹誰我禦　誰來制止我；誰能控制我。❺心且不能馭其形　指內心情感與實際行動不一致。心，內心情感。形，實際行動。

【語　譯】一個人住在某地，他肯定有喜歡住在那裏的理由。住在那裏一定很愉快，不愉快，就不住在那裏了。住在那裏卻不愉快，不愉快卻又不離開，既是自欺，又是欺騙上蒼。大凡君子都以食其祿卻無其功為恥，以身著某種服色卻不懂得相關的事務為恥，所以，居其位卻不能內心愉快，那就只有吐出所食、脫去所穿的衣服，以逃避天下人的譏嘲了。上天給我這麼一種形體，就是讓我用某種心境去控制它。今天想去秦國，明天想去越國，天底下有誰能管得了我？所以居其位而內心不愉快，不愉快卻又不辭位，是心境不能控制自己的形體，那又怎麼能去控制其他的人呢？

自唐以來，天下士大夫爭以排釋老為言❶，故其徒之欲求知於吾士大夫之間者❷，往往自叛其師以求容於吾。而吾士大夫亦喜其來而接之以禮❸。靈師、文暢之徒，飲酒食肉以自絕於其教❹。嗚呼！歸爾父子，復爾室家，而後吾許爾以叛爾師。父子之不歸，室家之不復，而師之叛，是不可以一日立於天下❺。《傳》曰：「人臣無外交。」❻故季布之忠於楚也，雖不如蕭、韓之先覺，而比丁公之貳則為愈❼。

【章旨】此章指斥唐代以來在排佛風氣下，僧侶多叛師道的行徑，強調「忠」之重要，為後面讚賞僧保聰作鋪墊。

【注釋】❶自唐以來二句　主要是指唐代韓愈等人對佛老的排斥。釋老，依本文文意主要是指佛教。釋，指佛教。老，指道教。❷故其徒句　其徒，指佛教徒。求知於吾士大夫之間，跟士大夫們交朋友的意思。求知，求得為人所知曉。❸接之以禮　禮貌地接待他們（佛教徒）。禮，禮儀。❹靈師文暢二句　靈師、文暢，唐時與韓愈大致同時的僧人。二人本非真信佛者，對佛教戒規也不甚遵守，常與韓愈等士大夫飲酒酣宴，吟詩作樂，所以蘇洵說他們是「自絕其教」（自己主動地與所信奉的佛教斷絕關係）。❺父子之不歸四句　不回到原來的家庭，父子團聚，卻又背叛師門，與理不合，是不可以存在於天地之間的。師，此指師法相傳的佛教。❻傳曰二句　原文見於《禮記・郊特牲》，意思是凡給諸侯國國君或卿大夫等做臣子的人，不得擅自與地位相同的人有外交往來，這是古時禮法的規定。❼故季布三句　所以季布忠於楚霸王，雖然比不上蕭何、韓信那樣最先覺悟，卻比丁公首鼠兩端要好得多。季布，楚國人，初為項羽手下將領，多次統兵擊敗劉邦，後投降劉邦。蕭韓，指蕭何和韓信。丁公，季布的弟弟，為楚將時，有一次本來可以捉住劉邦的，卻將他放走了。項羽被滅後，他去拜見劉邦，結果被劉邦所殺，並說：讓以後做臣子的人不要向丁公學習！貳，不忠誠；首鼠兩端；三心二意。

【語譯】從唐代以來，天下士大夫都爭先恐後地撰寫排斥佛老的文章，所以那些想在士大夫這裏獲得認同的佛教信徒，往往背叛師道以便求得我輩的寬容。而我們這些士大夫也很高興他們到這裏來，並對他們以禮相待。靈師、文暢這些人，吃肉飲酒，自絕其教。唉！回到父母和妻子身邊，恢復以前的家庭，然後我們可以認可你是背叛師道。不回到父母身邊，又不恢復以前的家庭，同時又背叛師門，那又有何面目立於天地之間！《禮記》中的《傳》寫道：「作為人臣，就不能進行外交。」所以季布對楚霸王盡忠，雖然比不上蕭何、韓信那樣先覺，可是比起丁公首鼠兩端來卻要好得多。

予在京師，彭州僧保聰來求識予甚勤❶，及至蜀，聞其自京師歸，布衣蔬食以為其徒先❷。凡若干年，而所居圓覺院大治。一日，為予道其先師平潤❸事，與其院之所以得名者，請予為記。予佳聰之不以叛其師悅予也，故為之記曰：

彭州龍興寺，僧平潤講《圓覺經》❹有奇，因以名院。院始弊不葺❺，潤之來，始得隙地以作堂宇❻。凡更二僧，而至於保聰，聰又合其鄰之僧屋若干於其院以成。是為記。

【章　旨】此章讚揚僧人保聰能不叛師道而且昌大圓覺禪院以光大師門的行為，並簡略記述圓覺禪院歷史。

【注　釋】❶彭州句　彭州的和尚保聰很多次來與我交往。彭州，地名，今屬四川。保聰，生平不詳，按此文可知是彭州龍興寺僧人。識予，認識我，此指與作者交遊。❷為其徒先　給寺院的僧徒們作榜樣。先，領先行動；做榜樣。❸平潤　依文意，應為圓覺禪院（從龍興寺改名而來）的第一任主持僧。❹圓覺經　佛教經典，記錄釋迦回答文殊、普賢二僧問題。❺弊不葺　破舊而且沒有修理。❻潤之二句　僧潤之到來後，才利用空隙之地修造了廟宇。隙地，小塊空地。堂宇，此指僧寺。

【語　譯】我在京城的時候，彭州的僧人保聰來跟我交往很多次，等到我回到蜀中，聽說他也從京師回來了，布衣蔬食，給寺院的僧侶做出了表率。又過了好多年，他所居的圓覺寺院得以大治。一天，他跟我講起其師平潤的事跡，以及寺院之所以得名的由來，請我作記。我很賞識保聰不背叛其師道以取悅於我，所以就給他寫下這樣的記文：

彭州龍興寺，和尚平潤講《圓覺經》很精彩，於是就用了這麼個寺名。寺院最初衰敗未經修繕，平潤來主持後，才利用空出的窨隙之地建起了寺廟。經過兩代主持，傳到保聰，保聰又合併一些鄰近寺院的僧舍擴大成了現在的圓覺寺。這就是我的記文。

【研析】在八大家中，蘇洵以善發議論，能獨抒己見見稱。本文雖是記寺之文，但主要筆墨並沒有花在寺貌寺景或寺史上，而是花大量篇幅於空中布景，闡述「誠」、「信」為人生之本的道理，為後面記寺作層層鋪墊，直至篇末，才返歸本題，以簡單筆墨記圓覺寺寺名由來、保聰興寺經過即戛然而止。側鋒用筆，風格十分獨特。

作者強調無論方內方外，做人都必須保持身心一致，「忠」的價值標準，對僧侶和儒士是一樣適用的。繼而指責靈師、文暢等佛老之徒身在方外，心師凡俗為不忠，褒獎彭州圓覺禪院僧人保聰雖與自己交遊，卻能不棄其師為忠。通過兩相對照，指出方外之人背棄師道，亦不為君子所齒；宏揚師法，光大師門，縱不與儒士為友，亦能得到他們的認同。以方內之道德標準衡量方外之行，看似有失公允，實際上是把一個「忠」字作為共同的標準，溝通世內方外，從而為保聰請求自己作記、自己慨然應允提供了一個道德前提。這個前提，既是作者對儒佛關係的理解，也是為儒士、佛徒交往設定的界限。有了這個前提，保聰求儒生作記的行為就無棄師之譏，自己慨然為記的舉動也有了理論依據。從而把自己和保聰的交往置於一個高出一般僧儒交往的「忠」的平臺之上。儒佛溝通，在質而不在跡，顯示出作者思深的一面。

全文以「忠」字為線索，重在敘述作記因由。前面洋洋灑灑，大發議論，幾經轉折，才將作者心中感想鋪陳出來，闡發作者尚「誠」的人生觀，此一大段文字，似與記彭州圓覺寺無關。實際上它如一根紅線，貫穿始終，最後為記雖僅六十一字，卻如曲終奏雅，使一個「誠」字大放光明。如此為記，氣勢充沛，風神婉轉；不僅布局充分，而且言簡意賅，可謂盡得文章之妙。明人茅坤即評之為：「翻案格議論，有一段風致。」(《唐宋八大家文鈔》)

極樂院造六菩薩記

【題解】此記作於嘉祐四年（西元一〇五九年），時蘇軾兄弟為母親守孝期已滿，蘇洵準備攜全家由荊楚赴京，在臨行前塑佛像還願，並作此記以告慰亡故親人。極樂院，供奉阿彌陀佛的寺院。《佛說阿彌陀經》云：「從是西方，過十萬億佛土，有世界是名曰極樂，其土有佛號阿彌陀……彼土何故名為極樂？其國眾生無有眾苦，但受諸樂，故名極樂。」六菩薩，即文中所提及的觀音等六尊菩薩的塑像。

始予少年時，父母俱存，兄弟妻子備具❶，終日嬉遊，不知有死生之悲。自長女之夭❷，不四五年而丁母夫人之憂❸，蓋年二十有四矣。其後五年而喪兄希白❹，又一年而長子死，又四年而幼姊亡，又五年而次女卒。至於丁亥之歲，先君❺去世，又六年而失其幼女，服未既❻而有長姊之喪。悲憂慘愴之氣，鬱積而未散，蓋年四十有九而喪妻焉。嗟夫，三十年之間，而骨肉之親零落無幾！

【章旨】此章歷敘家門不幸，三十年來親人亡故之眾，實是交代塑佛像之原因。

【注釋】❶備具　此指全都健在。❷夭　未成年而死。❸丁母夫人之憂　為母親守孝。丁憂，父母死後為之守孝，一般以三年為期限。❹希白　蘇洵的哥哥蘇澹，字希白。❺先君　指死去的父親。❻服未既　服喪還沒有滿期。服，行喪禮時穿的服裝，引申指為死者守喪。

【語譯】當初我年少的時候，父母雙親都在，兄弟妻子闔家歡樂，整天嬉戲遊玩，不知道有生離死別的悲傷痛苦。自從長女夭折，不到四五年母親又去世了，那時我才二十四歲。五年之後，哥哥希白也去世了，再過一年長子又死了，又過了四年小姐姐亡故了，再過五年，次女死去。到丁亥年，父親逝世，六年之後，小妹妹離開人世，守孝還沒有結束，大姐又離去了。悲慘悽愴的氣氛，鬱積不散，到四十九歲時，妻子也撒手而去。唉！三十年之間，骨肉親人凋零無幾！

近將南去，由荊楚走大梁，然後訪吳、越，適燕、趙，徜徉於四方以忘其老❶。將去，慨然❷顧墳墓，追念死者，恐其魂神精爽，滯於幽陰冥漠之間❸，而不復曠然遊乎逍遙之鄉❹，於是造六菩薩并龕座二所❺，蓋釋氏所謂觀音、勢至、天藏、地藏、解寃結、引路王者❻，置於極樂院阿彌如來❼之堂。庶幾死者有知，或生於天，或生於四方上下，所適如意，亦若余之遊於四方而無繫云爾。

【章旨】此章說明自己將遠遊不歸，造菩薩以超渡死者。

【注釋】❶近將南去五句　指率全家搬離蜀中，順長江而下到京城定居，然後遊歷吳、越、燕、趙等地。句中荊、楚、吳、越、燕、趙，都是用先秦時國名。荊楚在長江中游一帶，吳越在長江下游，燕趙在北方中原地帶。大梁，戰國時魏國首都，在今河南開封，北宋時為汴京。徜徉，悠閒地四處走動，此指四處奔波。❷慨然　感慨的樣子。❸追念死者三句　魂神精爽，指靈魂。精爽，精氣。舊時認為人是陰陽二氣和合而成，死後純真之氣附於魂魄，依然不散。幽陰冥漠，指陰間。舊時認為人死後魂魄要到陰曹地府，為閻王核查後，再重新投胎轉世。❹而不復句　不得再超然地閒遊於逍遙無為之鄉。曠然，超然。逍遙之鄉，相當於佛教所說的極樂世界。❺龕座二所　兩個供奉佛像的小閣。龕，供奉神像的小閣子。二所，兩個。❻蓋釋

氏句　也就是佛教中的觀音、勢至、天藏、地藏、解冤結、引路王六位菩薩。釋氏，指佛教。佛教始祖為釋迦牟尼，因以其名代稱其教。觀音等，都是佛教中大乘菩薩名，各有所司職。❼極樂院阿彌如來　阿彌如來，即阿彌陀佛。佛教淨土宗以阿彌陀佛為西方極樂世界教主，所以供奉阿彌陀佛的寺院稱為極樂院。

【語譯】最近我將離家南行，由荊楚到大梁，然後訪吳越，遊燕趙，四處奔波，終老他方。臨行之前，看著那些墳墓，慨然生悲，追念死去的親人，擔心他們的靈魂滯阻在陰曹地府，還沒有超渡到極樂世界，於是修造六尊菩薩和兩個佛像龕座，也就是佛教中所說的觀音、勢至、天藏、地藏、解冤結、引路王等六尊菩薩，放在極樂院供奉阿彌陀佛的佛堂。倘若死者有知，或能升天，或能雲遊四方，所到之處都能如意如願，也像我一樣漂泊四方，無所拘繫。

【研析】這是一篇造菩薩的記文，也是一篇沉痛追悼亡故親人的祭文，更是一篇與親人亡靈的訣別之文。文中歷敘骨肉零落歷史，表明造菩薩以慰亡靈，表達對死去親人的深切悼念與追懷，使生者寬心。但若純從追悼的角度落筆，則文章與祭文無異，難免平淡。此文卻能把對死者的懷念與歎生者的悲涼交織成文，先寫小時候的歡娛愛洽，緊承親友亡故，情感由喜而悲，最終引出「零落」二字，作為下文敘述的由頭。接下來的文字承「零落」而來，寫生者老大漂泊。自己年事已高，卻一事無成，默默承受親故凋零之痛，尚且背井離鄉，四處奔波以謀求出路，其心中悲苦，不言自明。如此筆墨，既明造菩薩之因，又見「零落」苦情。最後以生者死者皆得「遊於四方而無繫」收綰，一片良好祝願，實寓無限悲情。以似喜實悲之筆，打通生死之限，見親人至情，更有漂零之寓。

臨別追悼亡靈，本應是悲苦之文。但此文卻能做到引情不發，紆餘運筆，以平淡之語，傳極悲之情。特別是篇末從祈禱死去親人「所適如意」，並由此引出「亦若余之遊於四方而無繫云爾」一句感歎，看似漫不經意，仔細品味，則可透過平淡語句窺見作者難以承受的自傷之情，幾能催人淚下。

木假山記

【題解】考蘇洵〈寄楊緯〉詩可知，他曾先後兩次蓄木假山，一是在眉州老家所蓄之物，一為其舉家搬離西蜀時，於三峽一帶由楊緯另贈。眉州老家之物，在嘉祐四年其舉家搬遷時，並未隨身攜帶。出峽時楊緯所贈者，則被攜至京師。從其詩句可知，楊緯所贈木假山並非三峰並峙之形，與此文所繪之形不符。再考蘇軾〈木山并敘〉所記：「吾先君子嘗蓄木山三峰，且為之記與詩。詩人梅二丈聖俞見而賦之，今三十年矣。」則蘇洵此記所述當為其眉州老家所蓄之物無疑。蘇軾詩作於元祐元年（西元一〇八八年），去三十年則此記當作於嘉祐二年（西元一〇五七年），其時蘇洵正攜二子遊於京師，未幾即將赴妻喪，其時尚未得楊緯所贈之木假山。

木之生，或蘗而殤❶，或拱而夭❷，幸而至於任為棟梁❸則伐。不幸而為風之所拔，水之所漂，或破折，或腐。幸而得不破折，不腐，則為人之所材❹，而有斧斤之患。其最幸者，漂沉汩沒於湍沙之間❺，不知其幾百年，而其激射齧食❻之餘，或髣髴於山❼者，則為好事者取去，強之以為山，然後可以脫泥沙而遠斧斤。而荒江之濆❽，如此者幾何？不為好事者所見，而為樵夫野人所薪❾者，何可勝數！則其最幸者之中，又有不幸者焉！

【章旨】此章從木之生長夭折，引出遇與不遇、幸與不幸的深刻話題，並對之作辯證思考。

【注　釋】❶蘖而殤　剛萌芽即死去。蘖，植物萌生小枝。殤，未成年即死亡。❷拱而夭　兩手合抱（那麼粗）時夭折。拱，以兩手合抱，此指樹木粗到兩手合抱的程度。❸棟梁　房屋頂上的大梁。❹為人之所材　被人拿去做各種建築材料。材，做材料。❺湍沙之間　河流之中。湍沙，湍急的沙流，指河流。❻激射齧食　沖刷磨損。齧，用嘴咬或啃，此指沙石對樹木的沖擊磨損。❼髣髴於山　看上去像山的形狀。❽濆　水邊。❾所薪　被當作柴薪。薪，名詞作動詞，當柴禾。

【語　譯】樹木生長，要麼剛萌芽就死去了，要麼長到合抱時夭折了，萬幸者被認為可以用來做棟梁，卻又被砍伐掉了。更不幸的還有被大風連根拔起，被洪水沖走，不是折斷，就是腐爛了的。萬幸沒有折斷，也沒有腐爛，又被人看中拿去做建築材料，又會遭受斧斤之禍。最幸運的，是在湍急的沙石中漂泊浮沉，不知經過幾百年，在沖刷磨損之後，剩下像山峰一樣的殘餘部分，那就會被好事之人拾去，強行加工成山峰的樣子，然後可以擺脫泥沙磨損並且遠離刀斧之災。可是荒蕪的江河岸邊，像那樣的又有多少呢？像樣卻沒有被好事者發現，反而被樵夫村民拾去當柴燒，又哪裏數得過來！那麼，在最幸運者當中，又有一些不幸者。

予家有三峰❶，予每思之，則疑其有數❷存乎其間。且其蘖而不殤，拱而不夭，任為棟梁而不伐，風拔水漂而不破折，不腐。不破折，不腐，而不為人所材，以及於斧斤。出於湍沙之間，而不為樵夫野人之所薪，而後得至乎此，則其理似不偶然也。

然予之愛之，則非徒愛其似山，而又有所感焉；非徒愛之，而又有所敬焉。予見中峰魁岸踞肆❸，意氣端重，若有以服其旁之二峰❹。二峰者莊栗刻峭❺，凜乎不可犯，雖其勢服於中峰，而岌然無阿附意❻。吁！其可敬也夫！其可以有所感也夫！

【章　旨】此章寫在家中面對木假山所引起的深沉的人生思考：能處目前之狀，既有「數」存乎其間，又是其自身「凜乎不可犯」、「岌然無阿附意」的結果。

【注　釋】❶三峰　此指一塊三座山峰形狀的木頭。❷數　定數，即先天定好的命運。❸魁岸踞肆　高大魁梧，氣宇軒昂。踞，踞傲。肆，放肆；沒有禮貌。❹服其旁之二峰　降服著它兩邊的二座木山。服，使服從；降服。❺莊栗刻峭　峻拔陡峭，顯得巍峨莊嚴。❻岌然無阿附意　高聳著沒有低頭阿諛奉承的樣子。岌然，高聳的樣子。

【語　譯】我家裏有一塊三座山峰形狀的木頭，我每次想到它，都覺得那當中似乎有某種定數在起作用。它萌芽時沒有死掉，長到合抱時沒有夭折，能成為棟梁之材卻沒有被砍伐掉，被風拔起在水中漂流卻沒有破損折斷，又沒有腐爛。沒有破損折斷，沒有腐爛，還沒有被人們當成建築材料，遭受斧斤之禍。被湍流泥沙沖上岸，卻沒有被樵夫村民拾去當柴禾，然後才得以形成現在的樣子，那麼，從道理上講，這似乎不是偶然的。可是，我喜歡它，卻並非只是喜歡它有個山峰的形狀，而是由此生發出了感慨；不僅僅是喜歡而已，更對它有一種崇敬之情。我看那中間的山峰高大魁梧，氣宇軒昂，意氣端莊穩重，像是有某種東西在降服著兩旁的二座山峰。旁邊的兩座山峰則峻拔陡峭，巍峨莊嚴，凜然不可侵犯，雖然那種形勢是臣服於中間的山峰，但高聳昂揚，並沒有低頭阿諛奉承的樣子。啊，真是可敬可佩，讓人生出無限的感慨！

【研　析】此為託物言志之作。從前面「題解」相關考證可知，嘉祐二年正是作者攜二子遊於京師的時候。得歐陽修知貢舉，二子已高中進士，可蘇洵卻因並未就試，雖屢次上書權臣，在士林中也頗有文名，但朝廷並未授官。在〈上張侍郎第二書〉中，作者曾真實地描述自己當時的困窘之態。心高氣傲之士，懷才不遇以至於此，難免會有數奇之歎，當然更會激起他「凜乎不可犯」與「無阿附意」的傲岸耿介氣性。所以，此文能因木假山而生出無限感慨。

文章先寫樹木生長之難：或殤或夭，或伐或折，或為風拔，或為水漂。實際上是用樹木生長之難，比喻人才成長之難。次寫發現木假山之難：經幾百年磨礪而成山形，又或不為人所注意，或為樵夫所採為薪，最有幸者才為「好事者」所注意，將之雕琢成山形。這實際是用發現木假山之難，比喻發現人才之難。最後從自己所藏三峰木假山之形態起興，描繪其中峰魁梧偉岸，旁邊二峰「岌然無阿附意」。這實際是借家中木假山之形象，比喻才子之氣節。全文以雄健之筆，發深沉之慨，聯繫作者生平，其中正包蘊著他自己的人格個性。明人茅坤（見《唐宋八大家文鈔》）指出：「即木假山看出許多幸不幸來，有感慨，有態度。」可謂得其大旨。

另外，從當時作者遠離家鄉之時寫作此文，文中更有「予家有三峰，予每思之，則疑其有數存乎其間」數語，真所謂春草萋萋，王孫不歸，文字之間隱然含有無限鄉思。其人用筆之揮灑，用意之深曲，若非仔細品味，必將有所遺漏。

老翁井銘

【題　解】本文作於嘉祐二年（西元一〇五七年）。當時，作者父子三人雖然名動京師，但本人求官未遂，加上家中賢妻新喪，故其內心憂鬱可想而知。老翁井，依文意應為武陽安鎮一山麓泉井。《眉州屬志》卷二記：「老翁井在蟇頤山下，一名老翁泉。」據蘇軾〈送賈訥倅眉〉詩自注，蘇洵後在京師為官，死後由朝廷出資運送到眉州老家，即安葬於此。

丁酉❶歲，余卜葬❷亡妻，得武陽❸安鎮之山。山之所從來❹甚高大壯偉，其末分而為兩股❺，回轉環抱，有泉坌然出於兩山之間而北附❻，右股之下畜為大井，可以日飲百餘家。卜者曰吉，是其葬書為神之居❼。蓋水之行常與山俱，山止而泉冽❽，則山之精氣勢力自遠而至者❾，皆畜於此而不去，是以可葬無害。

【章　旨】此章交代銘井的原因，述老翁井周圍地理環境。

【注　釋】❶丁酉　此指宋仁宗嘉祐二年（西元一〇五七年）。❷卜葬　占卜吉凶以安葬死者。❸武陽　縣名，在今四川彭山。❹所從來　此指山脈本來的走勢。從來，由來；本來。❺兩股　此指兩個走向的山脈。❻有泉坌然句　有山泉從兩山之間滲透出來向北流淌而去。坌然，此處形容泉流從地下滲出時的情形。坌，塵土。北附，向北邊流淌。❼是其葬書為神之居　是其卜葬書籍上所說的有神仙居住的地方。❽山止而泉冽　山勢已盡，卻湧出清冽泉水。山止，指山勢終結，即到了山腳。泉冽，泉水清冽。❾則山之精句　那麼山嶽的精氣和勢力從很遠的地方都會匯聚到這裏來。古堪輿家認為山水都有靈魂精氣，其凶吉可從山的形態走勢及泉石分布等看出。泉水清冽被認為是氣清精爽，能從遠處吸取天地之靈氣。

【語譯】 丁酉年，我為亡妻占卜安葬地，尋找並確定在武陽縣安鎮鄉的山上。山脈綿延而來，雄偉高峻，山腳分成兩股，彼此回環相抱，一股清泉從兩山中間滲出往北流淌，在右邊那股山腳下匯聚成一泉井，可供一百多戶人家每天的飲用。占卜的人說那裏很吉利，是他的葬書上所講的神仙居住的地方。因為泉水往往隨山而流，山勢已止，清泉流出，那麼，從遠處而來的山的精氣勢力，就都匯聚在這裏不再散去，所以可以安葬，不會有什麼害處。

他日乃問泉旁之民，皆曰是為老翁井。問其所以為名之由，曰：往歲十年，山空月明，天地開霽❶，則常有老人蒼顏白髮，偃息❷於泉上，就之❸，則隱而入於泉，莫可見。蓋其相傳以為如此者久矣。因為作亭於其上，又甃石以御水潦之暴❹。而往往優游其間，酌泉❺而飲之，以庶幾得見所謂老翁者，以知其信否。然余又閔其老於荒榛❻巖石之間，千歲而莫知也，今乃始遇我而後得傳於無窮。遂為銘曰：

山起東北，翼為南西❼。涓涓斯泉，坌溢以彌❽。斂以為井❾，可飲萬夫。汲者告吾，有叟於斯；里無斯人，將此謂誰？山空寂寥，或嘯而嘻。更千萬年，自潔自好。誰其知之，乃訖遇我❿。惟我與爾，將遂不泯。無溢無竭，以永千祀。

【章　旨】此章記述老翁井得名由來，並發表感慨，作銘記。

【注　釋】❶天地開霽　天地明朗，沒有遮擋。霽，雨過天晴，這裏指沒有雲的月夜。❷偃息　休息；停留。❸就之　靠近他。就，靠近。之，指老翁。❹又甃石以御水潦之暴　又壘起井欄，擋住不讓突然的山流沖進泉井之中。甃，用磚石等砌井壁。水潦，此指山流。暴，突然而猛烈的沖擊。❺酌泉　舀起泉水。❻榛荊　荊棘。❼翼為南西　向西南張開。翼，像鳥翼那樣張開。❽坌溢以彌　細小的泉流匯集滿井。彌，滿。❾斂以為井　修葺成井。斂，收拾；整理。❿乃訖遇我　就請來告訴我。遇，會遇；會面。此指會見交談（有關老翁井的事）。

【語　譯】後來再問泉邊的村民，都說叫老翁井。問那名字的由來，說：十幾年前，在山空月明、天地朗朗、塵霧皆無的夜晚，就會時常有位老翁，蒼顏白髮，在泉水上邊休憩，走近了，就隱沒到泉水之中，看不見了。這個傳說一直流傳，已經很長時間了。因為這個緣故，就在泉水上面修了一個亭子，又砌上石頭做成井圍，防止山洪爆發沖入。村民們也常常到這裏悠然遊賞，酌些清泉品嚐，指望著有可能看到那位老翁，確認一下傳說是不是可信。可是，我卻惋惜起那位老翁終老於荒蕪的榛荊山石之間，經過上千年都無人知曉，如今算是遇到我了，然後才有了流傳下去的機會。於是寫下如下的銘文：

山自東北起，張翼向西南。涓涓泉流水，滲溢以彌滿。圍斂而成井，可以飲萬夫。汲水來告我，有叟憩於斯；里中無此人，將此謂是誰？山空夜寂寥，或聞嘯且喜。更歷千萬年，自潔兼自好。誰能知之者，卻讓與我遇。惟我之與爾，將遂不泯滅。無溢亦無竭，以便永千紀。

【研　析】這是一篇銘文，也是一篇借物抒懷之作。

文章先述老翁井之地理環境，繼而介紹其得名由來，講述了一個優美的民間傳說，最後作銘以記其事。總體上講，可以說是一篇較為典型的銘記作品。但是，由於作者當時特殊的心境，所以此銘又有感而發，寄寓了作者的一腔幽怨。

從蘇洵當時生活的實際看，此時實為其一生的一個低谷：京師求官未果，家中賢妻新喪。所以在為亡妻卜葬之時，聽到一段有關老翁井的神話傳說，便激起了他遁世、出世的情懷。文中盛讚傳說中的老翁「更千萬年，自潔自好」的高風亮節，表達自己甘願終老泉邊，尋求超脫的鬱悒情懷，但同時對老翁「閟其老於荒榛巖石之間，千歲而莫知」的枯寂人生，深表遺憾，曲折地反映出作者不甘心終老林泉，而欲「得傳於無窮」的功名之心。進退出處之間，折射出作者內心的苦悶與猶豫。特別是銘文中「惟我與爾，將遂不泯」的話，既有借老翁清名以傳己意之情，又寓老翁借其文以留名千古之意，彼此激蕩，見出作者自憐自愛之意。

作為一篇優美散文，本文描寫老翁月下偃息泉上一段，頗有神采：雖只寥寥數語，卻刻劃出一片山清月朗的清幽之境，營構出老翁越然物外的自由神姿，與作者彼時心境相互映照，怨艾傳情，如一首幽怨的小夜曲，纏綿百折，尤其扣人心弦，頗值仔細玩味。

仲兄字文甫說

【題　解】字說、名說是古代「說」類文體之一種，一般敘述起名或字的原因，闡發名、字中所含的道理。本文就是蘇洵為他的二哥蘇渙改字「文甫」，說明改字的原因及所改之字中包蘊的涵義。蘇洵二哥蘇渙本字「公群」，蘇洵為他改字「文甫」，是根據《易・渙》中「風行水上，渙」生發開去的，文章闡明風水相遇，成「天下之至文」的道理；進而申述自己希望建功立業，但不願刻意求功的志向。

洵讀《易》至〈渙〉之「六四」曰：「渙其群，元吉❶。」曰：嗟夫，群者，聖人所欲渙以混一天下者也。蓋余仲兄名渙，而字「公群」，則是以聖人之所欲解散滌蕩者以自命也，而可乎❷？他日以告，兄曰：「子可無為我易之❸？」洵曰：「唯。」

【章　旨】此章介紹仲兄原字涵義之不當，說明改字之緣起。

【注　釋】❶渙其群二句　語見《周易・渙》，渙即散，疏散的意思。唐人孔穎達解釋為：能為群物解散其險害，則有大功，所以說大吉(元吉)。❷則是二句　那是以聖人解散天下萬物險害自命之意，可以嗎。蘇洵的意思是，只有聖人才能有資格「解散滌蕩」天下萬物，哥哥不是聖人，是不應該用「群」為字的。❸子可無為我易之　你是不是可以給我更改一個字呢。可無，可否；可不可以。易，更換。

【語　譯】我讀《周易》到〈渙卦〉的「六四」，說是：「渙其群，元吉。」便想：唉，群，是聖人想解散群物險害統一天下的意思。我二哥名渙，字公群，那正是以聖人想渙散群物險害滌蕩天地自命，能這樣嗎？有一天跟他講起，哥哥說：「你是不是可以給我改個字？」我說：「好的。」

既而曰：請以「文甫」易之，如何？且兄嘗見夫水之與風乎？油然而行，淵然❶而留，渟洄❷汪洋，滿而上浮者，是水也，而風實起之❸。蓬蓬然而發乎大空❹，不終日而行乎四方，蕩乎其無形，飄乎其遠來❺，既往而不知其迹之所存者，是風也，而水實形之❻。今夫風水之相遭乎大澤之陂也❼，紆餘委蛇❽，蜿蜒淪漣❾，安而相推，怒而相凌❿，舒而如雲，蹙而如鱗⓫，疾而如馳，徐而如徊⓬，揖讓旋辟⓭，相顧而不前，其繁如縠⓮，其亂如霧，紛紜鬱擾⓯，百里若一。汩乎⓰順流，至乎滄海之濱，磅礴洶湧，號怒相軋⓱，交橫綢繆⓲，放乎空虛⓳，掉乎無垠⓴、橫流逆折、濆旋傾側㉑，婉轉膠戾㉒，回者如輪，縈者如帶㉓，直者如燧㉔，奔者如焱，跳者如鷺，躍者如鯉，殊狀異態，而風水之極觀備矣！故曰：「風行水上，渙。」此亦天下之至文也㉕。

然而此二物者豈有求乎文哉？無意乎相求，不期而相遭，而文生焉。是其為文也，非水之文也，非風之文也，二物者非能為文，而不能不為文也。物之相使而文出於其間也㉖，故曰：此天下之至文也。

【章　旨】此章描述風與水相互激蕩產生的種種形狀，實是對「渙」之形態的描述，表明改字「文甫」的內涵，闡明了作者對於「天下之至文」的深刻理解。

【注　釋】❶淵然　水很深的樣子。❷渟洄　水流旋洄不進的樣子。渟，水停滯。❸風實起之　是風將它（水）吹拂起來。起，使起來。❹蓬蓬然而發乎大空　形容風勢浩大的樣子，因風無形，只有借所吹之物以形，所以這麼說。蓬蓬，本指草木、鬚髮等密而零亂的樣子，這裏指大風不斷吹拂，使物體顯得零亂。大空，即太空、宇宙。❺蕩乎二句　大風飄蕩著吹來，隨即又消失得無影無蹤。此二句為互文。蕩，浩浩蕩蕩。無形，指風吹過之後萬物恢復原狀，看不出風的形狀。❻水實形之　實際上是水繪刻其形；在水面上留下風的形狀。形之，繪下形狀。❼今夫句　如今要是風跟水在大湖泊岸邊相遇。相遭，相遇。大澤，指大的河湖。陂，水邊；岸邊。❽紆餘委蛇　彎彎曲曲。紆餘，形容山水地勢曲折延伸。委蛇，彎曲的樣子。❾蜿蜒淪漣　水波曲屈流動的樣子。淪，水起微波。漣，水面的微波。❿怒而相凌　形容水風激蕩，像憤怒的人相互欺凌一樣。⓫蹙而如鱗　風吹水面皺起如同魚鱗。⓬徐而如徊　緩慢流動像一個人心事重重，徘徊不決。⓭揖讓旋辟　形容輕風吹拂時水波蕩漾的樣子。揖讓，作揖禮讓。旋辟，逡巡；退讓不前。⓮縠　縐紗一類的絲織品。⓯紛紜鬱擾　眾多的頭緒纏繞在一起，這裏形容水波細碎繁多。⓰汩乎　形容水流嘩嘩流淌的聲音。⓱相軋　相互沖擊。⓲交橫綢繆　縱橫交錯。綢繆，纏繞起來的樣子。⓳放乎空虛　無拘無束地在廣袤的空間流動。放，不受約束。空虛，此指寬闊的水域。⓴掉乎無垠　在無邊無際的水域漾漾激蕩。掉乎，這裏形容水波動盪的樣子。無垠，沒有盡頭，形容水域寬廣。㉑濆旋傾側　水波沖激堤岸時的樣子。濆，水邊。㉒婉轉膠戾　屈曲婉轉的樣子。膠戾，曲折。㉓縈者如帶　縈迴纏繞，有如衣帶。㉔燧　燧火；烽燧。古時邊境上用以報警的標誌，因燒起後直衝天空，所以用來擬直。㉕故曰四句　所以說「風行水上，渙」，那也就是天底下最美麗的花紋了。風行水上渙，語出《易・渙》，唐人孔穎達《周易正義》解釋此文：「渙者，散釋之名。大德之人能於此時建功立德，散難釋險，故謂之為渙。」至文，最好的文，即最美麗的物態。文，今寫作紋。㉖物之相使而文出於其間也　物與物相互作用，從中就產生出交錯的物態。

【語譯】隨後就說：用「文甫」來改怎麼樣？哥哥曾經注意過水跟風的關係吧？很自然地流淌，淵深處停留下來，旋洄不進為汪洋，滿溢上浮成波浪，這些水的形狀，卻都是風吹造成的。浩浩蕩蕩從太空中生發，不到一天的工夫就吹遍四方，飄然從遠方而來，蕩然不見其形，吹過之後不留一點蹤跡，這風的存在，卻又都是靠水來刻畫的。現在，風與水在大澤那裏相遇，彎彎曲曲，蜿蜒蕩漾，安靜地彼此推動，憤怒地相互衝撞，舒捲如同白雲，凝聚如同魚鱗，快似健馬飛馳而去，慢如心事重重者徘徊不前，彼此揖讓退避，回顧不忍前行，紋繁如同縐紗，紊亂如同霧靄，紛紜纏繞，鬱結不解，上百里都是這個樣子。汩汩然順勢流淌，到達滄海之濱，氣勢磅礡洶湧，怒號著彼此沖激，縱橫交錯糾纏不清，鬆弛時又如空虛無物，懈怠狀似浩瀚無垠，橫流逆溯，拍擊崖岸傾側回擊，屈曲婉轉，洄旋如巨輪，縈迴如衣帶，直流如烽燧，奔馳似火焰，跳擲若鷺鳥，躍起如鯉魚，各種奇形異狀，窮盡風與水之變態。所以說：「風行水上，渙。」那可以說是天底下最美麗的物態了。

可是這二種事物難道是有意要形成物態嗎？沒有刻意去營造物態，不期而遇，物態就產生了。所以，這樣的物態，不是水的固有形態，不是風的固有形態，這兩件事物都沒有固有形態，卻不能說不可能產生物態。物與物相互作用，物態就在這個過程中產生了，所以說：這是天底下最美麗的物態。

今夫玉非不溫然美矣，而不得以為文；刻鏤組繡❶，非不文矣，而不可與論乎自然。故夫天下之無營❷而文生之者，唯水與風而已。

昔者君子之處於世，不求有功，不得已而功成❸，則天下以為賢；不求有言，不得已而言出，則天下以為口實❹。嗚呼，此不可與他人道之，唯吾兄可也。

【章　旨】此章揭示「至文」必備之兩方面特殊內涵：自然「無營」與「不求」。

【注　釋】❶刻鏤組繡　雕刻或刺繡花紋，刻意為之的意思。刻鏤，雕刻。組繡，刺繡。組，編織。❷無營　沒有經營、沒有經過加工或刻意追求，一任自然。❸不得已而功成　本非自己意願或強求卻獲得成功。不得已，強調「物之相使」而非本人所願。❹口實　口頭證據；依據。引申為經典。

【語　譯】現在，玉石沒有不是溫潤而且美麗的，卻不能形成圖案；雕琢刻鏤刺繡，不能說不是圖案，卻不能說那是自然的。所以說天底下不是人為營造卻產生美妙圖案的，只有水跟風的激蕩而已。

從前，君子處世，不求成就功業，萬不得已成就了功業，那麼天下人都認為他很賢能；不想發表什麼言論，萬不得已發表了看法，那麼，天下人都引據為經典。唉，這些都不能跟別人談起，只能跟我哥哥講講吧。

【研　析】「渙其群，元吉」，「風行水上，渙」，都是《周易．渙》中的話，前者中「渙」為動詞，是渙散險害的意思。後者為名詞，按唐人孔穎達的意思，是指大德之人成就功業之後的一種超然的精神境界。蘇洵的哥哥名蘇渙，原本字「公群」，取的是前一個「渙」的意思。蘇洵認為「渙其群」只有聖人才能做到，而蘇渙雖然「以進士得官，所至有美稱」（見蘇軾〈蘇廷評行狀〉），但畢竟不能自比於聖人，因此，蘇洵認為是不合適的。他一提出這個問題，蘇渙也意識到了「公群」的涵義太顯露或張揚，所以讓蘇洵幫他改一個字。蘇洵取「風行水上，渙」的意思，改蘇渙字「文甫」，將其字的涵義演繹成無意功業而功業成，功成不居而身退的超然人生境界。

蘇洵的文章本來以樸質簡練見長，以長於議論見勝。可是，本文中間一段形容風水相遇的文字，狀物態之多變，可謂窮形盡象，極盡鋪陳之能事，體現出蘇洵文章的另一特色，在其文集中可謂絕無僅有。鋪敘之後，總結二者關係，作者特別強調「物之相使而文出於其間」的結果，揭示了「至文」出於自然的真諦。將「文甫」的內涵揭示明白，同時，寄託了其美好的人生願望，很大程度上也反映了蘇洵的「至文」文藝觀。後人分析此文，一向重視其中所包蘊的文藝觀，其實，作者在說明「至文」涵義時，於強調「無營」為文的後面，又特別點明「君子之處於世」的要求，將文藝觀上升到人生觀的高度，一定程度上回歸到孔子「文質彬彬」的人格要求上，揭示出其淡泊明淨的人生態度。以其子蘇軾為代表的「蜀學」能文之士，後來多尊其說，不僅以「至文」相期，而且以「無營」作為處世哲學思想。可見其影響之深遠。文登甫評該文：「文出於無心，方為至文，下皆發明此意。結意尤高，真是百尺竿頭進一步。」（《靜觀堂三蘇文選》）從他闡述風、水成「文」的關係，不僅看到了「至文」，而且能從其「結意」中看出其人生觀、世界觀，所言可謂得其要旨。這是我們今天重讀此文時，應該特別注意的。

名二子說

【題解】本文跟〈仲兄字文甫說〉屬同一類文字，意在闡明兒子名「軾」、「轍」的涵義。從其〈極樂院造六菩薩記〉文中可知，蘇洵在二十五歲時長子夭折，二年後的仁宗景祐三年（西元一〇三六年）才先有了兒子蘇軾，又三年再有蘇轍。由此，則此文最早當作於蘇轍出生後不久，即仁宗寶元二年（西元一〇三九年）。

輪輻蓋軫，皆有職乎車❶，而軾❷，獨若無所為者❸。雖然，去軾，則吾未見其為完車也。軾乎！吾懼汝之不外飾❹也。

天下之車莫不由轍❺，而言車之功者，轍不與焉。雖然，車仆❻馬斃，而患亦不及轍，是轍者，善處乎禍福之間也。轍乎！吾知免矣。

【注釋】❶輪輻蓋軫二句　一輛車上的車輪、車輻、車蓋、車軫，對車而言都有某種功能作用。輪，車輪。輻，輻條，在車輪中連接輪圈與輪轂間的木條。蓋，車蓋，車上用來遮陽擋雨的工具。軫，車後的橫木。❷軾　古時車廂前面用來扶手的橫木。❸無所為者　無用的東西。❹不外飾　不加掩飾，這裏主要指不掩飾內心的情感和主張。❺轍　車輪留下的印跡。❻車仆　車翻掉了。仆，仆倒。

【語譯】車輪、車輻、車蓋、車後橫木，對一輛車而言都各有其用途，可是車前的橫木——車軾，卻唯獨像是沒有什麼用的東西。雖說如此，沒有車軾，我就看不出那是一輛完整的車了。軾啊！我擔心你不掩飾自己的情感啊。

天底下的車，沒有不鑑前車之轍而行的，可是談到行車的功勞，卻沒有車轍的分。雖說如此，車翻倒了，拉車的馬也斃命了，可什麼禍患也不可能殃及車轍。這就說明，車轍是可以很好地處理禍福的。轍啊！我知道不會出什麼問題。

【研 析】本文作者從車之「軾」、「轍」的功用出發，闡明兒子蘇軾、蘇轍名字的本義，進而引申開去，藉以預料自己兩個兒子一生的命運，於「軾」，有「不外飾」的擔心；於「轍」，則有「知免矣」的安慰。全文看似測字遊戲，其實包含了他自己坎坷一世的滄桑感慨。從蘇軾、蘇轍二人的生平來看，作者對兒子人生的預測，可以說是相當準確的。楊慎曾評論本文寫法：「字數不多，而婉轉折旋，有無限思意，此文字之妙。」隨後又說：「觀此，老泉之所以逆料二子終身，不差毫釐，可謂深知二子矣。」（《三蘇文範》）

送吳侯職方赴闕引

【題解】此為贈序文字，作於至和二年（西元一〇五五年），時吳照鄰在蜀中為官已有六載，行將離任返京，蘇洵為此文以贈。吳侯職方，即吳照鄰，官職方郎中，江南人，跟蘇洵仲兄蘇渙有同年之好，著名於世三十年。吳照鄰之子字子上，於嘉祐二年中進士，跟蘇軾兄弟又有同年之好，蘇、吳兩家堪稱世交。赴闕，入京朝見皇帝。引，即敘，因為作者的父親名「序」，故避諱稱「引」（蘇軾、蘇轍凡作序，也一概稱引或敘）。

因天地萬物有可以如此之勢，而寓之於事，則其始不強而易成❶，其成也窮萬物而不可變。聖人見天地之間以物加物，而不能皆長，不能皆短，於是有度。見一人之手不能盛江河之沙礫，而泰山之谷納一石而不加淺❷，於是有量。見物橫於空中，首重而末舉❸，於是有權衡。長短之相形，大小之相盛，輕重之相抑昂❹，皆物之所自有，而度量權衡者因焉。故度量權衡家有之而不可闕❺。至於後世，有作者出，以為因物之自然以成物，不足以見吾智，於是作器，使之不擊而自鳴，不觸而自轉❻，虛而欹，水實其中，而覆半，而端如常器❼。嗚呼！殆矣。吾見其朝作而暮廢也。

【章　旨】此章從萬物之勢落筆，論證成就事業應該「因物之自然以成物」，順應時勢，而不可自我造作。

【注　釋】❶不強而易成　不用勉強就能夠辦成功。❷而泰山句　而泰山山谷不會因多容納一塊石頭而變淺。谷，山谷。淺，此指谷底抬高。❸首重而末舉　頭重腳輕。這裏指橫放之物，一頭重一頭輕。舉，翹起來。❹抑昂　下沉或上揚。抑，因太重而下沉。昂，因較輕而上揚。❺闕　通「缺」。缺少；缺乏。❻不觸而自轉　不接觸卻自己運動起來，指不受外力而運動。觸，接觸，指施加外力。轉，轉動；運動。❼虛而欹四句　內部挖空而形體側斜，把水盛進去，盛到一半的時候，就形體端正跟平常的器具一樣。欹，傾斜。

【語　譯】因為天地萬物存在著某種可能的發展趨勢，便以某種事理寓於其中，那麼在開始時不用勉強就容易做成，一旦成功，就會窮盡萬物，不可能改變。聖人看到天下之間用一件事物去測量另一件事物，不可能全都很長，也不可能都很短，於是就制定了長度單位。看到一個人的手不能捧起一江河的沙石，而泰山山谷卻不會因為加進去一塊石頭而變淺，於是制定量度單位。看到東西橫在空中，一頭重一頭輕，於是就制定了稱量的工具。長短從形狀看出，大小從容量看出，輕重由上翹下垂看出，都是事物自身具有的特性，可由此卻制定了度量衡的標準。所以度量衡家家都有，不可或缺。至於後世自以為聰明的人出來，覺得按照事物本身的自然之理做成器具，不足以表現他的聰明才智，於是製成一種東西，使它不被擊打就可以自動鳴響，不被推動就可以自己轉動，中間挖空，體形傾側，用水充實其中，盛到一半，就形體端正跟平常的東西一樣。唉，危險著哩！我看那種東西早晨做成了，晚上就會被人拋棄掉。

夫不忍而謂之仁，忍而謂之義。見蹈水者不忍而拯其手，而仁存焉❶；見井中之人，度不能出，忍而不從，而義存焉。無傷其身而活一人，人心有之；不肯殺其身以濟必不能生之人，人心有之。有人焉，以為人心之所自有，而不足以驚人也，乃曰：「殺吾身雖不能生人，吾為之。」此人心之所自有邪？強之也❷。強不能以及遠。使人之心不忍殺人，而亦不以無故殺其身，是亦足以為仁矣乎？嗚呼！有餘矣。誰能不忍視人之死，而亦不肯妄殺其身者，然則異世驚眾之行❸，亦無有以加之也❹。

【章　旨】此章從成就事業者自身要求出發，說明要以仁、義為根本，而不能有驚世駭俗之舉。

【注　釋】❶見蹈水者二句　此二句化用《孟子・離婁上》句意。意思是見到有人跳入水中，因為於心不忍，將他拉起來，就是仁義之舉。❷強之也　是勉強的。❸異世驚眾之行　即驚世駭俗之舉。異世，與世人不同。❹無有以加之也　沒有可能被強說成「仁」的可能了。之，指「仁」。

【語　譯】懷有不忍之心，就叫仁，克制住感情，就是義。看到有人溺水，心懷不忍並動手相救，就是心存仁愛；看到井裏的人，估計不可能救得出來，克制住內心的苦痛不去救，那是心存大義。不傷害自身去救活一個人，每人心中都有那個意思；不願意以傷害自己為代價去救一個肯定救不活的人，每人心中也都有那個意思。可有這麼一種人，認為一般人心中都有的想法，不足以驚動世俗，於是說：「危及自己的生命，縱然不能救活別人，我也會去做。」這難道是人們心中都有的想法？是勉強的吧。勉強的肯定不可能傳之久遠。讓人們心裏都不忍殘害別人，同時也不會無緣無故傷害自身，那樣就足以稱得上是仁了嗎？唉！還有更多的內容哩。如果有誰能夠既不忍看著別人去死，同時又不願意隨便自殘，那麼，那種驚世駭俗之舉，也就沒有加之於仁的可能了。

吳侯職方有名於當時，其胸中泊然無崖岸限隔❶，又無翹然躍然務出奇怪之操，以震撼世俗之志。是誠使刻厲險薄❷之人見之，將不識其所以與常人異者。然使之退而思其平生大方，則淳淳渾渾不可遽測❸。此所謂能充其心之所自有，而天下之君子也。吳侯有名於世三十年，而猶於此為遠官❹。今其東歸，其不碌碌為此官也哉！

【章旨】此章盛讚吳照鄰為人淡泊閑雅，以仁義為懷，不標新立異以媚俗眾，雖仕途不順達三十年之久，但其精神人格卻值得充分肯定。

【注釋】❶泊然無崖岸限隔　形容心胸開闊，不狹隘。泊然，淡泊的樣子。無崖岸限隔，沒有任何阻攔和梗塞。❷刻厲險薄　陰險刻薄。刻厲，刻毒。險薄，陰險而薄情。❸淳淳渾渾不可遽測　雄渾浩蕩無法度量，形容人氣概超邁，心胸博大。❹遠官　遠離京城的地方官。

【語譯】吳侯職方有名於當世，他胸懷坦蕩，淡泊無涯，又沒有傑出眾表、標新立異以便求得驚世駭俗的想法。這些如果真讓那種陰險刻薄的小人去審視分析，肯定是看不出他有什麼跟一般人不一樣的地方。可是退處回顧其人一生所歷大事，那麼，就會覺得他坦蕩灑脫、放曠大度，到了不可遽測的境界。這就是所謂的內心充盈、自主獨立、天下君子之人的氣派。吳侯著名於世已有三十年了，卻還一直在遠離京城的地方為官。現在他將東歸京師，看來是不會再平平淡淡地做這類小官了吧！

【研析】這是一篇贈敘，從其中「吳侯有名於世三十年，而猶於此為遠官」的話可以判斷，吳照鄰雖然成名很早，但仕宦卻一直未顯。作為世交，蘇洵對此可謂既感悲哀又頗同情，所以此敘以大量篇幅明出仕之理：一方面依事理而行，「因物之自然以成物」，這是一個人對外在客觀事物應取的態度。另一方面，為人處世，應以仁義為本，但對仁義應有正確的理解，不可矯情，這是一個人於內在心性修養方面應取的態度。這些文字，綰合於不矯俗和不矯情上，既是對吳照鄰官海沉浮的寬慰，又是對他多年仕宦人格的肯定。以此為基礎，再托出對吳照鄰的高度評價，最後致以殷切的希望，表達美好的祝願，點明贈別主旨。把吳照鄰的仕宦困頓以及自己對吳照鄰的臨別贈言，置於一個人生價值觀的評判上，既襯托出吳照鄰的內心淡泊、心胸寬闊，又譏刺當時矯揉造作、妄求震撼世俗的官場不良習氣。最後在殷切的希望與良好祝願中，進一步突破人生軌跡官海沉浮的表象，深入到人生價值的本質，對吳照鄰作高度的肯定與讚揚，既是為了撫平其仕途偃蹇的傷痛與不快，更寄寓了作者自己對士子人格尊嚴的珍視，如此處理，使這篇贈序顯得十分充實的同時，也顯得更加凝重和有分量。仕與不仕，顯與不顯，對這兩位相知已深的友人而言，已不甚重要，重要的是彼此的相知與理解，聯繫蘇洵生平，當時他已有文名，卻尚未入仕，則其作此等語，亦可謂是有感而發。

全篇文筆灑脫恣肆，收放自如，充分體現出了蘇洵俊爽的文風。

送石昌言使北引

【題解】本文作於嘉祐元年（西元一〇五六年）九月，是一篇贈序。石昌言，名揚休，是蘇洵家的親戚，年少即孤，發奮力學，年十八舉進士，年四十三進士及第。累官至刑部員外郎、知制誥。嘉祐二年，遷工部郎中，未及謝，卒，年六十三。據《續資治通鑑長編》卷一八三記，嘉祐元年，石昌言奉命「為契丹國母生辰使」，出使契丹。當時，蘇洵正在京師求官，二人得以相遇。石昌言將行，蘇洵以此文相送，勉勵他藐視驕敵，不辱使命。

昌言舉進士時，吾始數歲，未學也。憶與群兒戲先府君❶側，昌言從旁取棗栗啖我❷。家居相近，又以親戚故甚狎❸。昌言舉進士，日有名。吾後漸長，亦稍知讀書，學句讀、屬對、聲律，未成而廢。昌言聞吾廢學，雖不言，察其意甚恨❹。後十餘年，昌言及第第四人❺，守官四方❻，不相聞。吾以壯大，乃能感悔，摧折❼復學。又數年，遊京師，見昌言長安，相與勞苦如平生歡❽。出文十數首，昌言甚喜稱善。吾晚學無師，雖日為文，中甚自慚，及聞昌言說，乃頗自喜。今十餘年，又來京師，而昌言官兩制，乃為天子出使萬里外強悍不屈之虜庭。建大旆❾，從騎數百，送車千乘，出都門意氣慨然。自思為兒時，見昌言先府君旁，安知其至此！

【章　旨】此章歷敘自小與石昌言的親切交往，以及石昌言對自己的關懷、照顧與激勵，見出石昌言對作者成長的巨大影響。

【注　釋】❶先府君　已故的父親或母親，此指蘇洵已故的父親蘇序。❷啖我　給我吃。啖，吃，此處作使動用法。❸狎親暱；親近。❹甚恨　感到非常遺憾。恨，遺憾。❺及第第四人　考中進士並獲得第四名。及第，科舉考試中被錄取。❻守官四方　即到各地去做官。守官，做官。❼摧折　強烈克制自己，使改正不良習慣。❽相與勞苦如平生歡　彼此道辛苦，好像終生在一起的好朋友。相與，彼此。勞苦，道辛苦。平生歡，一生要好的朋友。❾建大旆　舉起大旗。旆，旗幟。

【語　譯】昌言剛剛被舉薦參加進士考試的時候，我才幾歲，還沒有入學。想起當時跟小夥伴們一起在先父身邊玩耍，昌言從旁邊拿棗子、栗子等給我吃。因為兩家住得很近，加上又是親戚，所以玩得很熟。昌言被舉薦考進士，一天天有了名氣。我也漸漸長大，也稍微知道讀些書了。學些句讀、屬對、聲律之類的東西，沒有學好就荒廢了。昌言聽說我荒了學業，雖嘴上不說，看他的意思是覺得非常可惜的。再後來過了十多年，昌言進士及第獲得第四名，四方為官去了，就失了消息。我因為大了，也很後悔，就改變故態，恢復學業。又過了幾年，到京城遊學時，在長安與昌言相見，彼此問候，互道辛苦，像是一輩子在一起的好友那般歡洽。拿出十幾篇文章請他品評，昌言非常高興，誇獎我寫得很好。我發奮向學很晚，又沒有老師，雖然每天寫作，心中卻常常自慚形穢，等聽到昌言的誇獎，才很有些高興。現在又已經過了十多年，我再次來到京師，而昌言已經是兩制重臣了，正奉天子之命，準備出使到萬里之外那強悍不屈的虜庭。擎舉著天朝使者的旗幟，跟隨著數百騎衛，送行的車輛有千乘之眾，走出都城城門，意氣洋洋，言辭慷慨。暗想孩提之時，看到昌言在先父身旁，哪裏會預料到能有今天！

富貴不足怪，吾於昌言獨有感也。丈夫生不為將，得為使折衝口舌之間❶足矣。往年彭任從富公使還❷，為我言：既出境，宿驛亭，聞介馬❸數萬騎馳過，劍槊❹相摩，終夜有聲，從者怛然失色❺。及明，視道上馬迹，尚心掉不自禁❻。凡虜所以誇耀中國者多此類，中國之人不測也，故或至於震懼而失辭，以為夷狄笑。嗚呼！何其不思之甚也？昔者奉春君使冒頓，壯士、大馬皆匿不見，是以有平城之役❼。今之匈奴，吾知其無能為❽也。《孟子》曰：「說大人者，藐之。」❾況於夷狄！請以為贈。

【章旨】此章是作者希望石昌言能利用這樣的機會，不辱使命，觀察敵情，為國立功，主要表達了作者對石昌言出使的擔憂、關心、鼓勵與祝願。

【注釋】❶得為使折衝口舌之間　出使他國，用外交言辭擊敗敵人。折衝口舌之間，出使敵國，使之折服。折衝，使敵人的戰車後退。口舌，言語，此指外交語言。❷往年句　指慶曆二年（西元一〇四二年），富弼以知制誥的身分出使契丹事。彭任，蜀人，當時為富弼隨從。❸介馬　披有鎧甲的戰馬。介，甲冑。❹劍槊　刀劍等兵器。槊，古代兵器，柄較矛更長。❺怛然失色　愁苦恐懼，面無表情。怛然，此處形容驚慌的樣子。❻心掉不自禁　提心吊膽，難以控制恐懼的心理。心掉，形容心驚。❼昔者奉春君三句　據《史記・劉敬叔孫通列傳》載，漢高祖將要出擊匈奴，派劉敬出使去探其虛實，匈奴單于冒頓在漢使到後，將駿馬、壯士藏匿起來，只讓他看到老弱的士卒。劉敬被迷惑了，回國告訴高祖，說可以進攻，結果高祖在平城被匈奴精兵強將包圍達七天之久。奉春君，即婁敬，因功賜姓劉，稱劉敬。❽無能為　沒有什麼作為。❾孟子曰三句　語見《孟子・盡心下》，意思是誰要是誇耀比別人強大，就應該藐視他。

【語譯】人生富貴，不足為奇，我惟獨對昌言特別有感觸。大丈夫在世，不能成為衝鋒陷陣的將軍，能成為憑著舌辯之利為國出力者，也就足夠了。從前，彭任隨從富弼先生出使契丹回國，對我講：一離開自己的國境，晚上寄宿在旅館，聽到數以萬計披著鎧甲的戰馬疾馳而去，刀劍長矛相互撞擊，整夜都是那些聲音，隨從的人都驚恐失色。等到天亮，看到道路上的車馬痕跡，還禁不住心驚肉跳。大凡驕虜向中原天朝炫耀的，不過這麼些東西，朝廷的使者不知道這些，所以有些人竟至於因為震驚害怕而言語失措，被那些夷酋笑話。唉！怎麼這麼不動腦筋呢？從前，奉春君劉敬出使到匈奴冒頓那裏，匈奴人把強壯的士兵、肥壯的馬匹都藏起來不讓他看到，所以才出現了漢高祖平城一戰陷於困窘的局面。現在的契丹人，我知道他們是沒有什麼作為的。《孟子》說：「誰要是誇耀比別人強大，就該藐視他。」何況是夷族政權呢！我就用這席話作為臨別贈言吧。

【研析】這是一篇贈序。比較〈送吳侯職方赴闕引〉可見，雖同為贈序，但二文風格卻截然不同：所贈二人雖都是與作者關係密切者，但吳照鄰是友人，石昌言為親戚；吳是仕途不順，多年未調的遠官，縱然離任返京，卻仍未見明顯升遷之跡；石雖曾困於科場多年，但仕途不似吳那般平淡，其時離京出使，正是為國立功，施展抱負之時，前途卻是未可限量。

正是由於贈別對象有如許不同，所以在處理時，蘇洵在情感處理上也有很大的不同：對吳照鄰，可以說是作情感冷處理，以冷峻的理性分析代替情感抒發，只於末尾加以點逗，見於己懷；而在石昌言這位親戚面前，蘇洵卻是一任感情宣洩。文章可分前後二段：第一段追述自己與石昌言自小的交往。作者以文章功名為線索，歷敘石昌言少年好學，守官四方，出使強虜。中間穿插自己的幼年無知，稍長問學，棄學遊蕩，折節讀書等。從「甚狎」、「甚恨」、「甚喜」的感情發展過程，突出了石昌言對自己的愛護和激勵。通過對二人幾十年交往的介紹，盡見彼此之間的離合悲歡，純以情感動人。第二段抒發贈遠之情，作者引用彭任之言述說虜情，提醒石昌言不可為強虜所窘，鼓勵他努力此行，建功立業。突出了自己對石昌言的關心和殷切希望。

前後二段，一從對方的角度去寫，一從自己的角度來書，以身世功名為線索貫穿其中，使贈別者與受贈者彼此互動，作情感交流，一片親情蕩漾其中，既見親人臨歧分手戀戀不捨之意，卻又絕不作小兒女情態，立意高遠，文字純樸，詰曲頓挫之中，婉轉有情。難怪茅坤歎其「直當與韓昌黎〈送殷員外〉等序相伯仲」（《唐宋八大家文鈔》）了。

議修禮書狀

【題解】此文大約作於嘉祐六年（西元一〇六一年），當時朝廷任命蘇洵為文安縣主簿，與姚闢同修《太常因革禮》。此狀最後有「謹具狀申提舉參政侍郎，欲乞備錄聞奏」文字，說明此狀是通過歐陽修上奏朝廷的。歐陽修任參知政事，是該年閏八月事，可知此文當作於本年八月以後。狀，古文體的一種，是用來向上級陳述事實的文書。蘇洵此狀，主要表述編修前代之禮書，不應以求善為目的而隱其「不經之事」，而應以存史求真為主旨，善惡並存，以免淆亂視聽，反掩先朝之明，體現了其求實求真的史學精神，持論是相當公允的。

右洵先奉敕編禮書，後聞臣寮❶上言，以為祖宗所行不能無過差❷；不經之事❸，欲盡芟❹去，無使存錄。洵竊見議者之說，與敕意大異。何者？前所授敕，其意曰纂集故事而使後世無忘之耳，非曰制為典禮❺而使後世遵而行之也。然則洵等所編者，是史書之類也。遇事而記之，不擇善惡，詳其曲折，而使後世得知而善惡自著者，是史之體也。若夫存其善者，而去其不善，則是制作之事❻，而非職之所及也。而議者以責洵等，不已過乎？

【章旨】此章指出自己奉敕編纂前代禮書，是史書之事而非制作之事，芟除不經之事，失去存史求真精神，實際上為不合時宜之舉。

【注釋】❶臣寮　臣僚；大臣。❷過差　過失和差錯。❸不經之事　與經義相抵觸的事，即與禮法不合的事，也就是文中所謂「過差」之類。❹芟　割（草）；除去。❺制為典禮　制成特定的禮儀標準。典禮，標準的禮儀形式。❻制作之事　「制成典禮」的事，指政府中專門制定禮儀規矩，通令全國執行的機關。

【語譯】上面是我奉敕編修的禮書，後來聽說有臣僚上奏章，認為祖宗的行為舉止不應該有什麼差失過錯；凡是不合常禮的事，想要全部刪除掉，不要記錄下來。我私下覺得講這話的人的看法，跟朝廷的敕意大相徑庭。為什麼呢？以前我接受的敕文，意思是纂集舊事，以使後世不忘，並不是講要制成典範儀軌，使後世照此辦理。既然如此，那麼，我所編纂的，是史書一類的東西。遇到大事就記錄下來，不進行善惡選擇，而是詳細記明曲折原委，使後世知道曾有這些事，並能判斷孰善孰惡，那才是史書的體例。至於說只保存好的，刪掉不好的，那是編制禮儀典範一類的事，不是我職責所及的範圍。可是說那些話的人卻用那些來責求我，不是太過分了嗎？

　且又有所不可者：今朝廷之禮雖為詳備，然大抵往往亦有不安之處，非特一二事而已。而欲有所去焉，不識其所去者果何事也？既欲去之，則其勢不得不盡去，盡去則禮缺而不備。苟獨去其一，而不去其二，則適足以為抵捂齟齬❶而不可齊一。

【章旨】此章指出芟去不經之事，在具體操作時將遇到困難，是行不通的。

【注釋】❶抵捂齟齬　相互抵觸，彼此矛盾。齟齬，本指上下牙齒不合，引申指意見不同，彼此矛盾。

【語譯】再說又有行不通的地方：現在朝廷的禮法雖然說很完備了，可是大體上講，也還有一些並不完美的地方，而且還不只是一二處。如果想有所刪節，究竟應該刪除哪些呢？既然想刪去，就勢必不得不全部刪除，全部刪除的話，禮法就會顯得不完備了。如果只刪除其中的某一件，不刪除另外的一件，那麼，就只會是造成彼此矛盾，不可能完備統一。

且議者之意，不過欲以掩惡諱過，以全臣子之義，如是而已矣。昔孔子作《春秋》，惟其惻怛而不忍言❶者而後有隱諱。蓋桓公薨，子般卒，沒而不書，其實以為是不可書也❷。至於成宋亂，及齊狩，躋僖公，作丘甲，用田賦❸，丹桓宮楹，刻桓宮桷❹，若此之類，皆書而不諱，其意以為雖不善而尚可書也。今先世之所行，雖小有不善者，猶與《春秋》之所書者甚遠，而悉使洵等隱諱而不書，如此，將使後世不知其淺深❺，徒見當時之臣子至於隱諱而不言，以為有所大不可言者，則無乃欲益而反損❻歟？

【章旨】此章指出芟去不經之事，不僅有違聖人之意，而且將使後世不知深淺，淆亂視聽，欲益反損。

【注釋】❶惻怛而不忍言　因心中同情而不忍心揭示出來。❷蓋桓公四句　桓公，魯桓公。桓公十八年，魯桓公與夫人同至齊國，夫人與齊侯私通，魯桓公於是將其夫人趕走。後來，齊侯找藉口派人殺死了桓公。《春秋》只說「桓公薨」，不具體寫其中經過。子般，是魯莊公與孟女的兒子。魯莊公死後，他的一個弟弟立子般為魯國國君。莊公夫人與莊公的另一個弟弟私通，那個弟弟知道子般的事，將子般殺死，另立莊公夫人的姪兒為君。《春秋》中只記「子般卒」。孔子作《春秋》以魯為周禮之所在，魯國的這些事與周禮不合，讓他很傷心，所以避而不書。❸至於成宋亂五句　成宋亂，據《春秋》桓公二年：

「三月，公會齊侯、陳侯、鄭伯於稷，以成宋亂。」及齊狩，指魯莊公四年冬，魯國與齊國交戰一事。躋僖公，魯文公二年，大祭於祖廟時，升僖公位於閔公之上。躋，升。僖公，魯閔公庶兄，繼閔公而立。作丘甲，魯成公元年，要求每丘（周禮以九人為井，四井為邑，四邑為丘）都派出甲士，是加重百姓負擔的手段。用田賦，指魯宣公十五年執行「初稅畝」制度。❹丹桓宮楹二句　魯莊公二十三年，桓公夫人到桓公廟去祭奠時，有人將桓公廟的椽子都塗紅並加以刻鏤，這麼做的目的是暗示桓公夫人的不正（與齊侯私通致使桓公被害等）。桷，屋椽。孔子認為這些發生在魯國的事情，或帶有侵略性質，或是苟且之事，都與周禮相悖，但為了達到懲戒後人的目的，所以對之略作記錄，而不是完全掩去不記。❺不知其淺深　不知道過失的大小。淺深，此指過失的大小。❻欲益而反損　想有所幫助卻起了相反的作用。

【語譯】再說講這些話的人的意思，不過是想藉以文過飾非，以保全臣子應盡之義，如此而已。從前孔子作《春秋》，因為心中傷感，不忍心直說然後才有所隱諱。像魯桓公去世，子般死亡，就隱沒不記，其實是覺得這些都不能記錄。至於在宋地會盟諸侯平定宋國的內亂、與齊國作戰、文公祭祖廟時排僖公位於閔公之上、每丘出甲士的軍制、執行「初稅畝」的田賦制度、在桓公夫人祭奠時把桓公廟的門框塗紅、椽子雕刻花紋，諸如此類的事，都記錄下來不加隱諱，就是覺得這些事雖說不是什麼好事，卻還有記錄的必要。現在先世帝王的行為，雖然稍微有些不完美的地方，跟《春秋》所記錄的那些事件比起來還是好多了，要是全部讓我們隱諱不記，那樣的話，必將使後世之人不明白事情的輕重大小，只看到當時的臣子因為隱諱而不記，便誤以為有什麼大的過失不能記錄，那不是想有所幫助卻反而壞事了嗎？

《公羊》之說滅紀滅項，皆所以為賢者諱，然其所謂諱者，非不書也，書而迂曲其文❶耳。然則其實猶不沒也。其實猶不沒者，非以彰其過也，以見其過之止於此也❷。今無故乃取先世之事而沒之，後世將不知而大疑之，此大不便者也。

班固作《漢志》，凡漢之事，悉載而無所擇。今欲如之❸，則先世之小有過差者，不足以害其大明，而可以使後世無疑之之意，且使洵等為得其所職，而不至於侵官❹者。

謹具狀申提舉參政侍郎，欲乞備錄聞奏。

【章旨】此章以《公羊》為例，說明古人於不經之事，非不書，而是以曲折的方式表達，否則將有視小不善為大惡之嫌。

【注釋】❶書而迂曲其文　用委婉曲折的文字表達出來。迂曲，使委婉曲折。《公羊傳》記莊公四年：「紀侯大去其國。大去者何？滅也。孰滅之？齊滅之。曷為不言齊滅之？為襄公諱也。《春秋》為襄公諱，何賢乎襄公？復讎也。」又《公羊傳》記僖公十七年：「夏，滅項。孰滅之？齊滅之。曷為不言齊滅之？為桓公諱也。《春秋》為賢者諱，此滅人之國，何賢爾？君子之惡惡也疾始，善善也樂終。桓公嘗有繼絕存亡之功，故君子為之諱也。」❷其實猶不沒者三句　不完全隱沒不書的原因，不是有意將過失顯示出來，而是為了表明過失只不過如此而已。❸如之　像那樣。❹侵官　侵犯其他官員的職責，這裏是說用制禮的要求去修禮書，就跟制作典禮的官員的職責相衝突。

【語譯】《公羊傳》中記載紀氏、項氏被消滅，都是為賢者避諱，然而那所謂的避諱，不是說不記錄，而是採用一種委婉曲折的方法進行記錄。既然如此，那麼實際上就是沒有隱晦不記。事實上，不隱瞞，並不是為了彰顯其過失，而是讓人知道過失只不過如此而已。現在無緣無故把先世的一些事情隱瞞起來，後世必將因為不知其輕重而非常懷疑，這就很不好了。班固作《漢志》，凡是漢代的事情，全部記錄下來，不加選擇。現在照那樣去做，那麼先世帝王小有失誤，也就不足以影響他們的聖大光明，而且還可以讓後世不至於生出疑慮，更可以讓我等恪盡職守，不至於干擾了其他官員的工作。

謹具此狀，提請參知政事侍郎先生，誠望記錄並呈奏皇上。

【研析】這是蘇洵留下來的唯一一篇上奏狀文。據歐陽修〈蘇明允墓誌銘〉記載，在經過一系列努力之後，嘉祐五年，朝廷「召試紫微閣，辭不至，遂除祕書省試校書郎。」一年後，詔令授霸州文安縣主簿職，與姚闢同修《太常因革禮》。從書名即可看出，這是一部確實如蘇洵所言的史書類著作，因此「實錄」的史學要求，也應該說是必須貫穿始終的。但是，在他們工作的過程中，卻有人議論說，修禮書應該有所避諱，不應將所有的內容都記下來，於是作者在禮書修完後，寫下這篇奏狀，表明自己的態度。因為作者官位甚低，沒有直接上奏朝廷的資格，所以這篇上奏之文，是請歐陽修代呈的。

文章主要從四個方面闡明編纂禮書不可輕易變動。首先，編修前代禮書，目的是修史存真，應注重實錄，擅自改易，「非職之所及」。這是從修書職責上批駁改易禮書的不合理。其次，本來詳備的禮制，若擅自改易刪削，必然會因此而缺漏不全，反而有禮缺不備之虞與抵牾齟齬之憂。這是從修書具體操作上批駁改易禮書的不可行。其三，如擅自改易刪削，後世會因此懷疑有意隱過。這樣一來，如果真有過失，後人也不知過之深淺，勢必因小過而害大明，有欲蓋彌彰、欲益反損之虞。這是從修書目的後果上批駁改易禮書的不合適。其四，聖人修《春秋》與《公羊》之說，雖有所避諱，其實是「書而迂曲其文耳」，並非完全不書。只有如實記錄如史書，才能釋後世之疑。這是從修纂原則上批駁改易禮書的不合法。這樣，就從不合理、不可行、不合適、不合法等四個方面，否定了所謂「掩惡諱過」、「隱諱而不書」的不當言論。如此行文駁論不僅有力，而且論證的過程也相當嚴密，層層深入，在不斷批駁之中，使自己的正面主張「立」了起來。

全文觀點鮮明，論證充分，從中可以看出蘇洵重視史實的態度，體現了他在〈史論〉中提出的經史「義一」觀和注重實錄的史學精神。

上張益州書

【題解】張益州，即張方平。據蘇洵〈張益州畫像記〉，張方平是在至和元年（西元一〇五四年）「冬十一月至蜀」。又據雷簡夫〈上張文定書〉可知，幾個月之後，「辱張公薦，欲使（洵）代黃東為郡學官。」所以本書中云：「居數月，或告洵曰：『張公舉子。』」所指即是張方平舉薦蘇洵為成都學官一事。由此可見，此書是作於張方平到任數月之後的至和二年（西元一〇五五年）。參看〈張益州畫像記〉一文可知，張方平到蜀後，確實不僅安定了邊疆，而且大力興辦學校，對蘇洵頗為看重，舉為學官。在〈畫像記〉中，蘇洵曾直接引用張方平的話，表達了他「以齊、魯待蜀人」的教化用心。以此，則張、蘇二人之桴鼓相應與相得，可以想見。

古之君子，期擅天下之功名❶，期為天下之儒人❷，而一旦不幸陷於不義之徒者有矣。柳子厚、劉夢得、呂化光，皆才過人者，一為二王所汙，終身不能洗其恥❸。雖欲刻骨刺心，求悔其過而不可得，而天下之人且指以為黨人矣。洵每讀其文章，則愛其才；至見其陷於黨人，則悲其不幸。故雖自知其不肖，不足以晞望古之君子，而嘗自潔清以避恥遠辱。王公貴人，可以富貴人者，肩相摩於上；始進之士，其求富貴之者，踵相接於下，而洵未嘗一動其心焉，不敢不自愛其身故也❹。

【章　旨】此章以唐代柳宗元等人為反例，表明自己潔身自好，義不黨附的獨立人格。

【注　釋】❶期擅天下之功名　希望贏得聞名天下的功名，即獲得天下知名的機會。擅，贏得；獲得。❷天下之儒人　天下聞名的儒士。❸柳子厚四句　柳子厚，柳宗元，河東解（今山西運城解州鎮）人，中唐時期著名文人。劉夢得，劉禹錫，洛陽人，中唐著名詩人。呂化光，即呂溫，河東（今山西永濟）人。二王，王伾、王叔文。王伾，杭州人，德宗時待詔翰林。王叔文，越州山陰（今浙江紹興）人，德宗時侍讀東宮。唐經安史之亂後，藩鎮割據，宦官當權，國政日非，王伾、王叔文、柳宗元、劉禹錫、呂溫等積極主張革新，並於順宗永貞元年（西元八〇五年）開始「永貞革新」，結果因為宦官所阻而失敗，並被指為亂黨，加以貶謫。王叔文貶渝州司戶，繼而殺之；王伾貶開州司馬而死；柳宗元貶永州司馬，後遷柳州刺史，鬱憂而亡；劉禹錫貶朗州司馬，後為太子賓客；呂溫因出使吐番得免。❹王公貴人八句　王公大臣，那些可以使人富貴的人，高高在上，熙熙攘攘；開始謀求仕進的士人，那些想獲得富貴的人，在下面紛紛擾擾，可是我蘇洵卻一點也不為之動心，因為我不敢不自重自愛。可以富貴人者，可以讓別人獲得榮華富貴的人，主要是指有權有勢的達官貴人。始進之士，剛得到進身機會的士人，主要指參加科舉考試得中高第的人。肩相摩，踵相接，即今成語摩肩接踵，肩與肩相互磨擦，腳後跟與腳後跟相連接，形容人眾多。

【語　譯】古代的君子，希望獲得天下公認的大名，希望成為天下景仰的大儒士，可一不小心不幸身陷不義者卻大有人在。柳子厚、劉夢得、呂化光，都是才能不凡的人，一旦被王伾、王叔文玷污清名，就一輩子都無法洗淨恥辱。雖然想洗心革面，求取懺悔過錯的機會都沒有了，滿天下的人都指責他們是一丘之貉的黨人。每當我讀到他們的文章，就會愛慕他們有才華；等看到他們陷為朋黨之輩，就又同情他們人生不幸。所以，雖然自己知道沒有什麼才能，無法跟古代的君子相比，卻還能潔身自好，遠避可能玷污名聲之處。王公大臣，可以使人富貴，在上面熙熙攘攘；剛獲進身的士人，一意求取富貴，在下面摩肩接踵，可我蘇洵卻一點也不為之動心，因為我不敢不自重自愛。

貧之不如富，賤之不如貴，在野❶之不如在朝，食菜之不如食肉，洵亦知之矣。里中大夫❷皆謂洵曰：「張公，我知其為人。今其來必將有所舉，宜莫若子❸；將求其所以為依❹，宜莫如公。」洵笑曰：「我則願出張公之門矣，張公許我出其門下哉？」居數月，或告洵曰：「張公舉子。」聞之愀然❺自賀曰：「吾知免矣❻。」吾嘗怪柳子厚、劉夢得、呂化光數子，以彼之才遊天下，何容其身辱如此？恐焉懼其操履之不固，以躡數子之蹤❼。今張公舉我，吾知免矣。

【章旨】此章借他人之口，表達自己對「張公」舉薦使自己免受柳宗元等人那種「不幸」的感激之情。

【注釋】❶在野　本指庶人居於山野，後指士人不居官。❷里中大夫　鄉里有德望的人。❸宜莫若子　最合適的人莫過於您。宜，合適。子，對對方的尊稱。❹所以為依　能夠託身求進的人。❺愀然　本指憂懼的神情，這裏是惶恐感激的意思。❻吾知免矣　我知道免去災禍了。免，指免除了陷於不義之徒的名聲與黨人之禍等。❼恐焉懼其操履之不固二句　內心誠惶誠恐，擔心自己立場不堅定，以至於落到跟柳子厚等人一樣的下場。操履之不固，腳跟站得不穩，指立場不堅定。躡數子之蹤，步那幾個人的後塵。數子，指柳子厚等人。

【語譯】貧窮不如富有，卑賤不如顯貴，在野不如在朝，吃菜不如吃肉，我也知道這個道理。鄉里有德望的人都對我講：「張公，我知道他的為人。現在他到蜀中來，肯定會舉薦一批人才，應該講沒有比你更合適的了；你要想找一個可以託身求進的人，最合適的應該是張公。」我笑笑說：「我當然願意成為張公的門客，可張公願不願意讓我成為他的門客呢？」過了幾個月，有人對我講：「張公推舉你哩。」聽到這樣的話，我惶恐地自我慶賀：「我知道自己避免了（託身不當之禍）。」我曾經感到奇怪：柳子厚、劉夢得、呂化光那幾位士子，憑他們的才華交遊天下，怎麼可能會辱身到那種地步？很擔心自己堅持士人操守不夠堅決，步了那幾位的後塵。現在張公您舉薦我，我知道自己避免了那種不幸了。

孟子曰：「觀遠臣以其所主❶。」韓子曰：「知其主可以信其客。」❷張公作事固信於天下，得為張公客者，雖非賢人，而天下亦不敢謂之庸人矣。昨有得天下不得謂之庸人者幾人❸？而我則當❹。知我者，可以弔劉夢得、呂化光、柳子厚數子之不幸，而賀我之幸也。數百里一拜於前，以為謝者，正為此耳。

【章　旨】此章表達自己有機會出於「張公」之門，並藉以揚名的喜悅與感激。

【注　釋】❶觀遠臣以其所主　語本《孟子．萬章上》，蘇洵這裏引用的意思是說，考察遠方之臣，就看他舉薦的人是誰。❷韓子曰二句　見韓愈〈送楊支使序〉，原文為「知其客可以信其主者」，因為蘇洵與「張公」的主客關係剛好相反，故語序作此變動，意思是知道主人的品行，就可以相信他門客的品行。❸昨有句　以前不被天下人指責為庸人的，有幾個呢。昨，泛指以前。得天下不得謂之庸人，使得天下人都不認為是庸人。❹而我則當　可是我卻得到了這個機會。當，得當；合適。此指因出於張益州門下，而沒有被人指為庸人的擔憂。

【語　譯】孟子說：「考察遠方之臣，就看他舉薦的人是誰。」韓愈說：「瞭解主人，就可以相信他的門客。」張公為人處事講求誠信本來就天下聞名，能夠成為張公您的門客，縱然不是賢能者，天下人也不敢說是庸碌之輩。以前能夠被天下人認可不算庸碌之輩的人，有幾個呢？可是我卻可以算得上一個了。瞭解我的人，可以為劉夢得、呂化光、柳子厚這些人的不幸感到悲哀，而為我感到高興了。數百里之外以此信向您叩拜，表達我的感激之情，就是因為這個原因哩。

【研　析】這是一封感謝信。張方平到蜀，沒過幾個月就推舉蘇洵為成都學官，可以說對蘇洵是恩重如山。蘇洵寫這封信表示感謝，也是情理之中的事。不過，作為一封感謝信，蘇洵卻能不落俗套，既傳達感激之情，更借此顯示了自己的文章才華。

信從古人為求功名以致身陷不義展開，用唐代柳宗元、劉禹錫等人因託身失誤，致有黨人之恨為反例，為自己能託足張方平之門作襯。這就把張方平的舉薦行為，上升到君子之交的高度，對自己能得到張方平的舉薦，出於張氏之門，免受黨人之禍、庸人之名，深表感激之情。同時，還充分地展示了自己「自潔清以避恥遠辱」的處士情志，並且，將文意從表達對張公舉薦的一次行為的謝意，轉折成為自己希望得到對方獎掖推挽的殷切希望：一次舉薦及因舉薦而致謝的行為，被延展成為士子託身寄命的終生行為，不僅將張方平舉薦自己的意義作了拓展，而且將致謝的內涵也作了極大的提升。如此處理，既明謝意，同時又達到借致謝以鞏固自己與張方平友誼的目的。因此，全文雖然文字上很少言謝，但從兩個「吾知免矣」和「天下亦不敢謂之庸人矣」的感歎語氣中，透露出濃濃的謝忱，而這種謝意之深，更借信末「數百里一拜於前，以為謝者，正為此耳」揭示出來。

另外，如此落筆，將謝舉薦的行為，擺放到安身立命的高度，還有一個好處，那就是身為處士的作者，在「士」的身分確認上，與舉薦者處在同一高度，所以，這樣的謝啟，雖表謝意，又不致屈尊就人，而是彼此回護，不失身分。老蘇下筆運腕，可謂靈活！

新譯尹文子　徐忠良注譯　黃俊郎校閱
新譯尸子讀本　水渭松注譯　陳滿銘校閱
新譯韓非子　賴炎元、傅武光注譯
新譯呂氏春秋　朱永嘉等注譯　黃志民校閱
新譯淮南子　熊禮匯注譯　侯迺慧校閱
新譯春秋繁露　朱永嘉、王知常注譯
新譯新書讀本　饒東原注譯　黃沛榮校閱
新譯新語讀本　王　毅注譯　黃俊郎校閱
新譯潛夫論　彭丙成注譯　陳滿銘校閱
新譯論衡讀本　蔡鎮楚注譯　周鳳五校閱
新譯申鑒讀本　林家驪等注譯　周鳳五校閱
新譯人物志　吳家駒注譯　黃志民校閱
新譯近思錄　張京華注譯
新譯傳習錄　李生龍注譯
新譯明夷待訪錄　李廣柏注譯　李振興校閱

【文學類】

新譯詩經讀本　滕志賢注譯　葉國良校閱
新譯楚辭讀本　傅錫壬注譯
新譯文心雕龍　羅立乾注譯　李振興校閱
新譯世說新語　劉正浩等注譯
新譯昭明文選　周啟成等注譯　劉正浩等校閱
新譯古文觀止　謝冰瑩等注譯
新譯古文辭類纂　黃　鈞等注譯
新譯古詩源　馮保善注譯
新譯千家詩　邱燮友、劉正浩注譯
新譯詩品讀本　成　林等注譯　黃志民等校閱
新譯花間集　朱恒夫注譯　耿湘沅校閱
新譯搜神記　黃　鈞注譯　陳滿銘校閱
新譯唐詩三百首　邱燮友注譯
新譯宋詞三百首　汪　中注譯
新譯元曲三百首　賴橋本、林玫儀注譯
新譯唐人絕句選　卞孝萱等注譯　齊益壽校閱
新譯唐才子傳　戴揚本注譯
新譯唐傳奇選　束　忱等注譯　侯迺慧校閱
新譯明傳奇小說選　陳美林、皋于厚注譯
新譯明散文選　周明初注譯　黃志民校閱
新譯人間詞話　馬自毅注譯　高桂惠校閱

新譯幽夢影　馮保善注譯　黃志民校閱
新譯菜根譚　吳家駒注譯　黃志民校閱
新譯郁離子　吳家駒注譯
新譯賈長沙集　林家驪注譯　陳滿銘校閱
新譯揚子雲集　葉幼明注譯　周鳳五校閱
新譯陸機文集　王德華注譯
新譯曹子建集　曹海東注譯　蕭麗華校閱
新譯阮籍詩文集　林家驪注譯　簡宗梧等校閱
新譯嵇中散集　崔富章注譯　莊耀郎校閱
新譯陶淵明集　溫洪隆注譯　齊益壽校閱
新譯駱賓王文集　黃清泉注譯　陳全得校閱
新譯昌黎先生文集　周啟成等注譯　陳滿銘等校閱
新譯柳宗元文選　卞孝萱等注譯
新譯杜牧詩文集　張松輝注譯　陳全得校閱
新譯范文正公選集　王興華等注譯　葉國良校閱
新譯蘇洵文選　羅立剛注譯
新譯王安石文集　沈松勤注譯　王基倫校閱
新譯李清照集　姜漢椿等注譯
新譯薑齋文集　平慧善注譯　周鳳五校閱
新譯顧亭林文集　劉九洲注譯　黃俊郎校閱
新譯閱微草堂筆記　嚴文儒注譯

【歷史類】

新譯尚書讀本　吳　璵注譯
新譯尚書讀本　郭建勳注譯
新譯左傳讀本　郁賢皓等注譯　傅武光校閱
新譯史記讀本　韓兆琦注譯
新譯公羊傳　雪　克注譯　周鳳五校閱
新譯穀梁傳　顧寶田注譯　葉國良校閱
新譯春秋穀梁傳　周　何注譯
新譯戰國策　溫洪隆注譯　陳滿銘校閱
新譯國語讀本　易中天注譯　侯迺慧校閱
新譯說苑讀本　左松超注譯
新譯說苑讀本　羅少卿注譯　周鳳五校閱
新譯新序讀本　葉幼明注譯　黃沛榮校閱
新譯吳越春秋　黃仁生注譯　李振興校閱
新譯西京雜記　曹海東注譯　李振興校閱
新譯列女傳　黃清泉注譯　陳滿銘校閱

新譯越絕書　劉建國注譯　黃俊郎校閱
新譯燕丹子　曹海東注譯　李振興校閱
新譯東萊博議　李振興、簡宗梧注譯
新譯唐六典　朱永嘉、蕭木注譯
新譯唐摭言　姜漢椿注譯

【宗教類】

新譯金剛經　徐興無注譯　侯迺慧校閱
新譯高僧傳　朱恒夫等注譯　潘栢世校閱
新譯碧巖集　吳　平注譯
新譯百喻經　顧寶田注譯
新譯楞嚴經　賴永海等注譯
新譯梵網經　王建光注譯
新譯六祖壇經　李中華注譯　丁　敏校閱
新譯禪林寶訓　李中華注譯　潘栢世校閱
新譯維摩詰經　陳引馳、林曉光注譯
新譯經律異相　顏洽茂注譯
新譯妙法蓮華經　張松輝注譯　丁　敏校閱
新譯景德傳燈錄　顧宏義注譯
新譯大乘起信論　韓廷傑注譯　潘栢世校閱
新譯釋禪波羅蜜　蘇樹華注譯
新譯八識規矩頌　倪梁康注譯
新譯永嘉大師證道歌　蔣九愚注譯
新譯華嚴經入法界品　楊維中注譯
新譯地藏菩薩本願經　李承貴注譯
新譯悟真篇　劉國樑、連遙注譯
新譯无能子　張松輝注譯
新譯坐忘論　張松輝注譯
新譯列仙傳　張金嶺注譯　陳滿銘校閱
新譯抱朴子　李中華注譯　黃志民校閱
新譯神仙傳　周啟成注譯
新譯性命圭旨　傅鳳英注譯
新譯老子想爾注　顧寶田等注譯　傅武光校閱
新譯周易參同契　劉國樑注譯　黃沛榮校閱
新譯道門觀心經　王　卡注譯　黃志民校閱
新譯養性延命錄　曾召南注譯　劉正浩校閱
新譯樂育堂語錄　戈國龍注譯
新譯冲虛至德真經　張松輝注譯　周鳳五校閱

新譯長春真人西遊記　劉連朋等注譯

【軍事類】

新譯司馬法　王雲路注譯
新譯尉繚子　張金泉注譯
新譯三略讀本　傅　傑注譯
新譯六韜讀本　鄔錫非注譯
新譯吳子讀本　王雲路注譯
新譯孫子讀本　吳仁傑注譯
新譯李衛公問對　鄔錫非注譯

【教育類】

新譯顏氏家訓　李振興等注譯
新譯曾文正公家書　湯孝純注譯　李振興校閱
新譯三字經　黃沛榮注譯
新譯百家姓　馬自毅、顧宏義注譯
新譯幼學瓊林　馬自毅注譯　陳滿銘校閱
新譯增廣賢文・千字文　馬自毅注譯　李清筠校閱
新譯格言聯壁　馬自毅注譯

【政事類】

新譯商君書　貝遠辰注譯　陳滿銘校閱
新譯鹽鐵論　盧烈紅注譯　黃志民校閱
新譯貞觀政要　許道勳注譯　陳滿銘校閱

【地志類】

新譯山海經　楊錫彭注譯
新譯佛國記　楊維中注譯
新譯大唐西域記　陳　飛等注譯　黃俊郎校閱
新譯洛陽伽藍記　劉九洲注譯　侯迺慧校閱
新譯徐霞客遊記　黃　珅注譯　黃志民校閱
新譯東京夢華錄　嚴文儒注譯　侯迺慧校閱

開卷解惑——汲取大師智慧，優游國學瀚海

國學常識

邱燮友 張文彬 張學波 馬森 田博元 李建崑 編著

搜羅研讀國學者不可或缺的基礎常識，
以新觀念、新方法加以介紹。
書末並附有「國學基本書目」及「國學常識題庫」，
助您深化學習，融會貫通。

國學常識精要

邱燮友 張學波 田博元 李建崑 編著

擷取《國學常識》之精華而成，易於記誦，
便於攜帶。

國學導讀（一）～（五）

邱燮友 田博元 周何 編著

將國學分為五大門類，分別由當前國內外著名學者，
匯集其數十年教學研究心得編著而成。
是愛好中國思想、文學者治學的寶典，
自修的津梁。